Werner Mittenzwei

Das Leben des Bertolt Brecht

I

WERNER MITTENZWEI

Das Leben des Bertolt Brecht oder Der Umgang mit den Welträtseln

Erster Band

Aufbau-Verlag

Mittenzwei, Werner:
Das Leben des Bertolt Brecht oder Der Umgang mit den Welträtseln. –
3., durchgeseh. Aufl.
Berlin; Weimar: Aufbau-Verl., 1988. – Bd. 1–2.
1. – 774 S.
2. – 740 S.

3., durchgesehene Auflage 1988

Gesamtgestaltung Hartmut Lindemann
Karl-Marx-Werk, Graphischer Großbetrieb, Pößneck V15/30
Printed in the German Democratic Republic
Lizenznummer 301. 120/333/88
Bestellnummer 613 318 3
I/II 03900

Mittenzwei, Brecht 1–2
ISBN 3-351-00218-1

Für Ingrid

Die Jugend

Augsburg

Der 10. Februar 1898 war in Augsburg ein milder Wintertag mit vereinzelten Schneefällen und Temperaturen um null Grad. An diesem Tage brachte die sechsundzwanzigjährige Sophie Brecht, geborene Brezing, verheiratet mit dem Kaufmann Berthold Brecht, morgens halb fünf Uhr mit Hilfe der Hebamme Anna Vogl ihr erstes Kind zur Welt. Die Eltern nannten es *Eugen* Berthold Friedrich. So stand es auf dem Geburtsschein, den die Hebamme am darauffolgenden Tage in der Pfarrei der protestantischen Barfüßerkirche ausfüllte.

An jenem 10. Februar, einem Donnerstag, berichteten die „Augsburger Neuesten Nachrichten“ wie fast alle europäischen Morgenblätter über den sensationellen Zola-Prozeß in Paris. Zola hatte in „L'Aurore“ einen offenen Brief an den Präsidenten der Republik unter der Überschrift „J'accuse!“ veröffentlicht, in dem er die Militärs anklagte, Urheber des teuflischen Justizirrtums an dem Hauptmann Dreyfus gewesen zu sein. Daraufhin stellte man ihn unter Anklage. Um solche Leute wie Zola zu charakterisieren, wurde in der französischen Presse das Wort „intellectuel“ erstmals substantivisch gebraucht. Die Kennzeichnung „Intellektueller“ für kritische Betrachter und aufsässige Wortführer setzte sich international durch. Neben dem großaufgemachten Bericht über den Zola-Prozeß brachte die Lokalpresse eine Meldung über das Säbelduell von Kronstadt zwischen dem Oberlieutenant Scheitz und Fürst Friedrich zu Hohenlohe-Waldburg. Beide Offiziere hätten schwere Verletzungen erlitten. Das Augsburger Stadttheater gab an diesem Tage „Lohengrin“ von Richard Wagner, letztes Gastspiel von Fräulein Margarethe Frisch vom Stadttheater Chemnitz. Im Annoncenteil bat eine arme bedrängte Witwe mit fünf Kindern, „wo keines nichts verdient", die „edlen Menschenfreunde" um eine kleine Unterstützung.

Im ausgehenden 19. Jahrhundert war die frühbürgerliche Handelsmetropole Augsburg eine Provinzstadt, allerdings die drittgrößte und drittbedeutendste des bayrischen Staates nach München und Nürnberg. Von dem ehemaligen Glanz der alten Fuggerstadt und dem einstigen Ort der Reichstage des Heiligen Römischen Reiches Deutscher Nation kündeten nur noch die steinernen Zeugen einer beispielhaften architektonischen Stadtgesinnung. Längst vorbei war die kulturelle Blütezeit dieser Stadt, da hier Elias Holl als Stadtbaumeister das imponierende, platz- und raumprägende Rathaus errichtet, Maler wie Hans Holbein d. Ä. und Hans Burgkmair gewirkt hatten. Die rasche industrielle Entwicklung Augsburgs vollzog sich während der Gründerzeit. 1898 entstand durch den Zusammenschluß zweier bedeutender Maschinenfabriken das Großunternehmen der M.A.N. Zu Beginn des ersten Weltkrieges beschäftigte das Werk bereits 5500 Arbeiter. Neuerungen setzten sich auch auf der Straße durch. Im Geburtsjahr Brechts konnten die Augsburger eine elektrische Straßenbahn benutzen. Die organisierte Arbeiterbewegung wurde zu einem ernst zu nehmenden Faktor im gesellschaftlichen Leben der Stadt. 1890 hatten die sozialistischen freien Gewerkschaften erstmals ihre Maifeier öffentlich durchführen können. Was jedoch den Arbeitern noch immer zugemutet wurde, ließ sich im Geburtsmonat Brechts einem Gerichtsbericht der „Augsburger Abendzeitung" entnehmen. Angeklagt war ein Redakteur der „Augsburger Volkszeitung", weil er die Öffentlichkeit auf Vorgänge in der Augsburger Maschinenfabrik aufmerksam gemacht hatte. In diesem Betrieb verlangte der Ingenieur, ein Premierleutnant a. D., von seinen Arbeitern „nur militärisch" gegrüßt zu werden.

Die Haindlschen Papierfabriken, in die Brechts Vater 1893 als Commis eintrat, galten als ein aufstrebendes Unternehmen. Als erster Fabrikant in Süddeutschland hatte Haindl das endlose Papier für den neuen Rotationsdruck auf den Markt gebracht. In den neunziger Jahren beschäftigten die beiden Werke Augsburg und Schongau über 500 Arbeiter und Angestellte. Der ständig steigende Papierbedarf in Deutschland sicherte der Firma einen stetigen Aufstieg, von dem auch Brechts Vater profitierte, der es hier vom Commis zum Prokuristen brachte und in dem die Firmenbesitzer ihre „beste Stütze" sahen.

„Meine Eltern sind Schwarzwälder"[1], betonte Brecht später. Der Vater stammte aus Achern, einem kleinen Städtchen im Rheintal, die Mutter aus Roßberg bei Bad Waldsee. Zeit seines Lebens legte Brecht großen Wert darauf, daß er aus Schwaben und nicht aus Bayern stammte. Augsburg galt damals als Provinzhauptstadt des schwäbischen Staatsteils. Zwischen den bayrischen Schwaben und den Bayern gab es seit alters her eine seltsam anmutende Rivalität, die sich vor allem gegen die bayrische Hauptstadt München richtete. Augsburg wollte sich nicht ganz und gar verdrängen lassen und wenigstens als Hauptstadt des bayrischen Regierungsbezirks Schwaben Beachtung finden.

„Vater war von mittlerer Größe, in unserer Kindheit schlank und behend, mit festem, wie ein Freund sagte, frischem Gang. Er hatte ein breites, rundes Gesicht mit einem leicht aufgezwirbelten Schnurrbart. Unter geraden, dunklen, nicht buschigen Augenbrauen lagen lebendige, schwarzbraune Augen. ... Abgesehen von seinem Heimathaus in Achern und seinen Eltern wußten wir von seiner Vergangenheit so gut wie nichts; er sprach nie darüber, er sprach überhaupt nicht von sich selbst."[2] Berthold Friedrich Brecht war der Typ des tüchtigen, strebsamen Kleinbürgers; im Beruf nicht ohne Energie und Tatkraft, sonst aber ohne weiterreichende geistige, vor allem politische Interessen. Er vermied es selbst im engen Freundeskreis, zu philosophieren und zu politisieren. Als ein nationalliberal gesinnter Mann schickte er sich in das Leben, ohne mit den gesellschaftlichen Kräften in Konflikt zu geraten. Mit den ihm nachgesagten freigeistigen und „unbürgerlichen Neigungen" scheint es nicht weit her gewesen zu sein. Er verstand es, etwas aus seinem Leben zu machen. Daß er es mit zweiunddreißig Jahren zum Prokuristen brachte und seit 1914 der kaufmännischen Abteilung als Direktor vorstand, galt für jene Zeit als beachtlich, zumal er aus kleinen Verhältnissen kam und nur die Volksschule besucht hatte. Der Firma diente er mit dem Einsatz seiner ganzen Person. Obwohl ohne jeden Hochmut, mehr dem alten Kaufmannsideal als dem Managertum der Gründerzeit verpflichtet, schreckte er nicht davor zurück, die Interessen der Firma auch mit harter Hand durchzusetzen. Die „Schwäbische Volkszeitung Augsburg" vom 9. Oktober 1919 zählte ihn jedenfalls zu den Direktoren, die „den Betriebsräten besonders feindlich"[3] gegenüberstanden. Eine Firmenfestschrift charakterisierte ihn als engsten Berater der Unternehmer: „... ein kraftvoller, lebens- und arbeitsfroher und dabei immer ein schlichter und warmherziger Mann, umsichtig, von außerordentlichen geschäftlichen Fähigkeiten und nie versiegendem Takt, ein glänzender Unterhändler, der, wenn er Kunden warb, Freundschaften für sich und seine Firma gewann, die auf gegenseitiges Vertrauen begründet waren und deshalb über Generationen Bestand hatten."[4]

Die Mutter entstammte dem Hause eines kleinen Beamten, wo an allem gespart wurde. Wenn sogar ihr Mann, der keinerlei Ansprüche stellte und dessen Vergnügen äußerst bescheiden waren, meinte, in ihrem Elternhaus sei selbst am Essen gespart worden, wodurch ihr späteres Leiden mit verursacht worden sei, muß es wirklich karg zugegangen sein. „Mama war schlank, durch ihre aufrechte, grazile Haltung kam sie uns größer vor, als sie wirklich war. Wie groß war sie eigentlich? Ich glaube, nur ein bißchen kleiner als Papa. Sie hatte ein längliches, angenehm weiches, meist ziemlich blasses Gesicht mit dunklen Augen. Auf die Fülle ihres dunkelbraunen, fast schwarzen Haars war sie stolz. Sie trug es, zu dicken Zöpfen geflochten, hoch aufgesteckt, wie eine Krone, unter deren Last sie manchmal, wenn sie Kopfweh hatte, litt. Schlank, aber nicht mager, in der Taille, wie es üblich war, vom Korsett geschnürt, bot sie, immer gut angezogen, mit ihrem leichten aufrechten Gang, der ihr auch eigen blieb, als sie später vom Leiden befallen wurde, das Bild einer sehr gut aussehenden Frau, die alles um sich herum in Ruhiges, Kantenloses rückte. Dabei hatte sie bei der Begegnung mit Fremden eher etwas Schüchternes, Scheues an sich, hielt sich, ohne abwesend zu sein, mit liebenswürdiger Miene zurück, bis, je nachdem, eine Nähe erreicht, eine Kulisse beseitigt, ein nicht vorhandenes, aber wesenhaftes Tor geöffnet war.“[5] Sie verabscheute alles Derbe und Gemeine. In ihrer Anwesenheit wäre es niemandem eingefallen, ein schmutziges Wort zu gebrauchen. Obwohl sie durch ihre Krankheit frühzeitig an gesellschaftlichem Kontakt einbüßte, hatte sich dieser Eindruck von ihr auch über die Familie hinaus durchgesetzt. Am 15. Mai 1897 wurden Sophie und Berthold Brecht protestantisch getraut. Ein strenger Katholik scheint der Vater nicht gewesen zu sein. Die Frau setzte sich, ohne Komplikationen heraufzubeschwören, durch. So verhielt es sich eigentlich in allen wesentlichen Entscheidungen, die die Erziehung der Kinder betrafen.

Einen Tag vor ihrer Hochzeit bezogen die Brechts in Augsburg eine Wohnung in dem Haus Auf dem Rain Nr. 7. „Es gehört zu einer längeren Häuserreihe mit ausgeprägtem Altstadtcharakter. Die Vorder- und die Rückseite des Hauses werden von etwa 4 bis 5 Meter breiten Kanälen, dem vorderen und dem mittleren Lech, begrenzt. Über eine Holzdielenbrücke gelangen die Bewohner in das Hausinnere.“[6] Das Haus, in dem ihr erstes Kind zur Welt kam, war weder ansehnlich, noch befand es sich in einer angenehmen Wohngegend. Es sah nicht nur alt und ärmlich aus, der in unmittelbarer Nähe des Hauses etwas angestaute Fluß verursachte eine ständige Geräuschkulisse. Zudem beherbergte das Erdgeschoß eine Feilenhauerei; der Arbeitslärm drang bis in die oberen Räume. Daß sie hier Wohnung genommen hatten, mag von dem Bestreben ausgegangen sein, in den ersten Ehejahren ihre finanziellen Mittel nicht allzusehr zu beanspruchen. Die Einkünfte waren noch schmal. Aber lange hielten sie es nicht aus. Die Geburt des Kindes wird dann der Anlaß gewesen sein, sich schnell nach einer neuen Wohnung umzusehen. Bereits am 18. September 1898 wechselten sie in die Straße Bei den sieben Kindeln Nr. 1 über. Hier wurde am 29. Juni 1900 der zweite Sohn, Walter, geboren.

Doch auch hier wohnte die Familie nicht lange. Am 12. September 1900 bezog sie das erste der vier zweistöckigen Häuser der „Georg und Elise Haindlschen Stiftung", Bleichstraße 2. Es ist sicher kein Zufall, daß die Übersiedlung zeitlich mit der Ernennung des Vaters zum Prokuristen zusammenfiel. Dem Vater wurde die Verwaltung der Stiftungshäuser anvertraut. Ihm oblag es, die Miete einzuziehen, die Mieter mit verbilligtem Heizmaterial, Holz und Kohlen, auch mit Kartoffeln zu versorgen und sich um die Instandhaltung zu kümmern. Diese Verwaltungstätigkeit erledigte er ohne Entgelt, nicht aber ohne Befriedigung, weil sie ihm seitens der Mieter großen Respekt eintrug, der sich auf die ganze Familie erstreckte. Nach dem Vorbild der Fuggerschen Sozialsiedlung von 1519, der Fuggerei, hatte auch die Haindlsche Papierfabrik Wohnhäuser mit verbilligten Mieten für ihre Arbeiter bauen lassen. In die Fuggerei durfte nur einziehen, „wer alt, arm, katholisch und unbescholten" war. Ferner wurde verlangt, daß die Bewohner in den 53, durch 6 Straßen unterteilten Reihenhäusern mit 106 Wohnungen täglich ein „Ave Maria" für die Stifter beteten. Dafür betrug der jährliche Mietzins nur einen Rheinischen Gulden. Ähnlich, nur in der Sprache dem anderen Jahrhundert angepaßt, lauteten die Satzungen der Haindlschen Stiftung. Die Wohnungen waren für Invaliden und Pensionisten sowie andere „unbescholtene und ohne Schuld unbemittelte Augsburger" vorgesehen. Doch wurden sie in erster Linie an „verdiente" Arbeiter und Angestellte der eigenen Fabrik vergeben. Die Miete betrug monatlich etwa vier Mark.

Die Bleichstraße gehörte zum Klauckeviertel im Osten der Stadt. „Dort, wo die Straße zu dem schlanken Bogen ansetzte, zweigte nach links die sich leicht senkende Bleichstraße ab. An ihrer oberen Ecke, mit der Giebelseite zur Frühlingsstraße, stand das Haus, in dem wir wohnten. Vom Fenster aus bot sich dem Blick, über Straße und Allee hinweg, die stille Fläche des Stadtgrabens und jenseits von ihr der massige Turm des Oblatterwalls, zu dessen Füßen im Sommer Ruderboote vermietet wurden und manchmal, in klaren Nächten, junges Volk zu Fahrten mit Lampions und Gesang einstieg."[7] Wenn sich Brecht später seiner Vaterstadt Augsburg erinnerte, hatte er diese Gegend vor Augen, die Vorstadt. Hier verlebte er seine Jugend.

Im Volksmund hießen die Häuser der Haindlschen Stiftung „Kolonie". Obwohl mit klassizistischen Stilelementen versehen, waren sie äußerst gleichförmig und konnten vom architektonischen Standpunkt nicht als schön gelten. Ob ihre Bewohner sie allerdings so reizlos und dürftig fanden wie spätere Besucher aus dem Freundeskreis Brechts, muß bezweifelt werden. Für die damaligen Verhältnisse waren das durchaus attraktive Sozialwohnungen. Wer hier einziehen konnte, zumal wenn er nicht zu den gut Verdienenden zählte, fühlte sich keineswegs unglücklich. Der Augsburger Jugendfreund Hanns Otto Münsterer schilderte das Milieu der Stiftungshäuser etwas abfällig. „Das war also eine jener Siedlungen oder ‚Stiftungen', wie sie die Unternehmer in den neunziger Jahren für ihre Arbeiter und Angestellten anlegen ließen. Ich hatte Ähnliches noch nie gesehen und fand das Fehlen jeder individuellen Note einfach schauderbar. Das Haus, in dem die Brechts wohnten, betonte diese Kälte und Lieblosigkeit durch seinen von Mauern eingeengten, betonierten Hof noch besonders ..."[8] Auch Arnolt Bronnen, der Brecht nach dem ersten Weltkrieg in Augsburg besuchte, fand die ganze Atmosphäre um die Bleichstraße lähmend. „Gleich hinter dem Haus lag ein dunkler Teich und schwärzliches Gewässer. Schillernde Blasen kokettierten ..."[9] Nicht so Brecht. Er sah die Gegend ganz anders. Fast zärtlich beschrieb er an der Schwelle des Alters den Ort seiner Jugend: „Vorbei an meinem väterlichen Haus führte eine Kastanienallee entlang dem alten Stadtgraben; auf der anderen Seite lief der Wall mit Resten der einstigen Stadtmauer. Schwäne schwammen in dem teichartigen Wasser. Die Kastanien warfen ihr gelbes Laub ab."[10] Die Landschaft, in der man seine Jugend verbracht hat, besitzt ihre eigene Schönheit, die für Fremde oft nicht wahrnehmbar ist.

Eine kniehohe Mauer mit einem darauf befestigten mannshohen Eisenzaun schloß die Häuser von der Bleichstraße ab. Zu ihnen gelangte man, öffnete man die respektable gußeiserne Tür, über einen Kiesweg, der täglich geharkt wurde. Nachgeahmt wurde hier mehr die militärische Ordnung als gepflegte Bürgerlichkeit. Hinter den Häusern erstreckte sich ein von niederen Hecken und einem Holzzaun eingegrenzter schmaler Gartenbereich mit Obstbäumen, Ziersträuchern und Gemüsebeeten. Vor dem Haus stand ein Holztisch mit zwei Bänken für warme Sommertage. Weiter hinten hatte sich der Prokurist Brecht eine Sommerlaube bauen lassen, die gern von seiner Frau aufgesucht wurde, als sie zu kränkeln anfing. In diesem engen, ganz gewöhnlichen Raum bildete sich das Atmosphärische heraus, das Brecht zeitlebens in Erinnerung blieb. In seinem später entstandenen Gedicht „Augsburg" beschrieb er nicht die imposanten, altehrwürdigen Baudenkmäler und geschichtsträchtigen Stätten seiner Vaterstadt, sondern eben diesen Platz in der Vorstadt.

Ein Frühjahrsabend in der Vorstadt.
Die vier Häuser der Kolonie
Sehen weiß aus in der Dämmerung.
Die Arbeiter sitzen noch
Vor den dunklen Tischen im Hof.
Sie sprechen von der gelben Gefahr.
Ein paar kleine Mädchen holen Bier
Obwohl das Messingläuten der Ursulinerinnen
schon herum ist.
In Hemdärmeln lehnen sich ihre Väter
aus den Kreuzstöcken.
Die Nachbarn hüllen die Pfirsichbäume
an der Häuserwand
In weiße Tüchlein wegen des Nachtfrosts.[11]

Die Wohnung der Brechts hob sich von den anderen in der Stiftung dadurch ab, daß sie sich über die gesamte erste Etage erstreckte. Zwei ausgebaute Dachkammern gehörten noch dazu. Sie verfügten also über zwei Stiftungswohnungen. Es handelte sich immerhin um eine Sechszimmerwohnung mit Küche, Waschküche und Bad. Brechts Bruder Walter beschrieb sie so: „Betrat man, nachdem man die Türglocke gezogen hatte, die Wohnung, so befand man sich zunächst in einem ziemlich dunklen kleinen Vorraum mit Kleiderbügeln für Mäntel und Regenkrägen und Ständern für Stöcke und Schirme. Links lag die Küche mit Herd, Ausguß, Tisch, Geschirrschrank und einem Fenster mit Blick auf den Oblatterwall. Durch die Tür rechts betrat man das Wohnzimmer. Es bekam sein Licht von der Bleichstraße und der Frühlingsstraße und enthielt einen großen grünen Kachelofen, vor dem bei Kälte in einer Kiste Heizmaterial bereitlag. In der Mitte des Zimmers hing über dem viereckigen Eßtisch die Lampe. Zuerst war es Petroleum, dann Leuchtgas, später die elektrische Kohlenfadenbirne, die das Licht spendeten. An der Wand, der Frühlingsstraße zu, stand das Klavier, daneben der Lehnstuhl, in dem Papa nach dem Mittagessen ruhte. Es folgte das mit Porzellangeschirr, Bestecken und Tischwäsche gefüllte Buffet. Die Seite zur Bleichstraße nahm ein niederes, etwa schwellenhohes Podest, der ‚Antritt', ein, der in den Jahren ihrer Gesundheit der geliebte Regierungssitz Mamas war. Hier saß sie im leichten Lehnsessel, vor sich die Nähmaschine, neben sich das Fenster, durch das sie auf das Leben der Umgebung hinaussah. An der anderen Wand, dem Buffet gegenüber, stand das Sofa, auf dem sie nach dem Abendessen oft mit uns saß. Sie hatte die Gabe des Erzählens und Erklärens; mit leiser, fast zärtlich flüsternder Stimme machte sie lebendig, was wir an biblischen Geschichten aus der Schule heimbrachten."[12]

In diesem Wohnzimmer spielte sich das Leben der Familie hauptsächlich ab, während die sogenannte „gute Stube" – wie in etwas besser gestellten Arbeiterfamilien – nur an Feiertagen und bei Besuch genutzt wurde. Im Wohnzimmer ließ sich der Vater früh sieben Uhr vom Friseur Hollmann rasieren. Das Dienstmädchen bereitete das Frühstück. „Zum Frühstück gab es Zichorienkaffee mit frisch gebackenen Semmeln. Papa aß sie mit Butter, wir trocken oder mit ‚Gsälz', einer von Mama zubereiteten Zwetschgenmarmelade. Papa verzehrte auch mit Behagen ein weich gekochtes Ei. Mama frühstückte meistens im Bett."[13] Obwohl die Religion in der Familie keine dominierende Rolle spielte, sprach die Mutter vor dem Mittagessen das Tischgebet, die Kinder hörten mit gefalteten Händen zu. Das Fleisch schnitt der Vater am Tisch auf und verteilte es. Zum Essen trank er einen Weißwein, den er aus seiner Schwarzwaldheimat bezog. Bevor er sich wieder in die Fabrik begab, gönnte er sich einen kurzen Mittagsschlaf im Lehnstuhl. Während dieser Zeit hatte es in der Wohnung still zu sein.

Im Hause Brechts gab es immer ein Dienstmädchen. Bis ungefähr zu seinem fünfzehnten Lebensjahr schien dem jungen Brecht das völlig selbstverständlich. Die Dienstmädchen gehörten zur Familie und stellten ein wichtiges Bindeglied zwischen Kindern und Eltern dar. Die sich in den frühen Lebensjahren ergebenden alltäglichen Vorkommnisse, die für Kinder das eigentliche Leben ausmachen, wurden von ihnen geregelt. Gerade weil sich die Kinder mit allen Dingen an sie wenden konnten, auch mit solchen, die die Eltern nicht erfahren sollten, besaßen sie oft einen direkteren Einfluß auf die Erziehung als die Eltern. Für Eugen traf das schon deshalb zu, weil die zunehmende Krankheit der Mutter Schonung verlangte und manches gar nicht mehr an sie herangetragen werden durfte.

Nach einer Berufszählung, die drei Jahre vor Brechts Geburt stattfand, gab es in Deutschland 1339316 Frauen, die eine solche Tätigkeit ausübten. Das waren immerhin fast 20% der weiblichen Berufstätigen. Daß sich selbst weniger Begüterte solche „dienstbaren Geister" leisteten, erklärt sich aus der allgemein geringen Bezahlung. Meistens arbeiteten sie fast ausschließlich für Essen, Bekleidung und Unterkommen. „In Bayern kosteten 1910 1 Liter Milch 20 Pfennig, eine Semmel 3 Pfennig, 1 Pfund Schwarzbrot 18, 1 Pfund Fleisch 90 bis 96, 1 Pfund Butter 127 bis 144 Pfennig. Für 28 Eier bezahlte man bei der Eierfrau 1 Mark, für 1 Zentner Kartoffeln 4 Mark."[14] (Das durchschnittliche Jahreseinkommen pro Kopf der Bevölkerung betrug im Jahre 1905 im Deutschen Reich 584 Mark.)

Während Brechts Kindheit verrichtete die „Schwarze Marie", so genannt wegen ihres schwarzen Haars und ihrer schwarzen Augen, Dienst im Hause. Sie war über das Franziskaner Frauenkloster an die Brechts vermittelt worden.

Es war damals üblich, daß Bauernmädchen über das Kloster ihren künftigen Auftraggebern vorgeschlagen und vorgestellt wurden. Ihre Kammer hatte die „Schwarze Marie" auf dem Dachboden. Außer Essen, Zugaben zu Wäsche und Kleidung, Geschenken zu Feiertagen bekam sie einen Monatslohn von 12 Mark. Bei ihrer Arbeit von frühmorgens bis spätabends entsprach das einem Stundenlohn von 4 Pfennig.[15] Zu ihren Pflichten gehörte, im Winter früh die Öfen zu heizen. Vorher mußte sie im Keller Holz spalten. „Später kam das Inordnungbringen der Schlafzimmer in der Wohnung. Dazu gehörte das Ausschütten der Wasserkrüge und Lavoirs von den Waschkommoden, das Reinigen und Nachfüllen, denn Waschbecken waren in keinem Zimmer vorhanden. Hinzu kam das Ausleeren der Nachthäfen, einfache Emailgeschirre für uns Kinder, schwere Porzellantöpfe für die Eltern."[16] Dann hatte sie die Kinder anzuziehen. Nach dem Frühstück erfolgte das Schrubben der Fußböden und das Putzen der Wohnung. Sie hielt die Kleidung der Familie in Ordnung. „Marie war auch da, wenn es nächtliche Ängste zu bestehen galt, wenn uns Gewitter erschreckten, bei denen Marie noch mehr Furcht hatte als wir und betend bei uns saß. Sie war voll Verständnis dafür, wenn uns in der Einsamkeit des Dunkels bange war. ... Etwas Ruhe fand sie, wenn das Eßgeschirr abgespült war. Nach dem Abendessen saß Marie am Küchentisch und stopfte Strümpfe. Wir hielten uns gern bei ihr auf."[17]

Während seiner Kindheit umgab Eugen im elterlichen Hause nichts, was einer literarischen Kultur oder Tradition entsprochen hätte, auf die doch damals breite Kreise des Bürgertums großen Wert legten. Der Vater verfügte über keine Bibliothek. Bücher existierten im Hause so gut wie gar nicht. Die Mutter allerdings sammelte Gedichte, die ihr zufällig in die Hände kamen und die ihr gefielen. Daß sie sich ein Gedichtalbum zulegte, dürfte nicht nur darauf zurückzuführen sein, daß die Krankheit ihr mehr Alleinsein aufnötigte, als ihr lieb war. Da sie ihren Kindern gern Geschichten erzählte, besaß sie mehr Verständnis für das Poetische als der Vater. Wenn es bei ihm überhaupt einen Zugang zum Künstlerischen gab, so war es die Freude am Gesang. Er hatte keine Gelegenheit gehabt, ein Instrument zu erlernen, was ihm sehr erstrebenswert erschien; dafür betätigte er sich als Tenor in der städtischen Liedertafel. Einen Freund aus diesem Verein, den Ingenieur Theodor Helm, der vorzüglich Laute spielte und seltene Lieder sang, brachte er gern mit nach Hause. Dieser hinterließ bei den Kindern einen großen Eindruck, und sein Spiel bewog den Vater, sie Gitarre lernen zu lassen, und zwar ordentlich, bei einem Musiklehrer. Obwohl sich Brechts Vater bescheiden den gesellschaftlichen Gepflogenheiten anzupassen suchte, in die er als Prokurist und kaufmännischer Direktor hineinwuchs, hegte er keinerlei Ambitionen, es an kulturellem Prestige anderen gleichzutun. Er schenkte später seinem Sohn Bücher, weil dieser sich dafür interessierte, aber aus eigenem Antrieb hätte er sie nie erworben. Nur hinsichtlich des Klaviers folgte er den bürgerlichen Ansprüchen der Zeit. Eugen sollte, wie es sich für eine gutbürgerliche Erziehung gehörte, Klavier spielen können. Deshalb wurde eins angeschafft. Doch Eugen brachte es darauf nicht sehr weit, was ihn veranlaßte, zur Geige überzuwechseln. Da auch hier jeglicher Erfolg ausblieb, währte diese Ausbildung wiederum nicht lange. Begabter auf dem Klavier zeigte sich der Bruder Walter. Er konnte den Vater zum Liedgesang begleiten. Vor allem Balladen wie „Die Uhr" und „Das Meer erglänzte weit" sang dieser mit großem Behagen. Mit dem Gitarrenspiel aber, zu dem es dank des Vorbilds von Vaters Liedertafelfreund gekommen war, klappte es bei Eugen besser. Doch auch auf diesem Gebiet tat sich der jüngere Bruder mehr hervor.

Das Stadtzentrum lag nicht weit vom Klauckeviertel entfernt. Es ließ sich bequem zu Fuß erreichen. Dennoch spielte sich Eugens Kindheit hauptsächlich in der Vorstadt ab. Das alte Augsburg wurde besucht, nicht aber als unmittelbarer Teil der eigenen Umgebung betrachtet. In der Stadt, ganz in der Nähe der Maximilianstraße, wohnte Onkel Karl, der Bruder des Vaters. War man zu Sonn- oder Feiertagen bei ihm zu Besuch, konnten die Kinder vom Fenster aus etwas vom Leben und Treiben der alten Stadt mitbekommen. Hier sahen sie den militärischen Aufmärschen und den Maskenzügen während des Faschings zu. Doch all das blieb Sonntagserinnerung und prägte sich dem jungen Brecht weit weniger ein als die drei Kastanienbäume vor seinem Hause. Viel beliebter als die sonntäglichen Spaziergänge mit den Eltern im Stadtgarten waren die Spiele hinter dem Haus und am Stadtgraben.

Längere Aufenthalte fern von Augsburg gab es selten. Als die Mutter sich noch in der Lage fühlte zu reisen, begaben sich die Eltern im Sommer für vier Wochen auf die Nordseeinsel Borkum. Die Kinder nahmen sie jedoch nicht mit. Sie schickte der Vater in dieser Zeit zu einem Förster, den er bei einem Holzkauf kennengelernt hatte, in das westlich von Augsburg gelegene Welden. Auf den jüngeren Bruder scheint dieser Ferienaufenthalt mehr Eindruck gemacht zu haben als auf Eugen, der schon als Kind mit allzuviel Natur nichts anzufangen wußte. Ohne seine Freunde verhielt er sich gegenüber der neuen Umgebung ausgesprochen kühl, so daß die Förstersleute nicht wußten, wie sie es diesem nervösen Stadtkind recht machen sollten. Aber das fiel schon in eine Zeit, als er die Schule besuchte.

Häufig verbrachten die Kinder die Ferien bei den Großeltern in Achern, die in einem schönen alten zweigeschossigen Bürgerhaus wohnten, einem der ältesten der Stadt. Im unteren Stockwerk befand sich die Steindruckerei S. B. Brecht. Vom großelterlichen Wohnzimmer aus konnte man weit ins Land schauen. Der Großvater war ein angesehener Lithograph, der Wappen, Wein- und Bieretiketten druckte. Er sei ein feinsinniger Künstler gewesen, dessen Fähigkeiten über dem Kunstgewerblichen gestanden hätten, meint Walter Brecht in seinen Erinnerungen.

Ferienort blieb Achern auch, als 1910 der Großvater starb. Eugen und Walter hingen nicht weniger an der lebensfrohen Großmutter, die sich um alles kümmerte und auf alles einging, was ihre Enkel an sie herantrugen. Seiner Großmutter Karoline Brecht widmete Eugen zu ihrem 80. Geburtstag 1919 ein Gedicht, in dem er ihre Fürsorge für Kinder und Enkel rühmte. Durch das ganze Gedicht zieht sich das Bild vom „Haus am Markt" mit seinem breiten Dach als eine Metapher für Geborgenheit. Während ihm das Gedicht „Der Großmutter zum 80. Geburtstag" viel Bewunderung eintrug, empfanden die Verwandten die später entstandene kleine Erzählung „Die unwürdige Greisin" als „grausame Verfälschung". Die Verwandtschaft diesseits und jenseits des Ozeans, so Walter Brecht, sei empört gewesen, was Brecht der Großmutter angetan habe. Selbst Walter, der wohl verstand, daß der Bruder nicht die Würde der Großmutter schmälern wollte, und ihm dichterische Freiheit zugestand, betrachtete es dennoch als „schmerzliches Erlebnis", das Bild der Großmutter bis zur „Unkenntlichkeit" entstellt zu sehen. Gerade weil Brecht viele authentische Details verwandte, um die Greisin zu schildern, befremdete und empörte das Gesamtbild um so mehr. Denn nach dem Tode ihres Mannes hatte sich ihr Leben nicht wesentlich geändert. Sie lebte froh und zufrieden und erfreute sich der Zuneigung ihrer Kinder und Kindeskinder. Ein Leben, wie es Brecht schilderte, wäre ihr nicht im Traume eingefallen.

Bei den Großeltern in Achern lernte Eugen auch seine in den USA lebenden Verwandten kennen, von denen stets die Rede war, wenn sich die Familie im Haus am Markt zusammenfand. Als dann der Bruder der Großmutter, Josef

Wurzler, zu Besuch kam, mit einem Cadillac und einem livrierten Farbigen als Chauffeur und Bedienten, war das für den jungen Brecht der erste Eindruck von Amerika.

Eugen sei, so die Jugendfreunde in ihren späteren Erinnerungen, schon als Kind ein Sonderling gewesen. Die anscheinend kühl-beobachtende Haltung fiel auf; beim Kinde verwunderte sie noch mehr als später beim Erwachsenen. Er sei einerseits manchmal ein „bisserl feig“[18] gewesen, andererseits habe „er immer den Ton angeben, immer jemanden kommandieren“[19] wollen. Dagegen schildert Walter Brecht seinen Bruder ausschließlich als den Überlegeneren, Geschickteren. „Eugens Haltung zu den Spielen im Freien war nicht viel anders als zu Hause. Auch hier bereitete ihm ein Spiel, sobald sich seine Geschicklichkeit als unschlagbar erwiesen hatte, nur mehr Langeweile, der er sich entzog.“[20] Das wiederum scheint zu sehr aus der Sicht des jüngeren Bruders gesehen, der eben den älteren überlegen findet. Treffender ist die Beobachtung, daß auf Eugen jene Mischung von Nüchternheit und Keckheit, Feigheit und Kommandierenwollen zutraf, die man an Kindern oft beobachtet. In der „Kolonie“ wußten die Spielgefährten sehr wohl, daß Eugen der Sohn des Prokuristen war, des Verwalters der Stiftung, der die Mieten einzog; und Eugen wußte das auch, er war sich seiner Vorzugsstellung wohl bewußt. Eugen besaß ein eigenes Kinderzimmer, in dem man aber nicht spielen durfte, um die kranke Frau Brecht nicht zu stören. Deshalb spielten sie bei schlechtem Wetter im Hausflur. „Meistens trafen wir uns im Hof. Die Brechtbuben liefen nie barfuß. Meist kämpften die Kinder, die in den zwei unteren Häusern wohnten, gegen die aus den zwei oberen. Ein bisserl feig war der Eugen manchmal. Wenn er sich bedrängt fühlte, lief er schnell ins Haus und rief nach der Mama. Oft spielten wir auf der nahen Stadtmauer und in den Wehrgängen und Zitadellen. Abends warteten die Großeltern Brezing hin und wieder auf Eugen. Sie schauten zum Fenster heraus und paßten uns Buben ab, wenn wir vom Spiel zurückkamen, damit ihnen Eugen in einer Metzgerei am Lauterlech Wurst holen ginge. Eugen tat es sehr ungern. Deshalb wählte er, wenn die Großeltern am Fenster zu sehen waren, immer einen anderen Weg, um so den Blicken der Großeltern zu entgehen."[21]

Die Spiele der Jungen in der Bleichstraße unterschieden sich nicht von denen anderer Kinder. Eugen besaß wie jedes Kind Bleisoldaten. Im Sommer, vor allem aber im Herbst, wenn die Kastanienbäume ihr Laub abwarfen, war die große Zeit der Indianerspiele. Eigenheiten des Kindes Eugen Brecht lassen sich daraus nicht ableiten.

1904 kam Eugen in die Schule. Er besuchte in den ersten Jahren die „Schule der Barfüßer". Mit seinen zwei Klassenzimmern glich sie mehr einem Wohnhaus als einem städtischen Schulgebäude. Da sich die Schule bald als zu klein erwies, wechselte Eugen im letzten Volksschuljahr zur Schule am Stadtpflegeranger über. In den ersten Jahren, als es der Mutter noch möglich war, brachte sie Eugen zur Schule. Im Winter, wenn Schnee lag, wurden beide Kinder von der Schwarzen Marie in einem breiten, zweisitzigen Schlitten mit Rückenlehne in die Schule gefahren. In diesem Gefährt, in Pelzdecken eingehüllt, den Ranzen auf dem Schoß, fielen sie natürlich bei ihren Schulkameraden auf. Das veranlaßte Eugen, noch bevor sie die Schule erreicht hatten, aus dem Schlitten auszusteigen und verschämt nebenherzulaufen. Walter hingegen fand Gefallen daran, so herrschaftlich zur Schule gefahren zu werden. In der Volksschule war Eugen ein guter, unauffälliger Schüler. Die Gesamtnote wechselte zwischen 1 und 2, in Fleiß und Betragen gab es keine Beanstandungen. Mehr noch als später auf dem Realgymnasium war der vorherrschende Eindruck: guter Durchschnitt.

Daß in der Schule körperliche Strafen in sorgfältig gestaffelter Hierarchie verabreicht wurden, fanden Schüler wie Eltern ganz selbstverständlich. In diesem Punkt gab es volle Übereinstimmung zwischen Schule und Elternhaus. Auffällig im Schülerbogen 1907/08 ist nur der Vermerk: „Mußte vom 11. Juni bis 28. Juli im Bad Dürrheim wegen Nervosität Heilung suchen."[22] Sein Gesundheitszustand in den Kinder- und Jugendjahren war tatsächlich nicht der beste. Überaus nervös schon als Kind, kam dann noch ein Zucken in der linken Gesichtshälfte hinzu, das über Jahre anhielt, sich dann aber verlor. Auch mit dem Herzen gab es von früh an Beschwerden. Er wurde nicht nur nach Bad Dürrheim, sondern auch noch nach Bad Königsberg im Schwarzwald zur Kur geschickt. Selbst die Ferienaufenthalte bei den Großeltern in Achern verkürzten sich gegenüber denen des Bruders, weil er häufiger krank war.

Dabei war er keineswegs ein Stubenhocker. Er betätigte sich sportlich und unterschied sich hierin nicht von seinen Kameraden. Frühzeitig lernte er im städtischen Hallenbad schwimmen. Mit seinem Bruder ging er wöchentlich einmal dorthin. Im Sommer, zu Besuch bei den Großeltern, schwamm er in der Acher, am Felsenbad, oder zu Hause in Augsburg im Lech. Der Lech mit seinen Strudeln und verfallenen Wehren stellte an die Schwimmer schon einige Anforderungen. Er lernte Radfahren und brachte es seinem Bruder bei. Allerdings benutzte er auch rücksichtslos dessen Rad, wenn es ihm bequemer erschien. Das lästige Reinigen überließ er anderen. Auch ein guter Schlittschuhläufer soll er gewesen sein. Über seine sportlichen Fähigkeiten gibt es in den Erinnerungen der Jugendfreunde sehr unterschiedliche Meinungen. Während Walter Brecht seinen Bruder in den genannten Sportarten für sehr gut hielt, sahen die anderen in ihm mehr einen mäßigen Könner. Doch im Fach Turnen konnte er während der Volksschulzeit ständig eine 1 vorweisen. Auf dem Realgymnasium rutschte er auf eine 2 ab. Durch besonderen sportlichen Ehrgeiz fiel er nicht auf, und auch den Mannschaftsspielen scheint seine Liebe nicht gegolten zu haben.

Während der Volksschulzeit blieb das Verhältnis zwischen Kindern und Eltern noch ungetrübt. Man kann nicht sagen, daß Eugen zur Sorge Anlaß gegeben hätte. Alles verlief höchst normal. Die Mutter kümmerte sich um die Schulaufgaben, und da dem Kinde die Schule keine Schwierigkeiten bereitete, gab es auch da keine buchenswerten Vorkommnisse. Nur bei den Gesprächen während der Mahlzeiten geschah es gelegentlich, daß Eugen seine Meinung hart gegen die des Vaters setzte. Zu solchen wenn auch keineswegs nachhaltigen Konfrontationen kam es bereits früh. Dabei verhielt sich der Vater, der zwar ganz im Sinne der damaligen Zeit auf uneingeschränkter Autorität bestand, gegenüber den Söhnen sehr verständnisvoll, keineswegs kleinlich. Einen dieser frühen Vorfälle schildert der Bruder: „Papa hing an allem, was im Gärtchen neben dem Haus ein bei dem rauhen Augsburger Klima kümmerliches Dasein fristete. Darunter war auch ein Apfelbaum, der zum ersten Mal Früchte trug. Zwei Äpfel waren gestohlen worden. Eugen verteidigte den Dieb: *‚Was Bäume machen, gehört niemand.'* Papa verurteilte solche Ansichten. Er verlangte, daß sich Urteile auf Reife und nachgewiesene Leistung zu stützen hätten; ein Thema, an dem sich oft die Gemüter erhitzten."[23] Im Laufe der Zeit kam es häufig zu solchen Vorfällen, und die Ausbrüche des Vaters wurden heftiger. Der Sohn bekam zu hören, daß er, solange er die Beine unter den Tisch stecke, sich solcher Reden zu enthalten habe und lieber erst einmal etwas leisten solle. Eugen ließ den Vater reden, nahm aber auch nichts zurück.

Wie es sich für einen Bürgersohn ziemte, besuchte Eugen von 1908 an das Königliche Bayerische Realgymnasium an der Blauen Kappe. Im Herbst 1911 wurde wegen der zu großen Schülerzahl der Unterricht für einen Teil seiner Klasse in die neu hinzugemieteten Räume der Kirchenverwaltung von St. Georg verlegt. Für Eugen hatte das den Vorteil, daß sich sein Schulweg verkürzte. Der Bruder ging nicht in dasselbe Gymnasium, sondern besuchte die Kreisoberrealschule an der Hallstraße. Im Unterschied zur Volksschule gestaltete sich das Schulleben jetzt nicht mehr so problemlos. Für einige Fächer zeigte Eugen großes Interesse, bei anderen ließ er es so daran fehlen, daß seine Leistungen unter dem Durchschnitt lagen. Walter, der spätere Professor, erinnert sich, daß es bei beiden nicht zum besten stand: „Es wäre zuviel gesagt, wollte man behaupten, die Schule hätte uns keine Schwierigkeiten bereitet. Zwar haben wir sie beide ohne ernstliches Versagen hinter uns gebracht, jeder neun Jahre lang bis zum bestandenen Abitur, ohne eine Klasse repetieren zu müssen. Aber bei mir war es so, daß mich das Vermeiden des Sitzenbleibens an mehreren Schuljahresenden harte Mühe kostete, während sich bei Eugen, der in fast allen Fächern, zwar ohne Glanz, doch problemlos mitkam, von der Unterprima an ernste Konflikte mit den Deutschlehrern einstellten.“[24]

So waren auch die Eltern mehr beansprucht und in Sorge als früher. Zwar lag ihnen sehr daran, daß ihre Kinder den Abschluß der höheren Schule schafften, aber sie forderten ihnen keine Glanzleistungen ab. Vor allem der Vater wollte das, was man angefangen hatte, auch zu Ende geführt wissen. Doch von seinen Söhnen immer nur sehr gute Leistungen zu erhoffen fiel ihm nicht ein. Wie er sich zu schulischen Leistungen verhielt, charakterisiert ein Vorfall. Als bei Walter immer wieder die Versetzung in Frage stand, sagte der Vater zu ihm, er solle wenigstens dafür sorgen, daß die Versetzung immer gewährleistet sei, dann wolle er andererseits unbesehen alle unangenehmen Mitteilungen der Lehrer unterschreiben.

Weniger die größeren Schwierigkeiten der Kinder in der Schule als die zunehmende Krankheit der Mutter, die sich bisher um die Schularbeiten gekümmert hatte, veranlaßte die Familie, eine Erzieherin einzustellen. Im Jahre 1910 kam die etwa fünfundzwanzigjährige Marie Roecker ins Haus. Das hatte für Eugen zur Folge, daß er sein Zimmer räumen und in die Mansarde umziehen mußte. Dieses Dachzimmer mit dem Fenster zur Bleichstraße wurde für ihn besonders hergerichtet. Eugen dürfte dieser Tausch sogleich als günstig erschienen sein. Er besaß jetzt einen eigenen Zugang zu dem Raum, in dem er sich am meisten aufhielt. So war er separiert von den anderen Familienmitgliedern, was er im Laufe der Zeit besonders schätzenlernte. Fräulein Roekker wurde sehr bald zu einer unentbehrlichen Stütze des Hauses. Sie sorgte sich um die kranke Hausfrau und nahm stellvertretend deren Aufgaben wahr. Sie konnte gut kochen, verfügte aber auch über Kenntnisse in Englisch und Französisch, so daß sie den Kindern bei den Schularbeiten behilflich sein konnte. Sie stand dem Dienstmädchen vor und war Hausdame, Krankenpflegerin und Erzieherin in einem. Für den Hausherrn stellte sie eine unbedingte Vertrauensperson dar. Die Kinder wußte er bei ihr in guter Obhut. „Überhaupt hatte sie für Eugen und Walter sehr viel Verständnis. Noch als die Buben bereits zur Schule gingen, schneiderte sie ab und zu die Schulanzüge. In der Wohnung hatte sie sich einen kleinen Werkzeugkasten angelegt. Alles, was es an einfachen Reparaturen auszuführen gab, brachte Fräulein Roecker in Ordnung. Während der langen Krankheit der Tante pflegte sie diese mit aufopferungsvoller Hingabe“[25], so die Charakteristik, die eine Verwandte der Familie Brecht gab.

Von den neuen Fächern, die im Realgymnasium gelehrt wurden, gehörte Eugens Liebe dem Latein. Für Latein bewahrte er sich zeitlebens eine besondere Neigung. So gut allerdings, wie er später meinte gewesen zu sein, als er Nachahmern seiner Diktion abriet, die von ihm häufig verwendete Partizipialkonstruktion zu gebrauchen, weil nur der sie richtig zu handhaben verstehe, der wie er in Latein stets ein „sehr gut" gehabt habe, war er nicht. Für Französisch und Englisch hingegen zeigte er weder besondere Begabung noch Fleiß. Aber auch in den naturwissenschaftlichen Fächern kam er über durchschnittliche, gerade noch befriedigende Leistungen nicht hinaus. Seine Zensuren weisen ihn als einen durchschnittlichen Schüler aus. Das Zeugnis von 1915/16, seinem vorletzten Schuljahr, enthielt kein einziges „sehr gut". Fünfmal stand da die Note „gut", für deutsche und lateinische Sprache, Geschichte, Turnen und Religion, und sechsmal „genügend" in den naturwissenschaftlichen Fächern und den modernen Fremdsprachen. Auch im deutschen Aufsatz schwankten seine Leistungen, obwohl er seinen Lehrern und Mitschülern bereits durch eigenwillige Formulierungen auffiel. In Latein jedoch fühlte er sich sattelfest genug, um mit den Lehrern über die treffende Wortwahl und die bessere stilistische Wendung zu diskutieren. Sein Verhalten brachte der Klassenleiter auf dem Zeugnis auf folgenden Nenner: „Sein Fleiß hat im ganzen entsprochen, seine Leistungen waren daher auch nur im allgemeinen zufriedenstellend. Sein Betragen war nicht tadelfrei. Wegen Verfehlung gegen die Schulsatzungen wurde vom Lehrerrat gegen ihn eine Schulstrafe ausgesprochen."[26] Obwohl er seine Schüchternheit auch in den späteren Schuljahren nicht überwand, konnte er jetzt sehr witzige und obendrein noch rotzfreche Antworten geben. Zu einem Aufsatzthema: „Was zieht uns in die Berge?" vermerkte er lakonisch: die Seilbahn.

Mit dem Besuch des Realgymnasiums änderte sich auch der Freundeskreis Eugens. In seiner Klasse gab es ausschließlich Kinder gutsituierter Bürger. Die Väter waren entweder Prokurist und Fabrikdirektor wie Brechts Vater oder aber Großkaufmann, Bankier, Oberingenieur, Offizier, Gutsbesitzer, Beamter. Beziehungen zu Arbeiterkindern oder gleichaltrigen Lehrlingen in den Fabriken besaß er überhaupt nicht. In der Klasse zählten Rudolf Hartmann,

Rudolf Prestel, Julius Bingen, Ernst Bohlig und Adolf Seitz zu seinen Freunden. Um Eugen bildete sich sehr bald eine regelrechte Clique, ein engerer Freundeskreis, der über Jahre, ja Jahrzehnte zusammenhielt. Wenn es eine Eigenschaft Brechts gab, die sich in der Kindheit entwickelte und die für sein ganzes Leben bestimmend blieb, so war es der Umgang mit Freunden. Wo Brecht war, scharte er Freunde um sich. Schon in ganz jungen Jahren verhielt er sich ihnen gegenüber in einer freundlich bestimmenden Art. Ihm hatte man sich anzuschließen, er war der Mittelpunkt. Obwohl er mit seinen Freunden nicht gerade zimperlich umging, hatte er kein ehrgeiziges Verlangen nach Unterordnung der anderen, vielmehr bildete sich die Clique, weil Brecht aus jedem, der dazustieß, etwas machen wollte. Die meisten seiner Freunde waren überdurchschnittlich begabt, lasen gern und liebten Musik. In den schulischen Leistungen waren sie Eugen eher überlegen. Wer zum Freundeskreis gehörte, dem blieb Eugen verbunden, einigen fürs ganze Leben. Obwohl sich Brechts späterer Lebensweg sehr von dem seiner Freunde unterschied, hielt er über Jahre hinweg zu ihnen.

Der Begabteste in der Brecht-Clique war wohl Georg Pfanzelt. Ihn kannte Eugen schon vor der Schulzeit, da er in der Nähe der Bleichstraße, Klauckestr. 20, wohnte. Der Bruder Walter hat ihn ausführlich beschrieben: „Obgleich ich manche Stunde im Freundeskreis verbrachte, der mich holte, wenn es um Klavier- und Gitarrespiel, auch um gemeinsames Singen von Eugens Liedern ging, steht kein anderer so deutlich vor meinem Auge wie Pfanzelt. Er stach von den übrigen ab und besaß vielleicht gerade deshalb für Eugen besonderes Gewicht. Ich lernte ihn besser als manchen anderen der Gruppe kennen, weil er, da auch er in die Oberrealschule ging, fast den selben Schulweg hatte. ... Er stand Mama, obgleich er ihr respektvoll begegnete, weit weniger nahe als die anderen Freunde Eugens. Es war etwas Düsteres, Altes, um ihn: ich konnte mir nicht vorstellen, wie er als Kind ausgesehen und sich verhalten hatte. Mittelgroß, von eckiger Gestalt, zog er das rechte Bein wegen eines Klumpfußes nach. Er hatte ein spitzes, blasses Gesicht und dunkles Haar. Für Mathematik begabt, im Zeichnen überdurchschnittlich, bereitete ihm die Schule keine Schwierigkeiten. Er spielte hervorragend Klavier und pflegte schwelgerisch zu improvisieren. Ich hatte das unangenehme Empfinden, er versuche unablässig in mir das Gefühl zu erwecken, ein vom Schicksal besonders Benachteiligter zu sein. Er war sarkastisch, besaß bissigen Humor und mag der einzige unter den Freunden gewesen sein, dem das Vulgäre lag. Es machte ihm Vergnügen, mich, den viel Jüngeren, mit grob sexuellen Aussprüchen zu irritieren. Wahrscheinlich fühlte sich Eugen vom ungewöhnlichen Wesen dieses verquälten, aber geistig unabhängigen Menschen gefesselt, der durch scharfen Widerspruch, durch seine Liebe zu klassischer Klaviermusik, aber auch zu bizarren Songs, die künstlerische Atmosphäre verdichtete. Es ist richtig, daß ihm etwas Mephistophelisches anhaftete, ich jedenfalls fühlte mich in seiner Nähe nie behaglich."[27] Er war vielleicht der einzige, der mehr auf Eugen einwirkte als dieser auf ihn. Er besaß manche Eigenart, um die ihn der junge Brecht beneidete, die ihm aber, so natürlich und selbstverständlich, wie sie bei Pfanzelt zum Ausdruck kam, gar nicht lag.

1911 wurde Caspar Neher in Brechts Gymnasialklasse aufgenommen, obwohl er ein Jahr älter war. Bereits drei Jahre später verließ er die Klasse wieder und besuchte die Kunstschule in München. Aus einem konservativen Oberlehrerhaus stammend, unterschied er sich sehr von Eugen und Georg Pfanzelt. Sein gepflegtes Äußere, die leise Art, sich mitzuteilen, paßten eigentlich gar nicht zum Treiben der Clique. Was sich in Augsburg anbahnte, wurde eine Freundschaft fürs ganze Leben. Eugen redete ihm schon damals ein, daß aus ihm einmal ein ganz großer Künstler werde. Als Bühnenbildner wurde er das auch. Eugen nannte ihn Cas.

Nicht zu den Klassenkameraden, wohl aber zum engeren Freundeskreis zählte Otto Müllereisert. Der Bruder Walter schildert ihn als einen Dandy, der reichlich mit Taschengeld versehen und ständig zum Hänseln aufgelegt war. Aus der Sicht von Otto Müllereisert hatte Eugens elterliches Milieu einen Anflug von Dürftigkeit, von rechtschaffener Ärmlichkeit. Doch gerade er stand ganz unter Eugens Einfluß. Zur Clique gehörte ferner Rudolf Hartmann, wegen seines weichen, sanften Wesens von den anderen „Mädchen" genannt. Er wohnte in Eugens Nähe, in der Müllerstr. 14. Mit einem Puppentheater probierten sie Szenen aus der dramatischen Weltliteratur durch: aus Webers „Freischütz" und „Oberon", aus Büchners „Leonce und Lena", aus Goethes „Faust" und Shakespeares „Hamlet". Eugen sorgte dafür, daß die von ihm bevorzugten Werke von Gerhart Hauptmann und Frank Wedekind ins Repertoire eingingen. Zu dieser Clique, die über die verschiedenen Altersstufen hinweg eng zusammenhielt, stießen auch Freunde, die ihr nur zeitweilig verbunden blieben, wie die Brüder Ludwig und Rudolf Prestel, oder erst später zu diesem Kreis fanden wie Hanns Otto Münsterer, den Brecht im Herbst 1917 kennenlernte.

Der Freundeskreis rekrutierte sich aus den Schachspielern, die sich jeden Mittwochnachmittag in Brechts Wohnung trafen. Doch sehr bald ging Eugen dazu über, bei seinen Freunden auch noch andere Interessen zu wecken und auszubilden. Übereinstimmend berichten sie, daß er ihnen in der Lektüre voraus gewesen sei und von ihnen stillschweigend als Literaturkenner akzeptiert wurde. Was er gelesen hatte, empfahl er anderen. Bestimmte Vorlieben für Dichter und Bücher brachte er zur Sprache und drängte sie anderen unmerklich auf. Am Anfang ihres Lektüreerlebnisses stand, wie bei anderen auch, Karl May. Als dieser Autor 1909 in Augsburg eine Lesung veranstaltete, interessierte sich Eugen sehr dafür. Da er alle erreichbaren Karl-May-Bände früher als die anderen gelesen hatte, steuerte er die Lektüre in der Clique. Eugen lernte schnell, sich in Büchern auszukennen und auf seiner einmal gefaßten Meinung zu bestehen. Hinweise von Erwachsenen bekam er kaum. Er blieb auf sich selbst angewiesen. Deshalb war es auch gar nicht verwunderlich, daß er ein Allesleser wurde, den Schundroman nicht verschmähte, aber auch ganz von selbst an Bücher geriet, deren Lektüre in Augsburg nicht als selbstverständlich galt. Seinen Lesestoff besorgte er sich vorzugsweise aus der Leihbücherei Steinicke in der Ludwigstraße. Hier arbeitete Franziska, die spätere Lebensgefährtin seines Freundes Georg Pfanzelt, die sich der Clique gelegentlich anschloß. Durch sie kam er an vieles heran und verhielt sich in der Buchhandlung auch ungezwungener, als ihm das sonst vielleicht möglich gewesen wäre. „Wir waren sehr modern sortiert. Zu den fleißigsten, wenn auch nicht zu den gutzahlenden Kunden gehörten Bert Brecht und seine damaligen Freunde, darunter Otto Bezold, Herr Münsterer und mein späterer Mann. Die jungen Herren hatten meist kein Geld, insbesondere schien Brecht sich mit Geld nicht viel zu beschäftigen„ er war auch sehr bescheiden. Wenn er zu uns kam, schaute er sich verschiedene Bücher an und las sie oft gleich im Laden. Wie ich mich erinnere, bevorzugte Brecht damals Kriminalromane und die Lektüre van de Veldes. Meist brachte er die Bücher jeweils schon nach einem Tag zurück und nahm neuen Lesestoff mit. Sein Lesehunger war gewaltig, so daß es oft schwer wurde, seine Wünsche zu erfüllen. Wir hatten noch eine sehr schöne Filiale am Königsplatz. Dort führte eine kleine Treppe in einen Kellerraum hinab, wo vom Inhaber eine kleine, aber gut sortierte Erotikabibliothek unterhalten wurde. Diese Bücher lieh der Chef nur an bestimmte Kunden aus."[28]

In der Lektüre des jungen Brecht gab es einige Werke, die seine frühe Poesie ganz entscheidend prägten, während der starke Eindruck anderer bald verblaßte. So zählten in seinen frühen Jahren Knut Hamsun und Gerhart Hauptmann zu seinen Lieblingsdichtern, die nur noch von Frank Wedekind übertroffen wurden. Eine große Freude bereiteten ihm die Eltern, als sie ihm eine erste Gesamtausgabe der Werke dieses Dichters schenkten. Daß Wedekind damals im Rufe eines unsittlichen, ungehörigen Schriftstellers stand, der mit der Zensur in Konflikt geriet, störte wiederum den Vater nicht, gerade diese Werke seinem Sohn zu übergeben. Auch zu Rimbaud, Verlaine und Villon griff er. Diese Dichter waren es auch, die seine Gefühlswelt wohl am meisten stimulierten. Der Einfluß ging unmerklich vor sich, aber vollzog sich um so nachhaltiger.

Oft geht bei jungen Menschen das Interesse für Bücher einher mit der Neigung, selbst zu schreiben. Unter den Freunden galt es als selbstverständlich, Gedichte zu machen, eine Melodie zu erfinden. Eugens erste dichterische Versuche entstanden im Umkreis solcher Bemühungen. Er fiel keineswegs auf, weil er dichtete; später weit eher durch den Anspruch, den er damit verband. Eugen und seine Clique unterschieden sich in dieser Hinsicht nur dadurch, daß sie ihre Dichterei nicht heimlich betrieben, ihre Poesie nicht im Tagebuch verbargen, sondern sofort nach Wegen suchten, sie an den Mann zu bringen und praktisch zu verwerten. So begann es auch mit einer Schachzeitung, die die Freunde unter dem Titel „Die lustigen Steinschwinger" hektographiert herausbrachten und für 20 Pfennig verkauften. Als sie den Lehrern in die Hände kam, war damit Schluß, weil die Schule einige Stellen als Lehrerfrotzeleien auffaßte.

Doch sehr bald wurde ein zweiter Versuch gestartet.

1913 gründeten die Schüler der Untersekunda die Zeitung „Die Ernte". Als Redakteure betätigten sich Eugen und Julius Bingen, der begabteste Schüler der Klasse. Insgesamt erschienen sechs Nummern, die siebente, vom Februar 1914, wurde nicht mehr fertiggestellt. In fast jeder Nummer veröffentlichte Brecht einen oder mehrere Beiträge, insgesamt fünfzehn: Satiren, Glossen, Balladen, Gedichte, Geschichten und das Drama in drei Szenen „Die Bibel". Wie schon bei der Schachzeitung bediente man sich des damals üblichen Abzugsverfahrens, und etwa 40 Exemplare wurden für 15 Pfennig das Stück verkauft. Merkwürdig ist nur, daß Brecht seine Beiträge nicht mit vollem Namen zeichnete; denn seine poetischen Neigungen verbarg er keineswegs, und die Lehrer wußten die Autoren ohnehin herauszufinden. Bei der Suche nach einem Pseudonym erinnerte er sich seines zweiten Vornamens und zeichnete mit: Berthold Eugen.

So läßt sich der Beginn der schriftstellerischen Arbeit Brechts auf das Jahr 1912/13 datieren. Seine ersten Texte sind Gymnasiastenpoesie, nicht mehr. Man kann nicht sagen, daß da schon ein besonderes Talent zu erkennen sei. Einzig in der Wahl der Motive drücken sich Eigenheiten aus, die auch den späteren Brecht charakterisieren. Allerdings vollzog sich die nun einsetzende Entwicklung sehr rasch. Besonders deutlich wird das, vergleicht man das in der Schülerzeitung gedruckte Gedicht „Der brennende Baum" vom September 1913 mit dem sehr ähnlichen Gedicht „Das Lied vom Geierbaum", das nur wenig später entstand. Beide beschreiben das Sterben eines Baumes, der eine erlischt mit der Flamme, der andere stirbt still in der Nacht, zerzaust und zerhackt von den Geiern, die sich auf ihm niedergelassen haben. Unter ihren Krallen und bleischweren Flügeln erstickt die letzte Knospe. Während das erste Gedicht noch sehr beschreibend verfährt und den Vorgang gleichsam mit Worten malt, ist im zweiten Gedicht das Ereignis im Gefühl des Betrachters erfaßt, die Worte und Verse weisen über den bloßen Vorgang hinaus.

Bei dem Kurzdrama „Die Bibel“ verdient die geistige Haltung Beachtung. Eugen schildert, wie in den Niederlanden eine protestantische Stadt von den Katholiken belagert wird. Der feindliche Feldherr ist bereit, die Stadt zu verschonen, wenn sich ihm ein Mädchen für eine Nacht opfert. Die Stadt, repräsentiert durch den Bürgermeister und dessen Sohn, ist der Meinung, daß dieses Opfer gebracht werden müsse. Verlangt wird es von der Tochter des Bürgermeisters. Doch sie weigert sich, unterstützt von ihrem Großvater. Daraufhin wird die Stadt niedergemacht. In einer Zeit, in der das öffentliche Denken auf den Opfertod, den Opfergang für ein Höheres, Allgemeines ausgerichtet war, ist eine solche Handlungsführung erstaunlich. Andererseits wird hier kein elementares Recht auf das Leben, auf individuelles Dasein zur Sprache gebracht; denn die Verweigerung verlangt eigentlich mehr Idealismus als der Opfergang, weil sie die Bereitschaft zum Tode einschließt. Wenn man im Formalen nach der Nähe zum Expressionismus sucht und sie nicht findet, so läßt sich das einfach auf das dürftige literarische Milieu im Augsburger Elternhaus zurückführen. Der Fünfzehnjährige las zwar viel, aber er lebte in keiner Umgebung, wo man über neue literarische Strömungen sprach oder debattierte, wo Neues auffiel und sich einprägte.

Kriegszeit

Im Sommer 1914 bereitete sich das Realgymnasium an der Blauen Kappe auf die Feier seines fünfzigjährigen Bestehens vor. Doch aus der Schulfeier wurde eine Kriegsfeier. In der ersten Augustwoche erklärte Deutschland Rußland und Frankreich den Krieg. Nach der Besetzung des neutralen Luxemburg und dem Einmarsch in Belgien folgte die Kriegserklärung Englands. Europa befand sich im Krieg. Brechts Deutschlehrer Dr. Ledermann reimte:

> Erhaben, rein, voll Jugendkraft und Schöne
> Steht dort Germania in treuer Wacht,
> Schickt löwenmutig ihre Heldensöhne
> Zum heilgen Kampfe in die Varusschlacht.[29]

Aber nicht nur in der Schule, auch im Elternhaus herrschte Hochstimmung. Sie hatte den Vater erfaßt, der sonst seine nationalliberale Gesinnung nie sonderlich forciert und lautstark zum Ausdruck brachte. In der allgemeinen Besessenheit gab er in markigen Reden dem Kaiser und dem Reich in allen Entscheidungen recht. Nicht minder beeindruckt von dieser Welle nationaler Kriegsbegeisterung zeigte sich Eugen. „Jetzt, in den ersten Tagen des August 1914, waren auch er und ich den ganzen Tag unterwegs, standen in den Straßen und sahen mit vielem Volk die Bataillone unter klingendem Spiel zu den Verladeplätzen marschieren, die damals schon feldgraue Uniform blumengeschmückt, das Gewehr geschultert, die schwarzledernen, blanken Teile der Pickelhaube von feldgrauem Tuch verdeckt, denn den Stahlhelm gab es noch nicht. Blumen flogen durch die Luft, lachenden Mundes wünschte man den Soldaten Glück. Am Bahnhof kündeten die mit Kreide beschriebenen Wände der Waggons mit der Inschrift ‚Viel

Feind, viel Ehr', ‚Jeder Schuß ein Russ', ‚Jeder Stoß ein Franzos' von übermütiger Siegesgewißheit."[30]

Die Kriegsbegeisterung führte bei Eugen zu einem Aufschwung seiner poetischen Produktion. Jetzt waren öffentliche Bekundungen für den Krieg gefragt. In den Augusttagen des Jahres 1914 stellte der Redakteur Wilhelm Brüstle dem Schüler Eugen Brecht erstmals die Spalten der „Augsburger Neuesten Nachrichten" zur Verfügung. Sein Bruder Walter meinte, Brüstle habe Eugens Arbeiten für die eines Erwachsenen gehalten. Das ist sehr gut möglich, denn die Kriegsbegeisterungspoesie des Schülers Brecht unterschied sich nicht von der seines Lehrers Ledermann. Aber Eugen muß mit dem Redakteur selbst in Kontakt gekommen sein. Trotz des Pseudonyms wußte dieser sicher, mit wem er es zu tun hatte. Außerdem trugen die ersten beiden Veröffentlichungen in den „Augsburger Neuesten Nachrichten" den Untertitel „Von einem Augsburger Mittelschüler". Sein Debüt gab Brecht mit der reportageähnlichen „Turmwacht" in der Ausgabe vom 8. August 1914. In diesem Beitrag schreibt er über seinen eigenen Dienst fürs Vaterland, als er auf Turmwacht nach feindlichen Fliegern ausspähte. Grundsätzlicher wurde er in den „Notizen über unsere Zeit", in denen er dem Kaiser huldigt und den Krieg als „unumgänglich" rechtfertigt: „Jetzt in diesen Tagen liegen aller Augen auf unserem Kaiser. Man sieht beinahe staunend, welche geistige Macht dieser Mann darstellt. Jeder weiß, daß er den Krieg *nicht* gewollt hat. Er hat dagegen gekämpft, gerungen mit all seinem Einfluß, fünfundzwanzig Jahre lang. Oft hat man ihn dafür verspottet, verlacht. – Jetzt plötzlich sind sich über seine Größe alle eins. Auch die Sozialdemokraten haben ihm Treue geschworen. Jeder Mann weiß, daß dieser Krieg unumgänglich ist. Aber während alle, das ganze Volk, jubelt, wenn auch unter Tränen, ist der Kaiser seltsam ernst und zurückhaltend. Da ist in seinen Reden kein Wort der Überhebung, des übertriebenen Selbstvertrauens. Im Gegenteil sieht alle Welt, wie tiefernst er ist inmitten der jubelnden Menge. Und es ist ein Trost für die Menge, daß sie einen Mann als Führer weiß, der mit solch schwerem Pflichtbewußtsein zu Werke geht."[31]

In den ersten August- und Septemberwochen veröffentlichte der junge Brecht, zunächst noch unter seinem Pseudonym, mit ziemlicher Regelmäßigkeit poetische Versuche in den „Augsburger Neuesten Nachrichten" und ihrer Unterhaltungsbeilage „Der Erzähler", sehr bald auch in der „München-Augsburger Abendzeitung". Danach erschienen die Beiträge in etwas größeren Abständen, aber noch immer kontinuierlich. Die „München-Augsburger Abendzeitung" brachte seine „Augsburger Kriegsbriefe" in Fortsetzungen, ferner die Kriegsgedichte „Dankgottesdienst", „Der Geist der ‚Emden'", „Der Name der Mutter", „Französische Bauern". In den „Augsburger Neuesten Nachrichten" standen die patriotischen Gedichte „Der Kaiser" und „Die Schneetruppe". Bedingt durch die Konjunktur von Kriegslyrik, gelang es Brecht sogar, ein Gedicht in beiden Zeitungen unterzubringen: „Soldatengrab", das als letztes unter Pseudonym erschien.

Was Brecht in den ersten Monaten, ja bis in das Jahr 1915 hinein schrieb, ist so chauvinistisch, so den Krieg verherrlichend, daß später einige Brecht-Forscher meinten, hier habe es sich einfach um bestellte Arbeiten, um „Auftragslyrik" gehandelt. Der Schüler Brecht sei, um Publikationsmöglichkeiten zu erhalten, der geforderten Rollenfunktion nachgekommen. Zumindest lasse sich ein psychologischer Zwiespalt erkennen, da in einigen Gedichten auch von den Opfern die Rede sei.[32] Doch gerade das war nicht der Fall. Wenn Brecht auch damals noch nicht über die poetischen Mittel verfügte, sein ureigenes Gefühl im Gedicht wiederzugeben, und deshalb mehr den Zeitgeist beschrieb, so waren diese Arbeiten doch ganz der Ausdruck dessen, was er damals dachte, wie er fühlte und worüber im Elternhaus gesprochen wurde. Der Bruder bestätigt das: „In der Familie war man stolz auf Eugen, und er selbst fühlte sich ganz gewiß durch die Achtung, die die angesehenen Zeitungen seinen Beiträgen zollten, in seiner Berufung bestätigt.“[33] Eugen, so wird an anderer Stelle bezeugt, habe das deutsche Heer, den deutschen Kaiser „bisweilen geradezu vergöttert und von deutschen Heldentaten geschwärmt“[34].

Nachdem in der raschen Erscheinungsfolge der Kriegsgedichte eine Pause eingetreten war, brachten die „Augsburger Neuesten Nachrichten“ am 13. Juli 1916 ein Gedicht, das sein Autor nicht mit Berthold Eugen, sondern mit Bert Brecht zeichnete. Was ihn veranlaßt hatte, gerade bei diesem Gedicht sein Pseudonym abzulegen und sich fortan zu seinen Arbeiten zu bekennen, läßt sich nicht mehr genau feststellen. Die neue Qualität, die sich mit diesem Gedicht ankündigte, wird es nicht gewesen sein. Vielleicht war es das Gefühl, daß es nunmehr an der Zeit sei, aus der Anonymität herauszutreten. Daß er Dichter werden würde und ein berühmter dazu, stand für ihn ohnehin fest. Vor seinen Klassenkameraden hielt er mit dieser Meinung nicht hinterm Berg. Ihnen gegenüber pflegte er zu sagen: „Ich kann Theaterstücke schreiben, besser als Hebbel, wildere als Wedekind!“[35] Durch seine Kriegsgedichte hatte er auch die Familie von seinem Dichtertum überzeugt. Vor allem die Mutter hegte übertriebene Hoffnungen. Da sie für Ludwig Ganghofer schwärmte, der sich zu jener Zeit gleichfalls ganz der Kriegspropaganda zur Verfügung stellte, wollte sie, daß ihr Sohn berühmt und geliebt werde wie dieser. Etwas skeptischer verhielt sich der Vater, der mehr die patriotische Gesinnung schätzte, die in den Gedichten zum Ausdruck kam.

Das Gedicht, das am 13. Juli 1916 in den „Augsburger Neuesten Nachrichten“ erschien, hieß „Das Lied der Eisenbahntruppe von Fort Donald“. Hier kündigte sich die Diktion an, mit der sich Brecht in die Literatur einführte und die im „Baal" und in der „Hauspostille" ihren konsequentesten Ausdruck fand. In dieser als Lied bezeichneten Ballade war nicht vom Krieg, sondern vom „dunklen Wasser Ohios" die Rede. Zwar wurden auch hier Männer besungen, die „starben vor Licht", die „modern unter den Zuggeleisen". Doch fehlte bereits alles Begeisternde, fehlte das Pathos der Aufopferung. Daß Brecht später diesen Text als den ersten gelungenen Schritt zur Dichtung betrachtete, davon zeugt die Aufnahme in die „Hauspostille". Doch geschah dies nicht ohne einige Korrekturen, die die emotionale Grundstimmung veränderten. So nüchtern und betont antiheldisch das Gedicht sich gegenüber den vorangegangenen Kriegsgedichten auch ausnahm, war es doch nicht frei von einer wenn auch unaufdringlichen religiösen Sentimentalität, die Brecht später ausmerzte. Den Männern von Fort Donald wurde der letzte Rest von Hoffnung genommen; für sie gab es nichts mehr, woran sie sich halten konnten. Dieses „Sich an nichts mehr halten Können" klang schon in der ersten Fassung an, da war bereits „kein Fetzen Himmel, der Hoffnung lieh".

Zur gleichen Zeit, als die Ballade entstand, mußte Brecht einen Klassenaufsatz über den Horaz-Vers „Dulce et decorum est pro patria mori" schreiben. Das Thema lag ganz im Sinne der Zeit und wird vielen Schulklassen gestellt worden sein. Doch zum Entsetzen seiner Lehrer begründete Brecht, daß es keineswegs süß und ehrenvoll sei, für das Vaterland zu sterben. Sehr entschieden, mit fast provokatorischer Schärfe formulierte er: „Der Ausspruch, daß es süß und ehrenvoll sei, für das Vaterland zu sterben, kann nur als Zweckpropaganda gewertet werden. Der Abschied vom Leben fällt immer schwer, im Bett wie auf dem Schlachtfeld, am meisten gewiß jungen Menschen in der Blüte ihrer Jahre. Nur Hohlköpfe können die Eitelkeit so weit treiben, von einem leichten Sprung durch das dunkle Tor zu reden, und auch dies nur, solange sie sich weitab von der letzten Stunde glauben. Tritt der Knochenmann aber an sie selbst heran, dann nehmen sie den Schild auf den Rücken und entwetzen, wie des Imperators feister Hofnarr bei Philippi, der diesen Spruch ersann."[36] Dieser Text wurde von Brechts Jugendfreund Otto Müllereisert sinngemäß überliefert, als Zusammenfassung dessen, was Brecht damals geschrieben hatte. Mag auch in der Rückerinnerung manche Formulierung vielleicht schärfer ausgefallen sein, so kann man dennoch Brechts Haltung nicht anders als kühn bezeichnen. Vor allem wenn man bedenkt, daß in jenen chauvinistischen Zeiten der Horaz-Vers eine fast religiöse Weihe besaß. Wie ungewöhnlich diese Aussage empfunden wurde, geht auch daraus hervor, daß sich später mehrere Schüler bis auf einzelne sprachliche Wendungen an den Aufsatz erinnerten. Von welchem Schulaufsatz kann das schon gesagt werden! Brecht sollte wegen seiner Haltung relegiert werden. Nur der Fürsprache des Benediktinerpaters Dr. Romuald Sauer, der während der Kriegsjahre aushilfsweise Französischunterricht im Gymnasium gab, war es zu danken, daß er die Anstalt weiter besuchen durfte. Aber selbst Lehrer, die sonst viel Verständnis für seine Eigenart zeigten, wie der Lateinlehrer und Konrektor Dr. Gebhard, den Brecht sehr schätzte, waren entsetzt. Ein Mittelschüler erzählte: „Mit gesenktem Kopf ließ er [Brecht] die rektorale Zurechtweisung über sich ergehen, schmal und unscheinbar stand er da, wie es einem schuldbewußten Schüler anstand. Gebhard donnerte, wie es einer wagen könne, der da glaube, ein Dichter zu sein, sich an Horaz zu vergreifen. Schon einmal habe die Schule einen Dichter dimittieren müssen. Wir wußten natürlich alle, daß damit Ludwig Ganghofer gemeint war, der 1871/72 vom Realgymnasium Augsburg verwiesen worden war. Gebhard schrie: ‚Geben Sie mir sofort mein Buch zurück!' Er hatte Brecht vorher in väterlicher Freundschaft aus seiner Privatbibliothek ein

Buch geliehen. Nicht allein der Ärger über den kühnen Inhalt des Aufsatzes war es, der Gebhard derartig erregte, es war, wie er meinte, die Beleidigung, die Brecht dem Horaz angetan habe."[37] Im Unterschied zu seinem Lateinlehrer sah die Schulleitung in Brechts Aufsatz nicht ein Vergehen an Horaz, sondern an der vaterländischen Gesinnung. Im Zeugnis 1915/16 wurde der Vorfall als Verfehlung gegen die Schulordnung festgehalten. Wie es Pater Sauer schaffte, daß Brecht mit einem Verweis davonkam, ist nicht feststellbar. Als jüngstes Mitglied des Lehrerkollegiums dürfte er mit seiner Argumentation einen schweren Stand gehabt haben, zumal die Lehrerschaft in Brechts Verfehlung nicht nur einen erschreckenden Mangel an patriotischer Gesinnung, sondern auch eine unverschämte Provokation sah. Für die Eltern war der Vorfall ein solcher Schock, daß das Thema im Hause nicht berührt wurde. Darüber der Bruder: „Zuhause, am Mittagstisch oder beim Abendessen, wurde über die Angelegenheit ‚Dulce et decorum est …' fast nicht gesprochen. Es mag sein, daß sich Papa von Eugen unter vier Augen berichten ließ; der Unterschied der Meinungen über alles, was mit dem Krieg zu tun hatte, mußte jeder Diskussion eine solche Schärfe geben, daß man besonders auch mit Rücksicht auf Mama, der es nicht gutging, auf Streitgespräche verzichtete."[38]

Der Horaz-Aufsatz markierte eine sich verändernde Haltung zum Krieg, zum gesellschaftlichen Leben überhaupt. Jedoch kann man nicht sagen, daß aus seinem Verfasser schon ein Kriegsgegner geworden wäre. Vor allem gab es noch keine Denkrichtung oder gar politische Gesinnung, von der er sich leiten ließ. Er wurde kritischer, skeptischer, zweifelte an allem, was an ihn herangetragen wurde. Mehr als den Krieg begann der junge Brecht die penetrante Selbstverständlichkeit zu hassen, mit der ihm bestimmte Maximen aufgedrängt wurden. Daß stillschweigend vorausgesetzt wurde, wie der einzelne zu denken, zu empfinden und zu handeln habe, provozierte ihn. Gerade weil der Horaz-Satz zu den unantastbaren Maximen der Gesellschaft gehörte, die nur positiv interpretiert, nicht aber kritisiert werden durften, fühlte er sich veranlaßt, ihn ganz in Frage zu stellen.

In diese Zeit der Wandlung von anfänglicher Kriegsbegeisterung zu größerer Distanz und Nüchternheit gegenüber Krieg und Opferbereitschaft fiel auch die erste eingehendere Beschäftigung mit der deutschen Klassik, vor allem mit der Dichtung Goethes und Schillers. In der Unterprima, dem Schuljahre 1915/16, sah der Lehrplan folgende Werke vor: „Schiller, ‚Wallenstein'; Goethe, ‚Iphigenie auf Tauris', ‚Faust. Erster Teil'; Chamberlains Kriegsaufsätze; Borkowsky, ‚Unser heiliger Krieg'; Schiller, ‚Braut von Messina'." In der Oberprima: „Schiller, ‚Maria Stuart', ‚Demetrius'; Kleist, ‚Hermannsschlacht', ‚Der zerbrochne Krug'; Goethe, ‚Torquato Tasso', ‚Götz von Berlichingen'." Mit folgenden Aufsatzthemen hatte sich die Klasse zu befassen: „1. ‚Welche Gründe macht Maria Stuart in ihrer Unterredung mit Burleigh (I.7) gegen ihre Verurteilung geltend?' 2. ‚Inwiefern hat sich Deutschland im gegenwärtigen Kriege als Meister der Organisation gezeigt?' 3. ‚Gedanken des deutschen Volkes an der Jahreswende 1916/17. Rückblick und Ausblick.' 4. ‚Mit welchem Rechte wird Kleists ›Hermannsschlacht‹ ein Charakterdrama genannt?' 5. ‚Der Lorbeerkranz ist, wo er dir erscheint, / Ein Zeichen mehr des Leidens als des Glücks (›Tasso‹)' 6. ‚Inwiefern hat man die Kriegszeit mit Recht eine große, schreckliche, herrliche Zeit genannt?'"[39]

Allein die Mischung von klassischer Dichtung und Texten chauvinistischer Kriegsverherrlichung läßt erkennen, von welcher Art diese Klassikerinterpretation war. Nicht nur, daß die Schule die deutsche Klassik im ständigen Bezug zum Kriegsgeschehen erläuterte, ihr Pathos und ihre Sittlichkeit wurden in den Dienst der wilhelminischen

Kraftpose von der Überlegenheit deutschen Wesens gestellt. Gerade zu dem Zeitpunkt, als sich Brecht skeptischer gegenüber allzu großer Kriegsbegeisterung verhielt, bekam er die Klassik kriegerisch erklärt. Dieser Widerspruch sollte nicht ohne Folgen für sein Verhältnis zur deutschen Klassik bleiben. Einerseits fühlte er sich von dieser Dichtung, insbesondere von Schiller, tief beeindruckt. Die Schillersche Dramatik wurde zum zentralen, nachhaltigen Erlebnis seiner Jugend. Mag manche andere Dichtung ihn zeitweilig auffälliger beansprucht haben, die Eigenart der Schillerschen Dramatik prägte sich ihm tief ein und hinterließ bleibende Spuren. Dabei verband sich die Liebe zur Schillerschen Poesie mit dem ehrgeizigen Wunsch, in der Literatur einmal selbst den Rang dieses Dichters einzunehmen. Werden doch Vorstellungen von zukünftigem Ruhm nie sehnsüchtiger und unverhüllter ausgetragen als mit sechzehn oder achtzehn Jahren. So war es mehr als ein Spaß, wenn sich Brecht 1917 in der leeren Nische des Augsburger Stadttheaters, aus der man das Standbild Schillers entfernt hatte, weil man das Metall für Kriegszwecke brauchte, als neuer Schiller fotografieren ließ.

Andererseits ließ die von der Schule praktizierte unmittelbare Verbindung von klassischer Dichtung und kriegerischem Zeitgeist eine merkwürdige Mischung von Faszination und Kritikbedürfnis entstehen. Wohl hatte ihn die Schule an diese Dichtung herangeführt und ihm ein tiefes Erlebnis vermittelt, sie hatte ihn aber auch in einen Zwiespalt gebracht, den der Gymnasiast noch nicht als den zwischen Dichtung und Interpretation erkannte. Die Freunde wußten von Brechts Schiller-Begeisterung. Hanns Otto Münsterer berichtete darüber: „An Schiller bewunderte er besonders die weite, jeder Sturmflut gewachsene Spannung des Bogens und die rißlose Wölbung, die den Bau seiner Dramen und Balladen auszeichnet. Vor allem ‚Don Carlos' hat er, wie er selbst anläßlich einer [späteren – W. M.] Theaterkritik bekennt, ‚weiß Gott eh und je geliebt‘. War hier schon der Posa hintergründig und zwiespältig, wie undurchsichtig bleibt erst der Charakter des Philipp; Schiller selbst, meinte Brecht, kennt sich bei diesem Mann nicht mehr aus.“[40] Wenn einer seiner Lehrer meinte, Brechts Liebe hätte mehr Goethe als Schiller gegolten, denn „Wallensteins Lager“ habe er abfällig als „Oktoberfest mit Bockbierausschank“ charakterisiert, so verkennt selbst diese späte Erinnerung den Umstand, daß der Schüler Brecht vor allem gegen eine bestimmte Interpretationsweise polemisierte. Deshalb auch stand er mit dem Deutschlehrer des Realgymnasiums, Dr. Ledermann, stets quer.[41]

Der Gymnasiast Brecht ließ sich durch den Krieg nicht davon abhalten, seine Jugend zu genießen. So nüchtern seine Betrachtungsweise in mancher Hinsicht geworden war, den Sinn für das Romantische bewahrte er sich. Seine freien Stunden verbrachte er gern mit Freunden oder Mädchen in der kargen Natur am alten Stadtgraben. Dieser Winkel am Rande der Stadt entlockte seiner Phantasie die Bilder von den dunklen Flüssen, von der Wasserleiche, die im breiten Strom hinunterschwimmt, von der matten Sonne, vom kalten Himmel, von fernen, fremden Küsten. Solche Art Romantik liebte er. Zu Silvester 1916 lud er seine Freunde zu einer nächtlichen Rodelpartie im Sternenschein ein. Erforderlich sei neben Trinkbecher, Holz, Mundharmonika, Humor und Zigaretten „Gefühl für Romantik“. An Ernestine Müller, die Cousine seines Schulfreundes Rudolf Hartmann, sandte er ein Gedicht mit der Überschrift „Romantik“. Darin besang er ein Schiff, „das blau war wie das Meer“ und in dessen Takelwerk fremde Musik erklang, und doch: keiner „nahm Müh und Mut, daß er das Schiff bestieg“. Brecht beschließt das Gedicht mit der Strophe:

Es folgte einem fremden Sterne
Zu landen einst an einem Riff –
Denn mit dem Lenz in nebelblauer Ferne
Verschwand das blaue geisterhafte Schiff.[42]

Etwas von dieser Romantik, die aus dem Gegensatz von Kunst und Leben erwuchs, suchte Brecht im Augsburger Alltag der Kriegsjahre zu erhaschen. Nicht eigentlich auf bloßes Vergnügen war er aus, sondern auf Erlebnisse, in denen er sich als Künstler empfinden konnte. Ein Treffpunkt der Brecht-Clique war die Treutweinsche Gastwirtschaft am mittleren Lech. Sie gehörte den Gablers, einem älteren Ehepaar, das im ersten Stock wohnte, während sich die zwei Schankstuben und die Küche zu ebener Erde befanden. Die Wirtschaft wurde hauptsächlich von Handwerkern und Fuhrleuten besucht. In einem zwei Stufen höher gelegenen Nebenzimmer hatten seit jeher die Gymnasiasten ihr Domizil, „Gablers Taverne", wie die Brecht-Clique es nannte. Die Gablers waren verständnisvolle, der Jugend zugetane Leute. Bei Butter- und Rettichbrot und – wie sich ein Mitschüler erinnerte – sehr mäßigem Alkoholkonsum feierte hier die Clique ihre Feste. Brecht, der den Mittelpunkt dieser Geselligkeit bildete, kam meist mit seiner Gitarre. Man trug Gedichte vor, ersann Melodien und ereiferte sich über Kunst.

Im Laufe der Zeit besuchte Brecht auch einige verrufene Schankkneipen Augsburgs. Im Kellerlokal „Gambrinus" am Judenberg und im Prostituiertendomizil „Sieben Hansen" in der Bäckergasse verkehrten in den letzten Kriegs- und den ersten Nachkriegsjahren die Schieber und Schwarzhändler. Dem Prostituiertenmilieu erlag Brecht mehr in der Dichtung als in der Realität der Bäkkergasse. Was ihn in der Dichtung anzog, scheint ihn ansonsten nicht sonderlich angefochten zu haben. Daß ihn Prostituierte in der Liebe unterwiesen hätten, ist eine klischeehafte Vorstellung. So provokativ er sonst auch auftrat, verhielt er sich Frauen gegenüber, aus welchem Milieu sie auch kamen, noch immer sehr scheu. Besonders trinkfreudig war er gleichfalls nicht. Eines Tages, als Brecht im „Hansen“ war, stieg eine der Amüsierdamen auf den Tisch und sang ein anzügliches Lied, dessen Kehrreim lautete: „Ich hab ein Büschel Haar am Bauch, ich glaub’ ich bin ein Aff.“ Das ganze Lokal sang mit. In dieser Hochstimmung griff Brecht zur Gitarre und trug, in Anbetracht des Milieus ein absurder Gedanke, Goethes „Gott und die Bajadere“ vor. Ein Besucher erinnerte sich, daß es vor allem die krächzende, aufreizende Stimme und der ungewöhnliche Rhythmus waren, was die Gäste faszinierte, so daß sie mit gespannter Aufmerksamkeit zuhörten. Dann aber sei ein Beifallssturm losgebrochen, und man habe für Brecht mit dem Hut gesammelt. Solche Abende mögen es gewesen sein, die ihn in seinen Gedichten veranlaßten, von sich selbst ein übersteigertes, bacchantisches Bild zu geben: wie er, wenn andere schlafen, trunken in der Maiennacht mit seinem „Klampfentier“ über den Rathausplatz trottet, der „Bert Brecht mit seinem Lampion“. Am Schluß seiner „Serenade“ heißt es:

Und wenn ihr einst in Frieden ruht,
Beseligt ganz von Himmelslohn,
Dann stolpert durch die Höllenglut
Bert Brecht mit seinem Lampion.[43]

Brechts Dichtung sowie einige Augsburger Anekdoten mögen zu der Vorstellung von dem ausschweifenden Jugendleben Brechts beigetragen haben. Doch die Boheme war seine Sache nicht, auch nicht in jungen Jahren. Seine Erlebnisse und seine Ausbrüche aus dem Elternhaus unterschieden sich nicht sonderlich von denen seiner Altersgenossen. Das Lebensgefühl, dem er Ausdruck gab, war literarisch, war auf den Einfluß von Villon, Rimbaud und Verlaine zurückzuführen. Gemessen an den Existenzweisen seiner literarischen Vorbilder, war der Augsburger Lebensstil alles andere als zügellos und üppig.

Für Mädchen interessierte er sich früh. Dabei fiel es ihm schwer, Beziehungen anzuknüpfen. Am liebsten hätte er auch das schreibend bewältigt. Seine erste Liebe war die fünfzehnjährige dunkeläugige Friseurtochter Marie Rose Aman. Sie wohnte am Kesselmarkt und besuchte die höhere Töchterschule. Als er sie in der Eisdiele traf, ließ er ihr ein Briefchen zustecken. Ein erster Kontakt war geknüpft. Fortan holte er sie von der Schule ab. Als die Eltern von der Beziehung ihrer Tochter erfuhren, schalteten sie sich ein. Über die Schule wurden Brecht Vorhaltungen gemacht. Die Liebe dauerte fort, als er bereits in München studierte. Doch bei diesem Mädchen hatte er keinen rechten Erfolg. Schließlich wußte er sich keinen anderen Rat, als seinen im Felde stehenden Freund Caspar Neher einzuschalten: „Der holde Traum meiner kalten Nächte liebt mich nicht. Es nutzt alles nichts. Du mußt ihr schreiben. Daß ich verzweifle.“[44] Für noch besser hielt er schließlich, wenn der Freund sein Talent einsetze und ihn zeichne. „Aber: Zeichne mich nicht nackt! Sie auch nicht. Sonst muß ich Dir den Hals umdrehen.“[45] Das „Kartönchen“ sollte ihr der Freund aus dem Schützengraben zuschicken. Doch auch das scheint nichts bewirkt zu haben. Die Erfolglosigkeit und Unbestimmtheit der Beziehungen quälten Brecht. Doch in Caspar Neher besaß er einen Freund, dem er alles anvertrauen konnte. Nie wieder äußerte er sich Dritten gegenüber so rückhaltlos über seine intimen Beziehungen und seine seelischen Probleme wie in den Briefen aus dieser Zeit. In einem Brief beschreibt er eindringlich seine Nöte und läßt kein Detail aus. Dabei mischte sich in die ehrliche Beschreibung seiner Gefühle ein böser, rachsüchtiger

Zug. Er mußte dieses Mädchen herabsetzen, mußte vor dem Freund ihre Anziehungskraft als Täuschung ausgeben, um sein Gefühlsleben wieder auszubalancieren. „Ich werde die Rosmarie *nicht* küssen, ein anderer küßt sie. Dieses kleine Ereignis bohrt in mir herum, obwohl es gleichgültig ist in Anbetracht des Weltkrieges …“ Und noch einmal wiederholt er in dem gleichen Brief: „Ja. Ich kann also die Rosmarie nicht mehr küssen (sie hat weiche, feuchte, volle Lippen in dem blassen durstigen Gesichtchen). Ich kann andere küssen, natürlich. Ich sehe 100 Münder vor mir, sie verschmachten ohne meinen Kuß. 30 Jahre gebe ich mir und 5 Erdteile. Aber die Rosmarie kann ich also … Kreuzteufel! Was sind 100 Möglichkeiten gegen *eine* Unmöglichkeit? Vergessen ist Kraft = Flucht aus – Schwäche. Das Höchste, was man kann, ist: das zu nehmen, was man nehmen kann. Und das andere? Aber das andere, das man nicht …? … Die Rosa Maria ist nämlich nicht hübsch. Das war eine Legende, die *ich* erfunden hatte. Sie ist es nur von weitem und wenn *ich* frage: ‚Ist sie nicht hübsch?‘ – Ihre Augen sind schrecklich leer, kleine, böse, saugende Strudel, ihre Nase ist aufgestülpt und zu breit, ihr Mund zu groß, rot, dick. Ihr Hälschen ist nicht reinlinig, ihre Haltung kretinhaft, ihr Gang schusselig und ihr Bruch (Bauch) vorstehend. Aber ich habe sie gern. (Obwohl sie nicht klug und nicht lieb ist.) Ich habe sie durchaus immer noch gern. Es ist greulicher Unsinn.“ Zum Schluß fragt er: „Bin *ich* hübsch? Schreibe mir, bitte, Deine Ansicht! Es ist schon so lange Zeit niemand mehr ordentlich grob zu mir gewesen.“[46] Dieser lauernden Selbstbeobachtung und skeptischen Neugier, wie er wohl auf andere wirke, begegnen wir in diesen Jahren immer wieder. Schon zwei Wochen später flehte er Neher erneut an: „Kannst Du mir nicht schreiben, für was Du mich hältst? … Ich will nicht wissen, was ich bin. Sondern: für was Du mich hältst! Bitte schreib darüber! Ich werde etwas irr an Verschiedenem."[47] Wonach er sich am meisten sehnte, war Erfolg. Erfolg wollte er haben in der Kunst und bei den Mädchen. Doch gerade er ist am schwersten zu erlangen, wenn er am dringendsten gebraucht wird: in der Jugend. Um sich zu rechtfertigen, bastelte Brecht eine Theorie zusammen, die seine Situation als die des Künstlers erklären sollte. Dieser würde von den Frauen nicht geliebt, weil er statt der Sinne nur Interesse errege. Die Frauen könnten nicht verschmerzen, daß der Künstler in seiner Liebe stets die Frau vergesse.

Noch während der Beziehung zu Marie Rose Aman lernte Brecht die Schülerin Paula Banholzer kennen. Der Roman mit ihr gestaltete sich weitläufiger. Sie war die Tochter eines angesehenen Augsburger Arztes, aufgewachsen mit sieben Geschwistern in einem wohlhabenden Hause. Münsterer schilderte sie als ein „junges Mädchen, etwas blaß und roßmuckig, was ihr hübsches Gesicht aber eher noch verschönerte"[48]. Brecht begegnete ihr täglich auf dem Schulweg. Er verfolgte sie hartnäckig über eine längere Zeit, wagte sie aber nicht anzusprechen. Schließlich ging er dazu über, sie zu grüßen, aber die Geschichte begann immer noch nicht. Erst als Brecht sie mit Otto Müllereisert im Gespräch traf, wurde er aktiv. Es hatte fast ein halbes Jahr gedauert, bis die Beziehung zustande kam. Zu dieser Zeit ließen ihn die Mädchen noch links liegen, da er, wie auch Paula Banholzer gestand, weder fesch war noch gut aussah. Daß man sich ihm gegenüber gleichgültig verhielt, verwand er schwer. Paula Banholzer nannte er „Bi", was soviel wie „Bittersüß" heißen sollte. Damals, als diese Liebe begann, konnte er nicht ahnen, daß er für sie eine höchst treffende Kennzeichnung gewählt hatte. Er selbst gab sich den Namen „Bidi".

Mit Bi, die ein sehr sportliches Mädchen war und einmal Sportlehrerin werden sollte, ging er Schlittschuhlaufen. Imponieren konnte er ihr da nicht. Im Paarlauf hatte sie schnellere und gewandtere Partner. Überhaupt hielt sie ihn für ganz und gar unsportlich, nicht nur im Eislaufen. Dafür zeigte er sich höchst geschickt, wenn es darum ging, ohne Abonnementskarte, die ihm zu teuer war, ins Eisstadion zu kommen. „Er besorgte sich von einem Freund die Abonnementskarte", erzählt Paula Banholzer, „zeigte diese Karte artig dem Pförtner und verwickelte ihn in ein längeres Gespräch. Brecht erklärte, daß er es doch sehr beachtlich fände, wie der Pförtner so sicher seine Kunden kenne. Und dieser gestand ihm redselig, daß man jedem einzelnen Menschen sofort anmerke, ob er ein Abonnent sei oder nicht. Wer sich ihm zögernd und verlegen nähere, der habe ein schlechtes Gewissen und also keine Karte. Wer entschlossen auf ihn zuginge, der besitze auch eine Karte, die der Pförtner dann nicht mehr zu sehen wünsche. So war das also. Und Brecht setzte die Geschichte für sich um. Er gab die Karte seinem Freund zurück und näherte sich fortan entschlossen und fröhlich grüßend dem Pförtner. Nie mehr wurde er nach seiner Eintrittskarte gefragt."[49]

Zu Brechts großen Vergnügen gehörte auch der Besuch des Plärrers, eines Jahrmarkts und Volksfestes. Er wurde zweimal im Jahr, im Frühjahr und im Spätsommer, auf dem Kleinen Exerzierplatz über der Wertach abgehalten. Ihn ließ sich Brecht in keinem Jahr entgehen. Die Erinnerung daran blieb bis ins Alter. Luftschaukeln empfand er im Gedicht als ein Lebensgefühl, mit dem man sich vom tristen Alltag absetzen konnte:

Auch auf wilden Abendkarussellen
Wo man billig rasend schaukeln darf
War ich selig, wenn ich mich in hellen
Billig strahlendhellen Himmel warf![50]

Was ihm Spaß machte, rückte er sogleich in eine andere Dimension. Die Stilisierung hob das Persönliche auf oder ging weit darüber hinaus. Das individuelle Lustgefühl war nur Anlaß, um ein Weltgefühl freizusetzen; denn das konkrete, gegenstandsbezogene Empfinden war nicht so wild, wie es die Gedichte nahelegen. Luftschaukeln machte ihm zwar Spaß, aber er betrieb es schon deshalb nicht so ungestüm, weil ihm dabei immer sehr schnell übel wurde. Dagegen schaukelte sich Bi gern bis ins Zeltdach hinauf. Für Brecht war der Plärrer keine Gelegenheit, sich einmal richtig auszutoben, sondern mehr ein Feld der Beobachtung. Vieles, was er hier wahrnahm, ging in seine literarischen Arbeiten ein. Vor allem begriff er, was es heißt, etwas auszustellen. Bi erzählt, daß er vor Karussells und Buden stundenlang stehen und zusehen konnte. Die Beobachtung selbst wurde zur Lust. Auf diese Weise knüpfte er auch Beziehungen zu Schaustellern und unterhielt sich mit ihnen. Seine Liebe galt nicht nur dem heimatlichen Plärrer, die Auer Dult in München und das Oktoberfest ließ er ebenfalls nicht aus. Mit Bi ging er auch ins Theater, das er seit früher Zeit gern besuchte. Aus ihr hätte er gern eine Schauspielerin gemacht, wie er stets seine Freunde in einer Richtung zu entwickeln suchte, die geistige Gemeinschaft ermöglichte.

Mit Bi durchstreifte Brecht die Lechauen, wo er sich besonders gern aufhielt. Als er sie mit auf seine Mansarde nahm, gab es anfangs Schwierigkeiten mit Fräulein Roekker, der Hausdame, die es ungern sah, wenn sich dort junge Mädchen aufhielten. Im Laufe der Zeit aber setzte er durch, daß sie die jungen Damen in die Mansarde führte. Ihr paßte es auch nicht, wenn Brecht dort seine Freunde empfing, weil es meistens sehr geräuschvoll zuging und sie ihre Aufgabe darin sah, allen Lärm von der kranken Frau Brecht fernzuhalten. Den Eindruck, den man beim Betreten der Mansarde hatte, schildert der Bruder: „Im Wohnraum stand gleich neben der Tür eine eiserne Liege, den meisten Raum nahm der große, mit Büchern und Manuskripten bedeckte Tisch ein. Eine aufgeschlagene Partitur lag auf dem Notenständer in der linken hinteren Zimmerecke. Einige Stühle vervollständigten die Einrichtung. Am Gestell der Liege hing die Gitarre. Schriftsätze und Zeitungsausschnitte lagen auf dem Boden herum, es herrschte wilde Unordnung, in der sich aber Eugen erstaunlich gut zurechtfand. An die Wände waren Blätter mit Auszügen aus Schriften, auch Entwürfe von Bildern, geheftet."[51] Selbst als aus der Bekanntschaft mit Bi eine feste Beziehung, eine Liebe geworden war, verhielt sich Brecht nicht als Draufgänger, sondern weit eher als ein von allen Gewohnheiten der Zeit geprägter Bürgersohn. Wie ernst es ihm mit seiner Liebe dennoch war, läßt sich an seiner Eifersucht ermessen, einer Charaktereigenschaft, die sich auch im Alter nicht abschwächte und sich selbst dann nicht verlor, als er es mit mehreren Frauen zugleich hielt. Er ließ Bi durch seine Schulkameraden und Freunde regelrecht überwachen. Junge Leute, die sich für sie zu interessieren schienen, bestellte er zu sich und redete ihnen, seinen Besitzanspruch wahrend, ins Gewissen. Dabei, so erzählt die Bi, „senkte er die Stimme, hob sie wieder, sprach gefaßt, schnell und entschlossen. Ganz nebenbei erwähnte er, daß ich ein sehr armes Mädchen sei und nun einmal keiner außer ihm je in der Lage sei, mir das zu bieten, was mir zustehe, und daß nur er die Kraft besitze, mich auf den Platz emporzuheben, der mir gebühre. Die Gesprächspartner, durchaus auch intelligente junge Männer, waren von so viel mit Kraft und Überzeugung vorgetragener und zusammengebastelter Logik verwirrt und versprachen, von mir abzulassen, bevor etwas begonnen hatte."[52] So unglaublich kitschig sich das alles anhört, selbst für einen Achtzehnjährigen, scheint diese Erinnerung der Paula Banholzer doch zutreffend zu sein, da sich das Zur-Rede-Stellen der Rivalen bei späteren Beziehungen wiederholte.

Kurz vor Ostern 1917 legte Brecht das Abitur ab, das man auf Grund der kriegsbedingten Beeinträchtigung des Unterrichts als Notabitur bezeichnete. Die Klasse war schon beträchtlich gelichtet. Ende 1916 hatten bereits 16 Schüler den Einberufungsbefehl erhalten, zur Zeit des Abiturs befanden sich 21 Klassenkameraden an der Front oder in der militärischen Ausbildung. In Anbetracht der Lage, in der jeder Tag den Einberufungsbefehl bringen konnte, war die Lernbereitschaft der verbliebenen Schüler nicht sonderlich groß. Bei Brecht schon gar nicht, der vor allem seinen persönlichen Neigungen nachging.

Gleich nach dem Abitur mußte er in seinem Heimatgebiet Kriegsdienst leisten. Zuerst beschäftigte man ihn als Schreiber in der Verwaltung, später in einer Gärtnerei. Weit günstiger als umgraben und Bäume verpflanzen schien ihm für seine literarischen Ambitionen eine Tätigkeit, die sich im September 1917 bot. Brecht wurde in der Villa des Kommerzienrats Kopp in Tegernsee Hauslehrer. Er hatte dessen Sohn zu beaufsichtigen und vor allem in Latein zu unterrichten. Während die meisten seiner Schulkameraden schon Soldaten waren, erging sich Brecht in Knickerbocker und Sportmütze mit einem Band Schopenhauer unterm Arm am Ufer des Tegernsees. Seine Erziehungsaufgaben scheinen ihn nicht allzusehr beansprucht zu haben. In einem Brief an Neher beschrieb er seinen Tagesablauf so: „3 Stunden im Tag muß ich eintrichtern, dann bin ich der Herr Baron. Ich hocke auf meiner Bude und schreibe, lese Schopenhauer, spiele Laute; oder ich liege auf einer Wiese unter Bäumen, voller Schwermut, wie ein Baum voll Honig ist zur Zeit, da er faul wird. Nachts rudre ich, das ist schön wie auf dem Plärrer.“[53] Mit dieser Erziehertätigkeit hatte er es weit besser getroffen als sein Bruder, der, obwohl der Jüngere, früher zum Kriegshilfsdienst herangezogen wurde und erst in Utting, dann auf dem Hofgut Bartelstockschwaige gemeinsam mit russischen Kriegsgefangenen schwere körperliche Arbeit leistete. Eugen hatte Zeit genug, um den Bruder gelegentlich zu besuchen. „Er besuchte mich, wohnte ein paar Tage bei uns, machte Spaziergänge oder saß auf der Bank unter den drei Linden, sann nach und machte sich Notizen."[54]

Noch in der Oberprima hatte Brecht unter dem Titel „Sommersinfonie" ein Stück begonnen, mit dem er im Sommer 1917 in großen Zügen fertig gewesen sein muß. Folgt man dem Eindruck der Augsburger Freunde, die sich an das nicht erhalten gebliebene Stück noch gut erinnern konnten, so hatte Brecht mit der „Sommersinfonie" seine Schülerversuche bereits hinter sich gelassen und ein Werk geschaffen, das in seiner Gestaltungskraft dem darauffolgenden „Baal" nahestand. Es basierte auf der Geschichte der Witwe von Ephesus, die an der Gruft ihres verstorbenen Gatten verhungern will, sich dann aber vom Galgenwächter trösten läßt. Hanns Otto Münsterer meinte: „Aufführbar wäre die ‚Sommersinfonie' natürlich nie gewesen; fast jede einzelne Szene hätte genügt, den schönsten Theaterskandal herauszufordern, den damals schon vergleichsweise so harmlose Stücke wie Wedekinds ‚Wetterstein' oder gar Lautensacks ‚Gelübde' auslösten. Brecht wagte es offenbar nicht einmal, den Text einer Sekretärin zu diktieren ..."[55] Des weiteren wollte er ein Stück über den biblischen David schreiben, ebenso über Villon. Die Lektüre der Werke von Villon, Rimbaud und Verlaine beeindruckte ihn damals sehr. Diese Dichter waren alle Liebhaber des leidenschaftlichen, überschäumenden, rücksichtslosen Lebens. Hierin lag ihr Reiz gerade für eine Generation, der Entbehrung, Verzicht und Aufopferung abverlangt wurden. Sosehr dieser Dichtertypus Brecht faszinierte, seine Phantasie bewegte und zu literarischen Figuren und Vorgängen inspirierte, er selbst wollte nicht so leben. Die Boheme war für ihn viel zu abseitig, zuwenig einflußreich, als daß sie für ihn hätte verführerisch werden können. Brecht hegte damals Pläne über Pläne, einer ehrgeiziger als der andere. Im September 1917 teilte er Neher mit: „Ich schreibe ein Theaterstück ‚Alexander und seine Soldaten'. Alexander der Große. Ohne Jamben. Und seine Soldaten ohne Kothurne. Ich will, daß es unsterblich wird."[56] Das war bei Brecht keineswegs Ironie. Er wollte raus aus dem engen Augsburger Kreis, wo nur seine Freunde wußten und daran glaubten, daß er das Zeug zu einem ganz großen Dichter habe.

Studium

Die Erziehertätigkeit am Tegernsee war kurz. Am 2. Oktober 1917 schrieb sich Brecht an der Philosophischen Fakultät der Ludwig-Maximilians-Universität München ein. Er studierte in den ersten beiden Semestern Literatur und wechselte Ende des zweiten Semesters zur Medizin über. „Ich habe mich für Medizin umschreiben lassen – eine Mordslauferei!“[57] berichtete er im Mai 1918 der Bi. Für diesen überraschenden Fachwechsel wurden bisher verschiedene Gründe angeführt. Doch weder die Überlegung, seiner kranken Mutter – sie litt an Krebs – besser beistehen zu können, noch die, Bis Vater entgegenzukommen, um einmal dessen Arztpraxis zu übernehmen, sind stichhaltig. Ausschlaggebend dürfte gewesen sein, daß Medizinstudenten nicht sofort eingezogen wurden, weil die Militärbehörden darauf bedacht waren, daß ihnen ausgebildetes oder wenigstens vorgebildetes medizinisches Personal zur Verfügung stand. Bei Brechts Kriegsunlust, die er in seinen Briefen an Neher deutlich kundtat, war das ein naheliegender Grund. Nahm er in den ersten Briefen den Krieg wie eine Selbstverständlichkeit oder Naturkatastrophe hin, so wandte er sich Ende 1917 bereits ironisch gegen die herrschenden Vorstellungen über den weiteren Verlauf des Krieges. „Wenn die Diplomatie, das Militär und das Kapital der Teufel geholt hat, steht dem Frieden nur mehr die Nachgiebigkeit im Weg. Anfangs Juni werden wir sicher siegen, schreiben die Zeitungen.“[58] Noch unverhohlener äußerte er sich in einem Brief vom 11. Mai 1918, also zur gleichen Zeit, als er zur Medizin überwechselte. Da ihn der Einberufungsbefehl vor die Alternative stellen würde: „Kanonier oder Sanitäter?“, begründete er den Fachwechsel gegenüber dem Freund mit dem zynischen Satz: „Ich will schließlich freilich lieber Füße und dergleichen sammeln als verlieren."[59] Später, als reifer Mann, fand Brecht tatsächlich Interesse an den Naturwissenschaften und erinnerte sich mit einem gewissen Stolz, daß er einmal Student der Medizin gewesen war. In der Münchner Studienzeit dürfte er sich allerdings mehr für die Gitarre als für die Naturwissenschaften begeistert haben. Obwohl er einige naturwissenschaftliche Vorlesungen belegte und auch besuchte, darf man seinem Studienfreund Münsterer aufs Wort glauben, wenn er schreibt, daß es ihm später nie mehr gelungen sei, Brecht auch nur noch einmal in den Sektionssaal zu schleppen, selbst wenn damit die Anerkennung des Semesters verbunden gewesen wäre.

In München wohnte Brecht bei einer Tante seines Freundes Caspar Neher in der Maximilianstraße. Aber schon nach einem Monat suchte er sich ein neues Zimmer. Er mietete sich in der Adalbertstraße 12 in Schwabing ein. In München wechselte er oft die Wohnung, von der Adalbertstraße zog er in die Kaulbachstraße 63 A im gleichen Stadtteil um. Zuletzt wohnte er in der Nähe des Hauptbahnhofs, in der Paul-Heyse-Straße. Der Übertritt ins Studentenleben bedeutete für ihn keinen markanten Einschnitt, wie das bei jungen Menschen, die zum erstenmal das Elternhaus verlassen, im allgemeinen der Fall ist. Auch München, damals noch führendes Kunstzentrum Deutschlands, nahm ihn nicht so gefangen, daß er sich kopfüber in das Leben dieser Stadt gestürzt hätte. Obwohl er regen Anteil an dem nahm, was an Theater und öffentlichen Vorträgen geboten wurde, konzentrierte sich sein Interesse vor allem auf die eigenen literarischen Pläne. Der Augsburger fühlte sich in München keineswegs als Provinzler, vielmehr war er der Ansicht, daß hier nichts los sei. Große Sprünge konnte er von den vier Mark, die ihm der Vater während des Studiums pro Tag zahlte, sowieso nicht machen.

Das Studium beeinträchtigte die Beziehungen zu Bi nicht, obgleich sie jetzt meist nur an den Wochenenden zusammen sein konnten. Meist kam er an den studienfreien Tagen heim nach Augsburg, aber sie besuchte ihn auch in München. Anfangs wagte er nicht, sie mit auf seine Studentenbude zu nehmen. Um aber einmal eine ganze Nacht miteinander verbringen zu können, mietete er ein Zimmer im Hotel. „Wir waren von den Wanderungen durch die Stadt so erschöpft, daß wir dann auch ohne Umstände auf unsere Zimmer gingen und Brecht wenig später mein Zimmer betrat. Sehr gemütlich war das Hotelzimmer natürlich nicht. Und Brecht – von dem ich inzwischen stets außergewöhnliche Meinungen und Taten erwartete – machte dann auch den Vorschlag, ins Bett zu gehen, wobei er betonte, daß er sich nur neben mich legen wolle. Das ist wieder so eine Idee von ihm, über die ich mich nicht mehr zu verwundern brauche, dachte ich mir. Wir lagen aber noch nicht lange im Bett, da wurde Brecht zärtlich, und ich wehrte mich. Mein Widerstand war entschlossen, woraus Brecht hätte erkennen können, daß ich nicht aufgeklärt war. Das sagte ich ihm dann schließlich auch, und er begriff sofort. Von nun an machte er keinerlei Versuche mehr, mich zu verführen, sondern nahm mich in den Arm und klärte mich auf. Für den Rest der Nacht hatten wir nur ein Thema, und Brecht weihte mich mit großem Einfühlungsvermögen in alles ein."[60] Am Tage darauf fanden sie dann wirklich zusammen. „Als ich im Halbschlaf dalag, überfiel er mich im wahren Sinne des Wortes, noch dazu mit einer großen Unbeholfenheit. Brecht war damals 21 Jahre alt [er kann höchstens zwanzig gewesen sein – W. M.] und bis zu diesem Tage – wie er mir später versicherte – noch mit keiner Frau beisammen gewesen. Ich bin sicher, daß er nicht log, denn sonst hätte er sich nicht so angestellt."[61]

Betrachtet man die Vorlesungen und Seminare, die Brecht im ersten Semester besuchte, so gewinnt man den Eindruck, daß er sich noch nicht festlegen wollte. Vorlesungen über die Leben-Jesu-Forschungen von Professor

Karl Adam interessierten ihn ebenso wie die über Allgemeine Geschichte der Philosophie von Professor Walter Brasch. Allgemeine Religionspsychologie hörte er bei dem Privatdozenten Heinrich Mayer. Vier Wochenstunden belegte er bei Professor Artur Kutscher, der seine berühmt gewordene Vorlesungsreihe über Stilkunde und Theaterkritik hielt: Grundsätze literarischer Kritik und deutsche Stilkunde – Praktische Theaterkritik mit Berücksichtigung des Spielplans. Bei dem Nordisten Professor Friedrich von der Leyen wurde er in das Werk von Ibsen, Björnson und Strindberg eingeführt. Aber auch für naturwissenschaftliche Vorlesungen und Seminare hatte er sich einschreiben lassen. Vier Wochenstunden hörte er über die Entfaltung von Tier- und Pflanzenreich im Laufe der geologischen Perioden, fünf Wochenstunden über Allgemeine Anthropologie: Rassen und Völker der Vergangenheit. Praktische Arbeiten im Laboratorium oblagen ihm in Unorganischer Experimentalchemie. Wollte man den Mitteilungen Brechts an seinen Schulfreund Heinz Hagg Glauben schenken, so müßte er ein vorbildlicher, überaus eifriger Student gewesen sein. Ihm schrieb er: „Von 8–11; von 12–1; von 3–½7; von 7–10½ in Laboratorium, Univers[ität] und Theater. Täglich. Ich fresse alles Erreichbare hinein und lese unheimlich. Ich verdaue es dann beim Militär. + + + Freue mich immer auf Augsb[urg], wo ich 1½ Tage faul sein kann. Hier komme ich aus einem System von Verspätungen nie heraus. Früh um 6 Uhr habe ich schon n[ahe]-z[u] 24 Stunden Verspätung.“[62] Ein solches Rennen von Vorlesung zu Vorlesung mag allenfalls für die ersten Monate zutreffend gewesen sein, sehr bald aber ließ sich Brecht mehr von seinen eigenen literarischen Vorhaben treiben.

Das Universitätsleben des Studienjahres 1917/18 hielt junge Menschen nicht gerade dazu an, sich einzig und allein in die Wissenschaften zu vertiefen und darin den Sinn des Lebens zu sehen. Die männlichen Studenten waren zum übergroßen Teil Kranke und Kriegsversehrte. Die Neulinge, denen es noch möglich gewesen war, unmittelbar nach dem Abitur zu studieren, hatten immer vor Augen, daß sie ihren Platz im Hörsaal bald mit der Stellung im Schützengraben vertauschen mußten. Artur Kutscher hielt seine ersten Vorlesungen nach seiner Kriegsverletzung in der Uniform eines Hauptmanns mit dem EK I an der Brust. Alles in dieser Universität machte einen jungen, gesunden Menschen darauf aufmerksam, daß er eigentlich nicht hierher gehörte. Im Hörsaal überwogen die weiblichen Kommilitonen und die Kriegsversehrten. Doch Brecht schien die Frage, warum er studierte und nicht im Felde stand, keine Gewissensbisse zu bereiten.

Aber auch in Hinblick auf seine literarischen Ambitionen konnte ihm die Universität keine Anregungen bieten. Kutschers Verbindungen zum gegenwärtigen literarischen Leben Münchens und seine Vorlesungen an der Universität waren zwei grundverschiedene Dinge. Brechts Lieblingsdichter Frank Wedekind erschien zwar wiederholt auf Kutschers Autorenabenden, sein Werk als Gegenstand des Vorlesungsbetriebs ließ sich jedoch nicht durchsetzen. Kutscher selbst schreibt, daß die erste unbeanstandete Wedekind-Vorlesung nicht an einer deutschen, sondern 1912 an der japanischen Waseda-Universität stattfand.[63] An der Universität ist Brecht eigentlich keines Lehrers Schüler gewesen. Er, der in seinem späteren Leben das Verhältnis von Lehrer und Schüler zu einem wichtigen Element der künstlerischen Produktion machte, besaß an der Universität keinen Lehrer, zu dem er sich bekannt hätte, keinen, dem es später eine Ehre gewesen wäre, ihn zu seinen Hörern zählen zu können. Artur Kutscher distanzierte sich ganz bewußt von Brecht, und Brecht behauptete während einer PEN-Tagung 1954 in München, nie ein Kutscher-Schüler gewesen zu sein, denn er habe niemals Kolleggeld bezahlt. Wenn Kutscher schreibt, daß Brecht „schüchtern und selbstbewußt mit Gedichten und einem Baal-Drama"[64] zu ihm gekommen sei, so paßt das durchaus ins Bild. Dem jungen Brecht ging es um Beistand für seine literarischen Vorhaben. Kutscher mit seinen vielfältigen Verbindungen zu Schauspielern und Schriftstellern wäre ihm als Lehrer und Förderer durchaus angenehm gewesen. Freilich hätte er Brecht einen seiner Autorenabende öffnen müssen. Das wiederum wäre so abwegig nicht gewesen, denn Kutscher stellte auf diesen Veranstaltungen nicht nur berühmte Dichter vor, sondern auch begabte Studenten mit literarischen Ambitionen. Hanns Johst, den expressionistischen Dramatiker, zählte Kutscher vor dem Krieg zu seinen Schülern, Brecht hingegen hielt er nicht für begabt, im Grunde nicht einmal für „würdig" und „hochkultiviert" genug, um zu seinen Diskussionsveranstaltungen, die den Charakter eines Oberseminars hatten, zugelassen zu werden.

Nur wenigen Universitätslehrern gelang es damals, auf die desillusionierte Jugend, die noch in den schon verlorenen Krieg geschickt werden sollte, Einfluß zu gewinnen. Der Hannoveraner Kutscher, der in seiner ganzen Lebensweise so trefflich nach Bayern paßte, daß man sich keinen besseren Bayern vorstellen konnte, besaß viele Eigenschaften, die die kunstbegeisterte Jugend anzogen. Er zählte zu den wenigen, die ihren Studenten ein anwendungsbereites Wissen vermitteln wollten. Dabei ging er so weit, das, was ihm im Rahmen der Universität nicht möglich war, außerhalb der Alma mater, im Bürgerbräu auf der Neuhauser Straße, zu realisieren. Auf seinen Autorenabenden traten die bedeutendsten zeitgenössischen Dichter auf, Max Halbe ebenso wie Johannes R. Becher, Börries von Münchhausen wie Erich Mühsam, Lulu von Strauß und Torney wie Frank Wedekind, Roda Roda wie Stefan Zweig. Kutscher war in politischer Hinsicht reaktionär – selbst nach dem zweiten Weltkrieg fühlte er sich noch geschmeichelt, daß seine Kriegserinnerungen aus dem ersten Weltkrieg die Anerkennung der Generale von Blomberg und von Mackensen gefunden hatten –, in seinem Verhältnis zu Künstlern jedoch sehr liberal. Er fühlte sich mit Hermann Löns und Ludwig Ganghofer ebenso geistig verbunden wie mit Frank Wedekind und den Expressionisten. Gerade dieser Standpunkt, allem Kunstwert und Anerkennung zuzubilligen, wenn es nur eine bestimmte innere Würde besaß, war für einen jungen Menschen wie Brecht, der in Kunstsachen auf Entscheidung und Auswahl drängte, eher widerwärtig als anziehend. Brecht wollte nicht die von Kutscher erstrebte „hochkultivierte“ Diskussion, er suchte den Streit. Und den sollte er auch bald haben.

Unter den jungen Dichtern schätzte Artur Kutscher besonders seinen Schüler Hanns Johst. Dessen Begabung frühzeitig erkannt und gefördert zu haben, rechnete er sich als Verdienst an. Die Laienbühne des Theaterwissenschaftlichen Seminars führte im Januar 1918 Johsts „ekstatisches Szenarium“ „Der junge Mensch“ auf. Zwei Monate später brachte Otto Falckenberg in den Münchner Kammerspielen das Stück „Der Einsame“ heraus, das die tragische Geschichte des Dichters Christian Grabbe gestaltete. Brecht, dem die Karriere dieses bevorzugten Dramatikers nicht entgangen sein dürfte, sah in einem solchen Aufstieg das Ziel seiner eigenen Wünsche. Er war eifersüchtig auf den Erfolg des anderen, aber wiederum nicht so, daß er eine Verbindung mit ihm verschmäht hätte. Bei aller Andersartigkeit im Literarischen schätzte er ihn, suchte seinen Rat und hätte sich mit ihm, wie er Johst später schrieb, gern über Dramaturgisches unterhalten.[65] Selbst nach der Auseinandersetzung im Kutscher-Seminar suchte er Johst in dessen Haus am Starnberger See auf. In der Rückerinnerung an diese Zeit wurde geäußert,[66] Brecht müsse das Völkische an Johst herausgefordert haben. Doch stand dieser Dramatiker damals noch keineswegs in einem solchen Ruf.

Vielmehr galt er auf Grund seiner Mitarbeit an Pfemferts „Aktion“ als Linker. Die sich anbahnende Wandlung ging vorerst mehr ins Unpolitische. In Kutschers Gästebuch schrieb Johst: „Politik hin, Politik her. / Das armseligste Werk ist mehr.“[67] Sein vormals linkes Engagement wurde ihm von den Rechten noch lange nachgetragen. Als zum Beispiel der „Volk ohne Raum“-Verfasser Hans Grimm zu Beginn der dreißiger Jahre einen Kreis des „Nationalen Schrifttums“ zu konstituieren suchte und eine Vorauswahl von geeigneten Schriftstellern traf, war der spätere Präsident der Reichsschrifttumskammer und SS-Generalmajor Hanns Johst noch nicht dabei.

Unter der studentischen Jugend besaß die expressionistische Dichtung Johsts bereits einen Ruf, sie wurde diskutiert. Das mag Brecht veranlaßt haben, sich im Wintersemester 1918/19 bei Kutscher mit einem Referat über Johsts Roman „Der Anfang“ zu Wort zu melden. In diesem Vortrag analysierte er nicht Johsts Werk, er rechnete mit dem Verfasser ab. Die ganze Verfahrensweise, der er sich später bediente, um eine bestimmte Sorte von Literatur zu erledigen, war in diesem Referat bereits vorgeprägt. Brechts damalige Freundin Hedda Kuhn berichtete, Brecht habe Johst mit einem Läufer verglichen, der einen ungeheuren Anlauf nimmt, aber vor der Startlinie stolpert. Der Vortrag war ein einziger Verriß, dessen provokante Diktion besonders aufreizend wirkte. Ein Zuhörer berichtete später: „Ich hörte seine Kritik damals über Hanns Johsts ‚Der Anfang‘. Einige Formulierungen sind mir noch in deutlicher Erinnerung: ‚Diese Arbeit riecht nach Lampenfieber und Schweiß‘ – ‚Der Roman von Hanns Johst bedeutet die Emanzipation des Problems der Form‘ – ‚Der Idealismus des Herrn Johst ist nicht himmelblau, er ist ultraviolett‘ (er sprach es ‚uldrafiolett‘ aus). Er erntete etlichen Beifall und viel Widerspruch, doch innerhalb der üblichen akademisch-schulischen Referate wirkte das seine wie ein

Knallkörper. Die Folge war, daß bei einer Feier – es war wohl Kutschers Geburtstag – ein Song gesungen wurde, von dem mir noch die Verse geblieben sind:

> ...
> In Kutschers Seminarübungen
> Da ist die Kritik nicht schlecht:
> Da wird wohl über Hanns Johstens Werk
> Empört der Stock ge-brecht.[68]

Kutscher soll außer sich gewesen sein und Brecht hinausgeworfen haben. Hedda Kuhn erzählt, er habe ihn einen Flagellanten und Proleten genannt. Noch in seinem Erinnerungsbuch, also vierzig Jahre später, fand der Professor keinen überlegenen Standpunkt zu diesem vor „beizender Kritik strotzenden Referat“[69].

Der tiefere Grund für die rabiate Kritik kann in einer Art Selbstverteidigung der elementaren Poesie gesehen werden, wie sie Brecht aufzubauen suchte. Seit einiger Zeit war ihm der modische Trend des Expressionismus tief zuwider. Das menschlich Elementare, das unmittelbar Kreatürliche fand er in stilistischen Verrenkungen aufgehoben, die Wildheit der Vorgänge zu einer Wildheit sprachlicher Metaphern gemacht. So wollte und konnte er nicht schreiben. Was ihm den Expressionismus, den er später sehr objektiv beschrieb, so verhaßt machte, legte er im Juni 1918 in einem Brief an Caspar Neher dar: „Mit Widerwillen erfüllt mich nur die zeitgenössische junge Kunst. Dieser Expressionismus ist furchtbar. Alles Gefühl für den schönen runden, oder prächtig ungeschlachten Leib welkt dahin wie die Hoffnung auf Frieden. Der Geist siegt auf der ganzen Linie über das Vitale. Das Mystische, Geistreiche, Schwindsüchtige, Geschwollene, Ekstatische bläht sich, und alles stinkt nach Knoblauch. Man wird mich ausstoßen aus dem Himmel dieser Edlen und Idealen und Geistigen, aus diesen

Strindhügeln und Wedebabies, und ich werde Bücher schreiben müssen über Deine Kunst. Und ich stelle mich auf meine Füße und spucke aus und habe das Neue satt und fange mit dem Arbeiten an und dem ganz Alten, mit dem 1000mal Erprobten und mache, was ich will, auch wenn ich Schlechtes will. Und ich bin Materialist und ein Bazi und ein Proletarier und ein konservativer Anarchist, und ich schreibe nicht für die Presse, sondern für mich und Dich und die Japaner."[70]

Am 9. März 1918 starb Frank Wedekind. Da Semesterferien waren, befand sich Brecht in Augsburg. „Am Samstag durch die sternbesäte Nacht den Lech hinunterschwärmend, sangen wir zufällig seine Lieder zur Gitarre, das an Franziska, das vom blinden Knaben, ein Tanzlied. Und, schon sehr spät, am Wehr sitzend, die Schuhe fast im Wasser, das von des Glückes Launen, die sehr seltsam sind und in dem es heißt, es sei am besten, täglich seinen Purzelbaum zu schlagen. Sonntag morgen lasen wir erschüttert, daß Frank Wedekind am Samstag gestorben sei. ... Nie hat mich ein Sänger so begeistert und erschüttert. Es war die enorme Lebendigkeit dieses Menschen, die Energie, die ihn befähigte, von Gelächter und Hohn überschüttet, sein ehernes Hoheslied auf die Menschlichkeit zu schaffen, die ihm auch diesen persönlichen Zauber verlieh. Er schien nicht sterblich. ... Bevor ich nicht gesehen habe, wie man ihn begräbt, kann ich seinen Tod nicht erfassen. Er gehört mit Tolstoi und Strindberg zu den großen Erziehern des neuen Europa. Sein größtes Werk war seine Persönlichkeit."[71] In Augsburg rief Brecht seine Freunde zu einer nächtlichen Totenfeier am Lech zusammen. Dort sang er zur Gitarre das Lied vom „Blinden Knaben", in dem es heißt: „Seine Seele wurde sehend, seine Augen wurden blind." Am 12. März fuhr er zum Begräbnis nach München. Der Tote „sah aus wie ein kleiner Junge, so um den Mund herum. Der süffisante, preziöse Zug der Lippen, das Übersättigte, Zynische ganz weg! Zuerst meinte man, er lächle; aber dann sah man, daß er das Lächeln sich schon ‚abgewöhnt' hatte."[72] Die Trauerfeier, auf der Max Halbe und Heinrich Mann die Gedächtnisreden hielten, mißfiel Brecht. Er verachtete den Kreis derer, die den Toten zu Grabe trugen. Sie alle waren für ihn eine Nummer zu klein, um Wedekind die letzte Ehre erweisen zu können. Er sah sie ratlos, als wüßten sie mit sich selbst und dem Leben nichts mehr anzufangen.

Sie standen ratlos in Zylinderhüten.
Wie um ein Geieraas. Verstörte Raben.
Und ob sie (Tränen schwitzend) sich bemühten:
Sie konnten diesen Gaukler nicht begraben.[73]

Doch nicht nur ehrwürdige Literaten gaben dem Dichter das letzte Geleit. Auch Freudenmädchen, Halbwüchsige und Vagabunden waren gekommen, die nach der Trauerfeier im wilden Galopp über den Friedhof hopsten, um zuerst am Grabe zu sein. Es war der groteske Nachvollzug der Wedekindschen Verse: „Glücklich, wer geschickt und heiter/über frische Gräber hopst." Auch am Grabe stand man mitnichten ratlos und verstört, wie es Brechts Vierzeiler nahelegte. Als sich der Sarg niedersenkte und Verse zum Gedächtnis gesprochen wurden, drängte sich der dem Wahnsinn nahe Dichter Heinrich Lautensack aus der Menge und rief dem Toten zu: „Frank Wedekind! Dein letzter Schüler – Lautensack!" Im Unterschied zu Brecht bezeichnete Erich Mühsam den ganzen Vorgang am Grabe Wedekinds als die erschütterndste Szene, die er je erlebt habe.[74]

Brecht hat in der Literatur vieles und viele geliebt, doch der Dichter seiner Jugend war zweifellos Frank Wedekind. Vor allem dessen Persönlichkeit faszinierte ihn. Deshalb auch das bevorzugte Interesse an dem Sänger und Schauspieler Wedekind. Über dessen Dramen äußerte er sich weit seltener. Er betrachtete sie mehr als das maßgeschneiderte Gewand für diese Persönlichkeit. Und wenn man vom jungen Brecht erzählt, daß von seinem nicht gerade anziehenden Äußeren stets etwas Suggestives, Faszinierendes ausging, daß man bestimmte seiner Gesten und körperlichen Wendungen nicht vergaß, so scheint da eine Seite menschlicher Persönlichkeit auf, die ihn einst an Frank Wedekind so tief beeindruckt hatte.

Im Frühjahr 1918 entstand die erste Fassung des Stückes „Baal" – eine Talentprobe, die unterschiedlich aufgenommen, aber nicht übersehen wurde. Erstmals erwähnte Brecht das Werk am 1. Mai in einem Brief an den Studienfreund Münsterer, in dem es heißt, daß die halbe Komödie „Baal" schon fertig sei. Am 5. Mai verkündete Brecht wiederum in einem Brief an Münsterer: „Ich habe jetzt einen (guten?) Titel für den ‚Baal': ‚Baal frißt! Baal tanzt!! Baal verklärt sich!!!'"[75] Mit dem Schreiben muß er unmittelbar nach der Uraufführung von Johsts Stück „Der Einsame" am 30. März 1918 begonnen haben. Der ganzen Anlage nach ist es ein Gegenentwurf. Brecht selbst erklärte unumwunden, er habe es geschrieben, um ein mittleres Erfolgsstück in den Grund zu bohren. Der Bezug zu Johst ist so stark, daß Brecht selbst die äußere Anlage der Szenenfolge übernahm. Liest Johsts Held Grabbe in den ersten Szenen den Spießbürgern seiner Heimatstadt, die ein lustiges Stück hören wollen, in der Kneipe den Alexanderzug vor, so trägt Baal auf einer Soiree sensationslüsternen Bürgern widerwillig seine Gedichte vor. Auch das Figurenensemble, ja selbst die Namen weisen auf Johst. Aber während dieser das Hohelied auf das unverstandene Genie, auf die eigenwillige Künstlernatur, auf die Einsamkeit des schöpferischen Menschen singt, zeigt Brecht die elementare Natur eines Individuums, das auf dem Genuß besteht und gar nicht daran denkt, die Spesen des bürgerlichen Lebens zu bezahlen. Johst verblieb im traditionellen Konflikt von Kunst und Leben. Er dämonisierte die Künstlerpersönlichkeit, feierte den Untergangeweihten, den ewig Unverstandenen. Dagegen setzte Brecht einen Mann, der weder auffällig begabt noch von der Natur in irgendeiner Weise benachteiligt ist, der frißt, tanzt und sich verklärt, der einfach nimmt, was da ist. Johst beschwörte ekstatisch die „Tiefen der Künstlerseele“, Brecht gestaltete die elementare Gewalt des Genusses. Er denunzierte den von Johst vorgetragenen Anspruch des Künstlers auf seine Andersartigkeit. Seinem Vorbild Frank Wedekind folgend, zeigte er den Menschen als das schöne, große, wilde Tier.

Brecht soll gesagt haben, er habe das Stück auf Grund einer Wette mit Georg Pfanzelt in vier Tagen verfaßt. Wie dem auch sei, ob in wenigen Tagen oder Wochen, Brecht schrieb es in einem Anlauf. Dabei darf man sich jedoch nicht darüber hinwegtäuschen, daß eine solche Figur wie Baal selbst in der Phantasie eines genial begabten Dichters nicht in wenigen Wochen Gestalt annimmt. Derart ausgeprägte Physiognomien sind nicht das Ergebnis blitzartiger Einfälle. Sie sind vielmehr in der dichterischen Phantasie vorgefertigt, eingelagert, sie tauchen nicht wie ein glücklicher Einfall auf, sie werden hervorgeholt. So hat auch die Figur des Baal in Brechts Phantasie ihre Entwicklung. Sie reicht zurück in die Augsburger Zeit, als er die Leihbibliotheken frequentierte und mit der Dichtung und der Dichtergestalt Verlaines in Berührung kam. Das Verlaine-Erlebnis war die Geburtsstunde Baals. Hinzu trat die Bekanntschaft mit François Villon, über den er ein Stück schreiben wollte. Das alles ging in diese Gestalt ein, deren eigenartiges Fluidum, deren wilde, destruktive Romantik in Brechts Lyrik vorgeprägt war. Das Urbild des Baal bereits in sich tragend, fand Brecht in Johsts „Einsamem“ die Fabel für die Bilder und Eindrücke, die ihn bewegten.

Baal ist Varietéschauspieler, Liebhaber einer Millionärin, Zuchthäusler, Zuhälter und Mörder, zugleich ein feinfühliger Lyriker, der Verse schreiben kann, die sein Publikum bezaubern, selbst wenn es über sie erschrickt. Die Landjäger sagen über ihn: „So ein Mensch hat gar keine Seele. Das gehört zu den wilden Tieren." „Dabei ist er manchmal ganz kindisch. Einem alten Weib in Dingsda trug er die Reisighocke, so daß wir ihn fast erwischten."[76] Baal dichtet selten, denn er liebt nicht die Kunst, sondern den Lebensgenuß. Er genießt in Schenken und Kneipen, er genießt unmündige Mädchen und verheiratete Frauen. Er treibt's mit Frauen und mit Männern. Wo er hinkommt, erregt er Eifersucht, stiftet er Unruhe. Er hat so wenig Moral wie die Natur. Niedrig und bedenkenlos in allem Menschlichen, ist Baal groß und hingebungsvoll in seinem Verhältnis zur Natur, mit der er förmlich verschmilzt. Er ist nicht der Mensch, der sich der Natur bemächtigt, in ihm lebt sich die Natur aus. Gewalttätig und schrecklich, wie er seine Tage verbrachte, geht er zu Grunde. Aus Eifersucht ersticht er im Suff seinen Freund. Einsam und verkommen verendet er wie ein Tier in der freien Natur, deren unmittelbarer Teil er ist. Getrieben von einer ungeheuerlichen Ichbezogenheit, sucht er noch dem Tod Genuß abzugewinnen. Hier verbindet sich die Gestaltung des Baal mit Brechts Vorstellung von François Villon, von dessen Ende er in dem fast zur gleichen Zeit entstandenen Gedicht „Vom François Villon" sagt, indem er zwei Verse von Villon zitiert: „Als er die Viere streckte und verreckte / Da fand er spät und schwer, daß auch dies Strecken schmeckte."[77]

Man fragt sich natürlich, wie es kommt, daß der junge Brecht, aufgewachsen in einem behüteten Elternhaus, in einer ruhigen, fast idyllischen Stadt, als erste größere Figur gerade diesen Baal schuf, den die Zeitgenossen als ein monströses Ungeheuer empfanden. Wieso wurde die Phantasie des kaum Zwanzigjährigen in eine solche Richtung gedrängt, zumal für ihn das ungebundene Vagabundenleben nicht den geringsten Reiz besaß und ihm jede Wanderburschenromantik fremd war? Auch zur Münchner Boheme fühlte er sich nicht hingezogen. Im Persönlichen, Individuellen gab es nichts, was eine Wesensverwandtschaft mit jenem Verlaine-Typ vermuten ließe, der ihn so faszinierte. Andererseits ist das Weltgefühl Baals nicht nur als literarische Reaktion auf den Expressionismus zu verstehen. Vielmehr ist dieser Baal Ausdruck des Widerwillens gegen eine Welt- und Lebenshaltung, in der die Kategorie der Pflicht dominierte. Brechts geistiges Weltbild entstand in einer Zeit, als Pflichterfüllung alles bedeutete. Die Pflicht fürs Vaterland reduzierte das Leben auf ein Dasein, das aus Entbehrung, Hingabe, Ordnung und Opfer bestand. Genuß und Glücksverlangen galten als etwas, womit der Mensch fertig werden mußte, das er nicht aufkommen lassen durfte. Im Sprachgebrauch der Wilhelminischen Ära hieß das, seinen „inneren Schweinehund" zu bekämpfen. Diese Haltung wurde dem jungen Brecht in den Kriegsjahren bis zum Überdruß eingehämmert. Dabei galt Literatur, insbesondere die deutsche Klassik, als Demonstrationsobjekt dafür, wie man das triebhafte Leben bezwingt. Lehrer und Professoren priesen den Konflikt zwischen Pflicht und Neigung als das große, unerschöpfliche Thema der deutschen Literatur. Die von der bürgerlichen Gesellschaft überanstrengte und schließlich ganz vom Krieg besetzte Kategorie der Pflicht denunzierte jedes Glücksverlangen, jeden Anspruch auf Lebensgenuß. Dagegen entstand, zuerst dunkel und unbewußt, die Gefühlswelt des Baal. Gegen die bedenkenlose Pflichterfüllung setzte Brecht die bedenkenlose Ichsucht. Gegen die Verstümmelung der Menschennatur im Namen der Pflicht protestierte Brecht mit der Gestaltung des rücksichtslosen Genußanspruchs. Aus dem Bild des gehemmten Menschen machte er das Bild des hemmungslosen Menschen. Der Mensch, durch Verzicht zum Äußersten getrieben, sucht den Ausweg in der Ausschweifung.

Johst stand mit seinem Grabbe-Stück in der Zeit, Brecht schrieb den „Baal“ gegen den bürgerlichen Zeitgeist. Johsts Werk wurde von einem Teil der studentischen Jugend als Bekenntnis der „abgeschnittenen Kämpfer“ empfunden. Es nahm bereits einiges vorweg, was man später mit dem Lebensgefühl der „verlorenen Generation“ umschrieb. Ganz anders wirkte Brechts Stück auf das Publikum. Wäre es zur gleichen Zeit wie „Der Einsame“ aufgeführt worden, hätte es einen noch größeren Skandal ausgelöst als den, den es später hervorrief. Das bürgerliche Publikum konnte in ihm nur eine ungeheuerliche Provokation bzw. die Ausgeburt eines kranken Hirns sehen. Ungeachtet des Gegensatzes zwischen den beiden Dichtern und des Krachs im Kutscher-Seminar setzte sich Brecht mit Johst in Verbindung und schickte ihm sein Stück. In einem Brief vom Dezember 1918/Januar 1919 meinte er, er könne nicht glauben, Johst habe sein Stück nicht gut gefunden. Der Brief schloß damit, daß er Johst ganz ungeniert bat, ihm doch zu schreiben, sollte er auch den „Baal“ und alles, was er noch verfassen werde, als „Saumist“ betrachten, das würde ihn nicht so beleidigen als keine Antwort. Noch 1920 schrieb er Johst, er habe bei der Überarbeitung des „Baal“ die Figur der Mutter hinausgeschmissen, um dadurch das Gespenst des „Einsamen“ als Stückvorlage zu verscheuchen.

Bei aller Problematik hat Brechts Stück nichts Dekadentes. Baal ist asozial, weil seine hemmungslose Lebenslust nicht produktiv wird. Kraft, Sinnlichkeit, Sensibilität sind für ihn nicht verwertbar. Selbst seine Verse empfindet er angesichts des Ausdrucks der Natur als unnütz. Aber der nur auf sich selbst bezogene Genuß wird faulig, wirkt zersetzend. Der Widerspruch freilich, daß das Genußstreben Baals durch eine Welt, die den Menschen keine Möglichkeit zur sinnvollen Entfaltung elementarer Kraft und Produktivität läßt, zu einer tödlichen Alternative gedrängt wird, bleibt ungestaltet. Hier liegt eine Schwäche des

Stücks, die Brecht 1954 dahingehend umschrieb, daß dem Stück Weisheit fehle. „Es ist nicht zu sagen, wie Baal sich zu einer Verwertung seiner Talente stellen würde: er wehrt sich gegen ihre Verwurstung. Die Lebenskunst Baals teilt das Geschick aller andern Künste im Kapitalismus: sie wird befehdet. Er ist asozial, aber in einer asozialen Gesellschaft."[78] In der ersten Fassung, dem sogenannten „Urbaal", gibt es noch kein Wissen um die Ursachen, höchstens das unklare Empfinden gesellschaftlicher Unstimmigkeit. Aber auch das Ahnen, das dem Wissen vorausgeht und das noch nicht Weisheit ist, hat seinen Zauber.

Sanitätssoldat

Am 14. Januar 1918, eine Woche, nachdem der amerikanische Präsident Wilson ein 14-Punkte-Friedensprogramm unterbreitet hatte, mußte sich Brecht bei der Ersatzbehörde III des I. Armeekorps zur Musterung einfinden. In Deutschland hatte sich die Stimmung radikal verändert. Die Kriegsbegeisterung war einer allgemeinen Kriegsmüdigkeit gewichen. An einen Sieg der deutschen Armeen glaubte man nicht einmal mehr in kaisertreuen Kreisen. Wenn man bedenkt, daß Brecht bereits zwanzig Jahre alt war, also einem Jahrgang angehörte, dessen Männer mit wenigen Ausnahmen an der Front standen, muß man sich fragen, wieso es kam, daß gerade er nicht zum Militär, nicht an die Front mußte, wies doch das Schülerverzeichnis seiner Klasse für das Schuljahr 1914/15 schon drei Schüler auf, die in den Heeresdienst eingetreten waren. Brecht hingegen fand immer neue Kniffe, um sich der Einberufung zu entziehen. Unterstützt wurde er dabei von seinem Vater, der zwar in seiner kaisertreuen Gesinnung keineswegs schwankend geworden war, den es aber empörte, daß man jetzt schon Kinder an die Front schickte. Im Laufe der Zeit, als immer mehr von Eugens Schulkameraden an die Front mußten, fiel es natürlich auf, daß der junge Brecht bisher verschont geblieben war. Selbst seine engeren Freunde empfanden das als eine himmelschreiende Drückebergerei. Der Bruder erzählt, daß Eugens Schulfreund Rudolf Prestel, der sich 1916 freiwillig an die Front gemeldet hatte, ein Jahr darauf schwer verwundet wurde und das linke Bein verlor, sich von Eugen abwandte, weil er dessen Verhalten für unwürdig hielt. Das in Augsburg beheimatete 3. Bayrische Infanterieregiment lag vor Verdun und erlitt vor allem im Frühjahr 1918 schwere Verluste. Als Brecht am 14. Januar gemustert wurde, pumpte er sich voll Bohnenkaffee, um sein an sich schon schwaches Herz noch zusätzlich zu strapazieren. Doch den Stabsarzt beeindruckte das nicht. Brecht wurde von der Musterungskommission „dauernd garnisonsverwendungsfähig Feld“ geschrieben. Daraufhin wandte sich der Vater am 1. Mai 1918 mit einem „Gesuch um Beurlaubung“ an den „Herrn Zivilvorsitzenden der Ersatzkommission Augsburg“: „Mein Sohn, Eugen Berthold Brecht, geb. 10. II. 1898 zu Augsburg, ist bei der Musterung als Sanitätssoldat d. g. v. F. [dauernd garnisonverwendungsfähig Feld] ausgehoben worden. Derselbe besucht z. Zt. die Universität München und stelle ich hiermit das ergebene Gesuch, meinen Sohn zur Fortsetzung des Studiums für das laufende Semester geneigtest beurlauben zu wollen. Hochachtungsvollst! B. Brecht, Fabrikdirektor.“[79]

Der Einfluß des Vaters muß beträchtlich gewesen sein, denn dem Gesuch wurde selbst im vierten Kriegsjahr noch stattgegeben. Brecht wurde bis zum 15. August 1918 zurückgestellt. Ein abermaliges Zurückstellungsgesuch, das der Vater am 21. Juli einreichte, wurde jedoch abschlägig beantwortet. Einen Monat zuvor war Walter zum Heeresdienst eingerückt. Im Gegensatz zu seinem Bruder hielt er an seiner patriotischen Gesinnung fest. Obwohl ihm eine freie Wahl der Truppengattung zustand, wählte er von sich aus das vor Verdun schwer dezimierte 3. Bayrische Infanterieregiment.

Nun erwartete Brecht, wie er selbst sagte, jeden Tag sein „Todesurteil“. Am 1. Oktober 1918 – Ludendorff hatte an diesem Tage die Regierung über die „aussichtslose Lage“ der deutschen Armee informiert – war es soweit. Der Medizinstudent meldete sich an der Universität zum Militärdienst ab. Er gehörte einem Jahrgang an, der wußte, was ihn erwartete. Carl Zuckmayer, zwei Jahre älter als Brecht und später als Dramatiker mit ihm befreundet, schrieb über die Verschiedenheit der Jahrgänge während des Krieges: „Es ist merkwürdig, wie rasch sich in solchen Zeiten ein Unterschied zwischen Generationen herausbildet, wie tief die

Kluft ist, die zwischen ein oder zwei Jahrgängen entsteht."[80] Brecht gehörte der Remarque-Generation an, die in den Krieg nur noch mit der Hoffnung zog, ihn zu überleben.

Die schwierige Umstellung von dem ungebundenen Studentenleben auf den Drill des Garnisonsdienstes blieb Brecht erspart. Wieder hatte er Glück – oder einen einflußreichen Fürsprecher –, denn er brauchte keinen Waffendienst abzuleisten. Er kam als Militärkrankenwärter ins Reservelazarett Augsburg, wo er vom 1. Oktober 1918 bis zum 9. Januar 1919 Dienst tat. Die Vorgesetzten bezeichneten seine Führung als „sehr gut". Das dürfte geschmeichelt sein oder war, was eher anzunehmen ist, eine der nichtssagenden Formulierungen, wie sie in den Zeiten der allgemeinen Unsicherheit am Ende des Krieges und in der Nachkriegszeit gebraucht wurden. Brecht muß ein unglaublich schlampiger Soldat gewesen sein. Die ihn aus dieser Zeit kannten, wunderten sich, wie das von seinen Vorgesetzten hingenommen wurde. Betrachtet man Fotos von jungen Menschen in Uniform, so sehen sie darin oft nicht nur entstellt, sondern auch hilflos und ungelenk aus. Nicht so Brecht. Er nahm der Uniform das Einzwängende, das Uniformierende und Deformierende. Er trug sie wie ein Kostüm, mit einer ironischen Haltung, die besagte, daß so etwas ihn nicht veränderte. „Über Brechts Aussehen als Soldat war ich oft erstaunt", erzählte sein Freund Heiner Hagg, „er benahm sich meines Erachtens unmöglich. Ich sah ihn herumspazieren, die Hände in die Hosentaschen vergraben, damit hielt er die Hosen hochgezogen, dazu hatte er gelbe Halbschuhe an, manchmal war er ohne Jacke, nur mit einem Pullover bekleidet, meist ohne Kopfbedeckung, oder er hatte eine Art Reitgerte in der Hand, natürlich war er immer ohne Koppel, er war mehr Zivilist als Soldat. Ich habe mich wiederholt gefragt, wo Brecht den Mut hernahm, sich in einem derart unmöglichen Aufzug in der Öffentlichkeit zu zeigen."[81]

Die Tatsache, daß Brecht als Sanitätssoldat Dienst tat, hat Literaturwissenschaftler gelegentlich dazu veranlaßt, seine ersten Antikriegsgedichte aus dem unmittelbaren Anblick schrecklicher Verwundungen und menschlicher Verstümmelung zu erklären. Doch Brecht war als Militärkrankenwärter auf der Station D des Lazaretts, wo sich die Geschlechtskranken und einige Ruhrkranke befanden. Der Umgang mit denen, die sich im Krieg nur den Tripper, den Schanker oder die Syphilis geholt hatten, veranlaßte Brecht zu dem „Lied an die Kavaliere der Station D“:

> Oh, wie brannten euch der Liebe Flammen
> als ihr jung und voller Feuer wart.
> Ach der Mensch haut halt das Mensch zusammen
> das ist nun einmal so seine Art.[82]

Der Lazarettdienst vermochte seine spärlichen medizinischen Kenntnisse nicht gerade zu bereichern; er strengte ihn nicht sonderlich an und hielt ihn nicht mehr als das Studium von seinen literarischen Arbeiten ab. Sehr bald schon hatte er sich einige Privilegien verschafft, von denen er gegenüber den Unteroffizieren und Feldwebeln in aufreizender Weise Gebrauch machte. Zu seinen Pflichten gehörte der abendliche Rapport beim Chef. Wie sein Freund Müllereisert berichtet, suchte er sich dessen mit dem geringstmöglichen Aufwand zu entledigen. Seine Vorgesetzten sahen ihm das nach. Erst als er dazu überging, die dienstliche Meldung durch das elterliche Dienstmädchen erledigen zu lassen, kam es zum Krach.

In der Zeit seines Sanitätssoldatendaseins entstand auch ein Gedicht, das ihn nicht nur als einen ungewöhnlichen Lyriker auswies, sondern das zugleich einer der sarkastischsten Angriffe auf alles war, was bisher als heilig und unverletzbar galt. 1918 schrieb Brecht die „Legende vom toten Soldaten“. Als Vorlage benutzte er das Balladenmotiv vom

Grenadier, der aus dem Grab steigt und wieder in das Kampfgeschehen eingreift, das sich von Gottfried August Bürger über Heinrich Heine bis zu Börries von Münchhausen durch die deutsche Literatur zieht. Brecht bediente sich dieser Tradition, um die mißbrauchten Ideale satirisch zu zerstören. Ein halbverwester Soldat wird aus dem Grab gezogen und vor die Ärztekommission geführt, die ihn kv [kriegsverwendungsfähig] schreibt. Um das Ideal der Aufopferung besonders hart zu treffen und mit Hohn zu überschütten, wählte Brecht zu dem grauenhaften, grotesken Vorgang eingangs eine besonders zarte, sentimentale Melodie. Er gebrauchte dem Ohre schmeichelnde Verswendungen, um den grauenhaften, gespenstischen Vorgang besonders herauszustellen.

1

Und als der Krieg im vierten Lenz
Keinen Ausblick auf Frieden bot
Da zog der Soldat seine Konsequenz
Und starb den Heldentod.
...

6

Und sie nahmen sogleich den Soldaten mit
Die Nacht war blau und schön.
Man konnte, wenn man keinen Helm aufhatte
Die Sterne der Heimat sehn.

Andererseits war alles auf grelle Dissonanzen gestellt und zu einem höllischen Furioso gesteigert.

7

Sie schütteten ihm einen feurigen Schnaps
In den verwesten Leib
Und hängten zwei Schwestern in seinen Arm
Und ein halb entblößtes Weib.[83]

So verband sich Strophe auf Strophe zu einem höhnischen Gesang vom Heldentod. Nicht nur in der Thematik, auch in der verfremdenden künstlerischen Technik hatte dieses Gedicht vieles mit einer Zeichnung George Grosz’ gemeinsam, die 1919 in der Zeitschrift „Die Pleite“ erschien. Brecht kannte damals George Grosz noch nicht, der vor allem in seiner Malerei ähnlich wie Brecht in der Lyrik verfuhr; er verwandte sehr zarte, fast kitschig bunt wirkende Pastelltöne, um die Menschenmetzelei des Krieges darzustellen. Dadurch erhielten die Zeichnungen einen besonders aufreizenden, enthüllenden Effekt.

Brechts Ballade wirkte in der Öffentlichkeit, wo nichts so beweihräuchert wurde wie der Heldentod, in einem Maße schockierend, daß die Weimarer Republik und erst recht das Dritte Reich mit ihren Machtmitteln gegen das Gedicht und seinen Verfasser vorgingen. Es soll bereits 1923 für die Nationalsozialisten Anlaß gewesen sein, Brecht an fünfter Stelle einer Personenliste zu führen, die diejenigen enthielt, die nach der Machtübernahme zu verhaften seien. Das Landesjugendamt Karlsruhe erstattete 1932 gegen Brecht Anzeige wegen „öffentlicher Beschimpfung von Gebräuchen der katholischen Kirche“. Den Faschisten war das Gedicht noch fünfzehn Jahre nach seiner Entstehung so verhaßt, daß sie damit die Ausbürgerung Brechts begründeten. Kurt Tucholsky schrieb über die „Legende“: „Den Preußen hats ja mancher besorgt – so gegeben hats ihnen noch keiner. ... Das ist eine lyrische Leistung großen Stils, und wie man mir erzählt hat, soll das Lied in den Kreisen junger Kommunisten beginnen, populär zu werden.“[84]

Revolution und Republik

Im November 1918 kam es in Deutschland zur Revolution. Durch Massendemonstrationen wurde der Kaiser zum Rücktritt aufgefordert. Am 9. November 1918, 11.00 Uhr, trat Wilhelm II. als deutscher Kaiser ab. In München hatte bereits einen Tag zuvor Kurt Eisner die bayrische Republik proklamiert. Auf der Münchner Theresenwiese war es zu einer Demonstration von 150000 bis 200000 Menschen gekommen. Hier sonderten sich bereits Soldaten ab und marschierten mit dem Ruf „Zu den Kasernen" in die Stadt. In den Kasernen leistete man keinen Widerstand, sondern schloß sich den Revolutionären an. In der Nacht zum 8. November konstituierte sich im Landtag ein provisorischer Arbeiter-, Soldaten- und Bauernrat. Sein Erster Vorsitzender, der unabhängige sozialdemokratische Journalist und Schriftsteller Kurt Eisner, richtete einen Aufruf an die Bevölkerung: „In dieser Zeit des sinnlos wilden Mordens verabscheuen wir alles Blutvergießen. Jedes Menschenleben soll heilig sein! Bewahrt die Ruhe und wirkt mit an dem Aufbau der neuen Welt! Der Bruderkrieg der Sozialisten ist für Bayern beendet. Auf der revolutionären Grundlage, die jetzt gegeben ist, werden die Arbeitermassen zur Einheit zurückgeführt. Es lebe die bayerische Republik! Es lebe der Frieden! Es lebe die schaffende Arbeit aller Werktätigen!"[85]

In Augsburg sah die Lage so aus: Am 8. November morgens halb sieben betrat ein Soldat die Redaktion der sozialdemokratischen „Schwäbischen Volkszeitung" und forderte den dort anwesenden Redakteur auf, mit in die Kaserne des 3. Infanterieregiments zu kommen, um die Führung zu ergreifen und die Macht zu übernehmen. Die Soldaten hätten die ganze Nacht zusammengesessen; sie seien bereit, Soldatenräte zu bilden. Der Mann in der Augsburger Redaktionsstube war Ernst Niekisch, der in den zwanziger und dreißiger Jahren als Philosoph, politischer Schriftsteller und entschiedener Gegner des faschistischen Systems bekannt wurde. Er begab sich sofort in die Kaserne, die er auch ungehindert passieren konnte, und richtete eine Ansprache an die Soldaten. Von militärischer Seite wurde Niekisch kein Widerstand entgegengesetzt. Er erreichte sogar, daß die drei in Augsburg stationierten Regimenter am Nachmittag zu einer Massenversammlung aufmarschierten, auf der Niekisch eine politische Rede hielt. Obwohl sich der sozialdemokratische Parteivorstand sehr zögernd verhielt und von Massenversammlungen abriet, war die von Niekisch noch am gleichen Tage angesetzte Versammlung der Augsburger Werktätigen überfüllt. Hier gab er einen Bericht über die Vorgänge des Tages und schlug vor, einen provisorischen Arbeiterrat zu wählen. „Die Soldatenräte waren inzwischen ebenfalls gebildet worden. Nach der Versammlung trat der vereinte Arbeiter- und Soldatenrat zu seiner konstituierenden Sitzung im Rathaus zusammen. Ich wurde zum Vorsitzenden gewählt. Anderntags in der Frühe klebten Plakate an den Litfaßsäulen und Mauern, in denen den Bürgern der Umschwung der Verhältnisse mitgeteilt wurde. Die Bevölkerung hatte von den Geschehnissen im großen und ganzen kaum etwas geahnt. Am Morgen des 9. November hatte ich eine Besprechung mit den Führern der bürgerlichen Parteien. Es war deutlich zu merken, wie ungern sie sich in die neuen Tatsachen schickten. Der Führer der Liberalen, Dr. Pius Dirr, Stadtbibliothekar in Augsburg, setzte auseinander, daß die Revolution noch nicht geglückt sei. Noch habe man aus Berlin keine Nachrichten, die Reichsregierung und der Kaiser seien noch immer im Amte. Wenn die revolutionären Vorgänge sich lediglich auf München und Augsburg beschränkten, ‚würde ich auf dem Sandhaufen enden'. Ich bezweifelte sein politisches Fingerspitzengefühl und erwiderte ihm, unter den obwaltenden Umständen gehöre nicht viel dazu, mit Sicherheit vorauszusehen, daß der Umsturz unaufhaltsam sei. Im übrigen wunderte ich mich nicht über seine Stellungnahme. Ich wisse, er habe während des Krieges in den belgischen Archiven gearbeitet, um auf Grund raffiniert ausgesuchter Akten zu beweisen, daß Belgien den deutschen Einfall in das Land selbst verschuldet habe. Ein Mann, der seine wissenschaftlichen Qualitäten dazu mißbrauche, eine schlechte Sache zu verteidigen, sei keine politische Autorität. ... Noch im Laufe des 9. Novembers kam die Nachricht aus Berlin, daß der Kaiser abgedankt und Scheidemann die Republik ausgerufen habe."[86]

Dem in Augsburg gewählten Arbeiter- und Soldatenrat unter Vorsitz von Ernst Niekisch gehörte, wie Niekisch später bestätigte, auch Brecht an, allerdings sei dieser seines Wissens darin niemals besonders hervorgetreten. Die revolutionären Ereignisse gingen an ihm vorbei, ohne zunächst Spuren zu hinterlassen. Hatte er seine Freunde, insbesondere Caspar Neher, bis zum August 1918 brieflich sehr genau über seine literarischen Arbeiten und seine Liebschaften informiert, gibt es von August 1918 bis März 1919 kaum Briefe und Notizen. Über die deutsche Revolution suchte er anscheinend keinen Gedankenaustausch. Er nahm sie einfach hin, weder überrascht noch enttäuscht. Im Sommer 1918, als der bevorstehende Zusammenbruch der deutschen Front auch der Heimat nicht mehr verborgen blieb, interessierten ihn die Augsburger Sommernächte mehr als die ganze Politik. „Was für Nächte das jetzt sind! Ganz tiefblau und voll Musik! Der Mond wie eine grünliche Gurke! Die Weiden am Lech wie graue Tänzerinnen, zu alt zum Tanzen, und in den Kastanien im Garten schaukelt sich gemütlich der Große Bär"[87], schrieb er seinem Freund Neher. Daß er in den Arbeiter- und Soldatenrat gewählt wurde, hatte bestimmt keine politischen Gründe. Man wird sein legeres Verhalten gegenüber Uniformen und militärischen Vorschriften gekannt und gewußt haben, daß er sich allerhand erlaubte, so daß man annehmen konnte, er werde auch politisch etwas riskieren. Aber daran dachte Brecht wiederum überhaupt nicht. Gewiß, er fühlte sich der Revolution in ihrem destruktiven Element näher als der alten Ordnung. Doch für politische Aufgaben und Kämpfe hatte er nicht den geringsten Sinn. Elternhaus und Freundeskreis hatten ihn nach keiner Richtung hin beeinflußt. Der Vater distanzierte sich entschieden von den neuen Kräften und konnte es nicht verwinden, daß Deutschland den Krieg verloren hatte, daß der Kaiser gegangen war. Auch die meisten der alten Freunde standen eher rechts als links. Der Bruder kehrte aus dem Krieg zurück und suchte sich seine nationalen Ideale zu bewahren. Das Wiedersehen mit Eugen verlief distanziert. Sie blieben sich als Brüder immer verbunden, gingen aber jetzt sehr verschiedene Wege. Doch einen Haß auf die bürgerliche Existenzweise, der sich jetzt bei jungen, aus dem Bürgertum kommenden Schriftstellern Luft machte, gab es bei Brecht nicht. Die bürgerliche Welt bedrückte ihn nicht; sie war ihm einfach gleichgültig. Über diese Zeit im Arbeiter- und Soldatenrat schrieb Brecht zehn Jahre später selbstkritisch: „In jener Zeit war ich Soldatenrat in einem Augsburger Lazarett, und zwar wurde ich das nur auf dringendes Zureden einiger Freunde, die behaupteten, ein Interesse daran zu haben. (Wie sich dann herausstellte, konnte ich jedoch den Staat nicht so verändern, wie es für sie gut gewesen wäre.) Wir alle litten unter einem Mangel an politischen Überzeugungen und ich speziell noch dazu an meinem alten Mangel an Begeisterungsfähigkeit. Ich bekam einen Haufen Arbeit aufgehalst. ... Kurz: ich unterschied mich kaum von der überwältigenden Mehrheit der übrigen Soldaten, die selbstverständlich von dem Krieg genug hatten, aber nicht imstande waren, politisch zu denken. Ich denke also nicht besonders gern daran."[88]

Brecht erwartete nichts von der Revolution. Hierin unterschied er sich von vielen seiner späteren Kampfgefährten, auch von Gleichaltrigen, die wie er jetzt als Schriftsteller und Künstler hervortraten. Denn mehr als alle anderen erhofften vor allem jene, die man in den zwanziger Jahren „Linksintellektuelle" nannte, von der Revolution die alles entscheidende Veränderung im gesamten gesellschaftlichen Leben. Gerade weil ihre Hoffnungen so vage waren, waren sie so vielfältig und weitgespannt. Für sie hatte die Weltrevolution begonnen, die die alte Welt hinwegspülen würde. So hieß es in Franz Werfels „Revolutionsaufruf":

> Komm, Sintflut der Seele, Schmerz, endloser Strahl!
> Zertrümmre die Pfähle, den Damm und das Tal!
> Brich aus Eisenkehle! Dröhne, du Stimme von Stahl![89]

Aber es gab auch Stimmen, die mehr auf die praktische Lebenshilfe als auf die allgemeinen Losungen der Politik setzten, die gleich zu kommunistischen Verhaltensnormen kommen wollten. „Wie sieht nun das Leben so eines Kommunisten aus", fragte Heinrich Vogeler und gab darauf die Antwort: „Das Minimum seiner Lebensmittel- und Wohnungsversorgung ist also gesichert durch die Kommune, der alle Produktivmittel und aller Besitz zu eigen ist. Das Kind geht in die Gemeindeschule und lernt von Anfang an die Bedürfnisse der Gemeinschaft kennen, das begabte Kind wird Anleiter des unbegabten ... Inzwischen entwickelt sich die individuelle Veranlagung des Kindes durch die Mithilfe in der Kommune. Alle Wege stehen ihm nun offen zur Berufswahl, und die Gemeinde ist materiell interessiert, jede Veranlagung produktiv zu machen. ... Ein hoher Beruf, auf den jeder Kommunist seine ganze Zukunftshoffnung setzt, ist der des Lehrers. Das beste, glaubensfreudigste Material ist hier nötig, welches nur darauf bedacht ist, in ungebundener Initiative alle Kräfte der menschlichen Seele zu erkennen und zur

Entfaltung zu bringen. Es ist ein Irrtum zu glauben, daß die Kommune den Menschen proletarisiert: sie individualisiert die Massen."[90] Carl Einstein wiederum wandte sich in Wieland Herzfeldes Zeitschrift „Die Pleite" mit einem Aufruf an die „Geistigen": „Eines gilt es: die kommunistische Gemeinschaft verwirklichen. Ein Ziel, zu wesentlich, als daß Intellektuelle dialektisch es zerspalten dürften. Dekorative Schönworte stehlen die Entscheidung. Wir gehen in der Masse, wir sind auf dem Marsch mit dem Einfachen, Unbedingten zu einer nahen, nötigen Sache. Eure vielfältige Nuanciertheit steht uns nicht an. ... Der Individualismus ist beendet, die Kameradschaft in der Masse entscheidet."[91]

Bei vielen Künstlern gab es ein echtes Bedürfnis, sich zusammenzuschließen. Die Idee der Gemeinsamkeit sollte auch die Kunst beherrschen. Die bildenden Künstler, die die „Novembergruppe" gründeten, erklärten in ihrem Manifest: „Wir stehen auf dem fruchtbaren Boden der Revolution. ... Wir fühlen jung und frei und rein. Unsere fleckenlose Liebe gehört dem jungen freien Deutschland, aus der heraus wir mutig und ohne Scheu mit allen uns zur Verfügung stehenden Kräften Rückstand und Reaktion bekämpfen wollen."[92] Überspannt, aber politisch engagiert formulierten die Berliner Dadaisten ihre Forderungen: „Der Dadaismus fordert 1. die internationale revolutionäre Vereinigung aller schöpferischen und geistigen Menschen der ganzen Welt auf dem Boden des radikalen Kommunismus, 2. die Einführung der progressiven Arbeitslosigkeit durch umfassende Mechanisierung jeder Tätigkeit. Nur durch die Arbeitslosigkeit gewinnt der einzelne die Möglichkeit, über die Wahrheit des Lebens sich zu vergewissern und endlich an das Erleben sich zu gewöhnen, 3. die sofortige Expropriation des Besitzes (Sozialisierung) und kommunistische Ernährung aller, sowie die Errichtung der Allgemeinheit gehörender Licht- und Gartenstädte, die den Menschen zur Freiheit entwickeln."[93] Selbst für die, die ihre Hoffnungen nicht politisch artikulierten, war links das Gute, rechts das Schlechte, und der Himmel war leer, wie sich Ernst Josef Aufricht, der spätere Direktor des Theaters am Schiffbauerdamm, ausdrückte.

Nichts von allem bei Brecht. Was ihn interessierte, waren seine literarischen Arbeiten. Den politischen Ereignissen gegenüber verhielt er sich kühl beobachtend, begeisterungslos. Wenn Brecht meinte, er habe damals an einem spürbaren Mangel an Begeisterung gelitten, so ist das selbst zehn Jahre danach eine beschönigende Metapher. Brecht war damals einfach nicht in der Lage, sich für etwas zu engagieren. Er beobachtete interessiert, aber er entschied sich nicht. Für sich sah er nirgends etwas, das den Einsatz lohnte. Was er einzig und allein mit großem Eifer betrieb, lief darauf hinaus, sich als Dichter zur Geltung zu bringen. Seine wenigen gesellschaftlichen Erfahrungen lehrten ihn, mißtrauisch gegenüber allen Zielen, Idealen und Wertvorstellungen zu sein. Er hatte sie zu schnell stürzen sehen. Der langwierige Prozeß der Wandlung, den viele seiner Kameraden durchliefen, war ihm fremd. Aber dadurch entbehrte er auch der Wut und der Leidenschaft des Bekehrten. Ihm fehlte jeder Drang zur Abrechnung. Ihn quälte nicht das Verlangen nach dem Anderswerden. Er fühlte sich wohl in seiner Haut und sah den Dingen gelassen entgegen. Brecht empfand sich als ein Enttäuschter, ohne eigentlich enttäuscht worden zu sein. Was er damals am innigsten und ergreifendsten besang, war der „Himmel der Enttäuschten".

Das Gedicht entstand zu Beginn des Jahres 1919. Brecht bot es am 14. Februar 1919 mit Zeichnungen von Caspar Neher der Redaktion des „Simplizissimus" an, die es ablehnte. Es ist ein Hoheslied auf die, die jede Anfechtung überwunden haben, die jenseits der Verlockungen stehen, die eingegangen sind in den höchsten aller Himmel, den Himmel der Enttäuschten. Brecht funktionierte hier den christlichen Heilsgedanken vom „Drüben", wo alle Pein, aber auch alles Streben und Hoffen ein Ende hat, ins Weltlich-Nihilistische um. Die Enttäuschung wird ganz ohne Bitterkeit und Resignation dargestellt. In ihr sieht der Dichter den himmlischsten Zustand, in den der Mensch geraten kann. Deshalb ist er hoch und für viele unerreichbar, dieser Himmel der Enttäuschten. Eigentlich weiß keiner so recht Bescheid, wo er ist:

1

Halben Weges zwischen Nacht und Morgen
Nackt und frierend zwischen dem Gestein
Unter kaltem Himmel wie verborgen
Wird der Himmel der Enttäuschten sein.[94]

In dieser Sphäre ist das Zeitliche getilgt. In den Distanzen dieses Himmels verflüchtigen sich die Hoffnungen, die bei den Menschen immer wieder kurzfristig aufflakkern. Die „weiße Wolke" gebraucht Brecht als Metapher für das Flüchtige als das einzig Bleibende: „Alle tausend Jahre weiße Wolken / Hoch am Himmel. Tausend Jahre nie." Nichts bleibt, nichts ist wert, festgehalten zu werden. Jeder Versuch, sich an etwas zu klammern, ist lachhaft. Nur die „weißen Wolken" hoch am Himmel: „Weiß und lachend. Sie."

Die Menschen in diesem Himmel sind jedoch nicht die Glückseligen des christlichen Himmels. Ihnen sind die Spuren ihres Erdendaseins deutlich anzumerken. Sie hat nicht Religiosität geformt, sondern die menschliche Erfahrung. Was sie erreicht haben, ist die „Stille über großen Steinen". Doch jetzt umgibt sie jener Zustand, der keiner Erfahrung mehr bedarf. Die Enttäuschung kennt keine Entwicklung und keine Entscheidung. Aber ihr Dasein ist nicht eigentlich das des Erlöstseins; sie sitzen nicht im Licht. Im Gegenteil! „Wenig Helle, aber immer Schein." Ihr Sein ist eins mit den „weißen Wolken", die ja auch nicht die Erlösung, das Aufgehobene, das Befreite sind, sondern das Ewig-Bleibende. In der letzten Strophe verleiht Brecht dem Gedicht, das schon vom Vers her ganz auf das Unwandelbare, Ewig-Bleibende ausgerichtet ist, noch einmal eine nicht erwartete Dynamik. Er führt einen unteren Himmel ein, der nicht so hoch und unendlich ist wie der Himmel der Enttäuschten. Brecht spricht abfällig vom „Himmel der Bewundrer", wo man sich noch Hoffnung macht, wo man noch die Verführung kennt. So niedrig die Verführung vom hohen Himmel der Enttäuschten sich ausnimmt, sie bleibt dennoch verführerisch.

4

Aber aus dem untern Himmel singen
Manchmal Stimmen feierlich und rein:
Aus dem Himmel der Bewundrer dringen
Zarte Hymnen manchmal oben ein.

Der junge Brecht hatte manches mit dem Lyriker Gottfried Benn gemeinsam. Mit ihm teilte er die kühle, mitleidlose Sachlichkeit. Auch er war der Meinung, „daß der Mensch in allen Wirtschaftssystemen das tragische Wesen bleibt, das gespaltene Ich, dessen Abgründe sich nicht durch Streußelkuchen und Wollwesten auffüllen lassen, dessen Dissonanzen nicht sich auflösen im Rhythmus einer Internationale"[95]. Und Brecht hätte 1919 vielleicht auch den Gedanken Benns von 1929 geteilt, „ob es nicht weit radikaler, weit revolutionärer und weit mehr die Kraft eines harten und fiten Mannes erfordernder ist, der Menschheit zu lehren: so bist du und du wirst nie anders sein, so lebst du, so hast du gelebt und so wirst du immer leben. Wer Geld hat, wird gesund, wer Macht hat, schwört richtig, wer Gewalt hat, schafft das Recht. Die Geschichte ist ohne Sinn, keine Aufwärtsbewegung, keine Menschheitsdämmerungen, keine Illusionen mehr darüber, kein Bluff ... Diese Lehre scheint mir weit radikaler, weit erkenntnistiefer und seelisch folgenreicher zu sein als die Glücksverheißungen der politischen Parteien."[96] Aber schon damals gab es auch wesentliche Unterschiede zwischen den beiden Lyrikern. Hinter der distanzierten Denk- und Schreibweise Gottfried Benns stand die tiefe Befriedigung, erkannt zu haben: So ist diese Welt. Bei Brecht verbarg sich dahinter von Anfang an der Zweifel: Das kann doch nicht alles sein, was diese Welt zu bieten hat. Dieser Zweifel war der Stachel seiner Neugier auf Welt und Menschen, einer Neugier, die in den Revolutionsjahren noch leer lief.

Nach drei Monaten Militärdienst schied Brecht am 9. Januar 1919 aus dem deutschen Heer aus, obwohl sein Jahrgang für die Demobilisierung noch nicht vorgesehen war. Er trug sich wieder als Student der Medizin an der Universität München ein. Das Kriegsnotsemester, das für ehemalige Soldaten eingerichtet wurde und das sich bis zum 15. April erstreckte, muß er zumindest zeitweise besucht haben, dann aber hörte sein Studium eigentlich ganz auf. Im Juni 1919 stellte er den Antrag: „Unter Verzicht auf Anrechnung des Zwischensemesters bitte ich, mich von der Belegung weiterer Vorlesungen entbinden zu wollen."[97] In die Münchner Universität, die sich mit den aus dem Krieg heimkehrenden jungen Menschen wieder füllte, zog kein neuer Geist ein. Sie wurde immer mehr zu einem Sammelpunkt reaktionärer Kräfte. Als man beabsichtigte, den bedeutenden Soziologen Max Weber an die Universität zu berufen, gelang das erst, als sich mehrere Persönlichkeiten, u.a. Ernst Niekisch, über den bayrischen Ministerpräsidenten Hoffmann dafür einsetzten. Max Weber erfuhr bei den Münchner Studenten mehr feindselige Ablehnung als geistige Resonanz. Als er starb, verweigerte die Studentenschaft dem großen Gelehrten das Grabgeleit. Von den wenigen Vorlesungsstunden, die Brecht nach dem Krieg noch besuchte, gehörten, wie seine Freundin Hedda Kuhn berichtete, auch einige bei Max Weber. Einen Einfluß übten sie auf ihn nicht aus. Er, der sonst geistige Erlebnisse zu notieren pflegte, verwies nirgends darauf. Überhaupt schien er die Universität satt zu haben. Auch die Kutscher-Seminare, die nach dem Kriege ebenfalls großes Ansehen genossen, suchte er nach dem Zusammenstoß mit dem Theaterprofessor, der sich zudem abfällig über seinen „Baal“ äußerte, kaum wieder auf. Brecht nannte ihn den „Leichen-Kutscher“, den „flachsten Kumpan“[98], der ihm je vorgekommen sei. Aber er ging noch, gemeinsam mit Hedda Kuhn und Caspar Neher, zu Kutschers Semesterfeier, die im Februar 1919 als Faschingsfest mit zirzensischen Improvisationen unter dem Motto „1001 Nacht“ stattfand.

Doch dieser heitere Auftakt, wieder in das Studentenleben hineinzukommen, fand keine Fortsetzung. Brecht konnte so unbeschwert und unabhängig nicht mehr sein, wie er es gern wollte. Das erste Friedensjahr begann für ihn mit beträchtlichen privaten Problemen. Seine Freundin Bi gestand ihm, daß sie schwanger sei. Es war nicht das erstemal, daß sie beide voller Besorgnis und Angst waren. „Sie war eine Herzogin auf 3 Tage, und dann kam die verfluchte Angst, weil die Periode ausblieb!“ schrieb er im Juli 1918 seinem Freund Caspar Neher. „Sie ist noch nicht da, seit 3 Tagen, ich warte auf das Telegramm, und ich hoffe, Du liest das nicht grinsend. Ich werde mir vom lieben Gott das Wunder nicht versauen lassen, das wir ihm stehlen mußten. Aber es ist verflucht langweilig hier, wenn man auf Telegramme wartet ... Ich hoffe, Du betest für mich; denn einem Kind stände ich fassungslos gegenüber ...“[99] Jetzt aber war es ernst, Paula Banholzer hatte sich Gewißheit verschafft. Für Brecht kam das alles höchst ungelegen. Er war mit seiner Dichterkarriere beschäftigt, die Rolle des Vaters paßte ihm gar nicht. Ein auf Familie ausgerichtetes Leben konnte er sich nicht vorstellen. In dieser Situation zeigte er sich aber weder feige noch gleichgültig. Er ergriff sofort die Initiative und ging, alle Verantwortung auf sich nehmend, zu Paulas Vater. Was Brecht darlegte, löste bei Paulas Eltern einen Schock aus. So bürgerlich, den äußeren Schein wahrend, sich der Vater auch benahm, von einer ehelichen Bindung zwischen Brecht und seiner Tochter wollte er nichts wissen. Er muß in dem jungen Brecht einen durch und durch gefährdeten, ja verdorbenen Menschen gesehen haben, denn er lehnte eine Heirat rigoros ab. Wenn Brecht so behandelt wurde, konnte er ungemein aggressiv und böse werden. Daß er es nicht wurde, sondern immer wieder nach einem Ausgleich, einer Verständigung mit diesem aufgebrachten Mann suchte, erklärt nur, wie sehr er sich Bi verbunden fühlte. Seiner Tochter gestand der Vater: „Er habe Brecht ... nie leiden können, jetzt aber hasse er ihn geradezu. Und diesen Haß wolle er pflegen und in jedem Fall unbeirrt beibehalten.“[100] In der Familie Banholzer wurde beschlossen, daß Paula ihr Kind außerhalb Augsburgs zur Welt bringen sollte, in der Stadt dürfe davon niemand etwas erfahren.

Zu Beginn des Jahres 1919 verdunkelte sich die politische Szene zusehends. Die Revolution, die, wie es vielen schien, so leicht Fuß gefaßt hatte, stieß auf Widerstand. In Berlin waren Rosa Luxemburg und Karl Liebknecht ermordet worden. Brecht besuchte in München die Trauerfeier, auf der Gustav Landauer die Gedenkrede hielt. Im darauffolgenden Monat, am 21. Februar, töteten die Schüsse des nationalistischen Grafen Arco auf Valley den bayrischen Ministerpräsidenten Kurt Eisner, der sich in Begleitung seines Sekretärs Felix Fechenbach und eines

Matrosen zu Fuß auf dem Weg zum Landtagsgebäude befand. Mit Fechenbach, den 1933 ein ähnliches Schicksal ereilte – er wurde von den Faschisten „auf der Flucht" erschossen –, hatte Brecht am 16. Januar in München im Anschluß an eine politische Versammlung eine längere Unterredung. Trotz seiner geringen Neigung, sich in politische Ereignisse zu stürzen, verfolgte er das politische Geschehen, wenn auch als kühler, sachlicher Beobachter. Später wurde gesagt, seine Sympathie hätte der USPD gehört, und nach Angaben von Elisabeth Hauptmann soll er sogar Mitglied der USPD gewesen sein. Doch das klingt unwahrscheinlich. Brecht scheute damals alle Bindungen und Festlegungen. Was ihn interessierte, veranlaßte ihn noch lange nicht dazu, sich dieser Sache verpflichtet zu fühlen. Einem Schulkameraden gegenüber äußerte er, auf die unabhängigen Sozialdemokraten anspielend, er betrachte sich als einen „unabhängigen Unabhängigen".

Fest steht, daß Brecht in Augsburg mit der örtlichen Leitung der USPD in Verbindung kam, vor allem mit Lilly und Georg Prem. Der Buchhändlergehilfe Georg Prem gehörte im Augsburger Arbeiter- und Soldatenrat dem Zwölferrat an und war wesentlich an der Abfassung wichtiger Entschließungen beteiligt, die die Räterepublik forderten. Er und seine Frau Lilly hatten Brecht in Gablers Taverne kennengelernt. Da sich Brecht als interessierter Zuhörer erwies, kamen sie mit ihm ins Gespräch. Brecht scheint mit der attraktiven Lilly Prem, damals Leiterin der revolutionären Frauen Augsburgs, mehr bekannt gewesen zu sein als mit Georg Prem. Vor allem mit ihr soll er heftig diskutiert haben. Obwohl sie bei ihm zwar Aufgeschlossenheit, aber wenig Übereinstimmung fand, bemühte sie sich sehr darum, ihn für die Partei zu gewinnen. Die Verbindung zu ihr kann nicht nur durch den Arbeiter- und Soldatenrat zustande gekommen sein, da sie ihm erst zu einer Zeit angehörte, als Brecht sich an dessen Arbeit schon gar nicht mehr beteiligte. Sicher gab es in Augsburg viele organisierte Sozialisten, die Brecht für die Partei gewinnen wollten. Seine Art, alle Dinge in ihrer äußersten Zuspitzung aufzugreifen, gefiel Revolutionären. Aufschlußreich in dieser Hinsicht ist ein Gespräch, das eine Augsburgerin zu dieser Zeit mit Brecht führte, wenn auch die Brechtsche Reaktion darauf etwas übertrieben und nicht in ihrem ironischen Unterton erfaßt sein dürfte. „Gegen Ende Januar 1919 war es, da ging ich durch die Karmelitergasse zu einem politischen Treff, als mir ganz überraschend Brecht, aus Richtung Heiligkreuzkirche kommend, begegnete. Nach einer kurzen Begrüßung und der Bekundung der gleichen politischen Sympathien durchfuhr mich ganz spontan ein Gedanke. Ich fixierte wohl etwas länger als üblich sein Gesicht und sagte dann: ‚Hör mal, du gehörst doch voll zu uns. Du solltest mitmachen. Wir übernehmen die Regierung, wir wollen die Machtübernahme!‘ ... er zog seine Sportmütze, die er damals schon trug, tief in die Stirn, so daß die Augen schier hinter dem Mützenschild verschwanden. Dann fuhr ich in etwa fort: ‚Wir brauchen dich, du solltest Kulturbeauftragter werden.‘ Und ich erläuterte nun detailliert mein ‚Angebot‘ und sagte bedeutungsvoll: ‚Das ist soviel wie Minister!‘ Brecht schaute mich mit seinen kleinen dunklen Augen, vor denen eine schmalgefaßte Brille saß, ganz durchdringend von oben bis unten an. Dann blieb sein Blick auf meiner zum Handschlag vorgestreckten und bereiten Hand haften, noch schwieg er einige Augenblicke, plötzlich verzog sich sein Gesicht in ein schmunzelndes Lachen, und mit einer weitausgreifenden Armbewegung schlug er mit einem einzigen Wort ‚Einverstanden‘ in meine Hand ein.“[101]

Zum Prüfstein für die politische Haltung Brechts und seiner Freunde wurden die Kämpfe um die bayrische

Räterepublik. Wie immer man diese Ereignisse im einzelnen wertet, für die Dichter und Literaten gestalteten sie sich zu einer unerbittlichen Musterung. In München lebten damals die bedeutendsten deutschen Schriftsteller und Künstler, die, auch wenn sie ihre Türen und Herzen verschlossen, Stellung nahmen. Zu Beginn des Jahres 1919 war es in Bayern zu einer merkwürdigen, schwer einschätzbaren Entwicklung gekommen, die sich von der in Berlin in mancher Hinsicht unterschied. Die sozialistischen Kräfte standen in der überwiegenden Mehrheit hinter dem Räteprinzip als zukünftiger Herrschaftsform, sogar der einflußreiche Bauernbund unterstützte die Sache der Revolution. Nicht zuletzt auf Grund dieser Konstellation herrschte unter den revolutionären Arbeitern ein Optimismus, der zu utopisch-radikalen politischen Vorstellungen verführte, die nicht ohne praktische Konsequenzen blieben. Dabei war die Situation in Bayern außerordentlich trügerisch. Die entscheidenden Fragen nach der Sozialisierung und der künftigen Wirtschaftsform waren noch nicht gestellt. Man ging von der Lage in München und Augsburg aus und übersah, daß die Revolution auf dem Lande überhaupt nicht Fuß gefaßt hatte. Dieser Umstand spiegelte sich in einem Gespräch wider, das vor den Münchner Ereignissen Oskar Maria Graf auf dem Heimweg von einer politischen Versammlung mit Rainer Maria Rilke führte. „Ach, Sie, Herr Graf? Das ist schön! Soviel Wichtiges geschieht jetzt, soviel Hoffnung ist überall", sagte Rilke zu dem jungen Graf, der trotz seines Revolutionswillens skeptisch erwiderte: „Das Volk, das ganze Volk ist eben nicht dabei. Auf dem Lande die Bauern feiern Kriegerheimkehrfeste und kümmern sich um nichts. Die Hauptsache für sie ist, daß der Krieg zu Ende ist."[102]

In der Nacht vom 6. zum 7. April 1919 versammelte sich im Wittelsbacher Palais der Revolutionäre Zentralrat und beschloß die Ausrufung der Räterepublik. Ein Vorspiel dazu hatte in Augsburg stattgefunden. Am 3. April sollte dort im Ludwigsbau Ernst Niekisch über die allgemeine politische Lage sprechen. Während der Versammlung meldete sich ein Genosse der USPD zu Wort, der in seiner Diskussionsrede die Gründung der bayrischen Räterepublik forderte. Dieses Verlangen fand einen solchen Widerhall, daß Versammlungsteilnehmer auf die Tische sprangen und die Räterepublik hochleben ließen. Für Ernst Niekisch war damals die Räterepublik höchstens ein Werk der Zukunft. Er meinte, die Räterepublik sei dieser Versammlung von einer kleinen Gruppierung im Arbeiter- und Soldatenrat, angeführt von dem ehrgeizigen und unternehmungslustigen Leutnant Olschewsky und dem Kaufmann Karl Marx, mehr eingeredet als allgemein gefordert worden. Allein schon diese Augsburger Situation zeigt, wie schwierig es war, richtige politische Entscheidungen zu treffen. Brecht stieg aus dieser Arbeit bereits vorher aus, weil er sich den Aufgaben und Entscheidungen in keiner Weise gewachsen fühlte. Am nächsten Tag behauptete die Morgenpresse, Ernst Niekisch habe in Augsburg die Räterepublik ausgerufen. Doch auf eine solche neue Lage war man gar nicht vorbereitet. Gustav Landauer stellte in jener Nachtsitzung im Wittelsbacher Palais den Antrag, den Zentralrat zur konstituierenden Versammlung umzubilden. Wie wenig man jedoch die Räte als Organe des Klassenkampfes begriff, ging aus den Worten Landauers hervor, der, als während der Formulierungsdebatte jemand das Wort Klassenkampf gebrauchte, höchst erregt rief: „Vier Jahre … hindurch befand sich das deutsche Volk im Blutrausch. Sollen wir diesen Blutrausch fortsetzen? Kommt es nicht darauf an, wieder nüchtern, wieder menschlich zu werden?“[103] Von ihm stammte auch der seltsame Gedanke, die Räterepublik durch Glockengeläut in ganz Bayern auszurufen. Neben Gustav Landauer und Erich Mühsam stand mit Ernst Toller ein weiterer prominenter Schriftsteller an der Spitze der Räteregierung. Er wurde, als Ernst Niekisch zurücktrat, zum Vorsitzenden des Zentralrats gewählt. Politisch völlig unerfahren, fehlte es ihm aber im Unterschied zu Brecht nicht an Begeisterungsfähigkeit. Er ließ sich von der Woge seiner revolutionären Leidenschaft tragen. Ohne Blick für die Realitäten des Klassenkampfes, wußte er eigentlich nicht, welches Ziel angesteuert werden sollte. Er übertrug den literarischen Expressionismus ins Politische. Von ihm sagte der Soziologe Max Weber später vor Gericht, daß ihn Gott in seinem Zorne zum Politiker gemacht habe.

Auf der konstituierenden Sitzung erschien auch Eugen Leviné als Vertreter der KPD. Er, der Fünfunddreißigjährige, war der erfahrenste, geschulteste und sicher auch begabteste Kopf unter den Münchner Revolutionären. Leviné sah die objektiven Bedingungen für die Ausrufung der Räterepublik nicht gegeben und warnte vor diesem Schritt. Die KPD beteiligte sich nicht an der Räteregierung. Als vierzehn Tage später der konterrevolutionäre Putsch losbrach, trat Leviné der Regierung bei, obwohl sich inzwischen weder die Lage noch seine Meinung geändert hatten. Doch die Ereignisse ließen ihm keine andere Wahl, die des tragischen Moments nicht entbehrte. Die Massen hatten sich vorgewagt, die Menschen riskierten ihr Leben für eine bessere Zukunft. Eine revolutionäre Partei konnte sie nicht im Stich lassen, auch wenn sie die Situation für aussichtslos ansah. Vor dem Standgericht äußerte sich Leviné rückschauend zu der entscheidenden Wendung in der Nacht vom 13. zum 14. April: „Ich erinnere mich, gesagt zu haben: ‚Ich fürchte, Ihr seid verloren, so oder so. Jetzt heißt es wenigstens in Ehren untergehen. Wenn Ihr beschließt, wir kämpfen, dann werden wir als Kommunisten Euch nicht im Stich lassen.‘ Wir hielten es als Pflicht der Arbeiterführer, zum Proletariat zu stehen. Wir haben gewarnt, haben uns beschimpfen lassen, aber in dem Augenblick, wo diese

Scheinräterepublik und damit das Proletariat selbst bedroht war, hatten wir die Pflicht, die Arbeiterschaft nicht im Stich zu lassen. Wir wären Verräter gewesen, hätten wir es getan."[104] Mit der Wahl eines Aktionsausschusses aus Vertretern von KPD, USPD und SPD wurde ein von den Kommunisten eingebrachtes Aktionsprogramm angenommen. Die Exekutivgewalt ging an einen Vollzugsrat unter Leviné über. Damit begann die zweite Phase der Räterepublik.

Zur Verteidigung der Revolution bildeten die Arbeiter und Soldaten eine Rote Armee, denn am 20. April rückten konterrevolutionäre Truppen in Stärke von 60000 Mann gegen München vor. Am 20. April wurde Augsburg von Geschützdonner geweckt. Die Freikorpsverbände standen vor der Stadt, doch hier stießen sie auf Widerstand. Die Arbeiter verteidigten die Lech- und Wertachbrücken. Obwohl es ihnen gelang, die Angriffe der Freikorpskräfte zurückzuschlagen, ergaben sie sich noch am gleichen Tage, denn die weißen Truppen besetzten die Stadt auch vom Süden her. In einer Augsburger Stadtchronik lesen sich die Ereignisse so: „Am 19. April verhängten die Vertreter der bayerischen Regierung und des Oberkommandos im Zuge dieses Aufmarsches über Augsburg den Kriegszustand. In der Nacht kam es zur bewaffneten Begegnung zwischen Regierungstruppen und der Augsburger revolutionären Schutztruppe. Darauf erhielt der Führer der gegen Augsburg operierenden Truppen, etwas über 2000 Mann, den Befehl, die Stadt am nächsten Morgen – es war der Ostersonntag – durch Handstreich zu nehmen. Im Morgengrauen marschierten von Norden Bayern in Oberhausen, von Süden Bayern und Württemberger mit einem kleinen Augsburger Freikorps über Göggingen und Haunstetten ein. Der rechte Flügel der Südgruppe verwickelte sich in ein Gefecht mit bewaffneten Arbeitern, die sich erst ergaben, als sie sich umzingelt sahen. Die Nordgruppe geriet am Stadttheater in Maschinengewehrbeschuß, bahnte sich aber mit Geschützfeuer den Weg, erreichte das Rathaus und entwaffnete dessen Besatzung. ... Noch aber waren die westlichen und östlichen Augsburger Vorstädte nicht genommen. Am Nachmittag kam es zu Ansammlungen aufgeregter Arbeiter in Oberhausen, Pfersee und Lechhausen, und am Ostermontag nachmittag setzte sich der Kampf namentlich um die verbarrikadierte Oberhauser Wertachbrücke fort. Die Arbeiter schossen mit zwei erbeuteten Geschützen in die Stadt und brachten einen Flieger der Regierung zum Absturz. Erst als die Truppen Verstärkung erhielten und als mehrheitssozialdemokratische Partei, Gewerkschaftsverein und Stadtkommandant gemeinsam auf die Arbeiter einwirkten, kam es zur Niederlegung der Waffen an der Oberhauser Brücke. ... Am Abend flackerte in den Vorstädten nochmals vereinzeltes Gewehr- und Maschinengewehrfeuer auf, dann trat endlich Ruhe ein. Am 23. wurde Lechhausen besetzt. Die Verluste der Regierungstruppen betrugen zehn Tote, der Zivilbevölkerung 34 Tote, darunter einen Arbeiterrat und vier Frauen."[105] Zwischen dem 30. April und dem 3. Mai durchbrachen die konterrevolutionären Truppen die Verteidigungsfront der Roten Armee bei Dachau. Am 1. und 2. Mai drangen sie in München ein. Der weiße Terror wütete in der Stadt. Hunderte revolutionäre Arbeiter, Soldaten und Intellektuelle wurden viehisch ermordet, über 2200 Urteile vollstreckt. Am 12. Mai erfolgte das Verbot der Arbeiter- und Soldatenräte. Der Augsburger Arbeiterrat tagte jedoch noch bis in den Juni hinein.

Am 5. Juni wurde Eugen Leviné, der Dichter und politische Funktionär, hingerichtet. Seinen Richtern erklärte er: „Der Staatsanwalt sprach von dem inneren Frieden, den ich gefährdet habe. Ich habe ihn nicht gefährdet, weil es keinen inneren Frieden gibt ... Sehen Sie sich die Wohnungen in den jetzigen ‚Spartakistennestern' an, dann werden Sie verstehen, daß nicht *wir* den inneren Frieden gefährdeten, sondern wir haben nur aufgedeckt, daß es keinen gibt. Solange es aber diesen inneren Frieden nicht gibt, so lange wird auch der Kampf weitergehen ... Wir Kommunisten sind alle Tote auf Urlaub. Dessen bin ich mir bewußt. Ich weiß nicht, ob Sie mir meinen Urlaubsschein noch verlängern werden oder ob ich einrücken muß zu Karl Liebknecht und Rosa Luxemburg. Ich sehe jedenfalls Ihrem Spruch mit Gefaßtheit und mit innerer Heiterkeit entgegen. Denn ich weiß, was für einen Spruch Sie fällen werden. Die Ereignisse sind nicht aufzuhalten."[106]

Wie stand nun Brecht zu den Ereignissen, die sich sozusagen vor seiner Haustür vollzogen? Was machte und was dachte er in jenen Tagen?

Zu Hause und in seinem Freundeskreis wurden sehr unterschiedliche Haltungen eingenommen. Der Vater stand den Ereignissen ebenso empört wie hilflos gegenüber. Den „Sozis" hatte er noch niemals Sympathien entgegengebracht, jetzt schien er sie noch mehr zu verabscheuen. Der Bruder Walter und Brechts Freund Otto Müllereisert meldeten sich freiwillig zu dem Freikorps Epp und kämpften gegen die Räterepublik. Walter Brecht schildert, wie das vor sich ging und wie es kam, daß auch er sich zur Verfügung stellte: „Weil in München noch immer die Spartakisten an der Macht waren, wurde in Augsburg die Jugend aufgerufen, dem Freikorps beizutreten, das sich in Augsburg und Umgebung zum Vormarsch auf München vorbereitete. ... Der Entschluß fiel uns nicht schwer. Handel und Industrie leisteten jede mögliche Beihilfe. Wir hatten eine vorzügliche Verpflegung, der Kommißton war erträglich, da die Mannschaft fast ausschließlich aus Gymnasiasten und Studenten bestand. Zu einer guten Einkleidung kam eine Ausrüstung, die eine am Gürtel zu tragende schwere Pistole umfaßte. Der Dienst hätte kaum leichter sein können. Was besonders ins Gewicht fiel, war, daß an die Stelle des Abiturs, das uns erlassen wurde, das letzte Zeugnis trat."[107] Walter kämpfte bei Pasing gegen die Arbeiter und

Soldaten und war auch bei der blutigen Niederschlagung der Revolution in München dabei. Als junger Mensch, der zwar während des Krieges noch eingezogen wurde, aber an direkten Kämpfen nicht beteiligt gewesen war, mußte er jetzt scheußlichen Gewalttaten der eigenen Kameraden zusehen. „In Puchheim hatten die Gegner die Insassen eines vom Krieg her verbliebenen Gefangenenlagers mitgenommen und sie durch Versprechen oder Drohung zur Teilnahme an den Kampfhandlungen veranlaßt. Erneut, jetzt von Truppen der Freikorps, waren sie überwältigt und gefangengenommen worden. Man hatte mit ihnen kurzen Prozeß gemacht. Auf die von Blut, Kot und Urin Besudelten wartete das Massengrab. Die Zahl der Toten der zwei vergangenen Tage und Nächte wurde auf achttausend geschätzt.“[108] In München bestand Walters Dienst in der Bewachung, Wohnungsdurchsuchung und Verhaftung von Leuten, die verdächtig erschienen, sich an revolutionären Kämpfen beteiligt zu haben. „Was man bei solchen Vorgängen sah, bei denen Menschen erschreckt, eingeschüchtert und gedemütigt wurden, war quälend. Als wir einmal einen auf einer Bahre festgebundenen Rotgardisten vom Lastauto zum Aufnahmeraum eines Krankenhauses trugen, hatte man ihn ganz ohne Zweifel absichtlich so entblößt, daß seine Geschlechtsteile mit dem eiternden Penis als Blickfang wirkten.“[109] Aus den Schilderungen des Bruders erfährt man dann auch, daß ihm und seinen Kameraden Bedenken kamen, ob der Beitritt zum Freikorps richtig gewesen sei. Dabei bleibt allerdings offen, ob sich dieser Zweifel nur auf die Person des Berichtenden bezog und ob er nicht überhaupt erst die Folge späterer Einsichten war; denn schließlich setzte sich in der deutschen Geschichte der dreißiger Jahre gerade das fort, was in München praktiziert worden war. „Zusammenzustehen gegen ihre [der Revolutionäre – W. M.] Absicht, die Welt des Bürgertums abzutun und an ihre Stelle die Räteregierung des Proletariats zu setzen, erschien uns Söhnen des Bürgertums als selbstverständliche Aufgabe. … Wir waren in geordneten Kolonnen daher marschiert, aus dem Krieg entlassene Studenten, Fähnriche, Fahnenjunker und Offiziere, junge Leute der gebildeten Klasse, und es hatte sich gezeigt, daß sie grausamer, entsetzlicher Handlungen fähig waren und einzelne sich nicht gescheut hatten, selbst an Toten ihren Haß schandbar auszulassen."[110]

Bertolts Haltung zu den politischen Vorgängen war, wenn auch ganz anders als die seines Bruders, dennoch recht widersprüchlich. Einerseits gab es bei ihm erstaunliche Handlungsweisen, andererseits eine geradezu erschrekkende Gleichgültigkeit gegenüber den politischen Abläufen. Während der Kämpfe um Augsburg und München beschäftigte er sich mit der Neufassung seines „Baal". Dazwischen lernte er reiten. Nicht sehr geschickt in diesem Sport, stürzte er bei einem Spazierritt und verletzte sich. Ostermontag, den 21. April, trug Neher in sein Tagebuch ein:

„Spartakus kämpft noch in Oberhausen und Lechhausen und hält sich.

Es ist schön – schön, unendlich schön.

Bert besuchte ich, ich konnte mich längere Zeit mit ihm unterhalten und wir sprachen von Kunst und über Politik.

Baal wird fertig und gedeiht. Es ist schön.

Baal tanzt. Baal frißt. Baal verklärt sich.

Es wird hin und her geschossen. Granaten explodieren um Häuser – und Vater meint, ich sollte mich freiwillig zur weißen Garde melden."[111]

Caspar Neher steuerte in diesen Tagen vierzehn Grafiken zum „Baal" bei, die Brecht außerordentlich gefielen. Am Tage vor der Erschießung Levinés, als die konterrevolutionären Kreise noch abwarteten, ob das Proletariat das Todesurteil über einen seiner Führer mit Streik und Demonstrationen beantworten würde, befand sich Brecht auf dem Plärrer. „Lichter. Schön“[112], heißt es lakonisch in Nehers Tagebuch.

Sowenig Brecht die Revolution als politischen Vorgang verstand, so wenig verkroch er sich vor ihr in eine Phantasiewelt wirklichkeitsfremder Träume. Sein skeptischer Intellekt registrierte und verarbeitete alles. Er beobachtete, aber er entschied sich nicht. Dabei fühlte er sich durchaus nicht schäbig, eher souverän, sozusagen über dem Getümmel. Als er in eine Situation geriet, die schnelle Entscheidung verlangte, bewies er Mut. Der Zufall wollte es, daß er nach dem Einmarsch der weißen Truppen mit dem flüchtenden Georg Prem zusammenstieß. Prem hatte auf der südlichen Stadtseite als Parlamentär mit den Weißen zu verhandeln gesucht, doch die verhandelten nicht, sondern setzten ihn einfach gefangen. Es gelang ihm aber zu fliehen. Jetzt brauchte er ein Versteck. Kurz entschlossen nahm ihn Brecht mit und verbarg ihn in seiner Mansarde in der Bleichstraße. In der dritten Nacht wurde Prem dann von einem Mann über die Grenze in die Schweiz geschleust. Dort hatte bereits seine Frau Lilly Zuflucht gefunden. Als ihn die Schweiz nach einem Jahr auswies, stellte er sich den Augsburger Behörden. In einem Prozeß, der am 3. März 1920 in Augsburg stattfand, wurde Prems Verhalten in den Apriltagen des Jahres 1919 genau rekonstruiert. Merkwürdigerweise kam aber nicht zur Sprache, wo sich Prem nach seiner Flucht versteckt hielt. Wäre das aufgerollt worden, hätte Brecht mit strafrechtlichen Maßnahmen rechnen müssen. Die Vorgänge um Brecht während der Ostertage in der Bleichstraße blieben immer ein wenig mysteriös. Einige wollten sogar bemerkt haben, daß aus dem Mansardenfenster ein Schuß abgegeben worden sei. Der Bruder hält das für ein Gerücht. Er bezweifelt sogar, daß Bertolt Prem tatsächlich in der Mansarde versteckt habe. Von der Lage her sei dies zwar möglich gewesen, ohne daß die Familie etwas bemerkte. Doch ihm komme es sehr unwahrscheinlich vor, daß Bertolt damals zu einem solchen Engagement bereit gewesen sei. Denn, so Walter Brecht, „mein Bruder war in keiner Situation ein Held“[113]. Dem steht die eindeutige Aussage Prems gegenüber, daß er bei seiner Flucht von Brecht aufgenommen worden sei. „Es ist wahr, ich habe mich nach den Osterkämpfen 1919 in Augsburg in Brechts Kammer in der Bleichstraße verbergen können und dort zwei Nächte geschlafen. Brecht schlief damals nicht in seinem Bett, er war anderwärts zu Gast.“[114] Als sich Brecht kurz darauf wieder in München aufhielt, suchte er seinen Bruder bei den Weißgardisten auf, als dieser Nachtwache hatte. „Eugen zeigte sich vom Reiz der Situation beeindruckt. Vielleicht nicht so sehr seine Sympathie, doch sein politisches Bekenntnis galt rückhaltlos den Roten. Aber gefährliche Tätigkeiten, in die man selbst hätte verwickelt werden können, waren nicht sein Geschmack.“[115]

Eigentlich hätte Brecht begierig sein müssen, die Revolution aus eigener Erfahrung und Anschauung zu erleben, denn vor den Münchner und Augsburger Ereignissen arbeitete er an einem Stück, das im revolutionären Berlin zu Beginn des Jahres 1919 spielte und das er „Spartakus“ nannte. Am 13. Februar war die erste Fassung fertiggestellt. Die Fabel stützte sich auf ein Motiv, das nicht gerade als neu und sensationell angesehen werden konnte. Es ging um ein Heimkehrerschicksal. Doch Brecht erzählte seine Geschichte nicht in der gewohnten mitleidheischenden Art. Der totgesagte Artillerist Andreas Kragler kehrt aus Krieg und Gefangenschaft heim und findet seine Braut in den Händen eines anderen. Nach vier Jahren Krieg verlangt er sein Recht: Er will seine Braut wiederhaben. Doch die im Schiebermilieu der Nachkriegszeit sich wohl fühlenden Eltern der Braut werfen den ehemaligen Bräutigam hinaus. Anna jedoch, die sich an den neuen Mann schon gewöhnt hat und ein Kind von ihm erwartet, wird rückfällig. In der Nacht nach der Verlobungsfeier in der Picadillybar will sie kein Tier mehr sein. Inzwischen sitzt Kragler in Glubbs Schnapsdestille und betrinkt sich. Hier wird er aufgefordert, sich den revolutionären Arbeitern anzuschließen, die im Zeitungsviertel kämpfen. Auf dem Heimweg trifft er Anna. Er verzichtet auf die Revolution und geht mit ihr in das große, weiße, breite Bett.

Brecht bezog sich in diesem Stück auf Ereignisse, die sich im Januar 1919 in Berlin abgespielt hatten: die Besetzung des „Vorwärts"-Gebäudes, der Verlagshäuser Scherl, Ullstein, Mosse und Büxenstein durch die revolutionären Arbeiter und Soldaten und die Angriffe der Freikorps und Regierungstruppen auf das Zeitungsviertel, wobei die Konkretisierung der Schauplätze erst im Laufe der Arbeit und teilweise in späteren Fassungen erfolgte. Als politischen Hintergrund wählte Brecht die blutige Niederschlagung der Novemberrevolution. Seine Kenntnisse darüber entnahm er den Zeitungen. Einzelne Meldungen über die Kämpfe im Zeitungsviertel, wie sie in den „Münchner Neuesten Nachrichten" oder in der „Münchner Post" erschienen, wurden von ihm als „Botenberichte" oder Dialogwendungen fast wörtlich eingebaut. Als er das Stück schrieb, war ihm Berlin so unbekannt wie die Schweiz dem Dichter des „Wilhelm Tell". Die Kritiker ließen es sich später auch nicht entgehen, ironisch auf dieses Berlinstück eines Bayern hinzuweisen. Mit Berlin hatte es tatsächlich wenig zu tun. Eher war es ein schwäbisch-bayrisches Volksstück. Die „Baal"-Atmosphäre sickerte unmerklich auch in diesen Text.

Noch weniger als ein Berlinstück war es ein Revolutionsstück. In den unmittelbaren Nachkriegsjahren erhob sich das Revolutionsdrama fast zu einem eigenen Genre. Zu ihm zählten „Die Wandlung" von Ernst Toller, „Die Vorhölle" von Rudolf Leonhard, „Verbrüderung" von Paul Zech, „Die Gewaltlosen" von Ludwig Rubiner, „Die Kanaker" von Franz Jung. Verglichen mit diesen Ideendramen, diesen ethisch-revolutionären Bekenntnisdichtungen weckte Brechts Stück den Eindruck, eine Parodie auf das Revolutionsdrama zu sein. Die Revolution selbst kommt nur am Rande vor, und das Proletariat tritt überhaupt nicht in Erscheinung. Dennoch ist die Revolution die konfliktbildende Handlungsebene, ohne die das Stück trotz seiner Sprachkraft nicht mehr als eine der üblichen Heimkehrergeschichten wäre. Es gewinnt seine eigentliche Dimension, auch seinen brutalen Zynismus und seine diabolische Konsequenz aus dem politischen Hintergrund, vor dem sich das Geschehen um Andreas Kragler abspielt. Der muß sich entscheiden, ob er seine Braut oder eine neue Welt will. Zwischen Bett und Politik wählt der ausgehungerte Kragler das Bett.

Brechts Dramatik vertrug sich nicht mit den politischen und literarischen Losungen der Nachkriegsjahre. Sie sträubte sich im Figurenaufbau wie in der Dialoggestaltung gegen das Rhetorische, gegen das Agitatorische, gegen die Verheißung des Zukünftigen. Die Sprache, die dieser Dichter anschlug, ätzte alle ideologischen und ethischen Sprüche weg. Mit einigem Erstaunen schrieb Siegfried Jacobsohn in der „Weltbühne", daß sich in diesem Stück der Ausruf „O Mensch" nicht einmal zwischen den Zeilen finde. Am allerwenigsten erhoffte sich Brecht etwas von dem „neuen Menschen", den der Expressionismus beschwor. Kragler ist der Gegenentwurf zum expressionistischen Menschenbild. Ihn, den Egoisten, machte Brecht in seinem Stück zum eigentlichen Menschen. Alle, die dem alten Regime den Tritt gönnten, den es bekommen hatte, die aber keinen Anschluß an die neuen Kräfte und Ideen fanden oder finden wollten, sahen in Kragler eine Figur, die ihre Situation erklärte, die sie rechtfertigte. Was faszinierte, war der konsequente, unverstellte Egoismus, die zynische Parteinahme für das Schwein, das der Revolution den Rükken kehrt. Die drastische Handlung, die brutale Offenheit der Sprache degradierte die hochsinnige Losung zur Phrase.

Den progressiven politisch-literarischen Kräften, die nach dem Krieg die Revolutionsliteratur, das Revolutionsdrama in Deutschland etablierten, hätte es eigentlich schwerfallen müssen, Brechts Stück zu begrüßen. Seine direkte Polemik richtete sich sowohl gegen das Revolutionsstück der Gewaltlosigkeit, wie es Toller, Rubiner, Leonhard, Eisner vertraten, als auch gegen die politischen Agitationsstücke eines Jung und Wittfogel, die Brecht als Muster ohne Wert betrachtete. Dabei handelte es sich bei diesen Autoren keineswegs um irgendwelche verquasten Dichter, die am Schreibtisch von der Revolution träumten. Einige sahen sich vor politische Entscheidungen gestellt, die an Härte und Zuspitzung weit übertrafen, was sie in ihren Dramen erdacht hatten. Sie konnten sich zu Brechts Stück überhaupt nicht äußern, weil die Reaktion sie hatte ermorden oder ins Gefängnis werfen lassen. Aber die, die es konnten, empfanden es keineswegs als Verhöhnung. Das lag vor allem daran, daß es in diesem Werk nichts gab, was der Parteinahme für die Reaktion hätte verdächtigt werden können. Es war auf seine Weise radikal. Es zeigte keine Spur von Versöhnung, von anbiedernder Differenziertheit gegenüber dem Alten. In revolutionären Zeiten, in denen es zunächst einmal auf das „Dagegen“ ankam, zählte eine solche Haltung schon viel. Zum anderen spürte man hier eine Kraft, die das Revolutionsstück der Nachkriegszeit bisher vermissen ließ. Daß man das Wort stärker fand als die Idee, wurde Brecht in Anbetracht der Übersättigung durch das expressionistische Ideendrama als Vorzug angerechnet.

Zunächst drang Brecht auch mit diesem Stück nicht über den Kreis seiner Freunde hinaus. Als er einmal das Café Stephanie in München besuchte, traf er dort den Schauspieler Arnold Marlé. Auf sein Stück „Spartakus“ zeigend, fragte Brecht ihn, was man damit machen könne. Marlé soll, ohne von seiner Zeitung aufzublicken, gesagt haben: „Gehen Sie zu Feuchtwanger."[116] Der erfolgreiche Schriftsteller war zugleich dramaturgischer Berater der Münchner Kammerspiele. Im März 1919 brachte ihm Brecht sein Stück. Wie diese erste Begegnung verlief, schilderte Lion Feuchtwanger: „Um die Jahreswende 1918/19, bald nach Ausbruch der sogenannten deutschen Revolution, kam in meine Münchner Wohnung ein sehr junger Mensch, schmächtig, schlecht rasiert, verwahrlost in der Kleidung. Er drückte sich an den Wänden herum, sprach schwäbischen Dialekt, hatte ein Stück geschrieben, hieß Bertolt Brecht. Das Stück hieß ‚Spartakus'. Im Gegensatz zu der Mehrzahl der jungen Autoren, die, wenn sie Manuskripte überreichen, auf das blutende Herz hinzuweisen pflegen, aus dem sie ihr Werk herausgerissen hätten, betonte dieser junge Mensch, er habe sein Stück ‚Spartakus' ausschließlich des Geldverdienstes wegen verfaßt. ... Die Menschen des Manuskripts sprachen eine außermodische, wilde, kräftige, farbige Sprache, nicht aus Büchern zusammengelesen, sondern dem Mund des Volkes abgeschaut. Ich las also dieses balladenhafte Stück, und ich telephonierte dem Verwahrlosten, warum er mich denn angelogen habe; er habe doch dieses Stück niemals nur aus äußerer Not geschrieben. Da begehrte aber dieser junge Autor sehr auf, er wurde heftig und fast bis zur Unverständlichkeit dialektisch und erklärte: Gewiß habe er dieses Stück nur des Geldes wegen geschrieben; er habe aber noch ein andres Stück, das sei wirklich gut, und das werde er mir bringen. ... Was übrigens jenes Manuskript ‚Spartakus' anlangt, so brachte es mir ein unangenehmes Erlebnis. Im Frühjahr jenes Jahres wurde nämlich in München eine Räteregierung ausgerufen. Sie dauerte nur eine sehr kurze Zeit, dann wurde die Stadt wieder von weißen Truppen besetzt. Es wurde bei den Intellektuellen Haussuchung gehalten. Soldaten mit Revolvern und Handgranaten kamen in meine Wohnung, veranlaßten mich, Schreibtisch und Schubladen zu öffnen, und das erste, was ihnen in die

Hände fiel, war ein Manuskript, betitelt ‚Spartakus‘. Man ging um jene Zeit in München nicht gerade sanft mit dem einzelnen um, die Kugeln saßen sehr locker, die Zahl der Getöteten geht hoch in die Hunderte. Die Geschichte mit dem Manuskript ‚Spartakus‘ hätte für mich leicht übel ausgehen können, wenn nicht unter den Soldaten einige Düsseldorfer Studenten gewesen wären, die Stücke von mir gesehen und Bücher von mir gelesen hatten, so daß ich ihnen begreiflich machen konnte, daß es sich bei diesem ‚Spartakus‘ nicht um Agitationsmaterial handle.“[117] Feuchtwangers Frau, die das Stück ebenfalls las, schlug einen anderen Titel vor: „Trommeln in der Nacht“. Dabei blieb es dann. Für dieses Jugendwerk Brechts setzte sich Feuchtwanger sehr ein. Daß der Held Kragler die Revolution im Stich ließ und heimging, empfand Feuchtwanger als geniale Pointe. Merkwürdigerweise fügte er hinzu, daß sie „geradewegs aus dem Blut“, nicht aus der Ratio stamme. Doch diese „Verklärung“ lag Brecht ganz fern. Sein Stück war weit ehrlicher, als es von dem gutmeinenden Feuchtwanger interpretiert wurde.

Die beiden frühen Stücke, sosehr sie gegen vorherrschende Ausdrucksformen in der Kunst polemisierten, waren ganz der Literatur, dem Literarischen verpflichtet. Daß Brecht auch eine Vorliebe für das Clowneske besaß, für Wirkungen, wie man sie auf den Jahrmärkten und Volksfesten erleben konnte, bewies er mit einer Reihe von Einaktern, die gleichfalls 1919 entstanden. Brecht liebte die Schaustellungen der Jahrmärkte über alles. Neben der Schiffsschaukel hatte es ihm besonders der Schaueffekt der Guckkästen mit ihren einprägsamen erzählenden Bildern angetan. Auf dem Oktoberfest 1919 lernte er den Volkskomiker Karl Valentin kennen. „Dieser Mensch ist ein durchaus komplizierter, blutiger Witz. Er ist von einer ganz trockenen, innerlichen Komik, bei der man rauchen und trinken kann und unaufhörlich von einem innerlichen

Gelächter geschüttelt wird, das nichts besonders Gutartiges hat."[118] Brecht gefiel die Kunst Karl Valentins so gut, daß er sich auch später, als er in München Dramaturg war, bei ihm immer wieder Rat holte. Vorerst aber spielte er Klarinette in dessen kleinem Orchester. Nicht zuletzt die Eindrücke, die er hier empfing, werden ihn veranlaßt haben, die Einakter „Die Hochzeit", „Der Bettler oder Der tote Hund", „Er treibt einen Teufel aus" und „Lux in tenebris" zu schreiben. Er reichte sie bei einem Münchner Verlag ein, der sie aber nicht veröffentlichte. Neben dem Spaß an der Verfertigung dieser kleinen Stücke versuchte Brecht, damit schnell zu Geld zu kommen. Die plebejische Position wird in dem „Bettler"-Einakter betont. Ein Bettler unterhält sich mit dem Kaiser an dessen Siegesfest nur deshalb, weil er seinen toten Hund vergessen möchte. „Er treibt einen Teufel aus" ist eine ausgesprochene Valentinade. Ein junger Bursche, der nachts sein Mädel besucht, wird vom Vater überrascht. Die beiden fliehen auf das Dach des Hauses. Sie entgehen dem Vater, aber finden die Aufmerksamkeit des ganzen Dorfes und des Pfarrers. In echt Valentinscher Weise wird eine unglückliche Situation dadurch gelöst, daß man sich in eine noch unglücklichere begibt. Satirisch schärfer ist „Lux in tenebris". Vor einem Bordell betreibt ein Mann „Volksaufklärung" über Geschlechtskrankheiten. Sein Auftreten ist ein Racheakt gegen das Bordell, aus dem er hinausgeworfen wurde, als ihm das Geld ausging. Das Aufklärungsgeschäft blüht. Als ihm aber die Bordellwirtin klarmacht, daß keiner seiner Besucher in seine Aufklärung zweimal geht, in ein Bordell aber immer wieder, wechselt der Aufklärer mit dem eben erworbenen Geld in das Bordellgeschäft über.

„Die Hochzeit", Brecht nannte diesen Einakter später „Die Kleinbürgerhochzeit", ist eine Satire auf kleinbürgerliche Lebens- und Verhaltensweisen. Gezeigt wird, wie eine Hochzeitsgesellschaft mit belanglosem Geschichtenerzählen beginnt, dann zu kleinen Sticheleien übergeht, sich in wüste Beschimpfungen steigert und schließlich in eine handfeste Schlägerei gerät. Trotz des schärfer gefaßten Titels dominierte in diesem Stück der Theaterspaß, nicht die Sozial- und Gesellschaftskritik.

Brecht war im ersten Nachkriegsjahr als Lyriker ebenso produktiv wie als Dramatiker. Einige seiner schönsten Gedichte, die später Aufnahme in der „Hauspostille“ fanden, schrieb er 1919. Die Gedichte „Vom Klettern in Bäumen“, „Vom Schwimmen in Seen und Flüssen“ sind von jener sensualistischen Direktheit, die die Berührung mit Baum und See spüren läßt.

Vom Klettern in Bäumen

1

Wenn ihr aus eurem Wasser steigt am Abend –
Denn ihr müßt nackt sein, und die Haut muß weich
sein –
Dann steigt auch noch auf eure großen Bäume
Bei leichtem Wind. Auch soll der Himmel bleich sein.
Sucht große Bäume, die am Abend schwarz
Und langsam ihre Wipfel wiegen, aus!
Und wartet auf die Nacht in ihrem Laub
Und um die Stirne Mahr und Fledermaus!

2

Die kleinen harten Blätter im Gesträuche
Zerkerben euch den Rücken, den ihr fest
Durchs Astwerk stemmen müßt; so klettert ihr
Ein wenig ächzend höher ins Geäst.
Es ist ganz schön, sich wiegen auf dem Baum!
Doch sollt ihr euch nicht wiegen mit den Knien
Ihr sollt dem Baum so wie sein Wipfel sein:
Seit hundert Jahren abends: er wiegt ihn.[119]

In diesem Gedicht klingt der Augsburger Sommer nach. Münsterer schrieb über die sommerlichen Lieblingsplätze in der Aulandschaft zwischen Lech und Wertach: „An den heißen Nachmittagen schwimmen wir im Hahnreibach, liegen nackt im Gras der Wolfszahnau oder klettern auf Bäume ...“[120] Von der Natur wurde nicht nur geschwärmt, sie wurde genossen. Sie wird als Entdeckung, als Steigerung des Lebensgenusses und der Lebenslust empfunden.

Wie kommt man hinauf

Was für eine unerhörte Anstrengung ist es mitunter, zu leben

Das Jahr 1919 empfand Brecht als ein erfolgreiches, ein glückliches Jahr. Hatte es auch noch nicht die ersehnte Aufführung eines seiner Stücke gebracht, so gab es doch einen Kreis von Freunden, der ihn schätzte und darauf baute, daß er seinen Weg machen werde. Auch Leute vom Fach sahen in ihm ein aufsteigendes Talent. Die politischen Ereignisse, obwohl in ihrer schicksalsschweren Bedeutung von ihm nicht verstanden, hatten seinem Dasein einen neuen Rhythmus verliehen. Daß das Leben einer anderen Dynamik folgte, spürte auch er. Insofern erfüllte es selbst den desillusionierten Brecht mit einiger Hoffnung, mit Vertrauen, das sich als Selbstvertrauen äußerte. Doch diese Stimmung hielt nicht vor. Brecht machte jetzt auch die Erfahrung, daß das Leben sehr zähflüssig, lähmend und deprimierend sein konnte. Selbst die letzte Kriegsphase mit ihrer beklemmenden Erwartung, doch noch in den Krieg zu müssen, erschien ihm nicht so bedrückend wie die jetzige Situation, in der das Leben eigentlich erst anfangen sollte. Die frühere Daseinslust und Lebensgier waren dahin.

Mehr noch als im literarischen sah er sich im unmittelbar privaten Bereich zunehmend in Schwierigkeiten verstrickt. Bi liebte er noch immer und hielt zu ihr. Doch diese Liebe fing an, von ihm Einschränkungen und Abstriche an seinen literarischen Plänen zu verlangen. Das ging ihm gegen den Strich. Er wollte in der Kunst etwas erreichen, kam aber mit dem gewöhnlichen Leben nicht zurecht. Andererseits widerstrebte es ihm, Kunst und Leben als Gegensatz aufzufassen. Leiden um der Kunst willen betrachtete er als Unsinn. Er wollte am gewöhnlichen

Leben teilhaben, haßte aber die praktischen Komplikationen, die es mit sich brachte. Er forderte Freiheit für seine Entwicklung, pochte auf das Recht, egoistisch, ja skrupellos zu sein. Andererseits sah er mit Abscheu, wieviel Begründungen herhalten mußten, um seinen Egoismus praktizieren zu können. Paula Banholzer, abgeschoben von ihren Eltern, lebte in Kimratshofen im Allgäu. Am 30. Juli 1919 gebar sie einen Sohn, den Brecht aus Verehrung für Wedekind Frank nannte. Paulas Eltern, die darauf bestanden hatten, daß im Augsburger Bekanntenkreis niemand etwas von ihrer Schwangerschaft erfuhr, verweigerten der Tochter jegliche finanzielle Unterstützung. Vor allem ihr Vater nahm eine Haltung ein, wie man sie in ihrer kleinbürgerlichen Verbohrtheit im satirischen Werk eines Sternheim nicht zugespitzter finden konnte. Brecht selber kam für alles auf, er bezahlte den Aufenthalt der Bi in Kimratshofen. Bei seinen schmalen finanziellen Bezügen aus dem Elternhaus verlangte das von ihm Einschränkungen, die bis ans Lebensminimum gingen. Dennoch zeigte er sich über die Geburt des Sohnes erfreut. Daß er Vater geworden war, wollte er im Kreis seiner Freunde feiern. Am 2. August 1919 fand die Taufe statt, Caspar Neher und Otto Müllereisert waren die Taufpaten. Danach gab es in der Gaststätte Fäßle in Kimratshofen eine Feier, die noch einmal die Stimmung ihrer früheren Augsburger Feste aufkommen ließ. Doch tags darauf herrschte wieder der Alltag vor, geprägt von miesen, unwürdigen Entscheidungen. Paulas Eltern verlangten, daß die Tochter nach Augsburg zurückkehre, aber ohne das Kind. Es wurde dem Distriktwegmacher und Bauern Xaver Stark in Pflege gegeben. Brecht mußte nach München zurück. Sein Vater erfuhr von der Existenz des Enkels erst im September. So abweisend wie Bis Eltern verhielt sich Brechts Vater keineswegs. Obwohl er nur ungern sah, wie wenig Eugen es verstand, Ordnung in sein Leben zu bringen, holte er den

Enkel ab und zu in die Bleichstraße. Doch ihn ganz in die Familie aufzunehmen, wozu Brecht drängte, konnte sich der Vater nicht entschließen. In Hinsicht auf diese Bitte wurde er zunehmend abweisender.

Am 1. Mai 1920 starb Brechts Mutter mit neunundvierzig Jahren. „Jetzt ist meine Mutter gestorben, gestern, auf den Abend, am 1. Mai! Man kann sie mit den Fingernägeln nicht mehr auskratzen!“[1] Auf Grund ihrer schweren Krankheit hatte sie sich schon lange nicht mehr um die Familie kümmern können. Brecht besaß zu ihr ein sehr verinnerlichtes Verhältnis. Äußerlich unterschied es sich nicht von dem zu anderen Familienmitgliedern. Es war nicht Brechts Art und gehörte auch nicht zu den Merkmalen des Familienlebens in der Bleichstraße, daß man sein Herz ausschüttete. Beichten und Geständnisse über das Innenleben waren ihm von früh an zuwider. Im Verhältnis zwischen Mutter und Sohn blieb vieles ungesagt, vieles ungenutzt. Der Tod veranlaßte Brecht, über das, was eigentlich hätte sein können, nachzudenken. Das Menschliche war nicht ausgefüllt worden. „Aber das Wichtige haben wir nicht gesagt, sondern gespart am Notwendigen. ... Oh, warum sagen wir das Wichtige nicht, es wäre so leicht und wir werden verdammt darum.“[2] Was er in den Tagen nach ihrem Tod niederschrieb, zeugt von tiefem Schmerz, aber auch von einer Verwirrung der Gefühle. Er ist betroffen, aber zur Artikulation großer Gefühle kaum fähig. Gestelztes verband sich mit Echtem, aber durchweg fehlte der eigene Ton. Für die eigene Gefühlssituation fand er ihn nicht. Am Abend nach dem Tag, als die Mutter starb, lud Brecht seine Freunde zu sich in die Mansarde. „Es ging so lärmend zu wie sonst. ... Wir anderen, die das Haus bewohnten, waren stumm vor Schmerz“[3], erinnert sich der Bruder. Vor dem Begräbnis reiste Brecht aus Augsburg ab. „Es waren Knochen, die sie in ein Laken legten. ... Wozu dem Selbstverständlichen zusehen?“[4]

In welchem Maße die Mutter für ihn der Inbegriff des Zu-Hause-Seins gewesen war, empfand er nach ihrem Tode besonders deutlich. Die Atmosphäre im Elternhaus veränderte sich zusehends. Nunmehr führte Fräulein Roecker, die seit einem Jahrzehnt dem Haushalt vorstand, uneingeschränkt das Regime. Gegenüber Brecht und seinem Freundeskreis empfand sie eher Abneigung als Verständnis. Die Wege, die er einschlug, mißfielen ihr ganz offensichtlich. Der Vater fühlte sich der Hausdame allein schon durch ihre langjährige Tätigkeit in der Familie verbunden. Da er nach dem Tode seiner Frau an eine eingreifende Veränderung seiner häuslichen Lebensverhältnisse nicht dachte, schenkte er Fräulein Roecker sein ganzes Vertrauen und ordnete sich ihr auch unter. So konnte es nicht ausbleiben, daß sie den Vater gegen den Sohn einnahm. Es entstanden Spannungen, die in den Augsburger Jahren nie ganz gelöst wurden, aber auch nicht zu tiefgreifenden Konflikten führten.

Bisher hatte der Vater den dichterischen Ambitionen seines Sohnes gelassen zugesehen, hielt er sie doch für ein Zeichen allgemeiner Begabung. Als Brecht jedoch immer intensiver und zielstrebiger seinen literarischen Arbeiten nachging, fing er an, Bedenken zu äußern und auf den Abschluß des Studiums zu drängen. Auch politisch gerieten Vater und Sohn öfter aneinander. Die allgemeine politische Polarisierung der Nachkriegsjahre verstand der Vater nicht. Vor dem Krieg ein Mann der Mäßigung, wurde er jetzt zu einem politisch verärgerten Menschen, empfänglich auch für manche reaktionäre Losung. Er erzählte Unsinn über den Kommunismus oder was er für Kommunismus hielt. Der Sohn lehnte sich auf und bekam zu hören, daß er bisher nichts für die Allgemeinheit getan habe, daß er sein Physikum noch in fünf Jahren nicht gemacht haben werde. Seine Beschäftigung mit der Literatur käme als wirkliche Leistung nicht in Betracht.

Nun war Brecht dem Medizinstudium tatsächlich kaum noch nachgekommen. Als er sich im Sommersemester 1921 zu keiner Vorlesung mehr einschrieb, wurde er am 29. November 1921 exmatrikuliert. Er hörte einfach auf, Student zu sein, um sich als Schriftsteller durchzusetzen. Im ersten Nachkriegsjahr hatte er sich an einen harten Arbeitsrhythmus gewöhnt. Die Zeit von sechs bis zwölf Uhr blieb der literarischen Arbeit vorbehalten. Selbst wenn man annimmt, daß nicht jeder Tag so verlief, wurde doch der Wille sichtbar, sich zu disziplinieren und an Regelmäßigkeit in der künstlerischen Arbeit zu gewöhnen. In der ersten Hälfte des Jahres 1920 geriet diese Arbeitsintensität immer mehr ins Stocken. Gesundheitlich stand es gerade in dieser Zeit mit ihm nicht zum besten. Er litt an Herzanfällen. Bi schildert einen solchen: „Brecht lag mit schweren Herzkrämpfen in seinem Bett und war schweißgebadet. Glücklicherweise war ich hellwach und behielt auch die Nerven. Ohne ihn zu fragen, lief ich zum Wasserhahn, ließ das Wasser etwas laufen, damit es kälter wurde, und machte ihm dann Wickel. Die Krämpfe ließen rasch nach.“[5] Unzufriedenheit und Resignation nahmen zu und veranlaßten ihn, mehr über sich selbst nachzudenken, obwohl er gerade das nicht wollte. Am 15. Juni 1920 notierte Brecht im Tagebuch: „Es ist windstill um mich: ich könnte die Segel flicken. Aber es lohnt nicht, sich mit mir zu beschäftigen.“[6] Diese Stimmung war keine Koketterie, kein angelesenes tragisches Lebensgefühl; sie entsprang genauer Beobachtung. Dabei wurde ihm bewußt, wie sehr seine literarischen Bemühungen eines tragfähigen Fundaments entbehrten. Bisher war ihm der Spott näher als die Bewunderung, wenn er las, in welchen imposant ausstaffierten Ideengebäuden die Dichter der Vergangenheit zu Hause waren. Jetzt packte ihn bei dem Gedanken, worüber er eigentlich verfügte, das Grauen: „Was werde ich tun, wenn ich alt sein werde, wie kümmerlich werde ich dahinleben mit meiner dezimierten Vergangenheit und zusammen mit meinen ramponierten Ideen, die nichts mehr sein werden als arrogante Krüppel!"[7] Obwohl er meinte, daß er niemals in der Lage sein werde, über eine so „ausgewachsene Philosophie" wie Goethe und Hebbel zu verfügen, suchte er nach Theorien, die ihm eine Orientierung, einen Halt ermöglichten. Um hochzukommen, wollte er sich die Taschen mit Theorien vollstopfen wie mit Zeitungen. Einen Mann, der sich nur auf *eine* Theorie stützte, hielt er für verloren.

Beim Schreiben seiner Stücke merkte er sehr bald, daß Beobachtung der Vorgänge und Empfindung allein nicht weit reichten. Im Drama mußte eine Haltung zur Welt eingenommen werden. Der allgemeinen Weltverheißung des expressionistischen Dramas nur mit Zynismus zu antworten blieb auf die Dauer unfruchtbar. Noch immer fiel es Brecht schwer, sich einer bestimmten Anschauung anzuschließen. Im Unterschied zu den ersten Nachkriegsmonaten, als er sich mit viel Neuem konfrontiert sah, reagierte er jetzt, verstrickt in persönliche Sorgen, deprimiert durch den ausbleibenden Erfolg als Schriftsteller, auf politische Ereignisse eher mißmutig und allergisch. Es schien, als sei sein wenn auch nicht gerade parteinehmendes, so doch scharf beobachtendes Interesse erlahmt. Kennzeichnend für diese Haltung ist eine Episode aus dem Jahre 1920. Daran gewöhnt, Vorträge über verschiedene Wissensgebiete zu besuchen, geriet er in eine Veranstaltung mit Alfons Goldschmidt. Dieser Mann, seit 1918 eng mit dem Kampf der Linken verbunden, reiste durch das Land und setzte sich für den Ausbau der Arbeiterräte ein. Beteiligt an vielen Initiativen, engagierte er sich auch bei der Gründung des „Proletarischen Theaters" in Berlin. Gerade weil er sich der Kunst ebenso verpflichtet fühlte, wie er sich auf dem Gebiet der politischen Ökonomie und der Wirtschaft auskannte, weckten seine Vorträge bei vielen jungen Menschen erstmals ein tieferes Verständnis für die soziale Revolution, für den Kampf der Linken in Deutschland und für die Gesellschaftsumwälzung in Rußland. Auf Brecht machten seine Ausführungen überhaupt keinen Eindruck, sie stießen ihn sogar ab. „Ich sitze auch im ‚Kindl'-Keller und lausche Herrn Goldschmidt, der über die Wirtschaftslage Rußlands redet, lauter abstrahiertes Zeug von Verbänden und Kontrollsystemen. Ich laufe bald wieder fort. Mir graut nicht vor der tatsächlich erreichten Unordnung dort, sondern vor der tatsächlich angestrebten Ordnung. Ich bin jetzt sehr gegen den Bolschewismus: Allgemeine Dienstpflicht, Lebensmittelrationierung, Kontrolle, Durchstecherei, Günstlingswirtschaft. Außerdem, im günstigsten Fall: Balance, Umformierung, Kompromiß. Ich danke für Obst und bitte um ein Auto."[8] Wirklich tiefgreifende Veränderungen, vor allem im Wirtschaftlichen, ließen Brecht kalt. Für die neue Gesellschaft, das Zauberwort für viele progressive Intellektuelle der Nachkriegszeit, hatte er nur ein Schulterzucken. Für ihn blieb noch immer der allgemeine Egoismus die wesentliche Triebkraft. Dazu kam eine auffällige Abneigung gegen ökonomische Vorgänge und Prozesse, das Subjektive schien ihm bedeutsamer, interessanter. Seine spätere intensive Hinwendung zu dieser komplizierten Materie war seiner ursprünglichen Veranlagung abgetrotzt, mehr als zwingende Notwendigkeit denn als inneres Bedürfnis empfunden.

Ihn bewegte nicht so sehr, wie man zu einer brauchbaren Weltanschauung, sondern wie man zu großen Ansichten gelangen könnte. Große Ansichten sollten ihm bei der Beurteilung der Vorgänge behilflich sein. Nicht nach ideellen Prinzipien, sondern nach Haltungen hielt er Ausschau. Auf sie kam es ihm an, darauf zum Beispiel, *wie* ein bestimmter Typ einen Schlag ins Genick erträgt, *wie* er sich dabei benimmt. Um auf künstlerischem Gebiet über die Ansichten zu den Haltungen zu gelangen, hielt er drei Wege für gangbar: „1. Man macht den Zwiespalt zwischen dem einfachen inneren Leben und den äußeren Zufälligkeiten (der ‚Politik') zum Hauptkonflikt. 2. Man stellt nur das innere Leben dar, losgelöst und einsam, hart, stimmungslos, aufrührerisch und doch zustimmend. 3. Man beweist, daß es das innere Leben (und die großen Konflikte) nicht gibt, und gibt das äußere."[9] Nummer 2 betrachtete er als die „härteste Nuß". Die Ausrichtung auf das „innere Leben" entsprach genau dem Stand seiner politischen Einsichten. Unter „innerem Leben" verstand er jedoch keineswegs nur den psychischen Innenraum des Individuums. Ihn interessierten die Handlungen zwischen den Menschen, unvermittelt durch Moral, Politik, soziale Theorien. Er sah auch die Schwierigkeiten, die ein solches Verfahren mit sich brachte. „Läßt man alles Äußere weg, arbeitet man in Nacktheit, dann muß ungeheure Gliederung oder unmenschliche Kraft herein! Hier droht am meisten Gefahr von seiten des Sprachlichen her, nämlich vor der Routine und dem sprachlichen Götzendienst!"[10] Dennoch blieben seine ästhetisch-theoretischen Vorstellungen über Menschengestaltung in ihrem Verhältnis zur Wirklichkeit hinter der Wirklichkeitseinsicht zurück, die seine Stücke vermittelten.

Brecht fand sehr bald heraus, daß in der Literatur sich durchsetzen auch bedeutete, sich von der Literatur der anderen abzustoßen. Wer sich durchsetzen will, dem steht viel im Wege, nicht zuletzt die Literatur, die sich in der Öffentlichkeit etabliert hat. In der Jugend hatte er vieles geliebt. Er las, um etwas herausheben, anpreisen zu können. Zunehmend aber fand er, daß in der Literatur und im Theater vieles existierte, das dem Neuen den Zugang zur Öffentlichkeit versperrte. Er fing an, sich kritisch mit dem ästhetischen und literarischen Standard seiner Zeit auseinanderzusetzen. Bereits 1919 hatte Brecht begonnen, Theaterkritiken über die Aufführungen des Augsburger Stadttheaters zu schreiben, und zwar für den „Volkswillen", die Tageszeitung der „Unabhängigen Sozialdemokratischen Partei Deutschlands für Schwaben und Neuburg", ein kleines, mutiges Blatt, aus dem später die „Bayerische Arbeiter-Zeitung" hervorging, das Organ der Kommunistischen Partei. Chefredakteur war der USPD-Reichstagsabgeordnete Wendelin Thomas. Wer Brecht als Theaterkritiker empfahl oder ob er sich selber anbot, ist nicht bekannt. Daß er Stücke schrieb, die sehr radikal waren, dürfte schon bald über den Freundeskreis in Augsburg hinausgedrungen sein. Und an einem Kritiker, der sich kräftig von den Rezensenten anderer Blätter abhob, mußte einer politisch radikalen Zeitung gelegen gewesen sein.

Zum Augsburger Stadttheater, dem Brecht seine ersten Theatereindrücke verdankte, besaß er keine engeren Verbindungen. Seine Meinung muß so negativ gewesen sein, daß er gar nicht auf den Gedanken kam, hier ein Stück einzureichen. Dabei war es nicht schlechter als andere Bühnen, die sich in unmittelbarer Nähe einer Theatermetropole behaupten mußten. Brecht kannte die Münchner Theater. Seine Meinung über ihre künstlerische Leistung war nicht die beste. Wie sollte da Augsburg bestehen können. Intendant des Augsburger Theaters war seit siebzehn Jahren Carl Häusler. Sieht man von seiner Bevorzugung der Oper einmal ab, so bemühte er sich mit Stücken von Halbe, Wilde, Strindberg, Schnitzler, Tolstoi, Hauptmann, Shaw und Wedekind um einen gemäßigt modernen Spielplan. Während auf den großstädtischen Bühnen die Expressionisten dominierten, war man in Augsburg noch bei den Naturalisten und Impressionisten. Doch niemand wäre es eingefallen, Augsburg zu kritisieren, weil es hinter dem neuesten literarischen Trend zurückblieb. Auch

Brecht nicht. Ernster schon wurde der Mangel an guten Darstellern empfunden. Da der Intendant im Schauspiel vorwiegend junge, noch wenig erfahrene Leute beschäftigte, die Hauptrollen aber mit wenigen Ausnahmen mittelmäßigen älteren Schauspielern vorbehielt, kam es im Ensemble zu keiner rechten Entwicklung.

Der Skandal, den Brecht als Kritiker hervorrief, könnte leicht zu der Annahme verführen, als sei hier ein junger Mann voller neuer Ideen mit einem veralteten Stadttheaterbetrieb zusammengestoßen. Gerade das aber war nicht der Fall. Brecht vertrat als Theaterkritiker sowohl ganz traditionelle Ansichten wie auch neue, ungewohnte Standpunkte. Gerade weil er von keiner gängigen Theorie ausging, über eine eigene aber noch nicht verfügte, war in seinen Äußerungen insgesamt kein methodisches Prinzip erkennbar. Was an seinen Kritiken so herausfordernd wirkte und schließlich zum Skandal führte, war die von Alfred Kerr bezogene unverhüllte, rücksichtslose subjektive Haltung gegenüber dem Kunstwerk, dem Kunstvorgang. Das kritische Urteil bestand für Kerr nicht in einer ausgebreiteten Analyse, sondern in der Blitzlichtausleuchtung des persönlichen Eindrucks. Das hatte ihn an Kerr beeindruckt, dessen Schriften zu seiner bevorzugten Jugendlektüre gehörten. Gerade den Mann, der dem späteren Dramatiker nicht das geringste Verständnis entgegenbrachte, wählte der Kritiker Brecht zu seinem Vorbild.

Mit einer solchen subjektivitätsbetonten Haltung schrieb Brecht seine Theaterkritiken. Im Unterschied zu den Auffassungen, die er einige Jahre später vertrat, bevorzugte er keine bestimmte Traditionslinie. Er hatte viel gelesen und ließ vieles gelten. Hermann Hesse interessierte ihn ebenso wie Alfred Döblin und Georg Kaiser. Besonders nachdrücklich setzte er sich für Gerhart Hauptmann ein. Die proletarischen Leser des „Volkswillens" machte er mit „Rose Bernd" in einer gesonderten Einführung bekannt. Er warb um Verständnis für das Schicksal der Titelheldin, die viel getan und noch mehr gelitten habe und auf die kein Stein geworfen werden dürfe: „... wir müssen hineingehen, es ist unsere Sache, die in dem Stück verhandelt wird, unser Elend, das gezeigt wird. Es ist ein revolutionäres Stück."[11] In diesem Artikel vergegenwärtigte Brecht den Eindruck, den die Stücke Hauptmanns auf ihn als Realschüler gemacht hatten. Die Art und Weise, wie er sein Anliegen vortrug, wies ihn als einen geschickten Propagandisten aus, der geeignet gewesen wäre, ein theaterungewohntes Publikum für das Schauspiel zu gewinnen. Besonders gut verstand er es, seine Leser mit Haltungen der Figuren bekannt zu machen. Georg Kaisers „Gas" veranschaulichte er folgendermaßen: „Das Stück ist visionär. Es stellt dar die soziale Entwicklung der Menschheit oder wenigstens die geistigen Gesetze, nach denen sie sich vollzieht. Der Sinn des Stückes ist vielleicht der: Ein Mann läuft. Er läuft wundervoll. Es ist ein Kunstläufer. Ein Turnlehrer hat ihm das Laufen beigebracht. Wenn der Mann eine Stunde gelaufen hat, fällt er um und schnappt nach Luft. Er schnappt durchaus kunstgerecht nach Luft, er fällt durchaus einwandfrei zu Boden. Der Turnlehrer hat es ihm beigebracht. Da kommt ein dritter Mann und sagt: ‚Sie haben ein Herzleiden. Sie müßten stillsitzen, statt laufen. Sie sehen doch: Sie leiden unter Luftmangel und Atemnot!' Da erhebt sich der Mann und gibt seinem Turnlehrer eine Ohrfeige. Weil ihm der nicht das richtige Laufen beigebracht hat. Da verteidigt der zweite Mann den Turnlehrer. Da sagt der Turnlehrer: ‚Geben Sie mir noch eine Ohrfeige, laufen Sie anders, aber laufen Sie.' Da sieht der Mann, daß der Turnlehrer sein Mann ist und Schlechtlaufen besser als Garnichtlaufen ist, und läuft wieder. Das Stück ist sehr interessant."[12] Gegenüber den Dramatikern blieb Brecht auffallend zuvorkommend. Nur bei ausgesprochen reaktionären Verfassern wurde er ausfallend. „Alt-Heidelberg", damals in der Gunst eines kleinbürgerlichen Theaterpublikums, nannte er ein „Saustück". Kritisch verfuhr er allerdings auch mit Hebbel, dessen „Judith" er als eines der schwächsten und albernsten Stücke des klassischen deutschen Repertoires abfertigte.

Wenn Brecht seine Kritiken statt auf den persönlichen Eindruck auf allgemeingültige Maßstäbe zu stellen suchte, zeigte er sich nicht nur äußerst unsicher, sondern auch in einem Maße konventionell, daß man nur schwer glauben konnte, es hier mit dem Autor von „Baal" und „Trommeln in der Nacht" zu tun zu haben. Für künstlerisch echt und ergreifend hielt er das, was er als „beseelt", als „innerlich" empfand. Seine Forderungen blieben hierin durchaus innerhalb der geltenden ästhetischen Normen. Zu maßlosem Zorn steigerte er sich allerdings, wenn er auf die Spielplangestaltung des Augsburger Hauses zu sprechen kam. Kein Wort war ihm stark genug, um die Art von Theater zu brandmarken, die man in dieser Stadt dem Publikum vorzusetzen wagte. Als es nach der siebten Kritik noch keine Resonanz von seiten der Theaterleitung gab, fühlte er sich zu einer „Abrechnung" veranlaßt. Dem Intendanten warf er vor, eine Menge Geld hinauszuschmeißen, um eine mäßige Oper zustande zu bringen, für das Schauspiel aber sei nichts übrig. Schuld sei aber nicht die Vorliebe für die Musik, sondern für die Gewohnheit. Höhnisch bemerkte er, daß selbst die nachsichtigsten Opportunisten nicht die Stirn besäßen, zu behaupten, das Augsburger Stadttheater sei ein Kulturfaktor.

Als sich die Angriffe häuften, blieb die Theaterleitung nicht untätig. Nach der vernichtenden Kritik von „Alt-Heidelberg" weigerte man sich, dem Rezensenten des „Volkswillens" weiterhin Theaterkarten zur Verfügung zu stellen. Erst nach einer Beschwerde bei der Stadtverwaltung wurde die Verfügung rückgängig gemacht. Die bürgerliche Presse schaltete sich auf ihre Weise in die Polemik ein. Die „Neue Augsburger Zeitung" veröffentlichte eine Leserzuschrift, die sich nicht nur gegen Brechts Kritiken richtete, sondern auch sein Verhalten als Theaterbesucher anzuprangern suchte. „Es muß aber festgestellt werden, daß einzelne Theaterbesucher durch geradezu lümmelhaftes Benehmen fortgesetzt die Vorstellung störten. Zu diesen Theaterbesuchern zählte auch der Kritiker des Augsburger USP-Organs, des ‚Volkswille', der an und für sich schon seine Genialität, die nur durch seine Jugend übertroffen wird, durch einen ungewöhnlichen rüden Ton in der Kritik darzutun versucht. Ausdrücke wie ‚Saustück' und ähnliches sind dem jungen Herrn, der die Zwanziger kaum oder noch nicht überschritten hat und deshalb besonders geeignet erscheint, die Leistungen anderer zu würdigen, außerordentlich geläufig. Wenn sich das die Leser des ‚Volkswille' und die Redaktion gefallen lassen, so ist das ihre Sache. Aber nicht gefallen lassen sich die Zuschauer des Theaters, daß ein so junger Herr seinen Mangel an Erziehung dadurch bekundet, daß er während der Aufführung fortgesetzt lacht und die übrigen Theaterbesucher durch das auffallende Benehmen in jeder Weise stört, z. B. auch dadurch, daß er nach jedem Bild, obwohl er dadurch 5 oder 6 Besucher zum Aufstehen veranlassen mußte, hinausging und regelmäßig zu spät wieder hereinkam. An den Stadtrat bzw. an die Direktion des Augsburger Stadttheaters muß aber doch die Frage gerichtet werden, ob es nicht möglich ist, Leuten, die sich sowenig benehmen können, den Theaterbesuch zu verbieten oder dieselben, wenn sie ihr Benehmen fortsetzen, aus dem Theater verweisen."[13] Das künstlerische Personal des Stadttheaters wandte sich in einem offenen Brief gegen den Kritiker. In diesem Schritt sah Brecht den Versuch, die Kritik auf bloße „Berichterstatterdienste" herunterzudrücken. Er blieb die Antwort nicht schuldig. „Die Form des Memorandums weise ich als eitel und anmaßend scharf zurück. Ich bemühe mich vergebens, in ihm etwas anderes als die strikte Dokumentierung des unbeirrbaren Willens, bei den ungenügenden Leistungen des Theaters unter nichtigen Ausflüchten zu beharren, zu sehen. Meine eigenen kritischen Äußerungen sind das Maßvollste, was sich über die betreffenden Leistungen sagen ließ. Man kann aus ihnen allein keineswegs den künstlerischen Stand der Bühne erkennen. Das kann man erst aus dieser meiner Feststellung, daß sie, wie gesagt, das Maßvollste und Zarteste, die äußerste Grenze der Toleranz, die künstlerisch verantwortbar ist, darstellen."[14]

Brecht erlebte erstmals, zu welchem Kesseltreiben bestimmte Institutionen fähig sind, sobald sie angegriffen werden. Allerdings nahm er die Sache keineswegs besonders ernst. Er begriff sie nicht einmal in ihrem politischen Zusammenhang, wurde doch zur gleichen Zeit über die Zeitung, die jetzt als Organ der „Vereinigten Kommunistischen Partei Deutschlands: Sektion der 3. Internationale" erschien, ein Verbot wegen staatsgefährdender Artikel verhängt. Als er Hebbels „Judith" verriß, die Aufführung ebenso wie das Stück, und dazu noch bemerkte: „Aber das gleiche Schwein, das die Lulu für eine Beschimpfung der Frau hält, schwärmt für die Judith"[15], trug ihm das eine Beleidigungsklage der Schauspielerin Vera-Maria Eberle ein. Das Gerichtsverfahren endete mit einem Vergleich. Doch Brecht veröffentlichte in der Zeitung eine Gegenerklärung. Darin war zu lesen, daß er nicht daran denke, den Vergleich zu erfüllen, und nach wie vor auf dem Boden seiner Kritik stände. Daraufhin wurde er wegen Beleidigung zu 100 Mark Geldstrafe bzw. zehn Tagen Gefängnis verurteilt. Damit war Brechts Kritikertätigkeit beendet.

In diese Zeit fiel auch seine intensive Beschäftigung mit dem Film. Mehr als die künstlerische Neugier lockte ihn die Vorstellung, hier schnell Geld zu verdienen und hochzukommen. Er wollte in der Kunst etwas gelten, Einfluß auf Schauspieler und Regisseure besitzen. Im Theater war ihm bisher der Anlauf nicht geglückt. Daß seine gesamte frühe Filmarbeit mit seiner mißlichen persönlichen Lage im Zusammenhang stand, verrät sein Tagebuch. Noch bevor er überhaupt Zugang zum Film hatte, rechnete er sich aus, was ihm das Ganze einbringen müßte. Auf diese Weise hoffte er, seinen Sohn aus Kimratshofen nach Hause holen zu können. Dabei war er sich durchaus bewußt, wie weit ihn dieses Geschäft von dem Wege abbrachte, den er beschreiten wollte: „Ich schmiere Filme und verplempere mich."[16]

Um in der Kunst hinaufzugelangen, hielt er den Umweg über den Film für notwendig. Hier schien ihm vieles leichter und nicht so durch Tradition verstellt wie in der Literatur und im Theater. Der Film galt als eine „Kolportage- und Revolverangelegenheit", die man ohne allzu viele künstlerische Skrupel betreiben konnte – ein jungfräuliches Terrain, das die Arrivierten noch nicht unter sich aufgeteilt hatten. Wie irrig eine solche Vorstellung war, bekannte später Carl Zuckmayer, der damals gleichfalls „ein Halbdutzend abenteuerlicher oder exzentrischer Stummfilm-Manuskripte" verfaßte. „Noch herrschte der Aberglaube, daß man zum Schreiben eines Drehbuchs bestimmte Pharmazeuten brauche, mit den Geheimgesetzen der Filmkunst vertraut, die es natürlich gar nicht gab oder die ein intelligenter Mensch von selber kannte, wenn er dreimal im Kino war. Die Pharmazeuten aber ließen keinen Neuling heran, sonst hätte ihr Boß ja gemerkt, daß sie nicht unentbehrlich seien. Als Stoffe und Storys kaufte man erfolgreiche Illustrierten-Romane oder nahm sich der Klassiker an, die sich nicht wehren konnten. Und für die Filme höheren Stils, wie sie damals schon von Erich Pommer und anderen angestrebt wurden, holte man sich Autoren von Rang und Namen."[17]

Nach dem ersten Weltkrieg übte der Film auf Zuschauer wie Künstler gleichermaßen eine Faszination aus. Seit dieser Zeit datierte seine Stellung als künstlerische, mehr noch, als wirtschaftliche Großmacht. 1917 wurde auf Anregung der Obersten Heeresleitung die Universum Film AG gegründet, die UFA. General Ludendorff selbst war es, der auf die „überragende Macht des Bildes und Films" aufmerksam machte. Die großen Bank- und Industrieunternehmen stiegen mit einem Kapital von 25 Millionen in das Geschäft ein. Nach dem Krieg existierte bereits eine Filmindustrie. Schon vor 1914 hatten sich bedeutende Künstler dem Film zugewandt. Paul Wegener aus dem Ensemble Max Reinhardts erzielte Erfolge mit dem „Studenten von Prag" und dem „Golem". Ein erfolgreicher Modeschriftsteller wie Hanns Heinz Ewers hielt sich nicht für zu fein, Filmszenarien zu schreiben. Während des Krieges stießen namhafte Schauspieler wie Albert Bassermann, Werner Krauss, Conrad Veidt, Emil Jannings, Ernst Lubitsch zum Film. Selbst Max Reinhardt filmte. Die Künstler und Schriftsteller registrierten mit einiger Verwunderung, welche Verbreitung und welchen Anklang der Film beim Publikum fand, ohne sich allerdings um die schwer einsehbaren wirtschaftlichen Faktoren zu kümmern, die den Film als Industrie erst ermöglichten.

In seinem Artikel „Hätte ich das Kino" von 1920 brachte Carlo Mierendorff zum Ausdruck, was viele progressive Schriftsteller am Film interessierte. Während sich die Literatur dem großen Publikum verschließe, habe der Film ein Echo. Das Kino gewinne seine Einmaligkeit aus dem Umstand, daß durch die neue Technik auch neue Kunstgewohnheiten ausgeprägt würden. „Wer das Kino hat, wird die Welt aushebeln"[18], schrieb Mierendorff enthusiastisch. Brecht hätte auch gern ein Kino gehabt, und zweifellos fehlte es ihm nicht an einschlägigen Ideen. Im Unterschied zu Iwan Goll, der auch in seiner „Kinodichtung"

„Die Chapliniade“ (1920) der expressionistische Lyriker blieb, stellte sich Brecht auf den gegenwärtigen Trend ein und wollte sich dabei nicht zimperlich zeigen. Sich beim Film als unzufriedener, unverstandener Künstler zu gebärden, betrachtete er als ein Zeichen für Untüchtigkeit.

Brecht trug sich mit vielen Filmplänen. Einige skizzierte er bloß in seinen Notizbüchern, andere führte er etwas weiter aus. Es finden sich Titel wie „Königskinder“, „Maras Tochter“, „Kleider machen Leute“, „Kakao“, „Die drei Mörder mit vollen, dummen, lächelnden Backen“, „Der Bursche im Zug, der immer frißt“, „Drei im Turm“, „Der Brillantenfresser“, „Das Mysterium der Jamaika-Bar“. Nur von den letzten drei sind ausgearbeitete Szenarien erhalten geblieben. Ohne die geringsten Skrupel stieg Brecht in die Kolportageliteratur ein, wohl wissend, daß es hier eine Materialgrundlage und bestimmte Verarbeitungsverfahren gab, die den Kontakt zu einem Massenpublikum ermöglichten. Die Stoffsuche und -bearbeitung vollzog sich meist ganz ohne irgendwelche ästhetischen Reflexionen. Brecht suchte gar nicht erst zu begründen, warum er sich auf das Trivialgebiet begab. Er spielte ganz naiv mit dem Kitsch, der bei ihm eine Art Stilisierung erfuhr. Daß er dabei mit einigen Produkten an den damaligen Standard des Filmeschreibens herankam, ist einer Bemerkung des Filmregisseurs Erich Engel zu entnehmen, der einem Filmskript wie „Drei im Turm“ immerhin so viel Bedeutung beimaß, daß er meinte, wenn es kongenial verfilmt worden wäre, hätte daraus einer der poetisch bedeutendsten deutschen Stummfilme werden können.

Wie bei seinen erfolglosen Bemühungen, in die Filmemacherzunft einzudringen, doch noch einige Unternehmungen glückten, sei hier vorweggenommen. Von den frühen Filmideen wurden nur zwei so weit realisiert, daß sie verkauft werden konnten: „Mysterien eines Frisiersalons“ und „Die zweite Sintflut“. Den letzten Film schrieb

Brecht zusammen mit Arnolt Bronnen, mit dem ihn bald eine enge Freundschaft verband. Während seines zweiten Berlinbesuches waren er und Bronnen mit dem Publizisten Stefan Großmann zusammengetroffen. Von ihm erfuhren sie von einem Preisausschreiben, in dem 10000 Papiermark für ein Filmmanuskript winkten. Großmann forderte beide auf, sich zu beteiligen. Auch ließ er durchblicken, daß sie sicher sein könnten, den Preis zu erringen, denn er, Großmann, sei in der Jury. „Bronnen, kein Freund von Preisen und Auszeichnungen, zog erst nicht. Brecht indessen berauschte sich stracks an der immer noch gewaltig klingenden Summe und begann von Sekund' an, einer Filmidee nachzuhängen."[19] Was Brecht und Bronnen dann schließlich zu Papier brachten, lag abseits ihrer eigentlichen poetischen Produktion. Der Film erzählt die Geschichte einer ungeheuren Katastrophe, eines Weltuntergangs. Diese zweite Sintflut überleben nur drei Menschen, zwei Männer und eine Frau. Ähnlich wie in dem Film „Drei im Turm" führen sie untereinander einen erbitterten Kampf. Sie haben für die kleinsten Bedürfnisse die modernsten Apparaturen zur Verfügung, aber alles dient nur dazu, die eben überlebte Katastrophe auf andere Art fortzusetzen. Am 22. Mai 1922 schickte Brecht das Manuskript an Bronnen und forderte ihn auf, die menschlichen Geschehnisse beim Tippen etwas verwickelter zu „gestalten". Bronnen gab dem düsteren Filmstoff einen anderen Titel: „Robinsonade auf Assuncion". Den Preis bekamen sie. Später wurde aus Teilen des Manuskripts ein Film gemacht. Eines Tages las Bronnen an der Plakatsäule: „Insel der Tränen", Manuskript: Arnolt Bronnen. Von Brecht war gar nicht mehr die Rede.

Auch die „Mysterien eines Frisiersalons" kamen auf kuriose Weise zustande. Ein reich gewordener Schieber wollte seinem Bruder eine Filmrolle verschaffen und engagierte deshalb einige Leute, die einen Film machen sollten. Am 4. März 1923 erschien unter der Rubrik „Atelierneuigkeiten" in der Zeitschrift „Der Film" folgende Notiz: „Die im November gegründete Kupro (Kunst-Projektions-G.m.b.H.) dreht augenblicklich in München im Atelier Hohenzollernstraße ihren ersten Groteskfilm in zwei Akten: ‚Das Mysterium im Frisiersalon'. Verfasser des Manuskripts und Regisseur ist der ... junge Dichter Bertolt Brecht. Außer ihm wirkt Regisseur Erich Engel vom Nationaltheater mit. Unter den Darstellern fand ich bei meinem Besuch im Atelier den bekannten Münchener Komiker Karl Valentin, die in München zur Zeit in den Kammerspielen und in der Bonbonniere auftretende Charakterdarstellerin Blandine Ebinger sowie Horwitz, Faber, Wernicke usw."[20] Der Film bestand aus einer Anhäufung von Groteskspäßen und entsprach ganz dem Genre, das der Stummfilm hervorgebracht hatte. In diesem Frisiersalon geschehen wunderliche Dinge. Der Geselle (Valentin) entfernt einem Kunden einen dicken Pickel mit Hammer, Hobel und Stemmeisen, einem anderen schneidet er einen Ziegenbart und Glatze. Einem Herrn, der seinen Säbel für ein Duell geschliffen haben will, schneidet der Geselle beim Rasieren den Kopf ab. Der Kopf geistert durch den Raum und wird seinem Besitzer wieder aufgesetzt. Der Film scheint ganz aus den Improvisationen der an ihm Beteiligten entstanden zu sein, während der Text die geringste Rolle spielte. Dieser Umstand wiederum verringerte nicht den Anteil, den Brecht an diesem Film gehabt haben muß. Daß der Schreiber der Zeitschriftennotiz Brecht als Regisseur bezeichnete, weist darauf hin, daß dieser hier kräftig mitmischte. Keiner der Beteiligten nahm die Sache sonderlich ernst, aber sie machte allen Spaß. Im Februar 1923 schrieb Brecht an Bronnen: „Morgen ist das Filmchen fertig, und wir nehmen ein Bad."[21]

Die Filmarbeit ermöglichte Brecht weder den Einstieg in den Kunstbetrieb, noch brachte sie ihm das Geld, das er so dringend brauchte. Immer öfter dachte er daran, mit seiner künstlerischen Arbeit Geld zu verdienen. Er wollte unabhängig und dennoch in der Lage sein, seinen Sohn zu sich nehmen zu können. Die Sorge um das Kind quälte ihn in jenen Jahren, zumal sich Bi wenig kümmerte. Er warf ihr vor, daß sie nichts tue, sich nicht bemühe, es zu sehen. „An Franks drittem Geburtstag besuche ich die Bi in Utting. Sie ist leicht und gut, wir baden, sitzen unter den Bäumen; aber den Frank hat sie fast vergessen, erst heut schreibt sie ihm zum Geburtstag, sie tut auch nichts, ihn zu sehen. Ich muß doppelt viel arbeiten, um ihn zu mir nehmen zu können!“[22] Als er den Sohn nach einiger Zeit wieder in Kimratshofen besuchte, fürchtete er, daß er vielleicht sehr bäurisch aussehen würde. Als ihm ein schmaler, zartgliedriger, lebhafter Junge entgegentrat, war er hoch erfreut. Mit Kindern verstand er umzugehen. Im Unterschied zu Bi traf er gleich den richtigen Ton. Es bedrückte ihn, daß er in finanziellen und wesentlichen existentiellen Entscheidungen immer wieder auf den Vater angewiesen war. Doch gerade von ihm fühlte er sich im Stich gelassen, weigerte der sich doch, das Kind zu sich zu nehmen. Aufgewachsen in der Vorstellung, daß man einmal Begonnenes auch zu Ende führen müsse, vermißte er gerade eine solche Haltung bei seinem Sohn. Aus seinem Studium hatte dieser nichts gemacht. Jetzt sollte er ihm auch noch sein Privatleben in Ordnung bringen. Der Sohn wiederum sah bei dem Vater all die ungenutzten Möglichkeiten, die ihm fehlten, um voranzukommen. „Ich habe Vater wieder und wieder bearbeitet, den Frank zu nehmen, die vielen Zimmer geschildert, die leer sind wie im Hotel, den Garten mit Bäumen, auf die niemand hinaufklettert, und alles das. Aber er beißt nicht an, und ich werde unlustig, bekomme die Scham in den Hals. Die Marie Roecker hetzt dagegen, wenn's nur mit ihrem Gesicht ist und indem sie immer hereinläuft, wenn ich mit Vater rede. Ich höre alle ihre Argumente von ihm. Vor Jahren habe ich sie immer gehalten, wenn Mamma, Walter und auch Vater gegen sie war[en]. Jetzt hält sie Vater ab, mein Kind zu uns zu nehmen aus Bequemlichkeit. ... Ich aber stecke die Hände in Papier oder Hosentaschen, schmiere Zeug, das niemand kauft, rauche, denke an mein Kind und verdiene nichts. Laufe so herum."[23]

Bi war nach der Geburt des Kindes nach München übergesiedelt, um Brecht näher zu sein. Sie wohnte bei ihrer Tante in der Schwanthalerstraße 4. Dieser Tante war Brecht jedoch sehr bald nicht weniger verhaßt als vormals dem Vater der Bi in Augsburg. Wieder wurde ihm der freie Zutritt verwehrt. Es bedurfte eines besonderen Verabredungssystems, um die Wohnung in Abwesenheit der Tante betreten zu können. Obwohl Brecht jetzt viel öfter mit Paula zusammensein konnte, wurde die Beziehung zwischen ihnen komplizierter. Ihm machte das zähflüssige Leben zu schaffen, die dauernden und letztlich doch erfolglosen Anstrengungen, sich als freier Schriftsteller durchzusetzen. Sie wiederum war eine junge Frau, die nach den entbehrungsreichen Kriegsjahren nun endlich etwas vom Leben haben wollte und sich zudem auf gutbürgerliche Art zu etablieren gedachte. Als Paulas Vater starb, hätte es eigentlich kein Hindernis mehr gegeben, daß sie heirateten. Trotz seines festen Vorsatzes, sich nicht zu binden, fragte er sich, ob er sie nicht heiraten sollte. Aber es kam nicht dazu. Immer stärker schoben sich Zweifel und Hoffnungslosigkeit zwischen die beiden. In einem Brief vom Dezember 1921 beklagte Brecht diesen Zustand: „... o ich hab Dich lieb, Bi! Liebste Geiß, gute Geiß, ich hab Dich lieb. Du mußt mehr schreiben, was tust Du denn immer? Du darfst mir nichts zu Weihnachten kaufen, oder es müßte etwas von *Dir* sein, aber ich habe *auch* kein Geld, und Du mußt mit ganz wenig zufrieden sein dies Jahr, *nächstes* Jahr verdiene ich! Warum schickst Du immer das bißchen Geld zurück? Es ist häßlich von Dir, ganz im Ernst: häßlich. Du kannst es ja für Frank verwenden, schick ihm Schokolade oder sammle es, es ist ja so wenig, und es ist alles, was ich jetzt zurückschaffen kann. Und ich begreife nicht, warum zwischen uns so eine Mauer ist, es ist häßlich von Dir, ich komme doch auch zu Dir, wenn ich Geld brauche, und nehme es Dir, wenn Du welches hast, oder willst Du es mir nicht geben? Ich habe Dich zu lieb, als daß ich Dich recht ausschimpfen könnte, und küsse Dich lieber, aber es ist unrecht von Dir. Aber ich küsse Dich doch, aber nicht mehr, wenn Du es noch einmal machst, hörst Du! Du bist meine kleine Frau, und Du mußt mir ‚gehorchen', denn sonst prügle ich Dich, ja."[24]

Der Brief macht bei aller Ironie deutlich, wie sehr Brecht Bi zugetan war, daß er nicht von ihr lassen wollte, was auch kommen mochte. Zugleich beschreibt der Brief aber auch, wie er sich sein Verhältnis zu Frauen vorstellte. Das Wort „gehorchen" stand zwar in Anführungsstrichen, aber den Sachverhalt meinte er schon ganz direkt. Seit er in München lebte, hatte er seine Schüchternheit gegenüber Frauen abgestreift. Bei aller fortdauernden Liebe zu Bi blieb sie für ihn nicht die einzige Frau. Von ihr aber verlangte er, daß sie ihm voll und ganz ergeben sei. Er wachte eifersüchtig über sie und grenzte ihren Freiraum ein, wo es nur ging. In seiner Liebe zu ihr war er ebenso egoistisch wie borniert. Um sie von irgendeinem kleinen Vergnügen abzuhalten, konnte er beträchtliche Energien aufwenden. So wäre Bi gern tanzen gegangen, er aber konnte und wollte nicht tanzen. Als Paula Banholzer einmal Besuch von einem Vetter empfing, der Kapellmeister in einem Tanzcafé war, verabredete sie sich mit ihm, als sie Brecht anderweitig beschäftigt glaubte. Doch Brecht bekam davon Wind und machte sie an diesem Abend ausfindig. Er erschien am Rande der Tanzfläche und winkte ihr mit gespielter Gelassenheit zu. Dann winkte er sie mit dem verabredeten Handzeichen heraus. Als sie sich jedoch weigerte, mit ihm nach Hause zu gehen, wurde er deutlicher: „Plötzlich sagte er entschlossen: ‚Wenn du nicht sofort mit mir mitgehst, dann ist es aus zwischen uns.' Mir war es im Moment egal: ‚Dann ist es eben aus.' Auch eine Antwort dieser Art war ihm vollkommen neu. Er merkte rasch, daß er so nicht weiterkommen würde. Er wechselte also das Thema und baute seine Argumentationen, die mich zum sofortigen Mitgehen zwingen sollten, anders auf. Er appellierte an meine Mutterliebe, sprach laut und gestenreich und übertönte bisweilen dabei sogar die Musik. Er sprach von unserem kleinen Sohn und erinnerte mich an dessen gerade erst überstandene Lungenentzündung. Er merkte, daß er gut gewählt hatte und sich auf dem richtigen Weg befand. Seine Formulierungen wurden brillanter. Er sprach von den Pflichten einer Mutter im allgemeinen und von meinem Fall im besonderen. Es könne nicht gut sein – so Brecht –, daß die Mutter zum Tanzen gehe, wenn der Sohn krank sei. Brecht schaffte es: Ich ging mit. ... Brecht, der Meinung, mich für diesen Abend nachhaltig beeindruckt zu haben, ging nach Hause. Ich wartete eine Weile in der Wohnung und ging dann wieder in das Tanzlokal. Mein Zorn war verflogen, ich war fröhlich und glücklich darüber, Brecht nun endlich einmal auf diese Art und Weise ‚hintergangen' zu haben."[25]

Die Liebe zu Paula Banholzer dauerte fort, auch als sie im Juli 1921 München verließ und als Erzieherin nach Nürnberg ging.

Der Roman mit der schönen Marianne

Brecht liebte es, in den gesellschaftlichen Kreisen, in denen er verkehrte, die Aufmerksamkeit auf sich zu lenken und seinen Verlautbarungen den rechten Widerhall zu verschaffen. Nun waren aber seine äußere Erscheinung und sein Auftreten keineswegs dazu angetan, Sympathien zu wekken. „Brecht benahm sich in Gesellschaft oft daneben, darauf war er meist noch stolz, oder er saß stumm da wie ein Stoffel. Er hatte keine Manieren“[26], sagte eine seiner Freundinnen. Dennoch gelang es ihm bereits damals, auf Menschen einen nachhaltigen Eindruck zu machen. Wenn er seine Gedanken über Literatur und Kunst darlegte, wenn er über seine Arbeit sprach, ging von ihm etwas Faszinierendes aus. Wie es Schauspieler gibt, die nur auf der Bühne eine ungewöhnliche persönliche Ausstrahlung besitzen, trat der Reiz der Brechtschen Persönlichkeit erst im Gespräch, in der Diskussion zutage. Sein Äußeres war ihm nicht gleichgültig. Er litt unter der Vorstellung, häßlich zu sein, und gefiel sich zugleich darin: „... ich laufe wieder auf dem Randstein, schneide Grimassen, pfeife auf die Wirkung, grinse, daß man die faulen Zähne sieht. Ich werde den Spiegel bald kaputt machen können. Das ist was für feine Leute. So bin ich, freut euch! Häßlich, frech, neugeboren, aus dem Ei. (Mit Eihäuten, Kot, Blut, immerhin.)“[27] Als ihm einmal bei einem nächtlichen Gelage ein Mädchen sagte: „Sie haben ein Gesicht wie ein Orang-Utan“[28], trug er die Bemerkung sogleich in sein Tagebuch ein. Sie muß ihn so gekränkt haben, daß er die Mädchen dieses Abends samt und sonders „dumm“, „ohne Rasse“, „orang-utanhaft“ fand.

Bereits bevor Bi nach Nürnberg abgereist war, knüpfte er eine Beziehung zu der schönen Opernsängerin Marianne Zoff an. Der „verfluchte Roman“ mit Mar begann. In seinem Tagebuch erwähnte er sie zum erstenmal am 9. Februar 1921, einem Aschermittwoch, als er schwärmerisch an die gerade zu Ende gegangene Faschingsnacht zurückdachte: „Auf dem Ball trug sie ein Pagenkostüm und war die schönste Frau dort und behandelte die Männer wundervoll, ganz rein und königlich und still und lustig und unnahbar und doch nicht stolz. Sie war die einzige, die auf den Ball gehen konnte, denn sie paßte nicht hin. Er war einzig für sie veranstaltet, aber sie machte sich nichts draus."[29] Marianne Zoff war zu Beginn der Spielzeit 1919/20 mit einem Zweijahresvertrag als Mezzosopranistin und „Spezialsängerin" ans Augsburger Stadttheater verpflichtet worden. Im September 1919 trat sie erstmals auf. Ob sie nun tatsächlich mehr durch ihre imposante Erscheinung als durch ihre Kunst von sich reden machte und ob Brecht mehr ihre Beine als ihre Stimme beeindruckten, sei dahingestellt. Auf alle Fälle war sie eine schöne, begehrenswerte Frau, die, wo sie auch auftrat, Resonanz und Aufmerksamkeit beanspruchte. Brecht schlich nicht lange um sie herum, wie das früher seine Eigenart gewesen war, sondern suchte die Sängerin in ihrer Garderobe auf. Er lobte ihre Stimme, ihre Darstellungskunst über alle Maßen. Sie hielt das zunächst für eines der am Theater üblichen Komplimente und meinte, damit würde sich der junge Mann verabschieden. Doch Brecht bat, Platz nehmen zu dürfen, und begann ohne Unterbrechung zu reden, später bat er, rauchen zu dürfen. „Er wirkte überaus ungepflegt, mit einer strapazierten Lederjacke, in einer zerbeulten, alten Cordhose und mit einer schäbigen Schiebermütze in der Hand. ... Ich wunderte mich, warum ich ihn noch nicht hinausgeworfen hatte ... Der asketische Schädel gefiel mir, der schmallippige Mund bewegte sich fortwährend, die dunklen Knopfaugen stachen, seine schmalgliedrigen Pianistenhände gefielen mir. Du spinnst wohl, schoß es mir durch den Kopf, als ich mich dabei ertappte, diesen schwäbelnden Eindringling sympathisch zu finden. Er redete und redete ..."[30] Nach der Vorstellung holte er sie am Bühneneingang ab. Dieses Verhältnis war für den jungen Brecht, der kein Geld, aber bereits eine Menge Verpflichtungen besaß, ein Wagnis. Er konnte diese attraktive Frau, die den Erfolg suchte und ihn auch fand, ja kaum in ein Lokal führen. Deshalb versuchte er es damit, Marianne Zoff Augsburg zu zeigen. In den frühen Jahren begannen alle seine Liebschaften mit Spaziergängen. Aber kaum hatte er sich einer Frau genähert, fing er auch an, sie eifersüchtig zu überwachen. „Er war richtig eifersüchtig und ließ mir von irgendwelchen Sklavenfreunden nachspionieren. Sosehr er sich sonst als Bürgerschreck gab, in dieser Beziehung war er stinkbürgerlich. Seine Eifersucht war bestimmt auch der Grund dafür, daß er plötzlich und völlig unvorhersehbar immer wieder in Augsburg auftauchte. Wenn wir nicht spazierengingen, verkroch er sich auf seiner Bude und arbeitete."[31]

Marianne Zoff war seit vier Jahren mit dem Geschäftsmann Recht verlobt, der in Bad Reichenhall eine Spielkartenfabrik besaß. Das Verhalten dieses Mannes läßt sich schwer rekonstruieren, weil sein Porträt fast ausschließlich konturiert ist durch die Züge, die Brecht und Marianne Zoff fixiert haben. Was sie über ihn aussagen, macht den Mann so unsympathisch, daß man sich fragt, was eigentlich die Frau veranlaßte, so lange zwischen beiden Männern hin und her zu schwanken. Es kann dann nur das Geld gewesen sein. Mariannes Äußerungen über Recht lesen sich in Brechts Darstellung so: „Einmal, als es ihm schlecht ging, fing er an zu stehlen. Er stahl überall, wo er hinkam. Bei ihren Eltern, ihrem Bruder usw. Ja, er brach sogar bei ihren Eltern ein (in den Schrank). Jetzt ist er wieder irgendwo verkracht. Er hatte aus einer Firma, wo er die Prokura hatte, Geld gestohlen, glatt aus der Kasse und auch sonst, und jetzt drohte er, wenn man ihn anzeige, die unsaubern Machenschäftchen der Firma anzuzeigen."[32] Für Brecht war dieser Mann das „Schwein Malchus". Auf diese Weise besang er ihn in einem Lied, das in die „Hauspostille“ einging. Besungen wurde im Stil der Moritat und des Bänkelsangs der unangebrachte Ehrgeiz eines Schweins, die Liebe zu erringen. Auf diese Weise rächte sich der Dichter, daß Recht noch immer vor Brecht ging.

2

Weil's dem Schwein noch nie so war
[Erste, grüne Liebe!]
Liebte es mit Haut und Haar.
Und bekam nur Hiebe.

Er verhöhnte die Versuche Rechts, Marianne durch großzügige Geschenke für sich zu gewinnen, und machte sich über dessen Rachedrohung lustig.

14

Und so legt nun diese Sau
Auf 'ner kleinen Wiesen
Tieferschüttert seiner Frau
Afrika zu Füßen.

15

Und diktiert zur selben Stund
Daß es einfach alle
Die ihm diesen Seelenbund
Störten, niederknalle.[33]

Seinen Roman mit Mar hat Brecht in den „Tagebüchern“ festgehalten. Was es bei ihm ganz selten gibt, daß er nicht nur Vorgänge, sondern auch seine Stimmungen und inneren Widersprüche beschreibt, geschieht hier ebenso ausführlich wie rücksichtslos offen. Er, der auch in seinen späteren Werken kaum Autobiographisches verwandte, gibt hier einen Einblick in sein Privatleben, in seine Intimsphäre, daß man geneigt ist, in der so freimütigen Darstellung des Verhältnisses mit Marianne einen Schlüssel zu psychischen Innenräumen zu sehen. Doch gerade das ist nicht der Fall. Die Marianne-Episoden in den „Tagebüchern" als schonungslose Selbstenthüllung aufzufassen wäre ein Trugschluß, dem man indessen sehr leicht verfällt, weil Brecht einige seiner Charakterzüge genau wiederzugeben versteht. Doch legt er sie eigentlich nur dar, um eine Rolle aufzubauen, in der er sich gern gesehen hätte. Er führt einen Wunschcharakter vor, der allerdings weit negativer und abstoßender gezeichnet ist, als sich Brecht in dieser Affäre tatsächlich verhielt. Die Marianne-Episoden sind eine Art Konfliktabwehr. Seine Schwächen, seine Verletzlichkeit funktionierte er in Eigenschaften um, die ihn unempfindlich machen sollten gegen Konflikte, in die er immer wieder hineingeriet. Das alles ist, ob bewußt oder unbewußt, sehr raffiniert eingefädelt und sicher eine Falle für jeden, der sich hier biographischen Aufschluß erhofft. Nicht, daß Brecht die Spuren verwischte, die in sein Inneres führen, er lenkte sie in die falsche Richtung. Nur indem man dieses Manöver durchschaut, gewinnt man Aufschluß über die psychische Befindlichkeit des jungen Brecht.

Daß es sich hier nicht um eine reine, unverstellte Selbstdarstellung handelte, geht schon aus der literarischen Anlage, aus der Komposition hervor. Als eine Art Motto für seine eigene Rolle wählte er einen Satz, den er in einer Biographie von Meier-Graefe über Delacroix gefunden hatte: „Bei ihm schlug ein heißes Herz in einem kalten Menschen."[34] Brecht bemerkte dazu: „Wenige Aussprüche über die Kunst haben mich ebenso gepackt wie Meier-Graefes Satz über Delacroix."[35] Ihn faszinierte dieser Zwiespalt der menschlichen Natur, weil er versuchte, seine eigene psychische Veranlagung, den raschen Wechsel von Explosivität und Gleichgültigkeit, beherrschen zu lernen. Insofern mischten sich auch in den Marianne-Episoden Versuche psychologischer Selbstanalyse mit dem Aufbau eines Wunschcharakters. Die Literarisierung der Vorgänge hob er dann auch noch durch einen „Kommentar“ hervor, wie der Mar-Roman zu lesen, die auftretenden Personen in ihrer charakterlichen Grundfunktion zu verstehen seien: „Worauf man bei einer Schilderung der Marianne-Geschichte das sorgfältigste Gewicht legen müßte, das ist die merkwürdige Färbung des Milieus. Hier kommt eine Frau vor, die ihrer Abstammung nach eine (in sich vollendete) Kreuzung spanischer Adeliger und tschechischer Juden ist, ferner ein Mann, der halb Jude, halb Böhme (wenn ich nicht irre) ist, und ihre Geschichte (denn vielleicht ist es wirklich *ihre* Geschichte) spielt in einer kühlen, fast nüchternen Zone, für die man, um sie besser sichtbar zu machen, etwa den Schwarzwald wählen könnte. Denn der dritte Beteiligte, in dessen Zone sie spielt, ist eine im Vergleich zu jenen fast trockene und einer romantischen Entwicklung der Fabel hartnäckig entgegenarbeitende Natur. Welche Verwicklung der Gesichtslinien noch gefördert wird dadurch, daß der letztere der Literat ist, diesmal nicht was seine Handlungen, wohl aber was seine Auffassung bestimmt. Der Halbjude ist Geschäftsmann, die Frau Opernsängerin, der junge Mann Literat, der Geschäftsmann wünscht ihren Geist, der Literat ihren Körper zu besitzen, der Geschäftsmann ist Idealist in der Rede, Zyniker in der Tat, der Literat umgekehrt. Der Literat ist unsympathisch in dieser Geschichte, weil er nichts tut und weil er ein Literat ist. Der Geschäftsmann sympathisch, weil er um seinen Kopf kämpft. Die Frau bleibt in Dunkel gehüllt und sieht selbst auch nichts.“[36]

In der Darlegung der äußeren Vorgänge verfuhr Brecht schonungslos offen, ohne von den realen Begebenheiten abzuweichen, doch stets darauf bedacht, eine Story zu erzählen, die es ihm ermöglichte, bestimmte Haltungen vorzuführen. Die Story, eine Dreiecksgeschichte, läßt sich nach Brechts Tagebuchaufzeichnungen so erzählen:

B. liebt die schöne Sängerin M., die mit dem Geschäftsmann R. verlobt ist. Als R. den Rivalen bemerkt, macht er seinen Anspruch auf M. deutlich. Doch M. ist jetzt bereit, B. zu heiraten, der aber gesteht sich ein: „... ich kann nicht heiraten. Ich muß Ellbögen frei haben, spucken können, wie mir's beliebt, allein schlafen, skrupellos sein."[37] M. bleibt weiterhin bei R. Daraufhin wirft ihr B. vor, eine Hure zu sein. M. wird von R. schwanger. B. hält R. für einen „Vergewaltiger". M. läßt das Kind abtreiben. R. drängt auf Entscheidung und fordert von B. Konsequenzen. M. ist wieder schwanger, diesmal erwartet sie ein Kind von B. Der ist verzweifelt: „Ich habe schon ein Kind, das unter den Bauern aufwächst, mag es dick werden und weise und mich nicht verfluchen! Aber jetzt reißen sich die Ungeborenen um mich!!"[38] B. ist empört, daß M. noch immer mit R. schläft. Aussprache zwischen B. und R. Letzterer ist über den Verlauf der Dinge erschüttert und weint: „Es war mir nicht vergönnt, diese Frau glücklich zu machen. Tun *Sie* es!"[39] B. macht M. klar, daß er sie nicht heiraten kann. M. verspricht R., daß sie ihn heirate, wenn R. sie in Ruhe lasse. R. redet mit B. und erklärt ihm, er sei zuckerkrank, sterbe bald, aber er könne nicht auf diese Frau verzichten. B. über R.: „Er ist so alt. So abgenutzt, schmierig, elend, er entblödet sich nicht, mich mit seinem Aasgeruch zu schrecken, mich mit seinen Selbsterniedrigungen zu belästigen, er bürdet mir die Sorge für sich auf, und seine Taktik ist nicht besser, wie seine wirklichen Rechte es sind."[40] B. gesteht sich ein, daß er zeitweise gar nichts für M. empfinde, Bi stehe ihm näher. R. redet mit M., die ihm verspricht, daß sie ihn heiraten werde. R. redet M. ein, sie sei zu genial für das bürgerliche Leben, sie könne nicht arm leben. Dagegen argumentiert B.: „Du mußt mit *zwei* Kindern hinaufkommen! Warum schätzt du dich so nieder ein? Heirate wenigstens einen Milliardär! Aber ich sage dir: wenn du in den Wehen liegst, ist dir meine Hand wichtiger als der Beifall Wiesbadens! Um Befriedigung von der Kunst zu haben, muß man mit Leib und Seele Kunst machen, und dazu muß man Leib und Seele noch haben!"[41] R. kommt zu B. und bringt einen Brief von M., darin steht, sie heirate R. Nunmehr diktiert B. der M. einen Brief, in dem es heißt, daß sie ein Kind von B. trage, aber B. verlasse, obwohl er sie bäte, bis zur Geburt des Kindes bei ihm zu bleiben. B. läßt M. weggehen; er erhält aber bald einen Brief von M. Darüber B.: „Aber jetzt schreibt sie, zwei Tage unten, ich solle kommen, niemand wüßte es, sie bringe mir das Essen jeden Tag. Das beeinträchtigt mein Vergnügen. Ich soll in den Wäscheschrank. Durch den Lieferanteneingang. In ein Ehebett. ‚Der Herr als Diener' oder ‚Weit gebracht ...' Ich winke heftig ab."[42] M. kommt und gesteht, R. habe versucht, sie zu vergewaltigen, sie sei schwach gewesen. „Er sei in ihr gewesen, aber sie sei so gewesen, daß er nicht konnte."[43] R. benachrichtigt Bi in Augsburg, daß B. es mit zwei Frauen halte. Bi trifft sich mit M. Als B. davon erfährt, ist er bereit, Bi zu heiraten. Bi lehnt ab. M. löst sich von R.

Was Brecht hier schildert, ist das durchaus echt erlittene Dilemma, einer Frau zugetan zu sein, die heiraten und materiell gesichert sein will, die er nicht aufgeben, aber auch nicht heiraten möchte, weil er gegenwärtig jede Bindung als verhängnisvoll empfindet. Dazu kam, daß er sich zwischen zwei Frauen nicht entscheiden konnte – eine Grundkonstellation seines Lebens. Er ging neue Bindungen ein, konnte sich aber von den alten nicht lösen. Dadurch geriet er immer stärker in mißliche, quälende Situationen, denen er in keiner Weise gewachsen war. Aus dieser Spannung entstand der Wunsch, über charakterliche Eigenschaften zu verfügen, mit denen er solche Situationen souverän durchstehen konnte. Gerade weil es ihm nicht möglich war, sich in seinen Frauenaffären so überlegen-berechnend zu verhalten, stilisierte er sich in der Dreiecksgeschichte B.–M.–R. auf diese Weise. So denkt er gleich zu Beginn des „verfluchten Romans“ mit Mar darüber nach, wie er sich dazu stellen würde, wenn Marianne sich nun ganz für ihn entscheide, ihn heiraten wolle: „Aber wenn ich mich in die Schale zurückziehe (und Eisluft abfließt), fällt sie um und hat blaue Hände, kann nicht mehr heran.“[44] Seinen Wunschcharakter baut er weiter aus, wenn er schildert, wie er sich gegenüber seinem Rivalen Recht verhält. „Ich rauche, verbreite eifrig Ruhe“[45], oder: „Ich aber laufe gleichgültig und trottend mit, mit gleichem Gesicht, im Bett genießend und ohne Verantwortung, betrügerisch vielleicht, fähig, über meine Verhältnisse hinauszustoßen, ziemlich kalt, ganz unpolitisch.“[46] Dann wieder charakterisiert er sich als „Quartalsquäler“, der gar nicht anders kann als böse sein. Und immer wieder die Vokabel „kalt“: „Ich gehe, ohne ihn zu sehen, kalt neben Mar hinauf“[47]; „Ich gehe fast stumm, trocken, nüchtern neben ihm her.“[48]

Seinen Rivalen schildert er als einen durch die Ereignisse völlig aufgelösten, enthemmten Charakter, ebenso hilflos wie rücksichtslos, flennend wie drohend, sich zu allem bereit erklärend, wenn er nur die Frau behält. Wenn Brecht auf die stundenlangen Gespräche mit Recht eingeht, schreibt er immer, Recht rede und rede, er rede früh und am Abend wieder, stundenlang. Angeführt werden kitschige Liebesbekenntnisse von Recht und seine Beteuerungen, welche Verantwortung er für Marianne trage, daß der andere aber gar nicht daran denke, Konsequenzen zu ziehen. Wenn man sich der Schilderungen erinnert, die Paula Banholzer, aber auch Marianne Zoff von Brechts Unterredungen mit seinen oft eingebildeten Rivalen geben, muß man annehmen, daß es eher Brecht war, der diese Reden hielt, daß er sich nicht scheute, in der Auseinandersetzung Wendungen zu gebrauchen, die er dann Recht in den Mund legte. Eines war er in diesen Gesprächen bestimmt nicht: kalt, gelassen, trocken. Weit mehr entsprachen seinem Charakter unkontrollierte Haßausbrüche, die sich selbst gegen die geliebte Frau richteten. Empfindsame Liebesgeständnisse wechselten mit ungehemmten Haßanfällen, die so vernichtend waren, daß eigentlich gar keine Gemeinsamkeit mehr möglich schien. In den entsprechenden Eintragungen streift er dann auch alle Literarisierung ab und kommt ganz ungewollt zu einer echten Selbstdarstellung. Insofern ist die Stilisierung auf einen Wunschcharakter hin nicht durchgehalten. Er schildert hier auch ganz unverstellt seine Gefühle und seine seelischen Nöte:

„So sind die guten Geister von der Marianne Zoff gewichen, daß es anfing mit Herumlaufen und endete mit einem Kinderleichlein im Lavor! Die Hure sollte kein Kind haben, mein Kind ging von ihr, da sie kein reines Herz hatte!

Ich trottete heim, als ob ich einen Schlag vor die Stirn gekriegt hätte. Das Erlebnis der Gemeinheit! Ich könnte das Mensch erwürgen. Es ist das Schmutzigste, was ich erlebt habe, aber ich kenne mich nicht aus darin. Ich habe ihr tausendmal gesagt: Das kannst du nicht. *Du* nicht. Das ist die Quittung. Jetzt kann sie hinuntergondeln: *ohne* Belastung. *Das* hat sie gewollt! Alles andere war Attitüde in Bühnenbeleuchtung bei Kaffeehausmusik. *Das* hat sie *eigentlich* gewollt! Nie habe ich den Schwindel des Hurentums: die Romantik, so nackt gesehen. So entlädt sich die schwangere Hure! Und diesen gesprungenen Topf, in den die Abflüsse aller Männer rinselten, habe ich in meine Stube stellen wollen! *Da*her ihre wütende Angst, verlassen, durchschaut, entlarvt, verlassen zu werden, ihre verzweifelte Hoffnung, ein neuer, unerhört starker Zustand sei nötig, sie noch dem Hurentum zu entwinden, zu entlisten, abzuraufen! Heraus aus mir! Heraus! Heraus! Jetzt sie als Hure benutzen lassen, den andern hinwerfen, dem R[echt] überlassen! Jetzt, wo sie sagen wird: jetzt ist alles gleich!“[49]

Während des Romans mit Marianne verliefen Brechts Beziehungen zu Paula Banholzer nicht weniger kompliziert. Trotz der beträchtlichen Energie, die er aufbrachte, um Marianne zu gewinnen und sie dem Geschäftsmann Recht zu entreißen, dachte er gar nicht daran, auf Bi zu verzichten. Nach wie vor fühlte er sich ihr verbunden und erwartete auch, daß sie ihm in Nürnberg treu blieb. Doch die Dinge liefen anders. Im Hause ihrer Arbeitgeberin lernte sie einen jungen Mann kennen und lieben. Als Brecht davon erfuhr, reiste er sofort nach Nürnberg, um sie wieder für sich zu gewinnen. Doch das erwies sich keineswegs mehr als so einfach wie bei Konflikten in vergangenen Jahren. Paula Banholzer betrachtete sich mit dem jungen Mann als verlobt und wollte sich keineswegs von Brecht beeinflussen lassen. Als Brecht Bi in dem Hause aufsuchte, wo sie als Erzieherin tätig war, konnte es nicht ausbleiben, daß er auch mit ihrem Verlobten zusammentraf, der hier als Untermieter wohnte. Da Brecht nicht gleich zum Zuge kam, mietete er sich durch freundliches Entgegenkommen der Hausherrin ebenfalls hier ein. Nunmehr begann er seine systematischen Beeinflussungen, um Bi rumzukriegen. Doch erst als der Verlobte seinen Dienst antreten und das Haus verlassen mußte, so Paula Banholzer in ihren Erinnerungen, gelang es Brecht, sie wieder ganz für sich einzunehmen. „Ich fühlte mich zwischen den beiden Männern hin- und hergerissen, war aber nach wie vor entschlossen, meine Verlobung nicht zu lösen. Was half's – Brecht blieb in Nürnberg. Er setzte zu weiteren Vorträgen an, pausierte kurz und wählte ein neues Thema, das er immer ganz geschickt in einen Zusammenhang mit unserer gemeinsamen Zukunft zu setzen verstand. ... Nach fünf Tagen versprach ich ihm, meine Verlobung zu lösen. Brecht war am Ziel."[50] Bi war Brecht in einer Weise hörig, daß sie keiner seiner Werbungen auf die Dauer widerstand. Schenkt man ihrer Darstellung Glauben, so ist es wirklich erstaunlich, wieviel Zeit

Brecht aufbrachte, um seine vielfältigen Liebesverhältnisse in der Balance zu halten. In den späteren Jahren verliefen seine Beziehungen zu Frauen nicht einfacher, so daß sich bei ihm ein ausgesprochener Horror vor Affären ausprägte; sich klärend einzuschalten, empfand er zunehmend als lästig, als unzumutbar in Hinsicht auf seine Arbeit. Jetzt aber war für ihn die Angelegenheit mit Paula wieder in Ordnung. Er fuhr zurück nach München, wo der konfliktreiche Roman mit Marianne Zoff weiterging. Bald darauf mußte Paula Banholzer wegen der Erkrankung ihres Vaters das Nürnberger Arbeitsverhältnis aufgeben. Sie kehrte nach Augsburg zurück, Brecht zeigte sich um sie besorgt und besuchte sie oft. Als Paulas Vater starb, war es Brecht, der die Todesanzeige aufsetzte und die Grabstelle für den Mann aussuchte, der ihn so gehaßt hatte.

Paula Banholzer blieb in Augsburg und nahm eine Stelle als Kontoristin bei der M. A. N. an. Die Inflation machte die ehemals wohlhabende Familie mittellos. Jetzt mußte die Tochter arbeiten, um für sich und die Mutter aufzukommen. Ihr Verhältnis zu Brecht dauerte bis in das Jahr 1923 fort. Er nahm sie auf seine Reise nach Berlin mit, fuhr mit ihr nach Hamburg, gemeinsam besuchten sie Helgoland. Da aber seine Beziehungen zu Marianne Zoff einen sehr dramatischen Verlauf nahmen, konnte es nicht ausbleiben, daß auch Paula Banholzer davon erfuhr. Eines Tages rief Brecht sie an und bat sie, wenn sich bei ihr ein Herr melde, solle sie weder bereit sein, ihn telefonisch zu sprechen, noch ihn empfangen. Alles weitere werde er ihr später mitteilen. Inzwischen hatte der durch Brecht immer mehr entnervte und völlig verzweifelte Recht versucht, Paula Banholzer über Brechts Anspruch auf seine Verlobte zu informieren. Es gelang ihm, bis zu ihr ins Kontor vorzudringen und sie zu sprechen. „Er stellte sich als ein gewisser Recht, der Verlobte von Marianne Zoff, vor, und eröffnete mir, daß seine Braut – ich möge seine Verzweiflung verstehen – ein Kind von Brecht erwarte."[51] Bi, die eben erst ihre Verlobung aufgekündigt und sich alle Gedanken an einen anderen Mann aus dem Kopf geschlagen hatte, war entsetzt. Recht überzeugte sie, daß Brecht sogleich zur Rede gestellt werden müsse. Sie fuhr nach München und traf sich dort mit Marianne Zoff. In einem Café in der Maximilianstraße saß dann Brecht den beiden Frauen gegenüber. Sie stellten ihm die Frage, für welche er sich denn nun entscheiden wolle. Paula Banholzer schilderte diese für alle, insbesondere aber für Brecht höchst peinliche Situation so: „Als wir dann endlich Brecht gegenübersaßen und beim Kellner Tee bestellt hatten, ergriff Marianne Zoff das Wort. Sie war älter als ich, wie ich zu meiner Freude merkte, und konnte ihn wesentlich besser zur Rede stellen. … Marianne Zoff hielt ihm dann eine lange Moralpredigt und ließ ihn dabei nicht zu Wort kommen. … Abschließend sagte Marianne, daß sie auf ihn verzichte, und verließ ohne Gruß kurzerhand das Lokal."[52] Nun endlich aus der peinlichen Lage erlöst, ging Brecht sogleich dazu über, wieder mit Bi ins reine zu kommen. Doch auch sie verabschiedete sich. Als sie abends im Zug nach Augsburg zurückfuhr, drängte sich Brecht in ihr Abteil – Marianne Zoff hatte ihr das vorausgesagt – und warb, ohne sich dabei um die Leute im Abteil zu kümmern, erneut um ihr Vertrauen. Wieder gab Paula Banholzer nach. Er versprach ihr, daß er sie heiraten würde. Doch bereits nach einigen Wochen gestand er ihr, Marianne Zoff lasse ihm keine Ruhe, er müsse sie heiraten. Sobald das Kind auf der Welt sei, werde er sich aber wieder von ihr scheiden lassen. Am 3. November 1922 heirateten Brecht und Marianne Zoff in München. Lion Feuchtwanger und Otto Müllereisert waren die Trauzeugen.

Auch nach der Eheschließung gingen die Beziehungen zu Paula Banholzer weiter. Doch sie schien es nunmehr satt zu haben, sich ständig von Brecht vertrösten zu lassen. 1924 heiratete sie den Kaufmann Hermann Groß. Daß Brecht auch hier wieder einzugreifen und den neuen Partner zu verdrängen suchte, klingt eigentlich unglaubhaft, da er inzwischen neben Marianne Zoff neue Bindungen eingegangen war und sich aus der Augsburger und Münchner Welt längst verabschiedet hatte. Doch zieht man in Betracht, wie er sich ein Leben lang in solchen Lagen verhielt, ist die Konstellation durchaus denkbar. Er konnte sich von keiner Frau, der er zugetan war, wirklich trennen. Andererseits wäre auch der Haß nicht zu verstehen, den Paulas Ehemann zeitlebens gegen Brecht hegte. Noch im Alter empfand er es als großen Triumph, daß Brecht vor ihm starb. Gegenüber seiner Frau höhnte er: „Nun ist der Hund doch noch vor mir gestorben."[53]

Es ist müßig, darüber zu reflektieren, ob Paula Banholzer die Frau gewesen wäre, die an Brechts Seite hätte bestehen können. In ihrem Denken und in ihrer Haltung blieb sie der kleinbürgerlichen Welt verhaftet. Ihren Gewohnheiten fügte sie sich, wie sie sich vormals dem Vater gefügt hatte, als er so rigoros die Weichen ihres Lebens stellte. Der wirklich Leidtragende ihrer Beziehung war der Sohn Frank. Der Haß, den einst Paulas Vater bewog, Brecht die Tochter zu verweigern, veranlaßte Hermann Groß, von seiner Frau zu verlangen, das Kind nicht mit in die Ehe zu bringen. Frank wurde erst nach Wien zu Marianne Zoffs Eltern gegeben; später lebte er auch bei Paulas Mutter. Brecht, der sich zunächst sehr um den Sohn gekümmert hatte, verlor ihn mehr und mehr aus den Augen, als spiele er seit dem Weggang der Bi keine Rolle mehr in seinem Leben.

Die mißlungene Eroberung Berlins

Am 21. Februar 1920 fuhr Brecht zum erstenmal nach Berlin. Mit seinen zweiundzwanzig Jahren kannte er noch immer nicht viel mehr als seine Heimatstadt und München. Doch war es nicht Reiselust, was ihn nach Berlin trieb. Reisen empfand er nie als unmittelbares Bedürfnis. Dazu mußte es einen Anlaß geben: Brecht suchte einen Ausweg aus seiner mißlichen Lage.

Fritz Kortner hat in seinen Memoiren beschrieben, wie sich viele junge, unzufriedene Menschen in den Nachkriegsjahren von Berlin eine Wende in ihrem Leben erhofften. Nach Berlin habe es Ernst Toller ebenso wie Carl Zuckmayer, den zurückgekehrten Fliegeroffizier Hermann Göring ebenso wie den militäruntauglichen Joseph Goebbels gezogen. Ausschlaggebend dafür war, daß Berlin immer mehr der Ort wurde, wo die Entscheidungen fielen. Das galt für die Kunst ebenso wie für die Politik. Wer in der Kunst Einfluß gewinnen wollte, mußte sich in Berlin erproben. München, das geistige Zentrum der deutschen Vorkriegsliteratur, verlor zunehmend an Bedeutung. Was die Isar-Stadt bis zum Auszug der Literatur- und Kunstprominenz gewesen war, beschreibt Arnolt Bronnen: „Und wie vor einem Abschied war an der Isar noch einmal alles zusammengekommen, was geistiges, künstlerisches Leben in Deutschland hieß. Im Hofgarten wimmelte es von Autoren, deren Namen die Buchläden schmückten. Man konnte mit René Schickele, Josef Ponten, Otto Flake, Wilhelm Schmidtbonn Kaffee trinken, mit Roda Roda und Rößler Billard spielen, und man konnte feststellen, daß in und um München fast die ganze deutsche Literaturgeschichte, angeführt von Thomas Mann und abgeführt von Hanns Johst, wohnte. Da gab es Theaterenergien wie den roten Recken Albert Steinrück und den feinnervigen, gebildeten Erich

Engel. Da gab es die revolutionäre Münchner Jugend, deren Sprecher Johannes R. Becher war. Da gab es den klugen, den unvölkischen Beobachter Lion Feuchtwanger, Schnittpunkt von Theater, Literatur, Publizistik."[54] Im ersten Drittel der zwanziger Jahre veränderte sich das Bild. Die Namen, die München den Glanz der Kunststadt verliehen hatten, fanden sich nun in Berlin.

In Berlin wurde das Kolorit der zwanziger Jahre geprägt. Hier vollzog sich alles einen Grad schärfer, deutlicher, unbarmherziger. Reichtum und Elend, unerschrockene Wahrheit und schamlose Lüge, Vergnügen und Ausweglosigkeit, Lust und Verderbnis lagen enger zusammen. Diese Stadt mit ihren Kontrasten wurde ebenso heftig gehaßt, wie sie geliebt wurde. „Eine ewig fluktuierende, wechselnde, in des Wortes wahrster Bedeutung hin- und herschiebende Schicht hat Geld. (Nicht Vermögen)", schreibt Tucholsky über das Berlin von 1920. „Und wer gerade Geld hat, gibt den Rahmen ab in den Filmpremieren, in Bars, wo nackt oder so getanzt wird, als sei mans, in den tiefen Lederautos, in Hotels und Weinstuben. Reiche Leute sind ja als Erscheinung nur erträglich, wenn der Geist das Geld – olet! olet! – ein wenig verwischt hat. Hier stehts auf allen Stirnen: Vadienen! – Nackt und brutal und mit einem saubern kleinen Willen zur Diktatur. (Die ja auch besteht, ohne daß auch nur einer zetert.) ... Einmal am Abend ein bißchen Glanz, nicht immer das Grau, einmal Musik und Wein und Blitzen ... Und unmittelbar daneben stinkt das Elend ... Was tun die Arbeitslosen –? Sie vertieren. Denn ein Volk geht nicht wie ein Panzerschiff unter. Es verlaust. Und ganz merkwürdig ist der Haß der Reichen gegen die Armen und vor allem gegen die Arbeiter. Wo früher noch Mitleid war – sentimentales, unnützes Mitleid, ist heute blanker Haß. Vermischt mit Angst. Werden sie uns am Kurfürstendamm etwas tun –? Gott sei Dank, noch haben wir die Sicherheitswehr ..."[55]

Das unsentimentale, mitleidlose Berlin entsprach Brecht mehr als Augsburg und München. Es präsentierte sich ihm als eine „wundervolle Angelegenheit“. Seinem Freund Caspar Neher, der eigentlich mit ihm reisen sollte, schrieb er sogleich, ob er nicht irgendwie 500 Mark stehlen könne, um nach Berlin zu kommen. Hier sei zwar alles schrecklich überfüllt, aber hier fände man Format. Mit ihrem ersten Eindruck nahm ihn diese Stadt für sich ein. Dabei blieb seine Sicht merkwürdig unkritisch. Denn Berlin machte zu Beginn des Jahres 1920 einen tristen Eindruck. Das sprichwörtliche Leben der zwanziger Jahre hatte noch nicht begonnen. Der Stadt und ihren Menschen sah man noch die Entbehrungen des Krieges an. „Die Menschen waren nervös und schlecht gelaunt, die Straßen schmutzig und von verkrüppelten Bettlern bevölkert, Blindgeschossenen und Beinlosen, über die es mit hastigen Schritten in Halbschuhen oder Stiefeletten dahinging, so wie George Grosz und Otto Dix das gemalt haben.“[56] Obwohl Brecht von Jugend auf genau zu beobachten verstand, besaß er damals keinen Blick für die sozialen Verhältnisse. Was George Grosz mit beißender Schärfe herausstellte, worauf der Kreis um Wieland Herzfelde und den Malik-Verlag aufmerksam machte, berührte ihn kaum. Ihn lockte der Betrieb, ihn begeisterte das Tempo. Im gleißenden Licht immer neuer Eindrücke erwachte die alte Lebensgier.

Einen ersten Unterschlupf fand Brecht bei Frank Warschauer in der Eislebener Straße 13. Warschauer hatte in München studiert, und von daher kannte ihn Brecht. Wahrscheinlich hatte Brechts Freundin Hedda Kuhn, die jetzt gleichfalls in Berlin lebte, die beiden miteinander bekannt gemacht. Warschauer schrieb Filmkritiken, las viel und war von vielem begeistert. Beeindruckt von Spenglers „Untergang des Abendlandes“, hielt er die deutschen Verhältnisse für sehr brüchig und blickte nach Palästina. Von ihm sagte Brecht: „Er hat zuviel Zeit in sich, er wickelt in alle Verhältnisse Sinn, er glaubt an Fortschritt und daß ein Lurch eben nicht anders kann, als irgendeinmal ein Affe werden."[57] Beide müssen sich sehr gut verstanden haben. Warschauer lud Brecht immer wieder ein. Ein halbes Jahr nach dem Berlinbesuch schickte er ihm eine Einladung nach Baden-Baden und bezahlte ihm großzügig die Bahnfahrt. Finanziell stand sich Warschauer nicht schlecht. Seine früh verstorbene Mutter, eine bekannte Pianistin, hatte ihm eine auskömmliche Rente hinterlassen.

Frank Warschauer und Hedda Kuhn werden es auch gewesen sein, die Brecht auf Künstlerfeste mitnahmen und in Klubs einführten. Auf dem Kostümball im Kunstgewerbemuseum lernte er Dora Mannheim kennen, mit der sich nach dem Berlinaufenthalt ein Briefwechsel voll verliebter Anspielungen und Witzeleien entspann. Weniger erfolgreich war indessen Brechts Versuch, seinen „Baal" bei Kiepenheuer in Potsdam unterzubringen. Hermann Kasack, der damals Lektor bei Kiepenheuer war und durchaus von Brecht etwas hielt, ging auf das Angebot nicht ein. Auch die Bemühungen, mit dem Stück am Deutschen Theater anzukommen, scheiterten.

Brecht blieb nur kurze Zeit in Berlin. Am 13. März 1920 besetzte die konterrevolutionäre Brigade Ehrhardt den Tiergarten. Die Polizeiabteilungen zogen sich kampflos zurück. Die SPD-Regierung floh aus Berlin. Die Arbeiter traten in den Generalstreik. Post und Eisenbahnen wurden stillgelegt. Brecht erwischte am Potsdamer Bahnhof einen der letzten D-Züge. Auf Umwegen erreichte er am 14. März nach fünfzehnstündiger Bahnfahrt München. Am Abend ging er zu Karl Valentin ins Kabarett und „wälzte" sich vor Lachen. Der Kapp-Putsch hinterließ wie die Münchner Ereignisse von 1919 keinen tieferen Eindruck. Er floh vor den politischen Kämpfen, um sich der Literatur und Kunst widmen zu können. Auch in seinen Briefen spielten die politischen Ereignisse keine Rolle.

Die Atmosphäre seiner nächtlichen Rückfahrt nach München schilderte Brecht detailliert in einem Brief an Dora Mannheim. Nicht beschrieben hat er die Hinfahrt, auf der ein Gedicht entstand, das allein genügt hätte, seinen Namen unvergeßlich zu machen. Auf der Rückreise hing er lieblichen Gefühlen nach, auf der Hinreise machte er Kunst. Er schrieb das „Sentimentale Lied Nr. 1004", das später den Titel „Erinnerung an die Marie A." erhielt.

Die Erinnerung an seine erste Liebe Marie Rose Aman bildete nur mehr das auslösende Moment für den poetischen Vorgang. Das Gedicht selbst ist trotz des konkreten biographischen Bezugs nicht der unmittelbaren Erlebnislyrik zuzuzählen. In seiner Erinnerung taucht das Gesicht der Geliebten gar nicht auf. Das, was ihn einst entzückte, wird nicht mehr zum Bild. Was im Leben bleibt, ist wie die Wolke, ungreifbar, sichtbar nur für Minuten:

3

Und auch den Kuß, ich hätt ihn längst vergessen
Wenn nicht die Wolke dagewesen wär
Die weiß ich noch und werd ich immer wissen
Sie war sehr weiß und kam von oben her.
Die Pflaumenbäume blühn vielleicht noch immer
Und jene Frau hat jetzt vielleicht das siebte Kind
Doch jene Wolke blühte nur Minuten
Und als ich aufsah, schwand sie schon im Wind.[58]

Die großen Glücksgefühle des Menschen sind schnell vergänglich, sie verblassen unversehens und sind nicht mehr erinnerlich. Sie benötigen des Zufälligen, um in Erinnerung zu bleiben. Brecht denunziert die Vorstellung von der „ewigen Liebe" aus der Haltung, der er damals anhing: sich an nichts binden, auf nichts vertrauen, nichts als dauernd betrachten. Alles, worauf die Menschen zu bauen glauben, ist ebenso flüchtig und zufällig wie eine Wolke. Die Wolke, die Brecht hier besingt, gehört in den „Himmel der Enttäuschten“. Das Menschliche, das menschliche Gesicht („Doch ihr Gesicht, das weiß ich wirklich nimmer“), es ist nichts Bleibendes. Weder Schmerz noch Klage gehen in das Gedicht ein. Es sagt nur, daß es so mit den Menschen und der Liebe sei.

Brechts zweite Berlinreise vom 7. November 1921 bis zum 26. April 1922 brachte die Entscheidung, ständig in Berlin zu bleiben. Am Morgen des 7. November – Brecht hatte den Nachtzug benutzt – empfing ihn ein naßkaltes, verregnetes Berlin. Brecht notierte: „Es ist eine graue Stadt, eine gute Stadt, ich trolle mich so durch. Da ist Kälte, friß sie!“[59] Zu bewerkstelligen war der Einstieg in die Theater- und Filmpraxis, in die Verlage. Als aufregend empfand Brecht das Berliner Theaterleben, weniger auf Grund einzelner Inszenierungen, sondern mehr im Hinblick auf die Veränderungen und Erschütterungen, die im gesamten Bereich vor sich gegangen waren. In die ehemalige Hofbühne am Gendarmenmarkt war der Sozialdemokrat Leopold Jessner eingezogen. Seine Klassikerinszenierungen wirbelten mehr Staub auf als die Stücke der jungen Dramatiker. Aus „Wilhelm Tell“, das im wilhelminischen Theater zum nationalen Weihespiel verkommen war, machte Jessner 1919 ein Revolutionsstück. Statt des erwarteten Alpenpanoramas präsentierte er den Zuschauern ein Eisengestänge, in dem die Schauspieler agierten. Zugleich ließ er das Stück auf einer schier endlos erscheinenden Treppe spielen, die als „Jessner-Treppe“ in die Theatergeschichte eingegangen ist. Entsetzt darüber, was man in diesem Hause mit den Klassikern machte, rebellierte das Publikum. Nicht weniger bestürzt, überrascht, begeistert zeigte es sich, als Jessner Shakespeares „Richard III.“ inszenierte. Vor allem Fritz Kortners gewalttätiges Spiel zeigte, wie sich das Theater verändert hatte. „Die Krone auf dem Kopf, doch mit nacktem Oberkörper, blutbeschmiert, stand er auf der obersten Treppenstufe, riß sich seine Krone herunter, warf sie hoch in die Luft, fing sie wieder und sprang dann grätschbeinig, im stampfenden Rhythmus, so als ob er auf einem unsichtbaren Pferde ritte, nein, als ob er reiten wollte, die Treppe hinunter, warf die Krone wieder hoch, schrie gellend über die tobende Musik hinweg, ‚ein Pferd, ein Königreich für ein Pferd!', ließ die Krone die Stufen hinabkollern und warf sich ihr nach, den Spießen der Rächer entgegen."[60] Jessner leitete die Veränderungen ein, die das Berliner Theater der zwanziger Jahre so nachhaltig prägten. Brecht besuchte im November 1921 die neue Jessner-Inszenierung des „Othello" am Gendarmenmarkt. Fritz Kortner spielte einen im Schmerz aufheulenden Othello. Herbert Jhering bezeichnete diese Leistung als das Großartigste, was er auf der Bühne erlebt habe. Brecht dagegen kommentierte: „... glänzend, dünn, humorlos. Das ist ein Graphiker."[61] Doch auch aus diesem Urteil sprach Bewunderung.

Weniger revolutionär als im Theater, in der Musik und Malerei ging es im Film zu, der sich schnell als neues Massenvergnügen entpuppte. 1922 wurden in Deutschland 474 Filme produziert. Gegenüber dem Bahnhof Zoo und der Gedächtniskirche entstanden Filmpaläste, die bis zu dreitausend Zuschauer faßten. Der Reinhardt-Schauspieler Ernst Lubitsch kreierte damals den historischen Film. Streifen wie „Madame Dubarry", „Anna Boleyn", „Das Weib des Pharao", „Danton" führten den Zuschauern die Geschichte als Schau, als Aktionsfeld blindwütender Leidenschaften vor. Die großen illustrierten Zeitungen fütterten ein Massenpublikum mit reißerischen Fortsetzungsromanen, allen voran die „Berliner Illustrierte". Wer hier unterkam, war ein gemachter Mann, denn fast alle Romane der „Berliner Illustrierten" wurden auch verfilmt. Selbst berühmte Romanciers strebten nach Erfolgen dieser Art.

Brecht, von einzelnen Kennern gelobt, aber in der Welt

der Kunst noch nicht zum Zuge gekommen, strebte danach, sich hier durchzusetzen. Dazu brauchte er einflußreiche Leute. Vorerst aber lernte er nur einen jungen Mann kennen, Kommis im Kaufhaus Wertheim, der wie er darauf wartete, daß man seine Stücke aufführte: Arnolt Bronnen. Soeben war in Wolfensteins Jahrbuch „Die Erhebung“ sein Stück „Vatermord“ erschienen. Zu ihrer ersten Begegnung kam es in der Steglitzer Villa des reichen Geschäftsmanns Zarek, dessen Sohn Schriftsteller und gleichzeitig Dramaturg an den Münchner Kammerspielen war. Auf Bronnen machte Brecht schon von seinem Äußeren her einen recht seltsamen Eindruck: „... dürr, trocken, ein stacheliges, fahles Gesicht mit stechenden Punktaugen, darüber kurzgeschnittenes, dunkles, struppiges Haar mit zwei Wirbeln, aus denen strähnige Halme protestierend aufstanden. Der zweite Wirbel drehte sich vorn an der nicht hohen Stirn, warf die Haare über die Stirnkante abwärts. Eine billige Stahlbrille hing lose von den bemerkenswert feinen Ohren über die schmale, spitze Nase herab. Seltsam zart war der Mund, der das träumte, was sonst die Augen träumen.“[62]

In den letzten beiden Monaten, bevor Brecht nach Berlin kam, hatte Bronnen die „Septembernovelle“ und das Schauspiel „Die Exzesse“ geschrieben. Beide Werke waren von einer lasziven Erotik, einer hochgepeitschten Gefühlsanarchie, die jeder intellektuellen Kontrolle entriet. Besonders die „Septembernovelle“ zeigte Züge von Sadismus und Perversion ebenso wie von Chauvinismus. Bei aller Sympathie für anarchistische Geisteshaltung konnte es nicht das Literarische, nicht das Politische sein, was Brecht mit Bronnen verband. Das Politische schon gar nicht, denn Bronnen hing noch in einem Maße nationalistischen Wertbegriffen an, die Brecht schon längst zuwider waren. Was das Publikum in den Werken beider vorzufinden glaubte, war die Gewaltsamkeit des dichterischen Ausdrucks. Deshalb galten sie als die Harten und wurden meist zusammen genannt. Doch ein kluger Kritiker wie Julius Bab erklärte schon damals den Unterschied in dieser Gemeinsamkeit: „... Bronnens Gewaltsamkeit basiert auf einer ehrlichen Roheit, auf einer auffallenden Armut seines Nervensystems. Die Brechtsche Gewaltsamkeit dürfte zum mindesten ihrer Entstehung nach ein künstlich großgezüchtetes Gegengift gegen sehr weiche, sehr reizbare, sehr widerstandsschwache Nerven sein. ... Brecht hat, obwohl er es ungern und nie, ohne dabei auszuspucken, zugibt, sehr im Gegensatz zu Bronnen, etwas wie eine Seele, – ein Organ für jene zwischenmenschlichen Beziehungen, die man Güte, Hilfsbereitschaft, Teilnahme, Treue und am Ende gar Liebe nennt. Die formale Konsequenz dieses inneren Sachverhalts besteht darin, daß Brecht nicht ein wütiger Theaterschreiber wie Bronnen ist, sondern im Grunde *ein Dichter*, nach jener gültigen Definition, die Verlaine gegeben hat: ‚*Musik, Musik* vor allen Dingen – – Und der Rest ist Literatur.'"[63]

In seiner dramatischen Diktion hatte Bronnen viel mit dem Expressionismus gemeinsam, den Brecht ablehnte. Einzig die unverhüllte, aller bürgerlichen Ethik entkleidete Art, wie Bronnen die Beziehungen der Geschlechter darstellte, verband ihn mit der Illusionslosigkeit Brechts. Doch die Nüchternheit gegenüber bürgerlichen Moralvorstellungen wurde bei Bronnen gleich wieder sexualpsychologisch, ja sexualpathologisch verklärt, während sie bei Brecht den Weg frei machte für die Einsicht in soziale Vorgänge. Bronnen neigte damals dazu, die selbstzerstörerische Energie seiner Dramenfiguren auch bei sich selbst freizusetzen. Brecht übersah solche Züge bei dem Freund. Er gehörte zu jenen, die, wenn sie Freundschaft schließen, den anderen mit Eigenschaften ausstatten, die der Betreffende oftmals gar nicht oder doch nur in geringem Maße besitzt. Bronnen selbst hat den Unterschied in der Arbeitsweise, im Denken und Verhalten beschrieben: „Brecht arbeitete in der Entspannung, ich in der Spannung. Brecht spazierte, behaglich an seiner Zigarre schmauchend, durchs Zimmer, hörte sich dabei Argumente und Gegenargumente von Dutzenden von Leuten an, witzelte, zwinkerte und blieb doch unbeirrbar auf seiner Linie. Er ritt seinen Gedanken weiter, bis er ihn, großartig formuliert, gleich vor einem Miniatur-Publikum einem seiner stets anwesenden dienstbaren Geister diktierte. Sein Hirn schien mir ein tintenfischähnliches Saugorgan, sich ständig mit Polypen-Armen Material zuwachelnd. Ich hatte dagegen ein selbsttätiges Gehirn, wie ich es nannte, ich konnte eine Gedanken-Kette andenken, sie dachte sich dann, – in absentia mentis, – weiter, und zwar stets in dialektischer Form. Ich hatte daher genügend Material, ich mußte eher Material abstoßen, wie ich auch während der Arbeit die Spannung von Zeit zu Zeit hinunterschalten mußte. Überdies war ich, zum Unterschied von Brecht, sehr leicht beirrbar. So schien mir unsere Freundschaft höchst problematisch, mehr für mich freilich, weniger für Brecht, der sich aus mir, dem Beute-Gut, möglichst viel anzueignen trachtete."[64]

Sehr bald besaß Brecht genaue Einsicht in die literarische Produktion des Freundes und formulierte sein Urteil: „Fast jeden Tag kommt Bronnen angesegelt, der auch eine Komödie ‚Spiel mit der Bewegung' bringt. Es ist kraftvoll und anmutig, greift tief in die Sprache, ist aber an Poesie und Philosophie schwächer."[65] Sie müssen eine gute Witterung für ihre geheimen Sehnsüchte und Absichten gehabt haben. Fest entschlossen, sich gegenseitig hochzubringen und hochzuloben, besaßen beide für den gegebenen Fall die nötige Portion Frechheit und Unverfrorenheit. Dazu kam bei Bronnen die Eigenschaft, „jedem Menschen unter die Kleidung zu schauen". Brecht entwarf sogleich das Programm, das beide zum Erfolg führen sollte. „‚Wir werden gemeinsam in die Theater und zu den Proben gehen', sagte er, ‚wir werden die Regisseure studieren, werden lernen, wie man es nicht macht. Wir werden die Autoren entlarven, von Alfred Brust bis Shaw und von Zuckmayer – außer du magst ihn – bis Georg Kaiser, den ich mag.'"[66] In keiner Phase seines Lebens ging Brecht so oft ins Theater wie zu dieser Zeit: morgens zu den Proben, abends in die Vorstellung. Beide verhandelten mit Intendanten, Regisseuren und Dramaturgen über Hospitationsmöglichkeiten, oder sie schlichen sich, wie Bronnen erzählt, einfach in die dunklen Theaterräume, tasteten sich von Stuhlreihe zu Stuhlreihe langsam vor, bis sie plötzlich neben dem Regietisch saßen und sich als aufgefordert betrachteten mitzureden. Bald kannte sich Brecht bestens im Berliner Theaterleben aus: „Er hatte noch keinen einzigen Vertrag in der Tasche; aber mit Klöpfer, Krauss, Wegener, George hatte er bereits wegen der Übernahme von Rollen in seinen Stücken verhandelt. Er kannte alle Dramaturgen, wie Reinhardts Felix Holländer, wie Jessners Dr. Lipmann, er kannte die wichtigsten Literaten, wie Ludwig Berger, wie Heinrich Eduard Jacob, und zum mindesten bei drei Verlagen, beim Drei-Masken-Verlag, beim Propyläen-Verlag, beim Kiepenheuer-Verlag, hatte er eine enragierte Anhängerschaft, die sich vom Chef bis zur jüngsten Sekretärin erstreckte."[67]

Was Brecht dreißig Jahre später an seinem Theater einführte, den freien Zutritt von Interessierten zu den Proben, war damals undenkbar. Um in Reinhardts „Traumspiel"-Proben zu gelangen, wandte sich Brecht mit einem Brief an Max Reinhardt, und der mit Brecht befreundete Publizist Stefan Großmann richtete außerdem noch ein Empfehlungsschreiben an den Dramaturgen Arthur Kahane. Die großen Schauspieler, die Brecht damals kennenlernte, Albert Bassermann, Eugen Klöpfer, Werner Krauss, beeinflußten seine literarischen Arbeiten mehr, als man im allgemeinen annimmt. Die Kunst der Verwandlung, die Fähigkeit, in eine Rolle so hineinzukriechen, daß der Eindruck hervorgerufen werden konnte, einem ganz anderen gegenüberzustehen, beherrschte Werner Krauss meisterlich. Sein Spiel, das so ziemlich das Gegenteil von dem war, was Brecht Ende der zwanziger Jahre von einer neuen Schauspielkunst verlangte, bewunderte er zu Beginn des Jahrzehnts. Es regte ihn zu neuen Gestalten, zu neuen Geschichten an. Als Stückplan notierte er: „Der ‚Malvi'-Stoff. Werner Krauss."[68]

Die Unverblümtheit, mit der Brecht in Berlin auf sich aufmerksam machte, blieb durchaus nicht ohne Resonanz. Er wurde als neue starke Begabung herumgereicht. Otto Zarek kam auf die Idee, Brecht, der seine Lieder so wirkungsvoll in Gesellschaft vortragen konnte, zum Kabarett zu „schleppen". Das Kabarett hatte damals seine beste Zeit. Zu den sogenannten „Weiber-Kabaretts" gehörte Trude Hesterbergs „Wilde Bühne". Hier trug Brecht seine „Ballade vom toten Soldaten" vor, das aufreizendste Stück seines Repertoires. Für sechs Vorstellungen erhielt er 500 Mark Honorar. Dem Kabarett fühlte er sich auch weiterhin verbunden. Neun Monate später, am 30. September 1922, startete er in den Münchner Kammerspielen gemeinsam mit dem Dichter Klabund einen neuen Versuch. Für eine Nachtvorstellung schrieben sie das literarische Kabarett „Die rote Zibebe". Die „Zibebe" war die Schnapskneipe des Wirts Glubb aus „Trommeln in der Nacht". Auf der Bühne befanden sich kleine Kabinen. Der Wirt schloß sie auf, und heraus trippelte der jeweilige Darsteller, um seine meist obskure Nummer vorzutragen. In dieser Nachtvorstellung traten Kurt Horwitz, Annemarie Hase, die Grotesktänzerin Valeska Gert auf. Von Valeska Gert sagte die Kritik, daß ihr Kanaillentanz mit Harmoniumbegleitung „die größte Abnormität des Abends" gewesen sei. In dieser Abnormitätenschau waren aber auch die Dichter Klabund, Ringelnatz und Brecht zu sehen, die ihre Gedichte vortrugen. Der zweite Teil des Abends blieb Karl Valentin vorbehalten. Obwohl man vor ausverkauftem Hause spielte, fand die Kritik den Abend zu „angestrengt abnorm“, um den rechten Schwung aufkommen zu lassen.

Brecht setzte die Gepflogenheit seiner Kabarettauftritte fort, bis er einmal eine empfindliche Niederlage erlitt und ausgepfiffen wurde. Das war Ende der zwanziger Jahre auf der kleinen Bühne des Großen Schauspielhauses, auf der sich 1919 das linksstehende Kabarett „Schall und Rauch“ etabliert hatte. Da die Pfiffe sicherlich nicht nur von politischen Gegnern kamen, muß ihn der Vorfall so deprimiert haben, daß er nie wieder daran dachte, sich auf diese Weise einem Publikum zu präsentieren.

Gleich zu Beginn des Jahres 1922 erfuhr Brechts Jagd nach Verbindungen eine kurze Unterbrechung durch einen Charité-Aufenthalt. Er erkrankte an einer Nierenentzündung, und der Verlobte von Hedda Kuhn, der als Arzt in der Charité tätig war, vermittelte eine Einweisung in seine Station. Das unregelmäßige Leben, die Laufereien nach Einladungen und Verbindungen hatten Brechts Körper empfindlich geschwächt. Auch vertrug er keinen Alkohol, den er bei Besuchen und Gesellschaften gewöhnlich angeboten bekam. Bereits bei einem der Kutscher-Feste in München hatte er sich mit einem Hinweis auf seine geringe Trinkfestigkeit in das Gästebuch eingetragen:

Jeder weiß, es ist keiner zu beneiden,
Jeder hat sein Kreuz wie es immer war.
Ich selber habe ein Nierenleiden,
Ich darf nichts trinken seit Tag und Jahr.[69]

Der Krankenhausaufenthalt muß für Brecht eine eher fröhliche als schmerzliche Angelegenheit gewesen sein, wie aus den Berichten seiner Freunde hervorgeht. Von Besuchern und Neugierigen umringt, machte er das Krankenbett zum literarischen Konzil. Hedda Kuhn berichtete, wie sie eines Tages auf der Namenstafel am Fußende des Bettes entdeckte, daß Brecht sich für katholisch ausgab. Auf ihre Frage erklärte er ihr, der katholische Pfarrer sei ein so netter Mensch, mit ihm könne man sich gut unterhalten. Es wird sich hier um Carl Sonnenschein gehandelt haben, den Begründer der sozialen Studentenarbeit und Erneuerer der Großstadtseelsorge. Für solche Menschen, die den Übeln der Welt auf ihre Weise abhelfen wollten, zeigte Brecht ein zunehmendes Interesse.

Während seines Berliner Aufenthalts wurde ihm Hedda Kuhn zunehmend fremd, obwohl sie sich sehr um ihn sorgte und ihn kameradschaftlich unterstützte. Sie besaß nicht die bedingungslose Anhänglichkeit, die Brecht von anderen verlangte, ohne sie selbst aufzubringen. Ursprünglich muß auch sie ihm sehr verbunden gewesen sein, dann aber, als sie merkte, daß aus ihrer Verbindung nichts werden konnte, ging sie ihre eigenen Wege. Brecht trug ihr das nach und setzte sie in seinem „Tagebuch" kleinlich und rachsüchtig herab.[70] Andererseits bewunderte er ihre Entschiedenheit und begriff, daß sie über Qualitäten verfügte, die ihm fehlten.

Die Aufmerksamkeit, die Brecht dem Theater widmete, richtete er auch auf die Verlage. Noch bevor er in den Schauspielhäusern Fuß fassen konnte, gelang ihm hier ein Erfolg. Hermann Kasack, Lektor im Kiepenheuer-Verlag, lud ihn zu einem Verlagsfest nach Potsdam ein. In gutgelaunter Gesellschaft sang Brecht wieder seine „Ballade vom toten Soldaten". Vorerst aber kam es – vor allem durch die Fürsprache Klabunds, den Brecht von München her kannte – zu einem Vertragsabschluß mit dem Verlag Erich Reiss. Klabund war, neben Johst und Feuchtwanger, einer der ersten in der Öffentlichkeit bereits anerkannten Dichter, zu denen Brecht persönlichen Kontakt fand. Vom Verlag Erich Reiss erhielt Brecht ein monatliches Fixum von 750 Mark, wofür er dem Verlag Balladen, Gedichte und ein

Stück überließ, an dem er gerade schrieb. Während dieser Zeit verhandelte er eigentlich mit drei Verlagen zugleich. Den Vertrag von Reiss erbat er sich wieder zurück, um ihn Kasack zu zeigen. Kiepenheuer bot 800 Mark. Weiter wollte er mit dem Drei-Masken-Verlag sprechen und dort 1000 Mark fordern. Dann aber überlegte er, ob es nicht besser sei, wenn er Kiepenheuer auf 1000 Mark treibe. Später schloß er mit Kiepenheuer ab.

Von den Verbindungen, die Brecht in Berlin anknüpfte, war sicherlich die zu Herbert Jhering, dem Antipoden Alfred Kerrs, die wichtigste und dauerhafteste. Bronnens Erinnerungen zufolge hat allerdings nicht Jhering Brecht, sondern Brecht Jhering für sich entdeckt. Das erste Zusammentreffen fand anläßlich einer Aufführung des Stücks „Persephone" von Paul Gurk im Februar 1922 statt. Gurk hatte im vorangegangenen Jahr den Kleist-Preis erhalten. Das Stück jedoch enttäuschte. „Da kam in der Pause, sichtlich gelangweilt, der Theaterkritiker Herbert Jhering an ihnen [Bronnen und Brecht – W. M.] vorbei. Er nickte Bronnen, den er flüchtig kannte, freundlich zu. ‚Wer ist der', wollte Brecht wissen. Als Bronnen den Namen nannte, stand Brecht sogleich auf: ‚Du, den muß ich sprechen!' Die Pause währte noch, offenbar war man sich auf der Bühne noch nicht über die Dekorationen einig. So gingen sie nach vorn, Jhering stand noch, und Bronnen stellte jenem den Freund vor. Jhering mochte den Namen wohl schon gehört haben; er war interessiert, wenngleich unsicher, was er hinter hannöverscher Reserviertheit verbarg. Bronnen mokierte sich mit der Mundstellung, welche die Wiener eine ‚Goschen' nennen, über Stück und Autor und nicht zuletzt über den Kleist-Preis. Dies schien Jhering wieder zu weit zu gehen. ‚Das wird dieses Jahr anders', sagte er, ‚dieses Jahr vergebe ich den Kleist-Preis.' Das hatte vielleicht schon in den Zeitungen gestanden, Bronnen jedenfalls wußte es nicht. Er deutete rasch auf Brecht:

'Na, dann haben Sie hier gleich den, dem Sie ihn geben müssen.'"[71] Tatsächlich zeigte sich Brecht nicht sehr zimperlich, seinen Einfluß geltend zu machen, damit er den Preis erhielt. Als er im Mai 1922 wieder in München war, teilte er Bronnen mit, er solle sich an Jhering wenden, um ihm klarzumachen, daß sie nicht einverstanden seien, wenn sie beide, Bronnen und er, den Preis bekämen. Jeder müsse den ganzen Preis kriegen, und zwar nacheinander. Am 13. November 1922 gab Jhering im „Börsen-Courier" seine Entscheidung bekannt. Der Kleist-Preis fiel an Bertolt Brecht.

Jhering bewunderte Brecht nicht nur, er besaß auch ein außerordentlich feines Gespür für den neuen Ton, den dieser in der deutschen Nachkriegsdramatik anschlug. Mit der ihm eigenen Konsequenz stellte er sich hinter Brecht und betonte immer wieder die Notwendigkeit gerade dieses Talents für die Entwicklung des deutschen Theaters. Brecht wiederum, der sonst nicht auf Autoritäten hörte, begriff sehr schnell, daß er in Jhering einen Kritiker hatte, der ihm nicht nur den Weg ebnen, sondern von dem er auch lernen konnte. Noch vor der Verleihung des Kleist-Preises schrieb er ihm aus München: „Seit Berlin nichts mehr wagt, ist es verdammt schwer, wesentliche Kritik zu einer Zeit zu hören, wo man sie am nötigsten braucht."[72]

Im März 1922 hatte es Brecht erreicht. Vom geduldeten Hospitanten rückte er an den Regietisch vor. Er übernahm die Inszenierung von Bronnens Stück „Vatermord". Die Aufführung wagte Dr. Moriz Seeler, der Leiter der Jungen Bühne. Von dieser Bühne sagte Carl Zuckmayer, sie bestehe aus einer einzigen Person. Die eben war Moriz Seeler. Dieser kleine Mann, der den „Geschäftssinn eines Schmetterlingssammlers und das Herz eines Dichters"[73] besaß, hat unendlich viel für die Dramatikergeneration der zwanziger Jahre getan, mehr als die großen Bühnen zusammen. Seeler knüpfte auf seine Art an ein früheres Unternehmen Max Reinhardts an. Dieser hatte während des Krieges, als junge Autoren mit ihren neuen, ungewöhnlichen Stücken im öffentlichen Theater keine Aufführungschance hatten, eine literarische Gesellschaft, „Das junge Deutschland", gegründet. Man spielte vor einem geschlossenen Mitgliederkreis und konnte so manches wagen, was sonst schon wegen der Zensur undenkbar erschien. Über das „Junge Deutschland" setzte sich der Expressionismus auf der Bühne durch. Ein ähnliches Unternehmen schwebte Moriz Seeler vor. Gedacht war an keine feste Bühne, sondern an ein Studio, das Gastrecht an den großen Theatern besaß. So unglaublich es klingt, Seeler verfügte über keine finanziellen Mittel. Ein festes Ensemble von Schauspielern konnte er sich gar nicht leisten. Bei ihm mußte man umsonst spielen. Und es kamen die besten Schauspieler, um bei seinen Experimenten mitzuwirken. Die Aufführungen fanden meist am Sonntagvormittag statt und wurden nur bei ganz großen Erfolgen in den Abendspielplan übernommen. Im Laufe der Zeit gestalteten sie sich zu Ereignissen, an denen beteiligt zu sein etwas galt.

Brecht besaß von dieser Bühne keine so gute Meinung. Er sagte, diese Leute hätten eine kümmerliche Phantasie und fürchteten die Presse und sonst nichts auf der Welt. Aber zu diesem Urteil kam er erst 1928, als er seine dramatische Produktion radikal veränderte und sich nach einem neuen Publikum umtat. Aus dieser Sicht hielt er die Junge Bühne für überholt und wünschte, sie wäre bereit, sich selbst zu liquidieren, um wirklich Neuem Platz zu machen. 1922 war die Situation jedoch eine andere.

Seeler wollte die Aufführungsserie der Jungen Bühne mit Bronnens „Vatermord" beginnen. Bronnen war überrascht. Er meinte später, er habe sich eigentlich nie denken können, daß sein Stück einmal aufgeführt würde. Deshalb sei er verlegen gewesen, als Moriz Seeler ihm das Angebot machte. Ganz so wird es nicht gewesen sein. Jeder Autor ist an der szenischen Realisierung seiner Stücke interessiert, zumal wenn er wie Bronnen sehnsüchtig darauf wartet, endlich als Dramatiker zum Zuge zu kommen. Durchaus glaubhaft aber wiederum ist, daß Brecht die Verlegenheitspause im Gespräch mit dem Satz unterbrach: „Dem kannscht dein Stück schon geben, Arnolt; unter einer Bedingung: Ich mach' die Regie.“[74]

Brecht bekam die Regie. Nur konnte er sich die Künstler nicht auswählen, denn das Ensemble stand bereits fest. Doch Brecht erhielt vorzügliche Schauspieler: Heinrich George, Agnes Straub, Heinrich von Twardowski. Heinrich George zum Beispiel stand zu jener Zeit am Beginn einer steilen Karriere. Von seinem Spiel ging eine elementare Kraft aus, die berührte, die mitriß, die überzeugte. Damals war er auch politisch fortschrittlicher, aktiver als Brecht. Während des ersten Schauspielerstreiks im Dezember 1921 hatte er sich zum Sprecher der Schauspieler und ihrer sozialen Forderungen gemacht. George genoß Achtung und Autorität bei den Kollegen und besaß in Berlin bereits sein Publikum. Mit einem solchen Darsteller zu arbeiten war für einen Anfänger wie Brecht einerseits schwierig, andererseits ein enormer Vorteil, ein Glücksfall. Doch Brecht ging mitnichten davon aus, daß es für ihn schwierig sei. In Schwierigkeiten sah er nur George, von dem er meinte, daß er mit der Rolle nicht zurechtkomme. Nun wußte Brecht von der praktischen Theaterarbeit nicht so viel, um einen Schauspieler richtig führen und aufbauen zu können. Eigentlich war es mehr eine Idee, wie Theater nicht gespielt werden durfte, von der er ausging. Doch selbst das war alles sehr unbestimmt, ließ sich noch nicht erklären, geschweige denn vormachen. Viele Elemente seiner Theaterkunst, die er wenige Jahre später methodisch ausbaute, kündigten sich hier in destruktiver Form an. Am 10. Februar 1922 heißt es im „Tagebuch“: „Einen großen Fehler sonstiger Kunst hoffe ich im ‚Baal‘ und ‚Dickicht‘ vermieden zu haben: ihre Bemühung, mitzureißen. Instinktiv lasse ich hier Abstände und sorge, daß meine Effekte (poetischer und philosophischer Art) auf die Bühne begrenzt bleiben. Die Splendid isolation des Zuschauers wird nicht angetastet, es ist nicht sua res, quae agitur, er wird nicht beruhigt dadurch, daß er eingeladen wird, mitzuempfinden, sich im Helden zu inkarnieren und, indem er sich gleichzeitig betrachtet, in zwei Exemplaren, unausrottbar und bedeutsam aufzutreten. Es gibt eine höhere Art von Interesse: das am Gleichnis, das am Andern, Unübersehbaren, Verwunderlichen."[75] Das ist die früheste Äußerung Brechts über eine Dramaturgie, die auf einer ganz anderen Wertskala aufbaute, als sie der hergebrachten Spielweise zugrunde lag. Sie war zu jener Zeit ebenso verworren wie unhandhabbar. Bei einem Regisseur, der mit einer solchen Auffassung an eine Inszenierung heranging, konnte es nicht ausbleiben, daß er mit seinen Schauspielern in Streit geriet. Schließlich war ihre ganze Kunst darauf ausgerichtet, das Publikum mitzureißen. Nicht mitzureißen hätte für sie bedeutet, keine Kunst zu machen.

Heinrich George spielte in Bronnens Stück die Rolle des kleinbürgerlichen Vaters. Zunächst opponierte er nicht gegen Brechts Anweisungen, allerdings nicht aus Achtung oder Loyalität, sondern weil er den Regisseur im allgemeinen nicht so wichtig nahm, ja, er wußte nicht einmal, wer in diesem Falle überhaupt Regie führte. Er nannte Brecht einfach „Sie Herr da unten". Doch zwischen beiden entwikkelte sich sehr bald ein Zweikampf. Trocken, scharf, unerbittlich gab Brecht seine Anweisungen. Jeden seiner Vorschläge mußten die Schauspieler, daran gewöhnt, Individualität, Persönlichkeit zu zeigen, als Hohn empfinden. Mit spitzen, geschliffenen Kommentaren stichelte er in den Leidenschaften herum, die sie zu gestalten versuchten. Jedem neuen Anlauf der Schauspieler begegnete er auf diese Weise. Sie waren völlig verzweifelt. Agnes Straub glaubte sich am Ende ihrer Kraft. Einen derartigen Sadismus gegenüber der Schauspielkunst hatten sie bisher noch nicht erlebt. Heinrich George, daran gewöhnt, den Zauber seiner Persönlichkeit auf alle seine Rollen zu übertragen, dachte jedoch gar nicht daran, sich das gefallen zu lassen. Als er begriff, daß hier einer drauf und dran war, seine Ausstrahlungskraft als Schauspieler abzubauen, kam es zum Krach. Nach den Erinnerungen von Arnolt Bronnen brüllte George, als Brecht ihn ständig in seinem Spiel unterbrach:

„‚Lassen Sie mich ausreden, Sie Herr da unten.'

‚Was wollen Sie ausreden, Sie können ja ohnehin Ihre Rolle nicht.'

‚Ist ja auch noch acht Tage Zeit bis zur Premiere.'

‚Wenn Sie so sprechen, werden Sie die Rolle auch in acht Jahren nicht können.'"[76]

Daraufhin schmiß Heinrich George seinem Regisseur das Textbuch vor die Füße und verschwand aus dem Theater. Gerade an diesem Tage meldeten die Zeitungen, daß die Premiere des Bronnen-Stücks für den 2. April angesetzt sei. Seeler habe dafür das Neue Theater am Zoo zur Verfügung. Mit Georges Entscheidung war die Aufführung erledigt und Brechts erster Anlauf als Regisseur gescheitert. Zu dem entsetzten Autor und Freund sagte er: „Ich gratuliere dir. Mit denen wäre es nie was geworden."[77]

Wenige Wochen später feierten Heinrich George und Agnes Straub in den Kammerspielen einen triumphalen Erfolg in Hebbels „Judith", Regie führte Berthold Viertel. Viertel wurde dann von Moriz Seeler gewonnen, um die von Brecht verpfuschte Inszenierung neu zu machen. Mit Alexander Granach in der Vaterrolle erlebte das Stück am 15. April 1922 eine stürmische Premiere. Es wurde bejubelt und angegriffen. Vom Balkon des Theaters hielt ein Zuschauer eine Ansprache und protestierte dagegen, daß er sich mit seinen grauen Haaren derartige Schweinereien bieten lassen müsse. Für den Autor und die Junge Bühne war die Aufführung ein großer Erfolg, die Kritik sprach mit Achtung von der „kühnen, herausfordernden Leistung" (Döblin), von einem der „stärksten Theatereindrücke der Spielzeit" (Jhering).

Brecht jedoch hatte seine Chance verspielt. Er verließ nach dem Erfolg des „Vatermords", der nicht durch ihn zustande gekommen war, am 26. April 1922 Berlin. Die Eroberung der Theaterstadt war vorerst mißlungen. Zwar hatte er wichtige Kontakte knüpfen, selbst in Reinhardts Deutschem Theater auf sich aufmerksam machen können, aber konkrete Zusagen für die Aufführung eines seiner Stücke waren ausgeblieben. Noch immer war er nicht oben. Doch im Unterschied zur Augsburger Zeit 1920/21 fühlte er sich jetzt wieder auf dem Vormarsch.

Bereits vor seiner Berlinreise war Brecht die Idee zu einem neuen Stück gekommen. Sie faszinierte ihn in einem Maße, daß er glaubte, eine „epochale Entdeckung" gemacht zu haben. Bisher sei nämlich noch niemand darauf gekommen, „die Stadt als Dschungel" zu beschreiben. Das stimmte zwar keineswegs, zeigte aber, wie ihn die Idee beflügelte, das Fluidum der großen Städte mit ihrer Feindseligkeit, ihrer babylonischen Sprachverwirrung, ihren bösartigen Versteinerungen auf die Bühne zu bringen. Hier gäbe es eine Poesie, die noch nicht entdeckt sei. Es liegt nahe, diese Idee auf sein Berlinerlebnis zurückzuführen. Doch mehr als eigene Eindrücke und persönliche Erfahrungen war es die Literatur, die ihn stimulierte. Berlin sah er aus der Optik der modernen Großstadtliteratur. Wenn er in den ersten Tagen seines Aufenthalts schrieb: „Da ist Kälte, friß sie!"[78], so war das mehr vorprogrammierte Stimmung als genaue Beobachtung. Er sah die Stadt aus der Gefühlslage seines neuen Stückes, das er mit nach Berlin brachte und hier fertigschrieb. Bereits in der ersten Phase der Arbeit notierte er eine Vielzahl von Titeln: „Hinterwelt", „Der Wald", „Dickicht", „Die Feindseligen", „George Garga".

Zur Uraufführung hieß das Stück „Im Dickicht“, später „Im Dickicht der Städte“.

Mehr als die reale Großstadtatmosphäre hatte ihn der Chicago-Roman des dänischen Schriftstellers Johannes Vilhelm Jensen angeregt, der 1908 in deutscher Übersetzung unter dem Titel „Das Rad“ erschienen war. In diesem Roman wird der Kampf zweier Männer geschildert, die entsprechend ihren gegensätzlichen Charakteren handeln. Der junge Lee, ein schwärmerischer Anhänger Walt Whitmans, will mit seiner Dichtung die Menschen zu einem Nationalbewußtsein erziehen, das die Besiedlung Amerikas als Fortsetzung der germanischen Völkerwanderung begreift. Sein Partner ist der alternde Evanstons, ein verkrachter Geistlicher, der in Chicago eine Religionsgemeinschaft gründen möchte, die ihm Macht und Reichtum verschafft. Er versucht nun, den jungen Lee auf seine Seite zu ziehen, ihn zum Sprachrohr seiner Bestrebungen zu machen. Aufschlußreich dabei ist, daß Brecht an diesem Stoff weder der Generationskonflikt noch der Kampf um die reine Idee interessierte, die expressionistischen Komponenten des Stoffes, sondern der Kampf an sich. Ausgerichtet auf große Vorbilder, schwebte ihm ein Kampf in den Dimensionen der Auseinandersetzung zwischen Karl und Franz Moor vor. Schiller wollte er dahingehend verbessern, daß dieser Kampf nicht verletztem Ehrgefühl, nicht gegensätzlichen Interessen und Charakteren entspringt, sondern einzig und allein geführt wird, um festzustellen, wer der bessere Mann sei. Die unbegreifliche eigene Triebkraft des Kampfes, nicht der Einsatz von Ideen und Interessen sollte vorgeführt werden. Daneben gab es noch eine Reihe weiterer literarischer Quellen, so Arthur Rimbauds „Une saison en enfer“ und „Les Illuminations“. Brecht las Rimbaud während der Arbeit am Stück. Von ihm ließ er sich sprachlich anregen, von ihm bezog er den Grundton, die fiebrige Vitalität der Sprache, die er wie Lava empfand. „Wie glühend dies alles ist! Leuchtendes Papier. Und er hat Schultern von Erz!"[79]

Nicht weniger wichtig als die literarischen Anregungen erwies sich für die Ausformung der Idee und die eigenartige Atmosphäre des Stückes ein biographischer Vorfall. Obwohl Anlässe dieser Art für Brechts Werk selten und peripher sind, ist er bei dieser ganz auf Stimmungen gestellten Dichtung nicht von der Hand zu weisen. Als er am Stück arbeitete, hielten die Verwicklungen um die schöne Marianne noch an. Sie gestalteten sich zu einem Kampf zweier Männer, des jungen, von Wedekind beeinflußten Brecht, der mit seiner Dichtung Macht und Einfluß zu gewinnen suchte, und des älteren, zuckerkranken Geschäftsmanns Recht. Sich die Arme freizuhalten, sich von Moralsätzen loszusagen, sich in der Kampfbereitschaft zu schulen, sich die persönliche Freiheit nicht abkaufen zu lassen, sich als der bessere Mann, der kühlere Kopf erweisen zu wollen, alle diese Haltungen, die Brecht zur Basis seines Stückes machte, glaubte er in die Auseinandersetzung mit Recht investiert zu haben. Seine ganze Selbstachtung in diesem schmählichen Ringen bezog er aus der Vorstellung, einen Kampf bestreiten zu können, der ihn zu nichts verpflichtete, der mit keinem Einsatz belastet war, dessen Wendungen zu keiner Unehrlichkeit führten und keine Gewissensbisse veranlaßten, aus dem er aber als der bessere Mann hervorging. Der biographische Vorgang wurde im Stück zu der Idee erhoben, dem „unerklärlichen Ringkampf" zweier Menschen zuzuschauen, bei dem die Aufmerksamkeit einzig auf die Kampfform der Gegner gelenkt wird.

Das Stück beginnt damit, daß der malaiische Holzhändler Shlink dem Leihbibliotheksangestellten George Garga, einem jungen Burschen, seine Meinung über ein Buch abkaufen will. Doch der widersteht. Er ist bereit, das Neue Testament zu verkaufen, nicht aber Ansichten. Nun erst beginnt zwischen den beiden Männern der Kampf. Shlink überträgt Garga seine Holzhandlung, um ihn für sich zu gewinnen, aber dieser Versuch schlägt fehl. Der Kampf zieht weitere Kreise. Shlink macht Schwester und Freundin seines Partners zu Prostituierten. Garga setzt sich nun seinerseits zur Wehr. Als er so weit ist, Shlink ins Gefängnis zu bringen, geht er jedoch an dessen Stelle. Aber er enthüllt, daß Shlink die beiden Mädchen verführt und vergewaltigt hat. Weitere Opfer des Kampfes sind Gargas Mutter, sie tötet sich, der Vater vertiert. Noch bevor eine aufgebrachte Menge, angeführt von einigen düsteren Gestalten, Shlink lynchen kann, begeht er Selbstmord. Garga zieht weiter. Er bekennt: „Das Leben ist nicht eine Episode, sondern: viele. Der Geschmack der letzten bleibt im Mund … Auf den Wind warten wir noch. Es war die beste Zeit. Das Chaos ist aufgebraucht, es entließ mich ungesegnet.“[80]

Kein anderes Werk Brechts ist so lyrisch angelegt wie dieses. Keines ist so vom Atmosphärischen her aufgebaut wie „Dickicht“. Der Dialog hat hier nicht die Funktion, Kommunikation herzustellen, Handlung sinnfällig zu machen, sondern Atmosphärisches zu verdichten, Gefühlszustände und Stimmungen auszudrücken:

GARGA: Ich fange an, in meiner Haut daheim zu sein.

SHLINK: Ja, Sie leben wie in Milch.

GARGA: Nur mein Rücken wird dünn vom Liegen wie eine Gräte.

SHLINK: Wie armselig es ist, zu leben. Man lebt in der Milch, und die Milch ist zu schlecht.

GARGA: Sie können mir für vier Groschen Schnaps bezahlen.

SHLINK: Ich kann Ihre Haut nicht mit Groschen bezahlen.

GARGA: Sie sehen, ich liege hier herum. Ich liebe das trokkene Wissen. Ich will, daß meine Seele (habe ich eine) den ledernen Pandekten gleicht. Ich liebe die Ingenieure der grünen Wasserläufe, welche wie Rotz über die Steine rinnen, und ich treibe Papierfabriken mit ihnen. Ich habe mehr hier zu suchen, als Ihnen meine Stiefel krumm zu treten. Asien ist noch immer zu haben, und ich werde es aufkaufen mit der fanatischen Trockenheit der Wissenschaft.[81]

Da die beiden Gegner keine wirkliche Feindschaft, keine einander ausschließende Leidenschaften austragen, dienen ihre Aussagen nur dazu, Stimmungen zu entfachen, das Gegebene ins Zwielichtige, Dämmernde, Visionäre zu rükken. Was noch feste Konturen hat, wird in eine faulig-flimmernde Atmosphäre gerückt. Herbert Jhering hat durchaus recht, wenn er meinte, wer hier „Klarheit" zu schaffen suche, zerstöre das Beste: die Atmosphäre. Allerdings begriff er sie positiv und gab ihr eine überaus rationale Interpretation.

Brecht erlag in diesem Stück der Verführung seiner Sprachkraft, die seit dem „Baal" an Virtuosität und Geschmeidigkeit enorm gewonnen hatte. Es gefiel ihm, wie er selbst bekannte, nach „Wortmischungen" zu suchen, scharfe Essenzen herzustellen. Angestachelt von der Rimbaud-Lektüre, ging er dazu über, besonders atmosphärisch aufgeladene Sätze dieses Dichters direkt in den Text einzufügen. Sicherlich ist die lyrische Qualität dieses Stücks außerordentlich. Aber weil das Lyrische so hemmungslos, mit einer so monomanischen Besessenheit gebraucht wurde, lag auch die Gefahr der Zerstörung nahe. Das Drama kam nicht auf seine Kosten. Daß daraus überhaupt noch ein spielbares Stück wurde, ist einer anderen Eigenheit Brechts zu danken. Sosehr er sich auch in seine „Wortmischungen", seine Satzfischerei verlor, bei der Gestaltung der Hauptfiguren dachte er stets an ganz konkrete Persönlichkeiten. George Garga sollte im Aussehen Arthur Rimbaud gleichen. „Er ist im Wesentlichen eine deutsche Übersetzung aus dem Französischen ins Amerikanische."[82] Shlink sollte die „Edschmid-Visage" haben, leberkrank sein, mit Schlitzaugen, „unbewegt, runde Brust". Bei dieser Rolle dachte Brecht an den Münchner Schauspieler Arnold Marlé, aber auch an Paul Wegener, dem er ein Exemplar seines Stückes schickte. Für die Rolle des Garga stellte er sich einen Typ wie Alexander Granach vor.

Die sprachlichen Schönheiten wie auch die pikanten Reize des Atmosphärischen können nicht darüber hinwegtäuschen, daß es sich um ein Werk der Krise handelt. Und zwar in mehrfacher Hinsicht. Brecht befand sich geistig, weltanschaulich und auch in seiner dramatischen Produktion an einem Wendepunkt. Der Beginn jeder Krise fällt mit dem Höhepunkt einer Entwicklung zusammen. Brecht hatte sich in vollen Zügen dem hingegeben, was ihm damals am meisten lag, was seinem Talent am besten entsprach. Insofern ist das Stück auch disziplinloser als alle bisherigen Arbeiten. Dramentechnisch zeigt sich das vor allem in der Vernachlässigung der Fabel. Zum anderen war er mit seiner Idee, einen Kampf „an sich" zu zeigen, auf dem Gebiet des Dramatischen in eine Falle geraten. Auf der Bühne ist vieles möglich, nur eines nicht, etwas zu zeigen, dem keine Bedeutung zukommt. Die Eigengesetzlichkeit der Bühne beruht nicht zuletzt darauf, daß Vorgänge eine bestimmte Bedeutung annehmen. Auf der Bühne kann man keinen Stuhl hinstellen, ohne daß sich das Publikum fragt, was das bedeuten soll. Erst recht nicht kann man einen Kampf darstellen, ohne daß danach gefragt wird, um welchen Einsatz er letztlich geführt wird. Daß man zwar mit der Publikumserwartung spielen, sie aber nie außer acht lassen darf, begriff Brecht sehr bald. Er suchte nach spieltechnischen Einfällen, um über die Schwächen des Stückes hinwegzukommen. So versah er die spätere Fassung „Im Dickicht der Städte" mit einem Vorspruch: „Zerbrechen Sie sich nicht den Kopf über die Motive dieses

Kampfes, sondern beteiligen Sie sich an den menschlichen Einsätzen, beurteilen Sie unparteiisch die Kampfform der Gegner und lenken Sie Ihr Interesse auf das Finish."[83] Doch damit war nichts gewonnen. Das Publikum sah Vorgänge im Atmosphärischen sich auflösen oder ins Visionäre verschwimmen und suchte nach einer Deutung, während der Dichter die Anweisung gab, über Motive und Bedeutung sich den Kopf nicht zu zerbrechen. Auch der Hinweis, das Interesse auf das Finish zu lenken, ging ins Leere, denn auch das Ende erwies sich als chaotisch, unbegreiflich, unfaßbar, leer.

Mit der Darstellung des Kampfes um des Kampfes willen hatte Brechts Gleichgültigkeit gegenüber dem Sozialen, Politischen, Gesellschaftlichen einen Punkt erreicht, über den es nicht mehr hinausging. Die Sinnlosigkeit allen Kampfes, aller menschlichen Anstrengungen, die Austauschbarkeit und Wirkungsgleichheit von Güte und Bosheit hätten, wäre Brecht bei dieser Weltsicht geblieben, nur dazu geführt, wie Beckett vierzig Jahre später, immer die gleichen Endspiele zu schreiben. Aus Kraft wäre Starrsinn geworden, aus der Atmosphäre die Statik des immer gleichen Zustandes, aus dem Visionären die Metapher von der Hoffnungslosigkeit allen menschlichen Tuns. Die Wendung wurde vollzogen, wenn auch nicht gleich und nicht in einem Zug. Als Brecht 1954 seine frühen Stücke für eine Ausgabe seiner dramatischen Werke durchsah, wies er zwar darauf hin, daß die „Dialektik des Stückes rein idealistisch" sei, verdeckte aber die eigentliche Problematik mit dem Hinweis, damals habe er „das Formale ein wenig übertrieben", weil ihm daran gelegen gewesen sei, zu zeigen, „was für ein komplexes Geschäft solch ein Schreiben" ist. Weit ehrlicher war er in seinem „Arbeitsjournal", hier gestand er, wie fremd ihm das Stück inzwischen geworden sei.

Kurz bevor Brecht die Arbeit daran aufnahm, hatte er eine kleine Erzählung geschrieben, die im September 1921 in der Zeitschrift „Der Neue Merkur" erschien. In den zwanziger Jahren entstanden viele solcher kleinen Geschichten, die Brecht als Gelegenheitsdichtung betrachtete wie seine Lyrik. Obwohl er diese Arbeiten nie besonders hervorhob, so daß sie in seinen theoretischen Äußerungen kaum eine Rolle spielen, nahm er sie doch wichtig. Im gleichen Maße wie Dramatik und Lyrik spiegelt auch die Prosa die verschiedenen Entwicklungsstufen wider, die sein Talent durchlief. Die Geschichten, die zu Beginn der zwanziger Jahre entstanden, sind erfüllt vom Fluidum fremder Länder, in ihnen ist von rohen, rauhen Kerlen die Rede. Sie sind dem Vorbild Rudyard Kiplings und Jack Londons verpflichtet. In der Erzählung „Bargan läßt es sein" nahm Brecht die aggressive, unsentimentale Sprache vieler Kipling-Gestalten aus den unteren Volksschichten auf. In grellen, vulgär überhitzten Bildern berichtet der Ich-Erzähler von dem Manne Bargan, einem Flibustierkapitän ungewöhnlichen Formats, der seine Mannschaft über die Meere und durch die Landschaften Chiles mit traumhafter Sicherheit führt. Wo er ist, ist – wenn auch nicht immer – Gerechtigkeit und – das schon weit häufiger – fette Beute. Seine Mannschaft liebt ihn auf ihre Art abgöttisch. Doch diesem Kapitän stößt etwas zu, was, wie der Ich-Erzähler berichtet, diesem Mann „nicht an seiner Wiege noch an den Särgen seiner Feinde gesungen worden war und was jeden von uns treffen kann: Daß wir in der hellen Sonne mit vollen Segeln verunglücken."[84] Bargan liebt einen Mann aus seiner Truppe, den fetten und schamlosen Klumpfuß Croze, „ein böses gefräßiges Kind", das ihn ausschlürft wie ein rohes Ei, in einem einzigen Zug.

Dieses kleine Stück Prosa ist überaus bemerkenswert und gehört mit zu den wichtigsten Zeugnissen des frühen Brecht. Es eröffnet die Thematik der seltsamen Freundschaften und Verkettungen von Menschen, die dann im „Dickicht" und in „Leben Eduards des Zweiten von England“ auf unterschiedliche Weise weitergeführt wurde. Ihr hervorstechendes Charakteristikum ist die Verkehrung der Wirkungen. Aufopfernde Liebe und Ergebenheit führen zu dem gleichen Resultat wie schamlose Gemeinheit und gnadenlose Feindschaft. Was die Menschen auch tun und je gründlicher sie es tun, in jedem Fall sind sie verloren. Konsequenz ist hier nur der schnellere Weg in den Abgrund.

Brecht hat die Bargan-Geschichte meisterlich gestaltet. In einer furiosen Steigerung werden die einzelnen Etappen erzählt, wie Bargan, der geschaffen gewesen sei, den Himmel zu erobern, sich in seine Liebe zu dem fetten, räudigen Hund Croze verliert. Dieser Croze führt Bargan in eine Abhängigkeit, daß er Leute aus seiner Mannschaft für einen Diebstahl auspeitschen läßt, von dem er weiß, daß ihn Croze begangen hat. Wegen Croze stürzt Bargan seine Mannschaft ins Verderben, ihm zuliebe entführt er das Schiff seiner Mannschaft, um ihn zu schützen, stellt er sich als Schutzschild an der Reling auf, als die Mannschaft das Schiff zurückerobert. Gegen Ende der Erzählung vollzieht sich Bargans Geschick in tragischer Unerbittlichkeit. Seine letzte Ergebenheit gegenüber Croze ist zugleich sein tiefster Fall. Die Mannschaft steckt Croze, nachdem er und seine Bande überwältigt sind, in einen leerstehenden Affenkäfig, denn sie wollen seinen Hals noch ein wenig aufsparen. In der Nacht schleicht sich der einstige Flibustierkapitän an den Holzkäfig heran und bittet den wachhabenden Matrosen, ihn hineinzulassen. Er sagt: „Ich liebe den da drinnen ... Aber ich bitte dich, laß uns fort! Ich muß sagen, daß ich etwas Branntwein in mir hatte, aber das griff mir doch ans Herz, daß er von dem Schiff fortwollte und davon gar nicht sprechen konnte und nur ‚aber‘ sagte, worin alles lag, was er vorbringen konnte ... So ging es ihm, der ein großer Mann war, eine Anstrengung Gottes, so konnte es jedem von uns gehen, mitten im Licht wurde man überfallen, so unsicher sind wir alle auf diesem Stern.“[85]

Das Motiv der tödlichen Tugenden, der unbedingten Haltungen, die zugleich perfekte Verbrechen sind, blieb für lange Zeit eines der großen Themen Brechts. Doch so naiv, so elementar und bar aller Philosophie hat es Brecht kaum je wieder gestaltet. Er wollte noch mehrere Bargan-Geschichten schreiben. Sie blieben Fragment. Eine, die er unter dem Titel „Jarrys Mama“ an die „Vossische Zeitung“ schickte, ging vermutlich verloren.

Zweierlei Theater in München

Nach seinem Berlinaufenthalt lebte Brecht wieder abwechselnd in Augsburg und München, unternahm aber gelegentlich eine Stippvisite nach Berlin. Mit den Berliner Freunden, vor allem mit Arnolt Bronnen, stand er in ständiger brieflicher Verbindung. München blieb vorerst schon deshalb sein fester Aufenthaltsort, weil ihn im Oktober 1922 Otto Falckenberg als Dramaturg an die Münchner Kammerspiele verpflichtet hatte. An diese Stelle knüpfte Brecht einige Hoffnungen, die Aufführung seiner Stücke durchzusetzen. Ansonsten hielt er diese Stadt nicht für den Boden, auf dem es sich lohnte, festen Fuß zu fassen. Geistig und geographisch eingeordnet zwischen dem leistungsstarken, nicht unterzukriegenden Berlin und dem in „Schönheit sterbenden" Wien, galt München bereits damals als eine Stadt ohne Zukunft. Künstler und Literaten sahen in ihr keine Entwicklungsmöglichkeiten mehr. Selbst Thomas Mann, der es hier noch am längsten aushielt und München gelegentlich als Kunstzentrum zu retten suchte, konnte die Berechtigung nicht ganz von der Hand weisen, wenn man München als die eigentlich dumme Stadt Deutschlands bezeichnete, als den „Hort der Reaktion", „Sitz aller Verstocktheit und Widerspenstigkeit gegen den Willen der Zeit".[86] Nach der blutig niedergeschlagenen Revolution war München zur reaktionärsten Stadt in Deutschland geworden. Lion Feuchtwanger leitete die Beschreibung der Stadt, in der er lebte, in dem Kapitel „Aus der Geschichte der Stadt München" in seinem Roman „Erfolg" so ein: „In jenen Jahren war eines der beliebtesten Mittel, den politischen Gegner zu widerlegen, seine Ermordung. ... In Deutschland waren es vornehmlich Anhänger der Rechtsparteien, die, den Führern der Linken in der Handhabung geistiger Waffen nicht gewachsen, sich dieses Mittels bedienten. In München war die Widerlegung der Argumente der Linksparteien durch Tötung derer, die sie propagierten, besonders beliebt."[87] Nichts war mehr geblieben, was München einstmals zu einem bevorzugten Ort der Künste gemacht hatte. An die Stelle der heiteren Humanität, die Thomas Mann im Unterschied zum kalten Luftzug der Weltstadt Berlin früher hier zu verspüren meinte, rückte ein steifer Konservatismus, ein verdummender, antisemitischer Nationalismus und Fremdenhaß. „Mir san gsund!" wurde zur beteuernden Replik auf den Vorwurf der Unwirtlichkeit und geistigen Beschränktheit. Wer sich noch entscheiden konnte, entschied sich für Berlin.

Brecht hatte sich bereits entschieden. Für ihn war die Übersiedlung nur noch eine Frage der Zeit und der Chance. Daß München reaktionärer geworden war, merkte auch er. Aber er engagierte sich noch nicht so im Politischen, daß ihm die Verhältnisse hier unerträglich wurden. Im Unterschied zu anderen Schriftstellern lag ihm das allgemeine literarische Klima, das kulturell-künstlerische Niveau nicht sonderlich am Herzen. Er verfolgte ganz bestimmte Interessen, und die galten vornehmlich dem Theater. Und auf diesem Gebiet hatte München noch einiges vorzuweisen. Immerhin existierten hier Otto Falckenbergs Kammerspiele, und es gab genügend talentierte Schauspieler.

Zunächst versuchte Brecht so weiterzumachen wie in Berlin. Er knüpfte Verbindungen, suchte die Bekanntschaft einer Menge Leute. In München bahnte sich die spätere Freundschaft mit Erich Engel an, traf er mit Arnold Zweig und Johannes R. Becher zusammen. Hier lernte er auch zwei Frauen kennen, die in seinem Leben einen wichtigen Platz einnehmen sollten: Marieluise Fleißer und Asja Lacis, die Frau des neu verpflichteten Oberregisseurs der Kammerspiele Bernhard Reich. Vor allem aber war in München Lion Feuchtwanger. Er, der geborene Münchner, verfügte über Eigenschaften, die sonst nicht gerade den Bayern zugeschrieben wurden: Geistigkeit, Weltkenntnis, ideologische Duldsamkeit. Sein Haus in der Georgenstraße, das er mit seiner Frau Marta bewohnte, war so etwas wie ein literarischer Salon. Feuchtwanger besaß eine umfangreiche Bibliothek, die die verschiedenen Wissensgebiete umfaßte und viele literarische Raritäten enthielt. Ihn umgab nicht nur die Aura des Historikers, er war einer.

Brechts Freundschaft mit diesem Mann begann im März 1919, und zwar an dem Tage, als er ihm sein Stück „Spartakus" in die Hand drückte. Es blieb eine beständige, von keinerlei Mißverständnissen und Enttäuschungen belastete Freundschaft bis ans Lebensende. So vieles im Leben Brechts auch wechselte, so rigoros er seine Ansichten änderte, die Verehrung für Feuchtwanger blieb stets die gleiche. Noch mehr als bei der Freundschaft mit Arnolt Bronnen drängt sich hier die Frage auf, was die beiden eigentlich verband. Es war ein ungleiches Dichterpaar. Was Feuchtwanger damals geschrieben hatte, war in der Form äußerst konservativ und dem Publikumsgeschmack gefällig. Doch in seinem Schaffen gab es etwas, was Glätte und Gefälligkeit nicht zur geistigen Bequemlichkeit für den Leser machte: eine wache, kritische Geistigkeit. Sie ging nicht nur von seinen Büchern aus, sondern ebenso von seiner Person. Hinzu kam, daß Brecht nicht zu Unrecht Feuchtwanger für einen Kenner der Geschichte hielt. Und Geschichte interessierte ihn. Da seine historischen Kenntnisse über ein gutes schulisches Mittelmaß nicht hinausgingen, suchte er sie aufzubessern. Es fehlte ihm an Methode, an Hinweisen, um an die Hintergründe und Eigentümlichkeiten der Geschichte heran- und über das offizielle Geschichtswissen hinauszukommen. Das alles fand er bei Feuchtwanger. So wurde dieser nicht nur sein väterlicher Freund, sondern auch sein erster Informant. Später verstand es Brecht, aus wenigen Fakten neue Erkenntnisse zu ziehen, was sich nicht nur aus seiner genialen Begabung, sondern auch aus dem methodischen Zugriff erklärt, den er sich angeeignet hatte. Dadurch entstand oft der Eindruck, als habe Brecht über ein enormes historisches Wissen und detaillierte Kenntnisse verfügt. Die wirklich universale Einsicht, die Fülle des Wissens besaß Feuchtwanger.

Als die Freundschaft begann, genoß Feuchtwanger noch nicht den Ruf eines berühmten Schriftstellers. Seine Dramen galten als geschickt gebaute Stücke, aber sie machten nicht Furore. Den großen, alles überragenden Erfolg sollte ihm ein Roman bringen, den er gerade beendet hatte, als Brecht aus Berlin zurückkehrte. Zunächst fand dieses Buch mit dem Titel „Jud Süß" keinen Verleger. Doch innerhalb weniger Jahre wurde es zu einem Welterfolg, wie ihn in den zwanziger Jahren nur noch Remarques „Im Westen nichts Neues" errang. In Münchens Künstlerkreisen aber besaß sein Wort auch damals schon Gewicht. Feuchtwanger kannte viele Leute aus Kunst und Literatur, und die wiederum schätzten sein Urteil, sein vielfältiges Wissen, seinen sicheren literarischen Geschmack. Zudem genoß er den Ruf, mehr oder weniger über den literarischen Richtungen zu stehen. Für Leute, die in künstlerischen Fragen Entscheidungen treffen mußten, war der gescheite Feuchtwanger eine Vertrauensperson.

Feuchtwanger seinerseits sah in Brecht den Vertreter der jungen Generation, mit der er sympathisierte, zu der er sich aber – vierzehn Jahre älter als Brecht – nicht mehr rechnete. Dabei beruhte diese Sympathie nicht so sehr auf dem Gleichklang der Ansichten und Interessen, sondern zunächst erst einmal auf Erstaunen und Neugier. Feuchtwanger hielt Brechts Dichtung für eine merkwürdige Mischung aus Romantik und strenger Sachlichkeit; er fand das alles sehr deutsch und außerhalb von Deutschland nur schwer verständlich. Den Eindruck, den Brecht auf ihn machte, schildert er so: „Er hat einen langen, schmalen Schädel mit stark hervortretenden Jochbogen, tiefliegenden Augen, in die Stirn hineinwachsendes schwarzes Haar. ... Er schreckt vor keiner Derbheit zurück und nicht vor letztem Realismus. Er ist ein wunderliches Gemisch von Zartheit und Rücksichtslosigkeit. Von Plumpheit und Eleganz, von Verbohrtheit und Logik, von wüstem Geschrei und empfindlicher Musikalität. Er wirkt auf viele abstoßend; aber wer einmal seinen Ton begriffen hat, der kommt schwer los von ihm. Er ist widerwärtig und reizvoll, ein sehr schlechter Schriftsteller und ein großer Dichter und unter den jüngeren Deutschen ohne Zweifel der, der die meisten geniehaften Züge trägt."[88] Wie beeindruckt Feuchtwanger von Person und Auftreten dieses jungen Mannes war, geht schon daraus hervor, daß er innerhalb weniger Jahre drei literarische Porträts von Brecht entwarf. Gleich nach der ersten Bekanntschaft diente ihm Brecht als Modell für den Titelhelden seines dramatischen Romans „Thomas Wendt" (1919), dann schrieb er einen Aufsatz „Bertolt Brecht. Dargestellt für Engländer" (1928), und schließlich gab Brecht die Vorlage ab für die Gestalt des Kaspar Pröckl in dem Roman „Erfolg" (1930).

Im Juli 1919 beendete Feuchtwanger die Arbeit an dem Stück „Thomas Wendt", in dem sich sein erster unmittelbarer Eindruck von dem jungen Brecht niederschlug. Daraufhin teilte Brecht seinem Freund Frank Warschauer mit, Feuchtwanger habe ihn ganz schön beklaut. Er habe ihm ein Auto gestohlen, das er nicht fahren könne. Wenn Feuchtwanger für seinen Helden Thomas Wendt auch manches aus der Physiognomie Brechts entlieh, so wie er sie sah, ein Porträt ist es nicht geworden. Dieser Held, ein junger Dichter („Hat Stücke geschrieben. Pikante Kreuzigungsszene. Hätte beim Stückeschreiben bleiben sollen. Maßlosigkeiten, Ideale, Ethos gehören ins Buch, aufs Theater ... Ein Narr! Netter Mensch übrigens. Jung, straff, vital, sympathisch, anregend."[89]), wendet sich der Politik, der Revolution zu und wird von den Menschen, die die Revolution machen, enttäuscht. Wenn er von sich sagt, daß er als Revolutionär nur handle, weil er an die Idee glaube, so ging das an Brechts damaliger Haltung völlig vorbei. Hier sah Feuchtwanger Brecht durch die expressionistische Brille. Sein Thomas Wendt glich mehr Ernst Toller als Bert Brecht.

Ein realistischeres Bild von Brecht gab er später in „Erfolg", diesem ausgezeichneten Panorama des Freistaats Bayern während der zwanziger Jahre. In dem Roman wird Kaspar Pröckl, Ingenieur in den Bayrischen Kraftfahrzeugwerken, aus der Sicht eines Freundes geschildert: „Er hatte einen einzigen wirklichen Freund, Kaspar Pröckl, ... einen finsteren, etwas verwahrlosten Menschen mit starken politischen und künstlerischen Neigungen, voll von Fanatismus und heftigem Willen."[90] Vom Äußeren her entspricht diese Figur dem Brecht aus Feuchtwangers Studie für Engländer, mit „starken Jochbogen", „tiefliegenden, heftigen Augen". Er erinnert schon mehr an den wirklichen Brecht. Einige Eigenheiten, so zum Beispiel die Art, wie er in Diskussionen und Gespräche einzugreifen pflegte, sind genau beobachtet und feinfühlig beschrieben. Im letzten Teil des Buches verschwindet Kaspar Pröckl gen Osten. Der Brecht, der hier geschildert wird, ist allerdings mehr der Brecht der späteren Berliner Jahre.

Daß Brecht im Oktober 1922 als Dramaturg in die Münchner Kammerspiele einzog, hatte er Feuchtwanger zu verdanken. Von Brechts großer Begabung überzeugt, schickte er dem Direktor Otto Falckenberg „Trommeln in der Nacht". Doch der ließ das Stück zu Hause liegen, und dort wäre es vielleicht auch liegengeblieben, wäre nicht seine Frau, die in München sehr bekannte und vom Publikum verehrte Schauspielerin Sybille Binder, darauf gestoßen. Sie begeisterte sich so für das Stück, daß Falckenberg sich nun seinerseits für Brecht interessierte. Zu seinen Verpflichtungen am Theater gehörte die Inszenierung eines elisabethanischen Stücks. An Shakespeare aber wollte Brecht nicht ran. Gegenüber Reich soll er geäußert haben, daß es sich heutzutage nicht lohne, Shakespeare aufzuführen. Da Brecht für seine jeweiligen Vorlieben gern allgemeine strategische Überlegungen ins Feld führte, ist eine solche Bemerkung durchaus denkbar. So abfällig er sich auch zu dieser Zeit gegenüber manchem Großen der Weltliteratur verhielt, gegenüber Shakespeare empfand er von jeher Respekt. Falls er jemals durch große Vorbilder eingeschüchtert worden ist, dann nur durch ihn. Schon damals meinte er, wenn ein absolut bestes Stück gefunden werden müßte, dann nur bei Shakespeare. Es kann also durchaus sein, daß er bereits zu jener Zeit die großen Umwege zu Shakespeare bevorzugte und deshalb zu Marlowe griff, wie er sich dreißig Jahre später am Theater am Schiffbauerdamm Shakespeare über Jakob Michael Reinhold Lenz näherte.

Die konkrete Anregung, sich dem wenig gespielten Marlowe zuzuwenden, dürfte von dem „sehr klugen und vornehmen" Feuchtwanger, wie sich Brecht in einem Brief ausdrückte, gekommen sein. Dieser besaß Erfahrungen in der Bearbeitung wenig gespielter Stücke. So hatte er das altindische Stück „Vasantasena" der deutschen Bühne erschlossen. Von ihm stammte auch der Vorschlag, die Marlowe-Bearbeitung gemeinsam zu machen. So kam Brechts erstes Teamwork zustande, das fortan eine Hauptform seiner theatralischen Produktionsweise darstellte. Obwohl Brecht sehr demokratisch vorging und andere Meinungen respektierte, ist diese Form doch manchen Mitarbeitern zum Verhängnis geworden, weil sie ihre Eigenheit gegenüber der Individualität Brechts nicht behaupten konnten. In der Zusammenarbeit zwischen Feuchtwanger und Brecht gab es in dieser Beziehung nie Schwierigkeiten. Keiner hat auch nur ein Jota seiner künstlerischen Eigenart aufgegeben. Marieluise Fleißer, die in München Theaterwissenschaft studierte und gleichfalls zu den von Feuchtwanger betreuten Talenten gehörte, berichtet über dieses erste Teamwork: „Die Arbeit scheint so vor sich gegangen zu sein, daß Brecht, der von Augsburg oder Starnberg herfuhr, zuvor sein Geschriebenes mitbrachte. Dies Geschriebene wurde dann gemeinsam von den beiden beklopft. Der Lion war der Eiserne und ließ nichts aus. Der so viel jüngere Brecht, den Lion scherzhaft seinen ‚Hausdichter' nannte, kam gern in ein geniales Schludern hinein. Und so konnte mir Feuchtwanger vorstöhnen, Brecht sehe schon nicht mehr, was er mache."[91] Auch Carl Zuckmayer, den der Regisseur Erich Engel einmal mit zu Feuchtwanger nahm, berichtet, daß sich Brecht in Fragen der Konstruktion, der Szenenfolge, des geistigen Hintergrunds gerne von Feuchtwanger beraten ließ. In allem anderen, so vor allem im Atmosphärischen, in der Sprache, den Dialogen, sei er ganz souverän gewesen.[92] Die gute Zusammenarbeit mit Feuchtwanger beruhte auf einer unabgesprochenen, aber sehr genau abgezirkelten Arbeitsteilung. Feuchtwanger war für Brecht eine Art Trainer, der durch Kritik und Vorschläge Schwachpunkte in der Arbeit unbarmherzig aufdeckte, der ihn zugleich zügelte und disziplinierte. Von ihm bekam er aber nicht nur Vorschläge, sondern vorprogrammierte Szenenfolgen und Leitlinien. Brecht nahm das begierig auf. Feuchtwanger gehörte zu den Menschen, bei denen er sich des Zuspruchs stets sicher war, deren Worte er immer als Beistand, deren Kritik er immer positiv empfand.

Als sich Brecht, fachkundig beraten durch Feuchtwanger, im Herbst 1923 Christopher Marlowes Stück vom König Eduard II. von England zuwandte, stieß er auf folgende Fabel: Nach einem Jahr Verbannung kehrt Gaveston, der Freund des Königs, nach England zurück. Der Hochadel protestiert und fordert erneut die Ausweisung. Die Barone setzen den König schließlich so unter Druck, daß er der erneuten Ausweisung zustimmt. Über die Königin Isabelle gelingt es Eduard jedoch, die Barone zur Aufhebung der Verbannung zu bewegen. Sie sind dazu bereit, weil sie hoffen, Gaveston zum Streitpunkt zu machen, mit dem sie besser auf den König im Sinne ihrer Interessen einwirken können. Sehr bald schon geraten die Barone mit dem König in Streit. Sie nehmen Gaveston gefangen und wollen ihn hinrichten. Eduard nimmt den Kampf auf. Als er erfährt, daß man Gaveston getötet hat, läßt er die Barone niedermachen. Mit Unterstützung der französischen Feudalherren wird ein Heer aufgestellt, das Eduard in der Schlacht bei Bristol besiegt und gefangennimmt. Obwohl Eduard auf den Thron verzichtet, läßt ihn Mortimer, den Eduard im Kampf mit den Baronen verschont hat, töten.

Mit der Frage, wo Brechts Interessen an diesem Stoff lagen, kommt man dem Anliegen, das er mit der Bearbeitung verfolgte, nicht auf die Spur. Marlowe, den ein neuerer Historiker (Harry Levin) als „Mann der Grenzüberschreitung" charakterisierte, war im Leben und als Dichter eine Figur, die Brecht durchaus hätte inspirieren können. Den englischen Dramatiker, dem man nachsagte, er habe weder vor Gotteslästerei und Atheismus noch vor Mord und Totschlag zurückgeschreckt, und dessen Leben höchstwahrscheinlich durch einen von ihm selbst bestellten und bezahlten Mörder endete, verbindet in der Lebenshaltung manches mit dem Manne Baal. Wenn man auch Marlowes „Eduard" als das erste Werk der Literatur seit der Renaissance bezeichnen kann, in dem die Erotik zwischen Männern nicht nur episodisch dargestellt ist, ein „homosexuelles Bekenntnisdrama" (Hans Mayer) ist es gewiß nicht. Mehr als die homosexuelle Konstellation interessierte Marlowe die politische. In der Frage nach dem Recht der Königsmacht gegenüber der Aristokratie verhielt er sich skeptisch gegenüber jedem weiteren Machtzuwachs der Zentralgewalt. Der Hochadel findet sich nicht bereit, einen

Günstling des Königs als neuen Würdenträger hinzunehmen. Die Barone widersetzen sich jedem Versuch Eduards, selbstherrlich zu regieren und sie an den Rand zu drängen. Das politische Recht sah Marlowe eindeutig auf seiten der rebellierenden Barone. Wenn er auch den Mißbrauch der Macht durch den König verurteilte, so stattete er ihn doch in seiner Schwäche mit vielen menschlichen Zügen aus, machte ihn zu einer Figur des Mitleids.

Aber was interessierte nun Brecht? Die Homosexualität dürfte für ihn schwerlich ein stücktragendes Thema gewesen sein. War es doch auch in seiner Bargan-Geschichte nicht vorrangig um diesen Komplex gegangen, sondern darum, was einem Mann alles passieren kann, der liebt. Noch weniger interessierte Brecht die politische Konstellation. Deshalb verwischte er die politischen und sozialen Hintergründe, die bei Marlowe den Motor der Handlung bilden. So hat er das Stück eher entpolitisiert als gesellschaftskritisch aufgehellt. Nicht der feudalistische Machtkampf war Brecht wichtig, sondern wieder der Kampf an sich. Er versuchte zu zeigen, wie sich Menschen in bestimmten Situationen und Zwangslagen verhalten. Ziele und Beweggründe der Kämpfe aufzudecken, daran lag ihm weit weniger.

Wenn die Bearbeitung auch hinter der gesellschaftskritischen Anlage des Marlowe-Stücks zurückblieb, brachte sie doch Verbesserungen, die sicher dem Koproduzenten Feuchtwanger mit zu danken waren. So straffte Brecht die Handlung und verringerte die Anzahl der Personen um zehn. Die wesentliche Veränderung kam jedoch durch die Sprache zustande. Durch Brecht erhielt das Marlowe-Stück einen balladesken, lyrischen Grundton. Die sprachliche Diktion beförderte weniger die dramatische Aktion, als daß sie das Atmosphärische, Stimmungshafte der Figuren vergegenwärtigte. Insofern hatte es noch viel mit „Dickicht der Städte“ gemeinsam. Doch nahm Brecht aus dem elisabethanischen Stück eine Diktion auf, die er gern als „großen Stil" bezeichnete und die bei Marlowe aus den Chroniken und der historischen Umwelt seiner Figuren stammte.

Man hat gelegentlich den „Eduard" als „das sprachlich reichste und umfassendste" Werk Brechts bezeichnet (Paolo Chiarini). Sicher ist diese Sprache an sich schön. Aber es gibt auch kaum ein anderes Werk Brechts, in dem sie so „gemacht", so literarisch nachempfunden ist. Bei aller artistischen Sprachmächtigkeit kam hier viel weniger Brechts eigener, den Stimmungsgehalt der Zeit markierender Ton zum Klingen. Die Sprache geriet ihm eine Nuance zu kunstgewerblich, vielleicht weil er von vornherein darauf aus war, den großen Stil zu kopieren. Bei seinem Berlinbesuch im November 1921 hatte er Jessners Inszenierung des „Othello" im Staatstheater mit Fritz Kortner und Albert Steinrück gesehen. Die sprachliche Vehemenz dieser Inszenierung, die eigenartige „Tonwelt" des Shakespeare-Stücks reizte ihn zum Nachmachen. Nach einer Vorstellung soll er zu Freunden im Hinblick auf die stilistische Eigenart des Stückes und der Inszenierung gesagt haben, das könne er auch.

Bereits vor dem „Eduard" faszinierte Brecht ein anderer historischer Stoff: Hannibals Zug über die Alpen, sein Kampf um Rom und sein Tod. Die Arbeit blieb Fragment. Eine Szene erschien am 13. November 1922 im „Berliner Börsen-Courier" anläßlich der Verleihung des Kleist-Preises an Brecht durch Herbert Jhering. In einer redaktionellen Notiz hieß es, der Autor habe sich zu diesem Werk durch die räumlichen und akustischen Bedingungen des Großen Schauspielhauses anregen lassen. Brecht, der das Stück gern selbst inszenieren wollte, schwebte damit ohne Zweifel etwas Neues in der szenischen Bewältigung, aber auch in der Schauspielerführung vor. Wie das Neue vom Inhalt, vom Geistig-Konzeptionellen her angepackt werden müßte, das war ihm noch keineswegs klar. Er ging nur davon aus, daß man so wie bisher nicht mehr Theater spielen könne. Als er am „Hannibal" arbeitete, schrieb er im Oktober 1922 an Herbert Jhering: „Nebenbei will ich den ‚Hannibal' dann auch selber inszenieren, denn immer kann das mit dieser Art Spielen nicht weitergehen, wenn es nicht eine Bochesache werden soll, zivilisiert! Wo die Stars nicht sind, frißt man sich die Fußnägel an vor Langeweile."[93]

Gegenüber Bernhard Reich äußerte er, daß er ein ganz anderes „Hannibal"-Drama schreiben wolle als Christian Dietrich Grabbe. Die wenigen niedergeschriebenen Szenen und einzelne Notizen geben vor allem über die Anlage der Titelfigur Auskunft. Hannibal war als großer Außenseiter gedacht, als eine im Politischen und Moralischen grenzüberschreitende Gestalt. Im Unterschied zu Grabbe, der Hannibal als unverstandenes, verratenes Genie darstellte, das am Krämergeist und an der Unreife des Volkes zerbricht, dachte Brecht an einen Hannibal, der nicht nur Heerführer war, sondern auch „schnapssäufer", „trunkenbold", „wüstling", „meuterer".[94] Von der Titelfigur ausgehend, erarbeitete er sich frühzeitig eine sorgfältig gegliederte Fabel. Sie zeigt Hannibal im ersten Akt im Alpenplateau (Italien in Sicht) und endet mit Hannibals Tod. Vor allem in der Szene „Synedrion in Karthago" kommt eine Reihe materieller Probleme zur Sprache: „Schuhe, Schiffe, Waffen für Hannibal". Auch ist von den Weizenkammern in Hispanien und von den Elenden in den Quecksilbergruben, die keine Stiefel haben, die Rede. Obwohl einige dieser Dialogwendungen an die Diktion des späteren Brecht erinnern, waren es noch nicht die sozialen Probleme, von denen aus er die Fabel organisierte. Diese Fakten dienten mehr dazu, die Zuschauer auf konkrete Vorgänge, nicht auf Ideen zu lenken. Der Schwung, der innere Antrieb zu diesem Stück kam von der Figur des großen Außenseiters. Selbst noch auf diesem Stück lag der Schatten Baals.

Am 29. September 1922 trat endlich das Ereignis ein, auf

das Brecht sehnsüchtig gewartet hatte: die Aufführung eines seiner Stücke. Neben den beiden fertigen Stücken kursierten von ihm schon zwei weitere, und an Plänen zu neuen Vorhaben fehlte es ihm wahrlich nicht. In der Dramatikergeneration, die sich nach Kriegsende zu Wort meldete, war er im Hinblick auf die Aufführungen ein Nachzügler, und das trotz der vielen persönlichen Beziehungen, die er zu Schauspielern wie Paul Wegener, Alexander Granach, Eugen Klöpfer knüpfte, um sie für seine Stücke einzunehmen.

Diese erste Aufführung wagte Otto Falckenberg in München. Herbert Jhering bestätigte ihm, daß er mit der Uraufführung von „Trommeln in der Nacht" mehr für das deutsche Drama getan habe als in letzter Zeit Berlin mit allen seinen Theatern zusammen. Nun galt Falckenberg bereits zu dieser Zeit als der große Talententdecker. Ihm sagte man nach, daß er die Wünschelrute besitze, die jede starke Begabung ausfindig macht. Im Falle Brechts vollzog sich das jedoch keineswegs so selbstverständlich und zielsicher. Es hatte kräftiger Nachhilfe bedurft, besonders durch Jhering und Feuchtwanger, den letzten Anstoß zur Aufführung gab dann Falckenbergs Frau, Sybille Binder. Falckenberg besaß durch seine Inszenierungen der Stücke von Frank Wedekind und Georg Kaiser, wie Jhering in seiner Kritik schrieb, das Ohr für die düstere Melodie des Schauspiels, während er der späteren Eigenart Brechtscher Dramatik eher fremd gegenüberstand. Die Aufführung wurde ein großer Erfolg. Dabei verfügte Falckenberg keineswegs über die Schauspieler, die sich Brecht wünschte. Auch Jhering räumte bei allem Lob ein, daß nicht alle Darsteller den neuen Ton des Stückes getroffen hätten.

Vier Wochen später, am 20. Oktober 1922, inszenierte Falckenberg das Stück in Berlin am Deutschen Theater. Hier standen ihm die Schauspieler zur Verfügung, die Brechts Vorstellung entsprachen: Alexander Granach als

Heimkehrer Kragler, Blandine Ebinger als Anna, Heinrich George als Schnapswirt Glubb. Trotzdem machte das Stück nicht so Furore wie in München bei der Uraufführung. In Berlin galt Brecht als der Favorit Herbert Jherings, in dessen Reklameton allzu bedenkenlos einzustimmen der Kritik nicht geraten schien, schon um das eigene Urteilsvermögen zu betonen. Vor allem Alfred Kerr verhielt sich äußerst kritisch, ja feindselig. Er nahm das Stück zum Anlaß, um seine Fehde mit Jhering in der Öffentlichkeit auszutragen. Kerr verglich Brecht mit so ziemlich allen neueren Dichtern, angefangen von Sternheim über Georg Kaiser bis Carl Zuckmayer, Arnolt Bronnen, Ernst Toller, Johannes R. Becher, und fand: „Brecht hat, noch mit Toller verglichen, mehr Flüchederbes ... nebst etwas zwischen Wildheit und Wurstruhe – während Toller Willenswucht, Leidglanz, Leuchtkraft hat. Ja, Toller ist zehnfach fortgeschrittener im Expressionismus. Mehr selbständig. Brecht nur ein Georg Kaiser, verbessert; mit Safthuberei. Er hat wohl mehr Naturalismus und Blut. (Brecht ist der umgekehrte ‚Grenadier‘: er reitet dem Kaiser übers Grab.)“[95] Gegen Jhering gewandt, sprach Kerr von dem „Rhythmusbluff“, der hier dem Publikum zugemutet werde. In diesen „Zerrinn-Stücken“ sei nicht halb soviel Rhythmus wie in einem einzigen Sardou. Rhythmus heiße bei Brecht offenbar: „Leim“. Bissig vermerkte Kerr, das komme eben davon, wenn man – wie Jhering – mit Gewalt Dramatiker begrüßen wolle, wo gar keine sind. Für Brecht setzte sich Alfred Döblin ein: „Rot leuchtet Akt um Akt der Mond über der Szene. Es ist noch keine Sonne, aber es ist besser als der Papierlampion der Alten. Vorwärts, liebe Jungs!“[96]

Am 9. Mai 1923 gab es in München wieder eine Brecht-Uraufführung. Das Residenztheater brachte sein „Dickicht“ auf die Bühne. Regie führte Erich Engel, der für den Autor und seine Enwicklung wichtig werden sollte. Man hatte ihn 1922 aus Hamburg geholt, wo er bei Erich Ziegel eine Lehrzeit durchlaufen hatte, in der er sich sehr bald als Meister erwies. In Erich Engel fand Brecht einen Künstler, der mit ihm die adäquate theatralische Darstellungsform seiner Stücke erarbeitete. Bereits 1920 polemisierte Engel gegen ein Theater der Stimmung, der Atmosphäre – zu einer Zeit, als sich Brecht dieser Richtung noch willig hingab. „Was man Stimmung nannte, ist ein verantwortungsloser Zustand des Sichloslassens, des wollüstigen, entkräftenden Schwimmens innerhalb eines (musikalischen) Stromes."[97] Für Engel bedeutete Theaterspielen: Geist verwirklichen. Statt der musikalisch inspirierten suchte er eine architektonisch ausgerichtete Regie zu verwirklichen. Lange bevor Brecht den Begriff der Verfremdung für sein Theater einführte, sprach Engel vom „Auskälten" einer Szene, eines Vorgangs. Auch von seiner kritischen Geisteshaltung her war Engel ein Mann, wie ihn sich der kommende Brecht als Partner nicht besser wünschen konnte. Zuckmayer, der gleichfalls mit Erich Engel in den Jahren 1922/23 zusammentraf, charakterisierte ihn so: „Er war ein großartiger Mann, klein, energetisch, mit einem früh beglatzten, scharfzügigen Gustav-Mahler-Kopf. In diesem wie eine spätrömische Skulptur durchmodellierten Schädel, ... waren die Augen hinter den Gläsern von einer merkwürdigen wachen Abwesenheit. Auch im Gespräch oder wenn er Regie führte, ich vermute, sogar wenn er liebte, schien er eigentlich immer mit einem erkenntnistheoretischen Problem beschäftigt. ... Auch sein Regie-Stil hatte etwas von der harten, vorstoßenden Geformtheit seines Kopfs und von seiner gedanklichen Kühle, aber niemals erstarrt oder krampfhaft: gerade die Auflockerung und Überwindung des expressionistischen ‚Formalismus' durch eine neue, vergeistigte Realistik waren sein Verdienst."[98]

Mit dem atmosphärisch aufgeladenen „Dickicht" wählte Engel ein Stück, das seinem angestrebten Stil durchaus entgegenstand. Deshalb legte er seine Regie so an, daß das Atmosphärische durch eine Vielzahl von Zäsuren immer wieder unterbrochen wurde. Er orientierte auf „präzisere Gefühlsumstellung“, auf „Umschaltung von Satz zu Satz“, auf Herstellung von „Spannungsbögen zwischen den Handelnden durch Distanz“,[99] ohne die Wildheit der Diktion zu eliminieren – war er sich doch bewußt, daß sich hier alles Geschehen unterhalb des Begreifens abspielte. Ihm lag nicht daran, Unklarheit fühlbar zu machen, sondern „seelisch und optisch schlagende Visionen“ zu vermitteln. Vor allem aber: „Leichtigkeit als größter ästhetischer Reiz. Aller große Kunstgenuß hat das Gepräge der Leichtigkeit. Wichtig ist es, jedem Schauspieler die möglichst mühelose Erreichung des Affektausdrucks zu weisen.“[100] Jhering begriff das Stück mehr vom Textbuch her als von der Regieabsicht Erich Engels. Er hob das Atmosphärische hervor, nicht die Art und Weise, wie ihr Engel entgegenzuwirken suchte. Andererseits spürte Jhering sehr gut, welche „unheimliche Konzentration“ von dieser Inszenierung ausging: „Erich Engel ist heute eine der stärksten, ehrlichsten, persönlichsten Regiebegabungen.“[101]

In München kam das Stück trotz der Jheringschen Empfehlung keineswegs so gut an. Thomas Mann hielt die Bezeichnung „bolschewistisch“ für angemessen. In einem Literaturbrief für die amerikanische Zeitschrift „The Dial“ vom Oktober 1923 stellte er nicht ohne Genugtuung fest: „Aber Münchens volkstümlicher Konservatismus war auf seinem Posten gewesen. Er duldet keine bolschewistische Kunst. Bei der zweiten oder dritten Aufführung legte er Verwahrung ein, und zwar in Gestalt von Gasbomben. Furchtbare Dünste erfüllten plötzlich das Theater. Das Publikum weinte bitterlich, doch nicht von Gemütes wegen, sondern weil die ausströmenden Gase die Tränendrüsen scharf in Mitleidenschaft zogen. Man floh. Die Aufführung ward unterbrochen. Das Theater mußte gelüftet werden, und Logendiener erschienen mit Ozonspritzen zur Reinigung der Atmosphäre. Erst nach Verlauf einer halben Stunde hielt das Publikum wieder seinen Einzug in Parkett und Logen, um, immer noch aus rein körperlichen Gründen weinend, das Stück zu Ende zu hören."[102]

Ein Jahr später, am 29. Oktober 1924, inszenierte Erich Engel das Stück noch einmal in Berlin am Deutschen Theater, wiederum mit Caspar Neher als Bühnenbildner. Fritz Kortner gab Max Reinhardt eine Rolle in Shaws „Heiliger Johanna" zurück, um den Shlink spielen zu können. Sein Gegenspieler war Walter Frank.

Zu einem regelrechten Theaterskandal kam es am 8. Dezember 1923 bei der Uraufführung von Brechts Erstlingswerk in Leipzig. In einem Monat, in dem sonst Provinztheater das obligatorische Weihnachtsmärchen spielten, wagte der Schauspieldirektor des Alten Theaters Alwin Kronacher den „Baal". Um die Uraufführung hatte sich auch das Theater in Kiel beworben. Dort saß zeitweilig Carl Zuckmayer auf dem Dramaturgenstuhl. Er schloß mit Kiepenheuer einen Aufführungsvertrag ab und beabsichtigte, das Stück auch selbst zu inszenieren. Brecht, den er zu den Proben einlud, wollte jedoch nur nach Kiel kommen, wenn ihm das Theater dafür ein Regisseurgehalt zahlte. Dem wurde nicht stattgegeben. Zuckmayer bekam die Aufführung nicht bewilligt. So blieb Leipzig die Uraufführung vorbehalten. Der Baal wurde mit Lothar Körner, einer Leipziger Lokalgröße, besetzt, der die Rolle mit „Wegener-Tönen" spielte. Für den Johannes wählte man den jungen, neu engagierten Schauspieler Rudolf Fernau. Fernau, der während seines gesamten Schauspielerdaseins Tagebuch führte, hielt den Eindruck fest, den Brecht auf ihn und seine Kollegen machte, als er während der letzten Probentage im Theater auftauchte. Sein Porträt ist insofern nicht ganz stimmig, als er Brechts äußere Erscheinung und sein Auftreten in den späten zwanziger Jahren mit in den ersten Eindruck hineinnimmt. „Fast unbemerkt stand er zuerst mit Kronacher im Schatten der Vormittagsbühne und war sofort Mittelpunkt der Aufmerksamkeit, gab jedem von uns zuvorkommend höflich die Hand und bat, gleich mit der Probe zu beginnen. Es war ein etwas merkwürdiger Adjustus, in dem er sich darbot, fast hatte es den Anschein, als ob er in ‚Kostüm und Maske‘ zu einer Generalprobe erscheinen wollte. Unrasiert, mit einer abgeschabten Lederjacke, dazu eine arg zerbeulte, mißhandelte Cordhose, unter der respektlos novemberlich graue Unterhosen hervorlugten. In der Hand hielt er eine billige Sportmütze. Ein gewollt beabsichtigter proletarischer Eindruck. In die wohlgeformte Stirne des schmalen kurzgeschorenen Schädels hingen einige wirre Haarzotteln, und unter der etwas spitzen Nase formte sich ein schmallippiger, ironisch sich kräuselnder Mund. Dazu zwei dunkle, fixierende Vogelaugen. Man konnte sich so einen gewieften Jesuitenzögling vorstellen. Als er sich setzte, nahm er aus einem braunen Stofffutteral eine Nickelbrille, wie sie Ortskrankenkassen an Arbeitslose verschreiben, und bat nochmals, in einer Art bescheidener Souveränität, zu beginnen. Bald aber unterbrach er in schwäbisch bayerischem Tonfall und erklärte, daß er seinen Baal nicht für, sondern gegen den Expressionismus geschrieben hätte.“[103] Brecht ersuchte einzelne Schauspieler, zu ihm ins Hotel zu kommen, damit er mit ihnen weiter an der Rolle arbeiten könne.

Die Premiere am 8. Dezember 1923 gestaltete sich zu einer Schlacht zwischen Buh- und Beifallsrufern, so daß eine Zeitung konstatierte, man habe die Leipziger noch nie so außer Rand und Band gesehen. Jhering meinte, am Schluß habe der Beifall das Pfeifen niedergekämpft. Realistischer beurteilten die Situation wohl jene Kritiker, die das Leipziger Publikum mit diesem Stück für überfordert hielten. Unter den Buhrufern waren nicht vorwiegend Leute, die eine andere Kunstauffassung vertraten, sondern solche, die das Stück nicht verstanden und deshalb dumme Witze machten. Während einer lyrischen Passage rief ein Zuschauer aus der Galerie dem Hauptdarsteller Körner zu: „Erklären Sie mal das Gedicht!“ Auch Alfred Kerr kam aus Berlin angereist. Er hielt es geradezu für grotesk, daß ausgerechnet diese Stadt „der emsigen Regsamkeit“, die auf ihn einen vorzüglichen Eindruck machte, den „naturschlemmenden Bilderbogen“ „Baal“ aufführte, der seiner Meinung nach nur eine Aufforderung an das Publikum enthielt: „Zurück zum Viechsgefühl“.[104] Nach der Premiere wurde „Baal“ auf Intervention des Leipziger Oberbürgermeisters vom Spielplan abgesetzt. „Kein Ministerium, kein Magistrat hütet die Tradition“, schrieb Jhering nach dem Verbot, „wenn er sie dem Kampf entzieht. Und die künstlerische Gegenbewegung wird aus einer offenen, klaren, eine geheime, bohrende Bewegung. Verbote unterdrücken nicht die Entwicklung – sie schädigen nur die geistige Ehrlichkeit auf beiden Seiten.“[105]

„Eduard den Zweiten“ inszenierte Brecht in München selber. Die Premiere fand am 18. März 1924 statt. Für den Eduard holte er sich Erwin Faber vom Staatstheater, der in „Trommeln in der Nacht“ den Kragler gespielt hatte. Die wichtige Rolle des Mortimer übernahm Oskar Homolka. Auch Kurt Horwitz war in dieser Inszenierung wieder dabei. Gerade als sich Brecht mit Feuchtwanger an die Bearbeitung des Marlowe-Stücks gemacht hatte, erfuhr er, daß Karlheinz Martin in Heinrich Georges „Schauspieltheater“ beabsichtige, das Original in der alten Übersetzung aufzuführen. Sofort schrieb er seinem Freund Alexander Granach nach Berlin einen Brief, der als Warnung gedacht war, sich aber wie eine Drohung las: „Es ist ein gutes Stück, aber Ihr werdet Euch verdammt hart tun mit der Mitte. Sie hat meiner Mutter Sohn ein saures Stück Arbeit gekostet, und Euch wird sie mehr Schweiß kosten, als Ihr irgendwo habt, verlaßt Euch drauf. Das Lyrische ist großartig, aber das andere ist sehr alt, und das werdet Ihr bald merken. Also seid nette Leute und laßt den armen ‚Edward‘ mir über. Denn ich will ihn selber gern inszenieren hier und in Berlin. Es ist ein ganz neues Stück, und ich schlage Euch damit an die Wand mit Eurer alten Übersetzung, so sicher, als ich lebendiger bin als Dein Urgroßvater, Alexander. Gegen den ich sonst nichts sagen will.“[106] Die Berliner ließen sich jedoch nicht einschüchtern. Das Stück kam in großer Besetzung heraus. Ernst Deutsch spielte den Eduard, Heinrich George den Mortimer, Elisabeth Bergner den Königssohn.

Brecht trat auch die „Eduard“-Regie ohne klare Vorstellungen von einer neuen Schauspielkunst an. Sein Wille, sich vom Alten abzustoßen, war noch kein produktives Wollen geworden, das er hätte theoretisch erklären und praktisch begründen können. Was ihm vorschwebte, machte er den Schauspielern an konkreten Vorgängen klar. Worauf er dabei den Akzent legte, was er besonders beachtet haben wollte, darin stimmen die Berichte der Augenzeugen überein. Marieluise Fleißer charakterisiert die Regie Brechts so: „… er gebrauchte verblüffend einfache, dabei sinnfällige Mittel, die ganz leise an den Nerven sägten. Sogar das Essen wurde unter seiner Anweisung zum Kunstmittel, denn wenn der gefangene Faber mit seinem Blechlöffel das Nichts kratzend aus einem grauen Napf schabte, hörte man ihn die ganze Trostlosigkeit seines Ausgeliefertseins aus dem Napf löffeln und verstand den dichterischen Warner, der der überheblichen Kreatur ihre gemeine Notdurft vorhält.“[107] Und Bernhard Reich erinnert sich: „In Erwin Fabers Vorstellung war demnach Eduard ein König, der sein Königtum als Königtum von Gottes Gnaden empfing und gegen die Rebellen als mystisch geweihte Gabe verteidigt. Brecht präzisierte: Eduard königlich? Wo er zu repräsentieren hat, nimmt er eine königliche Haltung an; ansonsten ist er unbesonnen, frech, zanksüchtig; seine selbstherrlichen Exzesse verübt er lausbubenhaft. Erich Riewe legte sich nach manchem Hin und Her einen pathologischen Zug zurecht – Wollust um den etwas vorgeschobenen, immer ein klein wenig geöffneten Mund –, und das Gesicht des Favoriten von geringer Herkunft wurde der Maske eines einfältigen Harlekins ähnlich. Max Reinhardt wäre von Riewe entzückt gewesen. Brecht akzeptierte es vorläufig. Dann kam die Szene, in der Gaveston sein Testament schreibt. ... Die Szene ist zu Ende. Riewe geht Brecht mit einem freudig erwartungsvollen Gesicht entgegen. Brecht aber meint: ‚Sie haben noch nicht das Besondere der Szene. ... Gaveston ist eines Metzgers Sohn. Die kleinen Leute von England waren fromm, pflichterfüllt und höchst ordentlich. Wenn er fühlt, er müsse bald sterben, so muß er seine irdischen Verhältnisse in Ordnung bringen. Wenn er das Testament schreibt, ist seine Stimmung nicht düster. Eigentlich ist sie fröhlich; denn er erfüllt seine Bürger- und Christenpflicht. Der Krieg zwischen dem König und seinen Großen macht ihn niedergeschlagen, weil er ihm den Tod bringt. Doch er ist nicht wenig stolz, weil wegen seiner Person das ganze Land in Unordnung gebracht wird. Gaveston schreibt also das Testament, bequem im Lehnstuhl sitzend, ohne Grimasse.‘ Der Schauspieler ließ sich überzeugen und ging den seltsamen Hinweisen Brechts nach. Die Testamentsszene, von Riewe ‚brechtisch‘ gespielt, faszinierte.“ Reich zog aus diesen Beobachtungen den Schluß: „Anstatt die Regie das Spannungsinteresse auf die Fragen richtete: wird der versteckte König gefunden? und *wann* wird er gefunden? zielte die Regie darauf ab, das Wie des Auffindens herauszustellen, das heißt, der Zuschauer ist ‚gespannt‘, *wie* sich der Verräter Baldock benehmen werde. Also nicht so sehr der Ausgang der Handlung ist wichtig, sondern der Gang der Handlung; ... nur so wird die Szene produktiv.“[108]

Brecht richtete seine Bemühungen darauf, den mitreißenden Schwung der Ideendarstellung ebenso zu zersetzen wie die Rasanz atemloser Leidenschaften, und zwar dadurch, daß er verlangte, einzelne Vorgänge und Details wichtig zu nehmen und ganz konkret zu spielen. Obwohl diese Regie des polemischen Bezugs nicht entbehrte, verhielten sich die Schauspieler ihr gegenüber viel bereitwilliger als später gegenüber der Theorie vom epischen Theater. Brecht schlug ihnen konkrete Spielmöglichkeiten vor, die auszuprobieren sie reizte. Aus seiner ersten Berliner Regie hatte er gelernt, daß es nicht genügte, die Schauspieler einfach zu unterbrechen und ihnen ihre bisherige Spielweise auszureden. Auch die Kritik honorierte Brechts Regiebemühungen. Sie erkannte, daß hier ein sehr eigenwilliger Theatermann am Werke war, keineswegs nur ein Dichter, der auch einmal Regie führen wollte. „Daß ich es vorweg gestehe", schrieb der Kritiker der „Münchener Zeitung", „dieses Schnuppern im Menschlich-Trüben, dieses Umwühlen und Bodensatz-Schnüffeln, dieses ... Dichten mit der Nase ist mein Geschmack und meine Freude nicht; doch verkenne ich nicht, daß menschliche Witterung szenenweise unerhört auftrieb: in zwielichte Bezirke von Gemeinheit und Trieb und Tierheit geschah manch erschrekkend tiefer Blick, und Brecht hat, als sein cigner Regisseur, seinen Moritatenstil in außerordentlichem Maße zu realisieren vermocht."[109] Und Roda Roda vermerkte in seiner Kritik für die „B. Z. am Mittag" anerkennend: „Brecht hat sich auch als gewaltiger Bühnenfeldherr entpuppt."[110]

Dennoch bereitete die Premiere Brecht einige Enttäuschung. An dem Abend ereigneten sich so ziemlich alle nur denkbaren Pannen. Zunächst wurde durch den unpünktlichen Beginn aus einer dreistündigen eine reichlich vierstündige Aufführung. Asja Lacis, der Brecht die kleine Rolle des jungen Eduard anvertraut hatte und die ihm auch als Regieassistentin zur Verfügung stand, fiel bei ihrem großen Gang über die Bühne der Länge lang hin. Um sein Lampenfieber niederzukämpfen und seine Sache besonders gut zu machen, nahm der Mortimer-Darsteller Oskar Homolka einige Stärkung aus der Flasche. Für diese Premiere mußte er eines besonders großen Zuspruchs bedürftig gewesen sein, denn im letzten Akt lallte er seine Rolle nicht nur, er rutschte auch im wahrsten Sinne des Wortes unter den Tisch. Während die Kritik diese Entgleisung überaus nachsichtig hinnahm, stieß Brecht gegen Homolka „Rachedrohungen im alttestamentarischen Stil aus, etwa, er werde dafür sorgen, daß ein so verantwortungsloser Schauspieler, der nicht zu trinken verstehe, aus der Schauspielerschaft ausgestoßen werde. Man besaufe sich nicht während der Premiere, sondern nach der Premiere."[111]

Während Brecht in den Kammerspielen mit den Proben zum „Eduard" begann – die Premiere war ursprünglich für Dezember 1923 geplant –, inszenierte ein anderer auf der Straße. Reich erzählt, am 9. November seien Brecht, Asja Lacis und er ins Theater gekommen und hätten die Schauspieler diskutierend und zeitunglesend angetroffen. Als sie sagten „Wir fangen an", habe man ihnen einen Aufruf gezeigt: „Proklamation an das deutsche Volk! Die Regierung der Novemberverbrecher in Berlin ist heute für abgesetzt erklärt worden. Eine provisorische deutsche National-Regierung ist gebildet worden. Diese besteht aus General Ludendorff, Adolf Hitler, General von Lossow, Oberst von Seisser."[112] Am Abend zuvor hatte sich im Bürgerbräukeller folgendes abgespielt: Der Führer der NSDAP war mit einem roten Mercedes zu einer Versammlung im Bürgerbräukeller gefahren, auf der Kahr, Generalstaatskommissar für Bayern, gerade über die sittliche Berechtigung der Diktatur sprach. Hitler, im langen schwarzen Gehrock, das Eiserne Kreuz an der Brust, stürmte mit gezogener Pistole in den Saal, sprang auf einen Tisch und feuerte einen Pistolenschuß zur Decke. Den Versammelten erklärte er, die „nationale Revolution" sei ausgebrochen, der Saal sei von sechshundert Schwerbewaffneten umstellt. Dann versuchte er im Nebenzimmer Kahr zu überreden, mit ihm gemeinsame Sache zu machen. Als er glaubte, das erreicht zu haben, wandte er sich wieder an die Menge im Saal. Theatralisch verkündete er: „Ich will jetzt erfüllen, was ich mir heute vor fünf Jahren als blinder Krüppel im Lazarett gelobte: nicht zu ruhen und zu rasten, bis die Novemberverbrecher zu Boden geworfen sind, bis auf den Trümmern des heutigen jammervollen Deutschland wiederauferstanden sein wird ein Deutschland der Macht und der Größe, der Freiheit und Herrlichkeit. Amen!“[113] Schon Wochen vor dem Hitlerputsch tauchten an den Häuserwänden die Parolen vom „Marsch nach Berlin“ auf – Ausdruck der um sich greifenden konterrevolutionären Stimmung in München, vor allem in Kreisen des Militärs und der Beamtenschaft, aber auch der Intelligenz. Dabei hatte Hitler mit seinem theatralischen Auftritt im Bürgerbräukeller nicht die Absicht, nur München zu erobern, sondern er wollte mit der „Ordnungszelle Bayern“ den „Saustall in Berlin“ aufräumen. Der Plan mißlang am 9. November 1923. Kahr, der gegenüber der Weimarer Republik eine nicht weniger konterrevolutionäre Haltung als Hitler einnahm, setzte sich von dem Putsch ab. Durch diese Wendung wurde aus dem Marsch nach Berlin ein Marsch durch München, der an den Sperrketten der Polizei endete. Hitler wurde vor Gericht gestellt.

An jenem 9. November sah sich Brecht nicht zum erstenmal mit Hitlers Nationalsozialismus konfrontiert. Bereits im Frühjahr 1923 hatte er gemeinsam mit Arnolt Bronnen eine der Massenversammlungen Hitlers im Zirkus Krone besucht. Brecht, an Schaustellungen jeder Art interessiert, nahm Hitlers wilde Reden als ein besonderes Gaudi Münchens auf. Zu Bronnen meinte er, der Mann profitiere von dem Vorteil, Theater immer nur vom vierten Rang aus gesehen zu haben. Auch am Vormittag des 9. November nahm Brecht die Hitlerparolen nicht sonderlich ernst. Am liebsten hätte er die Probe fortgesetzt, doch entließ er die Schauspieler an diesem Tag. Brecht war zu jenem Zeitpunkt politisch ahnungsloser und naiver als die meisten seiner Freunde. Die politische Szenerie interessierte ihn nur als Massenvorgang. Daß sich gerade in München das politische Klima immer mehr verdüsterte, die Stimmung der Intellektuellen zunehmend ins Reaktionäre umschlug, registrierte er kaum. Sein Leben spielte sich in einem Milieu ab, das seine eigenen Bewegungsgesetze zu haben schien. Die Diskussionen um eine neue Kunst verliefen noch in Bahnen, die ihn eher vom Politischen isolierten. Unter den Freunden Brechts, die mit ihm den Hitleraktionen zusahen, gehen die Meinungen darüber, ob er sich schon damals der Gefährlichkeit des Faschismus bewußt war, auseinander. Bernhard Reich widerspricht Arnolt Bronnen, daß sich Brecht bereits 1923 besorgt gezeigt habe. Selbst wenn man sich nicht auf Reichs Darstellung stützt, gibt es nichts, was für eine solche Besorgnis spräche. Allerdings kündigte sich bereits zu dieser Zeit eine neue Etappe in Brechts Leben an. Auch die Wege einiger Freunde nahmen eine andere Richtung. Arnolt Bronnen wechselte Freunde und Fronten. Einer seiner neuen Gesprächspartner wurde Joseph Goebbels.

Durch die Aufführung seiner Stücke war Brecht einem größeren theaterinteressierten Publikum bekannt geworden, während er vorher als Geheimtip von Literaturkennern galt. Doch seine finanzielle Lage hatte sich dadurch nicht gebessert. Er lebte in München mit Marianne in außerordentlich beengten, ja dürftigen Verhältnissen. Ihre Wohnung bestand zunächst aus einem Zimmer, dann kam ein zweites hinzu. Der größte Teil der Möbel war nur gemietet. Dennoch sorgte Brecht dafür, daß Marianne ein Klavier bekam, damit sie sich weiter der Musik widmen konnte. Da sie ein Kind erwartete, war an ein Engagement als Sängerin nicht zu denken. Sie sang hin und wieder bei festlichen Gelegenheiten im privaten Kreis, um etwas hinzuzuverdienen. Die große Karriere hatte sie sich bereits aus dem Kopf geschlagen. Noch bedrückender wurden die Verhältnisse, als am 12. März 1923 die Tochter Hanne geboren wurde. Brecht war zwar einerseits rührend besorgt um das Kind, andererseits dachte er gar nicht daran, auf seine Gewohnheiten zu verzichten. Das Kind brauchte in der Wohnung Platz und Ruhe. Brecht benutzte sie jedoch weiterhin als Treffpunkt seiner Freunde, als Absprache- und Beratungsort für seine vielfältigen Projekte. Zu den Freunden, die Brecht in seine Münchner Wohnung einlud, gehörte auch Carl Zuckmayer. Nach einem Rundgang durch die nächtlichen Straßen Münchens schlug ihm Brecht vor, noch auf einen Sprung zu ihm heraufzukommen. „Es dämmerte schon, und er sagte, eine Flasche Bier sei bei ihm zu Hause und ein Schnapsrest, vielleicht werde seine Frau uns einen Kaffee kochen, wir könnten noch etwas musizieren. Sein Arbeitszimmer ging auf die Straße hinaus, wir glaubten sehr leise zu sein, aber nach einiger Zeit kam seine Frau im Morgenrock herein und mahnte uns zur Ruhe, das Kind schlafe noch ...“[114] Wie sich solche Besuche aus der Sicht der jungen Frau und Mutter ausnahmen, schildert Marianne Zoff: „Die Herren qualmten, daß die Nachbarn an einen Zimmerbrand dachten, diskutierten lautstark und blieben dann oft, nach ein paar Flaschen Wein, über Nacht. Das ist nicht unbedingt der Herzenswunsch einer jungen Mutter, die in erster Linie ihr Kind versorgt sehen will. So gab es die eine oder andere Auseinandersetzung, die zuweilen recht drollig endete.“[115]

Durch die Aufführung von „Leben Eduards des Zweiten von England“ besserte sich Brechts finanzielle Lage etwas. Von April bis Juni 1924 fuhr er mit seiner Frau nach Italien. Bernhard Reich schloß sich ihnen an. Zuerst hielten sie sich in Capri, dann in Positano auf, wohin sich Caspar Neher begeben hatte, um zu malen. Ein fortwirkendes Italienerlebnis stellte sich bei Brecht nicht ein. „Brecht konnte aber mit dieser hinreißenden Landschaft nichts anfangen.

Soviel Schönheit auf einmal konnte er nicht vertragen."[116] Als Bernhard Reich sich anbot, ihm Rom zu zeigen, lehnte er erschrocken ab. Nein, das interessierte ihn wirklich nicht. Statt antike Baudenkmäler zu besichtigen, besuchte er lieber mit Reich das Kino.

Nach der Italienreise gingen die Ehepartner mehr und mehr ihre eigenen Wege. Die Ehe bestand nur noch auf dem Papier, in dieser Form allerdings bis 1928. Brecht hatte sie von Anfang an nicht sonderlich ernst genommen. Inzwischen hatte er Helene Weigel und sie Theo Lingen kennengelernt. Lingen war damals ein völlig unbekannter Schauspieler, mit dessen Karriere es nicht so recht vorangehen wollte. Mit Brecht traf er nicht nur via Marianne zusammen. Er spielte einen der Clowns im „Badener Lehrstück vom Einverständnis" und setzte sich dann in der Nachfolge von Harald Paulsen am Schiffbauerdamm als Mackie Messer in Berlin durch. Brecht schätzte ihn als Schauspieler. Daß er ihm nicht früher zu größeren Rollen verhalf, lag nicht daran, daß er von der Verbindung zu seiner Frau Marianne wußte, sondern weil dazu sein Einfluß damals noch nicht ausreichte.

Da die Ehe faktisch nicht mehr existierte, habe sie, so erinnerte sich Marianne Brecht-Lingen, auf Scheidung bestanden. Brecht sei jedoch nicht geneigt gewesen, die Ehe aufzugeben. Zu ihr habe er gesagt: „Laß dich bitte nicht scheiden, wir können doch weiter getrennt leben, ich habe meine Arbeit, du hast den Theo Lingen, ich laß euch in Ruhe, meine Einkünfte steigen, ich kann für dich und Hanne sorgen."[117] In diesem Sinne sei es auch zu einem Gespräch mit Theo Lingen gekommen, den er gebeten habe, doch alles zu belassen, wie es nun einmal sei, und nicht auf Scheidung zu drängen. Doch ganz so verliefen die Dinge nicht, wie dem Scheidungsprotokoll des Landgerichts III in Berlin-Charlottenburg zu entnehmen ist. Zu einem früheren Zeitpunkt wird Brecht tatsächlich an einer Scheidung nicht interessiert gewesen sein, aber dann war er es, der sie beantragte: „Der Kläger hat die Ehescheidungsklage erhoben mit dem Antrag: die Ehe der Parteien zu scheiden und die Beklagte für den allein schuldigen Teil zu erklären. Zur Begründung hat er vorgetragen, daß die Beklagte mit dem Schauspieler Theodor Lingen im Jahre 1926 geschlechtlich verkehrt habe."[118] Daraufhin erhob Marianne Widerklage mit dem Antrag: „... die Ehe der Parteien zu scheiden und den Kläger für allein schuldig an der Scheidung zu erklären, weil der Kläger mit der Schauspielerin Helene Weigel geschlechtlich verkehre, mit ihr seit Jahren zusammenlebe und von ihr auch ein Kind habe."[119] Theo Lingen und Helene Weigel wurden als Zeugen vor Gericht geladen. Beide machten jedoch schriftlich von ihrem Zeugnisverweigerungsrecht Gebrauch. Daß sich die Ehepartner wechselseitig die Schuld zuschoben, hing sicher mit der Kostenentscheidungsfrage zusammen. Die Scheidungsangelegenheit zog sich von 1926 bis 1928 hin. Am 16. September 1928 entschied das Gericht: „Die Ehe der Parteien wird auf Klage und Widerklage geschieden. Beide Parteien tragen die Schuld an der Scheidung. Die Kosten des Rechtsstreits werden gegeneinander aufgehoben."[120] Soweit der Vorgriff auf das Jahr 1928.

Eine wichtige Veränderung im Leben Brechts trat ein, als Erich Engel Ende 1923 von Max Reinhardt als künstlerischer Leiter des Deutschen Theaters und der Kammerspiele nach Berlin geholt wurde. Eine seiner ersten Amtshandlungen bestand darin, daß er Brecht und Zuckmayer Verträge als „Dramaturgen" des Deutschen Theaters anbot. Der Weg nach Berlin war geebnet.

Nach Berlin – Metropole der Neuen Sachlichkeit

Im September 1924 übersiedelte Brecht nach Berlin. Die Stadt, die er bereits gut zu kennen glaubte, hatte sich gegenüber den Jahren seiner ersten Besuche sehr verändert. Erst jetzt nahm sie die für die zwanziger Jahre kennzeichnende Gestalt an. Die Einführung der Rentenmark und die Dollarspritze des Dawesplans zeitigten eine relative wirtschaftliche Stabilität. Dadurch entstand in breiten Kreisen des Bürgertums, insbesondere bei ihren ideologischen Wortführern, die Vorstellung, die sozialen Konflikte könnten sachlich gelöst werden. Alles stellte sich plötzlich nur mehr als eine Organisationsfrage dar. Die „unproduktiven" Klassenkämpfe schienen durch sachliche Argumentation und wirtschaftliche Vernunft überwindbar zu sein, war doch auch die Reparationsfrage mittels langfristiger amerikanischer Kredite über Nacht aus einer Streitfrage zu einer Sachfrage geworden. Revolutionserwartung und Revolutionsfurcht wichen einem „wissenschaftlichen Bewußtsein", das davon ausging, durch Steigerung und Organisation der Produktivkräfte die soziale Frage ohne Beseitigung des Kapitalismus zu bewältigen. „Sachlichkeit" wurde zu einem Schlüsselbegriff in Politik, Philosophie und Kunst. Wo immer die Neue Sachlichkeit hervortrat, bedurfte sie der Illusion, der sozialen Täuschung, des politischen Reformismus. Berlin wurde zur Metropole der Neuen Sachlichkeit. Eine Gesellschaft rüstete um, ohne sich zu verändern.

Der neue Trend kam dem sechsundzwanzigjährigen Brecht in mancher Hinsicht entgegen. Er griff einige damit verbundene Losungen und Fragen auf, gesellte sich jedoch zu keiner Zeit zu den Wortführern dieser Richtung. Für ihn besaß die Neue Sachlichkeit verschiedene Seiten, die unterschiedliche Funktionen bedienten. „Die Sachlichkeit wird kommen, und es wird gut sein, wenn sie kommt – ich wünsche es bei Lenin –, vorher kann man gar nichts weiter unternehmen; aber dieser unvermeidliche und absolut nötige Fortschritt wird eine reaktionäre Angelegenheit sein, das ist es, was ich behaupten möchte: Die neue Sachlichkeit ist reaktionär."[121] Doch diese Bemerkung stammte bereits aus einer Zeit, als sich Brecht im Dickicht der sozialen und politischen Kämpfe schon besser auskannte und nach einer neuen, entschiedeneren Orientierung suchte. 1924 besaß er diesen Scharfblick noch nicht. Nach Berlin kam er als kampflustiger Schriftsteller. Aber noch immer interessierte ihn der Kampf mehr als dessen Ziel und Inhalt. Kampf verband sich für ihn weder mit der sozialen Frage noch mit einem konkreten Gegner. Er behauptete von sich, zu der Generation zu gehören, die von Natur aus kampflustig sei, aber des Gegners entbehre. Eine solche Vorstellung korrespondierte eher mit der Entpolitisierungstendenz der Neuen Sachlichkeit, als daß sie ihr entgegenstand.

Die Neue Sachlichkeit vereinte zwei widerspruchsvolle Funktionen: sie zersetzte traditionelle „Werte" und weckte neue Illusionen. Brecht interessierte sich ausschließlich für ersteres. Begriffe wie Volk, Individuum verloren ihre bisherige Wertigkeit. Das Phänomen der Masse begann ihn zu fesseln und zu einer wichtigen Kategorie seiner Ästhetik und Philosophie zu werden. Die wesentliche Veränderung, die sich im Denken Brechts mit seiner Übersiedlung nach Berlin vollzog, wurde durch das Erlebnis der Masse ausgelöst. Auch in diesem Sinne wurde Berlin für ihn zu einem Studienobjekt und Experimentierfeld. Obwohl die Massen vorwiegend durch die politischen Ereignisse in Bewegung kamen, war es zunächst nicht das politische Element, das Brecht anregte, das ihn zu Schlußfolgerungen veranlaßte. In Berlin wurde er sich der Vergnügen der Massen bewußt. Sie belehrten ihn, daß das Theater die Angelegenheit eines bestimmten Kreises, einer Gemeinde war, während das große Publikum auf die Sportplätze, die Rennarenen, in die Tanzpaläste, das Kino flutete. Für den Boxkampf zwischen Hans Breitensträter und Pablo Uzcudun im Berliner Sportpalast waren bereits acht Tage vorher die 15000 Plätze restlos ausverkauft. Vorgänge dieser Art beeindruckten Brecht mehr als alles andere. Gerade weil er das Theater bisher so wichtig genommen hatte, fühlte er sich veranlaßt, darüber nachzudenken, was an diesem Theater falsch, veraltet, überholt war.

Die neuen Massenvergnügen Boxsport, Autorennen, Film, Jazz, Tanzgirls standen im Zusammenhang mit dem „Amerikanismus“, der vor allem nach der Annahme des Dawesplans das Leben in Deutschland, hauptsächlich in Berlin, tief beeinflußte. Auf Amerika blickte Brecht zu dieser Zeit mit einiger Hoffnung. Bereits 1920 hatte er in seinem Tagebuch vermerkt: „Wie mich dieses Deutschland langweilt! Es ist ein gutes, mittleres Land, schön darin die blassen Farben und die Flächen, aber welche Einwohner! Ein verkommener Bauernstand, dessen Roheit aber keine fabelhaften Unwesen gebiert, sondern eine stille Vertierung, ein verfetteter Mittelstand und eine matte Intellektuelle! Bleibt: Amerika!“[122] Brecht bastelte sich ein Amerikabild zusammen, das seinen Bedürfnissen und Vorstellungen entgegenkam. Sein Interesse galt der Dynamik der amerikanischen Lebensweise, dem Zusammenleben der Menschen in den großen Städten. Ein solches Gesellschaftsbild schien ihm für europäische Verhältnisse schon deshalb brauchbar, weil er in dem amerikanischen System eine Kraft am Werke sah, die zur „Entfeudalisierung“ des Daseins beitrug, die die feudalen Freiräume und bürgerlichen Kulturreservate zersetzte, die mit den traditionellen Gewohnheiten Schluß machte. Die Kälte und die Entindividualisierung der Kultur schreckten ihn keineswegs. Hierin erblickte er etwas Neues, das ihn lockte.

Unempfindlich zeigte sich Brecht gegenüber den idealistischen Vorstellungen des Amerikanismus. Für viele Intellektuelle wurde damals Henry Fords Buch „Mein Leben und Werk“ zu einem Leitbild, zur Bibel der Neuen Sachlichkeit. Es kam den unterschiedlichen Bedürfnissen des Bürgertums entgegen, das aus der geistigen und wirtschaftlichen Krise herauswollte, ohne sich zu verändern, ohne seinen Klassenanspruch aufzugeben. Dieses Buch suggerierte den Lesern, daß es möglich sei, mit ganz einfachen, praktischen, „vernünftigen“ Organisationsregeln für die Produktion die Kluft zwischen Arbeitern und Unternehmern abzubauen, ohne die kapitalistische Gesellschaft in Frage zu stellen. Gerade die ganz auf Sachlichkeit gestellte Diktion des Buches ließ diese Illusion so praktikabel erscheinen. Brecht erlag ihr nicht. Sosehr ihn das Dynamische, das atemberaubende Tempo, die technischen Errungenschaften Amerikas faszinierten, die Fordsche Harmonie und Befriedung der Arbeit ließ ihn gleichgültig. Wofür er sich offen zeigte, waren die „transatlantischen Tugenden“, die Lust an den Massenvergnügen.

Vermittelt wurde ihm diese Welt und diese Lebensweise vor allem durch eine Zeitschrift, die der Kunsthändler Alfred Flechtheim aus einem Ausstellungskatalog entwickelt hatte und die er unter dem Titel „Der Querschnitt. Magazin für Kunst, Literatur und Boxsport“ herausgab. Unter der Redaktion von Hermann von Wedderkop wurde die Zeitschrift ab 1923 zu einem Spiegel der geistigen Kultur in der Phase der relativen Stabilisierung. Die Tendenzen der Neuen Sachlichkeit fanden hier ihren prägnantesten und umfassendsten Ausdruck.

Daß Brecht ein eifriger Leser dieser Zeitschrift war, geht aus einer Bemerkung Arnolt Bronnens hervor. Als die Freundschaft zwischen den beiden zerbrach, veröffentlichte Bronnen einen Abschiedsbrief im „Querschnitt“, weil er annehmen konnte, daß ihn Brecht auf diese Weise mit Sicherheit zur Kenntnis bekam. Außer den Grundschriften des Marxismus, die Brecht einige Jahre später las, hat kein Werk einen so intensiven Einfluß auf sein ästhetisches Denken ausgeübt wie diese Zeitschrift. In ihr gibt es Artikel, die bis in einzelne Formulierungen hinein erkennen lassen, woher Brecht seine geistigen Anregungen bezog, mit wem er geistig korrespondierte. Im „Querschnitt" wurden die neusten Werke von Léger, Picasso, Dix, Grosz, Sternheim, Kaiser vorgestellt, aber nicht weniger Aufmerksamkeit und analytische Sorgfalt schenkte man den Boxkämpfen Hans Breitensträters, Paul Samson-Körners und Max Schmelings, dem Schwimmwunder Jonny Weismüller. Aus dieser Zeitschrift bezog Brecht auch die Auffassung, daß die bisherige Kunst ausgedient habe, daß das Publikum stärkere Vergnügungen wünsche als die, die das gegenwärtige Theater biete. Es gab hier die schöne Unverschämtheit, allem Großen und Wertbeständigen von Goethe bis Gerhart Hauptmann keine Reverenz zu bezeugen, sondern es kräftig vor den Kopf zu stoßen. Die Literaturstars der Weimarer Republik, allen voran Gerhart Hauptmann und Thomas Mann, behandelte der „Querschnitt" als zeitfremde und zeitferne bourgeoise Schwätzer. Der kümmerlichste aller Gesichtspunkte war für diese Zeitschrift der „literarische". „Alles – nur keine Literatur" hieß der Schlachtruf eines Rezensenten. Wirklichkeitsfremd fand man die gegenwärtige Romanliteratur: „Die alte Literatur begreift nicht, daß ihre Todesstunde längst geschlagen hat, daß die neue Generation es in erster Linie liebt, zu tanzen, Sport zu treiben, zu reisen und auf ingeniöse Weise Geschäfte zu machen (siehe Punktroller). Erst nach dieser Lieblingsbetätigung der neuen Generation kommt die Lektüre, als Ausnahmefall in ersparten Stunden."[123]

Solche Proklamationen bestärkten oder inspirierten Brecht zu einer Ästhetik, die gleichfalls zwischen alter und neuer Kunst unterschied und darin das Hauptkriterium sah. Wenn zum Beispiel Franz Blei über das Theater herfiel, so stimmte Brecht völlig in diese Diktion ein. Der Unterschied bestand nur darin, daß der eine es gänzlich verwarf, während der andere es erneuern wollte. Für Franz Blei trat das Theater als künstlerischer Ausdruck in die letzte Reihe, wo es schon zu dunkeln beginne. „Und vor dem heutigen Menschen, der Einstein, Bergson, Scheler, Meyerson liest, der seine Zeit nicht in ‚Verhältnissen' hinbringt, scheitert jedes Theater, das man heute spielt, weil er es von vorvorgestern findet. Er wird jeden Varietétrick, jedes Ballet ‚heutiger' finden als diese heute hergestellten Drei- und Fünfakter."[124]

Daß der Sport über ein sachverständiges Publikum verfüge, das dem Theater derzeit fehle, diese These, die zu einem wichtigen Element der frühen Ästhetik Brechts wurde, fand er im „Querschnitt" vielfach interpretiert und kräftig vorgetragen. Als Hans Breitensträter gegen Pablo Uzcudun boxte, veranlaßte das den Herausgeber Alfred Flechtheim zu einem grundsätzlichen Artikel, in dem er die Frage stellte, warum sich das Publikum heute mehr für das Boxen als für das Theater interessiere: „Weil das Publikum immer mehr und mehr spürt, daß das Theater viel ‚Klüngel' ist. ... Denn das Publikum des Sportpalastes rekrutiert sich nicht allein aus Bierkutschern und Chauffeuren; – die ganze gute berlinische Gesellschaft ist da, Prinzen und Prinzessinnen, Maler und Bildhauer, Literatur und Haute Banque und alle an diesem Abend beschäftigungslosen Schauspieler. – Warum das? Weil das Publikum fühlt, daß das, was da in dem Ring vorgeht, ein wirkliches Drama ist und keine mißverstandene Heilige Johanna. Was sich da in dem Ring, inmitten der 15000 aufgeregten Menschen abspielt, in einer halben Stunde, ist ein wirkliches Drama, ist keinem Theater vergleichbar. ... Aber daß dieser Kampf, in dem Kraft, Geist und Erfahrung vereint siegten, eine künstlerische Angelegenheit war, künstlerischer als alle Berliner Theateraufführungen, ist allen denen bewußt geworden, die das große Glück hatten, diesem unerhörten Schauspiel beizuwohnen."[125] Für den „Querschnitt" begann der interessante Mensch beim Boxer.

Sternheim begriff diese Zeitschrift als eine „Enzyklopädie zum Abbruch bürgerlicher Ideologie". Zweifelsohne hat sie desillusionierend gewirkt, aber ebenso beschönigend. Flechtheim schuf mit dem „Querschnitt" ein Forum, auf dem sich die Verbrüderung zwischen der alten Vorkriegsgesellschaft und den Nutznießern der Weimarer Republik vollzog. Er offerierte eine neue Dekoration für den alten Überbau, nach 1923 wohl wissend, daß es zu einer gesellschaftlichen Umwälzung nicht mehr kommen werde. Flechtheim und Wedderkop betätigten sich als Manager der Neuen Sachlichkeit. Mehr als die Philosophen und die Kunsttheoretiker waren sie die entscheidenden Überbaudekorateure dieser Phase.

Als Brecht nach Berlin kam, befand er sich ganz im Banne der Vorstellungen, die der „Querschnitt" propagierte und die für ihn schon deshalb wichtig wurden, weil sie ihn auf einen Gegner lenkten. Bisher hatte er sich für einen kampflustigen Menschen gehalten, dem der Gegner versagt blieb. In der Schule neusachlichen Denkens lernte er, daß die Kunst, zu der er sich so gedrängt hatte, hoffnungslos ausgepumpt und veraltet war. Ihre Wirkungen schienen verbraucht, ihre Tricks durchschaut, ihr Aufwand und ihre Rechtfertigungen lächerlich. In der bisherigen Kunst, in der alten Ästhetik erkannte Brecht jetzt seinen Gegner. Geholfen werden konnte der Kunst nur dadurch, daß man sie aus den alten Bindungen befreite und auf die neue Mentalität des Publikums verpflichtete.

Am 6. Februar 1926 veröffentlichte der „Berliner Börsen-Courier" einen Artikel mit der Schlagzeile „Mehr guten Sport". Als Verfasser zeichnete Brecht. Der Artikel war aus der Sicht des Theaters geschrieben und begann mit dem Satz: „Unsere Hoffnung gründet sich auf das Sportpublikum." So originell der Artikel später auch empfunden wurde, bezog er sich doch bis in die Formulierungen hinein auf zwei Aufsätze, die in der Januarnummer des „Querschnitts" gestanden hatten: auf Alfred Flechtheims „Gladiatoren" und Franz Bleis „Bemerkungen zum Theater". Flechtheim schilderte ein Publikum, das genau fühle, was im Ring vor sich geht. Daraus zog Brecht die Schlußfolgerung für das Theater: „Die Verderbtheit unseres Theaterpublikums rührt daher, daß weder Theater noch Publikum eine Vorstellung davon haben, was hier vor sich gehen soll. In den Sportpalästen wissen die Leute, wenn sie ihre Billette einkaufen, genau, was sich begeben wird; und genau das begibt sich dann, wenn sie auf ihren Plätzen sitzen: nämlich, daß trainierte Leute mit feinstem Verantwortungsgefühl, aber doch so, daß man glauben muß, sie machten es hauptsächlich zu ihrem eigenen Spaß, in der ihnen angenehmsten Weise ihre besonderen Kräfte entfalten. *Das alte Theater hingegen hat heute kein Gesicht mehr.*"[126]

Für Flechtheim war Boxkampf eine Angelegenheit von Kraft, Geist, Erfahrung und höchster Verantwortung, das alles habe sich auf die Zuschauer übertragen, auf den anwesenden Max Slevogt ebenso „wie auf den Droschkenkutscher, auf Tilla Durieux wie den Gelbstern von Gerson". Brecht griff diesen Gedanken auf, um ihn mit seinen Theatererfahrungen zu verbinden. Falsch am heutigen Theater sei der „unnatürliche Schwung", um den sich die Schauspieler mühten statt um Leichtigkeit, um Eleganz: „Und ein Mann, der sich auf der Bühne anstrengt, strengt, wenn er nur einigermaßen gut ist, auch alle Leute im Parkett an." Wie das Publikum bei einem Boxkampf oder einem Fußballspiel die möglichen Wirkungen von Kombinationen kalkuliere, so müsse auch der Theaterbesucher die Vorgänge auf der Bühne beobachten und berechnen können und dürfe sich nicht von den Leidenschaften hinreißen lassen. Im Boxsport, wo vor Zuschauern ein Zweikampf ausgetragen wird und die Entscheidungen des Ringrichters der ständigen öffentlichen „Kontrolle“ unterliegen, sah Brecht ein Theatermodell, in dem er das Suggestive ausgeschaltet fand.

Allerdings interpretierte Brecht Sinn und Zweck des Sports sehr eigenartig. Für ihn war Sport vorwiegend eine Sache des Kampfes, des Rekords, des Risikos, der Beherrschung des Technischen. Ihm gefiel die amerikanisierte Form, die den letzten Einsatz nicht scheute. Seine Sportauffassung vertrug sich mit keinem pädagogischen Zweck. Schon gar nicht ließ er sich von gesundheitsfördernden Gesichtspunkten leiten. Die Todfeinde des Sports sah er einmal in den Leuten, die mit aller Gewalt aus ihm eine hygienische Bewegung machen wollten, und zum anderen in den professionellen Kennern, die, wie Flechtheim, den Boxsport ästhetisierten, ihn als Kunst behandelten. Brecht bestand auf riskantem, ungesundem, unkultiviertem, nicht gesellschaftsfähigem Sport. Doch wenn er das Sportpublikum mit dem Theaterpublikum verglich, verfuhr er nicht weniger idealistisch. Bei seinem Lob auf das Sportpublikum übersah er völlig, daß Suggestion, Schwung und Hemmungslosigkeit hier eine viel größere Rolle spielten als im Theater. Die Eigenschaften, die er den Zuschauern von Sportveranstaltungen zuschrieb, resultierten mehr aus seiner Ablehnung des Theaters als aus eigenem Sporterleben. Er war kein Sportler. Sport war für ihn ein soziologisches, ein gesellschaftliches Phänomen. Abgesehen von dem Punchingball, den er sich damals kaufte und mit dem er einige Schläge ausprobierte, ist er dem Sport zu keiner Zeit weder aktiv noch passiv ernsthaft nachgegangen. Auch über Schwimmen hat er mehr geschrieben, als daß er selber geschwommen wäre.

Die Wortführer der Neuen Sachlichkeit forderten die Darstellung der gesellschaftlichen Realität. Doch nicht der große Gesellschaftsroman erschien ihnen dafür geeignet.

Weit besser spiegele sich die Realität im Detektiv- und Kriminalroman. Bevor sich Brecht mit diesem Thema befaßte, gab es darüber bereits eine verzweigte theoretische Auseinandersetzung und Diskussion. Mit den Verwendungsmöglichkeiten des Detektivromans für fortschrittliche Zwecke hatte sich Béla Balázs schon 1923 in einem Aufsatz befaßt, in dem er vor allem die analytische Form dieses Genres hervorhob. Für Siegfried Kracauer zeigte der Dektektivroman „einer entwirklichten Gesellschaft ihr eigenes Antlitz reiner, als sie es sonst zu erblicken vermöchte. Ihre Träger und ihre Funktionen.“[127] Durch den Kriminalroman fand Brecht jene Interessen bedient, die das Publikum auch in die Sportveranstaltungen führten. Kurzum, der Kriminalroman nötige dem Leser mehr geistiges Training ab als die sogenannte „hohe“, „große“ Literatur.

Diese Gedankenwelt baute Brecht immer zielgerichteter zu theaterästhetischen Vorstellungen aus. Sie bewegte ihn, als er im September 1924 sein Engagement als Dramaturg an Reinhardts Deutschem Theater antrat. Reinhardt hatte sich Erich Engel geholt, damit er seinen Gastverpflichtungen und anderweitigen Plänen unbelasteter nachgehen konnte. Dennoch nahm niemand an, daß jetzt auf dieser Bühne ein völlig neues Theater gemacht werde. Obwohl Engel schon sehr klare Vorstellungen über eine neue Theaterkunst besaß, ging er sehr vorsichtig zu Werke. Brecht hingegen brachte die Überlegungen ein, die seinem derzeitigen Denkprozeß entsprachen. Er trug sie in der radikalsten Form vor, der unverhüllten Provokation. In einem Theater, wo alles auf Verzauberung, auf suggestive Wirkungen gestellt war, mußte sein Idol eines Sportpublikums nur Kopfschütteln hervorrufen. Brecht fand dieses Theater so degeneriert, in seinen Wirkungen so verfeinert, daß es genüge, sich im Zuschauerraum eine Zigarette anzuzünden, um die vorgesehene theatralische Wirkung zu gefährden. Ein Theater, das, statt dramatische Tatbestände der Beobachtung auszuliefern, seelische Komplikationen zelebriere, mußte nach seiner Meinung jeglichen Spaß verderben. Und zwar den Spaß am Theater wie am Leben. Mit der bisherigen Ästhetik würde nicht der Appetit des Publikums befriedigt, sondern alten Gewohnheiten gefrönt. Brecht kam auf die Idee des „Rauchertheaters“. Allein schon dadurch, daß dem Zuschauer gestattet würde, zu rauchen, stellten sich bei ihm Gelassenheit, Distanz, geistige Wachheit ein, also Eigenschaften, die ihn in die Lage versetzten, genau zu beobachten. Am liebsten hätte er ein kleines Theater im Norden Berlins gehabt, wo das Publikum wie im Varieté während der Vorstellung rauchen und trinken konnte. Im Deutschen Theater ließ man, durchaus an allerhand Verrücktheiten gewöhnt, Brecht reden, hütete sich aber, ihm die geringste Selbständigkeit einzuräumen. Zuckmayer, der mit ihm als Dramaturg eingestellt worden war, berichtet: „An einem Theaterbetrieb wie diesem war der Dramaturg entweder ein untergeordneter Bürobeamter, der die Bibliothek verwaltete und so weiter, oder ein mehr oder weniger intellektueller Zierat. Für beides waren wir keine Kapazitäten. Wir wollten selbst Theater machen, neues Theater, wir wollten Stücke durchsetzen, inszenieren, – und zwar womöglich unsere eigenen. Brecht ... verlangte sozusagen die volle Machtübernahme, ausschließliche Einstellung des Spielplans auf seine Theorien, Umbenennung der Bühne in ‚Episches Rauch-Theater‘, denn er verfocht die These, daß die Leute sogar zum Nachdenken geneigt seien, wenn sie dabei rauchen dürften. Da man ihm dies verweigerte, beschränkte er sich darauf, gelegentlich seine Gage abzuholen.“[128]

Wenn Brecht auch im Deutschen Theater nicht zum Zuge kam, das Interesse, das er bei den Bühnen geweckt hatte, hielt an. Seit Dezember 1921 hoffte er auf eine Aufführung bei Leopold Jessner am Staatstheater. Er dachte dabei vor allem an den „Baal“. Doch dazu kam es nicht. 1924 griff Jürgen Fehling, der seit der Spielzeit 1922/23 zum Staatstheater in Berlin gehörte, zu Brechts „Eduard“, um ihn mit Erwin Faber, Werner Krauss, Agnes Straub, Ernst Stahl-Nachbaur, Rudolf Fernau im Haus am Gendarmenmarkt zu inszenieren. Fehling zählte bereits damals zu den stärksten Regietalenten des deutschen Theaters. In der vielschichtigen Theaterwelt der zwanziger Jahre gab es kein größeres Gegensatzpaar als Jürgen Fehling und Bertolt Brecht. Mehr als in der späteren Polarisierung von Brecht und Stanislawski standen sich hier zwei grundverschiedene Auffassungen gegenüber, obwohl Brechts Art, Theater zu machen, noch nicht ausgearbeitet vorlag. Fehling vertrat ein elementares, leidenschaftliches Theater. Er machte aus den Bühnengestalten entfesselte Naturgewalten. Dabei schreckte er vor keiner Übertreibung, keiner Gewalttätigkeit zurück. Die Phantasie des Dichters wurde von der des Regisseurs übergipfelt. Wenn einer auf der Bühne Schicksal inszeniert hat, so war es Jürgen Fehling. Stücke von Shakespeare und Barlach bekamen in seiner Regie eine dunkle Tönung, etwas Unheimliches, Unbegreifliches. Keiner verachtete die Theorie mehr als er, und zwar nicht nur die Brechtsche, sondern jede. Bei ihm sollte das Publikum „schlemmen“, in „selige Verzweiflung“ hineingezogen werden. Seine Regie suchte den Zauber der „ewigen Persönlichkeit“ einzufangen.

Daß Fehling zu Brechts „Eduard“ griff, war dennoch keineswegs unverständlich. Die Kritik meinte sogar, zwischen Brechts Marlowe-Bearbeitung und Fehlings Regie eine Wesensverwandtschaft zu entdecken. Ohne Zweifel entsprach die Maßlosigkeit der szenischen Vorgänge, vor allem aber die dramatische Diktion Brechts ganz der Fehlingschen Phantasiewelt. Das mag ihn auch bewogen haben, dieses Stück auszuwählen. Doch Ende 1924, ein Dreivierteljahr nach seiner eigenen Inszenierung, besaß Brecht bereits ein distanziertes Verhältnis zu seinem Stück und hätte es als

Regisseur mehr in die Nähe der Moritat gerückt. Fehling dagegen faßte es elementar, als eruptiven Ausdruck unbegreiflicher Menschennatur auf. Was Brecht anstrebte, galt Fehling als „Dünnschißtheater", und er dachte überhaupt nicht daran, den Intentionen des Autors auch nur im geringsten zu folgen. Rudolf Fernau, der in dieser Inszenierung den Kent spielte, hat berichtet, wie ihn beide Seiten, Brecht und Fehling, instruierten. Brecht habe zu ihm gesagt: „Das emotionelle Theater ist tot, nur die dort drüben am Gendarmenmarkt wissen es anscheinend noch nicht. Außerdem, warum peitscht man sie ständig in eine krankhafte Ekstase? Der Expressionismus ist doch passé ... Bleiben Sie ja bei der Stange! Und denken Sie an das Sprichwort: Tue Brecht und scheue niemand!"[129] Was Fehling wollte, machte er Fernau vor der Probe am Beispiel seines ersten Auftritts als Kent klar: „Das ist letzte himmelschreiende Verzweiflung. ... Dich vor Gewissensqualen auf die Erde schleudernd, schlägt dein Kopf bei ‚verdammt' wütend dreimal auf den Boden auf. Das muß die tollste Szene des Abends werden, Junge."[130] Das Stück wurde auf einer steil ansteigenden Schräge inszeniert, die von den Schauspielern ungewöhnliche Körperbeherrschung verlangte. Fehling begann die Proben, indem er die Schauspieler mit den Worten begrüßte: „Haben die Herren alle die Bruchbänder in der Garderobe abgeliefert? Na, dann frisch, fromm, fröhlich frei ins Chaos, das bei mir noch nicht aufgebraucht ist wie bei Herrn Brecht!"[131]

Bisher gehörte es zu Brechts Gewohnheiten, daß er an den Proben teilnahm und Ratschläge gab. Das wurde immer geduldet, auch wenn er durch Änderungsvorschläge Regisseur und Schauspieler zur Verzweiflung brachte. Als Fehling inszenierte, kam er in die Proben gar nicht hinein. Rudolf Fernau schildert die Situation, als Fehling erfuhr, Brecht und Feuchtwanger seien im Theater: „Als sich das heimliche Lauffeuer verbreitete, daß Brecht und Feuchtwanger zur Probe erscheinen würden, ließ Fehling die Saaltüren hermetisch abschließen, und als ihm gar übermittelt wurde, daß die beiden Dioskuren bereits auf den Gängen ergebnislos vor verschlossenen Türen auf und ab patrouillierten, schrie er gellend, durch Türen hindurch verständlich: ‚Diese beiden Humsti-bumsti betreten mir nicht den Zuschauerraum!' ‚Laß sie in Ketten legen und abtransportieren', akkompagnierte ihm eine mächtige Stimme aus dem Hintergrund, das war Krauss. ‚Humsti-bumsti' nannten sich zwei im Wintergarten auftretende amerikanische Exzentrikclowns. Ich mißachtete das Fehlingsche Verbot und schlich in den Garderobengang des Zuschauerraums und entdeckte vor den Schlüssellöchern der Saaltüren knieend Brecht und Feuchtwanger, die Vorgänge auf der Bühne erspähen wollend."[132] Brecht soll zu Feuchtwanger gesagt haben: „Was macht der nur aus meiner Moritat! Ein Schkandal!" „Ein Vergewaltiger. ... Du bist ein geschändetes Mädchen!" „Das gibt einen Sauverriß! ... Alles al freschko! Alles Bombascht, is doch eine Moritat!"[133]

Die Inszenierung wurde insbesondere durch Werner Krauss als Mortimer und Agnes Straub als Königin ein Erfolg. Alfred Kerr allerdings konnte sich nicht verkneifen zu schreiben: „Nur wer die Gähnsucht kennt, weiß, was ich leide. Die Kritik ist kurz. ... Jemand kann Zitherspieler werden. Jemand kann Möbeltischler werden. ... Aber warum Dramatiker – wenn ihm just diese Fähigkeit mangelt?"[134]

Mit seiner Übersiedlung nach Berlin veränderte sich auch manches in Brechts persönlichem Leben. In der Zeit zuvor, als er zwischen München und Berlin hin- und herfuhr, als sich die ersten Theatererfolge einstellten und die Freundschaft zu Bronnen noch bestand, verlief sein Leben unstet, ziellos und auch zügellos. Einzig die Arbeit disziplinierte ihn. Er fühlte sich hin und her gerissen zwischen dem Verlangen nach dem unmittelbaren Leben und dem nach literarischem Ruhm. Der Anstrengung folgte die Niedergeschlagenheit, der Zweifel. Um 1923 heißt es im Tagebuch: „Wir können nur an der Hand von Vorgängen zu ein paar armseligen Gedanken gelangen. Es ist leichter, diese Vorgänge zu erfinden, als die Gedanken darüber ohne sie in den Kopf zu kriegen. Anstatt daß ich mich, wie es meine Bestimmung wäre, in ein Sofaeck zurückziehen könnte und fähig wäre, einige scharfe und befriedigende Behauptungen nebst den dazu gehörenden scharfsinnigen und unerläßlichen Schlußfolgerungen aufzustellen (denn es muß doch über die Dinge des Planeten so viele und freie Ansichten geben!!), muß ich Kognak trinken, Frauen sezieren, kurz: ein Leben führen! Ich glaube, daß die Behauptung einiger fünfzigjähriger Leute, sie trieben Literatur, weil sie für das Leben nicht geeignet seien, ein armseliger Schwindel ist. Ich, jedenfalls, stürze mich hauptsächlich deswegen in das ‚Leben', weil ich zuwenig Befähigung für die Literatur habe."[135] Erst drei Jahre später behauptete er von sich, für einen starken Gedanken beinahe jedes Weib opfern zu können. Niedergeschlagen, verzweifelt fühlte sich Brecht immer dann, wenn er sich allzutief in das unmittelbare Leben einließ. Er kam sich untüchtig vor, betrachtete sich als einen Mann ohne Kompaß, einen, der an seiner wirklichen Bestimmung vorbeiging. Seine depressiven Phasen verdeckte er mit der Maxime, die er seinem Freund Bronnen zwischen konkreten Anweisungen, seine Theaterpläne betreffend, so beschrieb: „Die Füße untern Tisch und den Tabak in die Nase und eine freche Fotze geführt. Solchen müssen alle Dinge zum besten dienen!"[136]

Seine literarischen Vorhaben gediehen durchaus zum besten, denn er arbeitete hart. Nicht zum besten gedieh seine Ehe mit Marianne. Brecht, der selbst in seiner verwilderten Periode immer arbeitete, stets neue literarische Pläne im Kopf bewegte und begierig auf Meinungen und Vorschläge anderer war, brauchte eine Frau als Partnerin, die ihm zugleich in irgendeiner Art Mitarbeiterin war. Trotz ihres Künstlerberufs gab es diese geistige Zusammenarbeit mit Marianne nicht. Brecht ging seine eigenen Wege, ohne daß die Ehe direkt in Frage gestellt, der gegenseitige Kontakt gänzlich aufgegeben wurde. Er erschien bei seiner Frau mehr und mehr als Besucher. Auch hatte sich inzwischen eine neue Beziehung angebahnt. Bei Proben zu „Trommeln in der Nacht" am Deutschen Theater 1922 war er einer Schauspielerin begegnet, die 1923 von Jessner ans Staatstheater verpflichtet wurde: Helene Weigel. Brecht und sie wechselten Briefe, noch bevor er endgültig nach Berlin übergesiedelt war. Der fleißigere Schreiber war er, während sie oft daran erinnert werden mußte, daß ein Brief nur 10 Pfennig koste. „Liebe Helle, warum keine Antwort? Ich gehe immer noch promenieren in der Kastanienallee und bin nicht ohne Beschäftigung."[137]

Helene Weigel war damals vierundzwanzig. Sie lebte mit dem Schauspieler Alexander Granach zusammen, als sie Brecht kennenlernte. In ihrer Heimatstadt Wien hatte sie nur drei Monate Schauspielunterricht gehabt, als sie nach Frankfurt am Main an das Neue Theater verpflichtet wurde. Hier war sie aufgefallen, aber in Berlin besaß sie noch keinen Namen. Am Anfang habe Brecht von ihr als Schauspielerin nicht viel gehalten. Erst später, als sie 1929 in Jessners Inszenierung des „Ödipus" die Magd spielte, neben Schauspielern wie Kortner, Granach, Walter Frank, Lotte Lenya, habe Brecht mit ihr intensiv geprobt. „Das ist eigentlich die erste Arbeit gewesen, die er in Anerkennung, daß es doch eine Art Talent sei, mit mir gemacht hat. Sehr komisch."[138] Die Weigel wohnte in der Spichernstraße 16, in einer Atelierwohnung mit breitem Fenster, das den Blick auf das Dächermeer von Berlin freigab. Als Brecht endgültig nach Berlin übersiedelte, zog er hier ein. Die Atelierwohnung gefiel ihm so gut, daß er sie gleich für sich und als Treffpunkt seiner Freunde beanspruchte. Am 3. November 1924 wurde Helene Weigels und Brechts Sohn Stefan geboren. Das Zusammenleben in der Spichernstraße erwies sich bald als sehr beengt. Da aber Brecht nicht zu bewegen war, sich nach einer anderen Wohnung umzutun, gab Helene Weigel schließlich nach und zog mit dem Säugling in die Babelsberger Straße 52. Die Wohnung in der Spichernstraße blieb bis 1928 Brechts Domizil. „Man mußte vier beschwerliche Etagen hinaufsteigen, dann über ein steiles schmales Brett hinwegjonglieren, sich durch einen dunklen Raum hindurchtappen und eine schwere Eisentür aufstoßen, bevor man vor Brechts Behausung stand", beschreibt Bernhard Reich den Zugang zu dieser Wohnung. „Ans breite Fenster gerückt, befand sich ein langer Tisch. In einer Ecke lagen Mappen, die Materialsammlungen enthielten; zumeist waren es Zeitungsausschnitte mit Berichten über seltsame Vorfälle, hauptsächlich aus der ‚Neuen Welt'. In einer anderen Ecke die aufgeklappte arbeitsfreudige Schreibmaschine."[139]

In der Spichernstraße traf sich Brecht mit seinen Freunden, um zu arbeiten, um Szenen auszuprobieren, um die Taktik zur Durchsetzung eines Stücks zu besprechen, um sich zu vergnügen. Je deutlicher Brecht seine Gedanken über eine neue Kunst ausarbeitete, desto notwendiger erschien es ihm, sich mit Gleichgesinnten zusammenzutun. Kunstauffassungen bekamen nur Gewicht, wenn ihnen Interessen von vielen zugrunde lagen. Diese mußten herausgefunden und gemeinsam durchgesetzt werden. Daß sich neue Ideen, zumal in der Theaterkunst, von allein behaupteten, darauf baute er nicht. Nötig war eine Mannschaft, und die mußte ihre Leute in vielerlei Institutionen und Apparaten haben. Bernhard Reich erzählt, daß Brecht von dem „naiv-romantischen Plan" ausgegangen sei, eine Gruppe zu bilden, deren Mitglieder die wichtigsten Schlüsselstellungen im deutschen Kulturleben, in Verlagen, Theatern, Zeitungen usw., besetzen sollten. Hinter dieser Überlegung stand durchaus eine reale und praktikable Absicht. Wenn sich Künstler über ihr gemeinsames Anliegen klarwerden, wenn sie nicht aus den Institutionen ausziehen, sondern sich über die verschiedenen Einrichtungen hinweg zusammenschließen und zusammenarbeiten, können neue Gesichtspunkte durchgesetzt werden. Solche Pläne hat Brecht seinen Freunden bis in die Jahre des Exils hinein immer wieder vorgetragen und sich sehr bemüht, sie auch praktisch zu verwirklichen.

Die erste Form des Zusammenschlusses, die sich ihm bot, war die „Gruppe 1925“. Die Initiative dazu ging zwar nicht von Brecht aus, schien aber seinen Interessen zu entsprechen. Ende November 1925 beteiligte er sich an einer Zusammenkunft der Schriftsteller Johannes R. Becher, Friedrich Burschell, Alfred Döblin, Albert Ehrenstein, Manfred Georg, Bernard Guillemin, Willy Haas, Walter Hasenclever, Walter von Hollander, Rudolf Leonhard, Leo Matthias, Walter Mehring, Eugen Ortner, Eduard Trautner, Kurt Tucholsky, Adrien Turel und Alfred Wolfenstein. Angeregt und organisiert hatte diese Zusammenkunft höchstwahrscheinlich Rudolf Leonhard mit Unterstüzung Alfred Döblins. Es wurde der Plan gefaßt, eine Gruppe „einander nahestehender und wesensverwandter Schriftsteller“ zu gründen. Wesentliches Element der Zusammengehörigkeit sollte ihr „gemeinsames Lebensgefühl“ sein. Die Gruppe machte es sich zur Aufgabe, sich gegen die Beschlagnahme dichterischer Werke durch staatliche Instanzen, gegen den Mißbrauch der Kritik zu wenden. „Unser Programm“, so formulierte Rudolf Leonhard in einem Rundbrief, „läßt sich in einem Satz etwa sagen: wir wollen unsre vitalen Interessen in und gegenüber der Öffentlichkeit wahrnehmen; welche das sind, weiß ja jeder von uns, und daß sie von den wirtschaftlichen Organisationen der Schriftsteller aus einer ganzen Reihe von Gründen nicht genügend wahrgenommen werden oder nicht einmal wahrgenommen werden können, wissen wir auch. ... Wir wollen unsern Kreis beschränkt halten und sehn es als Hinderung der Aufnahme schon an, wenn auch eine Minorität begründet gegen die Aufforderung zur Teilnahme oder gegen die Aufnahme eines Schriftstellers auftritt. Wir wollen die Aufforderung zur Mitarbeit an solche Schriftsteller richten, die Niveau haben, links gerichtet sind, aktiv sind und solidarisch fühlen, und nicht aus der Literatur eine Industrie machen."[140]

Die Zusammenkünfte der Gruppe, die klubmäßigen Charakter haben sollten, fanden alle vierzehn Tage im Hinterzimmer des Café Alschafsky in der Ansbacher Straße 41 statt. Der Kreis der eingeladenen Schriftsteller erweiterte sich im Laufe des Jahres 1926 ständig. Am 15. Februar 1926 wurde zum Beispiel vorgeschlagen, Erwin Piscator um seine Mitarbeit zu bitten. Vertagt wurde die Frage der Aufforderung zur Mitgliedschaft an Iwan Goll, Bernard von Brentano, Otto Flake, Franz Werfel und Frank Warschauer. Ebenfalls vertagt wurde die Aufnahme von Walter Benjamin, den Ernst Bloch in einem Brief vorgeschlagen hatte. An den Zusammenkünften nahm Brecht nicht allzu häufig teil, doch muß er sich mit Vorschlägen und Anregungen engagiert haben. Rudolf Leonhard jedenfalls zählte ihn und Wolfenstein in einem Brief vom 23. Januar 1927 an Ernst Toller zu den wenigen Mitgliedern, von denen „wirkliche, zum Teil sehr weit geführte Anregungen" gekommen seien. Nach den protokollartigen Briefen, die Leonhard an Toller schickte, nahm Brecht zumindest an den Sitzungen vom 1. März und vom 13. April 1926 teil. In den Zusammenkünften wurden sehr bald weitreichende Pläne erwogen. Die Gruppe wollte mit einer Vortragsreihe, hauptsächlich durch Alfred Döblin angeregt, mit einer eigenen Zeitschrift im Verlag „Die Schmiede" und mit einer „Buchgemeinschaft junger Autoren" herauskommen. Zu der Idee einer Buchgemeinschaft entwickelte Brecht gegenüber den meisten anderen Mitgliedern eine etwas abweichende Meinung. Darüber Rudolf Leonhard in einem Protokollbrief an Ernst Toller: „Brecht schlug vor, von der Publikation von Büchern abzusehn, sondern lieber eine Reihe von Heften zu veröffentlichen, von denen, um wirklich werbende Momente wirksam zu machen, etwa die Hälfte den Bekanntesten von uns gegeben, die andre Hälfte ganz Unbekannten zur Verfügung gestellt werden soll ... Brechts Vorschlag ist lebendig und gut, beruht aber auf der, wie ich in der Praxis eines Verlages, und, zu meinem eignen Leidwesen, als Autor oft erfahren mußte, irrtümlichen Voraussetzung, daß dem Publikum Hefte willkommener seien als Bücher, und daß das Buch als Erscheinung überholt sei. Es steht aber so, daß dünne Bücher grade viel schwerer verkäuflich sind als umfangreiche; diese Erfahrung wird mir jeder, der die Praxis des Verlages kennt, oder selbst dünne Bücher geschrieben hat, bestätigen.“[141] Albert Ehrenstein machte daraufhin den Vorschlag, einen Teil der Hefte als Sonderhefte von Mitgliedern der Gruppe herauszugeben, die so als Werbung für die Buchgemeinschaft genutzt werden könnten. Auf diese Weise lasse sich auch Brechts Anregung in veränderter Form realisieren. Für die zu gründende Zeitschrift wurde eine in bestimmten zeitlichen Abständen wechselnde Redaktion vorgeschlagen. Günstig sei es, wenn sie aus einem jeweils gegensätzlichen Schriftstellerpaar, etwa Brecht und Wolfenstein, bestünde. Auf diesen Vorschlag kam man aber nicht zurück. Zunächst sollten Burschell, Döblin und Wolfenstein die Redaktion übernehmen.

Doch keiner der Vorschläge wurde realisiert. Die Gruppe brach auseinander, noch bevor sie wirksam wurde. Es zeigte sich sehr bald, daß sie viel zu heterogen zusammengesetzt war, so daß es zu keinem zielstrebigen gemeinsamen Handeln kam. Rudolf Leonhard, der den organisatorischen Zusammenhalt gewährleistet hatte, trat aus, als die Gruppe mit ihrer Stellungnahme zu dem „Gesetz zum Schutze der Jugend vor Schmutz und Schund“ an Entschiedenheit noch hinter der des Schutzverbandes deutscher Schriftsteller zurückblieb. In einem Brief an Ernst Toller beklagte er, woran es der Gruppe gefehlt habe: „Achtung anstelle des gegenseitigen, durch Konkurrenz oder sogar nur durch Laune bedingten Übelwollens, Achtung anstelle der schlechtversteckten Gehässigkeit und Feindschaft, Achtung nicht der einzelnen Leistung, sondern des gemeinsamen Niveaus und der Person, die es zu halten sich bemüht – die Achtung, die weder Kritik noch Kampf ausschließt, sondern sie erst fruchtbar macht, die gegenseitige Achtung, die jedem besseren Arbeiter selbstverständlich ist – und den Schriftstellern des Landes, dessen literarisches Leben ich allein außer dem unsern durch Anschauung kenne, nämlich Frankreich.“[142] Ernst Toller erwiderte kurz: „Aber um eines, lieber Leonhard, möchte ich Sie als Freund bitten, regen Sie sich um Himmels willen nicht wegen dieses Drecks auf, das ist die Geschichte nicht wert.“[143] Als sich die Gruppe Anfang 1927 auflöste, hatte sich Brechts gesellschaftliches Engagement radikalisiert. Auch er, der sicher Rudolf Leonhard näher als vielen anderen Mitgliedern der Gruppe stand, wird in ihr keine Plattform mehr gesehen haben, von der aus neue Ideen und konkrete Anliegen sich hätten durchsetzen lassen.

In Berlin baute Brecht die Teamarbeit, die sich in München bei der Neufassung des „Eduard“ zufällig ergeben hatte, zu einer grundlegenden Arbeitsmethode aus. Das Schreiben bereitete ihm am meisten Spaß, wenn er mit Freunden zusammenarbeiten konnte. Mitarbeiter zu haben wurde ihm zu einem Bedürfnis. Er betrachtete sie als gleichberechtigte Partner, die ihre Meinung sagten, die Vorschläge machten. Daß seine engsten Mitarbeiter an den Stücken fast ausnahmslos Frauen waren, ergab sich aus seinem Umgang mit ihnen. Eine Trennung zwischen der Arbeit und dem Privaten, dem Intimen ließ sich bei ihm nie erreichen; die Arbeit war das zusammenführende Moment.

Bei Dora Mannheim, die er von seinem ersten Berlinbesuch her kannte, traf er auf eine eigenwillige junge Frau: Elisabeth Hauptmann. Sie war die Tochter eines westfälischen Landarztes, hatte das Lehrerseminar besucht und dann eine Stelle als Hauslehrerin auf einem Gut an der deutsch-polnischen Grenze angenommen. Jetzt studierte sie, ganz auf sich allein gestellt, in Berlin. Um Geld zu verdienen, übersetzte sie aus dem Englischen und Amerikanischen. Sie hatte Lust zur Literatur und wollte selbst schreiben. Brecht, noch ganz im Trend der Neuen Sachlichkeit befangen, sah hier eine Gelegenheit, näher an ihn interessierende Fragen der amerikanischen und englischen Literatur heranzukommen. Zunächst erreichte er, daß Elisabeth Hauptmann bei seinem Verlag Kiepenheuer, der ihn zur Abgabe der vertraglich vereinbarten Manuskripte drängte, als seine Sekretärin eingestellt wurde. Damit begann eine Zusammenarbeit, die bis ans Lebensende dauerte.

Zu Beginn des Jahres 1926 startete „Die Literarische Welt" eine Umfrage. „Was arbeiten Sie?" fragte die Zeitschrift Franz Werfel, Alfred Döblin, Hugo von Hofmannsthal, Max Brod, Robert Musil, Carl Sternheim, Jakob Wassermann, Thomas Mann, Bruno Frank und auch Bertolt Brecht. Aufschlußreicher als die direkte Antwort war die Art, wie geantwortet wurde. Daß Brecht sein ästhetisches Credo in einen immer schärferen Gegensatz zur anerkannten zeitgenössischen Literatur stellte, ließ auch diese Umfrage erkennen. Franz Werfel beschäftigte sich mit dem Apostel Paulus; Alfred Döblin ging es um die „gottgewollte Unabhängigkeit", um Menschenwillen und Menschengeist; Max Brod interessierten die „verschiedenen Erlösertypen"; Musil beabsichtigte, mit seinem Roman „Die Zwillingsschwestern" Material zu einer neuen Moral zu liefern; Carl Sternheim sah die tödliche Schwäche Europas im Erotischen: der Mann habe sich im Krieg blamiert, und die Frau sei sich über ihre tatsächliche moralische Überlegenheit klargeworden; Bruno Frank stellte als Leitmotiv seines Romans das „Mitleid mit den großen Schmerzen der Welt" heraus; Thomas Mann prophezeite: „Das Religiöse wird unsere ganze nächste Zukunft bestimmen. Das Ästhetische in jeder Form ist endgültig vorüber."[144] Brecht, gefragt, woran er arbeite, nannte zwei Werke: die Biographie über den Boxer Samson-Körner und das Lustspiel „Mann ist Mann". Wie die Gestalten seiner neuen Stücke aussehen sollten, erklärte er in dem Interview so: „Sie müßten, entgegen der bisherigen Gepflogenheit, ganz kalt, objektiv, klassisch vor den Zuschauer hingestellt werden. Denn sie sind kein Objekt der Einfühlung, sie sollen verstanden werden. Das Gefühl ist Privatsache und borniert. Der Verstand hingegen ist loyal und relativ umfassend."[145]

Daß sich Brecht mit dem Lebenslauf des Boxers Samson-Körner beschäftigte, hing mit seiner Begeisterung für den Sport, mit seiner Idealisierung des Sportpublikums zusammen. Sosehr sich ein solches Projekt auch von den Vorhaben der anderen befragten Schriftsteller abhob, als abwegig wurde es in Kreisen der modernen Kunst keineswegs empfunden. Brechts Freunde standen ihm auf diesem Terrain durchaus nicht nach. George Grosz malte ein Porträt Max Schmelings, Fritz Kortner nahm bei Schmeling Boxunterricht. Sie begeisterten sich für diesen Sport und ließen sich keinen großen Kampf im Sportpalast entgehen. Für sie war Boxen zugleich ein Gegenstand des Nachdenkens, der philosophischen Reflexion. Sie sahen in dieser Sportart eine Metapher für die Haltung des Menschen im Leben. Doch jeder deutete sie anders. Fritz Kortner erschien das Boxen erbarmungslos wie der menschliche Existenzkampf, nur daß im Leben die Niederlagen bitterer und unerträglicher waren. Brecht betrachtete das Boxen als unerbittliches Spiel, den besseren Mann zu ermitteln. Den „Lebenslauf des Boxers Samson-Körner" veröffentlichte „Scherls Magazin" in Fortsetzungen zu Beginn des Jahres 1926. Doch die

Arbeit wurde abgebrochen und nicht wieder aufgenommen. So blieb auch der wesentliche Gesichtspunkt der Biographie, wie Samson-Körner Boxen lernte, wie er das Boxen zu seinem Beruf machte, unerzählt. Insgesamt hat die Geschichte wenig mit Boxen zu tun. Sie ist mehr eine Abenteuergeschichte, nüchtern, lässig, modern erzählt.

In dieser Zeit beschäftigte sich Brecht auch mit dem Plan, einen Boxerroman zu schreiben: „Das Renommée". Den Stoff sollte der Weltmeisterschaftskampf zwischen Jack Dempsey und Georges Carpentier aus dem Jahre 1921 abgeben. Hier schwebte ihm bereits eine kritische Darstellung des Boxsports als Geschäft vor. Er wollte dem „Schiebungssport" der Manager nachgehen. Das alles blieb Idee. Eine richtige Boxergeschichte ist „Der Kinnhaken", die gleichfalls 1926 in „Scherls Magazin" erschien. Brecht stellte einen Boxer dar, der einen Kampf gegen sich selbst führen muß, weil er vor dem Kampf eine unwiderstehliche Lust auf ein kleines Bier bekommt. Bei diesem Kampf mit sich selbst wird ihm aber so flau, daß er eine schlechte Meinung von sich bekommt. Dieser Mann hat den Kampf verloren, bevor er in den Ring steigt. „Ein Mann soll immer das tun, wozu er Lust hat. Nach meiner Ansicht. Wissen Sie, Vorsicht ist die Mutter des k. o."[146]

Im Jahre 1926 entstanden mehrere dieser kleinen Geschichten. Wichtige Anregungen kamen von Elisabeth Hauptmann, die sich im Genre der amerikanischen Shortstory gut auskannte und auch selbst solche Kurzgeschichten schrieb. Von ihr erschien unter dem Pseudonym Catherine Ux im Magazin „Das Leben" die Geschichte „Julia ohne Romeo". Zwischen Brecht und der Hauptmann kam es zu einem intensiven Gedankenaustausch über die Technik der Kurzgeschichte. „Gespräch über die Wichtigkeit guter Geschichten- und Stückanfänge", notierte Elisabeth Hauptmann am 29. April 1926. „Ich bin entzückt von dem Anfang der Kurzgeschichte von B.: ‚Zuviel Glück ist kein

Glück'. Der erste Satz lautet: ,Wir saßen in Korbstühlen auf Havanna und vergaßen die Welt.' Das finde ich herrlich, und das kann ich mir auch merken. Nach einem solchen Anfang kann in einer Geschichte alles passieren, was zwischen Erde und Himmel passieren kann. (Zitierbarkeit!)"[147]

In der Prosa zeichnete sich die Wendung im Ästhetischen, hervorgerufen durch die neuen Inhalte und Themen, nicht so deutlich ab. Zwar gab es zwischen der „Bargan"-Geschichte und dem „Lebenslauf des Boxers Samson-Körner" Unterschiede, bedingt durch die Andersartigkeit des Stoffes, aber in der Erzählhaltung, in der sprachlichen Diktion blieb sich Brecht gleich. Dagegen kam es in der Lyrik und in der Dramatik zu tiefgreifenden Veränderungen. Selbst die Sprache erfuhr eine Verwandlung. Der Autor des „Baal" meldete sich mit neuer Stimme zu Wort, am deutlichsten in „Mann ist Mann" und im „Lesebuch für Städtebewohner".

Erste Texte aus dem „Lesebuch für Städtebewohner" veröffentlichte Brecht 1926. Den Titel für den gesamten Zyklus benutzte er zum erstenmal am 1. Januar 1927 im „Berliner Börsen-Courier". Besungen wird die Kälte der Städte, aber ohne jedes Mitleid, ohne Zorn. Schon der für Lyrik geläufige Ausdruck „besungen" trifft nicht den neuen Ton. Es ist vielmehr ein Bericht über die Eigenschaften der Menschen in den großen Städten. Nicht das Gesicht der Städte wird beschrieben, sondern die Tugenden derer, die darin leben müssen. Der Dichter erarbeitete für die Städtebewohner einen Tugendkatalog, gleichsam als Warnung. Die Grundhaltung der Warnung ist in diesen Gedichten das einzige Merkmal der Güte. Das eigentliche Grundmotiv aber ist:

> Ihr müßt das ABC noch lernen.
> Das ABC heißt:
> *Man wird mit euch fertig werden.*[148]

Brecht kam mit Neugier in die großen Städte, aber er liebte sie eigentlich nicht. Er fühlte sich immer als der Mann aus Augsburg, aus der Provinz. „Ich habe mich schwer an die Städte gewöhnt.“[149] Das großstädtische Leben faszinierte ihn, weil sich in ihm die Richtung abzeichnete, die nach seiner Meinung das menschliche Zusammenleben nahm. In den Städten fiel mancher Aberglauben, manche Verklärung weg. Traditionelle Bindungen, die anderenorts noch funktionierten, hatten sich hier längst aufgelöst. Wer sich hierher begab, durfte nur noch mit sich selbst rechnen. Wer hier einen Halt suchte, war schon verloren. Gelegentlich war Brecht von diesem Leben so betroffen, daß er sich fragte: „Wie komme ich ... auf diese Märkte, Cafés und Amüsierbuden, und unter solche Menschen?“[150] Aber er betrachtete dieses Leben als eine Probe auf seine Fähigkeit, zu bestehen, hinaufzugelangen. Für Leute, die unterlagen, die ihren Bauch nicht füllen konnten, schien ihm Mitleid nutzlos. Für richtiger hielt er, die Sachverhalte klarzustellen. Im „Lesebuch für Städtebewohner“ heißt es:

Manche, ins Wasser gefallen, erreichen spielend
das Flußufer
Andere mit Mühe und wieder andere gar nicht.
Dem Fluß ist dies gleichgültig.
Du mußt das Flußufer erreichen.
Wisse: niemand außer dir
Kann es von dir verlangen, daß du lebst.[151]

Im Unterschied zur frühen Lyrik gibt es hier nicht mehr die überhitzte, in weite Fernen getriebene Phantasie. Statt des Atmosphärischen dominiert die sachliche Beschreibung von Haltungen. An die Stelle der bunten Metaphernwelt des „Baal“ ist die nüchterne Analyse getreten. Brecht beschreibt die Haltung der Städtebewohner mit der kühlen Sachlichkeit des Chronisten, mit einer Tacitus-

Diktion. Doch sucht sich das lyrische Subjekt ein Gegenüber, jemanden, dem es eine Folgerung mitteilen kann. Einfache Vorgänge diagnostiziert es als die Unglücksfälle der Städtebewohner. Die „Wenn"-Sätze werden mit der entsprechenden Folgerung versehen:

Wenn du deinen Eltern begegnest in der Stadt
Hamburg oder sonstwo
Gehe an ihnen fremd vorbei …

Wenn deine Frau weint, werden wir unsere Hüte ins
Gesicht ziehen …

Wenn ich mich singen höre, sage ich:
Heute bin ich lustig; das ist gut für
Den Teint.

Wenn Sie noch etwas sagen wollen, dann
Sagen Sie es mir, ich vergesse es.

Wenn er meint, er kann brüllen bei jeder Kleinigkeit
Immer auf das Maul, ihr werdet doch noch mit so
einem fertig werden.

Wenn ich wiederkehre
Unter roherem Mond, meine Lieben
Dann komme ich in einem Tank
Rede mit einer Kanone und
Schaffe euch ab.[152]

Die Schlußfolgerungen, die Brecht vermittelt, sind solche der Selbsterhaltung, nicht der Veränderung, des Eingreifens in die versteinerten Zustände. Im Grunde sind es Appelle, Hinweise an den Starken, wie er sein Durchkommen, sein Überleben organisieren kann. In diesen Überlebensanweisungen ist ein verdeckter Nietzsche-Einfluß spürbar. Die Nietzsche-Lektüre, der Brecht vor allem im

Jahre 1920 zusprach, wirkte hier nach. Das Durchkommen der Städtebewohner vollzieht sich gleichsam nach dem Nietzsche-Wort: Was mich nicht umbringt, macht mich stärker. Doch hält Brecht für seine Städtebewohner keine Übermenscheneigenschaften bereit. Das Geschlecht von morgen ist der zu Stein gewordene Dreck von heute.

> Ich bin ein Dreck; aber es müssen
> Alle Dinge mir zum besten dienen, ich
> Komme herauf, ich bin
> Unvermeidlich, das Geschlecht von morgen
> Bald schon kein Dreck mehr, sondern
> Der harte Mörtel, aus dem
> Die Städte gebaut sind.[153]

Ein Gedicht, das bezeichnenderweise „Vom fünften Rad" heißt, beschuldigt weder die Welt noch die Menschen, daß sie schlecht sind. Erst die Überzahl mache, daß der Mensch schlecht werde. Der Gedanke, daß alles Übel daher rühre, daß die Welt zu „voll" sei, muß bei Brecht als beiläufig betrachtet werden. In dieser Form taucht er nicht wieder auf und wird auch nirgends philosophisch reflektiert. Aus dieser Situation entwickelte er später seine Vorstellung von der Nützlichkeit des Menschen. Schlecht ist eine Welt, in der keiner dem anderen nützlich sein kann. Die letzten Gedichte des Zyklus enthalten einige Überlegungen, die bereits darauf hindeuten, daß Brecht nach neuen weltanschaulichen Lösungen suchte. Er fängt an, zwischen den Übeln zu unterscheiden, zwischen solchen, die wie Erdbeben sind, und anderen, die von Menschen gemacht sind, wie der Getreidepreis in Illinois. Von der Betrachtung der Massen wendet er sich zu der der Klassen. In dem Text „Anleitung für die Oberen", der am Schluß des Zyklus steht, wird die Anonymität der Städtebewohner aufgehoben. Es wird der erkannt, der die

Stadt am Leben erhält und am meisten unter ihr leidet: der Arbeiter. Das Gedicht endet nicht mit einer Warnung, sondern enthält den Vorschlag, neben der Ehrung für den gefallenen Unbekannten Soldaten auch des Unbekannten Arbeiters zu gedenken:

Aber trotz alledem sollte man
Vielleicht doch anordnen
Daß dem *Unbekannten Arbeiter*
Aus den großen Städten der bevölkerten Kontinente
Endlich eine Ehrung bereitet wird.
Irgendein Mann aus dem Netz des Verkehrs
Dessen Gesicht nicht wahrgenommen
Dessen geheimnisvolles Wesen unbeachtet
Dessen Name nicht deutlich gehört worden ist
Ein solcher Mann sollte
In unser aller Interesse
Mit einer Ehrung von Ausmaß bedacht werden
Mit einer Radioadresse
„Dem Unbekannten Arbeiter"
Und
Mit einer Arbeitsruhe der sämtlichen Menschen
Über den ganzen Planeten.[154]

1927 erschien nun endlich auch „Bertolt Brechts Hauspostille", jener Gedichtband, von dem Herbert Jhering bereits 1922 ein Exemplar versprochen worden war. Ein vorläufiges Manuskript lag seit Ende 1921 im Kiepenheuer Verlag in Potsdam, obwohl es dort in Hermann Kasack, dem Lektor, einen Fürsprecher hatte, der den Verlag zur Veröffentlichung drängte. Sie wurde 1922 angekündigt, blieb aber aus. Kasack mahnte Brecht immer wieder, das Manuskript zu liefern. Doch noch im Juni 1924 hielt dieser die Arbeit an der Sammlung nicht für so weit gediehen, daß sie als druckreif betrachtet werden konnte. Ob er das Werk deshalb nicht schickte, weil er von den finanziellen Schwierigkeiten und der Erpreßbarkeit des Verlages durch Leute, die seine „Legende vom toten Soldaten" keinesfalls zulassen wollten, wußte oder ob er einfach von anderen Projekten in Anspruch genommen war, läßt sich nicht eindeutig feststellen. Erst im Oktober 1925 war das fertige Manuskript in den Händen des Verlags. Im Auftrag Brechts sah Elisabeth Hauptmann die Sammlung erneut durch. Sie sollte jetzt „Taschenpostille" heißen, weil sich der Verlag zu einem eleganten, bequem handhabbaren Taschenformat entschlossen hatte: 11 × 15 cm, auf Dünndruckpapier und in Ledereinband. Aber wieder scheiterte die Veröffentlichung. Daß die Ausgabe durch den Einspruch eines Aktionärs nicht zustande kam, der verlangte, die „Legende vom toten Soldaten" auszusondern, wie man lange annahm, hat sich nicht bestätigt. Der Grund ist vielmehr darin zu suchen, daß der Propyläen-Verlag Berlin, an den sich Brecht gebunden hatte, das Werk beanspruchte, Kiepenheuer aber seine Rechte nicht mehr geltend machen konnte. Von dem bei Kiepenheuer bereits fertiggestellten Satz ließ sich Brecht 25 Exemplare als Privatdruck anfertigen. Da sich der Propyläen-Verlag nicht auf die eigenwilligen Ansprüche in Hinsicht auf Format und Ausstattung des Buches einließ, die mit Kiepenheuer abgesprochen waren, griff Brecht wieder auf den alten „Hauspostillen"-Titel zurück.

Ihm kam es nicht darauf an, möglichst repräsentativ als Lyriker vorgestellt zu werden. Was er wollte, war ein Buch mit Gebrauchswert. Nicht Poesie, die dem neuesten Trend entsprach, beabsichtigte er an den Leser zu bringen, sondern Erbauung. Die allerdings verstand er auf seine Art. Anknüpfend an Luther, der seine gesammelten Predigten den Gläubigen als „Kirchen- und Hauspostille" empfahl, ordnete Brecht die Gedichte in fünf Lektionen an: Bittgänge, Exerzitien, Chroniken, Psalmen und Mahagonnygesänge, Die kleinen Tagzeiten der Abgestorbenen. Diese Überschriften gebrauchte er keineswegs nur ironisch. Er betrachtete sie als durchaus ernst gemeinte Umdeutung für eine profan gewordene Welt. Nicht der Zuspruch, sondern die Dinge, die jetzt des Zuspruchs bedurften, waren schäbiger geworden. Brecht wandte sich mit seiner „Postille" gegen die Verführung, aber Erbauung sollte auch dem nicht vorenthalten werden, für den es keine überirdische Instanz mehr gab. Insofern bekam das Lutherische Erbauungsgenre bei Brecht eine doppelbödige Funktion. Es wurde Zuspruch für eine Welt versprochen, in der es nichts gab, was Zuspruch verdient hätte. Brecht offenbarte sich seinem Leser, indem er auf das Narkotikum der Poesie verwies. Noch lief alles darauf hinaus, den religiösen und vaterlandsideologischen Rauschgifthändler durch den poetischen Rauschgifthändler auszuschalten, der die Kälte besang und nichts versprach.

Für den weltanschaulichen Standort der „Hauspostille" hat man auch in späteren Jahrzehnten keine befriedigende Definition finden können. Meist wurde er als anarchistisch oder nihilistisch gekennzeichnet. Weil damit wenig gesagt war, suchte man weiter zu differenzieren und umschrieb ihn als „anarchistischen Nihilismus", auch als „listigen Nihilismus". Doch alle diese Vokabeln werden der Gedichtsammlung nicht gerecht. Mit politisch geprägten Termini ist der Suche des jungen, unpolitischen Brecht nach einer Haltung, die in der von Klassenkämpfen zerrissenen Welt eingenommen werden kann, nicht beizukommen. Auf nichts bauen hieß bei Brecht keineswegs, nichts zu tun; an allem zweifeln bedeutete nicht, zu verzweifeln. Er wandte sich gegen die alten gesellschaftlichen Verklärungen ebenso wie gegen die neuen Anstrengungen, die Welt zu verändern. Sein Nein zu dieser Welt hielt er für keinen Grund, sich selbst aufzugeben. Es ging hier um den schwierigen Versuch eines jungen Menschen, in einer unbewohnbaren Welt ohne praktikable Lösung und ohne konkrete Utopie auszukommen und dennoch tatbereit zu bleiben. Deshalb besang Brecht in der „Hauspostille“ die Kälte der Welt, ohne zu verzweifeln. Noch rechnete er mit den Menschen, obwohl er ihnen sagte, daß es auf sie nicht ankomme, daß sie beruhigt sterben können. Auf nichts hoffen als auf neue Kälte und dennoch bestehen, das war für ihn das einzige, was den Menschen blieb. Dieser Haltung liegt das heimliche Verlangen zugrunde, noch vieles auszuprobieren. Denn schließlich konnte das, was da war, nicht alles gewesen sein.

Anfang September 1924 schrieb Brecht an Helene Weigel, er sei nicht ohne Beschäftigung. Vier Akte seien im Rohbau fertig: „Was ich habe, ist befriedigend, einiges gut.“[155] Gemeint war ein neues Stück, das auf einem alten Plan basierte. Die Vorarbeiten reichten bis in das Jahr 1918 zurück, als Brecht an der „Sommersinfonie“ schrieb. Mit solchen Stücken hat es immer eine besondere Bewandtnis. Es kann geschehen, daß ein Dichter eine Idee jahrelang mit sich herumträgt, bis der Augenblick kommt, da sie Gestalt annimmt. Das ist die glückliche Variante. Aber es gibt auch Stoffe, die, lange erwogen, sich doch immer wieder dem Zugriff entziehen – ein quälender Prozeß. So ähnlich verlief die Arbeit am „Galgei“ oder, wie das Stück später hieß, „Mann ist Mann“. Vielleicht blieb die Arbeit deshalb so lange ohne feste Konturen, weil das Ziel zu hoch gesteckt war. Schon immer war es Brechts Wunsch gewesen, eine große, aber ganz einfache Geschichte auf das Theater zu bringen. Im Juli 1920 dachte er noch an folgende: „Anno domini ... fiel der Bürger Joseph Galgei in die Hände böser Menschen, die ihn gar übel zurichteten, ihm seinen Namen abnahmen und ohne Haut liegen ließen. So möge jeder achtgeben auf seine Haut!“[156]

Was alles mit den Menschen gemacht werden kann, war

Brechts Thema von Anfang an. Doch fehlte ihm damals die weltanschauliche Basis, um diese Story von einem festen Punkt her erzählen zu können. Den vielfältigsten Anregungen ausgesetzt, bekam die Geschichte keine markante Wendung. Am Anfang wird die Polemik gegen die expressionistische Wandlungsdramatik Motiv und Impuls gewesen sein. Der Verwandlung des Menschen sollte das Mystische, Idealistische genommen werden. Doch dabei wäre nur ein umgekehrter Baal herausgekommen: Galgei, „dem sie ins Gehirn schiffen, Schnaps, und er wird eine Bedürfnisanstalt wie alle“[157]. Dann wieder wollte Brecht entsprechend dem „Zeitgeist“ zeigen, wie ein Mann mittels Papieren umgewandelt wird: „Siehe, er unterschreibt ein Papier, und da steht Pick, das ist er, das Papier gilt nur für Pick. Jetzt ist er Pick, noch in Galgeis Hemd und Kleidern.“[158] Doch sehr bald kam er auf den Punkt, der die Geschichte bisher stets hatte scheitern lassen: „Mir fehlt zum ‚Galgei‘ jene Gestalt von größtem Ausmaß, die die Fabel tragen kann.“[159] Seine bisherigen Figuren, Baal, Kragler, erweisen sich beim Durchsetzen ihrer Ziele als stark, ungewöhnlich; sie verfügen über das Besondere, über Individualität. Ein Mann dagegen, mit dem man alles machen kann, schien kein Gegenstand für das Drama zu sein, ebensowenig wie ein Mann der Güte, der Selbstverleugnung.

Erst als Brecht näher mit den Möglichkeiten des epischen Theaters vertraut wurde, wußte er mit der Figur etwas anzufangen, kam die Fabel in Gang. Davon ausgehend, eine einfache Geschichte zu erzählen, machte Brecht die Fabel zum A und O seiner Bemühungen. Mit der Arbeit an diesem Stück stieg er in ein Fabeltraining ein, aus dem er sich nicht mehr entließ. Das Vortragen einer Fabel in verschiedenen Formen gehörte zu den ständigen Geschmeidigkeitsübungen, die er sich und anderen abverlangte. Den Fortgang der Handlung von „Mann ist Mann“ faßte er als Zeitungsbericht ab: „Wenige

Minuten nachdem Galy Gay seine eigene Frau verleugnet hatte, kam dann der Armeeaufbruchsbefehl. In derselben Nacht würde die Armee in die Waggons nach dem tibetanischen Kriegsschauplatz verladen werden, und immer noch waren die drei von der Maschinengewehrabteilung im Grund ohne vierten Mann. Und nun kam es, nur durch die verzweifelten Umstände, erklärlich, zu der

VERWANDLUNG EINES LEBENDIGEN MENSCHEN IN DEN MILITÄRBARACKEN ZU KILKOA.

Nachts um 10 Uhr sah sich der Packer Galy Gay in ein dunkles Elefantengeschäft verwickelt. Obwohl er sich darüber klar sein mußte, daß das Geschäft einen sehr anrüchigen, ja, verbrecherischen Anstrich hatte (es handelte sich um den unberechtigten Verkauf eines sehr natürlich auftretenden Armee-Elefanten, ein künstliches Erzeugnis seiner neuen Freunde, den er bestimmt weniger als bare Münze nahm, als er ihn in bare Münze umzusetzen versuchte), übernimmt er teils aus Spaß, teils aus Gewinnsucht, teils aus Renommisterei die Rolle des Elefantenverkäufers. Er wird, entsprechend der abgekarteten Regie der Maschinengewehrleute bei der Auktion des künstlichen Elefanten gefaßt, verhaftet, vor ein angebliches Kriegsgericht geschleppt und zum Tod durch Erschießen verurteilt. Angesichts von sieben auf seine Brust gerichteten Gewehrläufen fällt er in Ohnmacht. Bei dem höchst verwirrenden Verhör, bei dem das ‚Gericht' von der Voraussetzung ausging, daß der verbrecherische Elefantenverkäufer den Namen Galy Gay geführt hätte, hatte er leidenschaftlich geleugnet, dieser Galy Gay zu sein. Aus seiner Ohnmacht erwachend gewahrt der nun schon völlig Verwirrte die ergreifenden Vorbereitungen eines militärischen Begräbnisses, und auf die Frage: wer denn begraben würde, erhält er die Antwort: ein gewisser Galy Gay, der erschossen worden sei. Der Aufforderung, diesem

Galy Gay, da er der Einzige sei, ‚der diesem Zivilisten früher menschlich nahegestanden habe', die Leichenrede zu halten, kommt der nunmehr von allen als Jerome Jip Angesprochene in tiefer Benommenheit nach. Als der Mond verblaßt, marschiert

DER NEUE JIP

mit allen anderen in die Waggons nach Tibet."[160]

So elegant, den Spaß herausfordernd die Fabel auch geführt wurde, zeigte sie doch nicht zwingend, zu welchem Zweck das Ummontieren eines Menschen unternommen wurde. Sie machte dem Zuschauer nur klar, wie schnell dergleichen geschieht. Ob der Mann dabei gewinnt oder verliert, blieb bis zuletzt eine Frage der Deutung. Die Fabel, auf das Ende hin erzählt, blieb offen, weil das Ende keine entschiedene Wertung erfuhr. Brecht selber deutete die Fabel in sehr verschiedener Weise. In der Vorrede zu einer Hörspielfassung, die der Rundfunk am 18. März 1927 sendete, erklärte er: „Es ist eine lustige Sache. Denn dieser Galy Gay nimmt eben keinen Schaden, sondern er gewinnt. Und ein Mensch, der eine solche Haltung einnimmt, muß gewinnen."[161] Die Umfunktionierung des Pakkers Galy Gay wurde von Brecht als ein geglückter Akt mit einer merkwürdigen positiven Konsequenz auch in Hinsicht auf die Entwicklung des Menschen beschrieben. „Die großen Gebäude der Stadt New York und die großen Erfindungen der Elektrizität allein vermehren noch nicht das Triumphgefühl der Menschheit. Denn, wichtiger als sie, bildet sich jetzt, eben jetzt, *ein neuer Typus von Mensch* heraus, und das gesamte Interesse der Welt ist auf seine Entwicklung gerichtet. Die Kanonen, welche vorhanden sind, und die Kanonen, welche noch gemacht werden, sind gegen ihn eingestellt oder für ihn. Die Häuser, welche da sind und die gebaut werden, sind gebaut, ihn zu unterdrücken oder ihn zu beherbergen. Alle lebendigen Werke, die in dieser Zeit geschaffen oder für diese

Zeit verwendet werden, versuchen ihn zu entmutigen oder ihm Mut einzuflößen. Und Werke, die nichts mit ihm zu tun haben, sind nicht lebendig und haben mit nichts etwas zu tun. Dieser neue Typus Mensch wird nicht so sein, wie ihn der alte Typus Mensch sich gedacht hat. Ich glaube: Er wird sich nicht durch die Maschinen verändern lassen, sondern er wird die Maschinen verändern, und wie immer er aussehen wird, vor allem wird er wie ein Mensch aussehen."[162] Aber noch ein Jahr zuvor hatte er in einem Gespräch mit Bernard Guillemin auf dessen Frage, ob aus dem Experiment des Ummontierens vielleicht der ideale Mensch entstehe, geantwortet: „Nein, nicht sonderlich."[163]

Bis in die Inszenierung hinein blieb das Problem für Brecht selbst offen. Er entzog sich einer eindeutigen Festlegung, indem er darauf verwies, daß er der Deutung weiten Raum lasse und der Zuschauer auch zu einer ganz anderen Meinung gelangen könne als er selber. Das Stück müsse als eine Wette auf die Menschenkenntnis des Zuschauers verstanden werden. Daß er im Unterschied zu vielen seiner Schriftstellerkollegen im Verlust der Individualität etwas Positives sah, dürfte kaum zu bezweifeln sein. Ein solcher Standpunkt erklärte sich aus seiner damaligen neusachlichen Sicht der Dinge, die sich von allen traditionellen Gebundenheiten abwandte. Was mit dem neuen Menschentypus gemeint war, der aus einer solchen „Ummontage" entstehen könnte, muß in dem Sinne verstanden werden wie im „Lesebuch für Städtebewohner" das Bild vom Dreck, der zu hartem Mörtel wird, aus dem die Städte gemacht sind:

> Ich bin ein Dreck; aber es müssen
> Alle Dinge mir zum besten dienen, ich
> Komme herauf, ich bin
> Unvermeidlich, das Geschlecht von morgen ...[164]

Erst in der Berliner Fassung von 1931 und noch eindeutiger in der von 1954 betrachtete Brecht Galy Gay als den Mann, der in das „falsche, schlechte Kollektiv“ eingepaßt wird. In dieser Konkretisierung wurde die Figur eindeutig negativ.

Bei der Uraufführung am Darmstädter Landestheater am 25. September 1926 führte Jacob Geis Regie, an der sich Brecht intensiv beteiligte. Hier erprobte er Elemente des epischen Theaters. Entsprechend der Eigenart des Stückes ließen Geis und Brecht konsequent auf Situation spielen. Die Darsteller sollten sich nicht an die Figur halten, sondern an die Vorgänge. Für das epische Theater sei es unerheblich, festzustellen, wie ein Mensch überhaupt sei. Vielmehr müsse der Schauspieler zeigen, wie sich ein Mensch in bestimmten Situationen verhalte. Bei einer solchen Spielweise habe der Darsteller mehrere Funktionen zu erfüllen. Entsprechend ändere sich auch der Stil. Die Kritik der Darmstädter Uraufführung sah da nur Stilbruch und schenkte dem neuen Versuch, episch zu spielen, wenig Aufmerksamkeit. Sie deutete das Stück auf ihre Weise, auf die gebräuchliche: „Ernst Legal aber (des Intendanten Legal bester Schauspieler!) machte mit dem Galy Gay ein Meisterstück vom reinen Toren; vom ewig Verführbaren durch die Wandlungen der Angst, des Triebs und der Vergnüglichkeit dieses gefährlichen Daseins. Hier fiel das symbolische Kostüm ab von dem natürlichen Lebewesen des Schauspielers: die Verwandlung geschah ohne Zauber einfach durch die Person. … Der Beifall tönte ausgezeichnet. … Man sah die Schauspieler und jede Falte in ihren ‚Charakterköpfen‘. Keiner sah aus wie der andere. Jeder hatte sein Ich. Mann ist doch nicht Mann.“[165]

Wem gehört die Welt

„Umwälzungen finden in Sackgassen statt“

Nach der Arbeit an „Mann ist Mann“ ging es nicht mehr so recht vorwärts. Doch waren die Jahre zwischen 1925 und 1927 für Brecht durchaus keine Zeit der Krise, der Depression wie um 1920. Es fehlte ihm nicht an Ideen, Plänen, Projekten. Aber je mehr er sich den neuen Stoffen zuwandte, je sicherer er sich war, damit neues Terrain zu betreten, um so tiefer geriet er in die Sackgasse. Er fing ein Stück nach dem anderen an, doch keines wurde fertig. Zwar hatte er immer schon lange an Stücken herumgebastelt, der Rohbau gelang aber meist schnell und leicht. Jetzt stellten sich Schwierigkeiten ein. Die Projekte dieser Jahre blieben meist Fragment.

Die Stoffe entnahm er fast ausnahmslos dem amerikanischen Milieu, der Geschichte der USA, der Aufstiegsphase des amerikanischen Kapitalismus. Sie lassen sein Amerikabild in allen Schattierungen hervortreten, vom Lob auf die großen Städte bis zur Kritik an der amerikanischen Lebensweise. Doch nicht allen Stoffen merkt man den Zugriff auf etwas Neues an. Einige sind nur im neuen Milieu angesiedelt, ohne zu neuen Einsichten zu führen. So schrieb er 1924 an einem Operntext „Mann aus Manhattan“ (Sodom und Gomorrha), der sich wie eine Parodie auf Schillers „Bürgschaft“ liest und letztlich doch keine ist. Ein Pferdedieb wird gefaßt und soll an Ort und Stelle gehängt werden. Da er aber vorher noch einmal seinen Vater aufsuchen will, findet sich ein Freund, der im Notfall bereit ist, für ihn auf den elektrischen Stuhl zu steigen. Obwohl der Dieb den festen Vorsatz hat, wieder zurückzukommen, vergißt er sein Vorhaben (und zwar bei der Lektüre der Geschichte Amerikas). Er heiratet, während der Freund auf den elektrischen Stuhl geht. Geradezu kitschig wird die Geschichte gegen Schluß. Undank zahlt sich nicht aus. Des undankbaren Helden Weizen blüht nicht. Sein Haus geht in Flammen auf, seine Familie kommt darin um.

Nicht weniger banal, dafür aber noch verworrener ist der „Untergang der Paradiesstadt Miami“, ein Stück, an dem Brecht 1926 schrieb. Bedeutsam ist es nur insofern, als hier nicht mehr vom Lob auf die großen Städte die Rede ist, sondern von ihrem Untergang. Die kalte Sachlichkeit der Menschen in den Großstädten, ihr brutaler Existenzkampf, ihr dauernder Krieg untereinander werden nicht mehr als die adäquate Daseinsweise dieses Jahrhunderts betrachtet, sondern verworfen. Die Kritik an den Riesenstädten markiert eine drastische Wende im Amerikabild Brechts.[1]

Kritisch sah Brecht Amerika auch in dem Textentwurf zu einer Revue, die er im gleichen Jahr für Max Reinhardt schrieb. Er griff Schlagworte der amerikanischen Lebensweise wie Rekord, Girls, Lächeln, Reklame, Boxkampf, Revue, Tarzan, Sechstagerennen, Zeitlupe, Geschäft, Radio auf, um daran zu demonstrieren, wie in den großen Städten alles auf Untergang und Zerfall zusteuert. Obwohl er mit diesem Projekt sicher keine weitgesteckten Ziele verfolgte, kam er damit nicht zu Rande. Er fand zu keinem Darstellungsverfahren, das den Gebrauch der Dinge kritisierte, ohne sie an sich zu verwerfen. Nach wie vor begrüßte er Boxsport, Radio, Sechstagerennen usw. Kritikwürdig erschien ihm nur der Gebrauch, der davon gemacht wurde, die Verwandlung des Sports in einen „Schiebungssport“, des Wettkampfs in einen Konkurrenzkampf. Da ihm gleichzeitig eine Parodie der amerikanischen Revue vorschwebte, ging das Konzept nicht auf. Differenzierungen ließen sich mit den Mitteln der Parodie nicht sinnfällig machen. So geriet alles eher harmlos als kritisch, satirisch. Im Grunde fehlte Brecht für alle diese Stoffe der richtige Dreh, um sie aus dem Sentimentalen, Kitschigen herauszuheben und eine neue Betrachtungsweise auf die Vorgänge freizulegen. Was ihm später bei der „Dreigroschenoper“ glückte, gelang ihm hier nicht. Die Stoffe blieben trotz des neuen Kolorits im Konventionellen oder Belanglosen.

Die neuen Wege hatten ihn in eine Sackgasse geführt. In noch größere Schwierigkeiten geriet er, als er Stoffe aufgriff, mit denen er nicht nur zeigen wollte, wie der Mensch vom Geschäft lebt, sondern wie das ganze System von Kauf und Verkauf funktioniert. Damit war er an einem Punkt angelangt, der seine ganze Auffassung vom Leben und von der Literatur umstoßen sollte. „Dan Drew“ und „Joe Fleischhacker“ hießen die beiden Projekte, die ihn weiter in die Sackgasse führten und die deshalb auch Fragment blieben.

In „Dan Drew“ (1925/26) ging es um einen historischen Stoff und um eine reale Person, den amerikanischen Eisenbahnkönig Drew. Dargestellt wird sein erbitterter Kampf mit dem Konkurrenten Vanderbilt. Vanderbilt kauft heimlich die Aktien der Bahn auf, bis er die Mehrheit hat und Drew vom Direktorenposten verdrängen kann. Als Drew seinem Sturz entgegensieht, bittet er Vanderbilt, ihn im Alter nicht zu ruinieren. Vanderbilt gibt nach und beläßt Drew im Vorstand. Der aber dreht jetzt den Spieß um. Hier kam es Brecht darauf an, wie der Auf- und Ausbau der Eriebahn zu einer „Aktienmolkerei“ entartete. Großangelegte technische Unternehmungen werden skrupellos zu Geschäftsmanövern benutzt. Doch bei dem Versuch, die „kalte“, „sachliche“ Welt des Geschäfts vorzuführen, geriet Brecht zusehends in eine Abenteuerwelt hinein. Drauf aus, moderne Konkurrenzkämpfe vorzuführen, ließ er sich immer wieder zur Darstellung des alten Zweikampfes hinreißen. In dem Bemühen, das aufzugreifen, was die Menschen gegeneinanderhetzt, was sie wider Willen in mörderische Kämpfe verstrickt, landete er bei den „Charakterköpfen", den großen Außenseitertypen. Je mehr er sich in die Literatur über die beiden konkurrierenden Kapitalisten vertiefte, um so farbiger, abenteuerlicher erschienen sie ihm. Drew ist der durch seine Schlauheit und Durchtriebenheit emporgekommene Viehtreiber, der zwar nie eine angemessene Ausbildung genossen hat, doch trotz seines anscheinend naiven und burschikosen Auftretens ein scharfsinniger, einfallsreicher und schwer zu fassender, weil rücksichtsloser Gegner ist. „Vom Temperament her ist er ein Baissespekulant (Bär) im Gegensatz zu seinem Kontrahenten Vanderbilt, der von Natur aus an Wall Street auf Hausse spekuliert (Bulle). Kommodore Vanderbilt ist im Unterschied zum düsteren, dunklen Drew frohgemut, aufgeschlossen, sieht die Dinge in ihrem größeren Kontext und ist auf Grund seiner Bildung ganz allgemein überlegen."[2]

Aus diesem biographischen Material hat man zu schließen versucht, daß solche farbigen, vielschichtigen Gestalten Brecht sehr interessiert haben müssen. Nur durch den Umstand, daß er sich zu keiner klaren Wertung habe durchringen können, sei das Stück Fragment geblieben. Doch nach „Mann ist Mann" galt Brechts Interesse nicht mehr dem „Farbigen", „Abenteuerlichen". Alles, was nach vielschichtigen, farbigen Charakteren aussah, machte ihn in diesen Jahren eher mißtrauisch. Das konnte das Neue nicht sein. Mit „Charakterköpfen" und Abenteurerfiguren hatte sich die Literatur seit eh und je beschäftigt. Dem menschlichen Charakter eine weitere Nuance abzulauschen, betrachtete er nicht als eine für die Literatur dringliche Aufgabe. Er wollte an die „kalten", „sachlichen" Triebkräfte heran, an die Katastrophen, die durch die bloße Wirkung des Geldes ausgelöst wurden. Den freien Willen des Individuums hielt er für eine kapitalistische Erfindung. Mit „Dan Drew" kam er nicht weiter.

Zur gleichen Zeit arbeitete Brecht an dem Stück „Joe

Fleischhacker“ (1924–1929). Von Piscator unter dem Titel „Weizen“ als Vorhaben im Spielplan 1927/28 bereits angekündigt, blieb es Fragment. In diesem Stück beabsichtigte Brecht, die Familie Mitchell, die vom Land in die Großstadt gekommen ist, mit den Auswirkungen der Weizenspekulation des Kapitalisten Joe Fleischhacker zu konfrontieren. Die Not in der Stadt Chicago reißt die Familie auseinander. Während eines Streiks werden die einzelnen Mitglieder der Familie auf die Straße gesetzt und kommen im allgemeinen Chaos der Stadt um. Um den gesamten Markt zu beherrschen und den Weizenpreis auf die Spitze treiben zu können, hintergeht Joe Fleischhacker seine Makler. Doch Joe Fleischhacker wird von ihnen durchschaut. In der großen „Börsenschlacht“ besiegen sie ihn. Über Nacht wird er zu einem armen Mann.

Mehr als in „Dan Drew“ ging es hier um die Machinationen des „kalten“, unromantischen Lebens. Brecht bemühte sich sehr, alles in Erfahrung zu bringen, was mit dem Verkauf von Weizen zusammenhing. Er beauftragte Elisabeth Hauptmann, sich bei Fachleuten Auskunft zu holen. Eine Liste von Fragen wurde aufgestellt. Über ihren Schwager, der oft in Chicago beruflich zu tun hatte, beschaffte sie weiteres Material. Brecht wollte an die komplizierten Börsenmanöver, an die „Eigenartigkeit von Geldkatastrophen“ heran, um sie zum Gegenstand des Dramas zu machen. Gezeigt werden sollte der Mechanismus der versachlichten menschlichen Beziehungen. Dazu war nötig, daß auch die Opfer der Spekulation auftraten: die werktätigen Massen. Doch sosehr sich Brecht auch bemühte, den Geldgeschäften auf den Grund zu kommen, immer wieder entstand ein falsches Bild, immer wieder stellte sich die alte „Romantik“ ein. Die Dinge bekamen entweder den Anschein von menschlichen Willensakten oder von Naturkatastrophen. Die eigentlichen Ursachen des ganzen Mechanismus blieben im dunkeln. Hinzu kamen komplizierte dramaturgische Probleme. Die „Verursacher“ von Geldkatastrophen, die herbeigeführt wurden durch brutale, hemmungslose Spekulation, ließen sich nicht direkt, nicht auf einfache, „natürliche“ Weise mit deren Opfern zusammenführen. Zwischen beiden Welten gab es keine direkten Beziehungen. Im Drama ließ sich der Zusammenhang nur durch verzweigte Motivierungen oder mittels des Zufalls herstellen. Das bedeutete jedoch, die versachlichte Welt und ihren Mechanismus wieder aufzulösen, die Frage nach den tatsächlichen Ursachen beiseite zu schieben. Brecht hatte jetzt weitgehend eliminiert, was auf Charakter, auf Leidenschaft, auf menschlichen Willen hätte zurückgeführt werden können, die „physikalische Geldgeschichte“ rückte in den Mittelpunkt, aber von einer dramatischen Lösung sah er sich weiter entfernt denn je. Er konnte nur zu dem Schluß kommen, daß die heutige Welt nicht ins Drama paßte. Am 26. Juli 1926 notierte Elisabeth Hauptmann: „Die wichtigste Umstellung während der Arbeit geschah bei der Überprüfung des Materials für ‚Joe Fleischhacker‘. Dieses Stück sollte in Chicago spielen, und zwar in großem Stil, und sollte innerhalb einer Reihe ‚Einzug der Menschheit in die großen Städte‘ den aufsteigenden Kapitalismus zeigen. Für dieses Stück sammelten wir Fachliteratur, ich selber fragte eine Reihe von Spezialisten aus, auch auf den Börsen in Breslau und Wien, und am Schluß fing Brecht an, Nationalökonomie zu lesen. Er behauptete, die Praktiken mit Geld seien sehr undurchsichtig, er müsse jetzt sehen, wie es mit den Theorien über Geld stehe. Bevor er noch in dieser Richtung zumindest für ihn sehr wichtige Entdekkungen machte, wußte er aber, daß die bisherige (große) Form des Dramas für die Darstellung solcher modernen Prozesse, wie etwa die Verteilung des Weltweizens, sowie auch für Lebensläufe der Menschen unserer Zeit und überhaupt für alle Handlungen mit Folgen nicht geeignet war. ‚Diese Dinge', sagte B., ‚sind nicht dramatisch in unserem Sinn, und wenn man sie ›umdichtet‹, dann sind sie nicht mehr wahr, und das Drama ist überhaupt keine solche Sache mehr, und wenn man sieht, daß unsere heutige Welt nicht mehr ins Drama paßt, dann paßt das Drama eben nicht mehr in die Welt.' Im Verlaufe dieser Studien stellte Brecht seine Theorie des ‚epischen Dramas' auf."[3]

Alles Neue ist besser als alles Alte

Er, den der Gedanke beunruhigte, daß die heutige Welt nicht mehr ins Drama passe, der dadurch mit all seinen Plänen in eine Sackgasse geraten war, konnte nicht viel von Leuten halten, die so taten, als sei noch alles im Lot, als sei die Kunst auch weiterhin von nichts anderem abhängig als vom Können. Seine vergeblichen Anstrengungen, hinter so schwierige Dinge wie Börsenspekulation und Weizenverteilung zu kommen, machten ihn mißtrauisch, ja geradezu allergisch gegen Künstler, die meinten, das ganze Problem bestehe nur darin, die Wahrheit zu sagen. Ihm ging es darum, die wirklich entscheidenden Wahrheiten herauszufinden.

Verstrickt in diese Schwierigkeiten und im Bewußtsein der unerbittlichen Notwendigkeit, ganz neu beginnen zu müssen, wurde ihm die bisherige Kunst zu einem Gegenstand, mit dem er sich auseinandersetzte. Diese Kunst griff er schonungslos an. Sie haßte er, weil er sie für leblos hielt, weil er meinte, daß sie nichts mehr in Bewegung bringe, nicht einmal sich selbst. Hatte er sich eben noch beklagt, keinen wirklichen Feind zu haben, schuf er sich jetzt ein komplettes „Feindbild", baute er eine Kunstwelt auf, von der er sich absetzte, sich distanzierte, die zunehmend zu einem Gegenstand der Polemik wurde. Unerbittlich zog er gegen alles und gegen jeden los. Selbst was er einst geliebt hatte, verfiel seiner strengen Musterung. Wenn für ihn die Stücke Hebbels zum Sinnbild dafür wurden, wie wenig eine solche Kunst überhaupt noch mit dem Leben, mit der Wirklichkeit in einem nur einigermaßen verständlichen Bezug stand, so beschränkte sich seine Polemik nicht nur auf Hebbel und die Dramatik dieser bürgerlichen Spätphase. Ebenso gründlich räumte er mit der deutschen Klassik auf. Hier wurde seine Haltung besonders problematisch. Das deutsche Publikum, mit seinen literarischen Traditionen nicht allzu vertraut, ließ es im allgemeinen zu, daß die Größe seiner Klassiker gelegentlich getestet und neu bestimmt wurde. Bei Goethe ebenso wie bei Beethoven und Wagner hörte jedoch der Spaß auf, da durfte niemand auf Verständnis, auf Anhören von Gründen rechnen, wenn er diese Großen in Zweifel zog. Dabei war in Brechts ästhetischem Denken nichts fester verwurzelt als das dichterische Werk von Goethe und Schiller. Er mag Frank Wedekind subjektiv mehr zugetan gewesen sein, es hat sicher Zeiten gegeben, wo dieser und jener Dichter ihm alles war; was ihn jedoch fürs ganze Leben prägte, was er ständig mit sich herumtrug und womit er sich sein ganzes Leben lang herumschlug, waren die Kunstleistung und das ästhetische Credo der deutschen Klassik. Die Wut, mit der er sich jetzt auf sie stürzte, mit der er die Abrechnung betrieb, signalisierte nur, wie tief er getroffen war, wie hoffnungslos er die Lage betrachtete, in der er sich befand. Einzig Shakespeare, an dem er zu dieser Zeit auch manches zu bekritteln hatte, hielt der Musterung stand. Doch auch er konnte ihm damals kein Vorbild sein, konnte ihm keinen Weg zeigen. Ihn verwarf er nicht, ihn umging er.

Nichts ist unverständiger und bornierter, als diese Haltung empört zurückzuweisen oder ihr mit dem erhobenen Zeigefinger entgegenzutreten, belehrend, daß das ja alles nicht stimme. Natürlich kann es nicht darum gehen, Brechts damalige Wertung von Literatur zu übernehmen. Vielmehr gilt es zu begreifen, daß sich hier ein ganz notwendiger Vorgang vollzog. Brecht mußte sich erst einmal von allem abstoßen, um zu etwas Neuem und zu sich selbst zu kommen. Jeder in die Literatur Eintretende empfindet das Vergangene zunächst einmal als Bedrükkung, als etwas ihn Belastendes, von dem er sich abstößt.

Wer bestehen will, muß eine Kraft entfalten, die fähig macht, es mit allem aufzunehmen, was bisher war.

War Brechts Umgang mit der literarischen Tradition schon keine theoretische Angelegenheit, sondern ein erbitterter Streit mit der Gesellschaft, sein Verhalten zu den Repräsentanten der zeitgenössischen Literatur war es noch viel weniger. Bei ihnen fand er nur seichte Geschwätzigkeit und harmlose Überlegungen – einen Zustand, bedrohlich genug, um kein Blatt vor den Mund zu nehmen und keine Beleidigung ungesagt zu lassen. Wie war nun die Lage tatsächlich? Geht man von der radikalen Wendung aus, die Brecht der Kunst zu geben versuchte, so waren die ästhetischen Prognosen, wie sie Thomas Mann, Hugo von Hofmannsthal, Bruno Frank, Robert Musil, Carl Sternheim und selbst Alfred Döblin Mitte der zwanziger Jahre abgaben, tatsächlich eher weltfremd als wirkliche Dinge berührend. Die Umfrage in der „Literarischen Welt“ hatte das ziemlich deutlich offenbart.

Für den geschwätzigsten und unnützesten Repräsentanten zeitgenössischer Literatur hielt Brecht Thomas Mann. Obwohl es im Laufe seines Lebens einige Versuche der Annäherung gab, blieb diese Abneigung, ja Feindschaft bis ans Lebensende bestehen, woran einige Leute um Thomas Mann nicht schuldlos waren. Am wenigsten persönlich motiviert verlief diese Feindschaft in den zwanziger Jahren. In Thomas Mann erblickte Brecht den Arrivierten, den, der seine literarische Art, mit der Welt auszukommen, gefunden hatte. Sie wurde ihm honoriert, sie trug ihm Beifall ein. Von dem immer dringlicher werdenden Bedürfnis, das gesamte Gefüge der Kunst zu verändern, hielt Brecht Thomas Mann weit entfernt. Deshalb gehörte er für ihn auch zu den Alten, zu Leuten, „die sich im Höchstfall mit 60 km in der Stunde fortbewegen konnten“, was auch ihrem Denken und Schreiben anzumerken sei. Bei dieser Feindschaft spielte der Neid eine nicht zu unterschätzende Rolle. Mit Neid blickte Brecht nicht so sehr auf den Weltruhm Thomas Manns, darin glaubte er ihn noch einholen zu können, sondern auf die gesellschaftliche Macht, über die er verfügte. Thomas Manns Wort besaß Gewicht in der politischen Öffentlichkeit, damit ließ sich etwas anfangen, ließen sich Weichen stellen. Und Brecht hätte gern Weichen gestellt, doch er besaß einen solchen Einfluß nicht.

Die Verfechter neuer Gedanken hatten keinen Einfluß und die Autoritäten keine neuen Gedanken. So sah es Brecht. Ferner glaubte er, Leute wie Thomas Mann besäßen die Verfügungsgewalt über die Produktionsmittel, die Brecht in der Kunst neuen Zwecken zuführen wollte. Nicht um Meinungen ging es ihm, sondern um den Einfluß, der vorhanden sein mußte, um bestimmte Kommandoposten in der Kunst zu besetzen. „Ein Beispiel: In der Polemik werden wir um Ihren Platz zu kämpfen haben, nicht in der deutschen Geistesgeschichte, sondern an einem Zeitungsblatt mit 200000 Lesern. Ein anderes Beispiel: Im Theater müssen wir nicht Ibsens Meinungen und Hebbels Gipsformen, sondern jene Leute bekämpfen, die uns die Theaterräume, die Schauspieler nicht übergeben wollen. Ihre Meinungen sind harmlos, Ihre ästhetischen Formen unschädlich, Ihre politische Stellung (zum Bürgertum: verehrungsvoll ironisch) unauffällig (und erledigt noch vor dem Bürgertum selber).“[4]

Wenn sich auch bereits damals schon abzeichnete, daß Brecht auf andere Weise Kunst zu machen suchte als Thomas Mann, so bezog er seine Abneigung doch keineswegs aus der genauen Kenntnis von Thomas Manns Romanen. Dieser Mühe unterzog er sich gar nicht, ihm genügte, daß einer nicht beabsichtigte, aus den bisherigen Erfahrungen auszusteigen. Deshalb hielt er Spielhagen, einen Erfolgsautor seiner Großeltern, im Vergleich zu Thomas Mann für einen Revolutionär; deshalb empfand er Thomas Mann als einen Hersteller „künstlicher, eitler und unnützlicher Bücher“[5]. Ja, er verstieg sich zu der Behauptung, er würde geradezu Geldopfer bringen, um sie zu unterbinden. Anlaß der Polemik waren zwei Artikel im August-Heft 1926 des Ullstein-Magazins „Uhu“: Thomas Manns Aufsatz „Die neuen Kinder“ und Klaus Manns Beitrag „Die neuen Eltern“. Auf Brechts Angriff im „Tagebuch“ vom 14. August 1926 „Wenn der Vater mit dem Sohne mit dem Uhu ...“ reagierte Thomas Mann im „Berliner Tageblatt“, was Brecht zu einer sofortigen Erwiderung veranlaßte, die entweder nicht veröffentlicht oder gar nicht erst an die Redaktion abgeschickt wurde.

Zu den literarischen Vertretern einer „erschöpften Bourgeoisie“ zählte Brecht nicht nur die Dichter der älteren Generation, sondern auch Fritz von Unruh, Arnold Zweig, ja selbst Carl Zuckmayer, mit dem er befreundet gewesen war. „Das ganze Gesindel der Werfel, U., Z., korrupt bis zur Marktgängigkeit, hat mit uns nichts zu tun. Ihre demokratische Seichtheit, Geistesschwäche und Harmlosigkeit sind für uns keineswegs wie für einige unserer Freunde die Folgen von Talentmangel, sondern von angeborener Bestechlichkeit, Trägheit und Willensschwäche. Ihren Erfolg verdanken sie dem unverständlichen Optimismus einer Schicht, die in ihrem unaufhaltsamen Abwärtsgleiten nicht mehr an ihre Mängel denken darf.“[6] Am meisten empörte ihn, daß diese „alte“, „erschöpfte“ Dichtung, die er auch „Weiberliteratur“ nannte, von jungen Leuten als erstrebenswertes Vorbild aufgenommen wurde.

Als Brecht 1927 bei einem Lyrikwettbewerb der „Literarischen Welt“ zum Preisrichter eingesetzt wurde und über vierhundert Einsendungen zu entscheiden hatte, fand er sich von einem Haufen alter Lyrik zugeschüttet und reagierte dementsprechend. Zunächst bekannte er freimütig, daß er von der Lyrik, die die literarische Öffentlichkeit am meisten schätzte, nämlich der Rilkes, Georges und Werfels, nichts halte. Die Einsender im Wettbewerb fanden vor seinem Urteil keine Gnade, und nicht einmal der Umstand, daß sich hier die junge Generation zu Wort gemeldet hatte, konnte ihn beschwichtigen: „Ich habe hier eine Sorte von Jugend kennengelernt, auf deren Bekanntschaft ich mit größerem Gewinn verzichtet hätte. Mein Interesse besteht sozusagen darin, sie zu verheimlichen. Was nützt es, aus Propagandagründen für uns, die Photographien großer Städte zu veröffentlichen, wenn sich in unserer unmittelbaren Umgebung ein bourgeoiser Nachwuchs sehen läßt, der allein durch diese Photographien vollgültig widerlegt werden kann? Was nützt es, mehrere Generationen schädlicher älterer Leute totzuschlagen oder, was besser ist, totzuwünschen, wenn die jüngere Generation nichts ist als harmlos? Angesichts des unbeschreiblichen persönlichen Unwerts dieser Leute meines Alters könnte man sich nicht einmal etwas davon versprechen, einen von ihrer Art mit irgendeiner beliebigen Wirklichkeit zu konfrontieren: selbst durch ein heilsames Hohngelächter könnte man die nicht von ihrer Sentimentalität, Unechtheit und Weltfremdheit oder der ihrer obengenannten Vorbilder heilen. Das sind ja wieder diese stillen, feinen, verträumten Menschen, empfindsamer Teil einer verbrauchten Bourgeoisie, mit der ich nichts zu tun haben will!“[7] Als Preisrichter entschloß sich Brecht, um wenigstens zu zeigen, welche Lyrik er als zeitgemäß empfand, den Song von Hannes Küpper „He! He! The Iron Man!“ abzudrucken, der den Sechs-Tage-Champion Reggie MacNamara besingt. Brecht empfahl dieses Gedicht, weil ihm zumindest ein gewisser dokumentarischer Wert zugesprochen werden könne.

Nicht minder streng als mit der Lyrik verfuhr Brecht mit dem Theater. Hier lautete seine Losung kurz und bündig: Das Theater ist tot. Diese Überzeugung zu verbreiten, hielt er für notwendig, um dem Theater gegenüber oder im

Theater selbst noch eine sinnvolle Haltung einzunehmen. Ihm lag sehr daran, daß eine solche Meinung auch die Leute teilten, die gegenwärtig auf dem Theater gefeiert wurden. So schrieb er an den Schauspieler Fritz Kortner: „... glauben Sie mir, das Theater ist wirklich tot. Und es gäbe für Leute, deren beste Art, ihre Abende zu verbringen, das Theater ist, nichts Schlimmeres als der Glaube, es lebe noch. Dies wäre der äußerste Nihilismus, der sogar zerstören müßte, was es noch an Aussicht gibt. Es ist schlimm, wenn wir Dinge tun müssen, von denen wir wissen, daß sie nicht die besten sind, die wir können. Aber es ist alles verloren, wenn wir sie tun, ohne dies noch zu wissen."[8] Angesichts einer solchen Situation sollte ein Schauspieler wie Kortner am Theater seine Sache so machen, wie man sie von ihm verlangte. Er könnte sogar zeigen, daß er in der Lage sei, sie noch besser auszuführen. Dafür müßte ihm im Theater erlaubt sein, zu sagen, was es mit diesem Theater tatsächlich auf sich habe, daß es nämlich schon tot sei. Auch Leopold Jessner, dem Intendanten des Staatstheaters, suchte er vor Augen zu führen, daß es völlig unsinnig sei, einer Generation, die schon an der Lebendigkeit dieses Theaters zu zweifeln begonnen habe, Werke als besonders lebendig vorzuführen, von denen man doch wisse, daß sie tot seien. So zu verfahren hieße nur, einer ganzen Generation das Theater für immer zu verleiden.

Wenn Brecht einer Sache eine Wendung zu geben suchte, entwickelte er einen ungewöhnlichen agitatorischen Eifer. Es genügte ihm nicht, seine Meinung zu sagen, sie sollte von vielen, vor allem von den wichtigen Leuten geteilt werden. Was alte Kunst, was altes Theater sei, das machte Brecht damals an Hebbels „Herodes und Mariamne" klar. Dieses Werk suchte er in der literarischen Öffentlichkeit gründlich zu denunzieren. Ihm kam es dabei nicht darauf an, seine Meinung von Mal zu Mal zu differenzieren und konkreter vorzustellen, vielmehr benutzte er immer wieder dasselbe Beispiel, um zu suggerieren: Hiervon müssen wir los, das ist, was uns den Platz stiehlt, was uns nicht zum Zuge kommen läßt. Wir können nicht leben, wenn wir das nicht für tot, für verbraucht und passé erklären. Damit hatte Brecht seine „nachlässige Kampfstellung" aufgekündigt, die er in den ersten Nachkriegsjahren bezogen hatte. Doch vermied er, seine Ansichten ernsthaft zu begründen, da er herausgefunden zu haben meinte, „daß sie dann aufreizender wirken. Und ich werde schon verstanden werden, wenn ich nur tüchtig angreife."[9] Doch hierin ist er nicht ernst zu nehmen. Er argumentierte so, weil er noch keinen gangbaren Weg sah.

Warum hielt er denn dieses Theater für tot, für gestorben? Weil es keine wirklichen Interessen mehr ansprach; weil es ein Publikum bediente, das gar keinen Appetit mehr zeigte, das mäklig war oder einfach hinunterwürgte, was es vorgesetzt bekam; weil dieses Theater nicht auf die Phantasie des Körpers und die Phantasie des Geistes baute, sondern einfach nur Gefühl offerierte; weil es kein Interesse am Stoff mehr hatte, sondern nur noch an der Verpakkung; weil es letztlich seinen Produzenten selber keinen Spaß mehr bereitete, der doch die Lebendigkeit des Theaters ausmacht.

Sosehr er seine Meinung auch radikalisierte, mit dem praktischen Theater wollte er es nicht gänzlich verderben. Er hielt nichts davon, aus Apparaten auszusteigen, weil man sie zweckentfremdet fand. Den Platz zu räumen würde nur bedeuten, ihn denen zu überlassen, die man gerade ausschalten wollte. Dennoch änderte sich seine Haltung zu bestimmten Einrichtungen, mit denen er früher zusammengearbeitet hatte. So hielt er es jetzt für angebracht, vor Moriz Seelers „Junger Bühne" zu warnen. Das beste wäre, sie löste sich selbst auf, um nicht Gefahr zu laufen, in die Nähe reaktionärer Institutionen gerückt zu werden. Seelers Unternehmen, neue Stücke aufzuführen, die auf den regulären Bühnen keine Chance hatten, dürfe nicht mehr honoriert werden, weil der Schaden größer sei, der dadurch entstehe, daß sie im alten Stil aufgeführt würden. Sowenig gerecht er das Ganze beurteilte, basierten seine Überlegungen auf einer wohldurchdachten politisch-ästhetischen Strategie. Ihm ging es darum, das Theater in seiner Gesamtheit zu verändern. Was erreicht werden müsse, sei nicht der Beweis für die Spielbarkeit dieses oder jenes Stükkes, sondern ein neuer, die Bühne revolutionierender Theaterstil. „Die Zeit hat sich gegen die ‚Junge Bühne' entschieden. Die neue Produktion ist gezwungen, die ‚Junge Bühne' zu liquidieren. Die Existenzberechtigung der neuen Dramatik wird bewiesen oder wird widerlegt einzig und allein durch die Kraft und Konsequenz ihrer Opposition zu dem verfaulenden Theater ihrer Zeit. In ihrem Kampf mit dem Theater kann sie sich keinerlei Sentimentalität leisten. Sie muß alle Vermittler auf den ihnen zukommenden Platz zurückzwingen. Sie darf sie nur soweit benützen, als sie nützlich sind; und muß sie ohne Rücksicht auf die Zukunft einzelner Personen beseitigen, wenn sie schädlich geworden sind. (Wer in einem Kampf nichts mehr nützt, wird schon schädlich.)"[10]

Seine Freunde suchte er zu veranlassen, ihre Stücke nicht der „Jungen Bühne" zu geben. Als die „Junge Bühne" Emil Hesse-Burris „Amerikanische Jugend" probierte, hielt es Brecht für angebracht, dem Autor gegenüber dieses Unternehmen als das „gefährlichste und korrumpierteste" der Berliner Theaterbourgeoisie zu bezeichnen. Was ihn zu diesem maßlos überzogenen Urteil trieb, war nicht sein polemisch vereinseitigender Geist, nicht sein impulsiver, zu Extremen neigender Charakter, obwohl auch solche Momente eine Rolle spielten, vielmehr entstand die monomanische Besessenheit, alles auf eine Fragestellung, eine Alternative hinzulenken, aus der Anspannung, einen Ausweg aus der Sackgasse zu finden. Mit geradezu missionarischem

Eifer suchte er in einem weiteren Brief Hesse-Burri begreiflich zu machen, daß er sich aus den Fängen der „Jungen Bühne“ lösen müsse. Er zwang ihm seine Argumentation direkt auf. „Sie müßten schreiben, daß Sie die Aufführung an der ‚Jungen Bühne‘ nicht wollen, da nach Ihrer Ansicht das Wesentliche Ihres Stückes darin liegt, daß es einen neuen Theaterstil ermöglicht, und sie bitten, niemanden in einer Aktion gegen das Stück, als welche Sie eine Aufführung durch die ‚Junge Bühne‘, auch wenn sie ästhetisch noch so gut ausfiele, doch betrachten müßten, zu unterstützen. Sie könnten sogar sagen, daß Sie, dem Berliner Theater fernstehend, schon meine Ansicht, die ‚Junge Bühne‘ sei eine bourgeoise Institution zur Sabotage des lebendigen Dramas, für wichtig genug halten usw. ... Einen Brief an die Schauspieler würden Sie besser über mich adressieren. Ein Duplikat vielleicht später an Jhering, mit dem Bemerken, Sie würden außer diesem Brief natürlich nichts unternehmen, wollten aber gern, daß wenigstens er über Ihre Auffassung informiert sei.“[11] Wenn es einen Ausweg gab, dann konnte es kein individueller sein, keiner, der nur dem einzelnen eine Chance bot. Aus der Sackgasse auszubrechen, das war nur mit einer Mannschaft möglich. Doch vor dem Ausbruch aus der Sackgasse riß er erst einmal andere mit hinein.

Unzufrieden mit dem Theater war nicht nur Brecht. Seit Mitte der zwanziger Jahre sprach man allgemein von einer Krise des Theaters. „Wohin treiben wir?“ überschrieb 1926 „Die Literarische Welt“ ihre Befragung führender Theaterleute. Es gab damals eigentlich keinen, der das zeitgenössische Theater für sehr lebendig und entwicklungsträchtig gehalten hätte. Insofern unterschied sich Brechts Standpunkt von der allgemeinen Meinung nur durch die schärfere, dogmatischere Diktion. Bei genauer Betrachtung zeigt sich indessen ein beträchtlicher Unterschied. Unzufrieden war man im Grunde nicht mit dem Theater, sondern mit dem Publikum, mit dem Niveau der kunstinteressierten Öffentlichkeit, mit der Organisation des Theaters. Der Intendant Richard Weichert meinte in der Befragungsrunde der „Literarischen Welt“: „Das Gros will im Theater Unterhaltung – hat unausrottbare Sehnsucht nach dem bürgerlichen Theater von 1913, dem erotischen Schwank, leicht hinplätscherndem Gesellschaftsstück ohne geistige Anspannung. Es will im Theater keine Probleme lösen oder tragisch durchrüttelt sein.“[12] Selbst Herbert Jhering machte für die Krise des Theaters „die Politik der Abonnentensysteme und Parteigruppen“ verantwortlich. Brecht hingegen gab nicht dem Publikum, sondern dem Theater die Schuld, das die Interessen der Leute nicht mehr bediene.

Vergleicht man Brechts Standpunkt mit den Haupttendenzen der öffentlichen Diskussion, so stellt sich heraus, daß Brecht als Rettung gerade das empfahl, was die anderen als Ursache der Krise markierten. Er verwarf das zeitgenössische Theater, weil in ihm keine geistigen Interessen ausgetragen würden. Die anderen wiesen darauf hin, daß das Publikum im Theater keine geistigen Probleme suche. In einer Sackgasse befand er sich auch hier. Jede konkrete Befragung hätte ihm unrecht gegeben. Obwohl er sich zum Anwalt eines neuen Publikums machte, obwohl er sich auf die Soziologie berief, beschäftigte er sich nicht mit den konkreten Bedürfnissen der Zuschauer. Ihn interessierte nicht, was das Publikum wollte, sondern was es seiner Meinung nach nötig hatte.

Sich gegen das gesamte Theater zu stellen, es in ein altes und ein neues aufzuteilen erschien nur dann als nicht völlig sinnlos, konnte man sich auf eine Mannschaft stützen, die zwar getrennt marschierte, aber das gleiche Anliegen verfocht. Bisher hatte Brecht einen Freundeskreis, nicht mehr. Vor allem wußte er keine Leute an seiner Seite, die seine Vorstellungen in praktikable Theorien übertragen, sie zu strategischen Gesichtspunkten hätten ausbauen können.

Daß er kein systematisch denkender Kopf war, empfand er um so schmerzlicher, als sein Denken, das immer von der konkreten Beobachtung ausging, stets zur Verallgemeinerung drängte. Der Soziologe Fritz Sternberg, den Brecht im Winter 1926/27 durch den Maler Rudolf Schlichter kennengelernt hatte und den er seitdem oft um Rat fragte, sagte einmal zu ihm: „Sie denken nicht in geraden Linien, Sie denken im Rösselsprung. Sie denken in Assoziationen, auf die sonst kaum jemand käme.“[13] Wenn Brecht später in der Systematisierung seiner Gedanken dennoch Beachtliches leistete, so deshalb, weil er sich seiner Schwäche frühzeitig bewußt wurde und Gegenkräfte mobilisierte. Daß er anfing, seine Gedanken über ein neues Theater zu ordnen, in Tabellen zusammenzustellen, entsprach dem Willen zur Systematik ebenso wie der selbstkritischen Erkenntnis, auf diesem Gebiet nicht über die nötige Souveränität zu verfügen. Er, der später in der Literaturgeschichte des 20. Jahrhunderts als der bedeutendste philosophische Kopf gelten sollte, verfügte damals kaum über das Rüstzeug, um sich in einer ästhetisch-weltanschaulichen Debatte zu behaupten.

Auf dem Gebiet der Philosophie und der Kunsttheorie hatte er sich nicht viel Wissen aneignen können. In die Weltanschauung der Arbeiterklasse war er noch nicht eingedrungen, und der Streit der verschiedenen bürgerlichen philosophischen und kunsttheoretischen Richtungen hatte ihn bislang nicht sonderlich interessiert. Selbst ein „urwüchsiger“ Dichter wie Zuckmayer hatte sich mehr Wissen angelesen als Brecht. Zuckmayers Hinweis, sich doch einmal mit den Schriften des ungarischen Theoretikers Georg Lukács zu beschäftigen, stieß auf taube Ohren. Brechts Interesse galt damals fast ausschließlich dem praktischen Theater und den unmittelbaren literarischen Problemen. In allen Belangen der Kunsttheorie stützte er sich nach wie vor auf Herbert Jhering. Doch die Orientierung, die er jetzt brauchte, konnte ihm Jhering nicht geben. Jhering ließ sich als Kritiker nicht von einer philosophisch fundierten Theorie und Methode leiten. Wenn er von einer Konzeption beeinflußt worden ist, dann von der der „Schaubühne". Wesentliche Anregungen dürfte er durch Theodor Lessings Polemik gegen das reine Literatur- und Worttheater empfangen haben, die dieser 1912 in der „Schaubühne" veröffentlichte.[14] Je mehr das Theater in der zweiten Hälfte der zwanziger Jahre nach geistigen Grundlagen suchte, desto weniger vermochte Jhering mit seinen vagen Kategorien des „Zeitgeists", des „Dynamischen", „Wesentlichen" auszurichten. Als sich die politisch-ästhetischen Positionen polarisierten, als es nicht mehr um einzelne Stücke und Richtungen ging, sondern um weltanschauliche Alternativen und bündnistheoretische Konzeptionen, um Kunstentwürfe als angewandte Revolutionstheorie, geriet Jhering selbst in die Krise. In der Polemik mit Alfred Kerr war er die überlegenere Kritikerpersönlichkeit, angesichts der neuen Bestrebungen verlor er an Einfluß und Bedeutung.

Brechts Bemühungen um einen neuen Theaterstil, der die gesamte bisherige theatralische Produktion erschütterte, brachten ihn immer tiefer in die Politik hinein. Über solche Fragen wollte er mit Jhering diskutieren, im Rundfunk, im „Berliner Börsen-Courier", dessen Feuilleton Jhering dank der Freizügigkeit seines Feuilletonchefs Emil Faktor zu einem Diskussionsforum gemacht hatte. Daß Jhering in dieser großbürgerlichen Zeitung solche Fragen überhaupt aufwerfen konnte, erklärt sich auch daraus, daß er letztlich immer im Ästhetischen verblieb. Als Brecht nicht nur verkündete, die Ästhetik zu liquidieren, sondern einfach dazu überging, soziale Fragen zu diskutieren, blieb ihm dieses Forum verschlossen.

In welchen Fragen ergaben sich zwischen Jhering und Brecht jedoch Gemeinsamkeiten? Beide schlugen gegen die Klassikerauffassung des bürgerlichen Theaters los. Jhering vertrat den Standpunkt, daß das Bildungszeitalter des gutsituierten Bürgertums die Klassiker zu Schmuckgegenständen herabgewürdigt habe, zu Gegenständen unfruchtbarer, konservativer Verehrung. Es gäbe nicht mehr Tradition, sondern nur noch Verbrauch. „Das klassische Drama diente zur Bestätigung einer Welt, *gegen* die es entstanden war."[15] Brecht ging noch einen Schritt weiter. Jherings Schrift „Reinhardt, Jessner, Piscator oder Klassikertod?" interpretierte er so, daß er hieraus erfahren habe, „daß die Klassiker schon gestorben sind. Wenn sie nun gestorben sind, wann sind sie gestorben? Die Wahrheit ist: sie sind im Krieg gestorben. Sie gehören unter unsere Kriegsopfer. Wenn es wahr ist, daß Soldaten, die in den Krieg zogen, den ‚Faust' im Tornister hatten – die aus dem Krieg zurückkehrten, hatten ihn nicht mehr."[16] Wenn Brecht auch die Klassikeranalyse Jherings in einem Maße radikalisierte, daß davon nur noch eine Karikatur übrigblieb, so stimmten doch beide überein in der Ablehnung des „großen Einzelnen" im alten Theater. Während Jhering die vorherrschende Tendenz der Privatisierung und Psychologisierung der großen Dramengestalten kritisierte, ging Brecht bereits dazu über, das Individuum aus seiner Mittelpunktstellung in Drama und Theater zu vertreiben. Jhering unterstützte ihn hierin, weil er in Brecht die große Gegenkraft gegen das „Private" des zeitgenössischen Theaters sah. Doch ging er nie so weit, das Individuum aus dem Drama verdrängen zu wollen. In diesem Bestreben wurde Brecht von Fritz Sternberg unterstützt. Auch in der Liquidierung der Ästhetik sah Jhering nicht mehr als eine brauchbare Zuspitzung, die ihm insofern entgegenkam, als er sich davon eine Hilfe gegen die Literarisierung des Theaters durch die Scherer-Schule versprach. Er bekannte sich zu Brechts epischem Stil, definierte ihn aber vorwiegend als das Prinzip der Klarheit, der Überschaubarkeit der Vorgänge, der Disziplinierung der Gefühle durch Distanz, der Wendung von der anbiedernden Leidenschaftlichkeit zu Einfachheit und Kühle.

Sich für den epischen Stil zu erklären war für Brecht ein Gebot, dem sich jeder unterwerfen müsse, der noch etwas vom Theater und von sich selbst halte. Erich Engel versuchte mit der Inszenierung von Shakespeares „Coriolan" (1925) den praktischen Beweis dafür zu erbringen. Walter Benjamin und Bernhard Reich veröffentlichten im „Querschnitt" einen Artikel unter der Überschrift: „Revue oder Theater". In der Form eines Briefwechsels zwischen Lord A... und Lord B... im Jahre der Erstaufführung von Shakespeares „Hamlet" führten sie aus, daß das „ewige Hineinrollen von neuen Szenen", das „Zerschneiden von Szenenreihen", das „Nebeneinanderstellen von Szenen", eben das Revuemäßige, „den Eindruck eines ungewöhnlich bewegten Lebenslaufs" erwecke. Die Revue sei der Weg, um das „Theater der vergangenen Epochen" zu überwinden. „Zwischen der Revue und den Phantasiekräften der Bewohner der großen Städte steht wehrend der Kordon der Bildungstrabanten, unter ihnen der Dichter, den Blick auf die Unsterblichkeit des Pantheon gerichtet. Die Revue hat es nicht nötig, im scheuen Bogen um das von dem Dichter besetzte Gebiet herumzugehen, sie mag ganz frech eindringen! Die feierliche Kontinuität der Akte, die uns nichts erspart, aber nur kleine Territorien bestreicht, können wir uns nicht leisten. Die einzelnen Szenen müssen reizend, überraschend und appetitlich beisammenstehen. Heiteres neben Ernstem! Die Virtuosität der Schauspieler neben Theateringenieuren! Sie wird das Wembley der Theaterkunst sein."[17]

Der Erfolgsschriftsteller
oder
Der Einbruch in die Verbraucherindustrie

Zur gleichen Zeit, als sich Brecht immer intensiver den anscheinend aussichtslosen Versuchen hingab, einen neuen Theaterstil durchzusetzen, kam es zur Zusammenarbeit mit dem Komponisten Kurt Weill. Diese Arbeitsbeziehung führte zu Werken, die Brecht zu einem Erfolgsautor und Kurt Weill zu einem Komponisten machten, dessen Musik man fortan als unverwechselbares Kennzeichen der zwanziger Jahre verstand. Was sich hier vollzog, war ein Zwischenspiel. Brecht umarmte noch einmal das Publikum, bevor er es spaltete und einer unerbittlichen Musterung unterzog. Bevor er Kunst auf andere Weise auszuhändigen gedachte, triumphierte noch einmal die alte Zügellosigkeit des theatralischen Genießens. Dabei war es wohl merkwürdig, daß diese Werke nicht jenseits der großen Experimente entstanden, mit denen sich Brecht damals beschäftigte, daß sie sich aber beträchtlich von dem unterschieden, was er damals anstrebte. In ihnen vermischte sich Provokation mit Illusion, Enthüllung mit Versöhnung. Gedacht war es allerdings ganz anders. Wie immer, so wollte Brecht auch mit diesen Arbeiten dem Publikum die Zähne zeigen.

Im März 1927 wandte sich der Komponist Kurt Weill an Brecht und schlug ihm vor, die „Mahagonnygesänge" der „Hauspostille" zur Textgrundlage eines musikalischen Werkes zu machen. Es sollte noch im gleichen Jahr auf den Baden-Badener „Festwochen Neuer Musik" vorgestellt werden. Brecht sagte zu, und damit begann die Phase der Koproduktion mit Kurt Weill. Bisher hatte Weill zu Brecht und seinem Freundeskreis nicht in Beziehung gestanden. Einen nachhaltigen Eindruck machte auf ihn die Hörspielfassung „Mann ist Mann" und die Lektüre der soeben im

Propyläen-Verlag erschienenen „Hauspostille". Als moderner Komponist suchte er nach modernen Texten. In Brecht sah er den Mann, der sie ihm liefern konnte. Ob sich die beiden bereits vorher begegnet sind, läßt sich nicht mit Sicherheit feststellen. Der Weill-Biograph Jürgen Schebera meint, es könne durchaus möglich gewesen sein, daß Brecht und Weill bei der Hörspielproduktion von „Mann ist Mann" im Vox-Haus zusammentrafen, da Brecht in dieser Produktion selbst auftrat: er sang den „Mann ist Mann"-Song in einer musikalischen Fassung von Edmund Meisel.[18] Zu einem ersten Meinungsaustausch kam es dann im Restaurant Schlichter in der Lutherstraße, dem Ausgangspunkt so vieler Künstlerfreundschaften.

Die beiden waren, darüber kann es keinen Zweifel geben, nicht nur in ihrem künstlerischen Temperament grundverschieden, sondern auch in dem, was sie außer Erfolg noch anstrebten. Als Schüler von Engelbert Humperdinck und Ferruccio Busoni verband Weill eigentlich nichts mit den Kunstansichten Brechts, sieht man einmal davon ab, daß er in seiner Kunstgattung gleichfalls bestrebt war, mit dem Ewig-Gestrigen Schluß zu machen. Um so erstaunlicher ist, wie schnell sie sich verständigten und ohne große Umschweife zu einer Phase gemeinsamen Produzierens kamen.

„Jedem hatte gleichsam der Tonfall des anderen gefallen, ohne daß er viel von dem verstanden hätte, was der andere sagte. Da keiner von beiden ganz sicher war, den Weg in der zunehmenden Dunkelheit zu finden, beschlossen sie, in ein nahes Wirtshaus zu gehen. Nach ein oder zwei Glas Bier schienen ihre Sprachschwierigkeiten verflogen zu sein, und ihre Unterhaltung über das jämmerliche Wetter in dieser Gegend hatte sich einer Diskussion über den Zustand der Welt zugewandt. Der war, wie sie übereinstimmend fanden, nicht minder jämmerlich, aber gewiß empfänglicher für menschliche Einwirkung, sobald man einsah, warum es so war. Unter ähnlichen Voraussetzungen hatten sie die Arbeit an der Oper ‚Mahagonny' begonnen."[19]

Da die Festspielleitung von Kurt Weill ein Bühnenwerk wünschte, mußte für die „Mahagonnygesänge" noch eine Rahmenhandlung geschrieben werden. Brecht bereitete das keine Schwierigkeiten, zumal er die ganze Sache vorerst als Nebenarbeit ansah.[20] Mit „Mahagonny" beschäftigte sich Brecht seit langem. In den „Mahagonnygesängen" (1920/21) hatte er den Begriff noch nicht eindeutig negativ verwandt. Mahagonny diente ihm hier als imaginärer Ort des Vergnügens. Ob allerdings diese Wortschöpfung tatsächlich schon für 1920/21 anzusetzen ist oder doch erst in das Jahr 1923 fällt, läßt sich nicht genau nachweisen. Nach Bronnen soll Brecht durch den braunen Aufmarsch der Hitleranhänger 1923 in München auf „Mahagonny" gekommen sein. Die steif und hölzern dahermarschierenden Hitlerkolonnen hätten ihn über die Assoziation Mahagoniholz auf dieses Wort gebracht. Aber auch auf die Ableitung von dem biblischen „Magog", dem zweiten „Land der Sündhaftigkeit" nach Babylon, wurde verwiesen. Bei Brechts guter Bibelkenntnis erscheint ein solcher Bezug durchaus möglich. Was ihm jetzt vorschwebte, war eine negative Utopie. „Spießers Utopia" sollte entworfen werden. Doch die Gesänge der „Hauspostille" mit ihrem „Auf nach Mahagonny/ Die Luft ist kühl und frisch / Dort gibt es Pferd- und Weiberfleisch / Whisky und Pokertisch" besaßen noch keineswegs diesen deutlich negativen Akzent. Selbst durch die Rahmenhandlung des Songspiels ließ er sich nicht herstellen. Im Programmheft der Aufführung wurde erklärt: „Das kleine epische Stück ‚Mahagonny' zieht lediglich die Konsequenz aus dem unaufhaltsamen Verfall der bestehenden Gesellschaftsschichten. Er wendet sich bereits an ein Publikum, das im Theater naiv seinen Spaß verlangt."[21]

Für die Rahmenhandlung nutzte Brecht seine angelesene Kenntnis des amerikanischen Milieus und einige Vorarbeiten für Projekte, die er inzwischen aufgegeben hatte, wie „Untergang der Paradiesstadt Miami“ und die Revue für Reinhardt. Wie bei der Revue sollte es in „Mahagonny“ um Boxkampf, Geschäft, Rekorde, Weiber gehen. Elisabeth Hauptmann berichtet, daß Brecht auf die Idee gekommen sei, die Vorgänge in einem Boxring vorzuführen. Fritz Kortners Auffassung vom Boxen als Chiffre für den harten, unerbittlichen Existenzkampf des Menschen brachte Brecht nunmehr auf die Bühne. Fressen, Lieben, Saufen, Boxen haben ihren Preis, Mahagonny ist teuer. Wer hier bleiben will, braucht jeden Tag fünf Dollar. Doch die Männer, die nach Mahagonny gekommen sind, schreckt nichts mehr, selbst die Hölle nicht, weil sie, wie es im dritten Mahagonny-Gedicht heißt, „immer in der Hölle waren“.

Das gesellschaftliche Anliegen, die Denunziation der Mahagonny-Utopie, blieb jedoch schwach. Die Verführung zum negativen Leben, die Genugtuung, in das Risiko von Kauf und Verkauf einzusteigen, den Preis für die eigene Haut herauszuschlagen, erzeugten eine Romantik, die mehr dem dumpfen Gleichmut als der kritischen Vernunft schmeichelte. Es kam eine Vertrautheit mit dem Risiko, mit der Logik des Untergangs auf, die verschönte und versöhnte. Vor allem die Musik Kurt Weills steigerte die Haltung des „Sowieso-Verlorenseins“ zu lustbetonter Souveränität. Den Männern in Mahagonny ist nichts mehr anzuhaben, sie verstehen es, sich in einer Welt des Schreckens lustvoll einzurichten.

Die Uraufführung am 17. Juli 1927 in Baden-Baden, bei der Brecht, unterstützt von Hans Curjel, Regie führte, erfolgte zusammen mit drei anderen kleinen Bühnenwerken von Ernst Toch, Darius Milhaud und Paul Hindemith. Während Weills Musik allgemeines Lob zuteil wurde, war die Meinung zu Brechts Text geteilt. Ein Kritiker fühlte sich zwar veranlaßt, die Palme des Abends Brecht zu reichen, dessen Stück häßlich und gemein sei, weil die Zeit häßlich und gemein sei. Es bringe die Wahrheit auf die Bühne und keine empfindungsleere Sentimentalität. In einer anderen Kritik aber hieß es: „Das ... Singspiel nach Texten von Bert Brecht ... muß eine seriöse Kritik ablehnen, und zwar hauptsächlich des Textes und der Gesinnung wegen ... Herr Brecht! Nicht zu vernichten, sondern ‚aufzubauen‘ sind wir da. Wir wehren uns ganz entschieden dagegen, in einen Topf mit wenigen geworfen zu werden, die aus diesen Dingen eine ersprießliche, ja überhaupt eine Kunst erhoffen. Immerhin mag es im Rahmen der Toleranz der Kammerspielleitung, allen Schaffenden Möglichkeit zu geben, gehört zu werden, erlaubt sein, ein solches Werk aufzuführen, sonst gehört es ins Großstadtkabarett nach 12 Uhr nachts, wo man hingeht, um geistreich zu blödeln.“[22]

Sehr bald nach den Musikfestwochen in Baden-Baden bot sich eine Gelegenheit, die begonnene Zusammenarbeit fortzusetzen. Elisabeth Hauptmann, die aufmerksam die englische und amerikanische Literatur verfolgte, las von dem großen Erfolg, den ein altes Stück in London gehabt hatte. Es handelte sich um John Gays „Beggar's Opera“. Angeregt von Jonathan Swift, war sie als eine Händel-Travestie schon einmal ein Bestseller gewesen, dann aber in Vergessenheit geraten. Nun hatte man es in London verstanden, daraus wieder ein Erfolgsstück zu machen. Elisabeth Hauptmann ließ sich ein Textbuch schicken und machte sich unverzüglich an die Übersetzung. Sie suchte Brecht für dieses Werk zu interessieren. Sein aggressives Sujet, seine Möglichkeiten zur Polemik mußten ihn zur Bearbeitung reizen. Er war nicht unbeeindruckt, aber keineswegs Feuer und Flamme. Obwohl seit jeher gewohnt, an mehreren Stücken gleichzeitig zu arbeiten, lagen ihm zunächst andere Projekte näher. Daß er sich dennoch an das Werk machte, war dem Einfluß und der anregenden Vorarbeit Elisabeth Hauptmanns zu danken. Wenn das Werk auch durch verschiedene Faktoren zu einem Erfolg wurde, der eigentliche Erfolgsmanager war sie. Brechts Bestreben, möglichst vieles und Unterschiedliches auszuprobieren, veranlaßte ihn schließlich, mit der Arbeit zu beginnen.

Er schrieb die ersten Szenen, ließ die Arbeit dann aber liegen. Das Vorhaben wäre vielleicht wieder nicht vorangekommen, möglicherweise wie so vieles andere Fragment geblieben, wäre nicht ein Umstand eingetreten, der Brecht veranlaßte, das Stück relativ schnell fertigzustellen. Und das kam so. Der Schauspieler Ernst Josef Aufricht hatte von seinem Vater über den Bankier Herzfeld 100000 Mark erhalten mit der Anweisung, 50000 Mark als Kaution im Polizeipräsidium zu hinterlegen, damit ein Pachtvertrag mit den Eigentümern des Theaters am Schiffbauerdamm gesichert werden konnte. Aufricht war ein mittelmäßiger Schauspieler, aber ein ungewöhnlicher Enthusiast der Bühne. 1923 hatte er mit dem Regisseur Berthold Viertel die „Truppe" gegründet, ein Ensemble, das auf gemeinschaftlicher Basis arbeiten, kein Startheater dulden und keine geschäftlichen Konzessionen machen wollte. Die Inflation setzte dem Unternehmen bald ein Ende. Jetzt besaß Aufricht wieder Geld, wieder ein Theater, das er in neun Monaten eröffnen mußte. Er verpflichtete sofort Erich Engel als Regisseur für die Eröffnungsinszenierung. Aber noch fehlte das Stück, mit dem er sich dem Berliner Publikum vorstellen wollte. Obwohl kein politischer oder philosophischer Kopf, war für ihn die Theatereröffnung nicht nur eine Sache des Geschäfts, des äußeren Erfolgs. Auf keinen Fall wollte er mit den Erfolgsautoren der Vorkriegsepoche seine Direktion beginnen. Ihm schwebte etwas Modernes, Zeitbesessenes vor, das er bei den Bühnenvertrieben jedoch nicht finden konnte. „Die Besuche bei den Verlegern waren negativ verlaufen", schilderte Aufricht seine Bemühungen. „Wir suchten jetzt die in Berlin lebenden Autoren auf. Wir gingen zu Toller, Feuchtwanger und anderen, aber keiner hatte ein fertiges Stück. ‚Ich muß mich umbringen, wenn ich nichts finde! Jetzt können wir nur noch in die Künstlerlokale zu Schwannecke oder zu Schlichter gehen.' Wir gingen also zu Schlichter in der Lutherstraße. An den Wänden hingen die Bilder des Inhabers, des Malers Rudolf Schlichter, zum Verkauf. Im zweiten Zimmer saß einer. Es war Brecht. Ich kannte ihn nicht persönlich, kannte aber seine literarischen Experimente auf der Bühne und schätzte seine Gedichte. ... Wir setzten uns zu ihm an den Tisch und stellten unsere Gretchenfrage. Er fing an, uns eine Fabel zu erzählen, an der er gerade arbeitete. Er merkte wohl, daß wir nicht interessiert waren, denn wir verlangten die Rechnung. ‚Dann habe ich noch ein Nebenwerk. Davon können Sie morgen sechs von sieben Bildern lesen. Es ist eine Bearbeitung von John Gay's ›Beggar's Opera‹. Ich habe ihr den Titel ›Gesindel‹ gegeben. Die ›Beggar's Opera‹ wurde 1728 uraufgeführt, nicht in London, sondern in einer Scheune in einem Vorort, sie behandelte verschlüsselt einen Korruptionsskandal: der berüchtigte Gangster ist mit dem Polizeipräsidenten befreundet und macht mit ihm Geschäfte. Der Gangster stiehlt einem sehr mächtigen Mann die einzige Tochter und heiratet sie. Der Mann ist der Chef der Bettler, er kleidet sie ein, bildet sie aus und stationiert sie nach ihren Qualitäten. Das Ende steht im siebenten Bild, das ich nur skizziert habe.' Diese Geschichte roch nach Theater. Wir verabredeten, am nächsten Morgen das Manuskript aus der Spichernstraße, wo Brecht ein möbliertes Zimmer bewohnte, abzuholen. Fischer ging in die Spichernstraße, und da sie nicht weit von der Meinekestraße liegt, wartete ich dort bei meinen Schwiegereltern auf ihn. Er kam im Regen mit den aufgeweichten und leicht zerlaufenen Schreibmaschinenseiten. Wir lasen und ich war von der Frechheit und dem trockenen Witz ... sowie durch die Andeutung eines neuen Stils sofort angetan und entschlossen, mein Theater mit ‚Gesindel' zu eröffnen."[23]

Aufricht hatte sich schon mit Brecht geeinigt, als er von diesem erfuhr, daß an dem Stück noch der Musiker Kurt Weill beteiligt sei. Davon zeigte sich Aufricht keineswegs angetan, obwohl oder gerade weil ihm der Mann nicht bekannt war. Brecht gab die Empfehlung, sich doch seine beiden Operneinakter „Der Zar läßt sich photographieren“ und „Der Protagonist“ anzusehen, die in der Charlottenburger Oper gegeben wurden. Nach dem Besuch fand Aufricht die Lösung mit Weill noch viel weniger akzeptabel. Ihm war die Musik für ein Theaterstück viel zu atonal und zu esoterisch. Aber er konnte nicht mehr zurück, und er wollte dieses Stück. Insgeheim beauftragte er Theo Mackeben, dem er die musikalische Einstudierung übertragen hatte, sich doch einmal die Originalmusik von Pepusch anzusehen. Sollte sich Weills Musik als Fehlschlag erweisen, konnte man immer noch auf den von Mackeben etwas modernisierten Pepusch zurückgreifen. Denn wie heißt es in der „Dreigroschenoper“: „Es geht auch anders, doch so geht es auch.“

Damit das Stück bis zur Eröffnung des Theaters Ende August 1928 fertig wurde, schickte Aufricht, wie Brecht es gefordert hatte, Autor und Komponisten mit ihren Frauen in das südliche Frankreich, nach Le Lavandou. Hier arbeiteten sie sehr intensiv, denn sie standen unter Zeitdruck. Doch bei Brecht, der sonst immer Spaß an der Arbeit fand, stellte sich die rechte Lust nicht ein. Für ihn war die „Dreigroschenoper“ ein Nebenprodukt, das nicht viel Zeit kosten durfte.

Obwohl Brecht bei der Bearbeitung der Oper von John Gay behutsamer vorging als bei anderen Rückgriffen auf ältere Werke, ist daraus ein ganz eigenständiges Brecht-Stück geworden. Er legte nämlich das Hauptgewicht nicht, wie man hätte annehmen können, auf die Aktualisierung der literarischen und politischen Polemik, sondern veränderte die gesellschaftliche Haltung der Hauptfiguren. Dadurch bekam das gesamte Stück eine andere Wendung. Es entstand etwas ganz Zeitgemäßes, ohne daß direkte Parallelen zu aktuellen Vorgängen angestrebt wurden. John Gay hatte direkt auf die politischen Vorgänge seiner Zeit angespielt. Im politischen Streit der Tory-Partei mit der Whig-Partei stand er auf der Seite der Torys und kritisierte die Korruption und Skrupellosigkeit der Whigs von rechts. Die Macheath-Figur war „der Typ des edlen Verbrechers, des highwayman in Frack und Handschuhen“[24]. In die Romantik des „edlen Räubers“ stieg Brecht nicht ein. Aus Macheath machte er eine bürgerliche Erscheinung, einen Mann, der sich vom Dietrich zur Aktie emporarbeitet. Er betreibt seine Verbrechen wie ein Geschäft: sachlich, zielgerichtet, Einsatz und Gewinn genau kalkulierend. Die Kapitalisierung aller Lebensbereiche hat ihn veranlaßt, auch den Raub zu modernisieren. Was ihn zu immer neuen Anschlägen treibt, ist nicht die Leidenschaft, nicht Übermut und Abenteuerlust, sondern die Gewohnheit, nach Gewinn zu streben.

Auch Macheaths Gegenspieler, der Bettlerkönig Peachum, vertritt die gleiche Haltung. Er ist Geschäftsmann, der selbst aus dem Elend der Armen noch etwas zu holen weiß. Bei allem Sinn für das einträgliche Geschäft – den großen Coup zu landen, sich das Geschäft von morgen vorzustellen ist seine Sache nicht. Betreibt Mac seine Geschäfte mit Genuß, so Jeremiah mit Sorgfalt und Regelmäßigkeit. Wohlstand ist für ihn ebenso unentbehrlich wie für Macheath, aber er wird nicht vorgezeigt, man gönnt ihn sich nur selten. Der Betrug ist Geschäft, wie das Geschäft nicht ohne Betrug geht, aber beides ist Arbeit, die Mühe kostet und Sorgfalt verlangt. Peachum und Macheath sind nur verschiedene Seiten bürgerlicher Lebensform.

Der Unterschied des Brecht-Stücks zu dem des John Gay zeigt sich vor allem im Verhalten der beiden Hauptfiguren gegenüber Brown, dem Polizeichef von London. Bei Gay gibt es diese Gestalt überhaupt nicht. Für Brecht ist sie stückentscheidend. Durch sie bekommt das Verhalten von Macheath und Peachum erst seine Logik, die Legitimation des Allgemeingültigen, des gesellschaftlich Üblichen. Gay kam es darauf an, die Korruption einer bestimmten Seite anzulasten. Aus moralischer Sicht fand er es empörend, daß sich der Betrug immer mehr ausbreitete. Brecht schildert ihn als die allgemein anerkannte Lebensform. „Tiger"-Brown ist Macheath nicht nur durch die gemeinsame Soldatenzeit in Indien verbunden, er ist nicht Komplize aus sentimentaler Erinnerung oder freundschaftlicher Zuneigung, sondern aus geschäftlicher Einsicht. Seine Funktion im bürgerlichen Leben faßt er dahingehend auf, regulierend in die Geschäftskonjunktur einzugreifen. Damit steht er nicht außerhalb, sondern innerhalb der Zirkulation von Raub, Betrug und Geschäft.

War Brecht bei seiner ersten Bearbeitung eines alten Stücks, bei Marlowes „Eduard", hinter der Gesellschaftskritik des Originals zurückgeblieben, bei der „Dreigroschenoper" verstärkte, vertiefte er sie. Dennoch sollte sie nicht überschätzt werden. Dieses Werk enthüllt und verklärt zugleich die Zeit und Gesellschaft, in der es entstand. Gerade die nicht beabsichtigte raffinierte Balance von revolutionärer und versöhnender Tendenz macht den merkwürdigen Reiz und den Erfolg des Stückes aus. Die gesellschaftskritische Tendenz, in kleinen Wendungen und blitzlichtartigen Einsichten über das ganze Stück verteilt, kulminiert in dem Lied der „Seeräuber-Jenny". In romantischer Verfremdung wird da das Leben der Leute besungen, die jeden Tag die Gläser abwaschen und sich bedanken für den lumpigen Penny, der ihnen hingeschmissen wird, die den Penny nehmen und doch wissen, wer sie sind. Die Konsequenz der Seeräuber-Jenny („Und an diesem Mittag wird es still sein im Hafen / Wenn man fragt, wer wohl sterben muß. / Und dann werden Sie mich sagen hören: Alle!") ist der eigentliche Gegenpol zur Welt des Geschäfts und des Betrugs, an dem alle beteiligt sind, denn die wirklich Ausgebeuteten und Armen sind in diesem Stück nicht vertreten. Versöhnend ist der Stückschluß durch den reitenden Boten, der Macheath und die Welt, die er vertritt, noch einmal rettet. Mac ist Teil dieses Systems und so nur austauschbar, nicht vertilgbar.

Mit der „Dreigroschenoper" placierte sich Brecht sozusagen über Nacht in der Verbraucher- und Vergnügungsindustrie. Was selbst den gewieftesten Operetten- und Revuemachern nur in den seltensten Fällen gelang, erreichte er auf Anhieb. Brecht profitierte mit diesem Stück von der „Erziehung durch Revue" (Walter von Hollander), die in den zwanziger Jahren im Publikum stattgefunden hatte. Zugleich lieferten er und Weill einen Beitrag zur Erziehung der Revue. Das Werk ist nicht nur ein gutgebautes Unterhaltungsstück, es ist auch ein Schlüsselstück für eine Zeit, die vor der Entscheidung revolutionäre Demokratie oder Faschismus stand. Für Brechts eigene Entwicklung ist es nicht weniger aufschlußreich als die anderen Werke. Wer es abgetrennt von den theatralischen Experimenten wie „Joe Fleischhacker", wie „Fatzer" betrachtet, wird es ebenso mißverstehen wie der, der darin die gleichen Bemühungen um das epische Theater sieht. Zu letzterer Sicht trug Brecht selbst bei, als er später erklärte, die „Dreigroschenoper" sei die erfolgreichste Demonstration des epischen Theaters in den zwanziger Jahren gewesen. Was er mit diesen Werken ausprobierte, war der Gebrauch einiger theatralischer Mittel des epischen Theaters, so das Heraustreten aus der Rolle, die Verwendung gestischen Materials, vor allem die Trennung der Elemente im Unterschied zu ihrer Verschmelzung in ein „Gesamtkunstwerk", wie es in der Oper seit Richard Wagner angestrebt wurde. Insofern stand die „Dreigroschenoper" tatsächlich innerhalb der Bemühungen um das epische Theater. Aber die Schritte, die

Brecht mit den vorangegangenen Experimenten gewagt hatte, waren weitgreifender; der eingeschlagene Weg konnte mit der „Dreigroschenoper" nicht fortgesetzt, nicht bis zur entscheidenden Wende geführt werden.

Die Fabel der „Dreigroschenoper" formierte sich über die Montage sehr verschiedenartiger Elemente. Da finden sich direkte Anklänge an trivial-romantische Sujets, wenn auch in nicht zu überhörender ironischer Distanz. So, wenn Mackie und Polly singen: „Siehst du den Mond über Soho?" Oder wenn sich Polly der Zeit ihres Glücks mit Mackie erinnert: „... und wie ich hinaus sah, sah ich unseren Mond, und der Mond war ganz dünn, wie ein Penny, der schon ganz abgegriffen ist." Die Montage transformierte den Rückgriff auf die Trivialliteratur, so daß etwas durchaus Eigenständiges, ästhetisch Reizvolles entstand. Daneben gesetzt sind harte gesellschaftskritische Passagen: „Denn wovon lebt der Mensch? Indem er stündlich / Den Menschen peinigt, auszieht, anfällt, abwürgt und frißt. / Nur dadurch lebt der Mensch, daß er so gründlich / Vergessen kann, daß er ein Mensch doch ist." Die Mittel dieser Welt sind kärglich, deshalb strebt jeder danach, sich den größeren Teil Wohlstand herauszuschneiden. „Wer möchte nicht in Fried und Eintracht leben? / Doch die Verhältnisse, sie sind nicht so! / ... Wer wollt' auf Erden nicht ein Paradies? / Doch die Verhältnisse, gestatten sie's? / Nein, sie gestatten's eben nicht." Diese Grundstimmung, die philosophisch hemdsärmlig zum Ausdruck kommt, aber dennoch nicht ohne verallgemeinernden Anspruch ist, trug wesentlich mit dazu bei, daß das Werk den Beifall sozial unterschiedlicher Schichten fand. Das Brutale, Kriminelle wurde durch Brecht ästhetisiert. Vor allem die zuhälterische Erotik bekam durch ihn einen poetischen Zauber. Indem er die „Zuhälterballade" im versöhnenden Ton der Erinnerung gestaltete, mischte sich das Brutale mit dem Zarten. Zu der aggressiven Romantik, die dieses Stück populär machte, gehört vor allem die nicht adressierte Aufforderung: „Wie ihr es immer dreht und wie ihr immer schiebt / Erst kommt das Fressen, dann kommt die Moral." Romantische Doppeldeutigkeit bestimmt auch das große Finale. Mackie wird vom Galgen gerettet. Das gesamte Ensemble singt dazu den Dankchoral, in dem davon die Rede ist, daß man das Unrecht nicht allzu sehr verfolgen müsse, denn, so wird mit Bestimmtheit gesagt, „in Bälde erfriert es schon von selbst, denn es ist kalt".

Der ästhetisch aufgehobene Widerspruch von Falschheit und Authentizität des Zeitgefühls machte dieses Werk zur typischen Erscheinung dessen, was man als die Romantik der zwanziger Jahre bezeichnet hat. Sie basiert auf einer aggressiven Sachlichkeit, die nicht die Sache der wirklichen Vorgänge ist, sondern eine Verständigung in Sachen Welt. Die Musik Kurt Weills hatte daran großen Anteil. Inspiriert durch die vorgegebene Struktur des Textes, intonierte Weill das Lebensgefühl der zwanziger Jahre. Es war das Lebensgefühl auf einer Rutschbahn, die man nicht wieder hochzuklettern vermochte. Diese Musik gab sich nicht aufdringlich subjektiv, sondern mehr als Verallgemeinerung von Sachzwängen. Weill schrieb für die „Dreigroschenoper" zwanzig Musiknummern, die bei der Aufführung von einem Jazzorchester, der Lewis Ruth Band, unter Leitung von Theo Mackeben gespielt wurden. Die, die bisher Weills Entwicklung verfolgt hatten, sahen darin keinen besonderen kompositorischen Wagemut, eher einen Rückschritt. Vor allem Schönberg sprach über dieses Werk den Bannfluch. Doch allein schon, daß Weill versuchte, die Oper durch Rückgriffe auf Elemente moderner Unterhaltungsmusik zu erneuern, bewies einigen Mut. In der Behandlung des Materials zeigte sich die Gemeinsamkeit zwischen Dichter und Komponisten. Daraus erklärt sich auch die Kongenialität von Text und Musik, die bei ihren sonstigen unterschiedlichen Zielvorstellungen und dem gegenseitigen Mißverstehen ihrer künstlerischen Eigenart keineswegs vorauszusehen war.

Weill verwendete Elemente der Schlagermusik, des Kabaretts, des Jazz, der Tanzmusik. Seine Komposition bewegte sich im Spannungsfeld von Tonalität und Atonalität, aber es wurden keine Gegensätze ausgetragen. So unkonventionell er mit dem Material verfuhr, musikalisch blieb er im Rahmen des Gemäßigten. „Ein deutlicher Gegensatz zwischen Tonalität und Atonalität ist bei Weill nur an ganz wenigen Stellen ausgeprägt. Es überwiegt eine Mischharmonik, die im konkreten Fall mehr zur einen oder anderen Seite hin tendieren kann, aber zumeist in einem – im allgemeinsten Sinne – tonalen Rahmen steht. Daher erscheint es sinnvoll, zunächst auf diese Merkmale der Mischharmonik hinzuweisen. ... In der überwiegenden Zahl der Nummern bleibt ein tonales Gerüst am Anfang und in den Schlußkadenzen, häufig auch in den Abschnittskadenzen erkennbar."[25] Ebenso wie Brecht verstand es Weill, das Triviale, das Sentimentale aufzunehmen und innerhalb seiner Montage umzufunktionieren. Die Unterhaltungsmusik ist bei ihm weder völlig aufgehoben, noch ist sie bloßes Zitat; sie ist verarbeitet, sie ist neu geprägt. So nutzte er die populären Formen der Tanzmusik für die Gestaltung der Songs: „Verallgemeinert läßt sich über den Einfluß von Tanzrhythmen und Jazz auf den Weillschen Song und das verbleibende Tonmaterial Weills sagen, daß beide Erscheinungen meist aus ihrem ursprünglichen, traditionellen Zusammenhang herausgerissen werden und verfremdet in Erscheinung treten."[26]

Daß gerade die Songs zur Popularität des Werkes beitrugen, davon war man vorher keineswegs so überzeugt. Wenige Tage vor der Premiere trafen sich Weill und Brecht im Restaurant „Der Trichter" unweit des Theaters am Schiffbauerdamm und erwogen, ob es nicht besser wäre, bei den Songs zu streichen. Die Unsicherheit wurde auch dadurch ausgelöst, daß sich bei der Inszenierung eine Reihe von Pannen einstellte, die alle Beteiligten an den Rand der Verzweiflung brachten. Aufricht fiel es nicht leicht, sein Theater zu eröffnen. Und hätte er sich nicht in den Kopf gesetzt, es nur mit diesem Stück zu tun, hätte er längst schon allen Grund gehabt, zu einem anderen zu greifen.

Während Brecht bei früheren Inszenierungen seiner Stücke keine Gelegenheit versäumte, seine Besetzungswünsche anzubringen, kam er hier gar nicht erst dazu. Aufricht hatte die Besetzung bereits perfekt, bevor Brecht und Weill aus Le Lavandou zurück waren. „Den Mackie Messer besetzten wir mit Harald Paulsen. Er war flink und geschmeidig. Er konnte singen und tanzen. Im Affekt hatte er etwas Unkontrolliertes und wirkte unheimlich. Für die Polly verpflichteten wir Carola Neher. Sie war die Idealbesetzung für die Rolle, eine Sumpfblüte unter dem Mond von Soho. Das flächige, regelmäßige Gesicht mit der Katzennase konnte ebenso lustig wie traurig sein ... Für den Peachum hatte ich einen Kollegen aus meiner Dresdener Schauspielerzeit geholt, der bis dahin nicht zu bewegen war, in Berlin zu spielen. Ein kleiner, dürrer Mann mit einem faltigen Gesicht und einer großen Nase und zwei listigen Augen. Erich Ponto hatte eine enorme Spannweite als Schauspieler. Er spielte den rührenden, leisen Jau in Gerhart Hauptmanns ‚Schluck und Jau', und er hatte die Schärfe und den Witz für die Rolle des Mephisto. Frau Peachum war Rosa Valetti, die große Frau des Berliner Kabaretts mit dem zerfurchten Gesicht, der vulgären Stimme und der Berliner Kodderschnauze. Der Tigerbrown war der riesenhafte, unförmig dicke Kabarettkomiker Kurt Gerron. Seine Tochter Lucy war die Balladensängerin Kate Kühl mit ihrer tiefen eindringlichen Stimme. Die kleine Rolle des Polizisten Smith spielte Ernst Busch."[27] Dieser Besetzung stimmte Brecht sofort zu.

Die Proben begannen am 1. August 1928. Als Premierentag war der 31. August angesetzt. Als nach dem Urlaub die Proben anfangen sollten, traf die erste Unglücksbotschaft ein. Carola Neher telegrafierte aus Davos, Klabund, mit dem sie verheiratet war, läge im Sterben, man möge aber ihre Rolle nicht umbesetzen. Klabund starb am 14. August. Die Neher erschien zur Probe, jedoch nur, um zu erklären, sie spiele nicht, die Rolle sei für sie zu klein. „Brecht mischte sich sofort ein: ‚Ich bringe das in Ordnung, bitte, den Vorhang herunter!' Er ließ auf die Bühne einen kleinen Tisch tragen, die Neher saß neben ihm, und er begann zu schreiben. Im Zuschauerraum warteten geduldig die übermüdeten Schauspieler, denen ich [Aufricht – W. M.] immer wieder gut zuredete. Um fünf Uhr morgens hatte sich ihre Geduld erschöpft. Sie wollten das noch fehlende letzte Bild probieren oder schlafen gehen. Ich ging auf die Bühne, Brecht lieferte eifrig Sätze, und die Neher kassierte sie mit Genuß. Als ich beiden vorschlug, ihre Arbeit in meinem Büro fortzusetzen, stand sie auf, schmiß mir das Manuskript vor die Füße: ‚Spielen Sie das Zeug allein!' und verließ das Theater. Es war eine Woche vor der Premiere, und wir mußten die weibliche Hauptrolle umbesetzen."[28] Um eine Umbesetzung zu ermöglichen, schlug Erich Engel vor, die Musik zu streichen. Doch damit kam er nicht durch. Die Rolle wurde mit Roma Bahn besetzt, die in vier Tagen den Text und die Musik beherrschte. Dann erkrankte Helene Weigel, die die Bordellwirtin spielen sollte; Brecht schrieb die Szene um, so daß die Rolle entfallen konnte. Als das allgemeine Chaos zunahm, packte Erich Ponto seine Koffer und wollte nach Dresden zurück. Doch Aufricht appellierte an die Freundschaft, an die gemeinsame Zeit in Dresden. Ponto packte die Koffer wieder aus und blieb. Schließlich wollte Kurt Weill seiner Frau, Lotte Lenya, die die Spelunken-Jenny spielte, den weiteren Premierenauftritt verbieten, weil man sie im Programmheft zu nennen vergessen hatte. Dabei trug gerade sie wesentlich zum Erfolg der Songs bei. Mit ihrer kleinen, zarten, fast schüchtern zu nennenden Stimme brachte sie die Tangoballade so wirkungsvoll zum Vortrag, daß das Publikum stürmisch applaudierte. Die Mischung von naiver Singfreudigkeit und raffinierter Kabarettinterpretation, mit der sie die Songs gestaltete, begeisterte.

Das Premierenpublikum mußte erst seine Verwunderung, sein Befremden über diese Art theatralische Darbietung überwinden, bevor es Beifall spendete. Heinrich Fischer, von Aufricht aus München herbeigeholter Dramaturg des Schiffbauerdamm-Theaters und maßgeblich daran beteiligt, daß das Stück auf die Bühne kam, berichtete über den Verlauf der Premiere: „Die ersten zwei Bilder gingen vorüber – das Publikum blieb kalt. Aber nach dem Kanonensong ging ein Beifallssturm los, wie ich ihn im Theater nur selten erlebt habe. Das Publikum verlangte stürmisch nach einer Wiederholung des Liedes ... Aufricht hatte gesagt: Wiederholungen gibt es bei uns nicht. Aber nun ging es einfach nicht weiter. Immer wieder begannen Paulsen und Gerron zu sprechen, immer wieder wurden ihre Worte von frenetischen da-capo-Rufen erstickt. Die Schauspieler wiesen, sich entschuldigend, zur Direktionsloge. Mit einem Kopfnicken gab Aufricht schließlich seine Zustimmung – von da an wurde fast jedes Lied zwei- oder dreimal wiederholt."[29]

Im Unterschied zum Publikum zeigte sich die Presse eher reserviert als zustimmend. Die Kritik meinte das Stück damit zu erledigen, daß sie es als Publikumserfolg herausstellte. Typisch dafür war die Besprechung von Felix Hollaender in der „National-Zeitung": „Brecht ist für konsequentes Erledigen. Nachdem er Marlowes zweiten Eduard zur Strecke gebracht, hat er nun auch John Gays fröhliche und bittere Balladenoper ihrer feineren Reize entkleidet – ihres eigentlichen Duftes beraubt – ein kräftiger Theatererfolg ist ihm dabei als Frucht in den Schoß gefallen. Diejenigen, die ihn zu einem Originalgenie stempeln möchten, werden wiederum applaudieren. Wir unsererseits können nur von neuem buchen, daß wir auch in diesem Anlehnungsversuch, der sich an die Übersetzung Elisabeth Hauptmanns hält, keine schöpferische Tat zu erblicken vermögen."[30] Die reaktionäre „Neue Preußische Kreuz-Zeitung" bezeichnete das Ganze als „literarische Leichenschändung", die nur durch die Nichtigkeit des Objekts nicht weiter bemerkenswert sei. Aber auch Kritiker, die Brecht sonst sehr gewogen waren, verhielten sich hilflos gegenüber diesem Spektakel. Herbert Jhering, der bei den Frühwerken Brechts besser als der Autor zu formulieren verstand, worin das jeweilig Neue bestehe, blieb bei allem Lob für die „Dreigroschenoper" in seiner Kritik auffallend nichtssagend. Er schrieb über den „Triumph der offenen Form", über das Vorbild Nestroy, darüber, daß Brecht die Sprache, Weill die Musik aus der Isolierung gerissen habe. Der Kritiker der „Roten Fahne" wußte überhaupt nichts mit dem Stück anzufangen: „Fühlt man sich schwach, so stürzt man sich auf einen Stärkeren; steht man der Gegenwart mehr oder minder verständnislos gegenüber, so flüchtet man in die Vergangenheit; weiß man die revolutionäre Bewegung der Arbeiterklasse nicht zu gestalten, so versucht man es mit den ziellosen und dumpfen rebellischen Stimmungen des Lumpenproletariats. ... Von moderner sozialer oder politischer Satire keine Spur."[31]

Tucholsky, obwohl auch er Brecht keinen politisch gezielten Impuls zugestand und in ihm noch 1930 einen unpolitischen Dichter sah, der keine Überzeugung zum Ausdruck bringe, fragte sich, warum dieser Autor immer mehr zur Zielscheibe der Nazis wurde. Dabei kam er auch auf die merkwürdige Doppelgleisigkeit von Zeitkritischem und Romantischem des Brechtschen Sujets und der Songinhalte zu sprechen. „Was die Pfeifer reizt, ist unter anderm etwas, was sie ‚Roheit' nennen, und die ist lange nicht mehr echt, die ist gemacht. Das knallt, das stinkt, das knufft und das schießt; das jagt auf Mustangs durch die Wüste, das säuft und spielt, das flucht und das hurt ..., aber so schön weit weg, in Indianien, in wo es gar nicht gibt ... Das ist grade das Feine an dieser Kunst. Freiligrath, Freiligrath ... Sie haben unrecht, wenn sie mit ihrem Geschrei die Opern meinen. Sie haben recht, wenn sie ihre Welt meinen und jene, die sie hinter dem Kunstwerk zu sehen glauben. Dann allerdings ist der Kampf berechtigt: dann ist es der große Kampf, der diese Zeit durchzieht. Aber wie viel Energie wird hier verschwendet! Ist das ein Ersatz für politischen Kampf, sich auf der Galerie die Hände rot zu klatschen und denen im Parkett ordentlich eines zu besorgen? Selbst ein Sieg wäre keiner: es ändert sich nichts, wenn die kölner oder die darmstädter Bürger dem höchstungefährlichen Brecht zujubeln. Dadurch werden die Arbeitslosen auch nicht weniger."[32]

Die zunehmende Faschisierung vor 1933 konnte den Siegeszug der „Dreigroschenoper" zwar nicht stoppen, die Buhrufer aber nahmen zu. Die Nazis machten das Werk zum bevorzugten Objekt ihrer Störaktionen. Auf diese Weise kam zum Ausdruck, vor welchem politischen Hintergrund es geschrieben und in Szene gesetzt worden war. Aus geschichtlicher Distanz bekommt das Ganze etwas Gespenstisches, vor allem wenn man sich das weitere Schicksal derer vor Augen führt, die an der vielumjubelten Aufführung im August 1928 beteiligt waren. Brecht, Weill, Aufricht, Lotte Lenya gingen ins Exil. Theo Mackeben wurde im dritten Reich, in dem Weills Musik verstummte, ein populärer Komponist. Das schrecklichste Schicksal ereilte Kurt Gerron. Dieser Starkabarettist der zwanziger Jahre, der in der „Dreigroschenoper" den Polizeichef Brown spielte und den Brecht wegen seiner Trägheit oft verwünschte, kam nach der Besetzung Hollands durch die faschistische Wehrmacht in das Lager Westerbork. Dort unterhielt der Lagerkommandant, SS-Obersturmführer Gemmeker, ein Kabarett, das sich aus namhaften Mitgliedern des einstigen „Theaters der Prominenten“ wie Max Ehrlich und Willy Rosen zusammensetzte. Man spielte in einem Saal, in dem sonst die Transporte nach Auschwitz zusammengestellt wurden. Premieren dienten hier unter anderem dem perfiden Anlaß der Deportation des vierzigtausendsten Lagerinsassen. Auf dieser Bühne spielte auch Kurt Gerron. Allerdings nur ein einziges Mal, denn er wurde für den nächsten Transport ausgesucht, vorerst nach Theresienstadt, wo er für die Auslandspropaganda seiner Peiniger den wirklichkeitsverfälschenden Film „Der Führer schenkt den Juden eine Stadt“ drehen mußte. Dann wurde er nach Auschwitz deportiert und in den Gaskammern umgebracht.

Die Erfolgssträhne, so oft herbeigewünscht und am wenigsten mit der „Dreigroschenoper“ erwartet, wollte Brecht ausnutzen. Er betrachtete dieses Sujet, das beim Publikum so toll eingeschlagen hatte, als eine Goldgrube, die gründlich ausgebeutet werden mußte. Er selbst war mit anderen Projekten beschäftigt, aber seine Mitarbeiter, so fand er, müßten das Geschäft weiterbetreiben. Am besten schien ihm Elisabeth Hauptmann dafür geeignet, stammten doch von ihr nicht nur die Übersetzung des englischen Originals, sondern auch einige konzeptionelle Gesichtspunkte, so der Gedanke, daß sich die Verbrecher immer stärker kapitalistischer Geschäftspraktiken bedienen und vom Dietrich zur Aktie überwechseln. Um ihr auf die Spur zu helfen, schrieb er ihr einen Brief:

Liebe Bess,
heute fiel mir ein, ob Sie nicht Lust haben, sich an dem Massarygeschäft zu beteiligen? Ich würde Ihnen eine Fabel geben usw., und Sie würden ein kleines Stück draus zimmern, ganz locker und schlampig, meinetwegen auch fetzchenweise! Eine teils rührende, teils lustige Sache für etwa

10000 Mark! Sie müßten es zeichnen, aber das würde Ihnen natürlich kolossal nützen. Denn die Sache könnte ganz anständig werden durch einfache Offenheit und eine Art rührende Bescheidenheit!!
Fabel ungefähr so:
Milieu: Heilsarmee und Verbrecherkeller.
Inhalt: Kampf des Bösen mit dem Guten.
Pointe: Das Gute siegt.

I

In ein furchtbares Verbrecherlokal (Travestie natürlich, etwa so: Jimmy, seit drei Tagen liegt immer noch Bobs abgeschossener Finger herum. Er braucht nur mal wem in die Suppe zu geraten und der Klamauk ist wieder fertig!), wo der Ecclesiadick verkommt (der schlimmste Verbrecher Chicagos, ungeheuer gefürchtet, etwa so: Können wir rauchen, Dick? Na, wir meinen nur, du hast doch nichts dagegen? Warum sagt er nichts, das ist ein sehr schlechtes Zeichen, Dick! Hast du was gegen uns? Nimm die Zigarre aus der Schnauze, Bob, Dick mag das nicht, wünscht nicht, daß geraucht wird in seiner Gegenwart ...), kommt eines Abends mit Trommel und Saxophon ein Trüppchen der Heilsarmee, darunter Mimosenbess („einer Mimose langt man nicht in die Hose"), und sofort beginnt ein Chicagoer Haberfeldtreiben. Die Burschen tun bekehrt und erzählen dann zerknirscht ihre Schandtaten usw.

Die Armee, umheult von Wölfen, singt eng aneinandergedrückt das Lied vom Branntweinhändler („Postille"). Dann tritt eine Stille ein, und die Verbrecher warten nur noch auf Ecclesiadicks Ausbruch. (Dick hat noch gar nichts gesagt. Wartet nur, das gibt einen Riesenhinauswurf. Dick ist schon ganz eiskalt vor Wut. Wenn da heut nicht Blut fließt!)

Und siehe da, das Mädchen tritt vor und frägt: Von wem sprecht ihr denn? Wer ist denn dieser Ecclesiadick? Bist du es? (Alle: Das ist noch nie vorgekommen! Das hat noch keine gewagt!) Nun, Dick schweigt, wie Sie sich denken können, unheilvoll. Und da redet sie eben weiter mit: Wenn du nicht reden willst, mußt du nicht. Dann sagst du nichts Unrechtes. Ist das dein Heim hier? Gefällt es dir wirklich und so ... Und dann reizt sie ihn sogar, daß ihre Kameraden sie zurückhalten wollen, und die Verbrecher weichen sogar feige zurück, um nicht in die Schußlinie zu kommen, und bringen die andern von der Armee hinaus, aber da sagt Ecclesiadick nur: Macht weiter.[33]

Elisabeth Hauptmann machte sich unverzüglich an die Arbeit. So entstand die Komödie „Happy End", eine eigenständige Produktion der Hauptmann. In wenigen Wochen geschrieben und einstudiert, kam das Werk auf den Tag genau ein Jahr nach der Premiere der „Dreigroschenoper" am Schiffbauerdamm zur Aufführung. Brecht steuerte die Songs bei, den Bilbao-Song, den Matrosen-Song, den Song von Mandelay, das Lied vom Surabaya-Johnny, die alle ebenso berühmt wurden wie die aus der „Dreigroschenoper". Auch beriet er, wie versprochen, seine Mitarbeiterin in allen dramaturgischen Fragen. War sonst die Hauptmann jene, die die beratende Funktion ausübte, so nahm jetzt Brecht diesen Platz ein. Obwohl das Sujet, die Verbindung von Heilsarmee und Gangstertum, große Resonanz beim Publikum versprach und Kurt Weill eine ebenso zündende Musik beisteuerte, wurde die Aufführung kein Erfolg. Das Massary-Geschäft blieb aus.

Brecht selbst arbeitete unterdessen am Mahagonny-Stoff weiter. Aus dem Songspiel wurde eine Oper, die am 9. März 1930 am Leipziger Opernhaus uraufgeführt wurde. Die Premiere fand zu einer Zeit statt, als das Kabinett Brüning ganz offen mit antidemokratischen Methoden zu regieren versuchte. Die Oper, die Brecht „Aufstieg und Fall der Stadt Mahagonny" nannte, fiel weitaus gesellschaftskritischer aus als das Songspiel und die „Dreigroschenoper“. Aber er blieb bei dem Sujet und den künstlerischen Mitteln, die er zusammen mit Kurt Weill ausprobiert hatte. Doch funktionierte die Zusammenarbeit bereits nicht mehr so wie früher. Eine auf wechselseitigem Mißverständnis beruhende Übereinstimmung konnte nicht lange währen, vor allem nicht in einer Zeit, die alles politisierte. Außerdem radikalisierte Brecht seine Auffassungen mehr und mehr und suchte sich die kulinarische Kunst vom Halse zu schaffen. Im Unterschied dazu wandte sich Kurt Weill wieder stärker dem gewohnten Opernbetrieb zu, gegen den er vor Jahren angetreten war. Doch stimmten beide darin überein, mit ihrem Werk Kritik an der traditionellen Oper zu üben, die Brüchigkeit einer ganzen Gattung aufzuzeigen. „Handelt es sich beim Songspiel eher um einen Diskussionsbeitrag zur Frage, was man der traditionellen Oper als zeitgemäße Alternative entgegenstellen könne, so sollte ‚Aufstieg und Fall der Stadt Mahagonny‘ den Zuschauer (Brecht und Weill dachten immer an ein Opernpublikum) in einen dialektischen Erkenntnisprozeß hineinzwingen, der ihm die anarchischen Zustände innerhalb der kapitalistischen Gesellschaft am Beispiel der so überaus geschätzten, Auge und Ohr verwöhnenden Kunstform Oper bewußt machte.“[34] Innerhalb dieser gemeinsamen Stoßrichtung gab Weill jedoch den grundlegenden Gedanken von der Selbständigkeit der Elemente immer mehr preis. Die Meinungsverschiedenheiten arteten in einen Streit um die Priorität des Wortes oder der Musik aus, der während der Proben zur Berliner „Mahagonny“-Aufführung im Dezember 1931 zum Bruch zwischen Brecht und Weill führte. Brecht schlug einem Pressefotografen, der Weill und Brecht zusammen fotografiert hatte, die Kamera aus der Hand und schrie hinter Weill her, der den Raum verließ: „Den falschen Richard Strauss werfe ich in voller Kriegsbemalung die Treppe hinunter.“[35]

Als Aufricht in dem von Max Reinhardt gepachteten Theater am Kurfürstendamm „Mahagonny" aufführte, probte Brecht im gleichen Theater im Keller sein neues Stück „Die Mutter". Die weltanschauliche Diskrepanz der beiden Werke wirft die Frage auf, warum Brecht an einem Gesellschaftsmodell wie „Mahagonny" festhielt, das seinen neuen Einsichten nicht mehr entsprach. Der Übergang auf marxistische Positionen vollzog sich eben nicht so, daß sich von einem bestimmten Zeitpunkt an ein in jeder Hinsicht neues Weltbild abzeichnete. Die früheren Ideen wirkten noch eine ganze Zeit nach, sie wurden von den neuen nicht einfach abgelöst, sondern existierten oft neben ihnen weiter. Zum anderen besaß das Mahagonny-Sujet eine relative Eigengesetzlichkeit, entstanden aus einer bestimmten Vorstellung von kapitalistischer Lebensweise. Damit verbunden war vor allem der vulgärmaterialistische Legitimismus, den Brecht in der „Dreigroschenoper" schlagerkräftig auf den Nenner brachte: „Wir wären gut – anstatt so roh / Doch die Verhältnisse, sie sind nicht so", und der in „Mahagonny" mit dem einschmeichelnden Song der Jenny neu formuliert wurde:

Denn wie man sich bettet, so liegt man
Es deckt einen keiner da zu
Und wenn einer tritt, dann bin ich es
Und wird einer getreten, dann bist's du.[36]

In diesem Song kommt der Widerspruch zwischen aggressiv zeitkritischer Absicht und verführerisch einschmeichelnder musikalischer Darstellung besonders kraß zum Ausdruck. Weill bot in seiner Musik zunehmend mehr Verführung als Kritik. Die Brutalisierung menschlichen Zusammenlebens bekam einen Wohlklang, eine Gefühlsnettigkeit, die den kritischen Impuls zurückdrängte. Nur der gesellschaftlich wissende Kopf verspürte im Liebreiz der

Melodie auch das Grauen. Brecht erkannte sehr bald, das Kulinarische hatte seinen Preis.

Aufbauend auf dem Songspiel, brachte Brecht die Geschichte des Holzfällers Paul Ackermann aus Alaska in der Netzestadt Mahagonny auf die Bühne. Paul Ackermann kommt in diese Stadt, „wo man alles dürfen darf", um sich das Glück zu kaufen, wird aber zum Tode auf dem elektrischen Stuhl verurteilt, weil er drei Flaschen Whisky und eine Storesstange nicht bezahlen kann. Was diesen Mann zu Fall bringt, ist der Mangel an Geld, „was das größte Verbrechen ist / Das auf dem Erdenrund vorkommt". Der schärfere Ton, der in „Mahagonny" im Vergleich zur „Dreigroschenoper" angeschlagen wird, die größere weltanschauliche Fundierung des Spaßes geht schon daraus hervor, daß Paul Ackermann am Ende nicht wie Mackie Messer durch einen Deus ex machina gerettet wird. Brechts Mahagonny-Figuren sind Menschen der Ungleichzeitigkeit. Sie machen einerseits die Verwerflichkeit, Unmenschlichkeit des kapitalistischen Systems sichtbar und für den weiterdenkenden Kopf auch die Notwendigkeit, daß es abgelöst werden muß, zugleich aber sind es Menschen, die selbst nicht den zwingenden Schluß aus der Lebensweise in Mahagonny ziehen, sondern sich ihr unterwerfen und untergehen. Verdeutlicht wird diese Ungleichzeitigkeit noch einmal im Schlußbild. Während der Zuschauer zu einem Urteil über dieses Mahagonny gedrängt wird, in dem es nichts gibt, was sein Weiterbestehen rechtfertigt, demonstrieren die Menschen in der brennenden Stadt unter der Losung „Für den Fortbestand des Goldenen Zeitalters", und der Schlußsatz der Oper heißt provokatorisch: „Können uns und euch und niemand helfen." Die theatralische Technik der Ungleichzeitigkeit aber fordert den Zuschauer bereits auf, den Satz zu widerlegen.

Produktive Hindernisse

Da „Happy End“ nicht den Massary-Erfolg brachte, den sich Brecht erhofft hatte, wandte er sich nunmehr wieder verstärkt den Projekten zu, an denen er seit längerer Zeit arbeitete: „Daniel Drew“, „Aus nichts wird nichts“, „Joe Fleischhacker“. Vor allem aber nahm er sich die „Fatzer“-Texte erneut vor. Nach der geringen Resonanz von „Happy End“ reute es ihn, daß er sich so vom Erfolgsstreben hatte hinreißen lassen, obwohl ihm von Anfang an klar war, daß er mit diesen Produktionen nicht das erreichen konnte, was ihm vorschwebte. Im hektischen Berlin schien ihm jedoch eine positive Arbeit nicht möglich. Er sehnte sich nach Augsburg zurück. In der Ruhe und Beschaulichkeit der Provinz ließ sich besser über die Welträtsel nachdenken. So lud er Elisabeth Hauptmann und Emil Hesse-Burri, Stückeschreiber und Dramaturg bei Aufricht, ein, nach Augsburg zu kommen und sich an der Arbeit zu beteiligen. Hesse-Burri erhielt jedoch von Aufricht keinen Urlaub. Selbst Brechts Versicherung, er werde sich gelegentlich erkenntlich zeigen, nützte beim Direktor des Schiffbauerdamm-Theaters nichts.

Aber auch im stillen Augsburg rundeten sich die Stücke nicht. Die Schwierigkeiten bei den verschiedenen Produktionen zeigten an, daß es sich dabei nicht um Probleme handelte, die sich auf einzelne Stücke bezogen, sondern auf die neue Art, Theater zu machen. Zwar hatte Brecht seine Vorstellungen vom epischen Theater Zug um Zug ausgebaut, doch ließ sich noch keine Strategie, keine Richtung erkennen, mit der er sich in der deutschen Theaterlandschaft hätte deutlich placieren können. Was er an Erfindungen vorwies, kam mehr vom Detail, von der Einzelbeobachtung her. Bei den Theaterleuten stand er im Ruf, ein Andersmacher zu sein, aber als Wortführer einer neuen

Richtung galt er nicht. Dabei war ihm klar, daß er das nur mit einer Mannschaft werden konnte. Noch aber hatte er kaum Bundesgenossen, die über den engen Freundeskreis hinausreichten.

Eine Wendung trat ein, als sich Brecht 1927 mit Erwin Piscator zusammentat, der, wenn auch auf etwas andere Art, im Grunde das machte, was er selbst wollte: episches Theater. Piscator stand 1927 auf der Höhe seines Ruhms. Er hatte erreicht, wovon Brecht träumte: ein eigenes Theater, ausgerüstet für Experimente, für eine epische Darstellungsweise. Die Zusammenarbeit mit Piscator schlug keineswegs Brecht zu Buche. Die Öffentlichkeit verstand Piscator bereits als Richtung, Brecht noch nicht.

Als Piscator 1927 sein Theater am Nollendorfplatz gründete, baute er ein „Dramaturgisches Kollektiv" auf, in das er die progressivsten Autoren berief, so Balázs, Becher, Herzog, Jung, Kläber, Kisch, Lania, Mehring, Paquet, Tucholsky, Welk, Wolfenstein und auch Brecht. Gedacht als ein Organ kollektiver Arbeit, sollte es, nach einem Satzungsentwurf von Erich Mühsam, „den Charakter der Piscator-Bühne gemeinschaftlich verantworten"[37]. Zwei Jahre später sah Piscator darin eine Geschichte, „voll von Mißverständnissen, Disziplinlosigkeit, literarischen und menschlichen Eifersüchteleien und Fehden, aber auch voll von gutem Willen"[38]. Das traf, im Positiven wie im Negativen, auch auf das Kollektivmitglied Brecht zu. Piscators Angebot nutzte er, um kräftig mitzumischen. Felix Gasbarra, dem Leiter des Kollektivs, schlug er eine möglichst lockere Organisation vor, doch müsse die „dahinterstehende starke Hand durchschimmern". Ein solcher Vorschlag war ebenso richtig wie schwierig durchzuführen. Denn die berufenen Mitglieder brachten nicht nur sehr unterschiedliche Meinungen in das Kollektiv ein, sie wollten als Autoren auch ihre Stücke gespielt sehen. Jeder wollte da seine „starke Hand" durchschimmern lassen.

Sehr bald aber stellte sich heraus, daß Brecht gar nicht gewillt war, mit Felix Gasbarra zusammenzuarbeiten. Und wenn schon, dann auf politischem, nicht auf literarischem Gebiet. An Piscator schrieb er: „Ich bin vielleicht Ihr Genosse, aber ich bin bestimmt nicht Ihr Dramaturg usw.“[39] Er unterbreitete sodann nicht nur den Vorschlag, seine eigene Mannschaft, Jhering, Grosz, Schlichter, Weill, Sternberg, in das Kollektiv aufzunehmen, sondern erwog außerdem, dem ganzen Unternehmen einen anderen Charakter zu geben. Nicht zufrieden mit dem, was Piscator mit dem Theater machte, wollte er das „Dramaturgische Kollektiv“ in einen „Roten Klub“ und die Piscator-Bühne in ein „Rotes Klubtheater“ umwandeln. Auf diese Weise, so äußerte er sich gegenüber Piscator, hätte man eine Einrichtung, mit der man wirklich politisch arbeiten könnte. Es wäre dann möglich, politische Flugschriften herauszugeben und im Theater eigene Versammlungen abzuhalten. Piscator besaß damals weit mehr politische Erfahrungen als Brecht. Was Versammlung und Agitation betraf, darin kannte er sich aus. Brechts Vorschlag mußte ihm wenn nicht böswillig, so doch politisch dilettantisch vorkommen. Agitatorisch hatte sich die revolutionäre Arbeiterklasse, die Kommunistische Partei schon selbst ausgerüstet. Piscator wollte ihr mit dem helfen, was sie noch nicht besaß, mit einem revolutionären Theater von hohem künstlerischem Rang.

Wenn auch die Ansprüche Piscators nicht der realen Situation entsprachen, Brechts Vorschlag, so politisch pragmatisch er angelegt war, verfehlte sie ebenfalls. Er trieb das Kollektiv mehr auseinander als voran. Aber auch Piscator selbst trug dazu bei, indem er das Kollektiv zwar etablierte, ihm aber überhaupt keinen Spielraum gewährte. Erich Mühsam beklagte sich bitter: „Piscators bedeutende Künstlerschaft ertrug keine Mitwirkung, ertrug nicht einmal einen Rat, der mehr war als die Bestätigung alles dessen, was schon sein Entschluß war. Wir sind bei der Auswahl von Stücken nicht ein einziges Mal gefragt worden, hatten bei keiner Besetzung mitzureden, geschweige, daß wir uns in die Regie hätten einschalten können. Daß wir bei den Proben artig im Parkett sitzen durften, war alles. Nachher ein Wort der Kritik wurde höflich angehört, Wirkung hatte es nicht. Das Programmheft war die ganze Ausbeute unseres Tatendranges. Aber ‚den Charakter der Piscator-Bühne gemeinschaftlich zu verantworten‘, blieb allerdings unser Los, auch noch, als die Maschine wichtiger wurde als die Kunst, auch noch, als ein Star nach dem andern das Zusammengehörigkeitsgefühl der auf die Idee eingeschworenen Schauspieler mit den Ellenbogen in die Kulisse drängte ...“[40]

Daß Brecht zu kameradschaftlicher Mitarbeit bereit war, zeigte sich, sobald ihm gestattet wurde, in die Inszenierung einzugreifen. Das geschah aber meist erst dann, wenn Piscator in der Klemme saß. Als er die „Abenteuer des braven Soldaten Schwejk“ auf die Bühne bringen wollte, lieferten ihm Max Brod und Hans Reimann eine Dramatisierung, in der die scharfe politische Satire zu einem „pseudo-komischen Offiziersburschen-Schwank“ verwässert war. Mit Gasbarra, Lania und Piscator schrieb Brecht in kurzer Zeit das Stück völlig neu. Auf dem Programmzettel hieß es aber: „Nach dem Roman von Jaroslav Hašek dramatisiert von Max Brod und Hans Reimann. Für die Inszenierung bearbeitet von Erwin Piscator, Leo Lania, Gasbarra und Bert Brecht“. Auf Brod und Reimann konnte Piscator nicht verzichten, weil sie die Aufführungsrechte besaßen. Der Anteil Brechts an Stückfassung und auch an der Inszenierung war weitaus größer, als damals in der Öffentlichkeit bekannt wurde. Brecht erwies sich hier als ein exzellenter dramaturgischer Techniker. In der allgemeinen Ratlosigkeit demonstrierte er, wie verfahrene Situationen und vermurxte Stücke wieder flottgemacht werden konnten, und zwar in der zur Verfügung stehenden Zeit. Bei Piscators

Theaterexperimenten fand er noch oft Gelegenheit, dieses Talent unter Beweis zu stellen.

Wenn das Piscator-Kollektiv als Kollektiv auch nicht zu funktionieren schien, so verhalf es Brecht doch zu Einsichten und Erfahrungen, die er sonst nirgends hätte machen können. Für ihn war das eine Lehrzeit, die sich später auszahlte. Rückblickend sagte er über seine Zusammenarbeit mit Piscator: „Der Piscator machte vor dem Stückeschreiber politisches Theater ... Die eigentliche Theorie des nichtaristotelischen Theaters und der Ausbau des V-Effekts ist dem Stückeschreiber zuzuschreiben, jedoch hat vieles davon auch der Piscator verwendet und durchaus selbständig und original. Vor allem war die Wendung des Theaters zur Politik Piscators Verdienst, und ohne diese Wendung ist das Theater des Stückeschreibers kaum denkbar."[41]

Von Piscator lernte Brecht vor allem jenen Vorgang praktisch und methodisch zu beherrschen, der in beider Theaterarbeit als Historisierung beschrieben wird. Wie man es auf dem Theater macht, daß das Individuum als Mittelpunkt fällt und die Masse zum entscheidenden politischen und dramaturgischen Faktor wird, dafür hatte Piscator schon Lösungen bereit. „Historisieren" nannte er die Steigerung einzelner Vorgänge, individueller Aktionen ins Politische, Soziale, Ökonomische. Das erbrachte, wie Brecht etwas ironisch formulierte, die Elektrifizierung des Theaters. Piscator führte den Film ins Theater ein, das laufende Band usw., der höchstmögliche technische Standard mußte her, um die Steigerung des Individuellen ins Historische zu bewerkstelligen. Auf diese Weise schuf er eine theatralische Organisationsform für neue Stoffe. „Was Piscator ermöglicht, ist das Erfassen neuer Stoffe. Er hat die Aufgabe, die neuen Stoffe alt zu machen. Vor sie alt sind, können sie vom Drama nicht erfaßt werden."[42] Damit meinte Brecht, daß die neuen Stoffe erst einmal theatralisiert, im Sinne des Theaters präpariert werden mußten, um überhaupt kunstfähig zu sein. Das Drama bekam durch diese Bemühungen einen revueartigen, erzählenden, einen epischen Charakter. Das war es, was Brecht interessierte. Hier konnte er lernen, aber er lernte auch aus Piscators Fehlern. Weder die Technisierung noch die bloße Kommentierung schienen ihm ein gangbarer Weg. Der methodische Ansatz aber, das Historisieren individueller Vorgänge, wurde von Brecht übernommen. Mehr als Piscator selber sah er darin das entscheidende Element des epischen Theaters.

Das Historisieren führte bei Brecht zur Methode der Verfremdung. Sosehr Historisieren und Verfremden zusammengehören, beschreiben beide methodischen Elemente zugleich das, was Brecht von Piscator lernte und was ihn von ihm trennte. Die später von Brecht entwickelte Methode der Verfremdung verstand Piscator nicht, obwohl er dazu den entscheidenden Anstoß gegeben hatte. In einer Notiz zu einer Autobiographie, die er noch schreiben wollte, heißt es: „Hier muß ich auf meinen Freund Brecht ganz kurz kommen: die Verfremdung ist mir zu entfremdend; sie gibt mir zuviel Distanz, während das Eindringen in den andern, das Glaubbarmachen, die Notwendigkeit, die Dinge bis zum letzten Rest auszuschöpfen und wissenschaftlich fast zu erschöpfen, eine bestimmte Anteilnahme erfordert, die sich nicht in Skepsis umsetzen darf, die sich zunächst einmal ein Fundament setzen muß, von dem aus dann wieder skeptische Behandlung kommen kann."[43]

Noch einmal bot sich für Brecht eine Gelegenheit, seine methodischen Verfahren auf der Bühne auszuprobieren, als er 1929 Aufricht bewegen konnte, das zweite Stück der jungen Marieluise Fleißer, „Pioniere in Ingolstadt", am Theater am Schiffbauerdamm aufzuführen. Seitdem sie Brecht als Regisseur seines „Eduards" zugeschaut hatte, war sie von ihm beeindruckt. Es faszinierte sie, wie sich hier ein Dramatiker gegen eingefahrene Kunstgewohnheiten durchsetzte. Die Eigenart, wie er mit Kunst und Leben umzugehen pflegte, ließ sie nicht mehr zur Ruhe kommen. Brecht war fortan aus ihrem Leben nicht mehr wegzudenken, wenn sich auch keine fortdauernde Bekanntschaft herstellte. Als sie mit ihren ersten Stücken an die Öffentlichkeit trat, war man erstaunt über die Eigenständigkeit und Eigenwilligkeit, mit der sich eine Debütantin zu Wort meldete. Da gab es eigentlich nichts, was Vorbilder und Einflüsse erkennen ließ, am allerwenigsten Anklänge an Brecht. Ihre Stücke modellierte sie aus dem Atmosphärischen. Die Wendungen in den Vorgängen und den Charakteren kommen aus dem Unausgesprochenen, aus dem, was die Leute an Umwelt mit sich herumschleppen, was ihnen aber kaum bewußt ist und worüber sie nicht reflektieren. Ihre Gestalten besitzen alle etwas Undurchschaubar-Kreatürliches.

Als Brecht Aufricht empfahl, Fleißers „Pioniere in Ingolstadt“ zu spielen, befand sich dieser in einer Zwangslage. Die zweite Inszenierung an seinem Theater nach der „Dreigroschenoper“, Peter Martin Lampels „Giftgas über Berlin“, hatte einen politischen Skandal ausgelöst und zum Verbot durch den Berliner Polizeipräsidenten geführt. Aufricht brauchte ein neues Stück, mit dem er die progressive Linie seines Spielplans fortsetzen konnte. Man sollte von ihm nicht sagen, er gäbe klein bei. Wenn Brecht ein Stück interessierte, durfte man sicher sein, daß er da eine Entdeckung verfolgte, daß ihm etwas vorschwebte, was er ausprobieren wollte. Sich in andere Autoren einzufühlen war seine Sache nicht. Bereits bei der Aufführung von Fleißers „Fegefeuer in Ingolstadt“ hatte er sich kräftig in die Regie eingemischt. Jetzt übernahm er sie selbst, wenn auch anonym. Doch was er vorstellte, war nicht die Fleißer, sondern wie die Fleißer seiner Meinung nach sein sollte. Als Regisseur tilgte er zunächst das Atmosphärische, also die Eigenart der Autorin. Dafür verschärfte er die sozialen Akzente, vor allem aber wurde das Sexuelle in einer Direktheit dargestellt, wie man es in dem gewiß nicht prüden Berlin der zwanziger Jahre auf der Bühne nicht gewohnt war.

Der Skandal wurde für die Fleißer zum Impuls, aus dem Brecht-Kreis auszubrechen. Willig hatte sie sich von Brecht zu jeder Veränderung an ihrem Stück verleiten lassen. Für sie besaß er den Schlüssel für das ganz Große in der Kunst. Daran hielt sie auch weiter fest. Doch was verlangte er von ihr? Darüber erschrak sie. Sie wollte sich nicht selbst aufgeben. Mehr als um ihr Talent fürchtete sie um ihr seelisches Gleichgewicht. Der Fleißer erschien Brecht als ein Mann, der mit eiserner Folgerichtigkeit seine Vorstellung vom Theater verfocht, der sich dabei nicht umsah, wenn jemand auf der Strecke blieb. „Die Leichen, die rings um ihn fielen, störten ihn nicht. Manche hielt er für komisch, da lachte er schallend, er hatte schon gar kein Gemüt. Und vielleicht stellten solche Leichen sich um, sahen sie erst einmal ein, daß es nichts anderes mehr gab, daß man nicht um das neue Lernen herumkam. Nur wer lernte, war keine Leiche. Wer bei ihm lernte, durfte noch unreif sein, sich tastend versuchen, er durfte verunglücken, das nahm er in Kauf. Er verlangte keinen Meister an ihm."[44]

Das Brecht-Porträt, das Marieluise Fleißer in ihrer Erzählung „Avantgarde" aus dem Abstand von dreißig Jahren entwarf, hebt das Unerbittliche, ja Rücksichtslose als wesentlichen Charakterzug hervor. Mit eiserner Konsequenz und einem gnadenlosen Fanatismus habe er sein Ziel verfolgt: das bestehende Theater entsprechend seinen Ideen zu verändern. Hier aber beginnt schon das Klischee. Bis Ende der zwanziger Jahre war sich Brecht darüber, wohin er gelangen wollte, überhaupt noch nicht im klaren. Wohl besaß er bereits einige praktische Einsichten und theoretische Vorstellungen über ein episches Theater, aber das alles rundete sich noch nicht zu einem handhabbaren Ganzen. Fast körperlich schmerzte ihn seine Schwäche, nichts systematisieren zu können. Während keiner anderen Phase seines Lebens war er so unsicher, neigte so zu jähen Wendungen und apodiktischen Forderungen wie in dieser Zeit. Er spürte, alles drängte zu Entscheidungen, aber er wußte noch gar nicht wohin. Zehn Jahre ununterbrochener literarischer Arbeit hatten ihn eine Menge Erfahrungen sammeln, aber noch kein wirkliches Ziel, keine Richtung finden lassen. Dabei erstrebte er nichts sehnlicher, als selbst die Richtung zu weisen. Zu lange schon hatte er alles verworfen und entschiedene Veränderung verlangt, jetzt mußte der Durchbruch kommen, oder er mußte seine auf Provokation gestellte Position aufgeben. Auch in der Kunst kann man schließlich nicht nur in der Opposition bleiben, ohne sich selbst Schaden zuzufügen. Es war aber nicht nur Brechts Verhalten gegenüber der verunsicherten Autorin nach der Premiere, was die Fleißer zum Bruch veranlaßte. Diese Frau liebte nicht nur den Dichter, sie liebte auch den Mann. Die Premiere von „Pioniere in Ingolstadt" fand Anfang April statt. Am 10. April 1929 heiratete Brecht Helene Weigel, mit der er verbunden war, seit er in Berlin lebte. Ihr Sohn Stefan war jetzt vier Jahre alt, 1930 wurde ihr zweites Kind, die Tochter Barbara, geboren. Brechts Schritt rief bei den ihm nahestehenden Frauen Bestürzung hervor. Am tiefsten fühlte sich seine Mitarbeiterin Elisabeth Hauptmann getroffen, die einen Selbstmordversuch unternahm. Marieluise Fleißer trennte sich mit großer Entschiedenheit von Brecht. Carola Neher beschränkte sich darauf, ihm die Blumen vor die Füße zu werfen, als er sie vom Bahnhof abholte und so tat, als habe sich inzwischen nichts ereignet.

Was er stets am meisten fürchtete, Privatkonflikte, Szenen, Auseinandersetzungen, dem sah er sich jetzt wieder ausgesetzt. Seine Eigenheit, neue Verhältnisse einzugehen, ohne frühere zu klären, brachte ihn abermals in Schwierigkeiten. Verband sich Brecht mit einer Mitarbeiterin, dann geschah das auf eine alles beanspruchende Weise. Wenn vielleicht auch unausgesprochen, so verlangte er, daß sie ihr Leben auf ihn einstellte, ohne daß er zu Gleichem bereit war. Dabei verhielt er sich keineswegs so kalt und hochmütig, daß er das als notwendige Spesen für den Umgang mit einem Genie verlangte, wie ihm die Fleißer nachsagte. Er begriff schon sehr deutlich, was er den Frauen zumutete. Deshalb kam es ihm auch nie in den Sinn, eine solche Beziehung von sich aus zu lösen. Innerhalb des von ihm abgesteckten Rahmens von Freizügigkeit fühlte er sich ihnen unaufkündbar verbunden. Die Fleißer wußte, daß sie ihr Leben nicht mehr nach eignen Ansprüchen und Gesichtspunkten lenken konnte, wenn sie in der Nähe Brechts blieb. Als Schriftstellerin wußte sie aber auch, was sie an Anregungen ausschlug, wenn sie seinen Kreis verließ. Als sie es tat, fand sie dennoch zu der gewünschten schriftstellerischen Eigenständigkeit nicht zurück, sondern hörte auf zu schreiben. Erst nach dem zweiten Weltkrieg wandte sie sich wieder literarischen Arbeiten zu.

Obwohl Brecht die Weigel nicht zur Mitarbeit an seinen Stücken heranzog, ging von ihr doch auf andere Weise eine tiefgreifende Wirkung auch auf sein Werk aus. Wenn es jemand gegeben hat, der über Jahrzehnte hinweg einen nachhaltigen weltanschaulich-politischen Einfluß auf ihn ausgeübt hat, dann die Weigel. Sicher geschah das am wenigsten in philosophisch-weltanschaulichen Gesprächen. Es war mehr die Argumentation, die Haltung, die sie zu den Vorgängen einnahm, die Brecht beeindruckte und auch sein politisches Verhalten prägte. Während der Weimarer Republik mit der praktischen politischen Arbeit der Kommunistischen Partei enger verbunden, hat sie mit ihrer klugen, auf das alltägliche Leben ausgerichteten politischen Haltung Brecht nachdrücklicher auf die Seite der arbeitenden Klasse gebracht als mancher marxistische Ideologe. Auch war sie für ihn die Frau, mit der er die verschiedenen, oft recht widersprüchlichen Seiten seines Privatlebens in Ordnung bringen konnte. Einerseits liebte er Kinder, andererseits wollte er seinen literarischen Tätigkeitsraum nicht durch das Familienleben beeinträchtigt wissen. Ihm mußte an einer Frau gelegen sein, die als Künstlerin zugleich klug und praktisch veranlagt war und ihm einen Großteil seiner Verpflichtungen gegenüber der Familie abnahm. Nicht immer ging das glatt. Zumal die Affären bei Brecht auch nach der Eheschließung nicht aufhörten. Die Weigel wurde Belastungen ausgesetzt und sah sich immer wieder vor neue Entscheidungen gestellt. Kurz vor der Emigration glaubte sie es nicht mehr aushalten zu können und verließ Brecht. Er war es, der einlenkte.

Wie als Dichter, so auch als Liebender besaß Brecht viele Gesichter. Sein Gefühl für die Weigel kann man vielleicht am ehesten mit dem seiner späten Dichtungen vergleichen: karg, aber von großer Wärme, dauerhaft gemacht durch Verständnis. Ein Gefühl, nicht denkbar ohne Weisheit und Einsicht. Sie hatten einen Vertrag geschlossen, von dem Brecht wußte, daß die Weigel draufzahlte. Deshalb betrachtete er ihn als einen Vertrag von langer Dauer. Die Dauer, meinte Brecht, mache Verträge elastischer, beide Partner kämen dann besser auf ihre Kosten. Zu ihrer Einhaltung gehöre freilich Takt. Bei einzelnen Entscheidungen seines Lebens und literarischen Überlegungen standen ihm andere Frauen näher, aber keine hat er für sein Leben mehr gebraucht als die Weigel.

Seit November 1928 wohnte Brecht in der Hardenbergstraße 1a im Westen Berlins, nahe dem Kurfürstendamm und der Gedächtniskirche. Wohnung und Besitzverhältnisse beschrieb er so: „In meinem Schlafzimmer, das klein ist, habe ich zwei Tische stehen, einen großen und einen kleinen, ein hölzernes altes Bett, das nicht länger als ich, aber etwas breiter ist, wenngleich nicht so breit wie die meisten anderen Betten, zwei niedere normannische Stühle mit Strohsitzen, zwei chinesische Bettvorleger und einen großen Manuskriptschrank aus Holz mit Leinwandzügen.

Darauf habe ich einen Filmvorführungsapparat, eine Projektionslampe und eine Heizsonne stehen sowie einen Gipsabguß meines Gesichtes. In zwei eingebauten Schränkchen sind meine Kleider, Wäsche und Schuhe. An Wäsche habe ich Hemden, Bettzeug, um mal das Bett zu beziehen, sieben Anzüge, acht Paar Schuhe. An der Decke ist eine Lampe und auf dem Tisch am Bett eine zweite. Das Zimmer und die meisten dieser Dinge gefallen mir, aber des Ganzen schäme ich mich, weil es zuviel ist."[45] Der letzte Satz steht im Widerspruch zu einer anderen Tagebucheintragung drei Jahre später, als sich Brechts finanzielle Verhältnisse eher verschlechtert hatten. 1934 hielt er fest: „Ich habe vorteilhafte Verträge abgeschlossen, die mir ein meinen Wünschen entsprechendes Leben ermöglichten, ich besitze Häuser, einen Wagen, ich unterhalte eine Familie, beschäftige Sekretäre, und das, obwohl der Charakter meiner Arbeiten ein eher marktfremder genannt werden muß."[46]

Zu Beginn der dreißiger Jahre war Brecht ein wohlhabender Schriftsteller. Neben Georg Kaiser und Carl Zuckmayer gehörte er zu den Dramatikern, deren literarischer Erfolg sich auch in der Kasse niederschlug. Um als Dramatiker gut leben zu können, meinte Brecht, müsse man mindestens fünf Stücke auf den Spielplänen haben. Das war in jenen Jahren durchaus nicht immer der Fall, aber die „Dreigroschenoper" und „Mahagonny" rissen ihn heraus. Er verstand es, günstige Verträge abzuschließen. Einige meinten sogar, er sei der einzige Autor, der im Ullstein-Verlag das Verhältnis umgekehrt habe, so daß nicht der Verlag den Autor, sondern der Autor den Verlag ausbeute. Er leistete sich einigen Wohlstand. Seit 1928 besaß er ein Auto, einen Steyr; den Führerschein hatte er schon in seiner Münchner Zeit erworben. Im Mai 1929 wurde er bei Fulda unverschuldet in einen Verkehrsunfall verwickelt, bei dem der Wagen zu Bruch ging. Er ließ sich neben dem demolierten

Auto fotografieren und war behilflich, den Unfall für das Berliner Monatsmagazin „Uhu" zu rekonstruieren. In dem mit acht Fotos ausgestatteten Bericht über den „lehrreichen Auto-Unfall des Dichters Brecht" hieß es: „Brecht vermochte, die Bremsen mehrmals stark anziehend und sofort wieder öffnend, auf den ihm zunächst erreichbaren Baum aufzufahren. Es gelang ihm, genau mit der Mitte des Kühlers den Baum zu treffen und so den Wagen aufzufangen. Der Kühler zerbrach, und die aufstoßende Vorderseite des Chassis bog sich ringförmig um den Baum, aber sie hielt den Wagen auch zugleich fest. Das Ergebnis waren nur unbedeutende Verletzungen."[47] Nachdem auf solche Art das öffentliche Interesse an seinem Unfall geweckt war, suchte er ohne oder zumindest mit wenig Geld zu einem neuen Wagen zu kommen. Er schrieb ein Reklamegedicht für die österreichische Autofirma, „Singende Steyrwägen", und bekam dafür einen neuen Steyr.[48]

Wir haben:
Sechs Zylinder und dreißig Pferdekräfte.
Wir wiegen:
Zweiundzwanzig Zentner.
Unser Radstand beträgt:
Drei Meter.
Jedes Hinterrad schwingt geteilt für sich: wir haben
Eine Schwenkachse.
Wir liegen in der Kurve wie Klebestreifen.
Unser Motor ist:
Ein denkendes Erz.

Mensch, fahre uns!![49]

1932 erwarb Brecht einen kleinen Landsitz am Ammersee. Selbst in den schweren Zeiten der Weltwirtschaftskrise, als der Staat und die Bürger immer weniger Geld für die

Kunst aufbrachten, ging es ihm relativ gut, ja, seine Einnahmen stiegen sogar. Dennoch gab er sich betont bescheiden, ja ärmlich. Das war durchaus keine charakterliche Marotte, sondern eher wohlüberlegtes Image. Ein bestimmtes Maß von Wohlstand hielt er für unabdingbar, soweit es dazu beitrug, seine geistige Produktion zu erleichtern. Alles andere betrachtete er als überflüssig und unnütz. Hierin unterschied er sich zum Beispiel von seinem Gesinnungsgenossen Erwin Piscator, der sich gern mit dem Neusten, dem Allermodernsten auch im privaten Bereich umgab. So ließ er sich zum Beispiel von Marcel Breuer ein Schlafzimmer entwerfen, dessen Modernität in einer Kombination aus Schlafzimmer und Turnhalle gipfelte. Gegenüber den Ideen der modernen Architekten und ihren Reformbestrebungen verhielt sich Brecht skeptisch. Das Alte, Handwerkliche behagte ihm mehr. Beim Anblick alter Möbel bedauerte er, nicht Tischler geworden zu sein. Für die Schränke und Tische aus den Zeiten seiner Großeltern hatte er eine Vorliebe, die er mit Helene Weigel teilte. „Und was habe ich für Schränke gesehen! Wie waren da die Kanten eingeschliffen, die Türen eingelegt, die Fächer abgesetzt, und was waren das für herrliche Maße! Solch ein Möbel sehend, kam man auf bessere Gedanken. Was konnten diese Verstorbenen aus dem hölzernen Griff einer Gabel machen!“[50]

Ganz auf moderne Technik stellte er sich aber ein, wenn es darum ging, den Menschen größere Einsicht, größere Beweglichkeit, größere Möglichkeiten zu verschaffen. Wie für das Auto, so begeisterte er sich auch für das Radio, das immer mehr zu einem wesentlichen Kommunikationsmittel wurde. Brecht verlangte sofort, das Radio für die modernsten Bestrebungen auf dem Gebiet der Kunst und die fortschrittlichsten auf dem Gebiet der Politik zu nutzen. Deshalb wandte er sich ebenso gegen die Traditionalisten unter den Künstlern und Schriftstellern, die es als kunstunwürdige Form verschmähten, wie gegen jene Linken, die sich weigerten, dieses Medium zu benutzen, weil sie es von der herrschenden Klasse besetzt sahen. Dagegen forderte Brecht, man solle in die „Apparate" eindringen und sie sogleich bis an die äußerste Grenze ihrer Möglichkeiten treiben.

Seit 1923 konnte man in Deutschland Radio hören. Aber erst gegen 1927 wurde das neue Medium zu einer Sache der breiten Öffentlichkeit. Zu dieser Zeit begann sich Brecht für das Radio zu interessieren. Er bearbeitete Shakespeares „Macbeth" und „Hamlet" und stellte eine Funkfassung seines Schauspiels „Mann ist Mann" her. Doch all das betrieb er mehr nebenbei. Als gegen Ende der zwanziger Jahre ein spürbares Interesse für das zeitpolitische, gesellschaftskritische Hörspiel einsetzte – 1930 wurde Döblins Hörspielfassung von „Berlin Alexanderplatz" gesendet, Friedrich Wolf schrieb 1929 das Hörspiel „SOS ... Rao Rao ... Foyn. Krassin rettet Italia" –, wandte sich Brecht verstärkt dem Radio zu. Die wesentliche Anregung dazu kam von den Sendungen der „Deutschen Welle". Hier hatte man versucht, den damals vieldiskutierten Gedanken der „Gemeinschaftsmusik", der zu einer musikalischen Bewegung geworden war, mit den Mitteln und Möglichkeiten des neuen Mediums weiterzuführen. Man sendete Kammermusiken, in denen ein Instrument ausgespart war, um so dem Laien zu Hause Gelegenheit zu geben, sich mit seinem Instrument einzuschalten. Der Rundfunk als Stimmführer eines Massenorchesters. Brecht kam dadurch auf den Gedanken, daß auch dem Theater aus der Sackgasse des passiven, kulinarischen Aufnehmens herauszuhelfen sei, wenn man einen aktivistischen Standpunkt einnehme. Mit einiger Sicherheit kann man sagen, daß dieser durch den Rundfunk ausgelöste Denkanstoß Brecht auf das Lehrstück brachte. Aber noch war es nicht soweit. Die Idee des Lehrstücks als einer speziellen Kunst- und Denkform bildete sich allmählich, im nachhinein heraus. Am Anfang war nicht die Idee, sondern die praktische Arbeit.

Zu Beginn des Jahres 1929 schrieb Brecht für die Musikfestwochen in Baden-Baden das Hörspiel „Der Lindberghflug". Später, für die Druckfassung, bezeichnete er den Text als „Radiolehrstück für Knaben und Mädchen". Die Musik steuerten Kurt Weill und Paul Hindemith bei. Als stoffliche Grundlage diente die Tat des Amerikaners Lindbergh, der als erster den Atlantik überflog. Brecht schilderte, wie Lindbergh, allein auf den Flugmotor und seine Fähigkeiten vertrauend, Nebel, Schneesturm, Kälte und Wasser überwindet, wie dieser Mann in der Einsamkeit seines Flugapparats ein Gespräch mit dem Motor führt. In knapper Zeichnung umreißt der Autor das Gespräch schottischer Fischer, die Lindberghs Flugzeug über sich sehen. Lindbergh erreicht sein Ziel, er bezwingt die Elemente, die Natur, aber der Schlußchor ist dem „Unerreichbaren" gewidmet. Brecht änderte diese Passage später in das „Noch nicht Erreichte" um, wie er auch den Namen Lindbergh aus dem Titel strich, als er erfuhr, daß der Amerikaner mit dem Hitlerfaschismus sympathisierte. Das Stück nannte er fortan „Der Ozeanflug".

Brecht stellte mit diesem Werk eine Haltung dar, die er als angemessen für die heutige Welt empfand. Doch diese sollte nicht nur vorgeführt werden. Aufführende wie Aufnehmende waren angehalten, die Darstellung wie ein Experiment zu behandeln. Brecht nutzte die Aufführung während der Musikfestwochen in Baden-Baden, um zu demonstrieren, wie das Stück und die Musik von den Rundfunkhörern aufzunehmen seien. Deshalb schrieb er an Ernst Hardt, den Leiter des Westdeutschen Rundfunks Köln, der Regie führte:

„... ich habe über die Radiosendung des ‚Lindberghfluges' etwas nachgedacht, und zwar besonders über die geplante öffentliche Generalprobe. Diese könnte man zu einem Experiment verwenden. Es könnte wenigstens optisch gezeigt werden, wie eine Beteiligung des Hörers an der Radiokunst möglich wäre. (Diese Beteiligung halte ich für notwendig zum Zustandekommen des ‚Kunstaktes'.)

Ich schlage also folgenden kleinen Bühnenaufbau für diese Demonstration vor:

Vor einer großen Leinwand, auf die die beiliegenden Grundsätze über die Radioverwendung projiziert werden – diese Projektion bleibt während des ganzes Spieles stehen –, sitzt auf der einen Seite der Bühne der Radioapparat, Sänger, Musiker, Sprecher usw., auf der anderen Seite der Bühne ist durch einen Paravent ein Zimmer angedeutet, und auf einem Stuhl vor einem Tisch sitzt ein Mann in Hemdärmeln mit der Partitur und summt, spricht und singt den Lindberghpart. *Dies ist der Hörer.* Da ziemlich viel Sachverständige anwesend sein werden, ist es wohl nötig, auf der einen Seite die Aufschrift ‚Der Rundfunk', auf der anderen die Aufschrift ‚Der Hörer' anzubringen. Vor dem Ganzen würde ich Sie bitten, lieber Herr Hardt, über dieses Experiment und die ihm zugrunde liegende Theorie, die ich Ihnen beilege und über die wir noch sprechen können, etwas zu reden."[51]

Das entsprach der Losung „Besser als Musik hören ist Musik machen", unter der die Musikfestwochen standen. Brecht entwickelte daraus seine eigene Theorie. Mit dem Vorschlag, den er Ernst Hardt unterbreitete, steckte er bereits die Grundlinien seiner Lehrstücktheorie ab. Die Kritik bezeichnete die Aufführung als das wichtigste Ereignis des ganzen Badener Programms. Nicht zufrieden zeigte man sich jedoch mit der Musik. Sie weise dadurch, daß sich zwei Komponisten in die Arbeit geteilt hätten, große stilistische Unterschiede auf, die die künstlerische Geschlossenheit des Werkes gefährdeten.

Die Aufführung fand am 27. Juli 1929 im Kurhaus statt.

Am Tage darauf stand abermals ein Stück von Brecht mit der Musik von Hindemith auf dem Programm. Es hieß später „Das Badener Lehrstück vom Einverständnis“. Thematisch knüpfte es an den „Lindberghflug“ an, indem es den Tod eines Fliegers zeigte und die Frage aufwarf „Wie hilft der Mensch den Menschen“. War das andere Stück die Erfolgsvariante, so dieses die Negativvariante. Das Verfahren von Entwurf und Gegenentwurf wandte Brecht in späteren Lehrstücken noch konsequenter an. In dem neuen Stück erreicht der Flieger sein Ziel nicht. Er stürzt ab und bittet die Menschen um Hilfe. Aber der Mensch hilft dem Menschen nicht. Diese Aussage demonstrierte Brecht, der selbst Regie führte, mit unerbittlicher Härte und unter Aufbietung aller Mittel einer Ästhetik des Schreckens. Um die Todesfurcht oder, wie Brecht im Text verbesserte, die Sterbensfurcht szenisch zu realisieren, zeigte er zehn große Fotos von Toten, die den Zuschauer zwangen, sich den Tod genau anzusehen. Das Sterben sollte in seiner ganzen Unerbittlichkeit und Scheußlichkeit vor Augen geführt werden. Als das Publikum die Aufnahmen mit großer Unlust und Unruhe ansah, gab Brecht dem Sprecher die Anweisung, dem Publikum mitzuteilen: „Nochmalige Betrachtung der mit Unlust aufgenommenen Darstellung des Todes“. Die Bilder wurden wiederholt. Außerdem enthielt das Stück einen „Totentanz“, dargeboten von der Grotesktänzerin Valeska Gert. Ihre Kunst wurde zwar allgemein gelobt und als große Leistung herausgestellt, aber in diesem Zusammenhang – es handelte sich um eine eingefügte Filmaufzeichnung – als unerträglich empfunden. Doch damit nicht genug, fügte Brecht zur Erhärtung der vorgetragenen These, daß der Mensch dem Menschen nicht hilft, auch noch eine Clownsszene ein. Einen der Clowns spielte Theo Lingen, der seit einem Jahr mit Brechts geschiedener Frau Marianne verheiratet war. „Clown Schmidt war mit sich und allem unzufrieden und hatte dauernd psychische, aber auch physische Schmerzen, und seine beiden Begleiter, ebenfalls Clowns, rieten ihm, nun doch alle die Gliedmaßen, die ihn schmerzten, einfach abzuschneiden. Um das durchzuführen, hatte man mich auf Stelzen gestellt. Ich hatte verlängerte Arme und Hände, auch einen riesengroßen Kopf, und konnte nur durch mein Chemisette, das aus Gaze bestand, etwas sehen. Im Laufe des Stückes wurden mir nun sämtliche Gliedmaßen kunstfertig amputiert. Mit einem Blasebalg, der Blut enthielt, mußte ich auch noch das Blut dazu spritzen: das war dem Publikum nun wirklich zu viel. Und als man mir dann noch den Kopf absägte, da ich über Kopfschmerzen klagte, brach ein Skandal aus, wie ich ihn nie wieder am Theater erlebt habe. Alles, was nicht niet- und nagelfest war, flog auf die Bühne. Fluchtartig verließen meine Mitspieler den Schauplatz ...“[52]

So wurden die Festwochen zu guter Letzt doch noch ein Skandal. Mit dem „Lindberghflug“ war man einverstanden gewesen. Selbst die These, Kunst als experimentelles Anliegen zu behandeln, hatte man geschluckt. Was man aber hier dem Zuschauer zumutete, das ging nun doch zu weit. Vor allem die Kritikerin Elsa Bauer, die sich bereits zwei Jahre zuvor über das Songspiel „Mahagonny“ erbost hatte, war außer sich. Sie beklagte heftig, daß solch ein „absoluter Nichtskönner und Bluffer“ wie Brecht die Festwochengelder einstecke und auf diese Weise an den „Segnungen der Kultur“ schmarotze.[53] Dabei hatte es Brecht keineswegs auf eine Provokation angelegt. Er hatte sogar Gerhart Hauptmann höflich gebeten, sich sein kleines Stück anzuschauen. Hauptmann kam der Einladung nach. Inmitten der randalierenden und protestierenden Zuschauer saß er unbewegt auf seinem Platz. Was da auf der Bühne geschah, war ihm gewiß fremd, aber Skandale hatte es schließlich auch bei seinen Stücken gegeben.

Das Werk gehört neben der kurze Zeit später geschriebenen „Maßnahme“ zu denen, die bis heute am meisten mißverstanden wurden. Man bezeichnete es ebenso als bolschewistisches Propagandastück wie als verstiegenes theologisches Werk über das Verhältnis zum Tode. Dabei ging man allgemein von der Fehldeutung aus, Brecht beabsichtige mit den Vorgängen eine ganz bestimmte Auffassung, ein philosophisches Bekenntnis zu illustrieren. Das Neue bestand aber gerade darin, daß über die vorgeführten Haltungen diskutiert werden sollte. Durch die Diskussion, vor allem durch Mitspielen hatte der Zuschauer herauszufinden, was zu bejahen und was zu verneinen sei. Nicht, was der Autor wollte, sondern zu welchem Schluß der Zuschauer kam, war wichtig: Hilfeverweigerung ist keine einzunehmende Haltung, sondern ein Diskussionspunkt; Armut, das Aufgeben aller Dinge keine Existenzweise, die einfach zu akzeptieren, sondern zu überprüfen ist; der Tod nicht mystischer Vorgang, sondern eine notwendige Einsicht in das Unvermeidliche, um ohne Angst leben zu können.

Daß dieser Text mißverstanden wurde, darf niemanden verwundern. Die Technik des Lehrstücks, verschiedene Haltungen einzunehmen, um daraus zu lernen, stand Brecht beim Schreiben noch nicht zur Verfügung. Zunächst setzte sich nur seine Neigung durch, von einem Vorgang zugleich auch das Gegenbild mitzuliefern. Weltanschaulich operierte er bei diesem Stück mit einem experimentellen Rigorismus. Die Zeit, die jetzt aufkam, empfand er als Prüffeld: Vor dem Aufbau einer neuen Welt werde dem Menschen noch einmal alles abverlangt. Damit er für das Neue bereit sei, müsse er sich von allem Vertrauten, Gewohnten lossagen. Diese Haltung attackierte den Anspruch auf ein persönliches Schicksal. Erst wenn der Mensch einverstanden sei, daß es auf das persönliche Schicksal nicht ankomme, könne ihm geholfen werden.

Während dieser Festspielwochen festigten sich die Gedanken über einen neuen Stücktypus, den Brecht fortan Lehrstück nannte und der ins Zentrum seines ästhetischen Denkens rückte. Brecht formulierte im Programmheft der Deutschen Kammermusik Baden-Baden 1929: „Das ‚Lehrstück', gegeben durch einige Theorien musikalischer, dramatischer und politischer Art, die auf eine kollektive Kunstübung hinzielen, ist zur Selbstverständigung der Autoren und derjenigen, die sich dabei tätig beteiligen, gemacht und nicht dazu, irgendwelchen Leuten ein Erlebnis zu sein. Es ist nicht einmal ganz fertig gemacht. Das Publikum würde also, *sofern es nicht bei dem Experiment mithilft*, nicht die Rolle des Empfangenden, sondern eines schlicht Anwesenden spielen."[54]

Bevor Brecht mit den Lehrstückexperimenten begann, trug er sich 1927 mit dem Plan, ein „Ruhrepos" zu schreiben. Dieses Projekt war gleichfalls als Alternative zum traditionellen Theater gedacht und hätte ihn vielleicht in eine ganz andere Richtung als die des Lehrstücks treiben können, wäre ihm mehr Erfolg beschieden gewesen. Die Initiative dazu ging von dem neuernannten Operndirektor der Städtischen Bühnen Essen, Rudolf Schulz-Dornburg, aus. Er lud Brecht, Weill und den mit Brecht befreundeten Schauspieler und Regisseur Carl Koch nach Essen ein, um sie mit dem Projekt näher bekannt zu machen. Brecht sollte den Text, Weill die Musik schreiben, Carl Koch zeichnete für die Zusammenstellung der Bild- und Filmteile verantwortlich. Man dachte an Lichtbilder, Filmausschnitte, statistische und kartographische Übersichten, um den dokumentarischen Charakter des Werkes zu unterstreichen. Angestrebt war eine Montage großen Stils, zurückgreifend auf künstlerische, publizistische, politische, pädagogische Darstellungsformen. Brecht beabsichtigte, die Ausdrucksmittel der Revue ebenso zu verwenden wie die des traditionellen Oratoriums. „Das RUHREPOS soll sein ein künstlerisches

Dokument des rheinisch-westfälischen Industrielandes, seiner eminenten Entwicklung im Zeitalter der Technik, seiner riesenhaften Konzentration werktätiger Menschen und der eigenartigen Bildung moderner Kommunen ... Dieser große Vorwurf soll in einem musikalischen Bühnenwerk episch-dokumentarischen Charakters dargestellt werden, das in seiner Form am ehesten der vielgestaltigen, wechselnden Bilderfolge gleichen wird, die, allerdings zu ganz anderem Zweck, in der modernen Revue angewandt wird. Es wird eine Folge erhebender, unterhaltender und belehrender szenischer Bilder sein. In künstlerischer Form zu belehren wurde bisher selten versucht."[55]

Ausgehend von dem populären Bildwerk des 17. Jahrhunderts, schwebte Brecht ein künstlerisch-theatralisch gestalteter Orbis pictus vor. Sprachlich sollte sich das Werk an die Form anlehnen, der er sich erstmals im „Lesebuch für Städtebewohner" bedient hatte. In der Wendung gegen das Kulinarische machte Brecht jedoch hier vom Lehrhaften in einer ganz anderen Weise Gebrauch als im späteren Lehrstück, und auch die Beteiligung des Zuschauers an der Gesamtdarstellung vollzog sich letztlich auf andere Art. Rückblickend erscheint das „Ruhrepos", in dem das Bildhafte, Anschauliche, Revuehafte überwog, als eine großangelegte künstlerische Alternative zum späteren Lehrstücktypus. Daß Brecht diesen Weg letztlich nicht beschritt, auf dem er zweifelsohne zu anderen dramenästhetischen und methodischen Schlüssen gekommen wäre, hatte zunächst ganz praktische Gründe.

Das Projekt scheiterte daran, daß trotz verschiedener Initiativen sich keine Instanz fand, die es finanzierte. Brecht selbst verhielt sich, nachdem feststand, daß aus dem Vorhaben nichts wurde, nicht gerade großzügig. Er drohte Schulz-Dornburg mit dem Gericht, sollte es diesem nicht gelingen, das Geld von der Essener Stadtverwaltung aufzutreiben. Die Erfahrung, daß sich technisch aufwendige

Theaterprojekte Ende der zwanziger Jahre in Deutschland nicht mehr durchsetzen ließen, die Brecht auch im Zusammenhang mit dem Scheitern der Piscator-Bühne machte, veranlaßte ihn, sich nach weniger aufwendigen Möglichkeiten umzusehen. Hier bot sich das Lehrstück an. Mit ihm konnte man außerhalb der großen Apparate und unabhängiger von Instanzen operieren.

Wie unsicher Brecht war, in welche Richtung das neue, epische Theater vorgetrieben werden sollte, beweist auch die Arbeit an dem Stück „Fatzer", mit dem er sich seit 1927 beschäftigte. Da er in den Jahren vor 1930 auf verschiedenen Gebieten experimentierte, nahm das „Fatzer"-Stück ebenso Züge des großen Gesellschaftsepos wie des Lehrstücks an. Zu den Schwierigkeiten, die Brecht damals mit dem Finden der Fabel hatte, kam, daß er sich über den einzuschlagenden Weg, über die Eigenart epischen Theaters nicht klarwerden konnte. Er suchte Fabel und Struktur beim Schreiben zu finden. So gleicht der Stücktorso einer umfangreichen Skizzensammlung zu einem Gemälde, das jedoch keine Gestalt annahm. Dennoch läßt sich aus den verzweigten und verworrenen Handlungskomplexen, die während der letzten Phase des Weltkrieges, um 1917/18, spielen, eine Fabel wie diese erzählen:

In einem zerschossenen Gelände taucht ein Tank auf. Ihm entsteigen drei Männer. Sie finden in dem Trichterfeld als einzigen Überlebenden den Soldaten Fatzer. Fatzer will keinen Krieg mehr: vor sich sieht er seinen Bruder und hinter sich seinen Feind. Gemeinsam gehen sie zurück in die Heimat und besichtigen in der Stadt Mühlheim die Menschen, wie sie zum Krieg stehen. Sie finden, das Volk ist dumm, da kann der Krieg noch lange dauern. Für die Männer will Fatzer Fleisch beschaffen. Aber die Fleischer schlagen ihn nieder. Seine Kameraden helfen ihm nicht, sie lassen ihn liegen. Der Chor erklärt, notwendig sei, den Krieg der Völker in den Krieg der Klassen zu verwandeln, den Weltkrieg in den Bürgerkrieg; denn der wirkliche Gegner sei das Bürgertum. Der Chor weist die Soldaten auf ihren Fehler hin, sie seien weggegangen von den Massen, ihr Untergang daher unvermeidlich.

was der untergehende sagt
das ist wertlos, was sind die taten
dessen der ohne hoffnung ist er gleicht
keinem menschen mehr
wozu wissen
wer wen zerfleischt wenn beide
dem tod sicher sind?
wortlos ist das gewäsch der unglücklichen
schon ist abgeschlossen ihr leben und was sie
noch zu sagen wünschen, das hat
kein interesse mehr.

Fatzer erkennt, wo früher ein Mensch war, ist jetzt die Masse. Doch er, der an der Front zu den Kameraden fand, läßt sich jetzt immer wieder in Privates verwickeln, das hält ihn vom „Anschluß an das Morgen“ ab. Fatzer ist der Individualist, der Egoist, der, der an den blindwütigen Zufall glaubt. Die Kameraden verlangen, daß er jetzt mache, was zwei oder drei wollen. Von dem Individualisten Fatzer wird gefordert, daß er sich ändert, indem er mit sich ein Ende macht. Von den Kameraden bedrängt, scheut er sich nicht, an ihre Frontkameradschaft zu appellieren. Doch ehe sie mit ihm zu Ende kommen, erledigt eine Explosion alle vier. Der Chor resümiert:

beziehe den neuen posten.
der geschlagene entrinnt nicht
der weisheit.
halte dich fest und sinke! fürchte dich! sinke doch!
auf dem grunde

erwartet dich die lehre.
zu viel gefragter
werde teilhaftig des unschätzbaren
unterrichts der masse:
beziehe den neuen posten.[56]

Früher als die Struktur fand Brecht den Stil. Von den Vorgängen des ersten Weltkriegs wird in distanzierter, epischer Sprache berichtet, die die zeitnahen Ereignisse einer Betrachtungsweise unterwirft, als handle es sich um weit zurückliegende Geschehnisse, die einer genauen Untersuchung bedürfen: „ihr noch wißt / im zweiten Jahrzehnt dieses Jahrhunderts / war ein Krieg aller Völker / welche sich eingruben / und ihre unsinkbaren Schiffe / versenkend ..." Diese Sprache befreit die Vorgänge von allem Nebensächlichen, Zufälligen. Sie dient einzig dazu, Haltungen sichtbar zu machen und zu kommentieren. Der Gegensatz zu Brechts Frühwerk „Trommeln in der Nacht" ist unübersehbar.

Angestimmt und geformt wird diese Sprache durch den Chor. Nicht wie im naturalistischen Drama sollte die Aussage des Stückes durch den geistigen Horizont einzelner Figuren bestimmt werden. Bei Brecht sieht der Chor mehr als der einzelne. Der Chor vermittelt zwischen sich, der betrachtenden, aber nicht allwissenden Instanz, und denen, die in die Ereignisse verstrickt sind. Vom Chor wird auf Lenin hingewiesen, von dem die Figuren nichts wissen. Der Chor zieht die Konsequenzen aus den Vorgängen, zu denen sie nicht vorstoßen, er verkündet die Lehre, die sie nicht nachvollziehen. Sache des aktiven Zuschauers ist es, sich damit auseinanderzusetzen. Er ist angehalten, die Vorgänge wie ein Experiment zu verfolgen.

Doch Chor, Figurengestaltung und die Funktion des Adressaten (als Zuschauer oder Mitspieler) werden von Brecht noch sehr unentschieden gehandhabt. Einerseits läßt er seine Figuren weitgehende Erkenntnisse machen, die eigentlich nur bei einer Entwicklung innerhalb der Fabel vorstellbar sind. Andererseits ziehen die Figuren aus den Vorgängen keine Konsequenzen, weil das dem Chor vorbehalten bleibt. Unentschieden ist auch, ob der Zuschauer gemeinsam mit dem Chor die Erkenntnis aus den Vorgängen zieht oder ob die Vorgänge als Spielvorlage im Sinne des Lehrstücks zu betrachten sind. Gelungen ist die Umfunktionierung des antiken Chores: nicht Sprachrohr des blindwütenden Schicksals, sondern Diskussionsforum über die Meisterungsmöglichkeiten des Schicksals durch den Menschen. Das Stück ist noch nicht das Ergebnis einer neuen Bauform, einer neuen Methode, vielmehr spiegelt es die Suche danach wider.

Der von Brecht bevorzugte „große Stil" findet sich auch in dem Stück „Der Brotladen", an dem er in den Jahren 1929 und 1930 arbeitete und das gleichfalls Fragment blieb. Es spielt um die Zeit der Weltwirtschaftskrise, war also damals ein Zeitstück über die sozialen Kämpfe zwischen Ausbeutern und Ausgebeuteten. Es berichtet über den Kampf um Obdach, Brot und Arbeit.

Aus dem Fragenkatalog der Stückfragmente heben sich einige Anliegen heraus, die Brecht immer wieder zur Sprache bringt. Letztlich kulminieren sie alle in dem Punkt, wie der Mensch dahin gelangen kann, daß er die Ursachen seines Elends erkennt. Was hilft ihm so, daß er keine Helfer mehr nötig hat? Von neuem wurde der Gang in die Tiefe gewählt – „Sinke auf den Grund" –, um das Welträtsel Elend zu ergründen. Für die Gestaltung dessen, was wirkliche gesellschaftliche Lösungen verstellt, wählte Brecht wieder die Heilsarmee. Dabei legte er großen Wert darauf, daß die Heilsarmee nicht als miese Truppe vorgeführt wird. Nichts lag ihm an einem satirischen Angriff auf diese Organisation. Ihm ging es um das Problem der „Macht der Religion". Die Heilsarmee und die Religion sind dem Menschen so lange nötig, wie dieser nicht zu den wesentlichen Gründen und Ursachen vorzudringen vermag. Aber wie kommt der Mensch auf den Grund? Für Brecht war das zu keiner Zeit nur eine rationale Frage. Der „Gang in die Tiefe" wurde für ihn zur Metapher für den äußersten Punkt, den menschliche Leidensfähigkeit, enttäuschte Hoffnung, nie erlahmende Anstrengung erreichen können. Es ist für ihn der Scheidepunkt, wo sich noch einmal alles gegen das Individuum kehrt, wo sich alle bisherigen Lösungen und Hoffnungen verbrauchen. Bei diesem Vorgang kann das Individuum im tatsächlichen wie im dialektischen Sinne, aufgehoben in einer neuen gesellschaftlichen Existenzweise, vernichtet werden. Im Unabänderlichen zeigt sich das Veränderliche. Doch Hoffnung wird nur dem, der alle Hoffnung hat fahrenlassen.

Im Unterschied zum „Fatzer" ist das „Sinke auf den Grund" nicht nur geistiges Motto, sondern szenische Demonstration. Brecht führt im „Brotladen" zwei Haltungen vor, die Ausgebeutete gegenüber ihrem Elend einnehmen, die aber nicht auf den Grund führen. Die Niobe Queck (in früheren Entwürfen Witwe Quack) vertritt den Typ, der alles mit sich geschehen läßt. Sie wird von Brecht ernsthaft, auch mit Mitleid, vor allem aber kritisch dargestellt. Wenn sie angesichts des himmlischen Brotladens, den ihr die Heilsarmeeangehörigen suggerieren, vor Hunger stirbt, soll sichtbar werden: Die von Menschen verursachten Leiden in Geduld zu ertragen ist keine Tugend; das Änderbare darf durch die Geduld des Menschen nicht den Schein des Unabänderlichen annehmen. Anders verhält sich der Zeitungsjunge Washington Meyer zu seiner Umwelt. Von seinem Arbeitgeber wird ihm das Gesetz des Überlebens beigebracht. Er hat aus zehn Zeitungen zehn Groschen zu machen, wenn er einen Groschen zum Leben haben will. Er kann seinem Untergang vorerst entgehen, weil er im Kampf um den Groschen besteht und neben der Mühe nicht wenig Schlauheit aufwendet. Als er aber Niobe Queck zu helfen sucht, als er für sie eintritt, ist auch sein Untergang besiegelt. Washington Meyer fällt, bevor er den „Gang in die Tiefe" antreten kann. Um seine Seele und seine Zukunft kämpfen, ihn nach unten ziehend, wo alles hingenommen wird, Niobe Queck und die Heilsarmee. Ihnen erliegt er nicht. Er erliegt seiner eigenen Ungeduld. Sein Fehler war, als einzelner dem einzelnen helfen zu wollen, statt auf die Schwachen zu bauen, die als Masse handeln müssen.

Die Jahre der Entscheidung

Das Jahr 1930 brachte nicht nur einschneidende Veränderungen in Wirtschaft und Politik, sondern auch im Leben Brechts. Nach der Phase des Suchens, des Probierens, der Wendungen, der Fragmente zeichneten sich jetzt die Grundrisse der neuen Ästhetik deutlicher ab. Diese Wende erfaßte den ganzen Menschen. Nicht nur, daß sich seine literarische Diktion veränderte, auch in seiner weltanschaulich-philosophischen Haltung wurde er ein anderer. Das provokativ Subjektive trat zurück. Seine Gedanken richteten sich immer stärker auf die objektiven Triebkräfte der Gesellschaft, auf das nicht sofort Sichtbare, auf das Lange-nicht-Geänderte. Mehr als um witzig-geistreiche Formulierungen ging es ihm jetzt darum, seinen Gedanken Dauer zu verleihen. Die literarische Provokation machte einer nüchternen Radikalität Platz.

In den Tagen, da sich Brecht mit Elisabeth Hauptmann in Augsburg befand, um an „Fatzer“ und „Joe Fleischhakker“ zu arbeiten, kam es im fernen New York zu einem für die ganze Welt folgenschweren Ereignis. Am Freitag, dem 25. Oktober 1929, fielen die Kurse an der New-Yorker Börse ins Bodenlose. Fast von heute auf morgen stürzte die Gesellschaft aus einem weltwirtschaftlichen Optimismus in die „Great Depression“. Für viele unbegreiflich, verhungerten Menschen in den verschiedenen Ländern, während die Berge unverkäuflicher Lebensmittel immer größer wurden. Die Waren, die die Arbeitslosen nicht bezahlen konnten, vernichtete man, um die Preise zu halten. Über den „schwarzen Freitag“ in New York schreibt der Bankier James P. Warnburg: „Während des Zusammenbruchs des Aktienmarkts arbeiteten wir Tag und Nacht und versuchten, so viele Kunden wie möglich zu halten. Tag für Tag wurden Maklerfirmen zahlungsunfähig. Zweimal habe ich Männer aus Fenstern der Wall Street springen sehen. Andere erschossen sich, hatten Nervenzusammenbrüche oder Herzattacken."[57] Auch in Deutschland kam es zu Bankzusammenbrüchen und Millionenkonkursen. Die soziale Krise erreichte ein Ausmaß ohnegleichen. Überall Arbeitslosigkeit. Diese Geißel trieb die Menschen in bitterste Not und Verzweiflung. In der Berliner Ackerstraße kam es zu Beginn des Jahres 1930 in den überfüllten Wärmehallen zu Tumulten. Die Arbeitslosen fanden keinen Einlaß mehr. Die Polizei ging mit Gummiknüppeln vor. Die Inanspruchnahme der staatlichen Leihämter überstieg alles bisher Dagewesene. Gaststätten am Kurfürstendamm boten „Mittagessen auf Teilzahlung" an. Im Mai 1930 erreichte die Zahl der Arbeitslosen in Deutschland etwa 3 Millionen, Ende 1932 waren es bereits über 6 Millionen. In den Zeitungen häuften sich die Meldungen über Selbstmorde. Die „Zeitschrift für Ernährung" erwähnte, daß Arbeitslose und Unterstützungsempfänger in der Regel für die Ernährung ihrer Kinder täglich 50 bis 30 Reichspfennige ausgeben könnten; um das Leben zu erhalten, seien aber mindestens 60 Reichspfennige nötig. Im August 1930 veröffentlichte „Die Rote Fahne" eine von der KPD ausgearbeitete „Programmerklärung zur nationalen und sozialen Befreiung des deutschen Volkes".

Als Schriftsteller hatte sich Brecht wie kein anderer mit den kapitalistischen Krisenerscheinungen vertraut gemacht. Bereits Jahre zuvor galt sein bevorzugtes Studium jenen merkwürdigen Vorgängen an den großen Börsen, suchte er hinter die Praktiken der Spekulation, hinter den Zusammenhang von Kapitalverwertung und Lage auf dem Arbeitsmarkt, von Reichtum und Arbeitslosigkeit zu kommen. Der geschichtliche Verlauf mußte ihm wie eine Bestätigung dafür erscheinen, daß er die Wirklichkeit am richtigen Zipfel gepackt hatte. Rückblickend schrieb er:

Als ich vor Jahren bei dem Studium der Vorgänge auf
der Weizenbörse Chikagos
Plötzlich begriff, wie sie dort das Getreide der Welt
verwalteten
Und es zugleich auch nicht begriff und das Buch senkte
Wußte ich gleich: du bist
In eine böse Sache geraten.[58]

Erst jetzt, als die Weltwirtschaftskrise in das ganz private Leben der Menschen eingriff, wurde sichtbar, daß auch die „Darstellung von Geschäften" eine Sache der Literatur und des Theaters ist. Bisher galt es zwar als üblich, mit der Kunst Geschäfte zu machen, als niedrig jedoch, sich damit literarisch zu befassen. Brecht resümierte ironisch: „in diesen heiligen hallen kennt man geschäfte nicht."[59] Diejenigen, die Geschäfte machten, verstünden wenig von Büchern und die Bücherleser wenig vom Geschäftemachen. Das sei auch der Grund, warum es so schwerhalte, Bücher über Geschäfte zu schreiben und damit Geschäfte zu machen.

Der New-Yorker Börsenkrach wies auf die Möglichkeit hin, die Auswirkungen von oben nach unten und von unten nach oben zu schildern. Das gesamte gesellschaftliche Panorama ließ sich hier erfassen. Beim „Brotladen"-Stück spielte sich alles in engeren Grenzen ab, und die „Giganten" waren nach kapitalistischem Maßstab ziemlich kleine Leute. Das mag Brecht veranlaßt haben, diese Arbeit vorerst einzustellen und sich dem neuen Sujet zuzuwenden, das größere Möglichkeiten bot.

Noch 1929 begann er, die „Heilige Johanna der Schlachthöfe" zu schreiben. Wieder arbeitete er mit Elisabeth Hauptmann und Emil Burri zusammen. Später zog er auch Bernhard Reich und Walter Benjamin zu Rate. Man traf sich jeden Morgen bei Brecht, der es liebte, über einzelne Dialoge, Szenenteile sofort zu diskutieren. Die

Meinungen mußten während der Arbeit zur Verfügung stehen. Wie etwas wirkte, das sollte nicht erst am fertigen Produkt getestet werden. Elisabeth Hauptmann arbeitete vorwiegend an den Johanna-Teilen, da sie durch ihre Arbeit an „Happy End“ mit dem Heilsarmeematerial bestens vertraut war. Die Rolle war für Carola Neher vorgesehen, und so wurde die Eigenart dieser Schauspielerin beim Figurenaufbau mit berücksichtigt. Daß Brecht bereitwillig die Vorschläge seiner Mitarbeiter aufgriff und ganze Textpassagen von ihnen erarbeiten ließ, war bereits der ersten Fassung nicht anzumerken. Sie wirkte wie aus einem Guß. Das wurde dadurch erreicht, daß Brecht abends am Text weiterarbeitete, Passagen umschrieb, Veränderungen vornahm. Mit wenigen Strichen erhielten die Dialoge eine ganz andere Gestalt, nämlich die Brechts. Seine Diktion setzte sich durch. Er mußte nicht besonderen Wert darauf legen, seine Eigenart hervorzuheben. Sie war einfach da, wo er da war. Im Herbst 1931 war die Arbeit so weit gediehen, daß eine vollständige Bühnenfassung vorlag, die er im November dem Verlag Felix Bloch in Berlin schickte.

Da Brecht bei diesem Stück auf präpariertes Material, auf den philosophischen und technischen Standard früherer Stücke, die Fragment geblieben waren, zurückgriff, standen ihm drei Stoffkomplexe zur Verfügung: die Geschichte einer Spekulation: die Mauler-Handlung; die Geschichte einer Bekehrung: die Johanna-Handlung; die Geschichte des Widerstands: die Arbeiter-Handlung. Auf diesen Ebenen gab es vorgefertigtes szenisches Material, experimentelle Erfahrungen. Im Unterschied zu den Fragmenten gelang Brecht hier auf Anhieb eine tragfähige Fabel, die diese drei Stoffkomplexe miteinander verschmolz. Der schon früher ausprobierte „große Stil“ konnte zur großen epischen Form weiterentwickelt werden.

Brecht erzählt folgende Geschichte: Der börsensensible Mauler spürt eine Absatzkrise herannahen und zieht sich aus dem Büchsenfleischgeschäft zurück. Daran ist jedoch die Bedingung geknüpft, den billig produzierenden Lennox auszuschalten. Lennox muß seine Fabriktore schließen. Johanna, der Neuling bei den Schwarzen Strohhüten, bekommt das dadurch zu spüren, daß sie nicht genügend Suppen für die Masse der hungernden Schlachthofarbeiter hat. Sie sucht herauszufinden, wer schuld daran ist, daß die Arbeiter auf der Straße liegen. Johanna dringt zu den Mächtigen vor, zu Mauler. Sie findet ihn nicht uneinsichtig. Doch auf die entscheidende Frage bekommt sie keine Antwort. Mauler läßt Johanna durch die geschlossenen Schlachthöfe führen. Es ist ihr Gang in die Tiefe. Sie beschließt, den Kampf gegen die Armut aufzunehmen. Immer wieder bemüht sie sich, Mauler zu bekehren. Auf der Viehbörse stellt sie die Armen vor. Mauler fällt in Ohnmacht. Danach kauft er den Büchsenfleischfabrikanten ihr Fleisch ab. Das trifft sich mit einer Nachricht, die Mauler erhielt, alles Fleisch aufzukaufen. So kauft Mauler auch noch das ganze Vieh von Illinois. Dennoch wird auf den Schlachthöfen nicht gearbeitet. Noch immer hat Johanna keine Suppen für die Armen. Erbittert erkennt sie, daß sie mit ihren Bittgängen bei den Reichen nichts erreicht hat. Als man sie zu bestechen versucht, verläßt sie die Schwarzen Strohhüte. Nunmehr ist sie selbst Armut, Hunger, Schnee und Wind ausgesetzt. Mauler befindet sich auf der Höhe seiner Macht. Er hält alle in der Hand und will der Stadt Chicago gründlich die Haut abziehen. Die Fleischpreise steigen. Johanna kann Hunger und Kälte nicht ertragen. Wieder tritt sie vor Mauler hin und nimmt von ihm jetzt die vorher ausgeschlagene Miete, die Suppen. Als sie sich der hungernden Arbeiter erinnert, begehrt sie auf. Mauler erklärt ihr jedoch, daß die Arbeiter zwar durch seine Schuld keine Arbeit hätten, aber er könne gar nicht anders handeln, das System zwinge ihn dazu. Johanna erkennt:

Die aber unten sind, werden unten gehalten
Damit die oben sind, oben bleiben.
Und der Oberen Niedrigkeit ist ohne Maß
Und auch wenn sie besser werden, so hülfe es
Doch nichts, denn ohnegleichen ist
Das System, das sie gemacht haben:
Ausbeutung und Unordnung, tierisch und also
Unverständlich.[60]

Von sich selbst muß sie bekennen, versagt zu haben. Sie, die den Menschen ein Helfer sein wollte, hat niemandem geholfen. Am Ende ihrer Kraft und ihres Lebens sieht sie ein, daß, wo Gewalt ist, nur Gewalt hilft. Die Ausbeuter aber machen aus der toten Johanna die Reine, Unverderbte, die Hilfsbereite. Ihr Versagen wird heiliggesprochen. Es gilt fortan als Symbol der Güte.

Mit Mauler und Johanna schuf Brecht zwei beeindrukkende Gestalten, die die Reihe der großen Figuren des neuen epischen Dramas anführen. Da Brecht in diesem Stück erstmals Probleme der politischen Ökonomie, zum Beispiel den kapitalistischen Krisenzyklus, mit der Genauigkeit des Wissenschaftlers auf die Bühne brachte, wurde später die Bedeutung des Werkes gerade hier gesucht. Aber selbst bei Figuren wie Mauler handelt es sich nicht um Personifizierungen ökonomischer Kategorien. Brecht faßte zwar in Mauler typische Verhaltensweisen von Kapitalisten, von Industriemagnaten zusammen, aber zugleich handelt es sich hier auch um einen ungewöhnlichen Charakter, um eine sehr differenziert gezeichnete Figur. Bis heute gibt es in der dramatischen Weltliteratur kaum eine andere vergleichbare Gestalt dieses Typus, die ebenso differenziert als Charakter und typisiert als Kapitalist, als moderner Industrieboß erfaßt ist. Die wesentlichen Anregungen zu der Mauler-Figur empfing Brecht aus Myers „Geschichte der großen amerikanischen Vermögen“. Bernhard

Reich macht aber auch noch auf eine andere Anregung aufmerksam. „In Deutschland war seinerzeit eine Karikatur auf den mächtigen Monopolisten Hugo Stinnes verbreitet. Es war eigentlich bloß eine Photographie. Sie zeigte (als Großaufnahme) einen Mann mit groben bäuerischen Zügen, der in einem altmodischen Anzug steckte. Sein Gesichtsausdruck: eine Mischung von Bescheidenheit und stumpfroher Dreistigkeit – mag ich schäbig aussehen und ein Schubiak sein, ich bin doch der Herr! Brechts Mauler erinnert an den Karikatur-Stinnes."[61] Da Brecht gern nach Bild- und Fotomaterial arbeitete, kann er dieses Porträt durchaus für seinen Mauler benutzt haben, wenn auch dessen Charakter noch von anderem Format ist.

Mauler ist ein bedürfnisloser Mann, der in einem unwirtlichen Bürozimmer lebt und sich jeden Genuß versagt. Wenn er etwas genießt, so ist es die Spekulation, ist es der Einsatz mit dem höchsten Risiko. Dieser Kapitalist, der sich aufs Hautabziehen versteht, hat eine komplizierte Gefühlswelt. Der Dichter verfährt hierbei nicht nur historisch genau, sondern auch psychologisch höchst einfühlsam. Die Bücher über die großen amerikanischen Vermögen bestätigen bei fast allen amerikanischen Multimillionären einen Hang zur Philanthropie: als Verdrängungsmoment, als Gegenreaktion zur gewohnheitsmäßig betriebenen brutalen Ausbeutung. Mauler hört den Ermahnungen der Johanna mit echter Anteilnahme zu, zugleich aber erkennt er auch, wie ihre Verhaltensweisen seiner Manipulation entgegenkommen. Sein Spekulationsdrang ist viel zu stark, um nicht auch seine edelsten Regungen sofort für seine geschäftlichen Zwecke auszunutzen. Interessant ist, daß Mauler auf die Frage, warum er seine Arbeiter und seine Konkurrenten schlimmer als eine Zitrone auspresse, keine wirkliche Antwort geben kann. Privategoistische Gründe kann er wirklich nicht anführen, denn er strebt keinen besonderen Genüssen nach, hat keine persönlichen Wünsche, die seine Harte, seine Brutalität im Geschäft rechtfertigen oder auch nur motivieren könnten.

Er betrachtet den Kapitalismus als eine Ordnung, die seinen Arbeitern wie ihm selbst Härten auferlege, die aber doch geeignet sei, „der Ungunst des Planeten einiges abzupressen". Der Erfolg ist für Mauler nicht die Möglichkeit, sich etwas zu gönnen, ist nicht das Bewußtwerden von Fähigkeiten, sondern der fatale Hang, das Hautabziehen nur noch gründlicher zu betreiben, den noch größeren Einsatz zu wagen. Das Spielerische im Menschen ist hier auf eine Kreisbahn gebracht, die letztlich zur Vernichtung des Menschlichen führt. Insofern hat Mauler nicht nur wegen seiner „zwei Seelen" etwas Faustisches an sich. Unter den kapitalistischen Bedingungen, die ihm in die Hand gegeben sind, können ungewöhnliche Risikobereitschaft, Energie, Spürsinn, Phantasie, Wissen, kühner Spekulationsgeist, die Aufopferung für eine Sache eine Kurve beschreiben, die gesellschaftlich tödlich verläuft. Das, was an Produktivität im Menschen steckt, das Faustische, verkehrt sich bei Mauler ins Zerstörerische.

Johanna ist das naive Mädchen vom Lande. Das Gute nicht nur zu wollen, sondern auch zu tun erscheint ihr nicht so schwer. Um die Leute zum Guten zu veranlassen, bedient sie sich einer saloppen Redeweise, eines Jargons, der manchmal nicht zu ihr zu passen scheint. Erst nach dem Gang in die Tiefe werden ihr die Armut und ihre Ursachen zu einem übermächtigen Problem, an dem sie zugrunde geht. Sie nimmt ihren persönlichen Abstieg mutig auf sich und begibt sich in die Kälte, aber sie steht Kälte und Hunger nicht durch. Sie kapituliert. Im Ertragen des alltäglichen Elends ist sie nicht geübt. Den Auftrag, den ihr die Arbeiter gaben, erfüllt sie nicht. Der Brief, der die Streikparole enthält, wird von ihr nicht überbracht. Sie zweifelt, ob die Arbeiter das Rechte tun. Unter so unübersichtlichen Verhältnissen ist sie nicht gewohnt, für das Gute einzutreten. Im entscheidenden Augenblick weiß sie nicht, was das Gute ist. Sie fällt als Kämpfer aus, als es gerade auf sie ankommt. In ihrer letzten Verzweiflung durchschaut sie ihre Lage. Sie sieht die Gründe, warum die einen oben sind und die anderen unten bleiben müssen, sie erkennt auch ihr Versagen. Johanna durchläuft eine große Entwicklung, sie macht einen Wandlungsprozeß durch. Hierin sah Brecht auch einen Grund, weshalb sich der Zuschauer in sie einfühlen könne, obwohl es sich bei diesem Stück um nichtaristotelische Dramatik handelt, die die Aufmerksamkeit des Zuschauers nicht auf Figuren, sondern auf den Gesamtprozeß lenkt.

In der „Heiligen Johanna der Schlachthöfe" verfocht Brecht mit dem weltanschaulichen zugleich ein literarisches Anliegen: seine Auseinandersetzung mit Schiller. Er trennte sie keineswegs von den stofflich-inhaltlichen Problemen ab, sondern empfand, daß in Zeiten unerträglicher Härten „die großen geistigen Systeme" es sich gefallen lassen müssen, überprüft zu werden. Doch darf man nicht annehmen, Schillers „Jungfrau von Orleans" stelle überhaupt den polemischen Ausgangspunkt dieses Werkes dar. „Die Heilige Johanna" ist weder Gegenentwurf noch Bearbeitung. Die Schiller-Bezüge kamen erst später hinein. Was Brecht an Klassikerparodien und Schiller-Reminiszenzen brachte, diente der Ideologiekritik, der gesellschaftlichen Sicht der Vorgänge. Nicht im Sinne hatte er, die Figur der Johanna zu karikieren, sie parodistisch herabzusetzen. Das ließ ihre Funktion im Gesamtverlauf der Fabel gar nicht zu. Um diese Figur richtig zu verstehen, muß sie ganz naiv gesehen werden. Die ständige Auseinandersetzung mit den Klassikern ergab sich nicht aus Abneigung, sondern eher aus allzu großer Nähe. Die oft überhitzte Polemik täuscht nicht darüber hinweg, daß auf Brecht kein anderer deutscher Dichter einen so nachhaltigen Einfluß ausgeübt hat wie Schiller. In der Johanna-Figur kommt das vielleicht am deutlichsten zum Ausdruck. In ihr verbirgt sich nicht nur seine kritische Liebe zu Schiller, sondern auch sehr viel von seinem eigenen Charakter, so merkwürdig das zunächst klingen mag. Die großen „Arien", die Brecht der Johanna gab, haben den mitreißenden Schwung der Schillerschen Sprachgestaltung. Wie er bestimmte Dialogpassagen in einem Gefühl, in einem leidenschaftlichen Bekenntnis oder in bitterer Erkenntnis aufgipfeln läßt, das hatte er bei Schiller gelernt. Dem Dialog Glanz, der Rede Feuer, einer Szene Schwung zu geben, darauf verstand sich Brecht. Zwar sah er darin Fähigkeiten, denen man eher mißtrauen und bei sich selbst entgegenarbeiten müsse, nichtsdestoweniger besaß er sie in einem ungewöhnlichen Maße. Bei der Johanna-Rolle sah er keine Gefahr, daß ein leidenschaftlicher Dialog die Zuschauer in die falsche Richtung leiten könnte, deshalb gab er hier seine Zurückhaltung auf und spielte sein Schillersches Erbe voll aus.

Einige Johanna-Passagen sind aufschlußreich in Hinsicht auf Brecht selber. In solche großen Figuren, bei denen die Dichter alles geben müssen, geht immer auch etwas von ihrem eigenen Charakter ein, selbst in Gestalten, die mit der Eigenart ihres Schöpfers, wie es scheint, gar nichts zu tun haben. Bei Johanna, diesem sanften, naiven, gutmütigen Mädchen, gibt es krasse Umbrüche von Güte in maßlosen Zorn. In solchen Szenen entlädt sich der Dialog in immer drastischeren Wendungen, das Wort wird auf seinen verletzendsten Ausdruck gebracht, die Leidenschaft in die äußerste Konsequenz getrieben. So, als Johanna erkennt, was dieses System der Mauler am Leben erhält:

Darum, wer unten sagt, daß es einen Gott gibt
Und ist keiner sichtbar
Und kann sein unsichtbar und hülfe ihnen doch
Den soll man mit dem Kopf auf das Pflaster schlagen
Bis er verreckt ist.
...
Und auch die, welche ihnen sagen, sie könnten sich
erheben im Geiste
Und stecken bleiben im Schlamm, die soll man auch
mit den Köpfen auf das
Pflaster schlagen. Sondern
Es hilft nur Gewalt, wo Gewalt herrscht, und
Es helfen nur Menschen, wo Menschen sind.[62]

Solche Siedepunkte des Gefühls kannte Brecht von sich selbst nur zu gut. Auch er konnte sich bei bestimmten Vorgängen fast ohne Übergang in einen Zustand höchster Erregung hineinsteigern, wo alle Einschränkungen und kühle Bedenken wegfallen, wo es keine Differenzierungen mehr gibt, wo das Wort nur noch dazu dient, zu verletzen, zuzuschlagen, zu vernichten. Wo nichts mehr Platz hat als der Haß, hemmungslos und aus vollem Halse. Kühle Begabungen benötigen oft diese eruptiven Entladungen. Vielleicht sind jene innerlich weniger verletzbar, die der schrecklichen Erkenntnis den sprachlich adäquaten Ausdruck zu geben vermögen.

Das Stück fand trotz der Bemühungen des Verlages Felix Bloch keine Bühne mehr. Dabei gab es angesehene Regisseure, wie Berthold Viertel und Heinz Hilpert, die sich um eine Aufführung bemühten. Es war nicht so, daß die außerordentliche Qualität des Werkes nicht erkannt worden wäre. Piscator schrieb an Brecht: „Solange noch irgendeine Gelegenheit besteht, die beiden Stücke ‚Die heilige Johanna‘ und ‚Die amerikanische Tragödie‘ zusammen in *einem* Theater, mit dem gleichen Ensemble herauszubringen, verpflichten wir uns gegeneinander, keine Abmachung zu treffen, welche diese Zusammenarbeit unmöglich macht."[63] Als Gustav Hartung das Stück am Hessischen Landestheater Darmstadt herausbringen wollte, kam es zu einer erregten Sitzung im Stadtrat. Der Stadtrat setzte durch, daß eine Aufführung der „Heiligen Johanna der Schlachthöfe" in jeglicher Form zu unterbleiben habe. Um so mehr muß der Mut einiger Männer im Rundfunk hervorgehoben werden, die eine Radiosendung durchsetzten. Was jedoch am 11. April 1932 von der „Berliner Funkstunde" ausgestrahlt wurde, war mehr eine Szenenauswahl, die zudem die Klassikerparodie betonte. In dieser einstündigen Hörspielfassung sprach Fritz Kortner den Pierpont Mauler, Carola Neher die Johanna, Helene Weigel die Frau Luckerniddle, Ernst Busch den Vorarbeiter Smith, Peter Lorre den Sullivan Slift. Herbert Jhering führte in das Stück ein. Die Spielleitung hatte Alfred Braun. Seinem Einfluß im Rundfunk war es zu danken, daß die Sendung überhaupt zustande kam. Braun und Brecht kannten sich seit der Hörspielsendung von „Mann ist Mann", bei der Braun Regie geführt hatte. Er verantwortete auch die Sendung der beiden von Brecht erarbeiteten Hörspielfassungen von Shakespeares „Macbeth" und „Hamlet".

Seit der Arbeit an dem „Johanna"-Stück verfügte Brecht über eine dramenästhetische Basis, auf der er sich langsam sicher fühlte. Zwar setzte er mit jedem Werk wieder neu an, insofern gab es bei ihm zu keinem Zeitpunkt eine dramatische Form, die er wie ein Modell gehandhabt hätte. Doch existierte jetzt eine Struktur, an der er festhielt, auch wenn er anderes ausprobierte. Es gab für ihn nicht mehr das Entweder – Oder, den Lehrstücktyp oder die große epische Form. In der Praxis hatte es das ohnehin nicht gegeben, aber auch im Kopf, im Verfolgen bestimmter Richtungen entschied er sich, zweigleisig zu arbeiten.

Mehr noch als bei den Stücken der großen epischen Form spielte bei den Lehrstückexperimenten der Zufall, die sich bietende Gelegenheit eine nicht geringe Rolle. Zu einem Neuansatz mit dem Lehrstück kam es, als Kurt Weill nach einem Text für eine Schuloper suchte, die er für die Tage der „Neuen Musik Berlin" 1930 komponieren wollte. Immer noch beschäftigt mit der Reform der Oper, dachte er an ein Werk, das nicht nur der Schulung des Komponisten diente, sondern auch von Schülern aufgeführt werden konnte. Bei Elisabeth Hauptmann fiel ihm ein altes japanisches Stück in die Hände, das sie gerade aus dem Englischen übersetzt hatte. Es hieß „Taniko" („Der Wurf ins Tal") und gehörte in die Tradition der japanischen No-Stücke. Der Dichter Zenchiku (1405–1468) erzählt darin von der rituellen Wallfahrt einer buddhistischen Sekte, der sich ein Knabe anschließt, um für seine kranke Mutter zu beten. Unterwegs wird er jedoch selbst krank und verliert dadurch die für die Wallfahrt notwendige Reinheit. Entsprechend dem Ritus wird er von einem Felsen ins Tal gestürzt. Der englische Übersetzer Arthur Waley verfuhr mit dem Stück, das nicht zu den berühmten Werken der japanischen Literatur zählt, bereits so radikal, daß die religiöse Eigenart des japanischen Originals kaum noch erkennbar war. So ist im Stück nicht die Erkrankung des Knaben der eigentliche Grund dafür, daß er ins Tal geworfen wird, sondern nur das äußere Zeichen für seine „Unreinheit" im rituellen Sinne. Im Original wird der Knabe von einem Engel wieder ins Leben zurückgerufen. Das alles hatte Waley in seiner Übersetzung schon eliminiert.

Elisabeth Hauptmann und Brecht interessierte das Stück vom Technischen her. Es enthielt epische Elemente, die sie studieren wollten. Vom Inhalt, von der erzählten Fabel versprachen sie sich weit weniger, doch die wiederum beeindruckte Kurt Weill. Die Knappheit der Vorgänge zwischen dem Knaben und den Erwachsenen schien ihm für sein

Vorhaben sehr geeignet. Er überredete Brecht zu einer Bearbeitung. So, wie das Stück war, konnte es nicht bleiben. Aus einem Lehrstück mußte man etwas lernen können. Brecht säkularisierte den religiösen Stoff noch weiter. Aus der Pilgerfahrt machte er eine Forschungsreise. Der Knabe schließt sich ihr an, um Medizin für seine kranke Mutter zu holen. Er erkrankt und kann nicht über den steilen Grat der Felswand transportiert werden. Er wird aufgefordert, mit seiner Tötung einverstanden zu sein, damit die Forschungsreise fortgesetzt werden kann. Der Knabe ist einverstanden und läßt sich zu Tode stürzen.

Die Aufführung des „Jasagers" fand am 23. Juni 1930 im Zentralinstitut für Erziehung und Unterricht in Berlin statt. Entgegen seinen Gepflogenheiten war Brecht nicht anwesend. Er befand sich in Le Lavandou in Südfrankreich, wo er sich seit seiner Arbeit an der „Dreigroschenoper" im Sommer gern aufhielt. Die Aufführung löste ein nicht erwartetes Echo auch in der Presse aus. Einigen Pädagogen gefiel die Gefolgschaft, die von einem Schüler verlangt wird, der sich freiwillig einer Unternehmung angeschlossen hat, ausnehmend gut. Aber es gab auch Kritik. Am schärfsten äußerte sich Brechts Freund Frank Warschauer in der „Weltbühne". „In dieser Tendenzfabel wird als zentrale Lebensweisheit gelehrt: handle nicht vernünftig und menschlich; sondern tu vor allem eins, mein Kind, gehorche! Gehorche der Konvention, ohne sie überhaupt zu prüfen, mag sie auch noch so irrsinnig sein! Wenn sie es bestimmt, dann fordere nicht Hilfe, sondern laß dich schleunigst in den Abgrund werfen. Denke nicht, das sei eine ethisch verbrämte Gemeinheit! Man sieht: diese Jasager erinnern frappant an die Jasager während des Krieges."[64] Die Lehren, die hier vermittelt würden, nannte er schlicht und einfach reaktionär. So überzogen die Kritik in manchen Punkten war, vor allem auch deshalb, weil sie bewußt von der bisherigen weltanschaulichen Haltung Brechts und Weills absah, so unrecht hatte sie nicht. Der Beifall, den das kleine Werk bei der Uraufführung von den Pädagogen erhielt, kam sicherlich nicht von der richtigen Seite.

Nach seiner Rückkehr aus Südfrankreich beschäftigte sich Brecht abermals mit dem Stück. Doch erst im Herbst 1930 entstand die neue Fassung des „Jasagers". Beeindruckt von der Kritik eines Schülers der Karl-Marx-Oberschule in Berlin-Neukölln, der es nicht richtig fand, einem alten Brauch zu folgen, entstand der „Neinsager". Die Neufassung des „Jasagers" wie der „Neinsager" polemisieren gegen die ursprüngliche Aussage. Beim „Jasager" geschieht das mehr durch die Art und Weise der Motivation, beim „Neinsager" direkt durch die Entscheidung. Die Aussage des „Jasagers" durch die des „Neinsagers" zu komplettieren entsprach ganz dem Dialektiktraining, das Brecht mit dem Lehrstücktypus einzuführen gedachte. Doch die Kombination der beiden Stücke zu einem Ganzen, zu einem dialektischen Lernprozeß, blieb in der weiteren Aufführungspraxis zwanzig Jahre lang unberücksichtigt.

Die sich häufenden Mißverständnisse über das Lehrstück, über den gesamten Typus veranlaßten Brecht, sich theoretisch verständlich zu machen. Das geschah jedoch mehr für sich selbst, zwischen den Arbeiten an den Stükken, meist als Kommentar, um die Eigenart des neuen Stücktypus zu kennzeichnen. Auf diesem Feld befand sich alles noch viel zu sehr im Stadium des Experimentierens, als daß ihm der Gedanke gekommen wäre, seine Gesichtspunkte zur Theorie und Methode auszubauen. Außerdem war der theatralische Vorgang an weitreichende philosophisch-ästhetische Gedankengänge gebunden, die ihm wichtiger erschienen. Sich auf bestimmte Spielvorgänge oder Lehrstückformen festzulegen, betrachtete er deshalb gar nicht als zweckmäßig. Sein Grundsatz lautete: „Im LEHRSTÜCK ist eine ungeheure Mannigfaltigkeit möglich."[65]

Besonders hinderlich empfand er, daß auch die Lehrstücke meist vom Standpunkt der Erlebnisästhetik beurteilt wurden. Einen Vorgang betrachtend, wollte man ihn miterleben. Brecht kam es mit den Lehrstücken jedoch darauf an, den Unterschied zwischen den bloß Betrachtenden und den bloß Tätigen aufzuheben. Den eigentlichen Defekt sah er in der passiven, fast willenlosen Entgegennahme des Kunstwerkes durch das Publikum, einem Zustand, der dringend der Abhilfe bedurfte. Nicht in einen Vorgang hineinkriechen sollten die Zuschauer, sondern sich veranlaßt fühlen, nachzudenken und auszuprobieren, ob nicht auch noch eine andere Position möglich sei. Lehrstücke verstand er als Form der kollektiven Verständigung über die gesellschaftlichen Möglichkeiten des Menschen. Das Inbezugsetzen von Entwurf und Gegenentwurf sollte ein kollektives Lernen in Gang bringen, bei dem man sich nicht die Schultafeln vorstellte, sondern eher die Demonstrationen und Versuche von Verhaltensforschern und Gesellschaftsingenieuren.

Das Lehrstück bot Brecht eine brauchbare Übungsform für ein solches theatralisch-experimentelles Begreifen, das er sich als Weltbegreifen vorstellte. Deshalb schrieb er die Lehrstücke ausschließlich für Spieler, nicht für Zuschauer. Hier sollte das Koproduzieren geübt, sollte das Entwerfen von Verhaltensmodellen trainiert werden. Das geschah am besten dadurch, daß der Spieler verschiedene Rollen übernahm. Auf diese Weise versuchte Brecht, einer neuen Entgegennahme von Kunst den Weg zu bahnen, bei der Kunstproduzenten und Kunstkonsumenten immer mehr zusammenrücken oder sogar in einer Person zusammenfallen. Diese Kunstpraxis beschwor er in der „Großen Pädagogik“: „die Große Pädagogik verändert die rolle des spielens vollständig. sie hebt das system spieler und zuschauer auf. sie kennt nur mehr spieler die zugleich studierende sind. nach dem grundgesetz ‚wo das interesse des einzelnen das interesse des staates ist, bestimmt die begriffene geste die handlungsweise des einzelnen' wird das imitierende spielen zu einem hauptbestandteil der pädagogik. demgegenüber führt die Kleine Pädagogik in der übergangszeit der ersten revolution lediglich eine demokratisierung des theaters durch. die zweiteilung bleibt im grunde bestehen jedoch sollen die spieler möglichst aus laien bestehen (die rollen so sein daß die laien laien bleiben müssen), berufsschauspieler samt dem bestehenden theaterapparat zum zweck der schwächung der bürgerlichen ideologischen positionen im bürgerlichen theater selber verwendet und das publikum aktivisiert werden. stücke und darstellungsart sollen den zuschauer in einen staatsmann verwandeln. deshalb soll im zuschauer nicht an das gefühl appelliert werden das ihm erlauben würde ästhetisch abzureagieren sondern an seine ratio. die *schauspieler müssen dem zuschauer figuren und vorgänge entfremden* so daß sie ihm auffallen. der zuschauer muß partei ergreifen statt sich zu identifizieren."[66]

Was Brecht mit dem Lehrstück im Grunde vorschwebte, war der Versuch, die gesamte Art des Kunstgenießens neu zu etablieren. In letzter Konsequenz läuft der Gedanke darauf hinaus, die Kunst durch etwas zu ersetzen, das Spaß und Orientierungshilfe, Quell des Vergnügens und Existenzmodell in einem ist. Hier berührte sich seine Auffassung mit Ideen von Herder und Hegel. Auch Herder wünschte sich, man möge lernen, über die Sphäre der bisherigen ästhetischen Ausbildung hinauszublicken und nicht dauernd am alten Spielwerk der Kunst fortzuklöppeln. Und Hegel ging davon aus, daß die Kunst nicht nur ein „Vor", sondern auch ein „Nach" habe, daß sie einmal durch andere Formen der Welterkenntnis abgelöst werde. Dabei ging er davon aus, daß Kunst zwar noch weiterbestehen und sich vollenden werde, „aber ihre Form hat aufgehört, das höchste Bedürfnis des Geistes zu sein"[67]. So hoffte auch Brecht, Hegels Gedanken auf ganz anderer Basis fortführend, daß Kunst zwar weiterhin gemacht werde, daß sich aber daneben ein neues Bedürfnis entwickle, das im dialektischen Denken selbst den Genuß finde, den bisher die Kunst bereitet habe.

Seit Oktober 1926 hatte sich Brecht sehr intensiv mit dem Marxismus beschäftigt und sich in das Studium von Karl Marx' Hauptwerk „Das Kapital" vertieft. Das geschah mit der großen Neugier eines Menschen, der es jetzt genau wissen wollte. Seit dieser Zeit zeichnete sich in seinem Schaffen immer deutlicher eine Seite ab, die im Laufe der Jahre und Jahrzehnte an Bedeutung gewann: die philosophische. Wenn er seine Gedankengänge auch des öfteren auf eine Abstraktionshöhe hob, die mehr zu Mißverständnissen als zur Verständigung mit der Öffentlichkeit führte, waren sie doch stets mit praktischen Versuchen verknüpft. Bei ihm gab es keine Trennung zwischen Dichtung und Essay. Alle seine theoretischen Überlegungen waren letztlich praktischer Kommentar zu seiner Dichtung. Beides begriff er als Teil eines Gesellschaftsexperiments. So wundert es nicht, daß er seine philosophischen Anliegen in Stückversuchen vorführte, die darauf gerichtet waren, die bestehenden Publikums- und Kunstverhältnisse aufzusprengen.

Auf diese Weise entstand auch das Stück, das ihm von Freund und Feind am meisten verübelt wurde, das Kritiker unterschiedlichster Richtungen in ihrer strikten Ablehnung zusammenbrachte. In der unmittelbaren Theaterpraxis spielte und spielt es bis heute die geringste Rolle, aber wie kein anderes löste es wilde Spekulationen und extreme Urteile aus. Brecht schrieb es im Frühjahr 1930; es gehört zum Typus des Lehrstücks. Allein schon der Titel hatte etwas Unerbittliches: „Die Maßnahme". Gerade die Kritiker, die Brecht als das größte Ärgernis der Literaturgeschichte empfanden, bezeichneten es als ein Schlüsselstück, während die, die Brechts Sache vertraten, sich redliche Mühe gaben, daraus ein Nebenwerk, ein Produkt des Übergangs zu machen, wichtig eigentlich nur zur Selbstverständigung des Dichters.[68] Sowenig den Kritikern auch zu folgen ist, die Brecht auf recht zweifelhafte Art lobten, oder jenen, die ihm mit gewichtigen Gründen entgegentraten – es ist tatsächlich ein Schlüsselstück. Von Brecht später nie wieder zur Bearbeitung hervorgeholt, beschäftigte es ihn doch bis zu seinem Tode. Mehr als die großen Gesellschaftsromane und historischen Analysen der zwanziger und dreißiger Jahre ist es in seiner Abstraktion ein Dokument dieser Zeit. Durchdringt man die ungewollte Verschlüsselung, so erfährt man wie aus keinem anderen Werk, wie schwerwiegend und herausfordernd die Entscheidungen waren, vor denen die bürgerlichen Intellektuellen zwischen den beiden Weltkriegen standen. In diesem Sinne ist es auch ein Schlüsselstück für die Biographie des Dichters.

Was der Ablehnung verfiel, war nicht der literarische Zugriff, nicht die künstlerische Darstellung, obwohl Brecht auch hier sehr radikal und eigenwillig vorging, sondern die Handlung selber. Bei der ersten Bekanntschaft mit dem Werk verdeckte die Kargheit des Lehrstücks eher die politisch-philosophische Dimension, als daß sie provokativ hervortrat. Vielleicht ist es darauf zurückzuführen, daß es bei der Aufführung seitens bürgerlicher Kreise nicht zum Skandal kam. Skandale riefen die „Dreigroschenoper" und „Mahagonny" hervor, jene Werke, die sich gegen das herkömmliche Theater richteten. Gegenüber der „Maßnahme" verschaffte man sich nicht durch Skandal Luft, von ihr rückte man entschieden ab. Auch setzten die Empörung und der wütende kritische Feldzug gegen das Werk erst später ein, als es von der Bühne bereits verschwunden war.

Was man an diesem Stück von rechts bis links nicht tolerieren wollte, war die politische Mordgeschichte. Brecht selbst faßte die Fabel so zusammen: „... vier kommunistische Agitatoren stehen vor einem Parteigericht, dargestellt durch den Massenchor. Sie haben in China kommunistische Propaganda getrieben und dabei ihren jüngsten Genossen erschießen müssen. Um nun dem Gericht die Notwendigkeit dieser Maßnahme der Erschießung eines Genossen zu beweisen, zeigen sie, wie sich der junge Genosse in den verschiedenen politischen Situationen verhalten hat. Sie zeigen, daß der junge Genosse gefühlsmäßig ein Revolutionär war, aber nicht genügend Disziplin hielt und zuwenig seinen Verstand sprechen ließ, so daß er, ohne es zu wollen, zu einer schweren Gefahr für die Bewegung wurde."[69]

Schon die Fabelskizze läßt erkennen, daß Brecht gar keinen „sensationell" neuen Stoff aufgriff, sondern nur die Handlungsvorgänge umfunktionierte, die von ihm bereits literarisch gestaltet worden waren. Unverkennbar ist der Grundvorgang des „Jasagers" als Vorlage zur „Maßnahme". Der Text zum „Jasager" war auch im engeren Freundeskreis auf Ablehnung gestoßen. Hanns Eisler hielt den „Jasager" für ein Stück mit sehr schöner Musik, aber mit einem schwachsinnigen feudalistischen Text. Brecht fühlte sich herausgefordert und schlug vor, ein Gegenstück zu schreiben. Es sollte jedoch von der gleichen thematischen Basis ausgehen. Man machte sich unverzüglich an die Arbeit. Hanns Eisler, Slatan Dudow, Elisabeth Hauptmann trafen sich täglich von neun bis eins in Brechts Berliner Wohnung, um an dem Manuskript zu arbeiten. Einige Teile schrieb Brecht mit Elisabeth Hauptmann in Augsburg.

Aus dieser Sicht nimmt sich die Arbeit an der „Maßnahme" wie eine stilistische Übung aus, ein kleines Experiment, bei dem bewiesen werden soll, was mit einer alten Fabel alles ausgesagt werden kann. Doch schon der neue Mitarbeiterkreis deutete auf Veränderungen hin. Brecht gefiel es seit einiger Zeit nicht mehr, nur im Bereich des Ästhetischen zu rebellieren. Hier gab es zwar genug zu verändern; aber was da erreicht wurde, blieb zu isoliert. Nicht ganz zu Unrecht hatte ihm sein Erzfeind unter den Kritikern, Alfred Kerr, bei der Aufführung der „Dreigroschenoper" zu verstehen gegeben, das „Häppchen Kommunismus" beunruhige niemand. Brecht suchte nach Partnern, die größere gesellschaftliche Einsichten und politische Erfahrungen besaßen als er, die ihn in Verbindung zur Kommunistischen Partei Deutschlands bringen konnten. Brecht trat in den Kreis der Genossen. Obwohl diese Fäden bereits Elisabeth Hauptmann und Helene Weigel geknüpft hatten, spielte in jener weltanschaulichen Orientierungssituation ein Mann eine eminent wichtige Rolle: der Komponist Hanns Eisler. Zu der entscheidenden Begegnung, aus der eine lebenslange Freundschaft wurde, kam es in den Wintermonaten 1929/30. Flüchtig kennengelernt hatten sie sich schon auf den jährlichen Kammermusikfesten in Baden-Baden und sicher auch im Kollektiv der Piscator-Bühne. Eisler selbst sagte über diese Zeit: „Vor allem 1929, als der große Sprung kam von ‚Dreigroschenoper' und ‚Mahagonny' bis zur ‚Maßnahme'. Da funktionierte ich eigentlich mehr wie der Bote der Arbeiterbewegung. Ich war nur der Bote. Ich war doch keine Persönlichkeit, sondern der Bote, der dem Brecht noch etwas mehr Praktisches von der Arbeiterbewegung mitteilte, was auf ihn, ein sehr empfindsamer Mann – ich sage ‚empfindsamer Mann': nämlich für Haltungen empfindsam –, einen gewissen Eindruck machte."[70] Brecht trat in dieser Zeit an die Seite der Kommunistischen Partei. Der Marxismus blieb für ihn nicht nur Bildungserlebnis, nicht nur Entdeckung einer neuen geistigen Welt. Jetzt wollte er seine Schritte mit den Leuten koordinieren, die er einzig für fähig hielt, die Dinge zu wenden, mit den Arbeitern und ihrer revolutionären Partei.

In den Monaten, da Brecht mit seinen Freunden an der „Maßnahme" schrieb, spitzten sich die gesellschaftlichen Verhältnisse in Deutschland immer mehr zu. Die politische Spannung wuchs von Monat zu Monat. Die Politik durchdrang alle Bereiche und machte auf diese Weise selbst den politisch ungeschulten Köpfen klar, daß weitgehende Entscheidungen heranreiften. Seit 1930 ließ sich der Rechtsruck im politisch-gesellschaftlichen Leben der Weimarer Republik nicht mehr übersehen. Gleich zu Beginn des Jahres 1930 kam es in Thüringen zur Bildung einer Regierung unter Beteiligung der NSDAP. Der Nazi Wilhelm Frick stand dem Ministerium des Inneren und der Volksbildung vor. Obwohl Brecht die Alarmzeichen der Zeit noch nicht so sehr im Hinblick auf den heraufkommenden Faschismus sah, verstand er die politische Konstellation in Deutschland als eine Herausforderung aller fortschrittlichen Kräfte. Jetzt galt es, sich zu engagieren. Doch seine geistige und charakterliche Veranlagung war nicht von der Art, daß es ihn nach politischer Agitation verlangt hätte. Auch die bevorzugte Form deutscher Intellektueller, sich in Manifesten, in Bekenntnissen und Warnschriften zu äußern, lag ihm nicht. Entsprechend seiner Vorstellung vom „Gang in die Tiefe“, zu wirklicher Erkenntnis, experimentierte er mit Verfahren, die dem Menschen alles abverlangen sollten, um ihn bereitzumachen, nicht die erste beste, sondern die radikale Lösung zu wählen. Zur richtigen Lösung sollten die Menschen nicht verführt, sondern vorbereitet werden. Dazu bot Brecht ihnen die Literatur als Trainingsfeld an.

Im Stück wird die Handlungsweise des jungen Genossen getestet. Er will, „daß jedem Elenden gleich und sofort und vor allem geholfen wird“. Ist das nicht möglich, so schließt er, „dann sind die Klassiker Dreck“. Die Figur des jungen Genossen, der individuell-spontan handelt, weil er das Elend nicht mehr ertragen und dulden will, taucht im Brechtschen Figurenensemble nicht plötzlich auf. Sie hat Vorläufer. Menschen, die in einer schrecklichen Welt Abhilfe fordern und sich dafür einsetzen, heißen Johanna, Washington Meyer. Ihr Schicksal widerfährt auch dem jungen Genossen. Doch für Johanna und Washington Meyer bleibt das Elend ein nicht völlig aufgelöstes Rätsel. Sie können zwar einige Fäden entwirren und sehen manches, aber sie verfügen nicht über die Erkenntnis, die Dinge wirklich zu wenden. Der junge Genosse dagegen kennt die Methoden, das Elend in seinem ganzen Ausmaß zu erfassen, aber er will nicht mehr warten. Da er dadurch die gesamte Aktion gefährdet und nicht aufhört zu brüllen, sehen seine Kameraden keinen anderen Ausweg, als ihn zu töten. Er ist einverstanden, daß sie ihn erschießen.

Doch nicht diese Konsequenz machte das Stück zu einer solchen Herausforderung. Daß Mangel an Disziplin, an Klugheit und Einsicht in extremen Kampfsituationen mit dem Tode bezahlt werden muß, haben einsichtsvolle Kritiker auch bei der Analyse dieses Falles nicht in Frage gestellt.[71] Die sogenannte „Mordfabel" besaß in der Literaturgeschichte bereits ihre Vorbilder. Diese „Grenzsituation" hatte man schon durchgespielt. Was war es dann aber, was Freund und Feind veranlaßte, das Stück mit spitzen Fingern von sich zu weisen? Hielt man einen solchen Vorgang zwar in anderen Zeiten und gesellschaftlichen Bereichen, nicht aber in den Reihen einer Partei der revolutionären Arbeiterklasse für möglich, und wenn doch, dann mit der Absicht, ihn um so begründeter verwerfen zu müssen? Die meisten Einwände liefen darauf hinaus.

Die drei Agitatoren befinden, daß der junge Genosse falsch handelt und sie dadurch in eine Lage bringt, die sie zwingt, ihn zu töten. Was aber ist das Kriterium für die Richtigkeit ihrer Entscheidung? Die alte Literatur verwies bei der Gestaltung solcher Grenzsituationen auf ein allgemeines sittliches oder göttliches Prinzip, auf die Staatsräson. Damit war der Konflikt in seiner Unausweichlichkeit zwar auch nicht wirklich begründet, aber „an sich" gegeben. Für einen marxistischen Denker konnte es eine solche idealistische Lösung nicht geben. Die drei berufen sich auf die Lehre der Klassiker. Das Wort „Lehre" muß hier als Metapher begriffen werden. Brecht umschrieb damit den bestmöglichen Lösungsversuch für die dringlichsten Schwierigkeiten, in denen die Menschheit steckte. „Lehre" steht hier nicht für einen marxistischen „Text", sondern für das Höchstmaß an gesellschaftlicher Einsicht, das Mensche zu jener Zeit erlangen konnten. Wenn die drei Agitatoren jedoch ihre Entscheidung treffen, sind sie allein, ohne eine umfassende Übersicht über die Lage. Sie handeln in der Illegalität, abgeschnitten von den großen Kollektiven der Massen. Sie gehen zwar vom höchsten theoretischen Standard aus, aber für eine konkrete Lösung sind auch sie ungenügend gerüstet. Insofern unterscheidet sie nichts von der Lage, in der Menschen unter schwierigen gesellschaftlichen Umständen zu handeln gezwungen sind. Die drei Agitatoren bestehen nicht darauf, daß sie recht haben. Diese Haltung hat Brecht im Laufe der Arbeit immer deutlicher zu motivieren gesucht. In der dritten Fassung, der von 1931, heißt es dann:

> Zeige uns den Weg, den wir gehen sollen und wir
> Werden ihn gehen wie du, aber
> Gehe nicht ohne uns den richtigen Weg
> Ohne uns ist er
> Der falscheste.
> Trenne dich nicht von uns!
> Wir können irren und du kannst recht haben, also
> Trenne dich nicht von uns![72]

Es geht also nicht vorwiegend um die richtige Auslegung und Anwendung der Lehre, sondern um eine menschliche Entscheidung, die mehr als auf die konkrete Situation darauf verweist, was allgemein bei diesem Fall auf dem Spiele steht. Die Welt verändern kann nicht der einzelne. Die Einzelaktion ist der Schritt, der den Rückschritt bewirkt. Es kann nicht jeder seine Revolution machen, der einzelne kann nur mithelfen, die eine, die einzig mögliche zu machen. Deshalb beschwören die Agitatoren den jungen Genossen, sich nicht von ihnen zu trennen. Was sie wollen, geht nur gemeinsam, geht nur zum richtigen Zeitpunkt und nicht immer, nicht zu jeder Zeit. Not und Elend sind zwar in jeder Zeit drückend, aber nicht jede Zeit ist bereit für die Revolution. Die einzelne Aktion wird hier als Preisgabe des Weges verstanden, der aus dem Elend herausführt.

Eben weil sich der junge Genosse gegen eine äußerst vorsichtige, den komplizierten Verlauf der Dinge mit berücksichtigende Beurteilung der Lage stellt, ist er es, der in seiner Argumentation in ein abstraktes Pathos verfällt. Er trägt seine Meinung in der Abstraktheit der Theorie vor, wenn er in der ersten Fassung sagt: „Mein Herz schlägt für die Revolution. Der Anblick des Unrechts trieb mich in die Reihen der Kämpfer. Ich bin für die Freiheit. Ich glaube an die Menschheit. Aber ich weiß, daß die klassenlose Gesellschaft nur durch die Diktatur des Proletariats verwirklicht werden kann, und deshalb bin ich für die radikale Durchführung unserer Parolen.“[73] Für die Anlage der Figur dürfte Lenins Schrift „Der ‚Radikalismus‘, die Kinderkrankheit des Kommunismus“, die gerade 1930 in deutscher Übersetzung erschienen war, von einiger Bedeutung gewesen sein. Sie wurde in den revolutionären Kollektiven lebhaft diskutiert. Auch in Brechts Mitarbeiterkreis spielte sie eine große Rolle. Eisler berichtet, Brecht und er hätten auf das Erscheinen der Radikalismus-Schrift schon gewartet, als „das Buch nur angezeigt“ war, und sie hätten daraufhin „ganz neu zu denken begonnen“.[74] Zugleich ist die Figur, die bewußt nicht individualisiert ist, mit großer Zärtlichkeit behandelt. Denn der junge Genosse ist im Grunde kein Abtrünniger, keiner, der aus falschem Ehrgeiz handelt, sondern einer, der im Kampf nicht besteht, der, wie Washington Meyer, dem Mitleid erliegt. Mit seiner Tötung zeigt er sich einverstanden, nicht weil er sich einer Disziplin unterordnet, sondern weil er sich eine andere Zugehörigkeit als zu denen, die die Welt verändern wollen, gar nicht vorstellen kann. Die Tötung beschreiben die Agitatoren so:

DIE DREI AGITATOREN
Willst du es allein machen.
DER JUNGE GENOSSE
Helft mir.
DIE DREI AGITATOREN
Lehne deinen Kopf an unsern Arm
Schließ die Augen.
Wir tragen dich.
DER JUNGE GENOSSE *unsichtbar*:
Im Interesse des Kommunismus
Einverstanden mit dem Vormarsch der proletarischen
Massen
Aller Länder
Ja sagend zur Revolutionierung der Welt.
DIE DREI AGITATOREN
Dann warfen wir ihn hinab
Fuß an Fuß standen wir zusammengedrängt
An dem Rande des Abgrunds
Und warfen ihn hinab
Mit offenen Augen
Und warfen Kalkklumpen
Und flache Steine
Hinterher.
Und wir kehrten zurück in die
Stadt und wir setzten die Arbeit fort.[75]

Einen solchen Vorgang hatte Brecht bereits in früheren Arbeiten gestaltet. Im „Fatzer"-Fragment beschließen die Soldaten, Fatzer zu töten, weil er sie immer wieder in „privates verwickelt", weil sie zugrunde gehen, wenn sie

Solidarität mit einem üben, der sie nicht hat, weil sie nur alle zusammen herauskommen oder keiner. Doch blieb der Vorgang äußerst abstrakt und unmotiviert. Ein Gedanke allerdings wurde bereits hier durchgespielt, aus dem auch in der „Maßnahme" die philosophische Verallgemeinerung erwächst: der „Gang in die Tiefe". Geschlagener und Sieger, so heißt es im Fragment, müssen wieder in die Tiefe tauchen, sich bereitmachen, alles herauszugeben, alles zu verlassen, sich an nichts mehr zu klammern: „... fürchte dich! sinke doch! auf dem grunde / erwartet dich die lehre."[76] Der junge Genosse scheitert bei dem Gang in die Tiefe. Er ist nicht bereit, alles aufzugeben, er kann auf sein Mitleid nicht verzichten. Die Güte wird ihm zur Falle. Die Verführung, den Menschen in jedem Fall zu helfen, ist zu groß.

Man kommt dem Stück nicht bei, wenn man es aus den philosophischen Grundfragen herauslöst, die Brecht damals beschäftigten. Der „Gang in die Tiefe" war für ihn jenes substantielle Experiment mit der Vernunft, um herauszufinden, was die Menschen auf sich nehmen, was sie mit sich selbst machen müssen, um diese Welt zu verändern. Deshalb ist es ebenso einseitig, das Stück aus der tragischen Unerbittlichkeit der antiken Tragödie erklären zu wollen, wie in ihm nur ein Übungsstück im Sinne der „Großen Pädagogik" zu sehen. Brechts spätere Formulierung gegenüber Pierre Abraham, bei der „Maßnahme" handle es sich ausschließlich um „Geschmeidigkeitsübungen für die Art Geistesathleten, wie sie gute Dialektiker sein müssen", sollte nicht allzu wörtlich genommen werden. Eine solche Wendung beschreibt zwar sehr treffend die allgemeine Funktion des Lehrstücks, im konkreten Fall war sie aber nicht ohne taktische Absicht gebraucht.

Brecht wählte diese Form, um den Menschen zu erklären, wozu sie bereit sein müssen, wenn sie zu einer menschlicheren Existenzweise gelangen wollen. Eindringlicher, schonungsloser ist das in keiner anderen politischen oder literarischen Schrift gesagt worden. In diesem Spiel sollten die Menschen auf sich und diese Zeit blikken, um sich über die Anforderungen zu verständigen, die ihnen abverlangt werden würden. Nirgends ist drastischer dargestellt worden, durch welches Nadelöhr menschliche Individualität muß, um zu größerer Freiheit zu gelangen. Alles, was bisher noch lohnte, sollte aufgegeben werden und nur ein Kriterium noch gelten:

Welche Medizin schmeckte zu schlecht
Dem Sterbenden?
Welche Niedrigkeit begingest du nicht, um
Die Niedrigkeit auszutilgen?
Könntest du die Welt endlich verändern, wofür
Wärst du dir zu gut?
Versinke in Schmutz
Umarme den Schlächter, aber
Ändre die Welt, sie braucht es!
Wer bist Du?[77]

Was Brecht im Philosophischen, im Weltanschaulichen forderte, realisierte er im Ästhetischen. Im ästhetischen Bereich war die „Maßnahme" sein „Gang in die Tiefe". Die politische Radikalität fand in der Form ihren adäquaten Ausdruck. Eine Figur literarisch-künstlerisch zu gestalten, das hieß bisher, sie in ihrer menschlichen Totalität, in ihrer Vielfalt zu erfassen. Kunst lief stets auf Individualisierung hinaus. Damit verbunden war zugleich eine Humanisierung von Vorgängen verschiedenster Art. Als lebendig wurde eine Figur empfunden, die vielfältige individuelle Seiten, Empfindungen und Möglichkeiten erkennen ließ. Künstlerisch verfehlt, mißlungen wäre sie gewesen, hätte man sie auf den Begriff bringen können. So kam in die Kunst etwas Gütiges, Versöhnendes. Durch

Individualisierung wurde erreicht, daß ein einzelnes Kunstwerk Menschen ganz verschiedener geistiger Haltung ein Trost sein konnte. Die reinigende Kraft des Ästhetischen kam ja gerade dadurch zustande, daß alle Ursachen in der Vielfalt menschlicher Totalität aufgingen. Nicht zuletzt lag hier der Grund für die Zuflucht, die Menschen in der Kunst suchten. Mit alldem machte Brecht in der „Maßnahme“ Schluß. Wären die Figuren individualisierte Gestalten, Charaktere gewesen, hätte man sich zwar nicht politisch, so doch ästhetisch-menschlich verständigen können. Der Autor als politischer Denker wäre verdammt, das Kunstwerk gerettet gewesen. Aber gerade das Versöhnliche, Tröstliche tilgte Brecht rigoros. Er handelte sich damit einen Fluch ein, der bis heute auf diesem Werk liegt.

Dabei suchte das Stück den Genuß, die menschliche Anteilnahme auf andere, neue Weise zu organisieren. Es ist eingerichtet als ein öffentliches Forum, das Menschen einer höheren Gesellschaftsformation zu nutzen verstehen, um sich über die Widersprüche klarzuwerden, denen sie ausgesetzt sind. Der Genuß realisiert sich im Durchspielen der Eingriffsmöglichkeiten, im Abtasten der Skala, was zu welchem Zeitpunkt dem Menschen möglich ist. Deshalb bezeichnete Brecht noch kurz vor seinem Tod die „Maßnahme“ als ein Beispiel für die „Form des Theaters der Zukunft“[78].

Geschrieben wurde das Stück für die Sommerveranstaltung „Neue Musik Berlin 1930“. Der Programmausschuß verlangte von den Autoren, daß sie den Text einreichten, um eventuell politische Bedenken zu zerstreuen. Brecht und Eisler verweigerten das kategorisch. Sie schrieben an die Leitung einen offenen Brief, in dem sie darlegten, warum sie eine solche Kontrolle ablehnten: „Wenn Sie Ihre so wichtigen Veranstaltungen, in denen Sie neue Verwendungsarten der Musik zur Diskussion stellen, weiterführen wollen, dann dürfen Sie sich auf keinen Fall in finanzielle Abhängigkeit von Leuten oder Institutionen begeben, die Ihnen von vornherein soundso viele und vielleicht nicht die schlechtesten Verwendungsarten aus ganz anderen als künstlerischen Gründen verbieten. So wenig es Ihre künstlerische Aufgabe sein kann, etwa die Polizei zu kritisieren, so wenig rätlich wäre es etwa, ausgerechnet von der Polizei Ihre künstlerischen Veranstaltungen finanzieren zu lassen: Sie setzen sie nämlich eventuell der Vorkritik der Polizei aus. Es gibt nämlich Aufgaben der neuen Musik, welche der Staat zwar nicht verbieten, aber auch nicht gerade finanzieren kann. Seien wir doch zufrieden, wenn der Polizeipräsident unsere Arbeiten nicht verbietet, fordern wir doch nicht auch noch das Schupoorchester an! Im übrigen sind wir jetzt endlich auf dem Stand, den wir immer ersehnt haben: Haben wir nicht immer nach Laienkunst gerufen? Hatten wir nicht schon lange Bedenken gegen diese großen, von hundert Bedenken gehemmten Apparate?“[79] Brecht und Eisler wandten sich jetzt an die Leute, die „weder für Kunst bezahlen, noch für Kunst bezahlt werden, sondern Kunst machen wollen“.

Die Uraufführung fand am 13. Dezember 1930 in der Berliner Philharmonie mit dem Berliner Schubert-Chor, dem Gemischten Chor Groß-Berlin und dem Gemischten Chor Fichte unter der Gesamtleitung von Karl Rankl statt. Die drei Agitatoren wurden von Alexander Granach, Anton Maria Topitz und Helene Weigel gesprochen, den jungen Genossen spielte Ernst Busch. Regie führte Slatan Dudow, der auch am Text mitgearbeitet hatte. Im Sommer 1930, als Eisler die Musik zur „Maßnahme“ schrieb, wohnte er in einem möblierten Zimmer bei Ernst Busch in der Sebastianstr. 39, in der Gegend am Dönhoffplatz. Wie sich die Proben abspielten, erzählt Ernst Busch: „Ich war damals ein viel beschäftigter Schauspieler, hatte ein

Engagement in der ‚Volksbühne' und ringsherum zu tun. Die Sachen von Brecht und Eisler konnte ich nur nebenbei machen. Die wenigen Proben der ‚Maßnahme' fanden für uns Schauspieler in Privatzimmern statt. Es war ja auch nicht soviel zu spielen. Ich spielte die Rolle des jungen Genossen, mit dem alle Mitleid hatten. Ich brauchte nicht zu singen, sondern nur den Text aufzusagen und mich in die Kalkgrube werfen zu lassen. Der Sänger war Topitz, ein Tenor. Alles andere machten die drei Berliner Arbeiter-Chöre, die übrigens von Karl Rankl sehr diszipliniert geführt wurden. Wir kamen mit den Chören aber erst zusammen, als alles einstudiert war. Es war nicht viel Regie zu führen bei unseren Proben. Wir waren ja nur vier und alles brauchbare Schauspieler. Die ‚Maßnahme' war kein Theaterstück, sondern ein Oratorium, ein Podiumsstück. Wir saßen auf Stühlen und standen auf, wenn wir an der Reihe waren. So war es auch bei der Aufführung. Es war ein Bericht, und wir mußten ihn in einer Form geben, daß er dem ganzen Chor verständlich wurde. Brecht hat, soweit ich mich erinnern kann, kaum Regieanweisungen gegeben."[80] Zu Beginn des Jahres wurde die Aufführung mit teilweise geändertem Text im Großen Schauspielhaus an der Weidendammer Brücke wiederholt.

Obwohl für die bürgerliche Presse der politische Text in keiner Weise annehmbar war, bewertete sie die künstlerische Leistung sehr unterschiedlich. Hans Heinz Stukkenschmidt geizte nicht mit Lob und sprach in der „Berliner Zeitung" von einem Werk „prophetischer Art". In den Musikblättern „Der Anbruch" formulierte er: „... es ist eines der wenigen großen Meisterwerke jener Sphäre der Avantgarde, in der künstlerisches und politisches Denken nicht mehr getrennt werden dürfen."[81] Ein anderer Kritiker erklärte: Hier werde das „Lehrstück zum Zerrstück"[82]. Und der Rezensent der katholischen Zeitschrift „Hochland" bezeichnete das Stück im schlichten biblischen Ton als des „Teufels Gebetbuch", auch wenn er diese Bezeichnung mit einem Fragezeichen versah.

Sehr gründlich wurde das Stück von den Polizeistellen unter die Lupe genommen. Mit der „Maßnahme" begann das Landeskriminalpolizeiamt I in Berlin über die Stücke Brechts jeweils ein Dossier anzulegen. Nicht zuletzt durch diese Aufführung kam es zu einem Briefwechsel zwischen dem Polizeipräsidium München und dem Landeskriminalpolizeiamt in Berlin. München ließ Berlin wissen: „Vertraulich wurde mitgeteilt, daß Brecht überzeugter Kommunist und als solcher auch schriftstellerisch für die KPD tätig ist. Öffentlich ist er jedoch politisch noch nicht hervorgetreten. B. soll durch seine Schriftstellerei, die sich angeblich auf einem ziemlichen sittlichen Tiefstand bewegt, sehr viel verdienen." Man ersuchte um Mitteilung, was über Brecht in Berlin, insbesondere in politischer Beziehung, bekannt sei. Berlin gab folgende Auskunft: „Der Name des Br. ist hier des öfteren in der kommunistischen Bewegung bekannt geworden. Bei der Internationalen Arbeiterhilfe ist Br. als kommunistischer Schauspieler und Rezitator verzeichnet. Besondere Tatsachen über ihn sind sonst weiterhin nicht bekannt."[83] Die Polizei hatte hier Brecht mit dem Sänger Ernst Busch verwechselt. Das war am 2. September 1932. Zwei Monate später wußte man im Landeskriminalpolizeiamt Berlin Genaueres zu berichten. Inzwischen hatte man im ganzen Reich recherchiert und eine Zusammenstellung kommunistischer Aktivitäten anfertigen lassen, in der „Die Maßnahme" nicht fehlte: „Mit allen Mitteln wird anscheinend versucht", heißt es in diesem Polizeibericht, „die Parteimitglieder, auch soweit sie nicht zum eigentlichen Am-Apparat gehören, für die Zersetzungstätigkeit zu gewinnen und anzulernen. Über einen neuartigen Versuch nach dieser Richtung berichtet der Polizeipräsident in Köln. Danach ist vom Volkschor Düsseldorf ein Chorwerk aufgeführt worden, das sich

‚Die Maßnahme' betitelte. Das Chorwerk ist nach außen hin getarnt; es soll angeblich in China spielen. Der Inhalt zeigt aber, daß nur anstelle des Wortes ‚China' das Wort ‚Deutschland' eingefügt werden brauchte und daß das gesamte Chorwerk auf deutsche Verhältnisse anzuwenden war. Es wurde in ihm u.a. gezeigt, wie der revolutionäre Gedanke in die Polizei-Militärkasernen zu tragen sei. In einem anderen Bild wurde dargestellt, wie verbotene Druckschriften verteilt und die Polizei dabei hinters Licht geführt werden könne. Zu diesem Bilde wurde eine Auseinandersetzung zwischen kommunistischen Zettelverteilern und einem chinesischen Polizisten inszeniert, in deren Verlauf der Polizist zuerst lächerlich gemacht und dann meuchlings erstochen wurde. Wie der Polizeipräsident in Köln mitteilt, wurden bei der Vorführung dieser Szene Bravorufe aus dem Zuhörerkreis laut."[84] Für die Düsseldorfer Inszenierung mit revolutionären Arbeiter-Gesangsvereinen hatte sich der Schauspieler Wolfgang Langhoff zur Verfügung gestellt. Zu dem Verbot der Erfurter Inszenierung vermerkte der Polizeibericht lakonisch: „Gegen die Veranstalter ist ein Verfahren wegen Vorbereitung zum Hochverrat eingeleitet worden."[85]

Wie verhielt sich nun aber die Kommunistische Partei und die ihr nahestehende Presse zu dem Werk von Brecht und Eisler? Durus (Alfred Kemény) bezeichnete die „Maßnahme" in der „Roten Fahne" künstlerisch, literarisch und musikalisch als „epochal". „Von entscheidender Bedeutung ist die Aufführung der ‚Maßnahme' vom Standpunkt der Arbeitersängerbewegung. Hier ist das bisher ideologisch reifste und künstlerisch vollendeteste abendfüllende Chorwerk für Arbeitersänger entstanden. Keine musikalische Grashüpferei. Keine sentimentale Maschinenstürmerei mit Leitmotiven wie ‚armer Prolet!', sondern ein Aufruf zum revolutionären Handeln! Eine entschiedene Stellungnahme für die revolutionäre Theorie, den Kommunismus, für die Partei.“[86] Weitaus kritischer fiel jedoch seine Rezension aus, die er für „Arbeiterbühne und Film“ schrieb. Hier nannte er den Text der „Maßnahme“ in seiner Gesamtheit eine Vergewaltigung der revolutionären Wirklichkeit durch gehirnliche Konstruktion. Obwohl er die entscheidenden Probleme als „richtig gestellt und einwandfrei gelöst“ betrachtete, hielt er die Fabel insgesamt für idealistisch. In der „Linkskurve“ maß Otto Biha der Aufführung außergewöhnliche Bedeutung zu, kritisierte aber die „abstrakte Einstellung“ Brechts zu dem komplizierten vielfältigen Kampf der Partei. Völlig ablehnend verhielt sich der Kritiker der Wiener „Arbeiterzeitung“ anläßlich der dortigen Aufführung. Er warf dem Werk vor, es lehre „nationalsozialistische Moral“. Auch stamme es noch aus der Zeit, da die „Kollektivseele“ gepriesen wurde, inzwischen sei man auch in der Sowjetunion zur Anerkennung des Einzelmenschen übergegangen. „Es lehrt einfach die Jesuitenmoral: der Zweck heiligt die Mittel.“[87]

Die gründlichste Kritik verfaßte Alfred Kurella in der Zeitschrift „Literatur der Weltrevolution“ unter dem Titel „Ein Versuch mit nicht ganz tauglichen Mitteln“. Kurella war 1929 nach Berlin gekommen, nachdem er als Funktionär der Arbeiterklasse und als Schriftsteller mehrere Länder Europas bereist hatte. Vor allem kannte er die Sowjetunion. Als Mitbegründer der Kommunistischen Jugend-Internationale hatte er Lenin persönlich kennengelernt. Daß sich Brecht für einen solchen Mann interessierte, verwundert nicht. Ihm lag daran, Einblick in jenes revolutionäre Gesellschaftsexperiment zu bekommen, das in der Sowjetunion unternommen wurde. So verkehrte Alfred Kurella zu Beginn der dreißiger Jahre im Brecht-Kreis. Ein Foto aus dieser Zeit zeigt ihn inmitten von Brechts Freundes- und Mitarbeiterrunde. Kurella sah sein kritisches Anliegen darin, das Stück an der Realität zu überprüfen. Ein Lehrstück müsse sich das gefallen lassen, wenn es Lehren für das proletarische Publikum des Jahres 1930 vermitteln wolle.

Ein solches Vorhaben war ganz im Sinne Brechts. Seine Erklärung in der ersten Diskussion mit dem Publikum, er werde, wenn nötig, den Text ändern, setzte er in die Tat um. Tatsächlich sind die Veränderungen gegenüber der ersten Fassung beträchtlich. Vor allem gegenüber dem Einwand, der Konflikt sei zu abstrakt, zu idealistisch, verhielt er sich sehr aufgeschlossen, obwohl seine Intentionen in eine ganz andere Richtung gingen als die seiner Kritiker. Fest stand, daß er das Stück aus der abstrakten Fabel des „Jasagers" entwickelt hatte. In einem ersten Entwurf überschrieb er die Expositionsszene noch mit „der jasager (konkretisierung)". Der erste Konkretisierungsversuch sah so aus: „in das parteihaus kommen zu herrn keuner drei agitatoren, um das chinesische ABC des kommunismus zu holen. herr k. hält eine rede, in der er die drei fragt, ob sie einverstanden seien, daß man mit allen mitteln das chinesische proletariat in seiner revolution unterstütze. sie antworten mit ja. in das ja stimmt ein knabe ein, der im vorzimmer schreibt. als die drei agitatoren mit den schriften weggehen, bittet sie der knabe, ihn mitzunehmen ..."[88] Der Vergleich dieser Skizze mit den späteren Fassungen zeigt, daß sich Brecht ständig bemühte, die Vorgänge konkreter, politisch begründeter zu gestalten. Im Laufe der Arbeit verwandelten sich die ethischen Haltungsfragen immer mehr in politische Entscheidungsfragen.

Alfred Kurellas Absicht, das Stück mit der politischen Realität zu konfrontieren, lief zwar auf eine gründliche Untersuchung politischer Alternativsituationen hinaus, zugleich aber etablierte seine Kritik den Grundirrtum, an dem die marxistische Kritik lange Zeit gegenüber dem Stück festhielt. Insgesamt sei der Text, so fand Kurella, ein abstraktes, geistiges „Manövergelände" zur Exemplifizierung bestimmter Ideen. Das war von ihm durchaus kritisch, ästhetisch abfällig gemeint, beschrieb aber dennoch, wenn auch nicht exakt, die angestrebte Lehrstückfunktion. Indem nun aber Kurella gerade diese Eigenheit als völlig abwegig empfand, mußte er Brechts Anliegen gänzlich mißverstehen. Während bei Brecht alles darauf hinauslief, die vorgesehene Situation zu benutzen, um einen gesellschaftlich-existentiellen Fall als Grenzsituation menschlicher Entscheidungsmöglichkeit durchzuspielen, konzentrierten sich Alfred Kurellas Bemühungen auf den historisch konkreten Fall und auf eine Menschengestaltung, wie sie die realistische Literatur seit dem 19. Jahrhundert hervorgebracht hatte. Damit war aber das Werk als Lehrstück, als Ausdruck eines ganz bestimmten Stücktypus erledigt. Kurella stellte als eigentliche These des Stückes das Primat des Verstandes gegenüber dem Gefühl heraus. Konfrontiere man das Stück mit den tatsächlichen revolutionären Ereignissen, zum Beispiel denen des Jahres 1923 in Sachsen, und betrachte unter einem solchen historisch-konkreten Gesichtswinkel das Verhalten des jungen Genossen und der drei Agitatoren, so müsse man zu dem Schluß kommen, „der junge Genosse vertrete tatsächlich den Standpunkt des konsequenten Revolutionärs und Bolschewisten, während die Agitatoren Musterbeispiele für opportunistisches Verhalten seien, für das, was man in der Sprache der dritten Internationale ‚rechte Abweichung' nennt, Abweichung, für welche mehr als ein Kommunist schon aus der Partei ausgeschlossen worden ist"[89].

Kurellas Kritik, die Brecht bereits vor der Veröffentlichung in die Hände bekam, verärgerte ihn sehr, obwohl er auch daraus lernte. Verletzt fühlte er sich weniger von den Einwänden, die die Funktion des Lehrstücks völlig außer acht ließen, als davon, daß ihn Kurella als „bürgerlichen Dichter" und das Stück als „typisch kleinbürgerlich, intellektualistisch" kennzeichnete. Nachdem Brecht die Kritik Kurellas gelesen hatte, rief er ihn an und sagte zu ihm in seinem bayrischen Tonfall: „Sie san mei Freund net mehr!"[90]

Daß Brecht seine Lehrstückerfahrungen nicht allein auf der Basis auszubauen gedachte, die vom „Badener Lehrstück vom Einverständnis" zur „Maßnahme" führte, zeigten die Versuche des Jahres 1931. Wenn nicht schon früher, so wurde doch zu diesem Zeitpunkt deutlich, daß er seinen vielfältig gestaffelten Lehrstücktypus auf zwei methodisch verschiedenen Strukturlinien vorantrieb: die eine blieb an die „Große Pädagogik" gebunden, die andere nutzte die in der revolutionären Kulturarbeit herausgebildeten Agitprop-Elemente. Am 15. Januar 1931 meldete der „Film-Kurier", daß Brecht an einem neuen Stück mit dem Titel „Stafette der Wahrheit" arbeite. In ihm sollten die Hintergründe des ersten Weltkrieges, die Kriegsdienstverweigerungen, der Metallarbeiterstreik von 1918 eine szenisch-dokumentarische Gestaltung finden. Beabsichtigt war, damit nicht die großen Theaterhäuser, sondern die kleinen revolutionären Spieltrupps zu bedienen. Angelegt hatte er es mehr als „Schaustück" denn als reines „Lehrstück". Diese Idee blieb jedoch Absicht, sie wurde von einem anderen Vorhaben aufgesogen. Ein halbes Jahr nach der Notiz im „Film-Kurier" schrieb Brecht an einem neuen Lehrstück, das in mehrerer Hinsicht als ein Gegenentwurf zur „Maßnahme" zu betrachten ist. Die historische Konkretheit, die lebendige Darstellung politischer Arbeit, die Kurella als weiteren Schritt von Brecht gefordert hatte, waren hier vorhanden. Auch die Lehrstückfunktion verstand sich anders als bei Werken, die Brecht der Strukturlinie der „Großen Pädagogik" zuzählte, so daß man vom Typus des Lehrstücks im bisherigen Sinne gar nicht sprechen konnte. Dennoch betrachtete Brecht die neue Arbeit nicht als Revision der vorangegangenen Experimente, die ja als „Kette von Versuchen“ angelegt waren. Jeder Versuch stand zwar für sich, doch nach Lage der Dinge wurde ihm ein „Gegenstück“ zugeordnet, das in einem dritten Stück eventuell zu einer neuen Qualität führte, die den Typus erweiterte.

Das Stück, an dem er im Herbst 1931 zu arbeiten begann, hatte Gorkis berühmten Roman „Die Mutter“ als Vorlage. Wie kaum ein anderes Buch war dieses im Proletariat bekannt und beliebt. In der Gestalt der Heldin Pelagea Wlassowa sahen die Arbeiter ihr eigenes Schicksal, ihren eigenen Weg zur kämpfenden Arbeiterklasse, zur Revolution verkörpert. Die Filmfassung des Romans durch den sowjetischen Regisseur Pudowkin brachte 1927 die Geschichte der Mutter Wlassowa erneut in die Diskussion. Gorki hatte gezeigt, wie die immer schlimmer werdende Ausbeutung schließlich auch Menschen in die Reihen der Revolution trieb, die bisher eine solche Lösung von sich gewiesen hatten. Was der Mutter in Gorkis Roman widerfuhr, machten zu Beginn der dreißiger Jahre in Deutschland viele Menschen durch. Verschärfte Ausbeutung, zunehmende Not und immer brutalere Unterdrückung zwangen die Menschen, über ihre Lage nachzudenken. Selbst die Gutmütigen, die Gemäßigten, die Friedfertigen kamen zu dem Schluß, daß es so, wie es war, nicht bleiben konnte. Die Menschen suchten nach einem Ausweg, nach Alternativen. Sich an dieser Suche zu beteiligen, empfand die revolutionäre Kunst als vordringlich.

Daß man sich gerade jetzt darum bemühte, den Gorkischen Roman für die Bühne zu gewinnen, war keineswegs zufällig. Die Idee kam auch nicht von Brecht. Aber er fand sie so einleuchtend und wichtig, daß er bereit war, andere Pläne aufzugeben oder wenigstens aufzuschieben. Er wurde zu einem relativ späten Zeitpunkt in ein Kollektiv einbezogen, das bereits eine Bühnenfassung hergestellt hatte. Sie stammte von Günther Weisenborn und Günther Stark. Weisenborn war durch das Drama „U-Boot S 4“ bekannt geworden, dann aber als Farmer nach Argentinien gegangen. 1931 kehrte er zurück. Die Dramatisierung der „Mutter“ war eine der ersten Arbeiten nach seiner Rückkehr. Stark, der die Sache neben seiner Tätigkeit als Dramaturg an der Berliner Volksbühne betrieb, und Weisenborn arbeiteten im Auftrag Maxim Gorkis. Als Brecht in das Unternehmen einstieg, war allen Beteiligten ziemlich klar, daß es nicht auf die Weise fertiggestellt werden konnte, wie es begonnen worden war. Außerdem brachte Brecht seine eigene Mannschaft mit, Slatan Dudow, Hanns Eisler und Elisabeth Hauptmann. Wenn man die Sache genau ansieht, so liquidierte die neue Mannschaft das bisherige Unternehmen, das ja bereits weit fortgeschritten war, und machte etwas ganz Neues. Daß es dennoch zu keiner Kampfabstimmung und auch zu keinen solchen Halbheiten wie bei der „Schwejk“-Dramatisierung kam, lag daran, daß der damals noch weitgehend unbekannte und auf dem Gebiet des Dramas weniger erfahrene Weisenborn sich ganz der Autorität Brechts unterordnete. Beide verband das politische Anliegen, außerdem fühlte sich Weisenborn von den Möglichkeiten des epischen Theaters angezogen, obwohl sein eigenes Werk keineswegs in diese Richtung tendierte. Weisenborn äußerte sich dazu auf dem Programmzettel der „Jungen Volksbühne e. V.“: „Im Verlauf langer Unterhaltungen über Deutschland, die ich mit Brecht führte, erkannte ich, daß seine Theorie vom epischen Theater für ganz bestimmte Zwecke kaum zu entbehren ist. Da ich zur selben Zeit in Gorkis Auftrag mit Günther Stark eine Dramatisierung des Romans ‚Die Mutter‘ vorgenommen hatte, lag der Gedanke nahe, diesen Stoff für das epische Theater einzurichten. Auch Dr. Stark interessierte sich sofort für dieses dramaturgische Experiment ... Die epische Fassung der ‚Mutter‘ entstand in Diskussionen, an denen sich Eisler und ich beteiligten. Wir begannen die Arbeit zunächst mit formalen Erwägungen. Es stellte sich jedoch bald heraus, daß sie zwangsläufig politische wurden, so daß von Anfang an weltanschaulich-politische Diskussionen die Hauptarbeit bildeten. Es ergab sich für mich bald, daß die epische Form des Theaters zumindest dann die beste ist, wenn das Thema des Stückes politisches Verhalten ist.“[91] Günther Stark schied aus dem Kollektiv aus, weil seine Tätigkeit als Dramaturg ihm keine Zeit ließ, sich weiter an der Arbeit zu beteiligen.

Weisenborn und Stark hatten sich bisher getreu an den Roman gehalten. Ihre Arbeit entsprach den damals üblichen Dramatisierungen, doch nutzten sie nicht die Erfahrungen, die seit den Experimenten Piscators mit solchen Stoffen vorlagen. Am drastischsten kommt das verschiedenartige Herangehen an den Gorkischen Romanstoff zwischen Weisenborn/Stark und dem Brechtschen Team in der Anlage der ersten Szene zum Ausdruck. Weisenborn/Stark schufen eine Exposition, in der auf die umständliche, indirekte Weise der traditionellen Dramaturgie dem Zuschauer Situation und Personen erklärt werden. Zwei Arbeiter unterhalten sich in Anwesenheit der Mutter über die zunehmenden Verhaftungen und über die Gefahren, in denen sich ihr Sohn Pawel befindet. Die Mutter wird durch die Sorge um ihren Sohn in das Gespräch hineingezogen, und so erfährt der Zuschauer wiederum etwas über das Verhältnis zwischen Mutter und Sohn. Das alles spielt sich in der Atmosphäre einer Arbeiterwohnstube ab. Hinter dem geöffneten Fenster ragt bedrohlich die Fabrikwelt auf. Im Unterschied dazu ging Brecht von seinen Lehrstückerfahrungen aus. Derartig weitschweifige Einführungen ließ die Lehrstückfabel gar nicht zu. Anhand der japanischen No-Spiele hatte Elisabeth Hauptmann Brecht erklärt, wie elegant, nämlich auf dem direkten, kürzesten Weg, das No-Spiel die Exposition bewältige. In dem von ihr übersetzten No-Spiel „Take no Juki oder Schnee auf dem Bambus“ stellt sich die Hauptfigur zum Beispiel so vor: „Ich bin Tonoi, ein Kaufmann. Ich wohne hier im Lande Ezigo. Ich war verheiratet, aber ich habe meine Frau verlassen, sie wohnt jetzt drüben im Haus der Großen Fichten. Wir hatten zwei Kinder, ein Mädchen und einen Knaben. Das Mädchen blieb bei der Mutter, der Knabe lebt bei mir, er ist Erbe meines Besitzes. Ich habe dann ein zweites Mal geheiratet, meine zweite Frau wohnt mit mir hier in diesem Haus. In Verfolg eines bindenden Versprechens muß ich ein paar Tage verreisen, an einen Ort, der nicht sehr weit von hier ist. Ich muß Anordnungen treffen wegen meines Sohnes Tsukiwaka, um den ich sehr besorgt bin. Ich will mit meiner Frau darüber sprechen. Wo ist sie?“[92] Brecht nutzte diese Technik für seine Lehrstücke. In der „Mutter“ stellt sich die Titelheldin vor: „Fast schäme ich mich, meinem Sohn diese Suppe hinzustellen. Aber ich kann kein Fett mehr hineintun, nicht einen halben Löffel voll. Denn erst vorige Woche ist ihm von seinem Lohn eine Kopeke pro Stunde abgezogen worden, und das kann ich durch keine Mühe mehr hereinbringen. Ich weiß, daß er bei seiner langen, schweren Arbeit kräftigeres Essen braucht. Es ist schlimm, daß ich meinem einzigen Sohn keine bessere Suppe vorsetzen kann; er ist jung und beinahe noch im Wachsen. Er ist ganz anders, als sein Vater war. Er liest dauernd Bücher, und das Essen war ihm nie gut genug. Jetzt ist die Suppe noch schlechter geworden. So wird er immer unzufriedener. … Er wird noch weggehen. Was kann ich, Pelagea Wlassowa, achtundvierzig Jahre alt, Witwe eines Arbeiters und Mutter eines Arbeiters, tun? Ich drehe jede Kopeke dreimal um. Ich versuche es so und versuche es so. Ich spare einmal am Holz und einmal an der Kleidung. Aber es langt nicht. Ich sehe keinen Ausweg."[93]

Aber nicht nur in der Machart, auch in seiner Haltung gegenüber der Vorlage unterschied sich Brecht von Weisenborn und Stark, indem er das Stück über den Gorkischen Handlungsablauf hinausführte. Er bezog das Verhalten der Mutter während des ersten Weltkrieges mit ein, um zu zeigen, wie sich das Proletariat zum imperialistischen Krieg verhielt. Was ihm eigentlich für das Stück „Stafette der Wahrheit" vorgeschwebt hatte, konnte er jetzt in diesen Szenen zum Ausdruck bringen. So wurde die Szene „Vaterländische Kupfersammelstelle – 1916. Unermüdlich kämpfen die Bolschewiki gegen den imperialistischen Krieg" eine der politisch und literarisch bravourösesten des ganzen Stückes. Zu Beginn der dreißiger Jahre kämpfte die KPD verstärkt gegen die heraufziehende Kriegsgefahr. Brecht unterstützte die Partei in ihrer ideologischen Arbeit, indem er in dem Stück zeigte, wie die Wlassowa gegen den imperialistischen Krieg agitiert. Der Witz, die Schlauheit, die politischen Erfahrungen des Proletariats im alltäglichen Klassenkampf, aber auch ihr Zorn und ihre Bereitschaft, die Zustände mit Gewalt zu verändern, kommen in dieser Szene zum Ausdruck, wenn die Wlassowa die Bourgeoisweiber anfährt: „Ja, ich bin eine Bolschewikin. Aber ihr seid Mörderinnen, wie ihr da steht! Kein Tier würde sein Junges hergeben, so wie ihr das eure: ohne Sinn und Verstand, für eine schlechte Sache. Euch gehört der Schoß ausgerissen. Er soll verdorren, und ihr sollt unfruchtbar werden, wie ihr da steht. Eure Söhne brauchen nicht wiederzukommen. Zu solchen Müttern? Schießend für eine schlechte Sache sollen sie erschossen werden für eine schlechte Sache. Aber ihr seid die Mörderinnen."[94]

Obwohl Brecht mit der Gorkischen Titelfigur sehr behutsam verfuhr, machte er aus der Romanfabel ein eigenständiges, seine persönliche Handschrift ausweisendes Werk. Doch nicht allein dadurch wurde es ein sehr deutsches Stück, sondern vor allem deshalb, weil Brecht die Grundsituation ganz auf die politischen Ereignisse in Deutschland zu Beginn der dreißiger Jahre bezog. So griff er zum Beispiel das Problem des Reformismus in der Arbeiterklasse auf, das Gorki nicht so bewegt hatte, das jedoch für die proletarischen Zuschauer der dreißiger Jahre in Deutschland von großer Bedeutung war. In der Figur des Karpow zeichnete Brecht einen Reformisten, der mit den Herrschenden verhandeln, aber nicht gegen sie kämpfen will. Karpow redet den Arbeitern zu: „Kollegen, der Betrieb steht nicht so gut, wie wir vielleicht meinen. Wir können euch nicht verschweigen, was uns Herr Suchlinow mitgeteilt hat, daß der Schwesterbetrieb in Twer stillgelegt wird und 700 Kollegen von morgen ab auf der Straße liegen. Wir sind für das kleinere Übel.“[95] Bis in den Argumentationston hinein begab sich Brecht hier in die politische Auseinandersetzung, die damals die KPD gegen die sozialdemokratische Politik des „kleinen Übels“ führte. Das „Lied vom Flicken und vom Rock“ war eine der „praktischen Methoden“, die Ernst Thälmann gefordert hatte, um die Arbeiter über den Schwindel mit der Politik des „kleineren Übels“ aufzuklären.

Wie sehr sich Brecht bei diesem Stück als Beauftragter der Partei der Arbeiterklasse begriff, zeigte seine Bereitschaft zu immer neuen Veränderungen, wenn damit der politischen Situation, den konkreten Aufgaben im Klassenkampf besser entsprochen wurde. In der ersten Fassung des Stückes zeigte der Dichter die Wandlung des Reformisten Karpow, der, nachdem er verhaftet wurde, sich den revolutionären Arbeitern anschließt und am 1. Mai, die rote Fahne tragend, von den Polizisten erschossen wird. Die proletarische Kritik brachte gegen diese Gestaltung Einwände vor. In der „Roten Fahne“ hieß es nach der Aufführung: „Der Vertrauensmann, dieser kleine Tarnow des zaristischen Rußland, ist nicht überzeugend. Einen richtigen alten Reformisten schmeißt das bißchen Mißtrauen der Belegschaft nicht um ... Ihn allzu plötzlich zu einem Revolutionär werden zu lassen, der er sicher vor Jahren einmal war, heißt: die Unterschiede zwischen Bolschewisten und Menschewisten verkleistern."[96] Brecht änderte auf Grund der Kritik die Szene, indem er eine neue Gestalt einführte, den Arbeiter Smilgin, dem in der Maidemonstrationsszene der Text Karpows zufiel. Dabei war die ursprüngliche Gestaltung keineswegs ein so „schlimmer Fehler", wie die Kritik meinte; denn damals erkannten viele Arbeiter die Inkonsequenz, die Vertröstungspolitik der sozialdemokratischen Führer und verlangten entschiedenere Aktionen.

Daß sich Brecht so konsequent auf politische Argumentation und Agitation einstellte, daß er den Lehrstücktypus mit Agitprop-Elementen zu verbinden suchte, daß er überhaupt eine ganz neue Strukturlinie des Lehrstücks etablierte, hing auch mit persönlichen Erfahrungen zusammen. Obwohl es bei ihm selten biographisch zu deutende Stückstellen gibt, so ist doch die fünfte Szene, „Bericht vom 1. Mai 1905", nicht ohne jenes Erlebnis denkbar, das Brecht am 1. Mai 1929 hatte. An diesem Tage war er bei seinem Freund, dem Soziologen Fritz Sternberg, zu Besuch, der in der Koblanckstraße wohnte, ganz in der Nähe vom Liebknecht-Haus, dem Sitz des ZK der Kommunistischen Partei. Für diesen Tag hatte der sozialdemokratische Polizeipräsident Zörgiebel alle Demonstrationen verboten. Doch gerade am 1. Mai wollten sich die Arbeiter ihr Recht auf Demonstration nicht nehmen lassen. In Berlin kam es an verschiedenen Orten zu Protestkundgebungen. Vom Fenster der Sternbergschen Wohnung im 3. Stock konnte Brecht sehen, wie die Polizei in die Arbeitergruppen schoß, wie Menschen tödlich getroffen zusammensanken. „Als Brecht die Schüsse hörte und sah, daß Menschen getroffen wurden, wurde er so weiß im Gesicht, wie ich ihn nie zuvor in meinem Leben gesehen hatte.“[97] Am Nachmittag fuhr er an verschiedene Plätze, die als Demonstrationsorte vorgesehen waren. In solchen Augenblicken kannte sein Haß keine Grenzen. Das waren jene Anlässe, die sich in den großen Haßarien der Johanna oder in der Antikriegsagitation der Wlassowa niederschlugen. Solche Ereignisse prägten aber auch seine lebenslange Abneigung gegen die kompromißlerische, auf Halbheiten in allen Machtfragen basierende sozialdemokratische Politik.

Das Stück war ursprünglich für eine Aufführung in der Berliner Volksbühne vorgesehen. Nachdem Brecht aus der Dramatisierung der Romanvorlage ein Lehrstück gemacht hatte, das sich außerdem noch gegen die sozialdemokratische Politik des „kleineren Übels“ richtete, konnte nicht mehr daran gedacht werden, das Stück in diesem sozialdemokratisch orientierten Hause auf die Bühne zu bringen. Es kam eine Inszenierung mit der „Gruppe Junger Schauspieler“ im Rahmen der Jungen Volksbühne zustande. Die Premiere fand am 17. Januar 1932 im Komödienhaus am Schiffbauerdamm in Berlin statt. Vier geschlossene Vorstellungen hatte es bereits ab 12. Januar im Wallner-Theater gegeben. Am 15. Januar, dem 13. Jahrestag der Ermordung Rosa Luxemburgs und Karl Liebknechts, fand die LLL-Feier (Lenin-Luxemburg-Liebknecht-Feier) des revolutionären Proletariats mit diesem Stück statt. Unterstützt von fortschrittlichen Organisationen wie Junger Volksbühne, Revolutionärer Gewerkschaftsopposition, Interessengemeinschaft für Arbeiterkultur, Internationaler Arbeiterhilfe, Roter Hilfe Deutschland, Kampfgemeinschaft für Rote Sporteinheit, Verband proletarischer Freidenker wurde das Stück mehr als dreißigmal aufgeführt.

Die Hauptrolle spielte Helene Weigel, Ernst Busch den

Pawel Wlassow, Gerhard Bienert den Lehrer, Theo Lingen den Polizeikommissar. Wenn das Stück auch nicht wie einige frühere mit Stars besetzt war, so standen doch profilierte Schauspieler auf der Bühne, die wie die Weigel sich am Anfang einer großen Karriere befanden oder wie Busch bereits zu den Großen zählten und mit ihren Leistungen das Berliner Theaterleben prägten. In kleineren Rollen spielten Laien, so zum Beispiel Grete Steffin als Dienstmädchen. Aber auch die großen Rollen waren so gestaltet, daß sie von Laien bewältigt werden konnten. Das Bühnenbild hatte man so einfach gehalten, daß es in jedem größeren Saal aufgestellt werden konnte. Die Weigel sagte: „Die gesamte Bühnendekoration ging in ein kleines Auto. Wir wollten mit dem Stück in die Arbeiterbezirke gehen. Aber dazu kamen wir dann nicht mehr. Es gab nur den einen Versuch im Gesellschaftshaus in Moabit, bei dem wir schon große Schwierigkeiten hatten.“[98]

Für die Weigel begann mit dieser Rolle ihr Aufstieg oder, wie Brecht später formulierte, ihr „Abstieg in den Ruhm“. Was für eine großartige Schauspielerin sie war, wie sie das Einfache zu meistern verstand, das wurde hier erstmals auf sehr eindringliche Weise sichtbar. Selbst Brecht, der bisher in seiner Frau keine große Schauspielerin gesehen hatte, änderte seine Meinung radikal. „Der Humor, die Wärme, die Freundlichkeit, das sind alles erst Entdeckungen gewesen, die wir bei der Rolle der Wlassowa machten. Das war auch für Brecht überraschend“[99], sagte die Weigel. Herbert Jhering schrieb über sie: „Nach Überwindung einiger nervöser Hemmungen hatte Helene Weigel den Stil schon in der Vollkommenheit. Sie war dialektisch gewandt, geistig überlegen und niemals doktrinär. Im Gegenteil: sie war spielerisch gelöster als jemals. Empfindung ging in eine geistige Melodie ein. Dialektik wurde gestisch gelöst. Das war nicht nur meisterhaft, es zeigt auch, daß gewisse schauspielerische Begabungen in diesem Stil erst frei werden."[100] Selbst ein so bürgerlich und traditionell eingestellter Kritiker wie Alfred Polgar, der sich nicht die geringste Mühe gab, die Eigenart des epischen Theaters zu verstehen, beschrieb auf seine Weise bewundernd das Spiel der Weigel: „Helene Weigel ist die Mutter. Anfangs nur Stimme, ganz sachliche, nüchterne aufsagende Stimme, an der ein Mindestmaß von Individuum hängt. Nicht Pelagea Wlassowa redet, es redet durch sie, aus ihr. Später nimmt sie die phonetische Maske ab, Sprache und Spiel werden lockerer, der Mensch fällt aus der Rolle des Automaten in seine natürliche Gangart, produziert Geist, Schlauheit, auch eine Art trockener Leidenschaft. In der ausgezeichneten Szene mit den Weibern, die Kupfernes zur Erzeugung von Munition abliefern, zeigt sich Frau Weigel als überlegene Dialektikerin; da hat ihre Kunst Luft bekommen, bessere als die Preßluft des epischen Theaters, und atmet frei, vom Stil erlöst. Merkwürdig, daß Mutter Weigel, je weiter das Spiel fortschreitet, also je mehr sie altert, desto jünger wird (Verjüngung durch Idee?)."[101]

Sonst jedoch nahm die bürgerliche Presse das Stück zum Anlaß, um die staatlichen Stellen aufzufordern, gegen dieses „roteste, allerroteste Parteitheater im Zeichen von Hammer und Sichel" („Berliner Lokal-Anzeiger") mit Entschiedenheit vorzugehen. Die Zeitung „Germania" rief unermüdlich nach dem Eingreifen der Polizei und hetzte zum Verbot des Stückes: „Wir wollen deshalb mit diesen Zeilen das Polizeipräsidium wieder einmal zum *Nachdenken* darüber anregen, ob das in einem hiesigen Theater seit Wochen aufgeführte kommunistische Propagandastück ‚Die Mutter' nicht allem widerspricht, was diese Behörde im und am Staat zu schützen und vor seinen Bürgern gewissenhaft zu verantworten hat. *Wie lange gedenkt das Polizeipräsidium den Staat diesem Treiben noch preiszugeben?*"[102] Im gleichen Stil schrieb die Zeitung „Der Jungdeutsche" unter der Überschrift „Theater als Bürgerkriegsschule": „Und dennoch – dennoch! – gibt es trotz aller hochentwickelten Polizeigewalt eine Möglichkeit, den Kampf gegen diesen Staat in völlig eindeutiger und sehr einprägsamer Weise zu predigen! ... Der Freibrief ‚Kunst' ermöglichte diese Gewaltpropaganda, ohne daß die sonst so wachsame Polizei sich veranlaßt fühlte einzuschreiten ..."[103] Der Kritiker des „Katholischen Kirchenblatts" sprach von einem „bedauerlichen Zeugnis für die Laxheit der Auffassung auch an maßgebenden Dienststellen"[104] und forderte ein „sofortiges Verbot".

Diese Hetze führte dann auch bald zum Einschreiten der Polizei bei der Aufführung des Stückes für die Internationale Arbeiterhilfe im Moabiter Gesellschaftshaus. Helene Weigel erinnerte sich dieses Verbots: „Wenn also die Aufführung aus feuerpolizeilichen Gründen nicht gespielt werden darf, meinten wir, dann werden wir den Text nur sprechen. Dabei haben wir ihnen nun wieder zuviel Gesten gemacht. Dann sagten sie, Gänge auf der Bühne zu machen, das geht auch nicht. Und schließlich hatten sie auch etwas gegen die Kostüme. So haben wir uns vor den Vorhang gesetzt und das Stück ‚gelesen'. Das schien ihnen dann übrigens auch noch feuergefährlich. Es war eine unbeschreiblich komische und ständig unterbrochene Aufführung, weil die Feuerpolizei von uns immer etwas Neues verlangte."[105] Die Polizei sowie die Dienststellen des Innenministeriums überwachten die Aufführung von Anfang an und hatten ihre Maßnahmen getroffen. So hieß es in einem Polizeibericht: „Im Januar d. Js. brachte die ‚Junge Volksbühne' das Lehrstück ‚Die Mutter' von Brecht zur Aufführung, das als kommunistisches Propagandastück für die legale und illegale Vorbereitung des bewaffneten Aufstands gewertet werden muß."[106] Der Oberregierungsrat Erbe, der Brechts Produktionen vom strafrechtlichen Standpunkt aus mit weitaus größerer

Akribie als die Literaturwissenschaftler verfolgte, schrieb in einer Denkschrift: „Im Januar d. J. errang die ‚Gruppe junger Schauspieler‘ einen besonderen Erfolg mit der Aufführung des von Brecht, Eisler und Weisenborn für die Bühne bearbeiteten Gorki-Romans ‚Die Mutter‘ im Lustspielhaus, Friedrichstr. 236. Hauptträger dieser Aufführung ist wiederum die ‚Junge Volksbühne‘. In dem Stück ‚Die Mutter‘ werden die Vorbereitungen und Vorarbeiten für Streiks und Demonstrationen, die legale und illegale Kleinarbeit, die politische Schulungs- und Antikriegsarbeit so drastisch zur Darstellung gebracht, daß die Presse von einem *‚Theater als Bürgerkriegsschule‘* schreibt.“[107]

Daß die bürgerliche Presse mit diesem Stück unvergleichlich härter als mit der „Maßnahme“ verfuhr, lag nicht nur daran, daß Politik hier sehr konkret, direkt und agitatorisch dargestellt wurde, sondern auch an der bereits weit fortgeschrittenen Faschisierung aller Lebensbereiche.

Aus Brechts Mitarbeiterkreis war ein bestens durchtrainiertes Kollektiv geworden, das nicht nur den Intentionen Brechts folgte, sondern ihn auch mit neuen Ideen belieferte. Stück und Inszenierung „Die Mutter“ konnten vor allem deshalb relativ rasch fertiggestellt werden, weil er fast ausnahmslos Leute hinzuzog, mit denen er kurz zuvor und in einigen Arbeitsphasen sogar parallel den revolutionär-proletarischen Film „Kuhle Wampe“ gemacht hatte. „Im Sommer 1931“, berichtete Brecht, „hatten wir durch die Ausnützung besonders günstiger Umstände (Auflösung einer Filmgesellschaft, Bereitwilligkeit eines Privatmanns, eine nicht zu hohe Summe Geldes zusammen mit seiner schauspielerischen Fähigkeit in einem Film zu investieren und so weiter) die Möglichkeit, einen kleineren Film herzustellen. Unter dem frischen Eindruck der Erfahrungen aus dem Dreigroschenprozeß setzten wir, erstmalig in der Geschichte des Films, wie man uns sagte, einen Vertrag durch, der uns, die Hersteller, zu den

Urhebern im rechtlichen Sinne machte. Dies kostete uns den Anspruch auf die übliche feste Bezahlung, verschaffte uns aber beim Arbeiten sonst unerlangbare Freiheiten. Unsere kleine Gesellschaft bestand aus zwei Filmschreibern, einem Regisseur, einem Musiker, einem Produktionsleiter und last not least einem Rechtsanwalt."[108] Das Drehbuch schrieben Brecht und Ernst Ottwalt. Brecht schätzte Ottwalt als einen Schriftsteller, der mit einer interessanten dokumentarischen Methode experimentierte und eine Menge sozialer Erfahrungen in die Literatur einbrachte. Später vergaß man ihn so gründlich, daß man sich seiner erst wieder über diesen Film erinnerte.

Als Regisseur holte sich Brecht abermals den jungen Bulgaren Slatan Dudow, den man im engeren Kreis Steppenwolf nannte. Er hatte bereits bei der „Maßnahme" Regie geführt, in die sich Brecht entgegen seinen sonstigen Gewohnheiten kaum eingemischt hatte. Dieser junge Mann wurde 1929 mit Brecht bekannt gemacht, um ihm von seinen Theatereindrücken in Moskau zu berichten, wohin ihn sein Lehrer Max Herrmann, der Begründer der Berliner Theaterwissenschaft, geschickt hatte. Die Berichterstattung wurde zu einem Streitgespräch und damit zum Beginn gemeinsamer Arbeit. „Schon nach einigen Minuten ging die Unterhaltung in ein produktives Streitgespräch über. Ich fand meine Ansichten denen Brechts gegenübergestellt; deshalb war ich im Laufe des Gesprächs sehr überrascht, mich schließlich als Parteigänger Brechts wiederzufinden."[109] Im Film wie auch auf dem Theater war Dudow ein Neuling, der bisher mehr hospitiert und wenig selbständige Aufgaben gefunden hatte. Doch besaß er vielfältige politische Erfahrungen, so daß die der KPD nahestehenden Organisationen ihm vorschlugen, einen Dokumentarfilm „Wie der Berliner Arbeiter wohnt" zu drehen. Diese Thematik muß es gewesen sein, die den Anstoß zum Film „Kuhle Wampe" gab. Zum Arbeitsteam des

Films gehörten ferner der Komponist Hanns Eisler und der Kameramann Günther Krampf. Neben den vielen Laiendarstellern, auf die sich Brecht bereits bei der Aufführung der „Maßnahme" hatte stützen können, wirkten Künstler der „Gruppe Junger Schauspieler" mit.

Sujetaufbau und Fabel des Films erzählt Brecht selber so: „Der Tonfilm ‚Kuhle Wampe oder Wem gehört die Welt?' besteht aus vier selbständigen Teilen, die durch geschlossene Musikstücke, zu denen Wohnhäuser-, Fabrik- und Landschaftsbilder laufen, getrennt sind. Der erste Teil, beruhend auf einer wahren Begebenheit, zeigt den Freitod eines jungen Arbeitslosen in jenen Sommermonaten, in denen auf Grund von Notverordnungen die Not der unteren Schichten vermehrt wurde: Die Arbeitslosenrente wurde für Jugendliche gestrichen. Der betreffende junge Mensch legte, bevor er sich aus dem Fenster stürzte, seine Uhr ab, um sie nicht zu zerstören. Der Beginn dieses Teils zeigt die Suche nach Arbeit als – Arbeit. Der zweite Teil zeigt die Evakuierung der Familie auf Grund richterlicher Entscheidung (die auf das Unglück der die Miete nicht mehr zahlenden Familie das Wort ‚selbstverschuldet' anwendet). Die Familie zieht vor die Stadt, um in einer Zeltsiedlung namens Kuhle Wampe im Zelt eines Freundes der Tochter Zuflucht zu suchen. (Der Film sollte eine Zeitlang den Titel ‚Ante portas' führen.) Dort wird das junge Mädchen schwanger, und es kommt unter dem Druck der in der Siedlung herrschenden lumpenkleinbürgerlichen Verhältnisse (eine Art ‚Besitztum' an Grund und Boden sowie der Bezug einer kleinen Rente schaffen eigentümliche Gesellschaftsformen) zu einer Verlobung des jungen Paares. Sie wird durch den Entschluß des Mädchens gelöst. Im dritten Teil werden proletarische Sportkämpfe gezeigt. Sie finden im Massenmaßstab statt und sind ausgezeichnet organisiert. Ihr Charakter ist durchaus politisch; die Erholung der Massen hat kämpferischen Charakter. In diesem Teil wirkten über 3000 Arbeitersportler der Fichtewandrer-Sparte mit. – Unter den Sportlern werden kurz die beiden jungen Leute aus dem zweiten Teil gezeigt: Das Mädchen hat mit Hilfe ihrer Freundinnen das Geld für die Entfernung der Frucht aufgetrieben, und das Paar hat den Gedanken an die Heirat fallengelassen. Der vierte Teil zeigt Heimfahrende im Waggon bei einem Gespräch über einen Zeitungsartikel, der von der Vernichtung brasilianischen Kaffees zum Zweck der Preisstützung berichtet."[110]

Daß der Film außerhalb der kapitalistischen Filmindustrie entstand, befreite seine Schöpfer zwar von einengenden Vorschriften und Eingriffen, nicht aber von Schwierigkeiten, vor allem materiellen. Es mußte unter Bedingungen gearbeitet werden, denen nur durch den größtmöglichen persönlichen Einsatz jedes einzelnen künstlerische Leistungen abgetrotzt wurden. Dudow sah sich zu einem so schnellen Tempo gezwungen, daß er ein Viertel des Films in zwei Tagen abdrehte. Und das bei Massenaufnahmen, an denen bis zu 4000 Arbeitersportler beteiligt waren. Da die Mittel nicht reichten, wurde die Arbeit zeitweise unterbrochen, bis man wieder Geld aufgetrieben hatte. So dauerte die Herstellung des Films über ein Jahr. Nichtsdestoweniger wurde – wie immer in Brechts Arbeitskreis – sorgfältig gearbeitet. Nachdem Dudow sich von dem Kameramann Weizenberg getrennt hatte, mit dessen Arbeit er nicht zufrieden war, kam es dann mit Günther Krampf zu einem kollektiven Zusammenwirken zwischen Kameramann, Autoren, Komponisten und Regisseur. Die verschiedenen Künste stellten sich in den Dienst der gemeinsamen Sache, ohne ihre Eigenständigkeit aufzugeben. Brecht, der immer, wo er konnte, in die Regie eingriff, überwachte den Dialog, um „ihn in unzähligen Arrangier- und Abhörproben bis ins kleinste auszufeilen"[111].

Der Film war noch nicht auf dem Markt, da war er schon durch die Kammer der Filmprüfstelle verboten. Als Grund führte man den Selbstmord des jungen Arbeitslosen an, der in Verbindung mit der vom Reichspräsidenten unterschriebenen Notverordnung gezeigt werde. Auch daß man in diesem Film Nacktbadende während des Geläuts einer Kirchenglocke zu sehen bekomme, wurde als Verbotsgrund genannt. Der wirkliche Grund lag jedoch in der revolutionären Gesamthaltung des Films, die der Betrachter aus jedem Detail spüren konnte. Auf die Frage, wer die Welt denn ändern wolle, erfolgt am Schluß die klare Antwort: „Die, denen sie nicht gefällt."

Das Verbot löste den Protest vieler fortschrittlicher Organisationen aus. Der Reichsverband freisozialistischer Studenten protestierte ebenso wie die Kampfgemeinschaft für Rote Sporteinheit. Die Deutsche Liga für Menschenrechte veranstaltete im Plenarsaal des ehemaligen Herrenhauses eine Kundgebung, die der Dichter Ernst Toller eröffnete. Auch die Neue Filmgruppe, die Junge Volksbühne und die Liga für unabhängigen Film fanden sich zum Protest in den Sophiensälen zusammen. Hier sprachen Ernst Ottwalt, Slatan Dudow, Hanns Eisler. Brecht selbst trat auf diesen Protestkundgebungen nicht auf, aber er engagierte sich bei den entscheidenden Verhandlungen für die Aufhebung des Verbots. Ein Reporter interviewte ihn auf dem dunklen Gang der Filmprüfstelle. „Vor der Tür trifft man Bert Brecht, er ist mitten aus den Verhandlungen geflüchtet. Bert Brecht sagt: ‚Wenn sie ›Kuhle Wampe‹ verbieten, wird keine Firma mehr Mut zu Experimenten haben. Das ist doch ganz klar: wenn jemand den Kopf immer nach unten geduckt bekommt, wird er es nicht wagen, die Nase vom Boden zu heben.'"[112] Der Reporter befragte aber auch die Gegenseite: „Dann öffnet sich die Tür: Ministerialrat Dr. Seeger, der Vorsitzende, erscheint auf der Schwelle, seinem Gesichtsausdruck ist nicht anzumerken, wie die Entscheidung ausgefallen ist. ... ‚Sie werden nun annehmen, daß die Oberprüfstelle den Film mit Ausschnitten freigäbe. Das ist nicht der Fall. Durch den ganzen Bildstreifen zieht sich wie ein roter Faden die Aufforderung zur Solidarität, zur Selbsthilfe, zur Änderung der Welt durch die, denen sie nicht gefällt: das ist die Aufforderung zum Umsturz, also zur Gewalt. Die öffentliche Vorführung des Bildstreifens wird daher verboten.‘“[113]

Doch konnte angesichts der anhaltenden Proteste das Verbot nicht aufrechterhalten werden. Allerdings bestand die Filmprüfstelle auf einigen Änderungen und Schnitten, bevor sie den Film freigab. Aber auch die Filmfirma hatte Selbstzensur geübt und den Film neu, mit eigenen Schnitten, eingereicht. Die Premiere fand am 30. Mai 1932 im Berliner Filmkino Atrium statt. Herbert Jhering schrieb in seiner Kritik: „Es sind nur wenige Stellen herausgeschnitten worden. Die Bilderreihe, auf der der Richter die Exmissionsurteile verliest, ist dadurch geschädigt. Die Badebilder aber konnten ohne weiteres wegbleiben. ... Was aber auch durch die verkürzte Fassung des Films noch hindurch wirkt, ist der Wille zur Wirklichkeit, die Arbeitsgesinnung aller Mitwirkenden. Am Anfang und am Schluß stehen sogar zwei gute, geschlossene Bilderreihen: die Radfahrkolonne der Arbeitslosen, und zuletzt die Fahrt in der überfüllten Stadtbahn.“[114] In der „Literarischen Welt“ beschäftigte sich Bernard von Brentano noch einmal mit dem Verbot des Films, vor allem aber mit der Begründung des Zensors, der Film verfahre nicht künstlerisch, gestalte kein „erschütterndes Einzelschicksal“: „Deutschland darf nur innerhalb der Zäune von Neu-Babelsberg fotographiert werden. Alles andere ist für die Kamera Bannmeile. Auch das soll man wissen ... Aber darüber hinaus erhebt sich die Frage, ob nicht überhaupt *nur das* als Kunst zu bezeichnen ist, *was sich über die künstlerische*

Gestaltung eines Einzelschicksales hinaus ins allgemeine erhebt. Selbstverständlich ist die Gestaltung eines privaten Einzelschicksales heute uninteressant."[115]

Vor der Aufführung in Berlin erlebte der Film seine Premiere in Moskau. Der faschistische „Völkische Beobachter" nahm das zum Anlaß einer für das politische Klima höchst aufschlußreichen Miszelle: „Der Unterweltsanalytiker Bert Brecht ist bekanntlich mit seiner kommunistischen Tendenzattacke ‚Kuhle Wampe' trotz aller sofort veranlaßten Windmaschinen-Proteststürme (auch die ‚Liga für Menschenrechte' unter Vorsitz des ‚Entfeßlungs'-Juden Ernst Toller proteststürmte natürlich) an einer besseren Einsicht der Filmprüfstelle gescheitert. Mithin packte Brecht seine Koffer und fuhr mit Eisenstein, dem bolschewistischen ‚Panzerkreuzer Potemkin'-Inszenierer, stracks nach Moskau, um seine ‚Kuhle Wampe'-Pampe dort abzusetzen. Warum bleibt der prächtige Bertolt nicht für immer im Sowjet-Paradies?!"[116]

Die Mannschaft oder
Die Formierung der Materialästhetik

Zu Beginn der dreißiger Jahre verfügte Brecht nicht nur über einen engeren Kreis von Mitarbeitern, mit denen er alle seine künstlerischen und politischen Schritte beriet und mit denen er seine Stücke entwickelte – so mit Hanns Eisler, Elisabeth Hauptmann, Emil Burri, Slatan Dudow –, er konnte sich auch auf Künstler und Theoretiker stützen, die zwar nicht direkt mit ihm produzierten, aber geistig-schöpferisch mit ihm korrespondierten. Sie sahen in Brecht den Mann, der gemeinsame politisch-ästhetische Bestrebungen auf die prägnanteste und wohl auch aufreizendste Formel brachte. Zu diesem Kreis gehörten John Heartfield und George Grosz, die Schriftsteller Ernst Ottwalt und Bernard von Brentano, die Regisseure Erwin Piscator, Erich Engel, Bernhard Reich, Jacob Geis, der Literaturwissenschaftler Walter Benjamin, die Politiker und Theoretiker Hermann Duncker, Fritz Sternberg und Karl Korsch. Diese Persönlichkeiten wiederum besaßen ihre Förderer und auch ihren eigenen Anhängerkreis, ihre Fans. Dieser Vorgang lief jedoch nicht auf eine literarisch-künstlerische Schule im alten Sinne hinaus, wie das im Expressionismus der Fall gewesen war. Brecht besaß Mitarbeiter, die für ihn durchs Feuer gingen, die ihn mit Material und Ideen versorgten und die seine Vorstellungen in kollektiver Arbeit ausprobierten und praktisch durchsetzten. Aber es gab noch keine Nachahmer, noch keine bloße Übernahme der Machart.

Der Brecht-Kreis formierte sich als eine Gemeinschaft von Künstlern, die das Leben und die Kunst so radikal wie nur möglich im Sinne des Sozialismus verändern wollten. Zwischen den notwendigen Veränderungen im politisch-gesellschaftlichen Leben und in der Kunst sahen sie einen unmittelbaren Zusammenhang. In ihrer Kunst hörten die Unterschiede zwischen künstlerischer Avantgarde und politischer Massenarbeit auf. Ihr avantgardistisches künstlerisches Credo trennte sie nicht von den Massen, es war im Gegenteil darauf gerichtet, sich mit den Massen zu verbinden. Das schloß Konflikte wie auch Kompromisse nicht aus. Der Nährboden und die Materialgrundlage ihrer Kunst lagen in der Gesellschaft, in den Massen selber. Künstlerische und politische Avantgarde empfanden sie als *eine* Sache, wenn der Begriff für sie überhaupt noch von Bedeutung war. Ihre Bemühungen kreisten nicht vorwiegend um die vieldiskutierten Probleme von Form und Inhalt, Kunst und Tendenz, ihnen ging es um eine weitergespannte Dimension, in der die bisherigen Streitfragen auf eine neue Ebene gehoben wurden. Sie wollten die alte Gewohnheit, Kunst entgegenzunehmen, radikal verändern. Die Kunst als menschliche Verkehrsform umzugestalten war ihr wesentlicher Zielpunkt. Das ging nicht mit der Kunst allein. Dazu waren mehr oder weniger die gesamte Veränderungsbereitschaft der Gesellschaft und die am weitesten entwickelte Revolutionstheorie und Strategie nötig. Was sich hier formierte, bezeichnete man später als Materialästhetik, als eine Richtung, die sich zu Beginn der dreißiger Jahre um Brecht herauszubilden begann und die in ihrer konzeptionellen Tragweite, in dem, was realer Entwurf und was Utopie war, erst aus dem Abstand von Jahrzehnten überblickt werden konnte.

Es ging um die Frage, in welchem Maße und in welcher Weise neue Beziehungen zwischen künstlerischer Produktion und Konsumtion herzustellen seien. Inwieweit Produktion und Konsumtion zusammengeführt werden sollten, dazu wurden verschiedene Vorstellungen entwickelt, die doch alle ein Ziel hatten: die Aktivierung des Zuschauers, Lesers, Betrachters. Wenn auch diese Kunstausübung aus der „Laborsituation" heraus entstand, so war sie doch nicht denkbar ohne den in jenen Jahren erreichten hohen Stand proletarisch-revolutionärer Kulturorganisation. In diese Zeit fiel der Höhepunkt der proletarisch-revolutionären Kunst- und Kulturentwicklung. Die Kommunistische Partei richtete ihre Aufmerksamkeit auf die proletarischen Kulturorganisationen, obwohl nur wenige unmittelbar ihrer Leitung unterstanden. Im Oktober 1929 war die Interessengemeinschaft für Arbeiterkultur (IFA) gegründet worden, eine Dachorganisation, die alle fortschrittlichen Bestrebungen vereinen sollte, um auf diese Weise eine einheitliche Front gegen die Kulturreaktion aufzubauen. In den Kulturorganisationen meldete sich der aktive Kunstinteressent zu Wort, der Kunst nicht nur aufnehmen, sondern mit ihr auch etwas bewirken wollte. Durch eine solche Haltung wurde es überhaupt erst möglich, den sozialdemokratischen, reformistischen Einfluß in den verschiedenen Kulturorganisationen und Kulturbereichen zurückzudrängen. Die Organisationsformen der proletarisch-revolutionären Kulturbewegung, die aus den Bedürfnissen des Klassenkampfes entstanden, veranlaßten die Künste, stärker zusammenzurücken und zusammenzuwirken. Auf diese Weise bildete sich nicht nur eine innere Geschlossenheit und kollektive Ausdruckskraft heraus, die einzelnen Künste entdeckten auch ihre spezifischen Aufgaben und Möglichkeiten im Klassenkampf. Aus einer solchen Situation heraus bezog Brecht den Standpunkt, man solle zwar aus den in kapitalistischen Händen befindlichen „großen Apparaten" nicht einfach ausziehen, setzte aber seine Hoffnung auf die hochentwickelten Organisationsformen der proletarischen Kulturbewegung. Erst mit ihrer Hilfe waren eingreifende Wirkungen zu erzielen. Eine allgemeine „Apparatfeindlichkeit" wie eine von daher abgeleitete Kunstauffassung lehnte er entschieden ab. Apparatfeindliche Kunst setzte er gleich mit folgenloser Kunst.

Indem die Künstler und Schriftsteller die neue soziale Funktion betonten, von der aus sie ihre künstlerischen Absichten zu realisieren suchten, hoben sie den Bruch mit der bürgerlichen Kunstentwicklung wie auch ihre eigenen neuen Wirkungsabsichten hervor. Der Funktionswechsel wurde zum wesentlichen inhaltlich-strukturellen Element der sozialistischen Kunstentwicklung. Brecht formulierte 1931: „Nicht weniger als ein *Funktionswechsel des Theaters* als gesellschaftliche Einrichtung wurde verlangt.“[117] Und ebenfalls 1931 schrieb Hanns Eisler im Hinblick auf die Musik: „Wir müssen hier einen neuen Begriff in unsere Betrachtung einführen, nämlich den Begriff der Funktion der Musik, worunter wir von nun an den gesellschaftlichen Zweck des Musizierens verstehen wollen.“[118]

Doch den Funktionswechsel betrachteten mehr oder weniger alle sozialistisch orientierten Künstler als unabdingbare Voraussetzung ihrer Arbeit. Damit läßt sich noch nicht Eigenart und Ausrichtung des Brecht-Kreises charakterisieren. Ihm ging es vor allem um die neue Haltung des Zuschauers, um die Aktivierung des Kunstbetrachters. Im passiven Kunstgenuß, im Kulinarischen, sah er etwas Erniedrigendes, und zwar für die Kunst wie für den Menschen. Im Unterschied zur bisherigen Entwicklung sollte der Zuschauer oder Betrachter die Kunst als ein Instrument kollektiver Verständigung über gesellschaftliche Veränderungsmöglichkeiten nutzen. Brecht drückte die erstrebte Haltung des Zuschauers so aus: „Also auch als Zuschauer fällt der einzelne und ist nicht mehr Mittelpunkt. Er ist nicht mehr Privatperson, die die Veranstaltung von Theaterleuten ‚besucht‘, die sich etwas vorspielen läßt, die die Arbeit des Theaters genießt, er ist nicht nur mehr Konsument, sondern er muß produzieren. Die Veranstaltung ohne ihn als Mitwirkenden ist halb (wäre sie ganz, so wäre sie *jetzt* unvollkommen).“[119] Die Überwindung der passiven Rezeptionsweise war verbunden mit dem forcierten Ausbau jener Kunstelemente und methodischen Vorschläge, die aktivierende Wirkungen auslösten.

Zu denen, die die Materialästhetik etablierten und mit ihren Arbeiten vorantrieben, zählte Brecht neben seiner Person Hanns Eisler, Erwin Piscator, John Heartfield und George Grosz. Er fügte hinzu: „Die fünf, die ich im Auge habe, und dazu noch einige, die, weil sie entweder schwächer waren, oder auch nur, weil sie weniger Glück hatten, nicht so bekannt wurden, waren alle im Besitz einer hochentwickelten Technik, und die Entwicklungslinie der Künste lief ununterbrochen zu ihren Werken ..."[120]

Von all den Künstlern und Theoretikern, die mit Brecht zusammenarbeiteten, war wohl der Beitrag von Hanns Eisler der umfassendste und eigenständigste, und zwar nicht nur auf seinem ureigenen Gebiet der Musik. Im Hinblick auf Politik und Ästhetik vermochte Brecht zwar zu weitergehenden, methodisch geschlosseneren Überlegungen vorzustoßen, aber der auf diesen Gebieten Erfahrenere, Belesenere und differenzierter Wertende war Eisler. Daß die spätere Forschung ihn nie als marxistischen Lehrer Brechts bezeichnet hat, obwohl das für die Jahre vor 1933 keineswegs abwegig ist, hat auch damit zu tun, daß Eisler selbst in Brecht den überragenden Kopf seiner Zeit sah. Ihre kollektive Arbeit kannte nicht das Lehrer-Schüler-Verhältnis. Als Gleichaltrige mit denselben Fragen und Problemen beschäftigt, fühlte keiner die Überlegenheit, die zur Haltung des Lehrers gehört.

Eisler traf höchstwahrscheinlich zum erstenmal auf dem Deutschen Kammermusikfest 1927 in Baden-Baden mit Brecht zusammen. Damals begann jedoch gerade dessen gemeinsame Produktion mit Kurt Weill. So blieb diese erste Bekanntschaft noch ohne Folgen. 1925 war Eisler von Wien nach Berlin gekommen, ein Jahr später als Brecht. Seit dieser Zeit betätigte er sich in den verschiedenen Einrichtungen der Kommunistischen Partei Deutschlands, als

Musikkritiker und Feuilletonist der „Roten Fahne“ ebenso wie als Lehrer an der Marxistischen Arbeiterschule in Berlin. Als 1930 die Zusammenarbeit mit Brecht begann, verfügte Eisler über vielfältige Einsichten und Erfahrungen, die sich aus dem Zusammenwirken von Politik und Kunst, von marxistischer Theorie und experimenteller Kunst, von neuer künstlerischer Technik und proletarischer Kunstaufnahme ergaben. Im Unterschied zu Brecht verfügte Eisler über die Ausdauer, sich durch dicke, verklausuliert geschriebene Bücher „durchzuächzen“; ferner besaß er die Gabe, hochtheoretische Überlegungen sehr praktikabel darzulegen. Eisler hat sich zwar in seiner Bescheidenheit damals nur als „Boten der Arbeiterbewegung“ bezeichnet, aber ihm gebührt das Verdienst, der kongeniale Vermittler zwischen der marxistisch-leninistischen Theorie und dem zu jener Zeit erreichten Standard moderner experimenteller Kunst und künstlerischer Technik gewesen zu sein.

Eisler hatte seine Ausbildung bei Arnold Schönberg erhalten. Vielleicht trug nicht zuletzt das widerspruchsvolle Verhältnis zu seinem Lehrer, diesem auf musikalischem Gebiet so fortschrittlichen und in seiner weltanschaulichen Haltung so erzkonservativen, ja monarchistisch gesinnten Mann, dazu bei, daß gerade er es war, der eine Kunsttheorie begründete, die weitgehendes Verständnis für die in der spätbürgerlichen Musik sich vollziehende Materialrevolution mit der rigorosen proletarischen Parteinahme für das gesellschaftliche Neue verband, ja, der die objektive Dialektik dieser beiden Seiten nachwies. Sein Eintreten für das kämpfende Proletariat hinderte ihn nicht, zeitlebens die aufrichtigste Hochachtung für seinen Lehrer zu empfinden. Sein Verhältnis zu Schönberg und sein Engagement für das Proletariat verkraftete er als einen Widerspruch, der ihn empfänglich machte für die Dialektik der Musik. Zwar blieb der Streit, auch der zeitweilige Bruch nicht aus, doch das führte nicht dazu, wesentliche Seiten in dem Lehrer-

Schüler-Verhältnis zu verstellen. Schönberg weckte in ihm eine Haltung zum künstlerischen Material, zur künstlerischen Technik, die über politische Differenzen hinweg absolute Ehrlichkeit, Sauberkeit und Exaktheit verlangte. Hier lernte er, was Redlichkeit und Verantwortlichkeit in der Musik ist. Die Autorität seines Lehrers vermochte Eisler auf seinem politischen Weg nicht zu irritieren. Es erfüllte sich auch nicht Schönbergs Hoffnung, Eislers revolutionärer Elan werde sich legen, wenn er erst einmal mehr als einen Anzug besitze.

Durch die Zusammenarbeit zwischen Brecht und Eisler kam es zu einer fruchtbaren Verbindung von Lehrstück und Agitprop-Stück. Zuvor hatte sich Eisler kaum mit dem beschäftigt, was Brecht den Lehrstücktypus nannte. Die ihm zugrunde liegende Idee in ihrer unpolitischen Form kannte er jedoch aus der bürgerlichen Schulmusik. Brecht wiederum schenkte vor 1930 der Agitprop-Kunst, von der er später sagte, über sie seien nicht die besten Nasen gerümpft worden, wenig Aufmerksamkeit. Da Eisler vom Herbst 1927 bis Anfang 1929 als Komponist, Dirigent und Klavierspieler in Maxim Vallentins Agitprop-Truppe Das Rote Sprachrohr tätig gewesen war, besaß er Einblick in diese politische Kunstpraxis, die ja in einigen wesentlichen Punkten mit der Lehrstückarbeit übereinstimmte. In beiden Fällen kam es auf die aktive Beteiligung, auf das kollektive Erarbeiten von Szenen und Vorgängen an. Das Zusammenrücken von Kunstproduzenten und Kunstkonsumenten vollzog sich in den Agitprop-Stücken weniger streng, auch weniger formal; denn sie waren nicht vorwiegend als Übung, als Trainingsprogramm, sondern mehr als politische Überzeugungsarbeit mit künstlerischen Mitteln gedacht. Selbst die „Maßnahme“ verstand Eisler im Unterschied zu Brecht weniger im Sinne der „Großen Pädagogik“, sondern mehr als Agitprop-Stück. Daß sich Brecht nach der „Maßnahme“ fast übergangslos einem Stück ganz anderer Art (der „Mutter") zuwenden konnte, das auf Agitprop-Elemente zurückgriff und sie zugleich auf eine qualitativ neue Ebene hob, verdankte er wesentlich Eisler, der hier die nötigen Erfahrungen besaß. Eisler suchte mit seiner Kunst nicht an die Gewohnheiten, sondern an die objektiven und subjektiven Bedürfnisse des proletarischen Publikums anzuknüpfen. Das hieß aber, Musik nicht für die Arbeiter, sondern mit den Arbeitern zu machen. Diese Neuorientierung bewog ihn dann auch, vom proletarischen Tendenzlied zum Kampflied überzugehen. Die Tendenzmusik betrachtete er als eine veraltete Methode des Klassenkampfs, weil sie mehr auf ein allgemeines Ziel verwies. Was aber politisch vage blieb, nützte wenig in der politischen Auseinandersetzung. Eisler verband die Musik, das Lied mit den konkreten Einsatzmöglichkeiten im Klassenkampf, bei Demonstrationen, Streiks, Versammlungen usw. Musik bekam auf diese Weise einen Gebrauchswert, der sie konkret, faßlich, handhabbar machte. So scheute sich auch Eisler nicht, sich mit schwierigen musikalischen Ausdrucksweisen und Techniken an das Proletariat zu wenden, wenn sie nur den Bedürfnissen des politischen Kampfes, der proletarischen Selbstbehauptung entsprachen. Die Musik des Proletariats verstand er als eine angewandte Musik.

Die politischen und künstlerischen Bemühungen Eislers zu Beginn der dreißiger Jahre trafen sich mit denen Brechts. Seine künstlerische Mitarbeit am Lehrstücktypus führte ihn zu einem größeren theoretisch-systematischen Verständnis der notwendigen Veränderungen in der Entgegennahme der Kunst durch das Publikum. Zugleich vermochte er diese Gedanken auf dem Gebiet der Musik viel konkreter, praktischer, politisch angewandter und differenzierter auszubauen, als das Brecht in seiner Lehrstücktheorie gelang. Wichtiges und unabdingbares Anliegen war für ihn jedoch gleichfalls die Aufhebung des Gegensatzes zwischen Produzenten und Konsumenten. Charakteristisch für ihn ist, daß er diese Probleme historisch erfaßte, indem er nachwies, daß die kapitalistische Produktionsweise alle geistigen Betätigungen trennt in solche, die der Arbeit, und solche, die der Erholung dienen. So sei es zur Trennung zwischen Musik und Alltag gekommen, auf die die Arbeitermusikbewegung am schärfsten reagierte. Eisler sah in dieser Trennung die ganze Kunstfeindlichkeit des Kapitalismus und den Versuch, die Musik, wie die Kunst überhaupt, aus der Sphäre der menschlichen Produktion und den gesellschaftlichen Veränderungsmöglichkeiten auszuschließen. Deshalb kritisierte er unbarmherzig das bürgerliche Konzert, das im 18. Jahrhundert ein großer Fortschritt der kämpfenden bürgerlichen Klasse war, jetzt aber nur noch dazu diene, den Gegensatz zwischen Musikproduktion und passiver Massenkonsumtion zu verewigen. „Das Charakteristische in der revolutionären Arbeitermusikbewegung ist die Aufhebung des Gegensatzes zwischen Musikkonsumenten und Musikproduzenten und zugleich die Aufhebung des Widerspruchs zwischen ernster und leichter Musik … Die revolutionäre Arbeitermusikbewegung knüpft auf einer höheren Stufe an die primitivsten Methoden der Musik wieder an, sie hat keine technischen Produktionsmittel, und so muß sie sich der natürlichen bedienen; des Gesanges als primitivstes musikalisches Produktionsmittel. Dieser für den bürgerlichen Fachmann scheinbare Nachteil schlägt um in einen ungeheuren Fortschritt der allgemeinen Musikentwicklung der Menschheit: Die Musik-Produktion und -Konsumtion wird aus einer Angelegenheit für Kenner und Fachleute zu einer allgemein menschlichen Sache.“[121]

Wie einige Jahre früher bei Kurt Weill, so leitete die Zusammenarbeit mit Brecht auch bei Eisler eine neue Phase seines Schaffens ein. Mit der Musik zur „Maßnahme“, zu „Kuhle Wampe“, zur „Mutter“ schuf er einen originellen, neuartigen Stil des politischen Kampfliedes. „Die Songs und Soloballaden, auch Chöre (etwa in der ‚Maßnahme') wirken aufrüttelnd, beunruhigend und kämpferisch. Zornige, ironische, anklagende Grundhaltungen werden gezeigt und provoziert. Die musikalischen Mittel aktualisieren relativ unbekanntes, ‚unverbrauchtes', aber immer verständliches Material, vor allem eine modale, ‚kirchentonartlich' geprägte Melodik und Harmonik, die das gewohnte und zu bequemen Konsumhaltungen verführende Dur-Moll des 19. Jahrhunderts schärft. Formale Faktur, motivisch-thematische Konstruktion und Rhythmik und Metrik greifen Praktiken der technisch avanciertesten bürgerlichen Musik auf und vermeiden das Gleichmaß und die Symmetrien der von bürgerlicher Trivialmusik bestimmten Tendenzlieder."[122] Es gelang ihm, eine Faßlichkeit, eine Verständlichkeit herzustellen, die in der bürgerlichen Musik nur mit dem Abstieg in die korrupte Schlagerliteratur erreicht werden konnte. Eisler jedoch schuf die Musik der sozialistischen Revolution, ohne hinter den technischen Standard, den Materialstand, der mit Schönbergs Revolution in der Musik erreicht worden war, zurückzufallen. Brecht sagte von seinem Freund Hanns Eisler: Er „war der Schüler eines Meisters, der die Musik so mathematisiert hatte, daß seine Arbeiten nur noch wenigen Fachleuten zugänglich waren. Aber der Schüler wandte sich an die großen Massen. Nur ein paar Virtuosen vermochten die Stücke des Schönberg zu spielen, Millionen reproduzierten diejenigen des Eisler. Der Lehrer arbeitete in einem Zimmerchen, das einem Geheimlaboratorium glich, und trauerte ehrlich der gestürzten Monarchie nach. Der Schüler arbeitete mit vielen in Versammlungshäusern, auf Sportplätzen und in großen Theatern und bekämpfte schon die Republik. Aus den Werken des Lehrers war alles Politische entfernt, selbst Andeutungen, die Vorzüge der Monarchie betreffend, fehlten, in denen des Schülers fehlte kein einziger seiner politischen Gedanken."[123]

Zum Brecht-Kreis gehörten auch der Theoretiker Walter Benjamin und der Schriftsteller Bernard von Brentano. Zu Brentano bestanden allerdings keine direkten Arbeitskontakte; er fühlte sich mehr über das politische und methodische Anliegen mit Brecht verbunden. Beide hätten in den Jahren der Weimarer Republik in Brechts Kollektiv eine größere Rolle spielen können, wäre einigen Projekten Brechts mehr Glück beschieden gewesen. Zwar kam die Verbindung mit Brentano und Benjamin schon früher zustande, ein intensiver Gedankenaustausch bahnte sich aber erst um 1930/31 an. Mitte Mai 1931 begab sich Brecht mit Elisabeth Hauptmann und Emil Burri über Augsburg, Lausanne, Marseille wieder nach Le Lavandou, um hier Arbeit und Erholung miteinander zu verbinden. Dort befanden sich bereits Kurt Weill, Lotte Lenya und Bernard von Brentano. Ende Mai kam Walter Benjamin hinzu, der Brecht einen Band aus dem Nachlaß Franz Kafkas mitbrachte. Von der Lektüre war er wider Benjamins Erwartung sehr angetan. Brecht, immer an Zusammenkünften und Gesprächen interessiert, bedauerte nur, daß das Hotel, im Unterschied zu dem im Vorjahr gemieteten Bungalow, „keinen richtigen festen Punkt für alle" bot.

Daß Benjamin mit Brecht in Verbindung kam, daß er sich ihm und seiner Mannschaft zugehörig fühlte, ist schwer zu verstehen, sucht man Freundschaften nur aus persönlicher Neigung und Sympathie zu erklären. In ihrem Wesen, in ihrer Lebensart lief alles auf Gegensätzliches hinaus. Es verwundert nicht, daß sich Brecht, als ihm Benjamin im Mai 1929 in der Berliner Pension Voß von Asja Lacis vorgestellt wurde, sehr zurückhaltend verhielt und keine Lust auf eine Wiederbegegnung verspürte. Benjamin gehörte zu jenem Typ des stillen, feinfühligen, verträumtlebensuntüchtigen Menschen, für den Brecht jedes Verständnis fehlte. Zu einem Beruf konnte er sich nie recht entschließen. Mehr als letzten Ausweg denn aus Neigung versuchte er, sich mit einer Arbeit über den „Ursprung des deutschen Trauerspiels“ zu habilitieren. Sie wurde abgelehnt, und so blieb ihm auch die Universitätslaufbahn verschlossen. Schließlich kam er auf die Idee, von seinem Vater eine größere Geldsumme zu erbitten, um ein Antiquariat zu eröffnen. Auch daraus wurde nichts. Als der Büchernarr, der er war, hätte er sich nie von einem Buche trennen können, und so wäre ihm der Ruin auf diesem seinem ureigensten Gebiet sicherer gewesen als in irgendeiner anderen bürgerlichen Existenz. Er blieb stets ein Vereinzelter, ein „homme de lettres“, der in überhaupt keine Mannschaft paßte. Dazu kam, daß er schon damals, bevor sich sein tragisches Schicksal erfüllte, zu den Unglücksraben zählte, die in allen Lebenssituationen Pech haben. Daß er seine Artikel und Bücher nicht an den Mann und auf den Markt zu bringen verstand, dürfte ihn bei Brecht auch nicht empfohlen haben. Es muß also noch etwas anderes gewesen sein, was die beiden zusammenführte und was Benjamin zu sagen veranlaßte, daß „das Einverständnis mit der Produktion von Brecht einen der wichtigsten und bewährtesten Punkte meiner gesamten Position darstellt“[124].

Benjamins Verbindung zum Brecht-Kreis hatte sich bereits 1924 angebahnt, als die junge lettische Revolutionärin Asja Lacis Benjamin während eines Italienaufenthalts auf Capri und in Neapel kennenlernte. Es war jene Italienreise, die Brecht mit seiner Frau Marianne unternommen und der sich Bernhard Reich und Asja Lacis angeschlossen hatten. Zwischen Benjamin und der Lacis entstand eine Freundschaft, die auch andauerte, als diese nach Riga und Moskau zurückging. Benjamin besuchte sie in Moskau und machte sich mit dem literarisch-künstlerischen Leben in der Sowjetunion bekannt. Bernhard Reich, Lacis' Mann, forderte ihn auf, Artikel für die „Große Sowjetenzyklopädie“ zu schreiben. In Moskau traf er auch mit Majakowski, Meyerhold, Bely zusammen. Im November 1928 kam Asja Lacis wieder nach Berlin. Benjamin wollte nunmehr sein Verhältnis zu ihr enger gestalten. Obwohl noch an seine Frau Dora gebunden, dachte er daran, Asja Lacis zu heiraten. Im Januar bezog er mit ihr eine gemeinsame Wohnung in der Düsseldorfer Straße 4. Zwar kam es zur Scheidung von seiner Frau, aber nicht zu einer dauerhaften Verbindung mit Asja Lacis.

Als Benjamin mit Brecht zu arbeiten begann, besaß er bereits Einblicke in die revolutionär-proletarische Kulturbewegung. Asja Lacis hatte ihn in die Diskussionen im neugegründeten Bund proletarisch-revolutionärer Schriftsteller eingeführt. In seinem praktischen Engagement verhielt er sich zurückhaltender als Brecht. Er, der sich niemandem überlegen fühlte, der immer darauf aus war, sich auf neue Erkenntnisse vorzubereiten, der Eindrücke ebenso sammelte wie Bücher, war weit entfernt, das Proletariat zu belehren. Vielmehr hörte er gern zu, und im Zuhören auf Versammlungen fühlte er sich den revolutionären Arbeiterschriftstellern zugehörig. Auch sein Urteil über alle Fragen der revolutionären Bewegung war vorsichtiger, gerechter, ausgewogener als das Brechts, der zum Beispiel gegenüber dem Bund nicht gerade eine noble Haltung einnahm. Als Asja Lacis im Auftrag der sowjetischen Gruppe Proletarisches Theater Verbindung mit dem Bund aufnahm, begleitete Benjamin sie zu Vorträgen und Diskussionen. Hier begegnete sie Becher, mit dem sie eng zusammenarbeitete. Benjamin konnte sich auf diese Weise sehr konkret über den gegenwärtigen ästhetischen Standard der revolutionären Arbeiterbewegung informieren. Dieser lebendige Kontakt blieb nicht ohne Einfluß auf ihn selbst. Asja Lacis schreibt in Erinnerung an diese Zeit: „Diese Stimmung übertrug sich auch auf Benjamin. Doch wurde er besorgt, wenn er an das deutsche Kleinbürgertum dachte. Es ist eine große Masse. Welche Rolle wird diese Mittelklasse, berüchtigt durch Egoismus, Borniertheit, Ignoranz, Mangel an Rückgrat, spielen? Wie wird sich die Masse der Ladenbesitzer, der Eigentümer der kleinen Betriebe, die ihren Besitz, ihre scheinbare wirtschaftliche Unabhängigkeit wild verteidigen, zur proletarischen Revolution verhalten? … In der Zwischenzeit hatte sich Walter mit der marxistischen Literaturtheorie, die damals im Zeichen Plechanows stand und die Arbeiten der sowjetischen Literaturwissenschaftler verwendete, gehörig beschäftigt. Er verstand, daß diese Methode eine neue Grundlage gibt, die besser, wissenschaftlicher den Gang der literarischen Prozesse, das System der sie bestimmenden Faktoren untersuchen läßt. Er hatte aber Fragen und Zweifel. … Ich stritt heftig mit ihm, warf ihm vor, daß er von der idealistischen Schulästhetik nicht loskommen könne. (Benjamin diskutierte vornehm, sprach ruhig, schrie niemals, aber er zuckte mit dem Kopf, wenn ihn ein Einwurf beleidigte.) Später begriff ich, daß er recht gehabt hatte und die Schwäche vieler Kritiker von damals – die Vulgärsoziologie – erkannt hatte."[125] Benjamin verhielt sich gegenüber dem Bund als ein aufmerksamer, interessierter Betrachter, der die neuen Vorgänge studierte, sie mit Sympathie beschrieb, sich aber in der polemischen Auseinandersetzung zurückhielt. Er engagierte sich für die Sache, fühlte sich aber noch als ein Außenstehender, als Lernender. Er vermochte hier noch keinen Standpunkt zu beziehen, obwohl er sich in einigen Fällen direkt anbot, um ästhetische Programme zu formulieren. Aber das alles blieb noch persönlich angeregt, an Freunde gebunden. Selbst wenn es um Fragen ging, die er anders zu lösen gedachte, blieb er der sympathisierende, aber zurückhaltende Kritiker.

So vornehm zeigte sich Brecht nicht. Sein Verhältnis zum Bund gestaltete sich von Anfang an viel polemischer und spannungsreicher, obwohl es gerade in dieser Zeit Gespräche zwischen ihm und Becher gab. Sie brachten jedoch keine Annäherung. In jungen Jahren, in der Münchner

Nachkriegszeit, war Brecht von Becher beeindruckt gewesen. Jetzt, da sie weltanschaulich viel mehr verband, trennte sie die unterschiedliche Auffassung, wie Literatur in die Politik eingreifen müsse. Daß allein schon der Versuch, dem proletarischen Schriftsteller in einer kapitalistischen Gesellschaft Entwicklungshilfe angedeihen zu lassen, ihm mittels Organisation seine schriftstellerische Emanzipation zu ermöglichen, Aufmerksamkeit verdiente, verstand Brecht nicht.

Was Brecht und Benjamin trotz beträchtlicher Unterschiede im persönlichen Verhalten und auch im politischen Denken mit einer gewissen Zwangsläufigkeit zusammenführte, muß in der technischen, methodischen Eigenart ihres Schreibens gesucht werden, wenn ihnen das auch zu Beginn ihrer Zusammenarbeit nicht bewußt gewesen sein dürfte. Benjamin besaß einen ausgesprochenen Spürsinn für den verdeckten materialistischen Entstehungsgrund einzelner Überbauerscheinungen. Um diesen plastisch hervortreten zu lassen, scheute er sich gelegentlich nicht, komplizierte Vermittlungen zu umgehen, was ihm von Adorno den Vorwurf eintrug, er verfahre „vulgärmaterialistisch". Gerade sein essayistisches, unsystematisches Vorgehen, das an einzelnen Erscheinungen das Wesen einer Sache erhellt und den materialistischen Grund bloßlegt, entsprach Brechts eigenem Denken, der von ihm angestrebten Methode. Als Dichter blieb Brecht auf konkretes Material, auf einzelne Vorgänge angewiesen. Da er aber das Gesetzmäßige erfassen wollte, das, was durch die materiellen Triebkräfte, durch die Massen ausgelöst wird, mußte ihm die methodische Eigenart Benjamins anregend erscheinen, wenn er auch die Gefahren eines solchen Denkens deutlicher erkannte. Benjamin formte seine Essays aus einer Vielzahl von Zitaten. Das Zitat diente ihm nicht vorrangig zum Beweis, noch verwandte er es als Schmuckelement. Bei ihm tritt es in verarbeitetem Zustand auf. So eigenwillig er jede

Zeile formulierte, ging es ihm doch nicht darum, seinen Eindruck, seine Sicht, seine Persönlichkeit auszudrücken, sondern bisherige Erkenntnisse, manifest im Zitat, einer Musterung zu unterziehen. Alles Impressionistische, Atmosphärische, Individualistische wurde aus dem Stil herausgepreßt. Seine Aufsätze sind aus einer Unmenge von Bausteinen montiert, deren überlegte Anordnung darin besteht, daß sie sich gegenseitig kommentieren und so das bisherige Wissen der Kritik aussetzen. Ein solches Verfahren war nur dem möglich, der über Material verfügte, dem leidenschaftlichen Sammler, der seine Objekte nicht bloß anhäufte, sondern sie meisterhaft zu montieren verstand. „Vor allem war ihm daran gelegen, alles zu vermeiden, was an Einfühlung erinnern könne, als hätte der jeweilige Gegenstand der Untersuchung eine Botschaft parat, die sich dem Leser oder Beschauer ohne weiteres mitteilt oder mitteilbar machen ließe: *‚Kein Gedicht gilt dem Leser, kein Bild dem Beschauer, keine Symphonie der Hörerschaft.'*"[126] Benjamins und Brechts Wahlverwandtschaft bestand in der Ablehnung, ja Verachtung der Einfühlung. Darüber mußten sie sich nicht erst verständigen.

Doch haben beide lange Zeit gebraucht, um die Eigenart ihres Schreibens auf den Begriff zu bringen. Was Brecht das Epische, das Antiaristotelische, das Antipsychologische nannte, erkannte Benjamin sofort als wesentlich für diesen Autor, wurde aber von ihm vorerst noch unsicher umschrieben. In seinem ersten, 1930 entstandenen Aufsatz „Was ist das epische Theater?", der damals unveröffentlicht blieb, charakterisierte er Brechts Theater als gestisch. In der Geste erkannte er das, was für ihn das Zitat war. „Die Geste ist sein Material und die zweckmäßige Verwertung dieses Materials seine Aufgabe. ... Gesten erhalten wir um so mehr, je häufiger wir einen Handelnden unterbrechen. Für das epische Theater steht daher die Unterbrechung der Handlung im Vordergrunde. In ihr besteht die formale Leistung der Brechtschen Songs mit ihren rüden, herzzerreißenden Refrains."[127] Deshalb hob er an Brechts Theater den „retardierenden Charakter der Unterbrechung", den „episodischen Charakter der Umrahmung" hervor. Aber erst in der Fassung des Aufsatzes aus dem Jahre 1939 formulierte er deutlicher: „Was in der Brechtschen Dramatik wegfiel, das war die aristotelische Katharsis, die Abfuhr der Affekte durch Einfühlung in das bewegende Geschick des Helden. Das entspannte Interesse des Publikums, welchem die Aufführungen des epischen Theaters zugedacht sind, hat seine Besonderheit eben darin, daß an das Einfühlungsvermögen der Zuschauer kaum appelliert wird. Die Kunst des epischen Theaters ist vielmehr, an der Stelle der Einfühlung das Staunen hervorzurufen. Formelhaft ausgedrückt: statt in den Helden sich einzufühlen, soll das Publikum vielmehr das Staunen über die Verhältnisse lernen, in denen er sich bewegt."[128]

Nicht die Bekanntschaft mit Brecht hat Benjamin zu einem Vertreter der Materialästhetik werden lassen, sondern sein spezifischer Umgang mit dem literaturhistorischen Material, seine Art, Material zu montieren und daraus eine Aussagetechnik abzuleiten, führte ihn in den Kreis der Materialästhetiker. Als ein Einsamer und Isolierter empfing er aus diesem Kreis wichtige Anstöße, vor allem von Brecht, durch den seine Methode erst den richtigen Auftrieb bekam. Wenn sich bei Benjamin gelegentlich die Gedankengänge der Materialästhetik zu sehr ins Utopische verlagerten, so nicht deshalb, weil er, wie ihm Adorno nachsagte, Brecht noch an Radikalität habe übertreffen wollen, sondern weil er als Essayist und Kritiker weniger als Brecht und Eisler praktisch experimentieren konnte. Auch orientierten sich Benjamins ästhetische Theoreme mehr an der historischen Mission der Arbeiterklasse als an den alltäglichen Klassenkämpfen und den sozialen Problemen des Proletariats.

Obwohl sich Benjamins Wendung zu Brecht, zur revolutionären Arbeiterklasse bei ständigem Einspruch seiner bürgerlichen Freunde vollzog, machte ihn das nicht vorsichtiger, sondern eher entschiedener. Er verständigte sich über den Marxismus, indem er sich zuerst von denen distanzierte, die ihm entsprechend seiner früheren Position eigentlich am nächsten standen, von jenen linksbürgerlichen, linksliberalen Intellektuellen, die sich nur allgemein fortschrittlich verhielten, ohne eindeutig Partei zu ergreifen. Der dem Marxismus innewohnenden Radikalität der Gesellschaftskritik konnten sich fortschrittliche bürgerliche Intellektuelle nur anschließen, wenn sie bereit waren, Brükken hinter sich abzubrechen. Sich zur gesellschaftlichen Wahrheit durchzuringen bedeutete dann, das Leben zu verändern. Je mehr Brecht und Benjamin dazu bereit waren, um so unduldsamer wurden sie gegenüber jenen Intellektuellen und Dichterkollegen, die nur allgemein fortschrittlich sein wollten. Brecht warf ihnen vor, daß ihre Wahrheitsliebe nur darin bestehe, zu sagen, was sie wissen, daß sie aber nicht bereit wären, den Dingen auf den Grund zu gehen. Ähnlich dachte Benjamin. In den Linksradikalen und Linksliberalen sah er Leute, die in „negativistischer Ruhe" sich selbst genießen. Kampf führe sie nicht zum Zwang der Entscheidung, sondern nur zur Selbstbestätigung. „Die linksradikalen Publizisten vom Schlage der Kästner, Mehring oder Tucholsky sind die proletarische Mimikry des zerfallenden Bürgertums. Ihre Funktion ist, politisch betrachtet, nicht Parteien sondern Cliquen, literarisch betrachtet, nicht Schulen sondern Moden, ökonomisch betrachtet, nicht Produzenten sondern Agenten hervorzubringen. Und zwar ist diese linke Intelligenz seit fünfzehn Jahren ununterbrochen Agent aller geistigen Konjunkturen, vom Aktivismus über den Expressionismus bis zu der Neuen Sachlichkeit, gewesen."[129]

Auch Brecht sprach von der schwarzrotgoldenen Front

der Kerr–Jacobs–Tucholsky. Natürlich lag in der sich ständig verschärfenden Polemik, die Brecht und Benjamin gegen diese Schriftsteller führten, auch ein gefährlicher Radikalismus, der die politische Bündnispolitik erschwerte und im konkreten Fall unmöglich machte. War diese Haltung gegenüber den Linksintellektuellen schon in ihrer Verallgemeinerung ungerecht und undifferenziert, so erst recht gegenüber einzelnen Schriftstellerpersönlichkeiten. Aber sich in diesem Punkt fair und ausgewogen zu verhalten, konnte man gerade von Brecht und Benjamin nicht erwarten. Ihre Entschiedenheit wie ihre Unduldsamkeit kamen aus den Schwierigkeiten, die es ihnen bereitete, neue Positionen zu finden und im Kampf zu behaupten. Sich auf die Seite des Proletariats zu stellen war eben nicht nur ein Händereichen, ein kameradschaftliches Unterhaken, sondern ein Prozeß von Annäherung und Abstoßung. Dabei wurden frühere Irrtümer verabschiedet, aber auch neue begangen.

Mehr noch als mit Benjamin beriet Brecht damals seine politisch-ästhetischen Pläne und Konzeptionen mit Bernard von Brentano. An ihm, dem kommunistischen Schriftsteller und eingeschriebenen Parteimitglied, schätzte er marxistische Einsicht und polemischen Geist. Zudem machte er im Kampf der Richtungen gegen jene Front, mit denen sich auch Brecht anlegte. Als Brentano von Thomas Mann im „Tagebuch" angegriffen wurde, gratulierte ihm Brecht sofort dazu und empfahl ihm, sich in der Polemik mit Thomas Mann häuslich einzurichten. Dennoch war Brentano mit den materialästhetischen Überlegungen weit weniger vertraut als Benjamin. Er fühlte sich von ihnen als einem künstlerischen Trend angesprochen und politisch fasziniert, der jedoch der Eigenart seiner Begabung gar nicht entsprach.

Die Bekanntschaft mit Brentano fiel in die Zeit, als sich Brecht mit dem Plan trug, eine Zeitschrift zu gründen. Er hoffte dabei auf Brentanos Mitwirkung, um von dessen publizistischen Erfahrungen und dessen theoretischem Sinn zu profitieren. Über eine Zeitschrift zu verfügen, mit der das künstlerische Programm eines ganzen Kreises, einer Mannschaft, vorgetragen werden konnte, war schon immer ein Wunschtraum Brechts gewesen. Als der Plan konkrete Gestalt annahm, ging es ihm keineswegs mehr nur um ästhetische Probleme. Jetzt lag ihm daran, ein Instrument in die Hand zu bekommen, mit dem er die Krise in Wissenschaft und Kunst untersuchen konnte: „Krisis und Kritik" sollte das Unternehmen heißen. Mit Rowohlt gab es bereits konkrete verlegerische Absprachen. Als Mitarbeiter wollte Brecht neben Brentano vor allem Walter Benjamin, Herbert Jhering und Georg Lukács gewinnen. Er dachte sich das Ganze so, daß die Intellektuellen in dieser Zeitschrift ihre ureigensten Probleme darstellten, indem sie die Krise in allen Bereichen des gesellschaftlichen Lebens analysierten, um aus den Widersprüchen heraus Lösungen anzubieten. Es sollte ein Organ bürgerlicher Fachleute bleiben, die aber alle Fragen vom Standpunkt des dialektischen Materialismus erörterten und sich die Propagierung dieser Methode direkt zur Aufgabe machten. Der Plan war taktisch und strategisch klug ausgedacht. Einerseits waren keine Ziele gesteckt, die bereits von Publikationsorganen der Kommunistischen Partei und der ihr nahestehenden Organisationen verfolgt wurden, andererseits sollten bürgerliche Kreise an Aufgaben herangeführt werden, die eine revolutionäre Partei zu den ihren zählte. Insofern muß der Plan als ein Angebot betrachtet werden, das die angestrebte Bündniskonzeption der Kommunistischen Partei unterstützte.

Die entscheidenden Verhandlungen zu diesem Projekt wurden im Herbst 1930 geführt. Brecht entwickelte einen konkreten Programmentwurf. Mit dieser Zeitschrift, für die er auch den Titel „Kritische Blätter" verwandte, verfocht er die Wiedereinsetzung der Theorie in ihre produktiven

Rechte. An die Stelle eines bloß „feststellenden Denkens“ sollte ein „eingreifendes Denken“ treten. In dem Programmentwurf heißt es: „Die ‚schildernde, auswählend anempfehlende‘ Haltung der Kritik hat ihre Berechtigung ebenso verloren wie jener Teil der Literatur, der lediglich oder hauptsächlich schildernd und auswählend anempfehlend dem Stoff gegenübersteht. Sie wird ersetzt durch die theoretische, wobei sie sich bewußt ist und dieses Bewußtsein verbreitet, daß damit ihre einträgliche Stellung im kapitalistischen Produktionsprozeß aufgegeben ist. Die Theorie oder vielmehr zunächst die Theori*en* werden nicht ‚fertigen‘ Werken abgezogen, sondern eher an jenen Punkten sichtbar gemacht, wo Werke die Literatur dem Leben ‚annähern‘, wobei Leben soziologisch-ökonomisch gemeint ist; diese Kritik löst also fertige Werke in unfertige auf, geht also analytisch vor, jeweils das Werk als persönliches Dokument des Verfassers außer acht lassend, aber die Punkte sammelnd, die in ihm für weitere Werke nützlich sind, also geeignet für unpersönliche Anwendung.“[130] Es entsprach ganz Brechts Temperament und Geisteshaltung, daß er die Linie der Zeitschrift dadurch zu bestimmen suchte, daß er darlegte, wogegen sie sich zu wenden beabsichtige. Wenn es in dieser Zeitschrift um Kunst ging, sollten nicht die Gefühle der Sympathie und Antipathie beschworen werden, denn solche Urteile hielt er für wert- und folgenlos. Ihm ging es um eine „fordernde Kritik“. Vom Schriftsteller wurde eine Haltung verlangt, „die dem Objekt und dem Zweck“ entsprach.

Die Zeitschrift kam nicht zustande. Das lag vor allem daran, daß sich Brecht nicht mit seinen Partnern, auf die er größten Wert legte, einigen konnte. Daß Benjamin von der geplanten Mitherausgeberschaft zurücktrat, hatte seine Gründe nicht in erster Linie in Meinungsverschiedenheiten über den anzusteuernden Kurs der Zeitschrift. Benjamin sah vielmehr mit dem Projekt ein Unternehmen in Gang gesetzt, das seiner Natur und Arbeitsweise entgegenstand. Er glaubte nicht daran, genügend Beiträge von verschiedenen Leuten zu bekommen, die das zum Ausdruck brachten, was als Richtung bzw. Programm angestrebt war.

Meinungsverschiedenheiten grundsätzlicher Art gab es dagegen von Anfang an mit Georg Lukács. Daß Brecht ihn überhaupt hinzuzog, verwundert aus der Sicht der ein halbes Jahrzehnt später zwischen den beiden Marxisten geführten Kontroverse. Das Jahr 1930 bildete für beide eine Art Wendepunkt in ihrem Leben. Die von ihnen neu erarbeiteten Konzeptionen gedachten sie nunmehr in die politisch-literarische Öffentlichkeit zu tragen. Ihre jeweiligen Vorschläge und Entwürfe fielen recht verschieden aus. Daß sie von polaren Enden her dem marxistischen Denken und der Kunst voranhelfen wollten, zeichnete sich in diesen Jahren bereits ab, war ihnen aber, als sie den Zeitschriftenplan besprachen, selbst noch gar nicht so bewußt. Inwieweit Brecht damals Lukács' umfangreiche Schriften kannte, läßt sich nicht mit Sicherheit feststellen. Aber durch seinen Mitherausgeber Benjamin dürfte er über ihn genau informiert gewesen sein. Denn Benjamin begegnete zu dieser Zeit Lukács mit der größten Hochachtung, die sich allerdings auf Werke bezog, von denen sich ihr Verfasser gerade zu diesem Zeitpunkt zu distanzieren begann. „Geschichte und Klassenbewußtsein" nannte Benjamin „das geschlossenste philosophische Werk der marxistischen Literatur". Prägnanter konnte man ein Werk, das von der äußeren Form her eine Aufsatzsammlung war, nicht loben. Aber auch in der ersten Fassung seines Aufsatzes „Was ist das epische Theater?" zog er Lukács als Kronzeugen heran und bezeichnete ihn als einen der „Besten der Gegenwart". Lukács kam 1931 aus Moskau nach Berlin zurück und beteiligte sich intensiv an den Debatten, die im Bund proletarisch-revolutionärer Schriftsteller stattfanden. Hier zeichnete sich die politisch-ästhetische Gegenposition zu Brecht ab, vor allem als er mit Schärfe gegen Ernst Ottwalt polemisierte, der zum Brecht-Kreis gehörte und mit seiner dokumentarischen Methode materialästhetische Ansichten vertrat.

Während der Diskussion um das Zeitschriftenprojekt aber scheinen diese Gegensätze noch nicht aufgebrochen zu sein, denn die Verbindung wäre dann gar nicht zustande gekommen. Allerdings waren Brecht und auch Brentano die direkten „Propagandamethoden" zuwider, die Lukács für die Zeitschrift vorschlug. Anstelle der analytisch-experimentellen Art, die Brecht empfahl, drängte er stärker auf Verallgemeinerung und begriffliche Fixierung. Brecht schrieb ihm in einem nicht abgesandten Brief: „Eine Zeitschrift in der von Ihnen zuletzt vorgeschlagenen Form hielten wir für nicht wirkungsvoll genug, unter Umständen für einen Fehlschlag. Eine rein dozierende, unsere Überlegenheit allzu betonende Haltung ist auch dann unpraktisch, wenn wir wissen, daß die Intellektuellen, auf Grund der Erschütterung ihrer ökonomischen Grundlage, jetzt zu Diskussionen in gewissem Umfang bereit wären. Es ist zweifellos ein Irrtum, zu glauben, die Intellektuellen fielen, von der Krise erschüttert, gleichsam wie reife Birnen beim leisesten Anstoß in den Schoß des Kommunismus."[131]

Bei den Besprechungen, die auf Drängen Brechts stattfanden, brachte Lukács seine Partner auch dadurch auf die Palme, daß er dauernd redete. In dieser Hinsicht charakterisierte Thomas Mann Lukács als einen Mann, der völlig überzeuge, solange er rede. Man durfte nicht mit eigenem Urteil dazwischenkommen. Während Brecht zu den Menschen gehörte, die zuzuhören verstanden, sah Lukács in der Diskussion nur eine Gelegenheit, selbst zu Wort zu kommen. Er muß das in diesen Zusammenkünften so ausgiebig getan haben, daß Brentano schließlich explodierte und verlangte, er müsse auch ihm zuhören und auf ihn eingehen. Brecht vermerkte ironisch, daß allein schon „Brentanos Temperamentsausbruch" zeige, „wie weit man im Diktieren gehen kann". Brecht hatte den Eindruck, daß Lukács seine Überlegenheit stark hervorkehrte. Das war sicherlich bei Lukács, der bis ins Private hinein ein selbstloser und bescheidener Mensch war, nicht der Fall. Vielmehr stießen hier zwei verschiedene intellektuelle Haltungen aufeinander, die dozierend-verallgemeinernde und die analytisch-experimentelle. Daß die Zeitschrift nicht zustande kam, hatte seinen Grund jedoch weniger in Zwistigkeiten dieser Art als darin, daß konkrete Angebote für eine ständige Mitarbeit fehlten.

Seit dem Jahre 1926, als Brecht zum „Kapital" griff, war er darauf bedacht, seine Marxismus-Studien zu vertiefen. Anfang der dreißiger Jahre galt er als ein belesener Marxist. Seine Methode des epischen Theaters basierte auf den Erkenntnissen des Marxismus. Von Anfang an verlangte es ihn danach, das Gelesene zu diskutieren. Nicht die Stille der Studierstube, sondern den Lärm der Debatten liebte er. Stets interessiert, an den neusten Erkenntnisstand heranzukommen, suchte er das Gespräch der Experten. Wie er zu seinen Stücken die entscheidenden Leute des Theaters heranzog, so bemühte er sich auch, um seine Theaterexperimente die wichtigsten marxistischen Köpfe zu versammeln. Nicht Repräsentanten, Kenner wollte er um sich haben. Das war jedoch keineswegs leicht. Die führenden Politiker und Theoretiker der revolutionären Arbeiterbewegung waren in dieser politisch angespannten Zeit von anderen Problemen gefordert, hetzten von Veranstaltung zu Veranstaltung, sprachen auf Massenkundgebungen, leiteten Zirkel und Ausschüsse. Für die Diskussionen, wie sie sich Brecht wünschte, blieb da kaum Zeit. Auch gab es unter ihnen nur wenige, die der Kunst genügend Aufmerksamkeit schenkten. Zu denen, die Brecht konsultierte oder mit denen er sich ständig austauschte, zählten neben seinen engeren marxistischen Freunden vor allem Hermann Duncker, Karl Korsch, Fritz Sternberg, Alfred Kurella, Georg Lukács und

Johann-Lorenz Schmidt. Die Verbindung zu Fritz Sternberg lockerte sich, als sich Brecht stärker mit der Kommunistischen Partei solidarisierte. Mit Georg Lukács und Alfred Kurella geriet er früh aneinander, und zwar auf eine Weise, daß sie vor 1933 als ständige Diskussionspartner weitgehend ausfielen. Hierbei müssen auch Fragen der persönlichen Haltung eine Rolle gespielt haben, denn Brecht suchte nicht den bequemen, den mit ihm übereinstimmenden Diskussionspartner. Vielmehr war ihm an interessanten Herausforderern gelegen, mit denen er sich über kontroverse Ansichten unterhalten konnte.

Wichtige Anregungen gingen in den dreißiger Jahren von Hermann Duncker aus, einem der führenden theoretischen Köpfe der Kommunistischen Partei, einem ausgezeichneten Kenner der Klassiker und der Theorien von Rosa Luxemburg. Duncker hielt zwischen 1929 und 1933 regelmäßig Vorlesungen an der Marxistischen Arbeiterschule (MASCH), die sich damals in Berlin in der Schicklerstraße befand. Hier hielt er die einleitenden Hauptvorlesungen über die „Philosophischen, ökonomischen und politischen Grundlehren des Marxismus". Für 30 Pfennig Vorlesungsgebühr pro Doppelstunde erhielten die Arbeiter an dieser Lehrstätte ihr Rüstzeug. Da hier u. a. Hanns Eisler, Erwin Piscator, Gasbarra, John Heartfield lehrten, kam auch Brecht mit der MASCH und ihren Lehrkräften in Verbindung. Die Schule war eine Gründung von Kommunisten, aber keine Parteischule. Bis zu 80 Prozent ihrer Hörer waren nicht Mitglied der Partei. Diese Einrichtung galt als ein Zentrum marxistischen Denkens und zog deshalb viele Menschen an. Große Gelehrte und Künstler betrachteten es als Ehre, hier Vorträge zu halten, so Albert Einstein, Bruno Taut, Walter Gropius. Zu den Vorlesungen Einsteins kam auch Brecht. Ihn muß nicht nur der Vortrag selbst, sondern auch das Auftreten Einsteins tief beeindruckt haben; denn dieses Erlebnis griff er später in einer seiner literarischen Arbeiten auf. Als 1932 der MASCH vom Magistrat die Benutzung städtischer Schulräume untersagt wurde, stellten Brecht, Brentano, Eisler, Feuchtwanger, Heartfield, Weigel, Weill ihre Wohnungen zur Verfügung. An einer Geldsammlung, die dieser Bildungsstätte die Weiterführung ihrer Arbeit ermöglichen sollte, beteiligten sich Brecht und seine Freunde so demonstrativ, daß vermutet wurde, Brecht habe diese Sammlung initiiert: „Brecht 50.–, Kortner 100.–, Weigel 20.–, Weill 50.–, Brentano 20.–, Hanns Eisler 30.–, Feuchtwanger 30.–, Busch 20.–, Heinrich Mann 10.–, Karl Otten 5.–, Moholy-Nagy 10.–, S. Fischer-Verlag 50.–, Gustav Kiepenheuer-Verlag 20.–, Erich Engel 50.–"[132].

Inwieweit Brecht mit einiger Regelmäßigkeit Vorlesungen belegte, läßt sich nicht nachweisen. Obwohl er es sich zur Gewohnheit machte, Vorträge zu besuchen, wird doch mehr das Gespräch mit den dort Lehrenden die Form gewesen sein, die seine Verbindung zur MASCH bestimmte. Hier lernte er auch Johann-Lorenz Schmidt, den Mann von Anna Seghers, kennen, der die MASCH leitete. In der Emigration sehnte sich Brecht nach Gesprächen, wie er sie hier gehabt hatte, und wünschte in der Schweiz, es wäre wenigstens der Schmidt in der Nähe, er sei zwar „kein Marx, aber immerhin ..."[133].

Außerhalb des engeren Freundeskreises pflegte er am intensivsten das Gespräch mit Karl Korsch. Mit diesem Mann verband Brecht eine lebenslange Freundschaft. Von ihm empfing er nicht nur wichtige Literaturhinweise für sein Marxismus-Studium, auch direkte Anregungen verdankte er ihm. Obwohl sich das Verhältnis im Persönlichen sehr freundschaftlich und unkompliziert gestaltete, war es gerade Korsch, dem Brecht nicht weniger kritisch gegenübertrat als später – im Exil – den Theoretikern der Frankfurter Schule. Brecht schätzte und liebte das Gespräch mit Korsch, aber seine marxistische Konzeption entwickelte sich im Widerspruch zu dessen Ansichten. Insofern ging auf ihn tatsächlich eine belebende Wirkung von diesem Philosophen aus. Doch allein die Vorliebe Brechts für kritische Köpfe erklärt noch nicht sein Verhalten zu Korsch, vor allem nicht die Kontinuität dieser Freundschaft. Denn gegenüber Intellektuellen, die sich vom Marxismus abwandten, verhielt er sich gewöhnlich sehr allergisch. Wer Einsichten in die Ursachen des menschlichen Elends erlangt hatte, sich dann aber der geistigen Verpflichtung entzog, galt in seinen Augen als Verräter. Weit mehr konnten ihm Menschen ganz anderer Weltanschauung Gesprächspartner sein, nicht aber der Typus des Renegaten. Als Brecht Korsch kennenlernte, war dieser bereits aus der KPD ausgeschlossen. Doch daß sich Korsch vom Marxismus abgewandt habe, ist ihm nie ganz einsichtig gewesen. Auch dessen forcierten Antileninismus lernte er eigentlich nie im ganzen Ausmaß kennen, zumal es zu Lebzeiten Korschs keinen Überblick über die Gesamtheit seiner theoretischen Auffassungen gab. Ausschlaggebend für Brechts Interesse mag gewesen sein, daß Korsch für ihn zum Vermittler verschiedener Interessengebiete und Standpunkte innerhalb eines breiten Spektrums revolutionärer Theorien wurde.[134] Eine solche Kenntnis hielt er für seine Arbeit für unabdingbar.

Während Brecht als ein durch die bürgerliche Gesellschaft völlig Desillusionierter zum Marxismus kam, der allen Idealen skeptisch, ja nihilistisch gegenüberstand, vollzog sich Karl Korschs Weg von einem fabianischen „Ideal der Humanität" zum Marxismus. In der revolutionären Nachkriegssituation wurde der promovierte Rechtswissenschaftler und Philosoph zu einem der Wortführer der USPD in Thüringen. Nach Auflösung der USPD 1920 trat er der Kommunistischen Partei bei und amtierte in der 1923 in Thüringen von KPD und SPD gebildeten Arbeiterregierung als Justizminister. Im weiteren Verlauf der politischen Entwicklung geriet er jedoch immer mehr in einen Gegensatz zur Partei. Er baute 1925 eine „Linke Opposition" auf, die sich gegen die Kennzeichnung der politischen Lage als „relative Stabilisierung des Kapitalismus" wandte. Diese Einschätzung wurde von Korsch als politischer Defätismus verurteilt. In der Hochzeit der relativen Stabilisierung polemisierte er gegen die „zweideutige Parole der Arbeiter- und Bauernregierung" und forderte statt dessen die „Alleinherrschaft der auf die breitesten Massen der Werktätigen in Stadt und Land gestützten revolutionären Arbeiterräte". Wegen dieser voluntaristischen und ultralinken Politik wurde er im Mai 1926 aus der KPD ausgeschlossen. Während man in Korsch als Politiker wegen seiner überspannten Forderungen, seiner Losung von einer „neuen Zimmerwalder Linken" vor allem den Ehrgeizling sah, einen, der gerne ein „deutscher Lenin" sein wollte, genoß er als marxistischer Theoretiker und als Kritiker des Reformismus bis in die ersten Jahre des Exils hinein Respekt. Brecht lernte ihn im Herbst 1928 kennen.

Zu dieser Zeit hatte sich Korsch von den organisierten Kräften der Arbeiterbewegung schon weitgehend isoliert. Doch immer wieder versuchte er von den Organisationen der Arbeiterklasse Abgesprengte, Ausgeschlossene und In-Opposition-Stehende um sich zu sammeln. Vor ihnen hielt er seine Vorträge. Im Café Adler am Dönhoffplatz scharte er einen Kreis Anarchosyndikalisten um sich, zu dem auch Erich Mühsam zählte. 1931 leitete er in Brechts Wohnung eine Diskussionsrunde über den dialektischen Materialismus; an ihr beteiligten sich Alfred Döblin, Bernard von Brentano, Slatan Dudow, Paul Partos, Heinz Langerhans, Elisabeth Hauptmann, Hanna Kosterlitz (die Sekretärin und Mitarbeiterin Korschs). Einen regelmäßigen Studienzirkel hielt er von November 1932 bis Februar 1933 in der Karl-Marx-Schule in Berlin-Neukölln ab. Hier sprach er in acht Vorlesungen über „Lebendiges und Totes im Marxismus".

So vielfältig auch die Fragen waren, die Brecht damals bei seinen Marxismus-Studien berührte, besonders wichtig war ihm alles, was mit der materialistischen Dialektik zusammenhing. Die Diskussion hierüber bildete einen ganz wesentlichen Aspekt im allgemeinen marxistischen Denken der zwanziger Jahre. Anregungen dazu kamen von der sowjetischen Deborin-Schule. Abram Deborin verteidigte die materialistische Dialektik gegen mechanistische Auffassungen, indem er vor allem den Beitrag Lenins zur Weiterentwicklung der dialektischen Methode herausarbeitete. In Deutschland erschienen die Aufsätze Deborins über Dialektik vor allem in der Zeitschrift „Unter dem Banner des Marxismus". Diese Aufsätze, die das marxistische Denken in Deutschland jener Jahre wesentlich mitbestimmten, dürften Brecht nicht entgangen sein, zumal Walter Benjamin die Zeitschrift aufmerksam verfolgte. Korsch war in dieser Hinsicht also nicht der Anreger, sondern der nunmehr gefundene Experte, mit dem man diskutieren konnte. Angeregt durch Deborins Lenin-Analysen, entwickelte Brecht die Idee einer „Gesellschaft der Dialektiker". Ihre Tätigkeit sollte nicht einfach in der Vermehrung von Wissen, sondern in einem „eingreifenden Denken" zum Ausdruck kommen. In dem von ihm entworfenen Paragraphen hieß es: „2. Die Gesellschaft organisiert ein bestimmtes eingreifendes Denken auf allen wissenschaftlichen, politischen und künstlerischen Gebieten. 3. Sie organisiert eine Lehre vom Verhalten des Menschen auf Grund der Erkenntnisse der Dialektik, die das Verhalten der Dinge und Menschen beschreibt. Sie erzieht Dialektiker."[135]

Von Korsch lernte Brecht das kritische Wesen der materialistischen Dialektik verstehen. Nicht zuletzt durch ihn wurde Brecht klar, daß das Kritische in der dialektischen Methode selbst und nicht im Subjekt begründet ist. Zu einem divergierenden Punkt gestaltete sich dabei Korschs Tendenz, den Akzent vom Materialismus auf die Dialektik zu verlegen, was bei ihm zu einer Geringschätzung des Materialismus überhaupt führte. Korsch gab mehr und mehr seine materialistische Basis preis, dagegen baute sie Brecht in seinem philosophischen Denken und in seiner Kunsttheorie stärker aus. Das hing auch damit zusammen, daß die Freundschaft zwischen Korsch und Brecht in eine Zeit fiel, in der sich Korsch von Lenin entfernte, während Brecht jetzt Lenin für sich entdeckte.

Tatsächlich rückte die Frage nach den objektiven Faktoren und den Möglichkeiten, in den historischen Prozeß einzugreifen, für Brecht immer mehr in den Mittelpunkt der Diskussion. Einerseits lag ihm daran, die objektiven, ökonomischen Gegebenheiten herauszufinden und sichtbar zu machen, andererseits versuchte er alles, um Eingriffsmöglichkeiten zu markieren. Mit Korsch war er sich einig, daß eine allzu objektivistische Betrachtungsweise schädlich sei, weil sie „bestimmte notwendige Handlungen verhindert". Korschs Einfluß ist hier ganz eindeutig. Durch seine 1929 geschriebene Auseinandersetzung mit Kautsky bekam Brecht eine Vorstellung davon, wie der Revisionismus durch die fortlaufende undialektische Beschwörung der objektiven Faktoren revolutionäres Verhalten paralysiert. Der Haß, den Brecht zeitlebens auf den Reformismus empfand, wurde nicht zuletzt durch Korschs blendende Kautsky-Kritik geprägt. Brecht benutzte diese Einsichten, um zu einer immer genaueren, aufschlußreicheren Anwendung des dialektischen Determinismus zu gelangen. Das dialektische Denken diente ihm dazu, der jeweiligen Wirkungsweise von objektiven und subjektiven Faktoren auf die Spur zu kommen. Diese Bemühungen fanden ihren Niederschlag in zwei sich ergänzenden und ständig durchdringenden Kategorien. Die Berücksichtigung der objektiven Faktoren baute Brecht im Laufe der Jahre zur Kategorie des *gesellschaftlichen Kausalnexus* aus, die aber immer im Zusammenhang mit dem Begriff des *eingreifenden Denkens* zu sehen war. Dagegen begab sich Korsch auf eine militant antileninistische Position, die ihn schließlich bis zur Preisgabe des Marxismus führte.

Für Korsch wurde die „geistige Aktion" zum eigentlichen Drehpunkt seiner philosophischen und politischen Auffassungen. Das revolutionäre Bewußtsein verstand er nicht als Widerspiegelung des objektiven Prozesses, nicht als historisch determiniert, sondern als unmittelbaren Umschlag des Bewußtseins in gesellschaftliche Veränderungen, als Veränderung der Wirklichkeit selber. Dieser aktivistische, voluntaristische Aspekt führte ihn auch zu dem, was er die „Sozialisierung" des historischen Materialismus nannte, nämlich seine Umwandlung in einen „aktivistischen Materialismus". Analog zu Georges Sorel, der die Ziele der Arbeiterbewegung als Mythen hinstellte, vergleichbar denen der Religion, versuchte Korsch den historischen Materialismus als Mythos auszugeben.

Sosehr Brecht von Korsch alles aufnahm, was den Revisionismus, überhaupt jede Unentschiedenheit im revolutionären Kampf attackierte, so wenig folgte er dessen Grundintentionen. Während er die philosophischen Notate mehr als Denkexperiment, als Probierfeld verstand, wandte er sich in seiner Dichtung wie in seiner ästhetischen Theorie betont polemisch gegen einige Korsch-Thesen. Betrachtet man Brechts Dichtung aus dieser Zeit vor dem Hintergrund ihrer philosophischen Debatte, erweist sich „Die Maßnahme" als ein ausgesprochener Anti-Korsch-Text. Die Verurteilung der revolutionären Ungeduld des jungen Genossen ist zugleich die Verurteilung jener aktivistischen, subjektivistischen Haltung, die Korsch in Politik und Philosophie vertrat. Der Kontrollchor und die drei Agitatoren sprechen somit auch das Urteil über eine Philosophie, die der spontanen proletarischen Selbstorganisation, philosophisch verallgemeinert im Begriff der „geistigen Aktion", das Wort redete.

Die Antiposition in politischen Grundfragen trübte jedoch weder die Freundschaft, noch hinderte sie Brecht daran, Gedankengänge von Korsch weiterzuverfolgen und gedanklich durchzuspielen. In dem von Korsch am meisten beeinflußten Text, einem kleinen, Fragment gebliebenen Aufsatz über „Proletarische Dialektik", ließ er zum Beispiel Formulierungen einfließen, die auf Korschs Auffassungen fußten, daß dem Marxschen Revolutionsbegriff noch die Muttermale der bürgerlichen revolutionären Theorie des Jakobinismus und des Blanquismus anhafteten. Die Handlungslinie der „Maßnahme" wiederum ist die strikte Ablehnung von Korschs Standpunkt. Völlig lax und unentschieden verhielt sich Brecht gegenüber der Anwendung der Dialektik auf das Gebiet der Natur. Korsch bekämpfte Engels' Naturdialektik als eine Fehlinterpretation. Engels' Schrift las Brecht im Sommer 1930, danach müssen darüber auch Gespräche mit Korsch geführt worden sein. Einige seiner Gedankengänge finden sich in Brechts philosophischen Notaten. Daneben gibt es aber aus der gleichen Zeit Notizen, in denen wiederum von der Dialektik der Natur ohne jede Einschränkung die Rede ist.

Brecht berücksichtigte bei seiner Freundschaft, daß viele Gedankengänge dieses Mannes von der Verbitterung diktiert waren. Dadurch gestaltete sich das Verhältnis zwar schwierig, aber nicht unnütz. Gerade die ätzende, von Enttäuschung geschärfte Kritik empfand Brecht als eine unschätzbare Hilfe, denn sie deckte eigene Mängel auf. Aber er sah auch alle Schwächen seines Lehrers, seines Kritikers. „Mein Lehrer ist ein enttäuschter Mann. Die Dinge, an denen er Anteil nahm, sind nicht so gegangen, wie er es sich vorgestellt hatte. Jetzt beschuldigt er nicht seine Vorstellungen, sondern die Dinge, die anders gegangen sind. Allerdings ist er sehr mißtrauisch geworden. Mit scharfem Auge sieht er überall die Keime zukünftiger enttäuschender Entwicklungen. ... Mein Lehrer dient der Sache der

Freiheit. Er hat sich selber ziemlich frei gemacht von allerlei unangenehmen Aufgaben. Manchmal scheint es mir daher, daß er, bestünde er weniger auf seiner eigenen Freiheit, mehr für die Sache der Freiheit tun könnte. ... Er ist sehr für den Kampf, aber er selber kämpft eigentlich nicht. Er sagt, es sei nicht die Zeit dazu. Er ist für die Revolution, aber er selber entwickelt eigentlich mehr das, was entsteht. ... Ich glaube, er ist furchtlos. Was er aber fürchtet, ist das Verwickeltwerden in Bewegungen, die auf Schwierigkeiten stoßen. Er hält ein wenig zu viel auf seine Integrität, glaube ich. Auch beim Proletariat wäre er wohl nur ein Gast. Man weiß nicht, wann er abreist. Seine Koffer stehen immer gepackt. Mein Lehrer ist sehr ungeduldig. Er will alles oder nichts. Oft denke ich: Auf diese Forderung antwortet die Welt gerne mit: nichts."[136]

Korschs fortschreitendes Abrücken vom Marxismus-Leninismus hing mit seinem Unverständnis für den Sozialismus in der Sowjetunion zusammen. Als Korsch begann, die politisch-ökonomische Entwicklung in der Sowjetunion als verfehlt zu betrachten, interessierte sich Brecht zunehmend dafür. 1931 wandte er sich in einer Stellungnahme in der „Roten Fahne" gegen die Rußlandhetze des Deutschlandsenders. Er verlangte, daß zumindest die „subjektiv hetzerischen Reden gegen die Sowjetunion" von dieser Stelle aus, dem Deutschlandsender, nicht unwidersprochen bleiben dürften. 1932 fuhr er selbst in die Sowjetunion. Er und Slatan Dudow folgten einer Einladung anläßlich der Uraufführung des Films „Kuhle Wampe". Es gab ein Wiedersehen mit Bernhard Reich, der jetzt in Moskau als Theaterwissenschaftler lehrte, und Asja Lacis. Aber auch Piscator trafen sie in Moskau, der dort nach Anna Seghers' Erzählung den Film „Der Aufstand der Fischer von St. Barbara" drehte. Infolge der allgemeinen Versorgungsschwierigkeiten in der Sowjetunion kam er mit den materiellen Voraussetzungen seines Films nicht zurecht. Brecht vermerkte, daß Piscator einen „vermeckerten" Eindruck mache, obwohl er gut verpflegt werde. „Beklagt sich über mangelnde Ordnung – mit Recht, greift aber viel zuwenig ein, verläßt sich und wird verlassen, statt verläßlich zu sein."[137]

In Moskau war Sergej Tretjakow Brechts Begleiter. Er zeigte ihm die Stadt, führte ihn bei den Briks ein. Aber sehr vielfältig waren die Begegnungen nicht. Enttäuschend vor allem die Aufnahme von „Kuhle Wampe". Der Film löste beim sowjetischen Publikum mehr Verwunderung als Anerkennung aus. Man fand das Werk in der dokumentarischen Manier Wertows gemacht, die man damals als künstlerisch unzureichend kritisierte. Aber auch die unvoreingenommenen Besucher kamen da mit vielem nicht zurecht. „Der arbeitslose Junge, der in auswegloser Lage Selbstmord verübt, besitzt eine Uhr und ein Fahrrad (das heißt, er war nach damaligen Begriffen ein begüterter junger Mann). Manche Genossen konnten es einfach nicht begreifen, daß das Fahrrad für ihn kein Luxus, sondern ein Produktionsmittel war; sie sahen in seinen Augen nicht die Verzweiflung, die den stellensuchenden Jungen von einer Fabrik zur anderen hetzt."[138] Nicht weniger enttäuschend war für Brecht Tairows Inszenierung der „Dreigroschenoper". Was ironisch-satirisch gemeint war, geriet bei Tairow zu einem „tänzerischen Musical". Doch Brecht beruhigte Asja Lacis, die die Inszenierung beschämend schlecht fand: „Versteh' doch, Tairow hat die Aufführung durchgesetzt ... Im Augenblick ist dies das Wichtigste."[139]

Folgenreicher als seine Moskaureise waren für Brecht die Berlinbesuche sowjetischer Schriftsteller und Künstler. Vor allem der Besuch Tretjakows 1931. Tretjakow hielt im Berliner Russischen Hof einen Vortrag: „Der Schriftsteller und das sozialistische Dorf". Das Thema ließ einen allgemeinen Informationsvortrag vermuten. Doch gerade er sollte zu einem literaturgeschichtlich buchenswerten Ereignis in

Deutschland werden. Indem Tretjakow seine Auffassung über die Funktion der Literatur darlegte, stellte sich heraus, wie verwandt seine Ideen mit dem waren, was Brecht und sein Kreis in den letzten Jahren durchzusetzen versucht hatten. Eine gemeinsame Basis zeichnete sich ab. Tretjakows theoretisches Modell von operativer Literatur, der „Literatur des Fakts", das er am Beispiel der Zeitung entwickelte, beeinflußte die materialästhetischen Überlegungen und Experimente des Brecht-Kreises. Sein Vortrag hinterließ in Deutschland tiefere Spuren als sein gesamtes dramatisches und lyrisches Werk. Die von ihm entwickelte „operative Ästhetik", die er nicht aus der Kunst ableitete, sondern aus den großen Gesellschaftsexperimenten, wirkte außerordentlich anregend auf die künstlerische Intelligenz, die gerade dabei war, sich die bürgerliche und sozialdemokratische Ästhetik vom Halse zu schaffen. In Tretjakow sahen sie endlich den Mann, der nicht nur theoretisierte, nicht nur verkündete, sondern mit seiner Ästhetik in der Wirklichkeit selbst operierte.

Sein Auftreten gehörte zu einer Reihe von Begegnungen zwischen deutschen Künstlern und Intellektuellen und Vertretern der Sowjetkunst zu Beginn der dreißiger Jahre. 1930 gastierte Meyerhold mit seinem Theater in Berlin. Brecht analysierte die künstlerische Machart von Tretjakows Stück „Brülle, China!" und verteidigte es gegen konventionelle Ansichten. 1930 kam Sergej Eisenstein abermals nach Deutschland. 1929 war Majakowski zum letztenmal hier gewesen. Da diese Begegnungen bei Freund und Feind nicht unreflektiert blieben, kam es zu einer weitgespannten Diskussion, die ungewollt zu einer Heerschau der Konzepte wurde. Verbindungslinien taten sich auf, die man bisher nicht so deutlich wahrgenommen hatte, aber auch Trennlinien innerhalb der gemeinsamen politischen Front in bezug auf die künstlerischen Verfahren und angewandten Strategien. Tretjakows Vortrag wurde von Brecht,

Benjamin, Brentano, Ottwalt begrüßt und produktiv aufgenommen. Benjamins späterer Aufsatz „Der Autor als Produzent“ weist nicht nur den Einfluß Brechts, sondern ganz eindeutig auch den Tretjakows auf. Becher dagegen warf Tretjakows Entwurf mit dem bürgerlichen „Unfug vom ‚Ende der Literatur‘“ in einen Topf. Und Georg Lukács schrieb einige Zeit später, Tretjakow betreibe die „Entstellung der Wahrheit“, indem er die vom Ganzen losgelöste „Teilwahrheit“ herausstelle. Während Brecht und sein Kreis die Eigenart des Ästhetischen umgestalten wollten, indem sie die Revolutionierung der Beziehungen zwischen künstlerischer Produktion und Konsumtion als entscheidenden Hebel betrachteten, versprach sich die andere Richtung mehr vom Rückgriff auf die Tradition, revolutioniert durch Tendenz. Johannes R. Becher, Friedrich Wolf, Anna Seghers, Otto Nagel, Hans Marchwitza vertraten mehr oder weniger eine Kunstauffassung, die von dem ästhetischen Grundgesetz des „lebendigen Menschen, der ästhetischen Nacherlebbarkeit“ ausging. Beide Strategien setzten auf die Aktivierung des Lesers und Zuschauers, wenn auch in unterschiedlicher Weise. Die Vertreter der Materialästhetik betrachteten die neuen künstlerischen Techniken, die alle auf der Montage aufbauten, als wesentlich für die Aktivierung des Publikums. Die andere Richtung setzte auf den Ausbau traditioneller Gestaltungsmethoden; das Neue sollte durch den Inhalt zum Ausdruck kommen.

So intensiv die Materialästhetik ihre Gedanken über den aktiven Zuschauer und Betrachter auch entwickelte und praktisch durchzusetzen versuchte, einen wirklich breiten Einfluß auf das Publikum erlangte sie nicht. Damit blieb ein Problem weiterhin ungelöst: der Beitrag der Kunst zur Bündnisfrage. Aber gerade dieses Problem wurde Anfang der dreißiger Jahre von Tag zu Tag dringlicher. Es kam jetzt darauf an, die arbeitenden Menschen zu einer Front gegen den heraufkommenden Faschismus zusammenzuschließen, der ihre elementaren Lebensrechte bedrohte. Eine solche Situation verlangte nach einer Kunst, die nicht nur einen kleinen Kreis von Kennern oder politisch geschulten Köpfen befriedigte, sondern die Massen ansprach. Brecht und seine Mitarbeiter, vor allem Hanns Eisler, sahen sehr wohl die Gefahren, die mit einem politisch ausgerichteten, von sozialistischer Kunstgesinnung getragenen, aber nicht massenwirksamen Experimentieren verbunden waren. Brecht konnte an der Bündnisfrage nicht vorbeigehen. Seine Kunst verfehlte ihre politische Aufgabe, wenn sie nur Menschen überzeugte, die schon überzeugt waren. Nach seiner Meinung durfte die revolutionäre Kunst den Massen nicht hinterherhinken, sich aber auch nicht von ihnen entfernen. Eisler warf den Begriff des „planvollen Experimentierens" in die Debatte. Die Bemühungen waren vor allem auf den sozialen Charakter der neuen Versuche zu lenken. Dabei verleugnete Brecht nicht, daß die revolutionäre Kunst das Experiment als notwendigen Existenzraum brauchte. Aber er erkannte dem revolutionären Künstler nicht einen vom allgemeinen Kampfplatz abgesonderten Spielraum zu. Brecht und sein Kreis vertraten die Meinung, daß in Situationen, in denen die Verbindung zur politischen Massenbewegung verlorenzugehen droht, bestimmte Kunstentwicklungen und Techniken zurückgenommen werden müßten, bis die Bedingungen dafür reif seien. Diese Dialektik von Fortschritt und Zurücknahme, die Brecht und Eisler in ihren theoretischen Arbeiten erörterten, war unmittelbarer Teil ihrer Vorstellung von der Politisierung der Kunst und der Parteilichkeit des Künstlers. Diese mit der Partei verbundenen Künstler hatten von Marx und Lenin gelernt, daß jedes abstrakte Theoretisieren der Revolution nicht hilft, sondern sie nur gefährdet, denn: „Jeder Schritt wirklicher Bewegung ist wichtiger als ein Dutzend Programme."[140]

Zweifelsohne strebte gerade die Materialästhetik die Revolutionierung der Zuschauermassen an. Ihre Experimente waren keine abstrakten Zukunftsvisionen, sie waren Teil der konkreten Parteiarbeit. Andererseits aber verhielten sie sich so radikal gegenüber aller bisherigen Kunst, daß gerade der politisch Zögernde und Suchende eher zurückgestoßen als angezogen wurde. Die charakteristische Besonderheit der Materialästhetik, daß sie eine radikale Veränderung in der Rezeption, der Entgegennahme des Kunstwerkes durch das Publikum, anstrebte, bereitete dem Zuschauer, der sich vom Gewohnten noch nicht zu trennen vermochte, erhebliche Schwierigkeiten. Aber auf alte Rezeptionsgewohnheiten nahm die Materialästhetik keine Rücksicht, war dies doch das Feld, das sie radikal verändern wollte. Das erschwerte aber auch den Fortschritt in der Bündnisfrage. Andererseits wiederum enthielten diese Bestrebungen weitreichende künstlerische Lösungen. Brecht stellte sich auf diese Probleme ein, indem er keines der von ihm entwickelten Kunstmittel und keinen von ihm etablierten Stücktypus verabsolutierte. Es lag ihm daran, viele Möglichkeiten in den Händen zu behalten, um politisch operativ sein zu können. Zu neuen Vorschlägen, die Auswirkungen auf die Bündnisfrage hatten, gelangte er vor 1933 nicht mehr.

Wie schmal der Pfad einer gesellschaftlich-experimentellen Kunst war, sobald er in die Bereiche der Massenmedien führte, und welche Komplikationen in der Bündnisfrage sie heraufbeschwor, machten die von Brecht mit der Nero-Film AG vereinbarte Verfilmung der „Dreigroschenoper" und der folgende Prozeß, den Brecht den „Dreigroschenprozeß" nannte, deutlich. Was war geschehen? Am 21. Mai 1930 wurde zwischen Brecht, seinem Theaterverlag Bloch Erben und der Nero-Film AG ein Vertrag abgeschlossen, in dem Brecht die Verfilmungsrechte abtrat, wobei ihm die Firma ein Mitbestimmungsrecht am Drehbuch einräumte.

Während die Filmfirma noch schnell vom Erfolg der „Dreigroschenoper“ zu profitieren suchte, lag Brecht daran, mit diesem Film nicht allzu weit hinter die inzwischen gewonnenen Positionen zurückzugehen. Jetzt, da es ihm um politische „Konkretisierungen“ ging, erschien ihm die sehr allgemein bleibende Gesellschaftskritik des Stückes nicht geeignet, einem Massenpublikum vorgesetzt zu werden. Entsprechend seinem Vertrag war er verpflichtet, das Szenarium („Die Beule“) als Grundlage für die filmische Gestaltung zu liefern. Hierin sah er eine Möglichkeit, noch einige gesellschaftliche Verschärfungen anzubringen. Vor allem lag ihm daran, die Verbrecher als direkte Repräsentanten des bürgerlich-kapitalistischen Systems darzustellen. Auch baute er einen neuen Vorgang ein, um die soziale Gegenkraft gegen die Einheit von Verbrechen und Kapital zu verdeutlichen. Im „Traum des Polizeipräsidenten“ kriecht das Elend überall hervor, formiert sich in festen Reihen, die lückenlos sind, „genau so breit wie die Straßen, das füllt ja alles wie Wasser, das geht durch alles durch wie Wasser“[141], und schwemmt die Polizeikordons hinweg. Mit dieser poetisch-phantastischen Erfindung hob Brecht eine soziale Kraft hervor, die zum Angsttraum der Herrschenden wird, ohne den eigentlichen Antipoden, das Proletariat, einzuführen, was einfach nicht in die Fabel gepaßt hätte.

Die Firma protestierte sofort gegen das Szenarium und kündigte die Zusammenarbeit auf. Nicht an Brecht, so doch an seiner „Dreigroschenoper“ interessiert, setzte sie die Herstellung des Films fort. Um Brechts Einfluß auf die Produktion zu verhindern, schaltete die Firma auch Leo Lania aus, den Brecht in den Vertrag eingeschleust hatte, damit er das Drehbuch nach seinen Angaben realisierte. An dessen Stelle trat Béla Balázs. Verärgert bezeichnete ihn Brecht als „Literaten geringen Ranges“, obwohl Balázs schon damals als Schriftsteller in der ungarischen Literatur einen Namen besaß und auch als marxistischer Filmtheoretiker bekannt war. Im Prozeß gegen die Firma benahm er sich allerdings sehr opportunistisch. Er hielt es für nötig, zu behaupten, er, Balázs, werde von der Firma in keiner künstlerischen und politischen Frage bevormundet. Am Film bestand seitens der Firma jetzt ein noch größeres Interesse als bei Vertragsabschluß. Denn inzwischen war die Werbung angelaufen, und die Kinos hatten den Film gebucht.

In dieser Situation strengte Brecht vor dem Berliner Landgericht I einen Prozeß gegen die Nero-Filmgesellschaft an. Seine real denkenden Freunde warnten ihn. Es sei aussichtslos, einen Prozeß gegen eine Million Mark zu führen. Das war ungefähr der Streitwert. Auch die radikale Linke hielt den Prozeß für überflüssig. Wozu erst nachweisen wollen, daß der einzelne gegen die Industrie nie recht bekommt, wenn daran ohnehin niemand zweifelte? Brecht ging es mit dem Prozeß um ein „soziologisches Experiment", das die aussichtslose Lage des Künstlers in der kapitalistischen Gesellschaft demonstrieren sollte. Daß er die Realisierung des Films durch die Firma nicht verhindern konnte, war ihm von Anfang an klar. „Es wäre dazu nicht Rechthaben, sondern Geldhaben nötig gewesen. ... Der Prozeß hatte das Ziel, die Unmöglichkeit einer Zusammenarbeit mit dem Industriefilm selbst bei vertraglichen Sicherungen öffentlich darzutun."[142] Zu beweisen war, daß der Prozeß verloren werden mußte. Mehr als um die Verteidigung unabdingbarer Produktionsbedingungen ging es um den Nachweis, daß dem Künstler in der „Hochzeit des Hochkapitalismus" solche gar nicht erst eingeräumt werden. In der Argumentation, was der Künstler verlangen könne und was das Recht der Firma sei, hatte der Anwalt der Firma pathetisch festgestellt: „Ehre dem Dichter, der grundsätzlich seine Werke nicht verfilmen läßt ..."[143] Wer aber die Verfilmung, aus welchen Gründen auch immer, zulasse, müsse sich bescheiden. Hier setzte Brecht mit seiner Attacke an.

Die Losung, sich nicht den Apparaten auszuliefern, erwies sich bei genauerem Hinsehen als Aufforderung, mit Neuerungen, ja mit der künstlerischen Produktion überhaupt aufzuhören. Was im Falle Brecht betrieben wurde, war nichts anderes als die Aussperrung, die sich nur in der Form von der unterschied, die die Industrie gegen die Arbeiter anwandte. Mit seinem soziologischen Experiment wollte Brecht eine Kampfform vorführen, die die kapitalistischen Apparate immer wieder zwingt, ihre Unfähigkeit zu beweisen, ihre eigenen Angelegenheiten zu ordnen. Ein solches Versagen dürfe eben nicht als natürlicher Vorgang hingenommen werden. Wenn man sich daran erst gewöhne, wenn man dem alltäglichen Kapitalismus nicht in immer neuen Aktionen begegne, sondern ihn als „alten Schnee" betrachte, den es nicht lohne, wegzuschaufeln, dann werde der Klassenkampf sehr leicht zu einer natürlichen Kategorie. Gefährliche Passivität könne die Folge sein. „Der Klassenkampf ist dann nicht mehr Sache des Menschen, sondern der Mensch eine Sache des Klassenkampfs. So ist vielen linken Schriftstellern die Welt mit Barrikadenbrettern vernagelt. Die Barrikade verbirgt ihnen den Gegner und schützt diesen mehr als sie selber. Die Welt besteht dann aus zwei Welten, die voneinander entfernt, nicht ineinander sind ... Die Verachtung schützt sie vor jedwedem Anspruch. So auch ist die Industrie ungeistig und sind die Gerichte ungerecht, wie die Bäume grün sind, und eher ist es vernünftig von der Industrie, ungeistig zu sein, als von uns, sie deswegen anzugreifen."[144]

So begründet Brecht seine Argumente gegen die großen kapitalistischen Apparate im „Dreigroschenprozeß" vortrug, so wünschenswert es gewesen wäre, daß er seine experimentelle Haltung auch im Film hätte durchsetzen können, so wenig entsprach seine Verurteilung des „Dreigroschenfilms" der politischen Kampfsituation. Regie führte Georg Wilhelm Pabst, der nach seinen beiden Filmen „Westfront 1918" (1930) und „Kameradschaft" (1931) vor 1933 den Ruf eines fortschrittlichen Künstlers genoß. Ihm stand eine Reihe hervorragender Schauspieler zur Verfügung, unter ihnen nicht wenige, die Brecht sehr schätzte: Rudolf Forster spielte den Mackie, Carola Neher die Polly, Reinhold Schünzel den Tiger-Brown, Fritz Rasp den Peachum, Valeska Gert Frau Peachum, Lotte Lenya die Jenny, Hermann Thimig den Pfarrer, Ernst Busch den Straßensänger. Die Premiere fand am 19. Februar 1931 im Berliner Filmtheater Atrium statt. Brecht nannte den Film eine „schamlose Verschandelung", „trauriges Machwerk" usw. Berechtigt erscheint dies nur insofern, als es Pabst nicht gelungen war, die von Brecht im Szenarium „Die Beule" gemachten Vorschläge szenisch umzusetzen. Statt dessen schuf er einen „atmosphärischen Film" mit stark romantisierender Tendenz. Forster gestaltete den Mackie Messer nicht als gewöhnliche bürgerliche Erscheinung, er dämonisierte die Figur. Durch seine Darstellung bekam das Verbrechertum einen unergründlichen, verführerischen Reiz. Wer diesen Film jedoch weniger aus der Sicht der Brechtschen Gesellschafts- und Kunstkonzeption betrachtete und mehr aus der realen politischen und künstlerischen Situation der dreißiger Jahre, mußte ihn zweifelsohne zu den bedeutendsten Werken deutscher Filmkunst in dieser Zeit zählen. Und das keineswegs nur in filmtechnischer Hinsicht. Herbert Jhering korrigierte sich in seinem ablehnenden Urteil, als er den Film in den fünfziger Jahren wieder besprach. Er sah in ihm ein Beispiel für die Kunsthöhe, die der Film in der Weimarer Republik erreicht hatte. Balázs und Pabst hatten ihr Bestes gegeben. Sie verstanden gar nicht, was Brecht eigentlich von ihnen wollte. Pabst, der gefühlsmäßig auf der Seite des Fortschritts stand, aber keine tiefgreifenden politischen Ein- und Ansichten besaß, engagierte sich mit diesem Film tatsächlich weit mehr, als man es von einem nur allgemein fortschrittlich eingestellten Mann erwarten konnte. Da der Film gleich bei seiner Uraufführung von den faschistischen Politikern nicht nur heftig angegriffen, sondern dort, wo sie die Macht besaßen, einfach verboten wurde, fiel ihm in der politischen Öffentlichkeit eine aktive, streitbare Rolle zu.

Zu Beginn der dreißiger Jahre verfügte Brecht über ein ausgearbeitetes methodisches und kunsttheoretisches Fundament, das zwar kein System darstellte, aber doch einen inneren Zusammenhang und eine durchgehende gedankliche Linie aufwies. Die sich rasch zuspitzende politische Situation, die zunehmende Konfrontation gesellschaftlicher Kräfte und die damit verbundene Diskontinuität in der Ideologisierung der verschiedenen Lebensbereiche ließen es gerade auf dem Gebiet des Theaters als ratsam erscheinen, die Methode nicht nur auf einen Typus hin auszurichten. Brechts methodischer Zugriff ließ viele Möglichkeiten offen. Und vor 1933 unternahm er auch nichts, was diesen Radius eingegrenzt und zu einer größeren Vereinheitlichung seines Theaters in Praxis und Theorie geführt hätte. Der bisher ausgearbeiteten materialästhetischen Methode entsprachen drei theatralische Grundformen, die in sich wiederum gestaffelt waren: 1. das Lehrstück der „Großen Pädagogik", 2. das operativ politische Lehrstück vom Typus der „Mutter", 3. das große epische Schaustück, dessen nichtaristotelische Struktur vor allem mit der „Heiligen Johanna der Schlachthöfe" demonstriert wurde.

Für jeden Typus gab es spezifische Bauformen, genau abgesteckte Wirkungsstrategien und eine ästhetische Konzeption. Das Lehrstück im Sinne der „Großen Pädagogik" war zwar der radikalste Entwurf, doch gerade er blieb als politische Ästhetik, als eingreifender Kunstvorgang hinter den gesellschaftlichen Anforderungen zurück. Weder kam man mit ihm an die Massen heran, noch ließ sich damit genügend auf die dringlichen sozialen Fragen einwirken. Im Hinblick auf die politische Bündnisfrage besaßen diese Experimente zuwenig Gewicht. Bedeutung erlangten sie vorerst als „Modell für das Theater der Zukunft". Im Unterschied dazu brachte das operative Lehrstück vom Typus der „Mutter" nicht nur einen größeren Gewinn an angewandter politischer Ästhetik, es setzte auch viel praktikabler und konkreter die Aufgabe fort, die sich Brecht mit den Lehrstücken stellte: weg von den Apparaten der kapitalistischen Kulturindustrie.

In der „Heiligen Johanna der Schlachthöfe" führte Brecht im großen Stil vor, was er fortan als antiaristotelische Dramatik bezeichnete. Den Begriff verwandte er erstmals in den „Anmerkungen zur Dreigroschenoper", die 1931 im dritten Heft der „Versuche" erschienen. Dieser Begriff, so mißverständlich er in seinem historischen Bezug war und noch immer ist, war sorgfältig gewählt. Er brachte Brechts Herausforderung, seinen kaum noch zu überbietenden Anspruch auf die kürzeste Formel. Brecht kam es auf einen Begriff an, der seine Art von Dramatik von aller bisherigen Dramatik abgrenzte. Er ging davon aus, daß die verschiedenartigen Bauformen des europäischen Dramas seit zweitausend Jahren hauptsächlich auf *eine* Wirkungsabsicht hinausliefen: auf die Einfühlung des Zuschauers in die dargestellten Figuren und Vorgänge. Die Einfühlung, so meinte Brecht, werde durch jenes merkwürdige Verfahren ermöglicht, das Aristoteles die Katharsis genannt habe. Aristotelisch bezeichnete er demnach alle Dichtung, die auf Einfühlung beruht. Obwohl er dem, was Aristoteles unter Katharsis verstand, recht nahe kam, interessierte ihn nicht die historisch fundierte Rezeption des Katharsisvorgangs. Er übersah sogar seine Verbündeten in dieser Sache. Weder Voltaire noch Rousseau, die beide eine höchst skeptische, ja ironische Meinung zu Aristoteles' Katharsisbegriff besaßen, wurden von ihm als Zeugen aufgerufen. Voltaire hatte sich geweigert, den „Unsinn“ zu begreifen, den Aristoteles mit der Katharsis betrieb. Ähnlich urteilte Rousseau. Selbst Lessings aufklärerischen Katharsisbegriff schob er beiseite.

Brecht verband den „mystischen Vorgang“, den er bei Aristoteles vorzufinden meinte, mit dem Zustand des bürgerlichen Theaters im späten 19. und im 20. Jahrhundert. Der Zuschauer fühle sich in einen Vorgang ein, um sich über die Kläglichkeit des Alltags zu erheben, um sich vom Schmutz der gesellschaftlichen Existenzform des Kaufs und Verkaufs zu reinigen, um im Dickicht des bürgerlichen Existenzkampfes noch Mensch bleiben zu können. Besonders auffällig sah Brecht dieses ästhetische Verfahren in der Oper praktiziert: „In der jetzigen Gesellschaft ist die alte Oper sozusagen nicht ‚wegzudenken‘. Ihre Illusionen haben gesellschaftlich wichtige Funktionen. Der Rausch ist unentbehrlich; nichts kann an seine Stelle gesetzt werden. Nirgends, wenn nicht in der Oper, hat der Mensch die Gelegenheit, ein Mensch zu bleiben! Seine sämtlichen Verstandesfunktionen sind längst zurückgeschraubt auf solche des angstvollen Mißtrauens, der Übervorteilung des anderen, der selbstischen Berechnung. Die alte Oper gibt es nicht nur deshalb noch, weil sie alt ist, sondern hauptsächlich deshalb, weil der Zustand, dem sie dient, noch immer der alte ist.“[145]

Im Grunde wandte sich Brecht hier mehr gegen Sigmund Freud als gegen Aristoteles. Auf ihn bezog er sich an der gleichen Stelle in einer Fußnote, indem er aus dessen Werk „Das Unbehagen in der Kultur“ zitierte: „Das Leben, wie es uns auferlegt ist, ist zu schwer für uns, es bringt uns zuviel Schmerzen, Enttäuschungen, unlösbare Aufgaben. Um es zu ertragen, können wir Linderungsmittel nicht entbehren. Solcher Mittel gibt es vielleicht dreierlei: mächtige Ablenkungen, die uns unser Elend gering schätzen lassen, Ersatzbefriedigungen, die es verringern, Rauschstoffe, die uns für dasselbe unempfindlich machen. Irgend etwas dieser Art ist unerläßlich. Die Ersatzbefriedigungen, wie die Kunst sie bietet, sind gegen die Realität Illusionen, darum nicht minder psychisch wirksam, dank der Rolle, die die Phantasie im Seelenleben behauptet hat. ... Diese Rauschmittel tragen unter Umständen die Schuld daran, daß große Energiebeträge, die zur Verbesserung des menschlichen Loses verwendet werden können, nutzlos verlorengehen."[146] Freuds Analyse verstand sich als Lebenshilfe, Aristoteles' methodisches Verfahren lief auf Reinigung, auf Entlastung aufgestauter Spannung und Furcht hinaus. Beide Methoden dienten dazu, den Menschen in ihrem unerbittlichen Existenzkampf Erleichterung zu verschaffen. Brecht jedoch wollte nicht Milderung, sondern Aufhellung dessen, was die menschliche Existenz, das menschliche Zusammenleben bedrohte. Deshalb seine Gegenüberstellung von dramatischer Form und epischer Form des Theaters im Anhang zu seiner Oper „Aufstieg und Fall der Stadt Mahagonny". Dieses Schema, mit dem das Mißverständnis des epischen Theaters begann, ist in dem Moment keine apodiktische dramentechnische Anweisung mehr, sobald man es aus dem materialästhetischen Anspruch versteht, die Entgegennahme der Kunst durch das Publikum zu verändern. Im Unterschied zu den Linderungsmitteln, die die bisherige Kunst als Lebenshilfe für die Menschen bereithielt, wollte Brecht die Kunst mit Einsichten verbinden, wie sie die materialistische Dialektik erschloß. Nicht Linderung, nicht Beistand, nicht Hilfe, sondern vielmehr Abhilfe sollte sie schaffen, auf Veränderung sollte sie aussein.

Der feindliche Aufmarsch

Mitte September 1930 – Brecht hatte soeben die Arbeit am Szenarium für den „Dreigroschenfilm“ in der vereinbarten Form abgeschlossen, und Pabst begann mit der Dreharbeit – kam es in Deutschland zu einem politischen Ereignis, das für Brecht wie für viele fortschrittliche Schriftsteller zum Anstoß wurde, seine Arbeit auf neue thematische Gesichtspunkte auszurichten – ein Vorgang, der zunächst für die Öffentlichkeit kaum sichtbar wurde. Am 14. September 1930 fanden in Deutschland Reichstagswahlen statt. Reichspräsident Hindenburg löste auf Anraten Heinrich Brünings den Reichstag auf, nachdem der Reichstag ein von Brüning als Notverordnung durchgesetztes Gesetzesbündel mit Stimmenmehrheit abgelehnt hatte. Die Parteien rüsteten sich für die Neuwahl. Vor allem die Hitlerpartei, die NSDAP, betrieb eine hektische Agitation. Sie suchte alles zu überbieten, was bisher im Wahlkampf investiert worden war. Allein in Berlin veranstaltete sie an den letzten beiden Tagen vor der Wahl vierundzwanzig Großkundgebungen. Hitler prahlte, man werde mindestens 50, vielleicht sogar 60 Mandate erobern. Bei einer Partei, die es bisher nur auf 12 Mandate gebracht hatte, nahm man solche Prophezeiungen nicht weiter ernst. Am Morgen des 15. September aber stand fest, daß die Faschisten im Reichstag nicht 50 Sitze, wie es Hitler in seiner Wahleuphorie vorausgesagt hatte, sondern 107 besaßen. Man sprach von einem „Erdrutsch“. Selbst die Faschisten waren überrascht und konnten nicht einmal auf so viele aufgestellte Kandidaten zurückgreifen, wie sie nunmehr Sitze hatten.

Die Septemberwahlen, die man auch als „Erbitterungswahlen“ bezeichnete, machten sichtbar, daß es den Faschisten gelungen war, sich eine Massenbasis zu schaffen. Die Kommunistische Partei hatte davor gewarnt. In der einen

Monat vor den Wahlen veröffentlichten „Programmerklärung zur nationalen und sozialen Befreiung des deutschen Volkes“ hieß es: „Die deutschen Faschisten (Nationalsozialisten) unternehmen gegenwärtig die schärfsten Vorstöße gegen die deutsche Arbeiterklasse.“[147] Doch einen solchen Zulauf zur Hitlerpartei hatte niemand vorausgesehen. So ernst er von der Kommunistischen Partei selbst genommen wurde, war er jedoch kein Anlaß, mit sich selbst unzufrieden zu sein, denn die KPD gewann bei der Septemberwahl gleichfalls an Stimmen. Sie konnte ihre Mandate von 54 auf 77 steigern. Mit 739235 Stimmen wurde sie in Berlin zur stärksten Partei. Der Wahlerfolg veranlaßte die Faschisten zu immer demagogischeren Losungen und skrupelloseren Erklärungen. Man beruhigte das Kleinbürgertum mit Legalitätsversprechen. Hitler sprach gelegentlich davon, daß man das herrschende Regime „totwählen“ würde, und dann drohte er wieder: „Wie der Wolf in die Schafherde einbricht, so kommen wir.“[148] Und Goebbels erklärte zynisch: „Nun sind wir streng legal, egal legal.“[149]

Wesentlicher als alle Demagogie war jedoch, daß die deutsche Finanzbourgeoisie ihre Strategie verändert hatte und immer eindeutiger auf die Faschisten setzte. Hieraus erklärte sich der Rechtsruck, der mit Beginn der dreißiger Jahre einsetzte. Die Industriellen nahmen Verbindung mit der NSDAP auf. Seit dem Sommer 1931 baute Hitler die Zusammenarbeit mit der Industrie systematisch aus. Auf dem „Streithof“, einer Besitzung des Industriellen Kirdorf, kam es zu einer Begegnung mit dreißig führenden Schwerindustriellen. Am 27. Januar 1932 gab man Hitler dann Gelegenheit zu seinem entscheidenden Auftritt im Düsseldorfer Industrieklub, bei dem die letzten Vorbehalte gegen die Machtübergabe an ihn ausgeräumt wurden. Durch die Unterstützung der Industrie verfügte die Hitlerpartei über die Finanzkraft eines großen Industrieunternehmens. Konrad Heiden, einer der ersten antifaschistisch eingestellten Hitler-Biographen, meinte, daß der Jahresetat der NSDAP vor 1933 bei 70 bis 90 Millionen Mark gelegen habe. Hitler selbst bezeichnete sich gelegentlich als einen der größten deutschen Wirtschaftsführer. Der Einsatz der Industrie für die NSDAP veranlaßte ihn, wesentliche Teile seiner Propaganda umzurüsten. Die Abrechnung auf sozialem Gebiet, die Hitler den Arbeitern versprach, erstreckte sich jetzt immer mehr auf das „internationale Judentum". Als die Kommunistische Partei im Reichstag einen früheren Antrag auf Enteignung der „Bank- und Börsenfürsten", den die Faschisten selbst eingebracht hatten, wieder vorlegte, nötigte Hitler seine Fraktion, gegen diese Vorlage zu stimmen. War das „Sozialprogramm" der Faschisten bisher verwaschen, unklar, auf dunkle Andeutungen begrenzt gewesen, so wurde Hitler gegenüber den Industriellen eindeutiger. Vor ihnen bekannte er, daß er das Recht des Unternehmers auf absolute Autorität und Verantwortlichkeit gegenüber der Demokratie verteidige. „Es ist ein Widersinn, wirtschaftlich das Leben auf dem Gedanken der Leistung, des Persönlichkeitswertes, damit praktisch auf der Autorität der Persönlichkeit aufzubauen, politisch aber diese Autorität der Persönlichkeit zu leugnen und das Gesetz der größeren Zahl, die Demokratie, an dessen Stelle zu schieben. Es muß damit langsam ein Zwiespalt zwischen der wirtschaftlichen und der politischen Auffassung entstehen; den zu überbrücken man durch Angleichung der ersteren an die letztere versuchen wird ... Der politischen Demokratie analog ist auf wirtschaftlichem Gebiet aber der Kommunismus. Wir befinden uns heute in einer Periode, in der diese beiden Grundprinzipien in allen Grenzgebieten miteinander ringen ... Das Ergebnis aber ist, daß in einem Staat, in dem das ganze politische Leben – angefangen bei der Gemeinde und endigend im Reichstag – sich auf dem Gedanken der Demokratie aufbaut, die Armee allmählich ein Fremdkörper werden muß." Nicht wirtschaftliche Maßnahmen seien geeignet, Deutschlands Zerfall aufzuhalten, sondern nur grundsätzliche politische Entscheidungen. Um sie herbeizuführen, empfahl er sich und seine faschistische Partei: „Sie sehen hier eine Organisation vor sich, … erfüllt von eminentestem, nationalem Gefühl, aufgebaut auf dem Gedanken einer absoluten Autorität der Führung auf allen Gebieten, in allen Instanzen – die einzige Partei, die in sich nicht nur den internationalen, sondern auch den demokratischen Gedanken restlos überwunden hat, die … Befehl und Gehorsam kennt … Und wenn man uns unsere Unduldsamkeit vorwirft, so bekennen wir uns stolz zu ihr – ja, wir haben den unerbittlichen Entschluß gefaßt, den Marxismus bis zur letzten Wurzel in Deutschland auszurotten."[150] In den nach der Rede einsetzenden Beifall rief der Industrielle Fritz Thyssen: „Heil, Herr Hitler!"

Brecht war mit der faschistischen Bewegung erstmals 1923 in Berührung gekommen. Damals putschte Hitler in München, und Brecht konnte nicht mit der Probe zu „Leben Eduards des Zweiten" beginnen. In der Zwischenzeit hatte sich Brecht zu einem politisch verantwortlich fühlenden Künstler und revolutionären Schriftsteller entwickelt. Doch in der Vielfalt der Probleme und Kämpfe spielte für ihn Hitler bis 1930 keine Rolle. Bis zu diesem Zeitpunkt verschwendete Brecht an den Mann, zu dessen Bekämpfung er fast sein gesamtes weiteres Leben aufbrauchte, keinen Gedanken. Das verwundert, weil Brecht seit Mitte der zwanziger Jahre die politische Szenerie sorgfältig beobachtete, um die Ursachen menschlicher Verelendung aufzuspüren. Sicher läßt sich dieser Umstand vor allem darauf zurückführen, daß Brecht an den wesentlichen, nicht sofort sichtbaren Zusammenhängen interessiert war, nicht an den zeitweiligen, auswechselbaren Köpfen und Kräften, deren sich die Geschichte bediente. Hinzu kam, daß die NSDAP in Berlin bis in die zweite Hälfte der zwanziger Jahre absolut keine Rolle spielte. Sie bestand aus einem Grüppchen von

Leuten, die in einem verdreckten Kellergewölbe eines Hinterhauses in der Potsdamer Straße 109 zusammenkamen und mehr mit sich selber beschäftigt waren, als daß sich die Berliner Öffentlichkeit mit ihnen beschäftigt hätte. Bei den letzten Stadt- und Bezirksverordnetenwahlen vor 1930 erhielt diese Partei ganze 137 Stimmen.

Hätte man Brecht damals gesagt, daß dieser Goebbels, der im November 1926 nach Berlin kam und sich ein Quartier suchte, weil ihn ein Schreiben Hitlers als Gauleiter von Berlin auswies, einmal zum Figurenensemble seiner Stücke zählen würde, wäre ihm nicht klar gewesen, welche Rolle diese Figur hätte spielen sollen. Tucholsky charakterisierte ihn ironisch: „Du bist bloß laut – sonst biste jahnich wichtig!“ Obwohl Goebbels' geistige Fähigkeiten später infolge ihrer diabolischen Konsequenzen eher überschätzt wurden, war es wiederum fahrlässig, diesen schreienden Intellektuellen, der Berlin erobern wollte, zu unterschätzen. Mit ihm placierte sich der Gegenspieler einer Kunst, die der Vernunft, der Klarheit, der Freundlichkeit zum Durchbruch verhelfen wollte. Was Brecht aus dem Theater zu vertreiben suchte, den Rausch, die Ekstase, die Weihe, das Schwüle, das Mystische, das trug Goebbels auf die Straße. Je weniger hymnisch-pathetisch sich die Sprache der Literatur gab, desto mehr wurde es die Sprache der Politik, mit der sich Hitler und Goebbels an die Massen wandten. Die Dämonie, die Brecht von der Bühne verbannte, triumphierte im Berliner Sportpalast, wenn Goebbels und Hitler dort ihre Reden hielten. Den Mythos, den Brecht in der Kunst abbaute, baute Goebbels in der Politik auf, indem er den Deutschen ihren „Führer“ stilisierte. Eine Atmosphäre der Weihe und Hingabe sollte den Boden bereiten zur Einfühlung in den Führer. Insofern traf Benjamins Begriff von der „Ästhetisierung der Politik“ sehr genau das der faschistischen Demagogie innewohnende methodische Prinzip. Das „eingreifende Denken“, von dem sich Brecht so viel versprach, wurde herausgefordert durch eine atavistische Beschwörung der Massen. Die Mittel, die Brecht für das Theater als verschlissen brandmarkte, ungeeignet für ein modernes Theater, nutzte Goebbels für seine Theatralisierung der politischen Versammlungen. Während Brecht mit dem Lehrstück experimentierte, lehrte Goebbels in Politik und Wirtschaft den Glauben. Die Theatralisierung der Straße nahm Goebbels so in Anspruch, daß er kaum Anstrengungen darauf verwandte, dem revolutionären Theater der Weimarer Republik, den Spieltrupps der Arbeiterklasse, etwas entgegenzusetzen. Die Gründung der Nationalsozialistischen Volksbühne im Theater in der Berliner Klosterstraße blieb eine kümmerliche Episode. Herbert Jhering schrieb dazu 1931 im „Berliner Börsen-Courier": „Die NS.-Volksbühne ist das kläglichste Versagen einer Kulturpolitik, das überhaupt denkbar ist. Herr Dr. Goebbels, der Propagandachef, müßte entsetzt sein."[151]

Goebbels Kunstpolitik vor 1933 bestand mehr in destruktiver Kritik und Provokation als in eigenen Initiativen. Wie gefährlich auch diese Politik in einer Situation war, da die finanzmächtigen Kräfte sich anschickten, die derzeitige Regierung durch Hitler auszuwechseln, zeigte das von Goebbels persönlich inszenierte Vorgehen gegen den Remarque-Film „Im Westen nichts Neues". Am 5. Dezember 1930, fast zur gleichen Zeit, als Brecht seinen Kampf mit der Nero-Filmgesellschaft führte, fand im Mozart-Kino am Nollendorfplatz die erste öffentliche Aufführung des Films statt. Goebbels hatte vorher den Großteil der Karten aufkaufen und an seine SA-Trupps verteilen lassen. Während der Film lief, warfen sie Stinkbomben und ließen weiße Mäuse los. Bei diesen Störaktionen tat sich auch Brechts früherer Freund Arnolt Bronnen hervor. Von der Galerie aus dirigierte Goebbels selbst die Kampagne. Fünf Tage lang ließ er seine SA auf den Film los, fünf Tage lang kam es zu Krawallen, die sich auf der Straße fortsetzten. Über seine Zeitung „Der Angriff“ wandte er sich an seine Anhänger: „Auf nach dem Nollendorfplatz! Nieder mit dem Sudelfilm! Für die Gefallenen des großen Krieges! Rettet ihre Ehre! Rettet ihr Andenken!“[152] Nunmehr fanden sich die Regierungsstellen bereit, einzugreifen, aber nicht zum Schutze des Films, sondern um ihn zu verbieten. „Wegen Schädigung des deutschen Ansehens“ sprach die Filmoberprüfstelle ein Verbot des Streifens für das gesamte Reichsgebiet aus. In einem Artikel zog Goebbels das Resümee seiner Aktion: „Damit hat die nationalsozialistische Bewegung im Kampf gegen dieses jüdische Sudelwerk auf der ganzen Linie gewonnen. Der Anlaß ... war ein scheinbar geringfügiger. In Wirklichkeit aber handelte es sich um eine prinzipielle Frage: darf es die Asphaltdemokratie weiterhin ungestraft wagen, angesichts der zunehmenden Nationalisierung der breiten Massen dem deutschen Publikum eine solche Verhöhnung deutscher Ehre und deutscher Tradition anzubieten? ... Es war am Ende ein Kampf um Grundsätzlichkeiten. Wir waren die Träger des sittlichen Staatsgedankens und zwangen damit die preußische Regierung in eine immer unmöglichere Rolle hinein. Sie mußte mit einem grotesken Machtaufwand ein Sudelwerk beschützen, das in wachsendem Maße von der breiten Öffentlichkeit in seiner Widerwärtigkeit abgelehnt wurde. Die eingesetzten Mittel standen zum Schluß in gar keinem Verhältnis mehr zu der Sache, die beschützt wurde, und an dieser Differenz ist die preußische Regierung gescheitert. ... Es war ein Kampf um die Macht zwischen marxistischer Asphaltdemokratie und deutschbewußter Staatssittlichkeit. Und zum ersten Male haben wir in Berlin die Tatsache zu verzeichnen, daß die Asphaltdemokratie in die Knie gezwungen wurde.“[153]

Das zeitliche Zusammenfallen der Nazikrawalle gegen den Remarque-Film mit dem „Dreigroschenprozeß“ verdeutlicht noch einmal, wie wenig der von Brecht geführte

Prozeß der politischen Situation entsprach. So stichhaltig dieses „soziologische Experiment“ auch war, jetzt ging es um Existenzbedingungen ganz anderer Art. Der Kapitalismus hatte auf eine andere Gangart geschaltet, er schickte sich an, politischen Kräften die Macht zu übertragen, die eine andere Kunst einfach durch physischen Terror erzwangen und nicht allein durch die Verfügungsgewalt über die Apparate.

Wenn Brecht seit dem September 1930 der Faschisierung des gesellschaftlichen Lebens mehr Aufmerksamkeit schenkte, so doch keineswegs den Naziführern, sondern den Auswirkungen ihrer Demagogie auf die Massen. In den Sturmlokalen der SA sammelten sich neben deklassierten Kleinbürgern und heruntergekommenen Intellektuellen auch Arbeiter. Die SA suchte in die traditionellen Arbeiterbezirke einzudringen und dort Anhänger zu gewinnen. „So entstanden aus den Treff- und Verkehrslokalen der SA die sogenannten ‚Sturmlokale‘. Sie bildeten darüber hinaus auch eine Art Zuhause für die arbeitslosen SA-Männer. Hier gab es eine warme Stube, Essen und Bier, und hier gab es auch lange Unterhaltungen, in denen sie einander ihre Heldentaten erzählten. Bei diesen Lokalen handelte es sich durchgehend um Kaschemmen, die von Normalbürgern gemieden wurden. ... Immerhin gelang es damit, strategische Schwerpunkte zu bilden.“[154] In die SA gerieten auch Arbeiter, für die die Republik nichts außer Elend und Arbeitslosigkeit gebracht hatte und die deshalb wollten, daß alles ganz anders werde, vor allem möglichst bald. Sie bekamen ein Paar Stiefel angepaßt und standen sehr bald schon in Reih und Glied, um sich willig in jede Richtung kommandieren zu lassen.

Der verführte Prolet, der seinen eigenen Klassengenossen als SA-Mann gegenübertritt, bildete die Thematik der frühen Auseinandersetzung Brechts mit dem Faschismus. Im „Lied vom SA-Mann“ griff er sie erstmals auf; sie sollte nicht so bald aus seinem lyrischen Repertoire verschwinden. Das Lied entstand im November 1931 und kam in der Roten Revue „Wir sind ja soo zufrieden“ der Jungen Volksbühne zum Vortrag. Damals trug es noch den Titel „Lied vom SA-Proleten“. In seinen Attacken gegen den Faschismus unterschied Brecht zwischen den Verführten und dem Zulauf aus Dummheit und korruptem Verhalten. Beide thematischen Aspekte durchziehen seine Gedichte. Im Ton der lyrischen Aussage sind sie ganz verschieden gestimmt: Warngedichte die einen, geschrieben, um Verführte einsichtig zu machen; Satiren die anderen, darauf gerichtet, die Dummheit zu brandmarken. Im „Lied vom SA-Mann“ distanziert sich der Dichter nicht von dem Proleten, dem „der Magen knurrte“, der „vor Hunger einschlief“, der nach links marschieren wollte und nach rechts dirigiert wurde, der blind hinterherlief. Klassenbewußte revolutionäre Haltungen verstanden sich nicht von selbst. In den Jahren, da sich Brecht mit den Ursachen menschlichen Elends beschäftigt hatte, war ihm auch klargeworden, wie schwer es ist, sich seiner eigenen Lage bewußt zu werden. Der Umstand, daß das Proletariat nichts zu verlieren hatte, machte es zwar willig, seine Ketten abzuschütteln, aber auch anfällig gegenüber Verführungen jeglicher Art.

Ich hatte nichts zu verlieren,
Und lief mit, wohin war mir gleich.[55]

Der SA-Mann, von dem im Gedicht die Rede ist, ist noch immer der Bruder, obwohl er schon den Revolver in der Hand hält, um auf seinesgleichen zu schießen. Das Gedicht hat viel mit dem 1931 entstandenen „Lied vom Klassenfeind“ gemeinsam, an dem Brecht im Exil weiterarbeitete. In ihm wird die Verführung als politisches Problem aufgeworfen, während in dem anderen der Verführte als Person, als lyrisches Subjekt auftritt. Beides sind Warngedichte, gerichtet an die Klassenbrüder, sich der allgemeinen Gesetze des Klassenkampfes bewußt zu werden und sich nicht verführen zu lassen.

9

…
Und das ist es auch, weswegen
Ihr euch nicht wundern dürft
Wenn sie sich werfen auf uns, wie der Regen
Sich auf den Boden wirft.

10

…
Und wer ihnen da geglaubt hat
Daß sie seine Freunde sind
Der hat eben dann erwartet
Daß der Regen nach oben rinnt.[156]

Die Schlußstrophe des „Liedes vom SA-Mann“ schrieb Brecht im Exil um. In der letzten Fassung lautet sie:

So stirbt mir jetzt mein Bruder
Ich schlacht' ihn selber hin
Und weiß doch, daß, wenn er besiegt ist
Ich selber verloren bin.[157]

Der ursprünglichen Fassung lag ein ganz anderer Vorgang zugrunde:

Da sagt' ich zu meinem Bruder:
Bruder, ich war ein Tor.
Da ging mit mir mein Bruder
Gegen die Herren vor.[158]

Vor 1933 hatte das Gedicht eine andere operative Funktion. Es wurde auf politisch-literarischen Veranstaltungen vorgetragen; es sollte Einfluß auf Schwankende, Verführte, Verunsicherte nehmen. Deshalb beschränkte es sich nicht auf die Warnung, sondern zielte auf Wandlung, Läuterung, Erkenntnis der Lage. Brecht machte hier, wie sonst ganz selten, von kathartischen Wirkungen Gebrauch.

Mit unbarmherzig satirischer Diktion schrieb er dagegen die „Hitler-Choräle“. Hier wollte er die Dummheit, die korrupte Bereitwilligkeit des Kleinbürgers treffen, aber auch das Kleinbürgerliche, das selbst in der Arbeiterklasse steckte. Vor Augen hatte er dabei ein Verhalten, das vor jeder entschiedenen Maßnahme zurückschreckte, das keine Erkenntnis mehr scheute als die, daß es Ausgebeutete und Ausbeuter gibt. Ihm lag daran, jene Haltung anzuprangern, die immer nach den versöhnlichen, den bequemen, den im Grunde folgenlosen Lösungen verlangte und so mit einer gewissen Zwangsläufigkeit jeder gemeinen Lüge, jedem brutalen Betrug aufsaß. Dafür prägte Brecht die Metapher vom Kalb, das willig seinem Metzger folgt.

In den „Hitler-Chorälen“ gibt es keine Differenzierungen. Die Verse sind Beschimpfungen und wollen es sein. Das besonders Aufreizende und Verletzende ihrer Diktion entsprang einem raffiniert ausgewählten Parodieverfahren. Brecht benutzte die Form des christlichen Chorals, dessen demütige Gläubigkeit Strophenbau, Reim und Vers prägt, zum satirischen Angriff auf Hitlers demagogische Politik und auf die, die ihr erlagen. Über die Beschimpfung hinaus verfochten diese Verse jedoch ein aufklärerisches Anliegen. Die provokative Gegenüberstellung des Unvereinbaren, dargeboten in der Form des demütigen christlichen Chorals, sollte Einsicht, aber auch Empörung über den offenkundigen schamlosen Betrug wecken:

„Mög er dem Landvolk den höheren Brotpreis bewilligen! – Doch auch das Brot recht verbilligen!“ „Mög er dem Kleinhandel helfen ... – Doch auch das Warenhaus dulden!“ „Mög er den Siedlungsgedanken in Deutschland befestigen! – ... Mög er die Junker im Reich auch nicht um Brachland belästigen!“ An letzterem war bereits Reichskanzler Brüning gescheitert, als er eine Siedlungsaktion zur Milderung der Arbeitslosigkeit in Gang setzen wollte, dabei aber auf den entschiedenen Widerstand Hindenburgs, des Interessenvertreters der Junker und Großagrarier, stieß. Hindenburg verstieg sich dazu, seinem Kanzler „bolschewistische Neigungen“ zu unterstellen.

Die Literaturgeschichtsschreibung hat Brecht den Vorwurf gemacht, daß ihm das Parodieverfahren in den „Hitler-Chorälen“ mißlungen sei, daß er sich mit diesen Gedichten überhaupt nicht auf der Höhe der Zeit befunden habe, insofern sie Gegensätze betonen, wo sich bereits Gemeinsamkeiten im Kampf gegen Hitler hätten erkennen lassen.[159] Politische Differenzierung aber, wie etwa im „Lied vom SA-Mann“, konnte mit dem satirischen Genre der „Hitler-Choräle“ nicht geleistet werden. Allerdings verbirgt der aggressive Ton auch nicht die Betroffenheit Brechts über den Massenzulauf der Nazis. Er, der seit Jahren sein ganzes Denken auf die Umwälzung der Gesellschaft ausgerichtet hatte, auf Experimente über neue Möglichkeiten menschlichen Zusammenlebens, sah sich plötzlich mit Haltungen konfrontiert, die sein Wollen und Tun total in Frage stellten. Vor allem im Jahre 1932 wurde ihm klar, welcher weitreichenden Umstellung seiner künstlerischen Vorhaben es bedurfte, um den Kampf gegen den Faschismus aufzunehmen.

Brecht interessierte sich sehr früh dafür, wie die Faschisten den Mann auf der Straße entweder einschüchterten oder gewannen. In unmittelbarer Nähe seiner Wohngegend, auf dem Kurfürstendamm, konnte er sehen, wie SA-Trupps jüdische Bürger zusammenschlugen und bestimmte Personen der politischen Öffentlichkeit terrorisierten. Er wußte von den Aktionen des 5. SA-Sturms, angeführt von Horst Wessel, einem verbummelten Studenten, der im Bereich der Frankfurter Allee als übler Schläger, Säufer und Hurer galt. Dieser Mann, der Mädchen für seine sexuellen wie für seine politischen Bedürfnisse einspannte, wurde 1930 von einem ähnlichen Typ, nur ohne jegliches politisches Motiv, erschossen. Goebbels benutzte den Mord, um ihn den Kommunisten in die Schuhe zu schieben. Mit Unterstützung des Schriftstellers Hanns Heinz Ewers stilisierte er Horst Wessel zum Märtyrer der nationalsozialistischen Bewegung, zum Ideal des „unbekannten SA-Mannes", zu einer Siegfried-Gestalt. Als die Faschisten ihn mit großem Aufwand auf dem Nikolai-Friedhof, nahe dem Bülow-Platz, beisetzten, stand zum Ärger der Faschisten an der Friedhofsmauer: „Dem Zuhälter Wessel ein letztes Heil Hitler!"

Brecht griff diese Vorgänge, die er in Berlin miterlebte, später im Exil mehrfach auf. Aus dem Horst-Wessel-Lied „Die Fahne hoch" machte er den „Kälbermarsch". „SA marschiert mit ruhig festem Tritt" parodierte er: „Das Kalb marschiert mit ruhig festem Tritt. / Die Kälber, deren Blut im Schlachthof schon geflossen / Sie ziehn im Geist in seinen Reihen mit." 1935, als die Kommunisten Sally Epstein und Hans Ziegler wegen angeblicher Beteiligung an der Ermordung Horst Wessels in Berlin-Plötzensee hingerichtet wurden, schrieb Brecht die „Horst-Wessel-Legende". Er bezog sich dabei vor allem auf die Legendenbildung des Horst-Wessel-Buchs von Hanns Heinz Ewers, das bereits 1933 in einer Auflage von 70000 Exemplaren verbreitet worden war. Brecht interessierte der gewöhnliche Zuhälter Wessel nur, soweit er ein politischer Zuhälter war. Im Gewerbe des Zuhälters sah Brecht die politische Funktion der faschistischen Partei verkörpert. „So wie der gewöhnliche Zuhälter sich zwischen die arbeitenden Prostituierten und ihre Mieter einschaltet, den Geschäftsakt überwacht und Ordnung in das Geschäft bringt, schaltet sich der politische Zuhälter zwischen die Arbeiter und ihre Käufer ein, überwacht den Verkaufsakt der Ware Arbeitskraft und bringt Ordnung in das Geschäft. ... Wie der gewöhnliche Zuhälter die Prostituierte ‚schützt', so ‚schützt' der politische das Proletariat, und wie jener die Prostituierte nicht vor der Prostitution, sondern nur vor der Verletzung der Spielregeln, gegen Übergriffe innerhalb der erlaubten Griffe ‚schützt', so ‚schützt' er das Proletariat nicht vor der Ausbeutung, sondern vor deren Übergriffen. ... Sein Hauptverdienst um sie ist die *Arbeitsbeschaffung*. Ohne ihn läge sie allein in ihrem Bett. ... Jeden Versuch, von der Prostitution loszukommen und einer Lage zu entrinnen, die sie zwingt, ihre Liebe zu verkaufen, vereitelt er erbarmungslos. Denn, wo bliebe da er?"[160]

Neben dem Typus des politischen Zuhälters gab es unter den Faschisten auch den des fanatisierten Kleinbürgers. Er brachte jene demütigende Opferbereitschaft, jene militante Entschlossenheit auf, die aus der Übertragung sozialer Beweggründe ins Nationale gespeist wurde. Für Brecht war dieser Typus zu borniert, zu abgrundtief dumm, als daß er ihn zum Gegenstand einer differenzierten Gestaltung oder Analyse gemacht hätte. Aber er war eine politische Realität, denn sonst wäre es den Faschisten nicht möglich gewesen, dem Volke jahrelang die größten Opfer abzuverlangen. Eine solche Haltung spricht zum Beispiel aus einem Brief, gerichtet an den damaligen SA-Führer Gregor Strasser: „Ich habe in meiner Arbeit für die N.S.D.A.P. mehr als dreißigmal vor Gericht gestanden und bin achtmal wegen Körperverletzung, Widerstandsleistung und ähnlicher für einen Nazi selbstverständlicher Delikte vorbestraft. An der Abbezahlung der Geldstrafen trage ich heute noch und habe zudem noch weitere Verfahren laufen. Ich bin ferner mindestens zwanzigmal mehr oder weniger schwer verletzt worden. Ich trage Messerstichnarben am Hinterkopf, an der linken Schulter, an der Unterlippe, an der rechten Backenseite, an der linken Oberlippe und am rechten Oberarm. Ich habe ferner noch nie einen Pfennig Parteigeld beansprucht oder bekommen, habe aber selbst ungezähltes Geld für meine Ortsgruppe und meine S.-A. geopfert. Ich habe auf Kosten meines mir von meinem Vater hinterlassenen guten Geschäftes meine Zeit unserer Bewegung geopfert. Ich stehe heute vor dem wirtschaftlichen Ruin ..."[161] Auf eine solche Verblendung pflegte Brecht fast ausschließlich satirisch zu reagieren. Was diese Leute zu einem derartigen Fanatismus trieb, interessierte ihn kaum. Soviel Verständnis er für den Proleten aufbrachte, der der wirtschaftlichen Misere erlag und zu allem bereit war, wenn ihm jemand „ein Plätzlein an der Sonn" versprach, so wenig konnte er sich in jene hineindenken, bei denen das Nationale eine irrationale Besessenheit und Hoffnungsgläubigkeit angenommen hatte.

Charakteristisch für die Denkweise Brechts ist, daß er sich im Unterschied zu anderen fortschrittlichen Intellektuellen von Anfang an mehr für die objektiven als für die subjektiven Faktoren des aufkommenden Faschismus interessierte. Gerade aber nach den objektiven Faktoren wurde unter den Schriftstellern und Künstlern wenig gefragt. Man machte sich Gedanken, woran es lag, daß Hitler mit einer derart primitiven Ideologie die Massen zu hypnotisieren vermochte, welche Ideale und idealistischen Denkgewohnheiten er mißbrauchte. Darüber gab es Diskussionen. Brechts Nachdenken über den Faschismus verlief in anderen Bahnen. In einer kleinen, Fragment gebliebenen Skizze von 1929 versuchte er erstmals Klarheit über das Wesen des Faschismus zu gewinnen. „Man kommt dem Wesen des Faschismus nicht mit staatsrechtlichen Sophistereien nahe. Jede Argumentation, die von einem derartigen Blickpunkt aus vorgenommen wird, läßt einen gewaltigen Rest ungelöst, der sich nicht mit ideologischer Analyse auflösen läßt. Sie bleibt sinnlos und muß so lange sinnlos bleiben, wie man sich dazu versteht, den Staat als die Verwirklichung einer sittlichen Idee aufzufassen."[162] Nicht in verwerflichen deutschen Denktraditionen, nicht in einem unerklärlichen Hang zum Irrationalismus sah er den Ausgangspunkt der faschistischen Bewegung, sondern in der Krisensituation des monopolistischen Kapitalismus. „Und wie sich in der Epoche des Konkurrenzkapitalismus die demokratische Staatsform als diejenige erwies, die am zweckmäßigsten die Anwendung dieses Klassenkampfinstruments gewährleistete, so zeigt sich nun, daß der Übergang zum Trustkapitalismus notwendig seinen Ausdruck in einer veränderten Staatsform finden muß. Und das ist der Faschismus, ein Staats- und Wirtschaftssystem, dessen ideologische Komponenten ebenso kompliziert und untergründig sind, wie sein praktisches Ziel als gegeben feststeht. Ein System, das den Staat negiert, um an seine Stelle den nebelhaften Begriff einer ‚Wirtschaft' zu setzen, unter deren Zwang sich alles Geschehen innerhalb des Staates zu beugen habe. Eine Konstruktion, die vom Staate nicht mehr als von der Verwirklichung einer sittlichen Idee spricht, sondern die im Staat und durch den Staat organisierte Wirtschaft als die ‚sittliche'."[163]

Diese Selbstverständigung über die Ursachen der faschistischen Bewegung bestimmte in den folgenden Jahren seine Arbeiten zum Thema Faschismus. Die frühen Notierungen wiesen darauf hin, daß er sich vorerst publizistisch, in theoretischen und polemischen Artikeln, mit dem Faschismus auseinandersetzen wollte, noch nicht aber in größeren literarischen Werken. Ihm lag an einem schnellen, operativen Eingreifen. Unter dem 9. November 1931 notierte Brecht den Vorschlag, eine „Zeitschrift zur Klärung der faschistischen Argumente und der Gegenargumente" zu gründen. Wie stets blieb er nicht lange beim Allgemeinen stehen und lieferte gleich den Entwurf. Er enthielt eine Aufstellung der Themen, die ihm vordringlich erschienen. Hinter jedem Themenkomplex stand bereits der Name des heranzuziehenden Spezialisten, oft waren es auch mehrere, mit Adresse und Telefonnummer. Bis auf Bernard von Brentano wählte Brecht keine Personen aus seinem Freundeskreis, sondern solche, die ihm im politischen Leben mit Meinungen zu bestimmten Fragen aufgefallen waren oder die man ihm empfohlen hatte. Für den Themenkomplex Nationalismus, Staat, Nation schlug er Harro Schulze-Boysen und Engelbert Brödler vor, für Diktatur- und Demokratiefragen Braun, für Rassenfragen und Verhüllungsideologie Horst von Hartlieb, für Kulturpolitik und Frauenfragen Grete Stein und Martin Hörz. Das ganze Unternehmen wollte er so organisiert wissen, daß eine Gruppe sorgsam die Hauptargumente der Faschisten herauspräparierte und Belege sammelte, während eine andere Gruppe die Gegenargumente formulierte. Die einzelnen Arbeitsschritte ordnete er pädagogisch sehr überlegt an. Nicht die pauschale Zurückweisung, nicht die allgemeine ideologische Verdammung, sondern scharfsinnige politische Analyse sollte demonstriert werden, die enthüllte und bloßstellte. Ein Arsenal der Vernunftgründe, der objektiven Beweise gedachte er gegen die politische Phrase aufzubauen. So sollte untersucht werden: „warum ist der NS kein sozialismus?" Ob die Führer der Nazis „unabhängig" seien, stellte er als Frage.[164] Es ging ihm um die Klärung von Problemen, die von den Faschisten demagogisch benutzt wurden. Die Ideen, die Brecht für dieses Zeitschriftenprojekt entwickelte, baute er im Exil weiter aus und ordnete sie in eine größere Konzeption ein.

Daß Brecht seine Agitationspläne mit verschiedenen Leuten besprach und sich höchstwahrscheinlich auch mit Material versorgen ließ, geht aus einem weiteren Unternehmen hervor, das sich mit der Lage an den deutschen Universitäten, insbesondere mit der geistigen Situation an der Berliner Universität, beschäftigen sollte. Nach seiner Exmatrikulation in München hatte sich Brecht Anfang der zwanziger Jahre an der Berliner Universität einschreiben lassen.[165] Er wird sie allerdings kaum betreten haben; aber was dort gelehrt wurde, welches geistige Klima herrschte, das interessierte ihn jetzt mehr als Anfang der zwanziger Jahre. Informant in dieser Sache könnte Slatan Dudow gewesen sein, der noch immer Beziehungen zur Berliner Universität besaß. Die Basis der revolutionären Kräfte an den Universitäten war damals sehr schmal. Weder unter den Hochschullehrern noch unter den Studenten hatte der Marxismus breiteren Einfluß gewinnen können. Dafür aber war die Konterrevolution stark. Bereits 1929 erreichte der faschistische Studentenbund bei den Asta-Wahlen aufsehenerregende Erfolge. 1932 verstärkte sich sein Einfluß so, daß es kaum noch eine Studentenvertretung gab, in der die Faschisten nicht die Mehrheit besaßen. Goebbels konnte 1933 während der Bücherverbrennung auf dem Opernplatz die Studenten mit einem gewissen Recht als „Vorkämpfer und Verfechter" des faschistischen Staates bezeichnen.

Insofern verriet Brechts Plan, sich mit den Universitäten zu beschäftigen, politischen Sinn für die Schwachstellen des alltäglichen politischen Klassenkampfes. Die Untersuchung gedachte er wieder so zu führen, daß man zu operativ handhabbaren Argumenten kam und nicht bloß zu einer Einschätzung der allgemeinen Lage. Brecht interessierte, welche Aussprüche von Dozenten oder Studenten direkt oder indirekt faschistische Gesinnung erkennen ließen. Er skizzierte einen Plan, der einer soziologischen Untersuchung gleichkam.

„die erhebungen sollen sich erstrecken auf (und organisiert werden im hinblick auf)

a) fakultäten (seminare kollegs prüfungen usw.)

b) senat (anschläge ansprachen verhaltensweisen disciplinarverfahren bei unruhen usw.)

c) wirtschaftskörper (bei gebührenerlaß usw.)

d) asta

e) verbände

vorschläge argumente und organisationsmethoden gegen die fascisierung der universitäten.“[166]

Wie alle seine Vorhaben, so betrieb Brecht auch dieses mit großem Ehrgeiz. Er wollte politisch nicht nur mitmachen, für ihn war es ein Bedürfnis, Vorschläge anzubieten, Strategien zu entwickeln, sich in Organisationsfragen einzumischen. Man hat diesen seinen Ehrgeiz im Operativen immer unterschätzt. Für einen Dichter schien er deplaciert zu sein. Dabei wäre es sein Wunsch gewesen, daß sich die Politiker mit ihm berieten. Seinen Vorschlag über die „darstellung der geistigen situation der berliner universität“ faßte er sogleich in den entscheidenden Punkten zusammen, auf die es jetzt ankäme: „die kampfführung muß berücksichtigen, daß der kampf gegen einen einheitlichen ideologisch stabilierten gegner geführt werden muß, also mit einheitlichen argumenten organisationen und methoden. umwandlung des guerillakrieges in den modernen organisierten, auf arbeitsteilung basierten krieg. argument als einheitswaffe.“[167]

Im November 1931 begann Brecht die Bearbeitung einer Shakespeare-Komödie, die über eine Vielzahl von Varianten sein erstes großes Stück gegen den Faschismus werden sollte. Er griff dieses Projekt zwar als heißes politisches Eisen auf, doch vorerst war es nicht gegen die Nazis gerichtet: Hitler war noch kein Thema des epischen Theaters.

Der Regisseur, Stückeschreiber, Filmemacher und Kunstliebhaber Ludwig Berger schlug Brecht für eine Aufführrung an der Berliner Volksbühne die Bearbeitung von Shakespeares „Maß für Maß“ vor. Die Initiative dazu muß ganz von Berger ausgegangen sein, denn Brecht dürfte diesen Regisseur, der erst 1930 von seiner Filmarbeit aus Hollywood nach Berlin zurückgekehrt war, nicht gekannt haben. Was Berger bisher gemacht hatte, berührte sich in keiner Weise mit Brecht und der durch ihn vertretenen Richtung. Seine Filme basierten auf Elementen der Romantik und strebten nach einer märchenhaften Verzauberung der Wirklichkeit. Der Träumerei mehr zugetan als der harten Gesellschaftskritik, schien er als Partner Brechts ganz ungeeignet. Er besaß aber auch Eigenschaften, die Brecht sicherlich gefielen. Außerdem verfügte er über ein vielseitiges geschichtliches Wissen und künstlerische Sensibilität. War er auch damals noch nicht der Shakespeare-Kenner und -Forscher, zu dem er später wurde, so besaß er doch bereits ein ungewöhnliches Interesse für den englischen Dramatiker. Und davon wird sich Brecht vor allem etwas versprochen haben.

Die Liebe zu Shakespeare bewog Ludwig Berger zu dem Vorhaben, die bislang wenig gespielte Komödie „Maß für Maß“ auf der deutschen Bühne einzubürgern. Doch glaubte er in diesem Werk Wendungen zu erkennen, die seine Hoffnung schmälerten, dem Theater ein Repertoirestück zu gewinnen. Als Sachverständiger in allen dramaturgischen Fragen, als der er sich stets fühlte, meinte Brecht, mit einem geschickten Eingriff werde viel zu machen sein. Aber es kam anders. Der ursprüngliche Bearbeitungsversuch weitete sich zu einem neuen Stück aus, das aber sein Publikum in Deutschland nicht mehr erreichte. Statt der geplanten Inszenierung drehte Berger den Ufa-Film „Der Walzer-Krieg“. Auch für ihn die letzte Arbeit in Deutschland, dann ging er ins Exil.

In „Maß für Maß“ stellte Shakespeare folgende Geschichte auf die Bühne: Der Edelmann Angelo übernimmt in Abwesenheit des Herzogs die Regentschaft. Als erstes beschließt er, gegen das Laster vorzugehen, und läßt alle Freudenhäuser schließen. Von den neuen Maßnahmen wird auch der Edelmann Claudio betroffen. Weil er vor der Ehe seine Braut geschwängert hat, wird er von Angelo in den Kerker geworfen und zum Tode verurteilt. Doch Claudios Schwester Isabella bittet Angelo um Gnade. Die will Angelo jedoch nur gewähren, wenn sie sich ihm hingibt. Der Herzog aber ist nicht im Ausland, er hält sich verkleidet in Wien auf. Noch baut er auf seinen Stellvertreter, von dem er glaubt, er wolle Isabella nur auf die Probe stellen. Deshalb schickt er die als Isabella verkleidete Mariane, Angelos frühere Braut, zu ihm. Aber dieser hält sein Versprechen nicht. Er ist bereit, Claudio hinzurichten. Da greift der Herzog ein und hält Gericht. Nur die reine Liebe Marianes bewahrt Angelo davor, daß an ihm „Maß für Maß“ vollzogen werde, was er anderen zugedacht.

Brecht geizte nicht mit Lob und wies dem Werk einen Stellenwert zu, den es in der Literaturwissenschaft bisher nicht erlangt hatte. „Maß für Maß gilt für viele als das philosophischste aller Shakespearischen Werke, es ist zweifellos sein fortschrittlichstes. Er verlangt von den Hochgestellten, daß sie nicht nach anderem Maße messen, als sie selbst gemessen sein wollen. Und es zeigt sich, daß sie nicht von ihren Untertanen eine moralische Haltung verlangen dürfen, die sie selber nicht einnehmen.“[168] Ludwig Bergers Unbehagen betraf vor allem die Passivität der Isabella-Figur. Gegenüber anderen Mädchengestalten Shakespeares sei sie allzu unbeweglich und fast ausschließlich auf ihre Tugend bedacht. Ungünstig sei auch, daß sich der Vertauschungsvorgang nicht auf der Bühne abspiele und nicht einmal ausführlich berichtet werde. „Brecht überlegte und brachte am nächstfolgenden Morgen entscheidende Gedanken zu zwei Szenen mit ... In der ersten dieser beiden ... Zufügungen sollte die Situation des Tauschs (Mariane statt Isabella) komödienhaft dramatisiert werden, wobei wir uns der amüsanten Kupplerin, Frau Überle, so wie sie sich mit wenigen Strichen bei Shakespeare vorgezeichnet fand, bedienten. Die zweite Szene war eine völlige Überarbeitung des Schlusses, zuletzt ganz auf den Titel ‚Maß für Maß' zugeschnitten, die sich bis zu der These steigerte: ‚Auch Wohltat nur mit Maß!'"[169]

Sehr bald aber fand Brecht, daß es sich lohne, die Aussage des Stückes zu radikalisieren. Die politische Stoßrichtung der ersten Entwürfe zielte auf den Reformismus. In der Form der Komödie sollte gezeigt werden, daß jede Reform, die der Klassengegensätze Herr zu werden vermeint, der Lächerlichkeit preisgegeben sei. Daß die Hauptfigur darauf hin angelegt war, zeigte schon der Entwurf der ersten Szene: „Der Herzog übergibt angesichts eines allgemeinen Bankrotts seines Staates die Regierung dem Herrn von Angeler. Der neue Herr beschließt: Reform."[170] Das Scheitern der Reform demonstrierte Brecht daran, daß es Angeler nicht gelingt, die Härte seiner Moralgesetze auf die herrschende Klasse anzuwenden. Die geplante Hinrichtung des reichen Herrn von Klausner wird für ihn zur „Prestigefrage", an der er scheitert.

Brecht löste den Konflikt, sich hierin genau an Shakespeare haltend, durch die verschärften Moralgesetze Angelers aus. Doch schon der neue Fabelbeginn: „angesichts eines allgemeinen Bankrotts seines Staates", lenkte ihn auf eine neue Spur. Das war nicht mehr Shakespeare, das war die Exposition zu einem Zeitstück. Im Deutschland des Jahres 1932 wechselten die Regierungen in schneller Folge. Hitler stand vor den Toren der Reichskanzlei. Goebbels drohte der Regierung in einer Rede: „Könnt ihr nicht Ordnung machen, dann werden wir es tun."[171] Die Ereignisse veranlaßten Brecht, den Plan einer leichten Bearbeitung endgültig fallenzulassen. In den weiteren Fabelentwürfen wandte er sich immer eindeutiger gegen den Faschismus, besonders gegen die faschistische Rassendemagogie. Als Material stellte er Zeitungsausschnitte, Fotos, Hitler-Karikaturen zusammen. Das Sammeln von Zeitungsausschnitten bildete seit diesem Stück einen Teil seiner Vorarbeiten. Einige Szenen und Szenenteile schrieb er direkt nach Zeitungsfotos oder Karikaturen, sozusagen nach Modell. Sehr überlegt wählte er aus dem Schlagwortrepertoire der faschistischen Demagogie die Losung vom „völkischen Idealismus" aus, mit der die Faschisten behaupteten, die Klassenspaltung überwinden zu können. Hier ergab sich eine Verbindung mit Gedankengängen der ersten Entwürfe. In Brechts Zeitschriftenmaterial fand sich auch eine Nummer des „Völkischen Beobachters" vom 21. Oktober 1932 mit einer Rede Hitlers („Hitlers Antwort an Reichskanzler von Papen"), in der er Sätze wie „Das wirtschaftliche Denken ist der Tod jedes völkischen Idealismus", „Arbeitsdienstpflicht überwindet die Klassengegensätze"[172] unterstrichen hatte.

Im Verlauf der Arbeit wurde die Auseinandersetzung mit der faschistischen Rassenhetze zum zentralen thematischen Anliegen des Stückes. Spielte in den ersten Fassungen neben dem Rassenproblem die Salzsteuer eine Rolle, die Angeler im Auftrag der herrschenden Klasse dem Volk auferlegt, so fiel dieses Motiv in den späteren Fassungen weg. Brecht gestaltete jetzt den Zusammenhang von „Volksgemeinschafts"-Phrase und blutiger Rassenhetze. Das ermöglichte ihm, den Klassencharakter des Faschismus, sein betrügerisches und volksfeindliches Wesen bloßzulegen. Er zeigte, daß die Judenverfolgungen dazu dienten, das werktätige Volk von seinen wahren Ausbeutern abzulenken. Wie schon in seinen Aufzeichnungen aus dem Jahre 1929 charakterisierte er auch hier den Faschismus als eine Herrschaftsform des monopolisierten Kapitalismus. Was er damals als theoretische Überlegung formuliert hatte, daß dieser monopolistische Kapitalismus an einen Punkt gerät, wo er nicht mehr mit den Mitteln der parlamentarischen Demokratie regieren kann und deshalb das terroristische System zur sittlichen Idee erhebt, machte er jetzt zur Grundlage seines Stückes. Die erste Szene, die er später auch ausführte, skizzierte er folgendermaßen: „aus der zeitung erfahren der vizekönig von peru und sein ratgeber, daß das land bankrott ist und die pächter, die die pacht nicht mehr aufbringen können, sich gegen die pachtherren zusammengeschlossen haben, so daß bürgerkrieg droht. der vizekönig ist selber der größe pachtherr des landes, er erfährt durch seinen ratgeber, daß von seiten eines gewissen tomaso *angelas*, der den mittelstand hinter sich habe, neue ideen propagiert würden, die den drohenden kampf der armen mit der reichen klasse verhüten sollen. tomaso angelas teile das volk perus nach rassen in ‚tschichen' und ‚tschuchen' ein und ruft zur vernichtung der tschichen auf, denen er die schuld am unglück des landes gibt: er bezichtigt sie des niedrigen materialismus. der vizekönig beschließt, diesem angelas die macht zu übergeben, damit die einigung des volkes, also der reichen und armen, erfolge."[173]

Besonders Anfang und Ende des Stückes erhielten nun einen politisch enthüllenden Charakter, so wenn sich am Schluß der Vizekönig anstelle des verurteilten Calausa zum Galgen führen läßt und sich dort mit den Worten zu erkennen gibt: „aber wir werden uns doch nicht selber hängen!"[174] Deshalb hieß das Stück auch in der „Versuche"-Fassung „Die Spitzköpfe und die Rundköpfe oder Reich und reich gesellt sich gern".

Die verschiedenen Gestaltungsschichten berührten jedesmal auch die Hauptfigur. In der ersten Fassung hielt sich Brecht noch eng an Shakespeares Angelo. Als er mit der Fabel den Stoß gegen den Faschismus lenkte, mußte er sich stärker von der Vorlage lösen. Jetzt wollte er sinnfällig machen, ob und inwieweit die Naziführer „unabhängig" seien. Brecht charakterisierte diesen Angelo in den ersten Fassungen als einen Menschen, der zwar objektiv ein

Werkzeug der herrschenden Klasse zur Durchsetzung ihrer Politik ist, der aber in seinem bornierten Fanatismus selbst ehrlich glaubt, mit seiner Rassenpolitik den „niedrigen Materialismus", dieses „Nur-von-Geld-Reden", zu bekämpfen. Allerdings wurde durch die Handlungsführung immer wieder betont, wem diese Politik dient, so zum Beispiel, wenn Angelo im Auftrag der reichen Pachtherren dem Volk eine schwere Salzsteuer auferlegt. Dieser Angelo nahm seine antikapitalistischen Losungen ernst. Der Komödieneffekt basierte gerade darauf, daß die Hauptfigur wirklich gegen die Pachtherren vorging, was komisch von der Sache, von der Klassenkampfsituation her war, aber auch tragisch von der Person her. In der „Versuche"-Fassung von 1932 ließ Brecht den Angelo (Angelas) drohend gegen die Pachtherren sagen:

Ihr, hütet Euch! Denn niedrig
Ist Eure Selbstsucht, auch Eu'r ‚Nur-von-Geld-Reden'
Ist tschuchisch nicht. Drum hütet Euch, daß wir
Euch nicht mit harter Faust belehren, was
Dem Staat Ihr schuldet, der für alle da ist![175]

Brecht arbeitete diese Seite im Charakter Angelos sogar noch stärker heraus und zeichnete ihn als einen Menschen, der von dem niedrigen „wirtschaftlichen Denken" und dem „Materialismus" der Reichen tief enttäuscht ist, als einen weltfremden Träumer, der nicht begreift, daß die Menschen nur auf den Erwerb materieller Güter aus sind. Er charakterisierte seine Figur durch jenen „völkischen Idealismus", den die Faschisten demagogisch dem Egoismus und dem „jüdischen wirtschaftlichen Denken" entgegenstellten. Am Schluß des Stückes erscheint Angelo als ein Mensch, der verzweifelt bekennt, daß er verraten worden sei. In dieser Szene werden zwar das System und die Klasseninteressen, denen Angelo diente, bloßgestellt, er selbst aber bekam tragische Züge, und auch ein Moment der Rührung wurde durch diese Gestaltung erzeugt.

Der Verlauf der Geschichte bewies, daß es völlig belanglos war, inwieweit die Naziführer selbst an die Parolen glaubten, die sie verkündeten und praktizierten. Obwohl Hitler durch sein Bündnis mit der Finanzbourgeoisie die antikapitalistischen Losungen ganz bewußt durch antijüdische auswechselte, glaubte er daran, daß die Juden eine minderwertige Rasse und am Unglück des deutschen Volkes schuld seien. Goebbels und Göring glaubten das nicht, aber das Resultat ihres Handelns war das gleiche. Es war für viele nicht so leicht zu überschauen, daß diese Führer wiederum geführt wurden. Goebbels Zeitung „Der Angriff", mit der er eine maßlose Hetze betrieb, führte zum Beispiel lange Zeit den Untertitel „Für die Unterdrückten! Gegen die Ausbeuter!". In der Nazipartei selbst gab es einen „linken" Flügel, geführt von den Brüdern Strasser, der solche Losungen ernst nahm und auch versuchte, die Partei in diese Richtung zu lenken. Mit diesem „linken" Flügel rechnete Hitler 1932 endgültig ab. Auf diese Problematik bezog sich die Gestaltung der Hauptfigur. Brecht ging es nicht vorrangig um eine Hitler-Satire. Er strebte keine Porträtähnlichkeit an, und schon gar nicht ging es ihm um die psychologische Konstitution dieses Mannes. Vielmehr wollte er den aussichtslosen Versuch zeigen, mit Erfindungen wie Rassengesetzen – der Einteilung in Rundköpfe und Spitzköpfe – die Klassengegensätze zu übertünchen. Um solche Versuche in eine große politische Bewegung zu tragen, bediente man sich der Demagogen, der Dummköpfe, der Einfältigen und Verführten. Von alldem besaß Brechts Hauptfigur etwas. Aber die Fassung der „Versuche" betonte in der Figur des Angelo noch nicht so sehr den skrupellosen Demagogen, sondern mehr den politisch Einfältigen, der gar nicht merkt, wie er als Führer geführt wird, der die Geschäfte der anderen betreibt, während er meint, sich ganz seiner „Sendung“ hinzugeben.

Das Stück befand sich zu Beginn des Jahres 1933 in der Druckerei Holten. Es sollte als Heft 8 der „Versuche“ im Verlag Gustav Kiepenheuer erscheinen. Den Umbruch bekam Brecht noch in die Hände, doch das Heft konnte nicht mehr gedruckt und ausgeliefert werden.

Während eine großbürgerliche Zeitung zur Jahreswende 1932/33 mit der Einschätzung aufwartete, eine „Entzauberung der NSDAP“ sei vor sich gegangen, beschlossen die herrschenden Kreise der Finanzbourgeoisie, Hitler die Staatsmacht zu übertragen. Am 4. Januar 1933 kam es zu einem Treffen zwischen dem Bankier Kurt von Schroeder und Hitler in Köln, das als die eigentliche „Geburtsstunde des Dritten Reiches“ angesehen werden kann. Am Morgen des 28. Januar 1933 verlangte General von Schleicher vom Reichspräsidenten Vollmachten zur Auflösung des Reichstages, anderenfalls werde er sein Amt als Kabinettschef zur Verfügung stellen. Schleicher erhielt seinen Abschied. Am Vormittag des 30. Januar führte von Papen Hitler von der Reichskanzlei durch die verschneiten Ministergärten zum Reichspräsidentenpalais zu dessen auf 11.00 Uhr angesetzter Vereidigung als Reichskanzler.

Goebbels, nunmehr im Besitz der Macht, erklärte im „Angriff“, wie er sich gegenüber den marxistischen und jüdischen Literaten verhalten werde: „Höflichkeit bis zur letzten Sprosse, aber gehenkt wird!“[176] Arnolt Bronnen, zum Nazianhänger geworden, schrieb im „Berliner Lokalanzeiger“ über die „Säuberung des Deutschen Theaters“: „Jetzt aber nicht mehr Reinhardt, sondern rein und hart!“[177]

Exil
Öfter als die Schuhe
die Länder wechselnd

Die Tage vor der Flucht

Obwohl es in den Tagen nach der Machtübergabe an Hitler nicht an handfesten Drohungen fehlte, schien das gewohnte literarische Leben weiterzugehen. Zunächst gab es noch keine Massenflucht, keine einschneidenden Veränderungen. Selbst Leute, deren Leben bereits einen Monat später aufs höchste gefährdet war, gaben sich skeptisch gelassen und gingen ihren Verpflichtungen und Geschäften nach. Wer ins Ausland fuhr, fuhr aus Gründen, die zu anderen Zeiten auch hätten gelten können, nicht aber, weil man sein Leben in Gefahr glaubte. Noch erschienen die gewohnten Zeitungen, noch gab es eine aggressive fortschrittliche Publizistik. Ossietzky schrieb mit der gleichen Schärfe, und Max Reinhardt inszenierte trotz Bronnens Drohung farbig und phantasievoll wie eh und je. An die eigenartige Atmosphäre der Tage nach dem 30. Januar 1933 erinnert sich Carl Zuckmayer: „In den ersten paar Wochen lief das alles noch wie eine mechanische Welle funktionell weiter. Die Gewaltherrschaft brauchte Zeit, sich zu formieren, ihre Reihen zu schließen, ihre Maßnahmen zu treffen. Max Reinhardt inszenierte, als ob nichts wäre, im ‚Deutschen Theater' das ‚Große Welttheater' von Hofmannsthal. ... In diesen beiden Monaten, Januar – Februar 1933, liefen von mir in Berlin drei Stücke in den Spielplänen der Theater."[1] Die meisten beurteilten damals die Lage wie Oskar Maria Graf, der meinte, so ein Fanatiker wie Hitler werde sich höchstens einige Monate halten können, dann sei der Spuk vorbei. „Wer heute den Klugen spielen will und behauptet, er sei damals vom Gegenteil überzeugt gewesen, dem bleibt es unbenommen; ich glaube es ihm nicht."[2] Auch Döblin betrachtete noch am Tage der Flucht das Ganze als einen Sturm, der vorübergehen werde. Einige, wie Ludwig Marcuse, waren unsicher, sie packten die Koffer ein und aus und wußten nicht recht, wozu sie sich entschließen sollten. Einer der wenigen, der spürte, welche Gewalt da freigesetzt worden war, scheint Wieland Herzfelde gewesen zu sein, der schon seit dem 30. Januar nicht mehr in seinem Hause schlief. Aber an Emigration dachte auch er noch nicht.

Dabei verschlimmerte sich die Lage von Woche zu Woche. Ossietzkys „Weltbühne" veröffentlichte „Verlustlisten", in denen seitenlang Personen und Zeitungen aufgeführt wurden, die die Nazis ausgeschaltet hatten. In der ständigen Rubrik „Wochenschau des Fortschritts" – „Wochenschau des Rückschritts" klafften die Proportionen immer weiter auseinander. Schließlich hieß es unter der Überschrift „Wochenschau des Fortschritts" lakonisch: „Gestrichen".

Am 4. Februar setzte Hitler eine Notverordnung durch, die ihm gesetzlich ermöglichte, die fortschrittliche Presse, insbesondere aber die Zeitungen und Versammlungen der KPD zu verbieten. Hitler begründete diese Maßnahme mit Fehlurteilen über Richard Wagner, dessen 50. Todestag in diesen Monat fiel. Seine Absicht sei es, die Presse vor „ähnlichen Irrtümern zu bewahren". Doch diese kritischen Artikel, die den Zusammenhang zwischen den Wirkungen des Wagnerschen Werkes und einigen Tendenzen der Naziideologie hervorhoben, durften gar nicht erst erscheinen. In der Nummer 8 der „Weltbühne" meldete sich dann Carl v. Ossietzky zu diesem Thema zu Wort. Wagner, den er als genialsten Verführer Deutschlands bezeichnete, hielt er für gefährlich; werde dessen Musik „gehörig mit Weltanschauung verbrämt", dann sei sie ein „Opiat zur Verneblung der Geister". Er verband die Warnung vor der Wagnerschen Mystik mit der Forderung des Tages: „Wir werden also etwas unternehmen müssen, da nicht zu erwarten ist, daß eine reine Jungfrau, um uns zu erlösen, ins Wasser springt."[3]

Inzwischen hatte Hermann Göring als preußischer Innenminister seiner Polizei Schießbefehl erteilt. Gegenüber der Linken sollte „rücksichtslos von der Waffe Gebrauch" gemacht werden. Er schärfte der Polizei ein: „Jede Kugel ..., die jetzt aus dem Lauf einer Polizeipistole geht, ist meine Kugel. Wenn man das Mord nennt, dann habe ich gemordet, das alles habe ich befohlen, ich decke das."[4] Und Goebbels stellte in seinen Tagebüchern befriedigt fest: „Göring räumt in Preußen auf mit einer herzerfrischenden Forschheit. Er hat das Zeug dazu, ganz radikale Sache zu machen, und auch die Nerven, um einen harten Kampf durchzustehen ... Göring mistet aus ... Jetzt haben wir auch eine neue Handhabe gegen die Presse, und nun knallen die Verbote, daß es nur so eine Art hat. ‚Vorwärts' und ‚Acht-Uhr-Abendblatt', alle jene jüdischen Organe, die uns soviel Ärger und Kummer bereitet haben, verschwinden mit einem Schlag aus dem Berliner Straßenbild. Das beruhigt und wirkt wie eine Wohltat für die Seele."[5] Kurz darauf wurden SA- und SS-Formationen als „Hilfspolizei" Görings Innenministerium unterstellt. Die Polizei besetzte das Karl-Liebknecht-Haus am Bülowplatz und beschlagnahmte alle Materialien für die Reichstagswahl. Ernst Thälmann wandte sich an die sozialdemokratischen und christlichen Arbeiter, jetzt eine Einheitsfront gegen den Faschismus zu bilden. Aber der Terror lief schon auf vollen Touren.

Brecht dürfte nach dem 30. Januar über die kommende Entwicklung nicht viel anders als die meisten seiner Schriftstellerkollegen gedacht haben. Was dann wirklich kam, hat auch er nicht vorausgesehen. Bis in den Februar hinein fühlte er sich nicht veranlaßt, eingreifende Entschlüsse zu fassen. Allerdings trieb ihn eine innere Unruhe dazu, einige seiner Projekte schnell zum Abschluß zu bringen. Anfang Februar entschuldigte er sich bei einem Briefpartner wegen der ausgebliebenen Antwort: „Die politischen Verhältnisse, die ja in die literarische Produktion stark eingreifen, haben mich gezwungen, die Herausgabe meiner Arbeiten sehr zu beschleunigen. Dadurch und durch andere dringlich gewordene Verrichtungen ist meine Korrespondenz, auch die wichtigste, ganz zusammengebrochen."[6] Er spürte, daß es in Deutschland zu Wendungen kommen könnte, die der Literatur ganz neue Aufgaben abverlangten. Sich darauf einzustellen, hielt er für unumgänglich. Aber an Emigration dürfte auch er nicht gedacht haben. Fritz Kortner erzählt allerdings, daß Brecht unbeirrbar an einen unmittelbar bevorstehenden Zwang, emigrieren zu müssen, geglaubt und mit einem vierzigjährigen Exil gerechnet habe. Auch Brechts spätere Mitarbeiterin Ruth Berlau stellte es so dar, als sei dieser seit Beginn der dreißiger Jahre auf Exil eingestellt gewesen.[7] Doch all das ist mehr vom Standpunkt der späteren Ereignisse aus gesehen, wenn auch Brecht schon vor 1933 durchaus erwogen haben mag, einmal ins Exil gehen zu müssen. Er liebte es, die Erfahrungen der Großen aus der Geschichte der Literatur auf sich zu beziehen, und da war das Exil oft eine bittere, unausweichliche Station. Praktische Überlegungen waren dies ganz sicher nicht gewesen, denn sonst wäre er nicht auf die Idee gekommen, sich noch im August 1932 in Utting am Ammersee ein Landhaus mit weitläufigem Grundstück zu kaufen.

Zu Beginn des Jahres 1933 nahm der Exilgedanke bei Brecht ganz andere Konturen an. Brecht ging von der Überlegung aus, daß das Exil, wenn es dazu käme, viele beträfe. Bisher hatte er an Schicksale wie das Ovids und einiger chinesischer Dichter gedacht, deren Einfluß den Oberen gefährlich erschienen war. Aber so würde das Exil nicht aussehen, zu dem die braunen Machthaber Anlaß geben konnten. Es ist deshalb kein Zufall, daß gerade um 1932/33 Brechts Gedanken über das Exil unsicher und weitläufig werden. In einigen Gedichten verband er es mit dem Thema des Abfalls. Weggehen bedeutete seinen Posten verlassen. Ein

Gedicht begann mit der Verszeile „Es gibt kein größeres Verbrechen als Weggehen". Er warnt darin seine Kampfgenossen, denen nicht zu trauen, die einen Paß in der Tasche haben. Wer über Kämpfer verfügt, sagt das Gedicht, die weggehen können, sollte nicht in die Schlacht ziehen. Er bringt hier zum Ausdruck, daß das Proletariat, wie schlimm seine Lage auch sein wird, nicht emigrieren kann. „Kämpfer sind arme Leute. Sie können nicht weggehen. / Wenn der Angriff / Einsetzt, können sie nicht weggehen."[8] Die Gedichte gehen noch von der Vorstellung aus, der Klassengegner werde versuchen, einzelne aus der revolutionären Kampffront herauszubrechen. Das Gedicht „Die da wegkönnen" zielt auf Leute, die sich beim Proletariat nur als „unsichere Gäste" aufhalten. Sie, die noch wegkönnen, sollen gehen.

> Mit uns in den Kampf gehen werden nur
> Die wie wir bedroht sind
> Was nützt es uns, wenn den andern
> Unsere Gesichter gefallen?
>
> Sagen wir ihnen doch: heute
> Ist die Straße noch frei, die von uns wegführt
> Der Ring um uns ist noch nicht geschlossen.
> ...
>
> Damit wir endlich allein sind, lauter Leute
> Die nicht weggehen können.[9]

Das Gedicht zielt auf die bevorstehende harte Konfrontation mit dem Faschismus, drängt auf die kompromißlose Entscheidung: Wer sich, aus der bürgerlichen Klasse kommend, in die Reihen des kämpfenden Proletariats stellt, muß alle Brücken hinter sich abgebrochen haben. Ein Exil, in das Schriftsteller und Politiker durch brutalen Terror getrieben werden, war noch nicht vorstellbar. Aber in diesen Gedichten wird bereits das Problem aufgeworfen, inwieweit die Flucht notwendig ist, um den Kampf gegen den Faschismus fortsetzen zu können. Carl v. Ossietzky mußte seine Entscheidung mit dem Leben bezahlen. Er wollte nicht ins Exil gehen, weil er meinte, seine Art zu schreiben würde, vom Ausland her betrieben, ihren Kampfwert einbüßen.

Auch mußte von Brecht bedacht werden, daß seine Frau als Jüdin viel unmittelbarer gefährdet war als er. Die antijüdische Kampagne setzte an den Theatern früh ein. So warnte Hans Otto Elisabeth Bergner bereits im Oktober 1932 nach einer Hauptmann-Premiere und legte ihr nahe, außer Landes zu gehen. Die Weigel hatte sich bei den Faschisten durch ihre Darstellung der Mutter Wlassowa und als rote Rezitatorin verhaßt gemacht. In ihr sahen sie die typische Verkörperung jüdischer und marxistischer Elemente in der Kunst der Weimarer Republik.

In den entscheidenden Februartagen unterzog sich Brecht in der Privatklinik von Dr. Mayer in der Augsburger Straße einer Blinddarmoperation, so daß wenig Zeit für Gespräche, Korrespondenzen und Notierungen blieb, die Aufschluß darüber geben könnten, wie er auf die Maßnahmen des Hitlerkabinetts reagierte. Am 23. Februar 1933 erhielt er den Besuch seines Freundes Hanns Eisler. Eisler, den der Komponist Anton Webern nach Wien eingeladen hatte, wo eine weitere Aufführung der „Maßnahme“ geplant war, wollte sich mit Brecht beraten, ob er fahren sollte oder nicht. Für Brecht gab es da kein langes Überlegen. Eine solche Aufführung hielt er für politisch wichtig, und Eisler sollte bei der Einstudierung dabeisein, damit die Absicht des Werkes nicht entstellt werde. Am Morgen des 24. Februar befand sich Eisler bereits in Wien. „Drei Tage später, gegen Mittag des 27. Februar, surrt in Brechts Krankenzimmer in der Augsburger Straße das Telefon. ‚Herr Brecht, Sie werden aus Wien verlangt!‘ Am anderen Ende der Leitung meldete sich sein Freund Hanns Eisler. Er schildert, wie die Generalprobe und die Aufführung verliefen, berichtet vom Beifall der 2000 im Wiener Konzerthaus, erzählt von den Freunden, erkundigt sich nach Brechts Befinden, fragt nach Neuigkeiten aus Berlin. Viel kann in diesen Tagen am Telefon ohnedies nicht gesprochen werden … Sie beschränken sich daher auf Andeutungen. Anspielungen fliegen hinüber und herüber."[10] Einen Tag später erhielt Eisler einen Anruf aus Berlin. Eine unbekannte Stimme teilte ihm mit, daß Brecht vorläufig in Sicherheit sei. Er lasse Eisler wissen, daß er auf keinen Fall zurückkommen dürfe. Eisler fragte nicht nach dem Namen. Er wußte Bescheid. Nach Deutschland kehrte er erst fünfzehn Jahre später zurück.

Inzwischen hatte Brecht einen weiteren Besucher empfangen: Walter Mehring. Ihn kannte er durch die gemeinsame Arbeit im Dramaturgischen Kollektiv der Piscator-Bühne. Man hatte Mehring gewarnt. Ein Freund, der im Auswärtigen Amt arbeitete, suchte Mehrings Mutter auf und sagte ihr: „Ihr Sohn fühlt sich doch am wohlsten in Paris. Er sollte wieder nach Paris gehen." Als die Mutter fragte, wie lange denn der Aufenthalt dauern solle, sagte der Herr: „Ich würde sagen: fünfzehn Jahre."[11] Er warnte auch Ossietzky, aber der wollte von Emigration nichts wissen. Brecht nahm die Warnung ernst.

Am 27. Februar, gegen 21.00 Uhr, brannte der Reichstag. Jetzt hatten die Faschisten, wie sich Hitler ausdrückte, „ein von Gott gegebenes Zeichen", um alles Fortschrittliche in Deutschland zu vernichten. Als Hitler an der Brandstelle eintraf, erklärte er: „Es gibt jetzt kein Erbarmen; wer sich uns in den Weg stellt, wird niedergemacht. Das deutsche Volk wird für Milde kein Verständnis haben. Jeder kommunistische Funktionär wird erschossen, wo er angetroffen wird. Die kommunistischen Abgeordneten müssen noch in dieser Nacht aufgehängt werden. Alles ist festzusetzen, was mit den Kommunisten im Bunde steht. Auch gegen Sozialdemokraten und Reichsbanner gibt es jetzt keine Schonung mehr."[12]

Sofort nach Bekanntwerden der Meldung vom Reichstagsbrand brachte Brecht seine Arbeitsmaterialien in Sicherheit. In Kisten verpackt, wurden sie bei Freunden untergestellt. Dennoch muß die Abreise durch die ausgelöste Verhaftungswelle sehr überstürzt vor sich gegangen sein. So erinnerte sich die Familie erst im Ausland daran, daß in der Wohnung wertvoller Schmuck zurückgeblieben war, der in der Emigration über Notlagen hinweghelfen könnte. Um an ihn heranzukommen, wandte sich Brecht an den jungen Pianisten Georg Knepler, der sich schon einmal als Helfer erwiesen hatte. Der Wiener Georg Knepler, der wenige Jahre später selbst in die Emigration ging, hatte am Klavier nicht nur Karl Kraus bei dessen Offenbach-Interpretationen begleitet, sondern auch die Weigel. Nach der Machtübernahme Hitlers, aber noch vor dem Reichstagsbrand sang Helene Weigel auf einer politischen Veranstaltung Brechts „Wiegenlieder". Bei der Strophe „Aber sie hat dich auch nicht mit Kummer aufgezogen, / Daß du einmal im Stacheldraht hängst und nach Wasser schreist ..."[13] griff der anwesende Polizeioffizier mit dem Satz ein: „Ich löse die Versammlung auf!" Die Weigel wurde festgenommen und auf die Wachstube abgeführt. Knepler alarmierte Brecht, dem es gelang, Helene Weigel wieder freizubekommen. An ihn also wandte sich jetzt die Familie Brecht: „Ich sollte in die Wohnung gehen – ich habe keine Ahnung mehr, wie ich zu den Schlüsseln kam – und aus einer mir beschriebenen Truhe zwei oder drei wertvolle Ringe nehmen und sie durch einen Boten Brecht zukommen lassen. Die Wohnung war damals noch vollständig eingerichtet. Die Brechts hatten keinerlei Möbel mitgenommen. Die Aktion gelang, und ich erhielt auch einen Brief Brechts, der im Krieg verlorenging, aus dem der Brecht'sche Satz mir in Erinnerung geblieben ist ‚Leute sind da, die mehr verloren haben'."[14]

In Sicherheit befand sich das Arbeitsmaterial. Darunter verstand Brecht die verschiedenen Fassungen seiner Stücke, Entwürfe, Notate, Materialsammlungen für künftige Arbeiten. Wie richtig es war, das Material sofort außer Haus zu schaffen, erwies sich nur allzu schnell. Bereits am 28. Februar durchsuchte die Polizei Brechts Wohnung. Auch zu Elisabeth Hauptmann, bei der sich ein Teil des Materials befand, kam die Polizei. In den Jahren der Emigration betrachtete Brecht seine Schriften weniger im Sinne von Originalmanuskripten, sondern mehr als politisches Material, das verwahrt werden müsse wie Parteidokumente. Und er verlangte von seinen Freunden den vollen Einsatz ihrer Person, um es vor dem Zugriff der Faschisten zu retten. Es zu sichern, für die weitere Arbeit verfügbar zu halten, selbst wenn dabei das Leben riskiert werden mußte, glaubte Brecht verlangen zu können. Er verstand das als eine Art Parteiauftrag.

Vor seiner Abreise suchte Brecht Peter Suhrkamp auf, der durch seine Vermittlung seit 1929 als Journalist und Redakteur bei Ullstein arbeitete. Mit Beginn des Jahres 1933 war Suhrkamp in den S. Fischer Verlag eingetreten und hatte die „Neue Rundschau" übernommen. Er muß Brecht behilflich gewesen sein, verschiedene Verlagsdinge zu klären, so daß dieser im Ausland vorerst finanziell gesichert war. Dankbar erinnerte sich Brecht im Exil und unmittelbar nach dem Krieg an Suhrkamps Hilfe bei der Flucht aus Deutschland.[15]

Am 28. Februar 1933 verließ Brecht mit seiner Frau und seinem Sohn Stefan Deutschland. Die formelle Ausbürgerung durch die Nazis erfolgte zwei Jahre später. In einer öffentlichen Bekanntmachung des Reichsministers des Innern wurde Brecht gemeinsam mit Hermann Budzislawski, Max Hodann, Heinz Liepman, Walter Mehring,

Franz Pfemfert, Friedrich Wolf und anderen die deutsche Staatsbürgerschaft aberkannt. In einer Verfügung des Innenministeriums I A 5541/5013 c vom 8. Juni 1935 heißt es: „Bertold (Bert) Brecht, marxistischer Schriftsteller, der in der Nachkriegszeit durch seine tendenziösen Theaterstücke und Gedichte für den Klassenkampf Propaganda machte. Nach der nationalsozialistischen Erhebung sind in der Emigrantenpresse und in Broschürenform zahlreiche deutschfeindliche Artikel und Gedichte von ihm erschienen. Seine Machwerke, in denen er unter anderem den deutschen Frontsoldaten beschimpft, zeugen von niedrigster Gesinnung."[16]

„Ist das denn Brecht? – Nur eventuell“ Fluchtstationen Schweiz und Frankreich

Brecht fuhr zunächst nach Prag. In den Tagen nach dem Reichstagsbrand war die ČSR das Land, in das die meisten Emigranten flüchteten. Vor allem wer aus Berlin kam, nahm den Weg über die deutsch-tschechische Grenze. Im Unterschied zu vielen anderen, die wie er überstürzt Berlin verlassen mußten und meist allein und ohne größeres Gepäck fuhren, reiste Brecht mit seiner Familie ab. Nur die jüngere Tochter, Barbara, war bei Brechts Vater in Augsburg geblieben. Sie wurde später von einer englischen Quäkerin, die sie als ihr eigenes Kind ausgab, über die Grenze gebracht. Nach einem kurzen Aufenthalt in Prag fuhr man weiter nach Wien, wo die Eltern von Helene Weigel lebten, wohlhabende Leute – der Vater war Prokurist und Direktor einer großen Stoffabrik –, die über ausreichende finanzielle Mittel verfügten, um ihrer Tochter in der neuen Situation beizustehen. Dabei verstanden sie sie überhaupt nicht. Daß sie Schauspielerin geworden war, nahmen sie hin wie ein unvermeidliches Unglück. Daß sie sich als Kommunistin engagierte, blieb ihnen ganz fremd. Sie sahen sie in Gefahr, weil sie sich in die Politik begeben hatte. Sich selbst hielten sie für redliche Leute, denen niemand ein Haar krümmen würde. Auch die Faschisten nicht. Versuche der Weigel, die Eltern zur Ausreise zu bewegen, scheiterten an deren Nein. Nach der Besetzung Österreichs wurden sie ins Konzentrationslager gebracht und getötet.

In Wien traf Brecht mit alten Freunden zusammen, mit Eisler, Sternberg, Oskar Maria Graf. Aus dieser Stadt, in die ihn die politischen Umstände sozusagen über Nacht verschlugen, hatte ihn vor einiger Zeit ein Angebot zu einer Lesung erreicht. Noch Anfang Februar suchte er in einem Brief den Termin hinauszuschieben, um die Lesung mit dem Besuch der Proben zur „Mutter" verbinden zu können, von der die Bildungsstelle der Sozialdemokratischen Partei eine konzertante Aufführung plante. In diesem Brief erwähnte er auch, daß ihm bei einer Lesung in Wien daran läge, von Karl Kraus eingeführt zu werden. Mit Karl Kraus war Brecht schon in Berlin zusammengetroffen. Er gehörte zu denen, die Kraus nach seinen Abenden des „Theaters der Dichtung" zur „Tafelrunde" einlud. Zunächst hatte sich Kraus jedoch gegenüber Brecht ablehnend verhalten, weil er ihn dem Expressionismus und dem „Piscatorwesen" zurechnete. Als dann aber Alfred Kerr den Dichter der „Dreigroschenoper" des Plagiats Villonscher Verse in der Übersetzung von K. L. Ammer beschuldigte, wurde Kraus zu einem entschiedenen Verteidiger Brechts, der den „Enthüller" Kerr blamierte. Jetzt war in Wien von einer Lesung nicht mehr die Rede. In dieser Stadt gab man sich sehr vorsichtig. Selbst Kraus ging so weit, den Austrofaschismus hinzunehmen, wenn Österreich dadurch der Hitlerfaschismus erspart bliebe. Das ging Brecht bei aller Verehrung denn doch zu weit. Er schrieb das Gedicht „Über den schnellen Fall des guten Unwissenden". Helene Weigel überbrachte das Gedicht Karl Kraus. Es führte aber zu keinem Bruch, vielmehr verhielt sich Kraus sehr kollegial und hilfsbereit. Er unterstützte Brecht finanziell, riet ihm aber ab, in Österreich zu bleiben. Zu Hitler schwieg Kraus, der Scharfzüngige, der Dummheit und Reaktion in jeglicher Gestalt angeprangert hatte. Ähnlich wie Tucholsky empfand er, „daß Gewalt kein Objekt der Polemik, Irrsinn kein Gegenstand der Satire" seien. Bei jedem anderen hätte Brecht eine solche Haltung gebrandmarkt, Kraus gegenüber verhielt er sich nachsichtig. Seine Autorität machte „sein Schweigen zu einem Urteil"[17] über die Barbarei. Sowenig sich Brecht sonst von Größe und Verdienst verführen ließ, auf Kraus warf er keinen Stein, obwohl er gerade in dieser Zeit Schweigen für Verrat hielt.

Mit Wien versöhnte ihn nicht einmal die deutsche Sprache, auf die er, der damals keine Fremdsprache beherrschte, so angewiesen war. In dieser Stadt sah er einen Intellektuellentypus zu Hause, dessen kontemplative Betrachtungsweise in politischen Dingen er haßte. Verstand ohne Lust auf praktischen Gebrauch hielt er für noch schädlicher als Dummheit. Sich in Wiener Kunstkreisen über eingreifendes Denken zu verständigen, hielt er für aussichtslos. „Was ich an ihrem Denken aussetzte, war, kurz gesagt, seine Aussichtslosigkeit. Die Bilder, die diese guten Leute von der Wirklichkeit entwarfen, mochten ungefälscht sein, aber sie halfen nicht weiter. ... Die einen hatten viele Waffen und benutzten sie, die andern hatten nur den Verstand als Waffe und benutzten ihn nicht. Ich fuhr niedergedrückter weg aus dem Land der Kultur, als ich dort angekommen war – aus dem Land der Barbarei.“[18]

Noch im März reiste Brecht in die Schweiz, während Helene Weigel vorerst bei den Eltern in Wien blieb. Er hatte gehört, Feuchtwanger sei in der Schweiz. Mit ihm, der einen Sinn für den passenden Wohnort, für ein produktives Arbeitsklima besaß, wollte er sich beraten, wo man sich für längere Zeit niederlassen könne. Seine Reise diente der Erkundung. Als er in Zürich eintraf, nahm man von seiner Anwesenheit kaum Notiz. Im Hotel erfuhr er, daß auch Alfred Döblin in Zürich sei und am gleichen Tage Bücher signieren werde. Sofort erkundigte er sich und rief Döblin an. Während er telefonierte, hörte er im Nebenzimmer jemanden sagen: „Ist das denn Brecht?“ Brecht antwortete schlagfertig, sich auf die unsichere Situation beziehend: „Nur eventuell.“[19] Es war der ebenfalls aus Berlin geflüchtete Schriftsteller Kurt Kläber mit seiner Frau Lisa Tetzner. Sie hatte gemeinsam mit

Béla Balázs, den Brecht wiederum nicht in so guter Erinnerung hatte, das Jugendbuch „Hans Urian geht nach Brot" geschrieben. Kurt Kläber war Gründungsmitglied des Bundes proletarisch-revolutionärer Schriftsteller und Redakteur der „Linkskurve". Brecht kannte ihn durch die Vermittlung von Bernard von Brentano. Für Kläber vollzog sich der Schritt in die Emigration insofern einfacher, als er seit 1924 einen festen zweiten Wohnsitz in dem Tessiner Bergdorf Carona besaß, wohin er Brecht einlud. Außer mit Döblin traf Brecht auch mit Anna Seghers und ihrem Mann Lorenz Schmidt zusammen. An Helene Weigel nach Wien schrieb er: „Wir beschlossen, für alle was am Luganer See zu suchen. Klābers wollen es in die Hand nehmen. Es soll sehr billig sein."[20]

Zunächst fuhr Brecht nach Lugano, dort glaubte er Feuchtwanger zu treffen. Während einer USA-Reise hatte Feuchtwanger im Rundfunk Hitlers „Mein Kampf" einer Stilanalyse unterzogen, die einer vernichtenden Satire gleichkam. Die Nazipropagandisten um Goebbels rächten sich, indem sie seinen Namen an die Spitze einer Liste von zwölf Autoren stellten, die sie für die schädlichsten hielten und deren Bücher samt und sonders ausgemerzt werden sollten. Die Erkundigungen in Lugano verliefen nicht zu Brechts Zufriedenheit. Er überlegte hin und her, ob er mit der Familie zu Kläbers in die Nähe von Carona ziehen sollte, wo man weit billiger wohnen konnte. Doch fühlte er sich da zu einsam, zu abgeschnitten. Ohne Auto wollte er sich in dieser Gegend nicht niederlassen. Es verlangte ihn danach, jetzt etwas für die gesamte Familie und für längere Zeit zu mieten, aber er fand nichts Geeignetes und Billiges. Nach Wien schrieb er: „Aber als das beste scheint mir jetzt, Du kommst mit den Kindern eben doch selber her, evtl. mit Steff voraus."[21] Nach dieser fehlgeschlagenen Wohnungssuchaktion sollte es in Zukunft die Sache der Weigel sein, in den verschiedenen Ländern die entsprechende Wohnung ausfindig zu machen und die notwendigen Einrichtungsgegenstände aufzuspüren.

Von Lugano aus suchte Brecht den Kontakt mit Thomas Mann. Ihm war bekannt, daß Thomas Mann auf dem Berliner Kongreß „Das freie Wort“, den die Faschisten dann auflösten, eine Botschaft hatte verlesen lassen, in der er sich zu „Freiheit, Volk und Sozialismus“ bekannt und für die Solidarität der Menschen bürgerlicher Herkunft mit den Arbeitern ausgesprochen hatte. Das nahm Brecht zum Anlaß, ihm zu schreiben: „... erlauben Sie mir, Ihnen von dem großen und ehrlichen Respekt zu berichten, mit dem Ihre Stellungnahme für die deutsche Arbeiterschaft in einem so kritischen Augenblick von Freunden, die ich in Berlin, Prag, Wien und Zürich sprach, aufgenommen wurde. Ich schreibe Ihnen dies, weil Ihre Erklärung, durch die die deutsche Literatur ihr Gesicht wahrt, Ihnen, wie man allgemein weiß, Anfeindungen in großer Menge und wohl auch persönliche Gefährdung eingetragen hat und weil ich annehme, daß Sie angesichts der totalen Einschüchterung des fortschrittlichen Bürgertums nicht allzu viel über die Wirkung Ihrer Parteinahme für den großen unterdrückten Teil unseres Volkes erfahren dürften.“[22]

Im Hinblick auf Brechts frühere Boshaftigkeiten gegenüber Thomas Mann mutet dieser Brief in seinem respektvollen und ehrerbietigen Ton merkwürdig an. Doch gerade so sollte er nicht verstanden werden. Brecht wollte weder einlenken, noch hatte er seine Antipathie gegen den Repräsentanten Thomas Mann überwunden. In diesem Brief verhielt er sich einfach als Politiker, der in Anbetracht der deutschen Situation alle literarischen Meinungsverschiedenheiten und Privatansichten beiseite schob. Es sollte alles abgebaut werden, was die Einigkeit und Entschlossenheit antifaschistischer Kräfte hemmte. Er demonstrierte Bündnis auf eine sehr ehrliche Art, indem er eine politische Haltung lobte und sie aufrichtig bewunderte. Dabei dürfte er sich keiner Täuschung hingegeben haben, daß das, was Thomas Mann als Sozialismus apostrophierte, auch nur das Geringste mit dem zu tun hatte, was er darunter verstand. Doch Thomas Mann ging auf Brechts Angebot nicht ein. In seinen „Tagebüchern" vermerkte er: „Ich hatte Briefe: von Berth. Brecht über die Wirkung meiner ‚Botschaft', durch die die deutsche Literatur ihr Gesicht gewahrt habe."[23] Unter dem 27. April 1933 heißt es: „Bert Brecht und Kläber in Carona hier in der Nähe, wünschen mich zu sprechen; doch weiche ich aus."[24] Nicht die alte Feindschaft gegenüber Brecht wird es gewesen sein, die ihn zu dieser Haltung veranlaßte. Thomas Mann war zu diesem Zeitpunkt mit sich selber noch nicht im reinen. Er scheute sich, Verbindung zu deutschen Schriftstellern aufzunehmen, die aus ihrem Widerstand gegen das soeben installierte dritte Reich keinen Hehl machten. Noch wünschte er nicht, der Emigration zugezählt zu werden.

Da Brecht keine feste Bleibe für seine Familie gefunden hatte, das Wohnen im Hotel aber zu teuer war, zog er zu Kläbers nach Carona. Der Aufenthalt in dem Tessiner Bergdorf wurde für ihn zu einer glücklichen Zeit, an die er sich noch Jahre später gern erinnerte. 1956, kurz vor seinem Tode, schrieb er in einem Brief: „Ich denke gern an Carona und die gemeinsame Zeitungslektüre im Grünen."[25] Mehr als die Landschaft fand er die Geselligkeit, die Diskutierfreude beglückend.

Am 30. März 1933 besuchte Brecht Hermann Hesse in Montagnola. Im April wiederholte er seinen Besuch, diesmal in Begleitung von Kläber und Brentano. Über diese Begegnungen gibt es bei Brecht keine Notiz. Nur Hesse hat sie festgehalten, allerdings kommentarlos. Daß sich Brecht für Hesse ein über Jahre andauerndes Interesse und aufrichtige Sympathie bewahrte, ist einem Brief an

Peter Suhrkamp aus den fünfziger Jahren zu entnehmen.

Zu den ersten, die Hesse über die Gefahr des Faschismus unterrichteten und ihn in seiner ablehnenden Haltung bestärkten, zählte der Schweizer Schriftsteller R. J. Humm. Doch Humms Aufruf zum Mitkämpfen folgte er nicht ohne weiteres. Wenige Tage, bevor er Brecht empfing, schrieb er an Humm: „Etwas anderes aber ist meine Einsicht in die Ungerechtigkeit der Zustände und meine Auffassung über die Änderung derselben. ... Die Welt ist krank an Ungerechtigkeit, ja. Sie ist noch viel mehr krank aus Mangel an Liebe, an Menschentum, an Brudergefühl."[26] Er lehnte Gewalt auch gegenüber der barbarischen Gewaltherrschaft ab. Von dem, wie er sagte, „verantwortungslosen Schimpfen auf den Bürger, den Staat" halte er nicht viel. Gegenüber Humm drückte er aus, daß er überall Freunde bei den deutschen Linken habe, daß ihm die Antifaschisten willkommen seien: „Die Betten sind auch bei mir gerüstet, und ich erwarte morgen den ersten aus Deutschland entkommenen Gast."[27] Hesse glaubte, daß die Deutschen nach dem Scheitern der „nationalsozialistischen" Versprechungen mit dem „Rindvieh Hitler" schon fertig würden. Brecht schätzte er als Lyriker. Für das Theater insgesamt besaß er keinen Nerv, und es ist kaum anzunehmen, daß er damals Brechts Arbeiten auf diesem Gebiet kannte. Doch allein sein Einblick in Brechts lyrische Produktion, in Brechts Umgang mit der Sprache beeindruckte ihn so, daß er ihn zu den stärksten dichterischen Begabungen zählte. Da er jedoch Politik und Poesie getrennt wissen wollte, bedauerte er, daß dieser Dichter die Poesie ganz unmittelbar als Medium politisch-revolutionärer Strategien benutzte.

Von Carona aus unternahm Brecht im April eine kurze Reise nach Paris. Dort traf er mit Anna Seghers, die inzwischen die Schweiz verlassen hatte, und mit Hanns Eisler zusammen. Über Paris schrieb er, als er sich wieder in Carona befand, an Frau Brentano: „Ich war in Paris ... Es gibt sehr hübsche und billige Wohnungen dort, und die Stadt hat mir, da ich diesmal beschäftigt war, sehr gefallen; wahrscheinlich gehen wir im Herbst doch dorthin."[28]

In den Monaten, die Brecht zwischen Zürich, Lugano, Carona und Paris verbrachte, wurde mancher Plan erwogen und diskutiert. Zu einem solch intensiven Gedankenaustausch kam es in keiner anderen Phase des Exils, auch schon deshalb nicht, weil Brecht später nur noch ganz selten mit so vielen emigrierten Schriftstellern und Künstlern zusammentraf. Die Verbindung und gegenseitige Fühlungnahme war enger, intensiver als später, nachdem sich die Exilierten in alle Winde zerstreut hatten. Die in Zürich geborene Idee, in Carona oder in der Nähe eine Künstlerkolonie zu gründen, die antifaschistische Schriftsteller wie Kläber, Brecht, Feuchtwanger, Brentano, Döblin, die Seghers, Lorenz Schmidt, Korsch, Sternheim vereinte, wurde durch die schönen Tage von Carona noch einmal belebt, bald aber zeigte sich, daß jeder entsprechend seinen persönlichen Verbindungen und Möglichkeiten jeweils anderen Zielen entgegenstrebte. Feuchtwanger, Döblin, Anna Seghers gingen nach Frankreich, in der Schweiz blieben nur Kläber und Brentano.

Zu den eifrigsten Projektemachern im Sinne eines kollektiven Zusammenwirkens zählte damals Bernard Brentano. Er trug mehrere Pläne an Brecht heran, die aus der Sicht der ersten Exilmonate keineswegs so abwegig erschienen. Noch im Juli 1933 hielt Brentano an der Künstlerkolonie-Idee fest. Von Lugano aus schrieb er an Brecht: „... wollen wir nicht im Tessin eine Sommerkolonie gründen? Ich könnte z.B. das schöne Haus ... für 1000 Fr. umgehend mieten. Das ist kein Geld ... Von Dezember bis März geht man nach Paris, von März bis Dezember nach Locarno."[29] Ein anderer Vorschlag betraf die Gründung eines Verlagskollektivs: „Glauben Sie nicht, daß man ein Verlagskollektiv von Th. Mann, Döblin, Feuchtwanger, Brecht, Seghers, Brentano bilden könnte, das mit einem hiesigen Verlag in Verhandlungen träte. Ich träume von soetwas."[30] Wie wenig reale Chancen ein solches Projekt besaß, wurde erst mit zeitlichem Abstand deutlich. Thomas Manns, aber auch Döblins Vorstellungen verliefen in eine ganz andere Richtung. Vor allem aber hatten die Schweizer Behörden kein Interesse daran, daß es in ihrem Lande zu einer Konzentration antifaschistischer Schriftsteller kam. Man fürchtete diplomatische Verwicklungen und tat alles, um solche Treffpunkte des antifaschistischen Widerstands gar nicht erst entstehen zu lassen.

Wie verhielt sich nun Brecht zum Theater in Zürich, entsprach doch seine Neugier auf eine Stadt stets seinem Interesse an dem dortigen Theater? Aus der Kenntnis der Zeit vor 1933 dürfte Brecht das Zürcher Schauspielhaus, ein Privattheater unter der Leitung von Ferdinand Rieser, nicht sonderlich interessiert haben. Es galt in Berlin als Boulevardtheater, und Zürich kam nur als Gastspielort einige Bedeutung zu. Doch jetzt waren dort viele aus Deutschland emigrierte Schauspieler engagiert, die vormals in Berlin einen guten Namen hatten. Über Bernard von Brentano ließ Brecht dem Regisseur Gustav Hartung und dem Schauspieler Ernst Ginsberg, die jetzt zum Zürcher Schauspielhaus gehörten, sein neues Stück „Die Rundköpfe und die Spitzköpfe" zukommen. Beide schickten das Manuskript zurück, und auch der aus Berlin in die Schweiz geflohene Hans Curjel, der schon oft mit Brecht gearbeitet hatte, wußte mit dem Stück nichts anzufangen.

Brechts Urteil über die Schweiz fiel zwar nicht so bitter aus wie das seines Dramatikerkollegen Georg Kaiser, der die Schweiz als eine „Wüste für den Geist" bezeichnete, aber auch Brecht, der hier angenehme Tage verbrachte und nur darauf schimpfte, daß alles so teuer sei, ließ nicht viel Gutes an dem Land. In den später geschriebenen „Flüchtlingsgesprächen" heißt es: „Die Schweiz ist ein Land, das berühmt dafür ist, daß sie dort frei sein können. Sie müssen aber Tourist sein. ... Der historische Freiheitsdurst der Schweiz kommt daher, daß die Schweiz ungünstig liegt. Sie ist umgeben von lauter Mächten, die gern was erobern. Infolgedessen müssen die Schweizer immerfort auf dem Quivive sein. Wenns anders wär, bräuchten sie keinen Freiheitsdurst. Man hat nie was von einem Freiheitsdurst bei den Eskimos gehört. Sie liegen günstiger. ... Wenn Sie meine Meinung wissen wollen: raus aus jedem Land, wo Sie einen starken Freiheitsdurst finden. In einem günstiger gelegenen Land ist er überflüssig."[31] Und aus Carona schrieb er: „Die Schweiz ist zu teuer, hat keine Städte und ist eine Theaterdekoration (aber ohne Bühnenarbeiter)."[32]

Paris hatte ihm während seines kurzen Besuchs gefallen. Im Mai 1933 traf er wieder hier ein und ließ sich in einem kleinen Hotel am Luxembourg nieder. Neben Prag und Zürich zählte Paris im Frühjahr 1933 zu den Treffpunkten der deutschen Antifaschisten. Als Brecht im Mai ankam, gab es bereits antifaschistische deutschsprachige Zeitungen, die hier gedruckt wurden. Alexander Abusch, Bruno Frei und der Verleger Willi Münzenberg brachten am 1. Mai 1933 den „Gegen-Angriff" heraus. Der Titel war in bewußter Anspielung auf Goebbels Zeitung „Der Angriff" gewählt. Seit März arbeitete auch ein Komitee in der Rue Mondétour, das sich mit den Machenschaften und Verfälschungen der Faschisten im Leipziger Reichstagsbrandprozeß befaßte. Man begann mit der Arbeit an einem Braunbuch über die Hitlerregierung und den Reichstagsbrandprozeß. Willi Münzenberg meinte damals, im Mai 1933: „Paris wird die Stadt der Emigranten. Täglich kommen hundert an. Hier trifft sich alles. Bis heute sind gegen 4000 angekommen."[33] Und Claire Goll vermerkte überschwenglich, Paris sei „ein Vorort von Berlin"[34] geworden.

Bei seinem Besuch im April hatte ihm Paris gefallen, weil er hier ein Projekt realisieren konnte. Er liebte Städte, die ihm Aufgaben stellten, die Angebote machten. Die idealistische Frankreichbegeisterung vieler deutscher Intellektueller dagegen war ihm ganz fremd. Für Heinrich Mann zum Beispiel bedeutete Frankreich das „zweite Geburtsland" des Europäers. „Wir sind jeder da und dort, aber alle auch in Frankreich geboren. Wir führen lebenslang Vorstellungen und Begriffe mit, die nicht wären, wenn nicht Frankreich wäre, und die uns an unsere Kindheit erinnern."[35] Für Brecht kam das überhaupt nicht in Frage. Frankreich war für ihn die Fremde wie jedes andere Land. Es gab da keine irgendwie geartete Wahlverwandtschaft. Seine Kindheitserinnerungen und Bildungserlebnisse verbanden ihn nicht mit diesem Land. Er beherrschte die Sprache nicht, sie bereitete ihm schon als Gymnasiasten Schwierigkeiten. Um Paris wirklich zu lieben, hätte er Zugang zu den Theatern haben müssen. Er zählte nicht zu dem Typus des Flaneurs, für den Paris die Erfüllung bedeutete.

Aber auch zu denen, die auf den Kaffeeterrassen der Champs Elysées saßen und warteten, daß der Zufall ihnen aus ihrer Lage heraushalf, gehörte Brecht nicht. Sein früherer Direktor vom Theater am Schiffbauerdamm, Ernst Josef Aufricht, der ebenfalls nach Paris emigrierte, gibt den Eindruck wieder, den diese Flüchtlinge auf ihn machten: „All diese Menschen waren über Nacht deklassiert, ohne Einkommen und abgeschnitten von ihrem Besitz, teilweise physisch bedroht und verließen Deutschland panikartig. Sie flüchteten mit wenigen Mitteln und einigen Koffern, die ihre beste Garderobe enthielten. Sie saßen wie aus dem Ei gepellt in Klumpen zusammengeballt auf den Kaffeeterrassen der Champs Elysées oder des Montparnasse. Sie verärgerten die Cafétiers durch den Konsum von Kaffee und Croissants, da sie die Einheimischen verdrängten, die viel teuerere Apéritive bevorzugten. Da keiner vor dem anderen zugeben wollte, daß er keine Existenz mehr hatte, machten sie im luftleeren Raum Geschäfte, verhandelten Phantasieprojekte, intrigierten wie in alten Zeiten und warnten einen vor dem anderen. Trotzdem langweilte man sich nicht."[36] Auch Claire Goll, die sich mit ihrem Mann bereits seit den zwanziger Jahren in Paris aufhielt, sah die Emigranten so: „Aus dem Beruf herausgerissen, verbrachten sie ihre Zeit mit Klagen und mit wehmütigen Erinnerungen an die prunkvolle Vergangenheit. Es war nicht leicht, sich und andern einzugestehen, daß man nur noch eine Null war, nachdem man ein Theater oder eine große Zeitung beherrscht hatte. Hinzu kam, daß zwar alle Intellektuellen zwischen Wien und Budapest, Sofia und Krakau über die Vorgänge in Berlin im Bilde waren, Paris aber Brecht, Piscator, Döblin, Heinrich Mann, Anna Seghers, Ernst Bloch nicht einmal dem Namen nach kannte. Sie alle waren nichts als Flüchtlinge, die gekommen waren, um das Brot der Franzosen zu essen. Mit ihren schlechten oder überhaupt nicht vorhandenen Sprachkenntnissen unterschieden sie sich nicht von der Masse, ein berühmter Schauspieler nicht von irgendeinem fast analphabetischen polnischen Arbeiter."[37]

Brechts Pariser Tage waren mit Arbeit ausgefüllt. Noch einmal bot sich eine Zusammenarbeit mit Kurt Weill an, der sich seit dem 23. März 1933 mit seiner Frau Lotte Lenya in Paris aufhielt. Unter den Emigranten befand sich auch die deutsche Tänzerin Tilly Losch, die mit dem reichen Edward James verheiratet war. Um seiner Frau eine künstlerische Betätigung zu bieten, erklärte sich dieser bereit, ein Ballett zu finanzieren. Weill sollte die Musik, Brecht das Libretto schreiben. Die Choreographie übernahm George Balanchine, der zu jenen Talenten der Ballets russes zählte, die sich unter Sergej Djagilew einen Namen gemacht hatten. Ihm lag daran, ein eigenes Ballett zu gründen. Mit Hilfe von Edward James als Finanzier etablierte sich „Les Ballets 1933". Brecht sah hier eine günstige Gelegenheit, im Pariser Theaterleben Fuß zu fassen, und sei es mit einem Ballett.

In Paris besaß der Name Weill eine größere Zugkraft als der Brechts. Als die Presse das Unternehmen vorstellte, erwähnte sie, daß Weill in dieser Stadt längst kein Unbekannter mehr sei. Erinnert wurde an die „Dreigroschenoper". Dabei fiel der Name des Filmregisseurs Pabst, aber nicht der Brechts. Erst als der Artikelschreiber auf den „Jasager" zu sprechen kam, vermerkte er, daß der Text von Weills „bewährtem Mitarbeiter Bert Brecht" stamme. Wie die Pariser Zusammenarbeit mit Kurt Weill, so war auch das Textbuch, das Brecht schrieb, ein Rückgriff auf frühere Zeiten. Das Ballett „Die sieben Todsünden" glich mehr einer Kurzoper mit einer Reihe tänzerischer Einlagen und enthielt eine ebenso große Rolle für eine Sängerin wie für die Tänzerin.

Vorgeführt wird die Reise zweier Schwestern aus den amerikanischen Südstaaten. Anna I, die Managerin, Anna II, die Künstlerin, wollen Geld verdienen, um ein Haus in Louisiana zu erwerben. Dafür bieten sie alles auf. Ihr Ziel erreichen sie aber nur, wenn sie die sieben Todsünden vermeiden: „Faulheit im Begehren des Unrechts", „Stolz auf das Beste des Ichs", „Zorn über die Gemeinheit", „Sättigung, Selberessen", „selbstlose Liebe", „Habsucht bei Raub und Betrug", „Neid auf die Glücklichen". Nach siebenjähriger Tournee ziehen die Schwestern mit der Familie in das fertige Haus in Louisiana ein. Um zu Besitz zu gelangen, haben sie das Unrecht nicht gescheut, haben sie auf das verzichtet, was eigentlich „leben" heißt. Selbst die Gewohnheiten des kapitalistischen Alltags sind ihnen vorerst verschlossen geblieben, damit sie sie nun ganz besitzen. Im „Lied der Schwestern“ im siebenten Bild heißt es:

Schwester, wir alle sind frei geboren
Wie es uns gefällt, können wir gehen im Licht
Also gehen herum aufrecht wie im Triumph die Toren
Aber wohin sie gehen, das wissen sie nicht.

Schwester, folg mir und verzicht auf die Freuden
Nach denen es dich wie die andern verlangt
Ach, überlaß sie den törichten Leuten
Denen es nicht vor dem Ende bangt.

Iß nicht, trink nicht und sei nicht träge
Die Strafe bedenk, die auf Liebe steht!
Bedenk, was geschieht, wenn du tätst, was dir läge!
Nütze die Jugend nicht: sie vergeht!

Schwester, folg mir, du wirst sehen, am Ende
Gehst im Triumph du aus allem hervor
Sie aber stehen, o schreckliche Wende!
Zitternd im Nichts vor geschlossenem Tor![38]

Brecht selbst hielt das Werk, wie er an Helene Weigel schrieb, für „nicht so bedeutend“. Den Anhängern des Balletts erschien es viel zu sozialkritisch. Das war nicht das, was man in Paris unter Ballett verstand. Dem Kenner mußte schon die Verbindung von Brecht und Balanchine problematisch erscheinen. Balanchine war zu jener Zeit bemüht, einen von Strawinsky beeinflußten neuklassizistischen Stil auf das Ballett zu übertragen. Weder zu Brecht noch zu Weill bestand eine geistige Korrespondenz. Was diese so verschiedenen Künstlerpersönlichkeiten zusammenführte, war das Geld von Edward James, das ihnen eine Startmöglichkeit bot.

Trotz glänzender Besetzung mit Tilly Losch und Lotte Lenya wurde die Aufführung im Théâtre des Champs Elysées am 7. Juni 1933 kein wirklicher Erfolg. Walter Mehring hob zwar in seiner Kritik hervor, es sei einer der Abende gewesen, „wie man sie aus der Epoche der großen deutschen Theaterkunst gewohnt war". Zu dieser Wertung wird ihn aber mehr die wehmütige Erinnerung an Berlin und das freundschaftliche Empfinden für Brecht veranlaßt haben. Wesentlich anders urteilte der emigrierte Harry Graf Kessler: „Weills Ballett hat überhaupt hier sehr enttäuscht. ... Ich fand die Musik hübsch und eigenartig; allerdings kaum anders als die der ‚Dreigroschenoper', Lotte Lenya sang mit ihrer kleinen, sympathischen Stimme (deutsch) Brechts Balladen, und Tilly Losch tanzte und mimte graziös und fesselnd. Man hat offenbar von Weill hier zu viel erwartet, ihn gleich mit Wagner und Richard Strauss in eine Linie gerückt; Snobismus."[39] Daß sich die Aufführung mehr zu einer Angelegenheit Weills gestaltete, wunderte Brecht nicht. Vom professionellen Pariser Theater erwartete er sowieso nichts. Er zählte Paris nicht zu den Städten, von denen in den zwanziger Jahren die großen Neuerungen ausgegangen waren. Auf dem Gebiet des Theaters stand Paris weit hinter Berlin oder Moskau zurück. An den großen Experimenten und den methodischen Vorschlägen im Gefolge der politischen Erschütterungen nach dem ersten Weltkrieg hatte es keinen Anteil.

Obwohl man in die Pariser Theater nur mit viel Geld einsteigen konnte und keine Chance bestand, an die avantgardistischen Versuche in Berlin anzuknüpfen, versuchten deutsche Emigranten, kaum daß sie in Paris waren, ein Theater zu eröffnen. Aufricht tat dasselbe einige Jahre später, als er 1937 in dem von ihm gepachteten Théâtre de l'Etoile auf der Avenue de Wagram in großer Besetzung Brechts „Dreigroschenoper" inszenieren ließ. Vorerst brachte er jedoch Walter Steinthal, den früheren Herausgeber des Berliner „Zwölf-Uhr-Mittagsblattes", zu Brecht, denn Steinthal trug sich mit dem Plan, in Paris ein Theater zu gründen. Als die beiden in das billige Hotelzimmer am Luxembourg kamen, ging es Brecht gesundheitlich sehr schlecht. Wieder einmal rebellierten die Nieren. Auf dem Bett liegend, nur mit seiner Lederjacke zugedeckt, empfing er seine Gäste. „Steinthal hoffte, als Inhaber einer enteigneten Zeitung über die deutsche Botschaft eine Entschädigung ausgezahlt zu erhalten, und wollte mit diesem Geld das Theater finanzieren. Da er gern sprach, hielt er, zärtlich in seine Worte verliebt, eine längere Rede, bis der kranke Brecht einen Wutanfall bekam und den Mann niederschrie, wir wären nicht mehr in Berlin, sondern in der Emigration, wir hätten keine Zeit – er wußte nicht, wieviel Zeit wir noch hatten –, seine Uhr auf den Tisch legte und jedem drei Minuten Sprechdauer zugestehen wollte. Steinthal verließ empört das Hotel, und Brecht bemerkte richtig: ‚Wenn der Mann nicht innerhalb von zehn Minuten anruft und Sie auf die Straße bittet, um die Sache wieder einzurenken, ist er fürs Theater unbrauchbar, und wir können mit ihm nichts anfangen.'"[40] Er rief natürlich nicht an. Unabhängig davon, wie Steinthal Brechts Wutanfall aufnahm, wurde aus dem Theaterprojekt nichts, weil die Nazis ihm keine Entschädigung zahlten.

In den Gesprächen mit Aufricht in Paris entwickelte Brecht den Plan eines „Theaters der Prozesse". Angeregt zu dieser Idee wurde er höchstwahrscheinlich durch die Bemühungen in Paris und London, die Verfälschungen im Leipziger Reichstagsbrandprozeß durch eine Gegendarstellung, einen Gegenprozeß, zu kontern. Brecht selbst machte sich an die Arbeit, ein Braunbuch zu schreiben. Ausgehend von der Lage in Deutschland, wie sie die Hitlerregierung einschätzte, wollte er nachweisen, daß die Faschisten mit dem Reichstagsbrandprozeß die Liquidierung der deutschen Arbeiterbewegung moralisch-politisch zu begründen suchten. Den ersten der auf sechs Teile angelegten Arbeit überschrieb er „Der Reichstagsbrand oder Hitler ‚rettet‘ Europa“. Im „Theater der Prozesse“ gedachte er im Darstellungsverfahren einen Schritt weiterzugehen. Die Naziverbrechen sollten mit den großen Verbrechen aus der Geschichte konfrontiert werden. So beabsichtigte er, die Anklage gegen Nero wegen des Brands von Rom und die Anklage gegen Göring wegen des Reichstagsbrands auf der Bühne simultan vorzuführen. Neben dem dringlichen politischen Anliegen ging Brecht davon aus, daß sich Gerichtsverhandlungen auf Grund ihrer dramatischen Grundstruktur gut für die Bühne eigneten. Um solche Pläne zu verwirklichen, hätte er eine in der operativen politischen Arbeit erfahrene Truppe gebraucht. Doch die stand ihm nicht zur Verfügung.

Ein anderes Projekt konnte indessen realisiert werden, wenn auch erst ein Jahr später, als Brecht Frankreich längst verlassen hatte. 1934 erschien bei den Editions du Carrefour der Band „Lieder, Gedichte, Chöre“ von Bertolt Brecht und Hanns Eisler. Der Verlag, eine Gründung Willi Münzenbergs, war in den Wochen entstanden, als sich Brecht in Paris aufhielt. Durch Vermittlung des französischen Schriftstellers Paul Nizan kam Münzenberg mit dem Verleger Pierre Levi aus der Westschweiz zusammen, der den deutschen Antifaschisten nach der Berliner Bücherverbrennung zwei Verlagsräume in Paris zur Verfügung stellte und ihnen das Recht einräumte, den Verlagstitel Editions du Carrefour zu benutzen. Die Sammlung „Lieder, Gedichte, Chöre“, mit ihrem umfangreichen Notenteil zugleich als „Gegen-Liederbuch“ gedacht, enthielt überwiegend Gedichte aus den Jahren zwischen 1926 und 1933. Der Band war vor allem gegen Hitler, den Anstreicher, gegen die faschistische Demagogie und Verführung gerichtet. Dabei sollte der weitverbreiteten Meinung, der Faschismus sei ein plötzlich aufgetauchtes Phänomen, entgegengewirkt werden. Der lange Atem der Kämpfe durchdringt diesen Zyklus. Auf diese Weise kam in die bittere Lyrik über schreckliche Zeiten aber auch die Hoffnung, die Gewißheit, daß es einmal ein Ende der Qual und der Not geben werde.

Der Band ist in vier Teile gegliedert. Der erste umfaßt Gedichte von 1918 bis 1933. Er wird eingeleitet mit einem Gedicht, das schon in der „Hauspostille" stand, mit der „Legende vom toten Soldaten". Denn der Haß, mit dem die Reaktion das Gedicht und seinen Autor verfolgte, hatte sich in dem letzten Jahrzehnt noch gesteigert. Der zweite Teil enthält die 1933 entstandenen Gedichte. Hier stellt Brecht die Schlächter, die Opfer und die Kämpfer vor. Der „Anstreicher Hitler", der die gewaltigen Risse im Gebäude des Kapitalismus mit brauner Farbe übertüncht, wird satirisch attackiert. Den Satiren stehen Verse gegenüber, aus denen Brechts tiefe Verbundenheit mit den Kämpfern in den Konzentrationslagern spricht, seine Achtung vor dem Mut des Genossen Dimitroff vor dem faschistischen Gerichtshof. Ein neuer Typus des Heldengedichts kam in die Literatur, geschaffen von einem Mann, der allem Heldischen skeptisch gegenüberstand. Nie ist sein Vers vorbehaltloser im Lob gewesen, nie hat er den Anlaß zum Rühmen so selbstverständlich empfunden wie in diesen Gedichten.

Nicht durch Stockschläge, noch durch Aufhängen, hören
    wir, seid ihr
So weit zu bringen, zu sagen, daß
Zwei mal zwei jetzt fünf ist.
Also seid ihr
Verschwunden, aber

Nicht vergessen
Niedergeknüppelt, aber
Nicht widerlegt
Zusammen mit allen unverbesserbar Weiterkämpfenden
Unbelehrbar auf der Wahrheit Beharrenden
Weiterhin die wahren
Führer Deutschlands.[41]

Der dritte Teil enthält die Lieder und Chöre aus den Stücken „Die Mutter" und „Die Maßnahme". Wie die „Hauspostille" schließt auch die neue Sammlung mit einem Anhang, in dem Brecht einige seiner großen Gedichte vorstellt, so die „Ballade von der Billigung der Welt" und „Verschollener Ruhm der Riesenstadt New York".

Zu den schönsten Versen der Sammlung gehören die 1932 entstandenen „Wiegenlieder". Ganz aus proletarischer Sicht und marxistischer Einsicht verfaßt, erschüttern sie in ihrer elementaren Menschlichkeit auch Leser, die dem Marxismus fernstehen. Es gab Dichter aus dem Proletariat, die allein schon durch ihre Herkunft die proletarische Denk- und Gefühlswelt besser kannten als Brecht, und selbst einige aus dem Bürgertum kommende Autoren besaßen in dieser Hinsicht konkretere Erfahrungen, aber keiner hat diesen Ton, gespeist aus nacktem Elend, Verzweiflung und der unumstößlichen Gewißheit von einer anderen, besseren Welt, so getroffen wie er.

IV

Mein Sohn, was immer auch aus dir werde
Sie stehn mit Knüppeln bereit schon jetzt
Denn für dich, mein Sohn, ist auf dieser Erde
Nur der Schuttablagerungsplatz da, und der ist besetzt.

Mein Sohn, laß es dir von deiner Mutter sagen:
Auf dich wartet ein Leben, schlimmer als die Pest.
Aber ich habe dich nicht dazu ausgetragen
Daß du dir das einmal ruhig gefallen läßt.

…

Wenn ich nachts schlaflos neben dir liege
Fühle ich oft nach deiner kleinen Faust.
Sicher, sie planen mit dir jetzt schon Kriege –
Was soll ich nur machen, daß du nicht ihren dreckigen
Lügen traust?

…

Mein Sohn, darum halte dich an deinesgleichen
Damit ihre Macht wie ein Staub zerstiebt.
Du, mein Sohn, und ich und alle unsresgleichen
Müssen zusammenstehn und müssen erreichen
Daß es auf dieser Welt nicht mehr zweierlei Menschen
gibt.[42]

Gedichte, die Brecht die liebsten waren, schrieb er sorgfältig mit der Hand ab und schenkte sie einem Menschen, dem er sich besonders zugehörig fühlte. Die „Wiegenlieder“ verehrte er Helene Weigel. Er schnitt sie auf das Format des „Schatzkästchens“ zurecht, das seine Frau besaß. Darin bewahrte sie die Gedichte auf, die sie in Deutschland oft auf Massenversammlungen vorgetragen hatte, weswegen sie auch polizeilich verhört worden war. Nach Brechts Tod, als alle seine Manuskripte sorgfältig registriert und katalogisiert wurden, befanden sich die Gedichte noch immer in dem „Schatzkästchen“ der Weigel.

Den Druck der Gedichte bereitete in Brechts Auftrag Margarete Steffin vor. Brecht hatte sie 1932 kennengelernt, als sie, eine Laiendarstellerin, die Rolle des Dienstmädchens in der „Mutter“ übernahm. Sie kam aus einer politisch organisierten Berliner Proletarierfamilie. Nach Abschluß der Volksschule wurde sie Kontoristin. Im Sprechchor des Fichte-Arbeitersportvereins fand sie ein Betätigungsfeld für ihre enorme Begabung. Interessiert an Literatur, Kunst und Sprachen, kam sie über die Arbeiterkulturbewegung mit fortschrittlichen Persönlichkeiten des Berliner Kunstlebens in Berührung. Als Einzelsprecherin fiel ihre Begabung in den großen proletarischen Sprechstücken auf. Sie bekam dadurch Kontakt zu der „Gruppe Junger Schauspieler", die mit Brecht zusammenarbeitete. Bald darauf wurde sie von Brecht und Helene Weigel in die Hardenbergstraße eingeladen. Durch ihre Sorgfalt, ihre Beharrlichkeit gegenüber einer Aufgabe, vor allem aber durch ihre kritische, der Sache ergebene Haltung wurde das junge Mädchen sehr bald zur Weggefährtin des Dichters. Die tiefe Zuneigung zu ihr führte Brecht Ende 1932 in eine Ehekrise. Seine Empfindsamkeit für die Steffin wurde zur Roheit gegen Helene Weigel. Obwohl Brecht nicht die Absicht hatte, etwas in seinem Verhältnis zu seiner Frau zu verändern, bestand er darauf, daß Margarete Steffin im Hause, in seiner Nähe untergebracht werde. Hier stieß er auf den Einspruch seiner Frau, die das auch noch organisieren sollte. Die Lage spitzte sich zu, als Margarete Steffin erkrankte. Sie litt bereits damals an einer weit fortgeschrittenen Tbc. Die Weigel war entschlossen, Brecht zu verlassen. Doch das wollte er nicht, er bat sie zu bleiben, suchte alles wieder einzurenken.

Wieder befand er sich in einer Situation, die ihn nicht zur Ruhe kommen ließ und in der er sich außerstande fühlte, eine Lösung herbeizuführen. In einem Brief an Helene Weigel warb er um Verständnis, indem er seine charakterliche Eigenart zu erklären suchte: „Liebe Helli, ich schreibe, statt zu sprechen, weil das leichter ist, gegen das Sprechen habe ich eine solche Abneigung, das ist immer ein Kämpfen. Für gewöhnlich ist es bei uns so: Aus kleinen psychischen Verstimmungen, die viele Ursachen haben können und meist unaufklärbar sind, teils Mißverständnisse zur Ursache haben, teils nur die Müdigkeit oder Gereiztheit, die durch die Arbeit, also von außerhalb kommt, entsteht dann eine große undurchdringliche Verstimmung. Ich komme dann nicht heraus aus einem unlustigen und sicher quälenden Ton, und Du machst abweisende oder tragische Gesichter. Ich habe nun oft gemeint, man sollte sich bemühen, das Körperliche nicht nach dem Psychischen zu richten, da es die naivere und unbelastetere Verständigung ergibt. Und auch ist es fast immer ein Mißverständnis, wenn man das Körperliche (wenn einmal etwas nicht klappt) als Ursache nimmt. Ich weiß von mir, daß ich Dir immer nah stehe darin, auch über Verstimmungen hinweg, auch während derselben. Wenn es nicht so scheint, vergiß nicht, ich lebe gerade (und meistens) in schwieriger Arbeit und schon dadurch ohne rechte Möglichkeit, mimisch usw. mich auszudrücken, und fürchte Privatkonflikte, Szenen usw., die mich sehr erschöpfen. Nicht aber lebe ich ausschweifend. Davon ist keine Rede."[43] Brecht argumentierte ganz von seiner Person her. Er wollte verstanden sein, seine Schwierigkeiten galt es zu begreifen, ihm mußte man entgegenkommen, um der größeren Aufgabe willen, der er sich verpflichtet fühlte. Um der dichterischen Produktivität willen glaubte er ein Recht zu haben, nicht in seelische Konflikte hineingezogen zu werden. Wenn er von sich behauptete, daß er nicht ausschweifend lebe, hatte er damit völlig recht. Doch wie die, die mitbetroffen waren, mit solchen Situationen fertig wurden, diese Frage stellte er nicht. In diesem Punkte waren wirkliche Größe und ein oft bis zur Aufopferung gehendes Verständnis auf seiten der Weigel.

Die Situation war äußerlich geklärt, als Brecht Deutschland verließ. Helene Weigel beruhigte er: „Wegen Grete mußt Du keine Sorge mehr haben, sie ist in der Charité zur Beobachtung.“[44] Vor allem im Exil wurde Grete Steffin für Brecht durch ihre Begabung für Sprachen unentbehrlich. Sie war es, die später die Fäden zwischen den in aller Welt verstreuten Freunden und Mitarbeitern knüpfte und den Gedankenaustausch organisierte. Ihre Liebe zur Sache, zu Brechts Dichtung, war ebenso tief wie die zu dem Manne Brecht. Ihre Kalendereintragungen, die sie in Stenographie ausführte, sobald sie ganz persönliche Dinge betrafen, verraten etwas von den Qualen, die sie in den wenigen Jahren, die ihr noch blieben, durchlitt. Jeden Brief, jedes Telegramm von Brecht hat sie sorgfältig vermerkt. Auf Grund ihrer Eintragungen ließ sich überhaupt erst ermitteln, wann Brecht bestimmte Aufenthaltsorte verließ. Unter dem 30. August 1933 notierte sie: „b kommt“; ausgelassen und im Überschwang ihrer Gefühle malte sie in den Kalender „bbbbbbbbb“. Doch Brechts Besuch in Paris verschob sich: „7. September: schreibt nicht. 8. September: ich bin sehr traurig!“[45] Endlich, am 10. September, heißt es dann: „bidi“. In der Zeit zwischen Brechts Abreise nach Dänemark am 20. Juni 1933 und ihrem Eintreffen dort erledigte sie in Paris für Brecht vielfältige Aufgaben. In ihrem Notizbuch wiederholen sich die Namen Bernard von Brentano, Friedrich Wolf, Lania, Walter Mehring, Otto Katz, Kurt Kläber, Anna Seghers, Hanns Eisler, Alfred Kurella, Oskar Maria Graf, Albert Ehrenstein, Arnold Zweig. Mit ihnen sprach, telefonierte, korrespondierte sie. Am 19. Dezember 1933 beendete Brecht seinen Aufenthalt in Paris und fuhr mit Margarete Steffin nach Dänemark.

Einladung nach Dänemark

In Paris erhielt Brecht eine Einladung der dänischen Schriftstellerin Karen Michaelis. Von ihren Besuchen in Wien kannte sie Helene Weigel. Sie saß, als die Achtzehnjährige in der Wiener Volksbühne vorsprach, neben dem Direktor Artur Rundt. Die Art, wie sich die Weigel als Debütantin vorstellte, beeindruckte sie. Die Erinnerung blieb und wurde in den Jahren wachgehalten. Karen Michaelis besaß bereits vor dem ersten Weltkrieg einen international geachteten Namen als Romanautorin. Ihre Bücher erschienen in deutscher Übersetzung und fanden einen breiten Leserkreis. Als urwüchsige Erzählerin produzierte sie leicht, fast mühelos. Sie werde es auf zweitausend Geschichten bringen, prophezeite ihr Brecht, aber ihm seien es immer noch nicht genug. Sozialkritischen Fragen stets aufgeschlossen und von früh an daran gewöhnt, Land und Leute genau zu beobachten, verfügte sie über eine Fülle von Eindrücken. Mit Brechts politischem Anliegen verstand sie sich nur gefühlsmäßig, mit seinem Antifaschismus sympathisierte sie jedoch uneingeschränkt. Als sie in ihrem Hause die Emigranten empfing, ahnte sie noch nicht, daß sie acht Jahre später selbst ins Exil gehen würde. Mit vielen Menschen befreundet, führte sie seit jeher ein gastliches Haus. Zu verschiedenen Zeiten lebten und arbeiteten bei ihr Schriftsteller und Künstler aus anderen Ländern. Die junge Agnes Smedley hatte bei ihr gewohnt und Muße zum Schreiben gefunden. Bevor Brecht eintraf, war Hans Henny Jahnn Gast in ihrem Hause gewesen.

Brecht lebte mit seiner Familie, die bereits im Mai eingetroffen war, bis Ende des Jahres 1933 im Haus der Michaelis auf der Insel Thurø. An die vielgelesene Schriftstellerin wandten sich die Leute auch in ganz praktischen

Dingen. Von ihr wollten sie in komplizierten Lebenslagen und bei ganz persönlichen Entscheidungen beraten sein. So trugen die Menschen ihre Geschichten an sie heran. Einige dieser Geschichten, die sie an den Abenden erzählte, schrieb Brecht auf und veröffentlichte sie später unter dem Titel „Karins Erzählungen". Die Niederschrift vermittelt nicht nur etwas von der Erzählfreudigkeit der Michaelis, sondern verrät auch, was Brecht an ihr so schätzte: die Kunst der Beobachtung.

Immer deutlicher zeichnete sich ab, daß Hitlers Herrschaft keine kurze Episode sein würde. Der Flüchtling mußte jetzt daran denken, sich dauerhafter einzurichten. Die Familie Brecht bemühte sich, ein Haus zu kaufen. Sowenig Wert Brecht auf Luxus, auf Bequemlichkeit legte, selbst zu Zeiten, als er sich Luxus leisten konnte, stellte er doch an das Wohnen Ansprüche. Es mußten Räume sein, denen man eine individuelle Note geben konnte, in die ein konkreter Mensch mit seinen Gewohnheiten und Vorstellungen hineinpaßte. Zwar gehörte er nicht zu den Schriftstellern wie Lion Feuchtwanger und Thomas Mann, die von ihren Wohnstätten ein bestimmtes Maß an Behaglichkeit, an Wohlstand verlangten. Feuchtwanger fand auch im Exil immer die Häuser, die seinem ganz persönlichen Geschmack entsprachen. Bei Thomas Mann entschied mehr die Repräsentation. So wählerisch Brecht auch in diesen Dingen war, zählte er doch wiederum nicht zu jenen Glücksuchern wie Zuckmayer, die nach Häusern Ausschau hielten wie Sammler nach alten, wertvollen Stücken, die auf Häuser aus waren, in die der Mensch hineinpaßte wie in eine alte Joppe.

Im Exil waren es freilich nur wenige, die überhaupt an den Erwerb von Häusern denken konnten. Der Hauskauf kam mit Hilfe des dänischen Architekten Mogens Voltelen zustande, der im Laufe der Zeit zu einem guten Freund des Dichters wurde und den Brecht später gern an sein Theater am Schiffbauerdamm geholt hätte. Im August 1933 erwarb Brecht für 7000 Kronen von dem Steuermann Th. Petersen-Stilling ein Haus, in das die Familie Ende Dezember einzog. Es stand in Skovsbostrand auf der Insel Fünen, einige Kilometer südwestlich des Ortes, ganz in der Nähe eines Landstrichs, der in deutscher Übersetzung „Gedankenvoll" (Tankefuld) heißt. Von Bäumen und Gesträuch umgeben, lag es nördlich der Straße, die von Svendborg nach Skovsbostrand führte. Vorgelagert waren einige kleinere Häuser auf der anderen Seite der Straße, in denen Margarete Steffin und sehr oft auch die Gäste wohnten, die Brecht besuchten. Von dem Zimmer der Stirnseite des Hauses, das sich Brecht auswählte, konnte man auf den Sund schauen. Das weißgekalkte Haus mit dem schwarzen Fachwerk, dem Strohdach und den vier Türen war einer der üblichen langgestreckten fünischen Kleinbauernhöfe. Das „dänische Strohdach" wurde für Brecht zur Metapher für Geborgenheit, für Zuflucht.

So unsicher die Welt geworden war, so wenig die kleinen Inseln auch wirkliche Sicherheit versprachen, so glücklich waren doch die, „die ein Dach noch han", wie es in einem seiner späteren Lieder heißt.

Zufluchtsstätte

Ein Ruder liegt auf dem Dach. Ein mittlerer Wind
Wird das Stroh nicht wegtragen.
Im Hof für die Schaukel der Kinder sind
Pfähle eingeschlagen.
Die Post kommt zweimal hin
Wo die Briefe willkommen wären.
Den Sund herunter kommen die Fähren.
Das Haus hat vier Türen, daraus zu fliehn.[46]

Mit viel Geschmack richtete die Weigel das Bauernhaus ein, indem sie von überall her Gegenstände zusammentrug. Sogar eine richtige Kirchenbank erwarb sie, die der Familie fortan als Sitzgelegenheit bei Tische diente. Als Brecht einzog, besaß er wieder ein Arbeitszimmer, in dem er sich wohl fühlen konnte. Hier war es ihm möglich, wie in seiner Berliner Zeit zu arbeiten. „Im Arbeitszimmer nimmt ein langer, über und über mit Büchern und Papieren bedeckter Tisch die ganze Breite des Hauses ein und durch die drei Fenster mit den kleinen Scheiben im Giebel schaut man über den beinahe zu freundlichen Svendborgsund.“[47] Freunde aus Deutschland hatten ihm über dänische Deckadressen Einrichtungsgegenstände aus seiner Berliner Wohnung sowie Bücher und Manuskripte geschickt. Hierbei engagierten sich vor allem Maria Lazar, eine Jugendfreundin Helene Weigels, und Karen Michaelis.

Sowenig Brecht auch sonst über Familie und das geordnete Leben innerhalb der vier Wände sprach, so brauchte er es doch. Allein schon seine streng geregelte Arbeitsweise, verbunden mit festen Gewohnheiten, ohne die er Schreiben nicht für möglich hielt, verlangte einen bestimmten Grad häuslicher Ordnung und Fürsorge. Daß Brecht während seines ganzen Exils nicht auf das gewohnte häusliche Leben verzichten mußte, war dem Verständnis, dem Geschmack, ja der Aufopferung Helene Weigels zu danken. In dieser Hinsicht betrachtete er sich als einen Handwerker, der nicht an jedem x-beliebigen Ort mit seiner Arbeit beginnen kann. Zumindest einen relativ großen Raum, in dem ein breiter Tisch Platz fand, mußte er haben. Noch lieber hatte er es, wenn man drei Tische aufstellen konnte. Denn er wollte die verschiedenen Projekte, an denen er arbeitete, ausbreiten. Die jeweiligen Fassungen und Arbeitsschritte mußten auch visuell überschaubar sein. Er pflegte fast alles mit der Maschine zu schreiben. Korrekturen wurden mit Schere und Kleister ausgeführt. Nach erneuter Durchsicht der Manuskripte schnitt er Texte auseinander und montierte sie neu. Selbst wenige Zeilen schnitt er aus und klebte sie auf, obwohl ein Neuschreiben viel rationeller gewesen wäre. Das Montieren der Sätze machte ihm Spaß und förderte die Lust an der Arbeit. Er betätigte sich hierbei wie ein Schnittmeister beim Film. Helene Weigel besaß ein feines Gespür dafür, daß für Brecht diese Bedingungen nicht nur eine Marotte, sondern die Atmosphäre waren, die er brauchte, um produktiv zu werden. Sie selbst schlief, wenn es die Umstände nicht anders erlaubten, in der Küche, oder die Kinder mußten sich auch im fortgeschrittenen Alter in ein Zimmer teilen. Brecht aber bekam seinen Raum, und zwar den größten, über den man verfügte.

Sein Arbeitstag verlief seit jeher sehr geregelt. Der eingeübte Rhythmus kam auch durch das Exil nicht durcheinander. Brecht stand früh auf, meist um 6.00 oder 7.00 Uhr. Dann machte er sich eine Tasse Tee oder Kaffee und begab sich an den Schreibtisch. Halb neun wurde das Frühstück eingenommen. Er aß nie viel, aber häufig. Die Arbeit setzte er bis gegen 13.00 Uhr fort. Morgens arbeitete er fast immer allein, ohne Mitarbeiter. Nach dem Mittagessen legte er sich stets zwanzig Minuten hin. Entspannen konnte er sich am besten, wenn er sich ausstreckte, die Arme am Körper, die Hände unter dem Hintern. Anzusehen war er dann wie ein Kreuzritter auf der Bahre. Auch an dieser Gewohnheit hielt er sein Leben lang fest. Am Nachmittag wurde die Arbeit fortgesetzt, aber auf andere Weise. Brecht zog jetzt seine Mitarbeiter und Freunde hinzu. Mit ihnen sprach er durch, was er am Morgen gearbeitet hatte. Änderungen kamen zur Sprache, die er notierte oder sofort am Text vornahm. Die Diskussion, neben der Theaterpraxis die fröhlichste Form der

Arbeit, bestimmte den Nachmittag. Wenn er allein war, las er Zeitungen, hörte Radio oder arbeitete sich in zeitgenössisches oder historisches Material ein, das er für gegenwärtige oder künftige Projekte brauchte. Nach dem Abendbrot legte er sich wieder zwanzig Minuten hin. Abends wollte er Gäste um sich haben, wollte sich unterhalten.

Bemerkenswert ist, daß Brecht den streng geregelten Arbeitstag zeitlebens beibehielt, so ungünstig sich gelegentlich auch die Umstände gestalteten. Selbst körperliches Unwohlsein oder die nervlich aufreibenden Vorbereitungen für den Aufbruch in ein anderes Land hielten ihn nicht von dem gewohnten Rhythmus ab. Nur seine periodisch auftretenden Nierenschmerzen, die oft sehr heftig gewesen sein müssen, veranlaßten ihn, die Arbeit zu unterbrechen. Dabei empfand er diesen selbstauferlegten Rhythmus keineswegs als eine Disziplinierung, die er sich um des Werkes willen abzwang. Er fühlte sich wohl in dieser Lebensform, empfand sie als heiter, locker, ihm gemäß. Die extreme Anspannung aller Kräfte, die künstlerische Arbeit mit sich bringt, staute sich bei ihm nicht auf, drängte nicht zu gelegentlich explosiven Ausbrüchen, schlug nicht plötzlich in Lethargie um. Alles in allem war diese „glückliche Natur" sein eigenes Produkt, eine Arbeitsweise, von ihm klug installiert, sorgfältig entwickelt und dann hart trainiert.

Am 28. Dezember 1933 meldeten sich die Brechts in der Gemeinde Egense polizeilich an und wurden ordnungsgemäß registriert. Im Unterschied zu anderen Ländern verhielten sich die dänischen Behörden weniger streng gegenüber den deutschen Flüchtlingen, obwohl es eine Flüchtlingsgesetzgebung gab, die sich wiederum nicht sehr von der anderer europäischer Staaten unterschied. „Die Flüchtlingspolitik der dänischen Regierung war widersprüchlich, indem sie politischen Emigranten zwar grundsätzlich Asyl gewährte, wenn der Fluchtgrund anerkannt wurde, was in der Regel geschah, gleichzeitig aber die Aufenthaltsbedingungen meist unerträglich erschwerte, um Hitlerdeutschland durch eine starke und aktive Emigration nicht zu reizen. Diese Anpassungspolitik bestimmte die dänische Flüchtlingspolitik von Anfang an."[48] Brecht machte man in Egense keine Schwierigkeiten. Entsprechend den dänischen Flüchtlingsgesetzen mußte er zwar unterschreiben, sich im Gastland nicht politisch zu betätigen. Aber auch damit nahm man es nicht so genau. Brecht unterschrieb das nicht einmal selbst, das machte die Weigel für ihn. Weiterhin mußte er sich alle Vierteljahre melden und die Aufenthaltsgenehmigung erneuern lassen. Da er sich weigerte, ein Wort Dänisch zu sprechen, erledigte Helene Weigel alle Behördenangelegenheiten. Bei diesen Gängen half ihr Maria Lazar.

Nach Skovsbostrand kamen auch Margarete Steffin und Mari Hold, die Haushälterin aus Brechts Berliner Zeit in der Hardenbergstraße. Mari Hold traf mit den Kindern und Helene Weigel ein. Daß sie mit in die Emigration ging, geschah aus Anhänglichkeit an die Familie, nicht aus politischen Gründen. Seit ihrem dreizehnten Lebensjahr lebte sie im Hause Brecht. Zuerst bei seinem Vater in Augsburg, wurde sie dann von Brecht nach Berlin geholt. Daß er sich einen solchen Aufwand leisten konnte, erklärt sich aus dem geringen Lohn, der damals für solche Dienste gezahlt wurde. In Augsburg bekam sie zu Beginn der zwanziger Jahre fünfzehn Mark, in Berlin Ende der zwanziger Jahre fünfzig Mark im Monat. Sie heiratete einen Dänen und blieb in Dänemark. Als sie das Haus verließ, schrieb ihr Brecht ein Abschiedsgedicht. Obwohl sich Helene Weigel nach dem Weggang von Mari Hold eine Hilfe aus der unmittelbaren Nachbarschaft ins Haus holte, lastete der Großteil der Arbeit und der Sorgen auf ihr. Wenn auch nicht besonders anspruchsvoll, verzichtete

Brecht nur ungern auf die gewohnte Lebensweise. Zu den vielen Einschränkungen, die er als Schriftsteller auf sich nahm, sollten nicht noch solche im privaten, familiären Bereich hinzukommen. In der Fremde wünschte er sich im eigenen Haus möglichst wenig Fremdes. Im Privaten blieb der Neuerer gern beim gewohnten alten. Ein dänischer Freund schrieb in der Rückerinnerung: „Er aß ungern andere Gerichte als die, die er von seiner Geburtsstadt Augsburg gewohnt war, und die konnte nur seine Frau zufriedenstellend zubereiten. Konfrontierte man ihn mit luxuriösen und raffinierten Mahlzeiten, so betrachtete er die Anrichtung und sagte mit einem spöttischen Ausdruck mißbilligend: ‚So was ißt man in Augsburg nicht!' Dennoch erklärte er das hohe dänische Smørrebrød für ‚wunderschön'."[49]

Helene Weigel sorgte für die Gäste, ohne die Brecht nicht sein konnte. Während er wenig Neigung zeigte, mit Leuten der Ortschaft in Berührung zu kommen, pflegte sie den Umgang mit der unmittelbaren Nachbarschaft. Die alltäglichen Schwierigkeiten und der aufreibende Kampf mit den Nichtigkeiten, die sich im Exil nicht selten als unüberwindliche Barrieren darstellten, das alles nahm sie auf sich. Dazu kam die Sorge um die Kinder. Ständig herausgerissen aus einer Umwelt, in die sie sich gerade eingelebt hatten, mußten sie in der Schule mit der Sprache immer wieder von vorn anfangen. An Alfred Döblin schrieb Brecht im Januar 1934: „Der Sohn meiner Lenden (die getragene Redeweise kommt von dem bäuerlichen Milieu) besucht eine sehr gute dänische Schule ..." Etwas erstaunt fügte er, der Sprachunbegabte, hinzu: „das geht also".[50] Als Stefan im schwedischen Exil wieder umlernen mußte, schrieb Margarete Steffin in einem Brief: „steff geht es gut. er geht in eine ‚sommerschule' (die hier für schüler besteht, die nicht sicher sind, daß sie das examen bestehen werden). in ‚muttersprache' – schwedisch – ist er der einzige, das ist sehr gut für ihn, so hat er jeden tag 1½ stunden unterricht in schwedisch und kann wieder anfangen, uns zu korrigieren, wie er es auch mit dänisch gemacht hat."[51]

Zu den Dingen, die Brecht auch im Exil nicht missen wollte, gehörte das Auto. Er fuhr gern und schnell. Das Auto war für ihn der Gradmesser seiner Beweglichkeit; es verschaffte ihm Zugang zur Hauptstadt, zu Freunden, zu Gesprächsrunden, in denen er mitreden wollte. Für 300 Kronen erstand er einen alten Ford, Modell T. „Ford hat ein Auto gebaut / Das fährt ein wenig laut / Es ist nicht wasserdicht / Und fährt auch manchmal nicht." Als er seinen Freund George Grosz nach Skovsbostrand einlud, konnte er sich nicht verkneifen, auf sein Auto hinzuweisen: „Ein kleiner Ford aus der Urzeit verschafft Bequemlichkeit."[52] Damit brachte er zum Ausdruck, solange man über ein Auto verfüge, sei man auch auf dem Lande nicht verloren. Wie viele andere, so erinnert sich auch George Grosz an den alten Ford: „Brecht war ein glänzender Autofahrer, einer der schnellsten und unvorsichtigsten meiner Bekanntschaft. In Langeland in Dänemark, wo ich ihn in den Dreißigerjahren besuchte, fuhr er ein uraltes Fordmodell, das man noch ankurbeln mußte, worauf es, wenn es überhaupt ansprang, heftig zu zittern anfing. Aber dem Brecht war es völlig untertan und gehorchte ihm trotz Altersschwäche. Als ich ihn damals wiedersah, wie er in Arbeitsanzug und Ledermütze neben dem schlotternden Ford stand, mußte ich laut lachen."[53]

Das erste größere Werk, das Brecht im Exil schrieb und abschloß, war der „Dreigroschenroman". Über die Entstehungsgeschichte gibt es noch immer Unklarheiten. Ruth Berlau meinte, Brecht habe den Roman hauptsächlich im Sommer 1934 mit Hilfe von Margarete Steffin im Krankenhaus geschrieben. Andere Angaben besagen, er habe den Roman schon in Berlin begonnen. Doch dafür gibt es keinen Beleg. Fest steht, daß Brecht im Oktober/November 1933 während seines Frankreichaufenthalts mit der Arbeit ein großes Stück vorankam. An die auf ihrer Rezitationsreise in Moskau erkrankte Helene Weigel schrieb er damals: „Der Roman ist fast fertig (im Rohbau)."[54] Als er im Juni 1934 im Krankenhaus lag, war die Arbeit jedoch noch nicht abgeschlossen. Daß er hier wesentliche Teile schrieb, ist ganz und gar unwahrscheinlich, denn zeitweise sah er sich nicht einmal in der Lage, seine Briefe zu unterschreiben. Er bat seinen Verleger um einen kurzen Aufschub. An den letzten beiden Teilen wollte er nochmals eine Korrektur vornehmen. Einen Monat später waren die ersten Korrekturbogen bereits in seinen Händen.

Daß Brecht einen so dicken Roman schrieb, war ungewöhnlich. Eigentlich haßte er dickleibige Romane. Er fand es schon bedrückend genug, solche zu lesen. Als er die Arbeit jedoch fertig hatte, betrachtete er sie mit einigem Stolz. Es freute ihn, daß er sich auf dieses von ihm so verachtete Geschäft der Konkurrenz nun auch verstand. Später schrieb er: „Ich brauchte damals in Dänemark Geld und habe vorher ein genaues Projekt gemacht, was muß ich schreiben, um möglichst viel Geld dafür zu bekommen. Natürlich habe ich dann auch einige Scherze mit dem Stoff gemacht. Der Roman brachte mir dann tatsächlich viel Geld."[55]

Wie nun dieses Buch einen Verleger fand, zeigt zum einen die neuen Schwierigkeiten im Exil, zum anderen Brechts Vorsatz, sich möglichst nicht von gewohnten Bedingungen abbringen zu lassen. Da er mit dem Roman Geld machen wollte, kam es darauf an, den richtigen Verleger zu finden. Bernard Brentano schlug vor, ihn in der Zürcher Büchergilde Gutenberg herauszubringen. Er kam jedoch selbst wieder davon ab, nachdem er sich an Ort und Stelle umgesehen hatte. An Brecht schrieb er, daß dort wieder diese „Typen à la Wilhelm Herzog" die Macht ausübten. Und genau wie in Berlin hätten sie sich nicht geändert. Über Hermann Kesten kam Brecht mit dem holländischen Verlag Allert de Lange in Verbindung. In Amsterdam hatten sich zwei Verlage, Allert de Lange und Querido, der deutschen Exilliteratur angenommen. Sie konnten innerhalb kurzer Zeit renommierte deutsche Schriftsteller zu ihren Autoren zählen, die ihnen vor allem von den gleichfalls ins Exil gegangenen Lektoren und Teilhabern des Kiepenheuer Verlags empfohlen wurden, so von Hermann Kesten, dem ehemaligen Cheflektor, Dr. Fritz Landshoff und Walter Landauer, den Teilhabern des Kiepenheuer Verlages. Kesten und Landauer wurden die wichtigsten Berater für Allert de Lange, Fritz Landshoff ging zu Querido.

Brecht besprach sich mit Kesten und legte ihm dar, daß er für seinen „Dreigroschenroman" mindestens 5000 Gulden bei 3000 Gulden Vorschuß haben müsse. (Damals verhandelte Brecht gerade über den Hauskauf in Skovsbostrand; die erste Rate betrug 5050 Kronen.) Die Honorarforderung war hoch. Im allgemeinen zahlte Allert de Lange seinen Autoren Monatsraten zwischen 150.– und 200.– RM. Kesten mußte seinen Firmenchef fragen, den jungen Gérard de Lange, der Brecht gar nicht kannte. Das Gespräch mit ihm schilderte Kesten so: „Gerard de Lange fragte mich am Telefon: Ist der Brecht gut? – Sehr gut, sagte ich. – Ist er ein anständiger Mensch? – Sehr anständig, sagte ich. – Trinkt er auch? fragte Herr de Lange, der mir mit dem Mißtrauen, das Trinker gegen Nüchterne haben, zuweilen vorwarf, ich tränke nicht genug. – Brecht trinkt gern, sagte ich. – Hermann, sagte de Lange, gib ihm die fünftausend!"[56] Ein so edler Fürsprecher, als den sich Kesten selbst schilderte, scheint er aber nicht in allen Lagen gewesen zu sein. Es kam bald zum Streit zwischen ihm und Brecht. Brecht mißtraute dem Lektor Kesten: „Ich mußte befürchten, daß die Arbeiten, die ich Ihnen als dem Lektor vorlegen würde, von Ihnen als dem Romanautor begutachtet würden. Eine Ablehnung eines unfertigen Werkes aber konnte für mich äußerst schädlich sein, denn solange eben ein Werk nicht öffentlich vorliegt, ist die Meinung eines Eingeweihten, wenn sie bekannt wird, nicht nachzukontrollieren und also schädlich.“[57]

Da es Brecht unter den Bedingungen des Exils nicht für opportun hielt, literarische und politische Kämpfe in einer „tödlichen“ Schreibweise auszutragen, schlug er Kesten einen „Pakt“ gegenseitiger Duldung vor. Im Grunde verlangte er nicht mehr, als daß sich Kesten ihm gegenüber so verhielt, wie er, Brecht, sich als Lektor gegenüber Feuchtwanger und Döblin verhalten würde, deren Schreibweise und Kunstauffassung er nicht teilte, gegen die er aber auch keine Polemik führte. Die politische Situation, so meinte er, verlange gegenseitige Loyalität. Kesten faßte Brechts Paktvorschlag in einem Brief noch einmal mit eigenen Worten zusammen: „Sie schlugen mir ferner vor, ich möchte mit Ihnen, trotz der Verschiedenheit unserer Weltanschauung, eine Art ‚literarischen Freundschafts-Paktes‘ schließen, der folgende Bedingung enthielte: Obwohl ich, wie Sie sich äußerten, ‚ein objektives Feindschaftsgefühl für Ihr Werk‘ hätte, sollten wir, Sie, Bert Brecht, und ich, die nächsten fünf Jahre etwa uns gegenseitig durch mündliche Vereinbarung verpflichten, von unserer beider Werken mit Respekt zu sprechen, wenn auch mit weltanschaulichen Vorbehalten. Dieser Pakt sollte so erfüllt werden, auch wenn ich etwa eines Ihrer künftigen Werke oder Ihre ganze literarische Persönlichkeit ohne dieses Bündnis eventuell aufs schärfste hätte ablehnen müssen. Sie erklärten, Sie hätten derlei Pakte mit Feuchtwanger oder Döblin zum Beispiel abgeschlossen.“[58]

Kesten fixierte die Unterredung nicht, um sich mit

Brecht abzustimmen, sondern um sie gegen ihn zu verwenden. Was von Brecht als politisch-taktische Linie gedacht war, deutete Kesten als individuelle Perfidie. Brechts Bündnisangebot wurde von ihm als ein ganz und gar unerhörter, „verbrecherischer“ Vorfall ausgegeben. An Fritz Landshoff schrieb er: „... ich schicke Ihnen die Abschrift eines Briefes, den ich eingeschrieben vor einigen Tagen an Brecht gesandt habe. Sie entnehmen ihm einen matten Abklatsch dieses Gesprächs, das mir so unerhört erschien, daß ich es auf den Rat Landauers und Roths fixiert habe. Bitte zeigen Sie diesen Brief auch unserem Freunde Klaus Mann. Was sagen Sie zu einer solchen verbrecherischen Pression? Mir ist ein solcher Fall von Erpressung, Nötigung und einseitiger Bestechung nicht nur in meinem ganzen Leben noch nicht vorgekommen, sondern auch innerhalb der Literatur nicht zu Ohren gekommen ...“[59] Brecht ging davon aus, daß eine politische Ästhetik, die sich als Gegensatz zu der bisherigen Ästhetik und Kunstpraxis begriff, nicht ohne Bündnisse, ohne Kampfpausen, ohne Stillhalteabkommen in so schwierigen Zeiten operieren konnte. Er handhabte seine Kunstauffassung als Strategie, politisch-ästhetisch praktiziert wurde nur, was sich praktisch durchsetzen ließ. Dagegen empörte sich Kesten, weil er von der Redlichkeit des literarischen Geschmacks ausging. Daß Brechts Angebot selbst in seiner Diktion des Kalküls mehr geistige Noblesse enthielt als der so redlich erscheinende Standpunkt des literarischen Subjektivismus, verstand Kesten gar nicht. Das war auch der Grund, weshalb Brecht sein Angebot bald wieder zurückzog. Bündnisse ließen sich nicht mit Leuten abschließen, die nur auf ihren literarischen Geschmack pochten.

Fortan verhandelte Brecht nicht mehr mit Hermann Kesten. Er schrieb allgemein an den Verlag Allert de Lange oder aber an Landauer. Glück hatte er mit dem Verlag insofern, als dieser hervorragend ausgestattete Bücher auf den Markt brachte. „Man verwendete deutliche Lettern und starke, haltbare Papiere – die selten gewordenen Bände haben Aussicht, noch Jahrhunderte zu überdauern. In der Ausstattung vereinigten sich Solidität und Modernität. Es gelang, das freie deutsche Buch geschmacklich und handwerklich so zu gestalten, ‚daß es zum ersten Mal außerhalb Berlins oder Wiens deutsch gedruckte Bücher gab, die in allen Qualitäten denen glichen, die in den großen freien Sprachen des Auslandes zu Markte kamen'. So Arnold Zweig."[60]

Als Brecht die ersten Korrekturbogen in den Händen hielt, fand er den Satz zwar „an sich" schön, aber nicht geeignet für sein Buch, da er das Ernsthafte des Romans höchst unpassend unterstreiche. Statt dessen wünschte er sich einen Satz, wie er in einem Insel-Bändchen für Rilkes „Malte Laurids Brigge" verwendet worden war. Als Muster schickte er das Rilke-Buch gleich mit. Dann wieder bemängelte er, daß die Absätze nicht eingerückt waren. Dadurch sei zwar die Geschlossenheit des Schriftblocks sehr schön hervorgehoben, aber mit der Verwischung der Absätze könne er sich nicht abfinden. Den Verleger mahnte er: „Bitte veranlassen Sie doch den Setzer unbedingt, sich genau an die Absätze zu halten."[61] Bestimmte Passagen seines Romans wollte er kursiv gedruckt haben. Die zunächst ins Auge gefaßte Kursive war ihm zu fett, die dann ausgewählte Schrift fand er rein ästhetisch „hübsch", doch hebe sie sich zu wenig ab, bei ihm aber käme es darauf an, den Leser merken zu lassen, daß hier etwas „zitiert", etwas „ausgestellt" werde. Da die jetzige Gestaltung nur die halbe Lösung sei, verlangte er abermals eingreifende Änderungen. Dieselben Forderungen stellte er an die Umschlaggestaltung. Der Verlag kam ihm weitgehend entgegen. Obwohl der „Dreigroschenroman" zu den schönsten Büchern bei Allert de Lange zählte und schon von der äußeren Gestaltung her aus dem Verlagsprogramm hervorstach, fand sich Brecht nicht zufriedengestellt. Als das Buch in der Sowjetunion in deutscher Sprache erschien, schrieb er, es sei viel besser gesetzt als das in Holland.

Als Brecht an dem Roman schrieb, versuchte er das Sujet der „Dreigroschenoper" weiter zu radikalisieren und zu aktualisieren, ohne die Grundstruktur des Stoffes anzutasten. Der Roman betont weniger die räuberischen Anfänge des Herrn Macheath als dessen Aufstieg an die Spitze eines Konzerns. Beim Schreiben geriet Brecht jedoch in einen Zwiespalt. Die aktuellen Ereignisse in Deutschland beschäftigten ihn, und er war nicht der Mann, der daran vorbeisehen konnte. Deshalb durchsetzte er die Sozialdemagogie der Macheath-Figur mit deutlichen Sentenzen aus der faschistischen Propaganda. Andererseits wußte er genau, daß mit dieser Fabel die faschistische Bewegung und ihre Art, den Kapitalismus zu bedienen, nicht abgebildet werden konnte. Wie immer in solchen Situationen machte er aus der Not eine Tugend. Er entwickelte ein methodisches Verfahren, das ihm dazu diente, im Roman bestimmte faschistische Losungen herauszustellen, die dann durch den ganz andersartigen Verlauf der Handlung widerlegt bzw. kritisiert werden. Der Leser erkannte so die Demagogie, die Macheath für seine Aktionen benutzte. Zugleich führte er diese Figur als eine „Führernatur" im Sinne der Faschisten vor: antikapitalistisch in den Losungen, rigoroser Kapitalist in der Praxis. Zur Durchsetzung seiner Ideen forderte Macheath die „Schicksalsverbundenheit von Führer und Geführten", ein „Zusammenstehen auf Gedeih und Verderb". Wie im Filmszenarium wird die revolutionäre Schlußkonsequenz des Werkes in einem Traum ausgedrückt, im Traum des Soldaten Fewkoombey vom Jüngsten Gericht: „Nach Jahren des Elends kam der Tag des Triumphes. Die Massen erhoben sich, schüttelten endlich ihre Peiniger ab, entledigten sich in einem einzigen Aufwaschen ihrer Vertröster, vielleicht der furchtbarsten Feinde, die sie hatten, gaben alle Hoffnung endgültig auf und erkämpften den Sieg. Alles änderte sich von Grund auf. Die Gemeinheit verlor ihren hohen Ruhm, das Nützliche wurde berühmt, die Dummheit verlor ihre Vorrechte, mit der Roheit machte man keine Geschäfte mehr. Nicht das Erste oder Zweite, aber das Dritte oder Vierte war die Abhaltung eines großen Gerichts.“[62] Das Gericht stellt fest, daß in dieser Gesellschaft der Mensch des Menschen Pfund ist.

Brecht schrieb einen analytischen Roman. Nicht auf Charaktere kam es ihm an, die Funktionalität des kapitalistischen Gesellschaftssystems wollte er denunzieren. Der Witz und die belebende Wirkung entstehen dadurch, daß der Leser in die Bedienung gesellschaftlicher Hebel eingewiesen und am Schluß des Buches zu der Konsequenz gedrängt wird, daß diese Maschinerie nicht anders bedient, sondern abgeschafft werden muß.

Es war zu erwarten, daß die ungewöhnliche Art des Romans unter den emigrierten Schriftstellern auf Kritik stieß. Die ablehnende Haltung von Joseph Roth und Hermann Kesten verwunderte Brecht nicht. Aber auch im eigenen Lager verhielt man sich verständnislos, ja ausgesprochen grob. Alfred Kantorowicz charakterisierte den „Dreigroschenroman“ als ein idealistisches Buch, das nicht den Forderungen des Realismus entspräche. In solchen Situationen verhielt sich Brecht keineswegs souverän. Er, der Kritik als etwas Produktives, Unentbehrliches empfand, sprach solchen Kritiken jede Berechtigung ab. An Brentano schrieb er, man dürfe keinesfalls dulden, daß so ein „Würstchen“ wie Kantorowicz glaube, es bleibe einfach durch die Zugehörigkeit zum alten Verein davor bewahrt, „Quatsch zu äußern“. Es sei schade, daß sich der Verein mit solchen Kräften begnügen müsse. Mit „Verein" war die Kommunistische Partei gemeint, jedoch nicht im abfälligen Sinne; es war die damals im Briefverkehr übliche Tarnbezeichnung. Brecht fügte hinzu, der Fall Kantorowicz zeige nur, wie notwendig eine strenge Aufsicht im Verein sei.

An die „Aufsicht" gewandt, heißt es dann in einem Brief an Johannes R. Becher: „... ich höre, daß Kantorowicz, der in ‚Unsere Zeit' meinen ‚Dreigroschenroman' als ein idealistisches Buch charakterisiert hat, das ‚nicht den Forderungen des Realismus entspricht'. Dein Sekretär ist. Damit bekommt dieser Angriff eine sehr offizielle Note. Der Angriff erfolgt in einer repräsentativen Zeitschrift und in der schärfsten Form, denn die schleimige Freundlichkeit drum rum ist ganz uninteressant angesichts des zentralen Vorwurfs, der Roman sei nicht realistisch und er sei idealistisch. Der Angriff erfolgt in der schlampigsten, leichtfertigsten Weise. Die, unter Marxisten erledigenden, Vorwürfe werden nicht im geringsten bewiesen; man wählte die schöne Mischung von apodiktisch und schlampig, die man in Bagatellfällen verantworten zu können glaubt. Das gegenüber einem Werk, an dem ich lange und intensiv gearbeitet habe."[63] Brecht führte weiter aus, er habe der Parole Realismus zugestimmt, da er glaubte, auch Swift und Cervantes würden als realistische Autoren angesehen. Als idealistisch sei von ihm bisher immer eine Haltung betrachtet worden, die das Bewußtsein als bestimmenden Faktor für die jeweilige Realität hinstellt. Da er aber in seinem Roman die ökonomische Lage und die Klassenzugehörigkeit als bestimmend darstelle, könne es keinen Zweifel daran geben, daß es sich hier um einen materialistischen Roman handele. Der Schluß des Briefes lautet: „Nun, Ihr belehrt mich. Ich wünschte nur, es geschähe auf eine weniger oberflächliche und hochmütige Rappweise."[64] Daß Brecht auf die RAPP anspielte, konnte so verstanden werden, als würden hier noch einmal alte

Kämpfe ausgetragen. Doch das Gegenteil war der Fall. Mit Kantorowicz' Kritik begannen die neuen. Sein Angriff leitete die sogenannte Realismusdebatte ein, die in der Auseinandersetzung zwischen Brecht und Lukács ihren Höhepunkt fand.

Die Dänen und der Flüchtling

Als Brecht nach Dänemark kam, kannte man ihn als Schriftsteller kaum. Er galt als ein experimenteller, skandalumwitterter Dichter. „Berlinreisende werden sich an sein ‚Mahagonny' wie an ein erbittertes Würgeattentat, einen unvergleichlichen Schock erinnern"[65], schrieb der bekannte dänische Kritiker und Schriftsteller Svend Borberg. Vor 1933 waren in Dänemark nur „Trommeln in der Nacht" und „Die Dreigroschenoper" aufgeführt worden. Als Brecht sich in Dänemark niederließ, fehlte es nicht an gutmeinenden Stimmen, die für ihn plädierten. Borberg stachelte den Ehrgeiz des dänischen Theaters auf, Brechts „Heilige Johanna der Schlachthöfe" zu inszenieren: „Eine dänische Bühne müßte dieses gewaltige Drama zum Leben erwecken. Freiwillige vor! Ich selbst melde mich hiermit als Statist, Fleischergeselle oder Heilsarmist."[66] Am 5. Juni 1935 teilte „Politiken" mit, das Königliche Theater habe mit Brecht einen Vertrag über die Uraufführungsrechte an diesem Stück abgeschlossen. Das Vorhaben wurde nicht realisiert. Um Brecht einigermaßen zu entschädigen, führte man das Ballett „Die sieben Todsünden" auf. Es kam nur zu wenigen Vorstellungen. Auch die Aufführung von „Mahagonny" 1934 erfolgte nur innerhalb der avantgardistischen „Operngesellschaft von 1932" als Matinee. Noch wußte das dänische Publikum mit Brecht nichts anzufangen.

Daß er in einem Land zu Gast war, das ihm als Schriftsteller nicht die gebührende Aufmerksamkeit zuteil werden ließ, störte ihn nicht. Viel weniger hatte er es ertragen, in Paris in die zweite Reihe gestellt zu werden. In Dänemark umgab ihn keine Gesellschaft, dafür besaß er Freunde, die sich für ihn interessierten. Mit Martin Andersen Nexö verband ihn während seines dänischen Aufenthalts eine herzliche Freundschaft. An den Werken des proletarischen Dichters schätze er den „Rohstoff", den „respektablen Proletarismus". In die Schönheit der Nexöschen Erzählkunst führte ihn Margarete Steffin ein, die sehr bald das Dänische beherrschte. Wahrscheinlich von Brecht angeregt, übersetzte sie drei Bände der Erinnerungen. Brecht, obwohl er Dänisch gar nicht verstand, half ihr bei dieser Arbeit, und als die Übersetzung zum Druck vorbereitet wurde, hatte er nichts dagegen, daß sein Name nach dem von Margarete Steffin genannt wurde. Nur vor dem ihren sollte er nicht stehen, da doch jeder wisse, daß er kein Wort Dänisch könne. Nexö weilte wiederholt zu Besuch in Skovsbostrand. Fotos zeigen ihn inmitten der Familie und neben dem am Steuer seines alten Ford sitzenden Brecht.

In Dänemark bemühte sich vor allem der Lyriker und Homer-Übersetzer Einar Otto Gelsted darum, dem Dichter Brecht einen Leserkreis zu erschließen. Wenn ihm auch manches an Brecht fremd blieb, so suchte er doch stets dessen Dichtung zu verstehen. Daß Brecht im Leben wie in der Literatur ein distanziertes Verhältnis zur Natur besaß, sie sozusagen nur in Raten genoß, betrachtete der in Naturschilderungen verliebte Däne allerdings als eine Abnormität, auf die er die dänischen Leser nicht ohne Verwunderung hinwies. Brecht wiederum brachte für Gelsteds ganz im Moralischen gründende Position wenig Verständnis auf. Im Politischen ging Gelsted, der sich entschieden für die Arbeiter einsetzte, mehr vom Gefühl aus. Dichter wie er, so argumentierte Brecht, schrieben der Arbeiterklasse gern eine hohe Mission zu, aber diese wolle nicht als Kanonenfutter für ethische Missionen verwendet werden. „gegen den kapitalismus sind diese dichter, weil er nicht harmlos ist wie sie, den arbeitern kommen sie als streitbare hascherl vor."[67] Diese Charakteristik wird dem Dänen, der sich später kompromißlos gegenüber den Faschisten verhielt und ins Exil ging, nicht gerecht. Gelsted übersetzte die „Heilige Johanna der Schlachthöfe", die „Sieben Todsünden", die Lieder und Songs aus den „Rundköpfen und den Spitzköpfen" und aus dem „Dreigroschenroman". An einer Aufführung der „Mutter" durch dänische Arbeiterschauspieler war er als Sprecherzieher der Truppe beteiligt.

Durch Vermittlung von Karen Michaelis lernte der dänische Journalist Knud Rasmussen Brecht kennen. Er kam häufig nach Skovsbostrand und wurde zu einem unentbehrlichen Helfer Brechts. Es fing damit an, daß er ein Interview mit Karen Michaelis machen wollte. Sie drängte aber darauf, daß er auch Brecht befrage. Doch Brecht willigte erst ein, als ihm der Journalist bestellte, Karen Michaelis wünsche, daß ein solches Interview zustande käme. Unter dem Pseudonym Crassus veröffentlichte Rasmussen das Interview am 13. September 1935 in „Fyns Socialdemokrat": „Ein Dichter in der Verbannung". Auf die Frage, ob er froh sei, hier auf Fünen zu leben, antwortete Brecht mit etwas übertriebenen, eher ironisch anmutenden Vergleichen: „Natürlich. Hier wo ich wohne, ist es schön, und erinnert es mich an die Gegend meiner Heimat bei Augsburg in Bayern. Von meinem Fenster habe ich genau die gleiche Aussicht wie dort. Es fällt mir schwer, in ausländischen Großstädten zu arbeiten, nicht in deutschen, verstehen Sie, aber in London, Paris und ähnlichen."[68] So absurd der Vergleich der Landschaften anmutet, muß er dennoch als Kompliment für Dänemark verstanden werden, denn wenn Brecht eine Landschaft wirklich geliebt hat, dann war es die vor den Toren seiner Heimatstadt. Mit Dänemark als Exilland verfuhr er stets glimpflich. Selbst in den „Flüchtlingsgesprächen", in denen die verschiedenen Exilländer ihren Denkzettel bekommen, schnitt Dänemark noch am besten ab. „Die Dänen sind sehr gemütliche Leut und haben uns gastlich aufgenommen. ... Sie waren alle überzeugt, daß der Faschismus bei ihnen nicht geht, weil sie zuviel Humor haben. Sie leben mehr oder weniger vom Schweineverkauf, und so haben sie sich mit den Deutschen gut stellen müssen, denn die haben Schweine gebraucht, aber sie haben über sich selber gute Witze gemacht, daß man beim Schweineverkaufen leise treten muß, weils sonst dem Schwein schadet. Der Faschismus hat sich leider nicht daran gestoßen ...“[69]

Crassus, der sich in dem von den Faschisten besetzten Dänemark den Namen Fredrik Martner zulegte, sorgte dafür, daß in „Fyens Socialdemokrat“ Brechts großes Antinazigedicht „Die Ballade vom Baum und den Ästen“ erschien. Mit ihm blieb Brecht auch im Briefwechsel, als er Dänemark bereits wieder verlassen hatte. Als Vermittler zwischen beiden betätigte sich Margarete Steffin. Ihre Briefe an Crassus geben nicht nur vielfältigen Aufschluß über Brechts Arbeitsweise im skandinavischen Exil, sie dokumentieren auch den engen Kontakt zwischen Brecht und dem dänischen Freund. Brecht hörte sehr auf das Urteil dieses Mannes. Selbst wenn sich dieser zu einer seiner Arbeiten nicht äußerte, verstand er das als Kritik. So schrieb Margarete Steffin etwas ungehalten aus Schweden an Crassus: „eine abscheuliche nachricht: der GUTE MENSCH VON SEZUAN wird ganz geändert! leider muß ich Ihnen sagen, daß Sie nicht ganz schuldlos sind, denn Sie haben so wenig über das stück geschrieben, daß b. meinte, es gefiele Ihnen nicht besonders.“[70] Doch wirklich verübelt wurde Crassus nur, daß er einem Journalisten vom Abschluß des Galilei-Stücks erzählt hatte, der darüber eine Notiz in die Presse brachte. Brecht wollte das Stück gern anonym an einer dänischen Bühne unterbringen, denn er glaubte zu wissen, wie voreingenommen man dortzulande gegenüber seinen Werken sei.

Gleich im ersten Jahr seines dänischen Aufenthalts

lernte Brecht eine Frau kennen, die seine Mitarbeiterin, Geliebte, Weggefährtin werden sollte. Das erste Zusammentreffen fand im Spätsommer des Jahres 1933 statt. Eines Tages fuhr eine junge, gut aussehende Frau in einem luxuriösen Auto in Skovsbostrand vor. Sie war Schauspielerin und kam, um Brecht im Auftrag eines Studentenkomitees zu einem der künstlerischen Abende der Truppe einzuladen. In „Trommeln in der Nacht", der ersten dänischen Brecht-Aufführung, hatte sie die Anna gespielt. Sie stellte sich als Ruth Berlau vor, Schauspielerin am Königlichen Theater in Kopenhagen, an dem sie seit zehn Jahren engagiert war. Verheiratet mit Professor Robert Lund, einer Kapazität auf dem Gebiet der Medizin, lebte sie in einem wohlhabenden Haus mir vier Kindern, die ihr Mann in die Ehe gebracht hatte. Sie war Mitglied der Kommunistischen Partei und befaßte sich mehr mit dem Arbeiter- als dem Berufstheater. Gemeinsam mit dem Parteivorsitzenden Aksel Larsen schrieb sie kleine aktuelle Szenen im Stil des Agitprop-Theaters. Auch von daher interessierte sie der Dichter.

Brecht war von dieser Frau sehr schnell eingenommen. Es freute ihn immer, wenn Frauen über seine Arbeit zugleich begeistert und kritisch urteilten. Hinzu kam, daß sie als Schauspielerin etwas von der Bühne verstand, über die sich Brecht jetzt um so lieber unterhielt, je weniger sie ihm noch unmittelbar zur Verfügung stand. Innerhalb kurzer Zeit fühlte sie sich ihm so zugehörig, daß sie sich von ihrem Mann trennte.

Als Mitarbeiterin Brechts unterschied sie sich wesentlich von Elisabeth Hauptmann und Margarete Steffin. Sie besaß weder Exaktheit noch Belesenheit, ganz zu schweigen von schreibtechnischen und fremdsprachlichen Fähigkeiten. Auch ihr persönliches Auftreten hob sich von dem der anderen Mitarbeiterinnen ab. Wie couragiert, selbständig und entschieden sich die Hauptmann und die

Steffin auch verhielten, außerhalb der direkten Arbeit mit Brecht traten sie nie in den Vordergrund. So groß die Liebe dieser Frauen zu Brecht auch gewesen sein mag, sie hatte stets etwas Bescheidenes, von Verzicht Geprägtes. Ruth Berlau empfand jeder viel zu attraktiv, zu temperamentvoll, zu unternehmungslustig, um im Hintergrund zu bleiben. Ihr ganzes Wesen drängte nach vorn.

Allein schon die Jugendgeschichte dieser Frau glich einem Abenteuerroman. In einer Nonnenschule aufgewachsen, erwartete sie ein Kind, das sie abtreiben ließ. Die Mutter versuchte sich das Leben zu nehmen, die Ehe der Eltern ging auseinander. Als junges Mädchen verdiente sie sich ihren Unterhalt erst damit, daß sie außerhalb des legalen Handels billigen Kaffee verkaufte, dann wurde sie Sprechstundenhilfe. Schließlich kam sie auf die Idee, mit dem Fahrrad nach Paris zu fahren und von ihrer Reise regelmäßig in der Zeitung „Extrabladet" zu berichten. Da ihre Fahrt jedoch ganz ereignislos verlief, glaubte sie sich berechtigt, Erlebnisse zu erfinden, um die 25 Öre pro Zeile zu verdienen. Als sie zurückkehrte, wurde sie wie eine Weltreisende empfangen. Darauf schlug sie vor, nunmehr mit dem Fahrrad nach Moskau zu fahren. Dort blieb sie drei Monate und berichtete sehr sorgfältig über das Theater. Doch daran war die Zeitung nicht interessiert. Als man sie mahnte, telegrafierte sie dem Redakteur kurz entschlossen: „Leck mich am Arsch." Die Moskaureise gestaltete sich für sie zu einem Wendepunkt. Sie wandte sich der politischen Arbeit zu. Der Erfolg blieb ihr auch treu, als sie Schauspielerin wurde und im Königlichen Theater auftrat. Als sie das nicht mehr befriedigte, gründete sie ein Arbeitertheater.

Brecht, von jeher an Erlebnisberichten mehr interessiert als daran, selbst in Erlebnisse hineingezogen zu werden, mußte von dieser Frau begeistert sein. Ihr erstes Zusammentreffen schilderte Ruth Berlau so:

„Das erste, was mir an Brecht auffiel, waren seine Augen: klare, dunkle, vielsagende, lächelnde Augen. Und es fällt mir ein, daß wir uns all die Jahre sehr viel mit den Augen unterhalten haben, vielleicht weil wir oft unter vielen Leuten waren und, zum Beispiel beim Abschied, uns nur mit den Augen verständigen konnten.

Als wir uns zum erstenmal sahen, gab er mir zwar seine Hand, trat aber gleichzeitig einen Schritt zurück. Dieses Kunststück macht dem Brecht so leicht keiner nach. Abstand, um Gottes willen Abstand! Nicht nur in seiner Regie forderte er Abstand, sondern auch privat. Viel später habe ich Brecht von diesem für mich merkwürdigen Vorgang erzählt. Er sagte: ‚Ich hatte gehört, daß eine Schauspielerin vom Königlichen Theater gekommen ist. Da war ich mißtrauisch.' Aber schon während des Essens bekamen wir guten Kontakt, denn Brecht war sehr humorvoll, und ich war es auch. Daß ich ihn da schon liebte, wußte ich nicht.

Er hatte einen blauen Arbeitsanzug mit vielen Taschen an und trug einen schwarzen Ledergürtel. Er war sehr schlank und hatte schöne Schultern, die gerade in eine Hand hineinpaßten. Das bemerkte ich später, als ich diese Schultern so gern umfaßte."[71]

Seiner Liebe gab er in einem Gedicht Ausdruck, das die verfremdete Überschrift „Kin-jeh sagte von seiner Schwester" trägt:

Wir liebten uns zwischen den Schlachten.
In den Heerzügen
Winkten wir uns zu. Da lagen Briefe
In den eroberten Städten. Auf meine Feinde wartend
Versteckt in der Hütte, hörte ich
Ihren leichten Schritt, sie
Brachte Essen und Nachricht. Schnell, auf dem Bahnhof
Verständigten wir uns über den Fortgang unserer
    Unternehmungen.

Noch den Staub vom Weg auf den Lippen
Küßte ich sie. Um uns
Änderte sich alles. Unsere Zuneigung
Änderte sich nicht.[72]

Durch das neue Verhältnis kam es zu beträchtlichen Spannungen. Mit Brechts Zuneigung zu Margarete Steffin hatte sich Helene Weigel nach einigen Auseinandersetzungen, die fast zum Bruch führten, abgefunden. Nicht zuletzt auch deshalb, weil sie ein feines Gefühl dafür besaß, wie sehr gerade Brecht diese Frau mit ihrer Klugheit, Umsicht, Freundlichkeit brauchte. Sie betätigte sich als sein Feldpostmeister, sie knüpfte die Verbindung zwischen den Schlachten, sie organisierte die Produktion, vermittelte Einsichten in den jeweiligen Stand der verschiedenen Fassungen. Durch sie kam Ordnung in die Flut ständiger Veränderungen am Text. Indem sie Brecht neu abgeschriebene Manuskripte vorlegte, wurden die Veränderungen zu überschaubaren Fassungen. Die Weigel konnte ihm da weit weniger beistehen, und zwar nicht nur wegen der Arbeit im Hause, der Sorge für die Kinder. Aber auch sie bemühte sich, Brecht in seiner schriftstellerischen Produktion direkt behilflich zu sein, da sie ihren Beruf als Schauspielerin nicht ausüben konnte. Sie lernte mit der Schreibmaschine umgehen und besuchte später in den USA sogar einen Buchbinderlehrgang. Die erste Fassung des „Galilei" band sie sehr geschickt in feines rotes Leder.

Margarete Steffin fühlte sich durch Ruth Berlau zurückgesetzt. Wie tief Brecht sie verletzte, ist ihm, der alles über den Menschen in der Gesellschaft in Erfahrung zu bringen suchte, gar nicht bewußt geworden. Für ihn waren das die Spesen des Lebens. Wie elend und verzweifelt sich Margarete Steffin auch manchmal fühlte, in ihrer Arbeit ließ sie sich nichts anmerken. Während der Zeit des skandinavischen Exils fiel ihr eine Arbeitslast zu, die ihr auch physisch alles abverlangte. Als sie einmal ausruhen und wegfahren wollte, bat Brecht sie sogleich, nicht zu lange wegzubleiben, länger als vier Wochen könne er sie nicht entbehren. Ihre Lage schilderte sie in einem Brief an Crassus: „... ich hatte in diesen letzten wochen nur für brecht zu tun und kam nicht dazu, etwas für mich zu machen, auch nicht an den übersetzungen, das ist schade."[73] In einem anderen Brief an Crassus heißt es: „die arbeit macht viel freude, man kommt sich plötzlich so nützlich vor, was so viel für sich hat, nicht? ... ich höre etwas besser als zuletzt in svendborg. aber darüber zu schreiben, scheint mir schon überflüssig. es bekümmert mich auch manchmal zu sehr."[74]

Dabei ging es ihr gesundheitlich miserabel. Sie litt an einer offenen Ohrentuberkulose. Als Robert Lund sie untersuchte, entschied er, daß sie sofort ins Krankenhaus müsse. Damals arbeitete Brecht mit ihr an den „Rundköpfen und den Spitzköpfen" und wollte die Fassung zum Abschluß bringen. Zu Robert Lund sagte er: „Ja, das nützt nichts, jetzt kann sie nicht im Krankenhaus liegen, denn ich brauche sie."[75] Die Krankheit beeinträchtigte sie immer mehr, auch in ihrem Kontakt zu den Menschen. Obwohl sich ihr Verhältnis zu Helene Weigel im dänischen Exil freundschaftlicher gestaltete, kam es auf Grund der Krankheit auch hier zu Schwierigkeiten. Die Weigel fürchtete, die Kinder könnten sich anstecken. Trotz aller Umsicht erkrankte Tochter Barbara an Hilusdrüsentuberkulose. Als sich in Svendborg die Fälle von Kinderlähmung häuften, fuhr Helene Weigel mit den Kindern nach Dragör, in die Nähe von Kopenhagen. Die Steffin brachte sie in Skovsbostrand in einem nahegelegenen Haus unter. Am Mittagstisch durfte sie nicht Platz nehmen. Brecht widersprach, aber die Weigel gab in diesem Punkt nicht nach. Das Essen brachte ihr Brecht ins Haus. Freunde sorgten dafür, daß sie 1936 eine Einladung in die Sowjetunion zu einem längeren Sanatoriumsaufenthalt bekam. In ihrem Kalender vermerkte sie die Tage, an denen sie einen Brief oder ein Telegramm von Brecht erhielt. Als sie in Kopenhagen im Krankenhaus lag, schrieb sie eine Geschichte für Brecht. In ihr erzählt sie, „wie sie einem Tuberkulosekranken beim Sterben zuschaut – durch ein Loch in der Wand. Sie war sehr beschäftigt mit dem Tod, aber sie wollte unter keinen Umständen sterben. ... Sie war ein tapferer Mensch, eine Kämpferin.“[76] Als die Berlau zwischen sie und Brecht trat, muß sie das Leben unmenschliche Anstrengungen gekostet haben, um die Arbeit zu bewältigen, die Krankheit zu ertragen und sich in ihrer Liebe gerechtfertigt und nicht verletzt zu fühlen.

Ruth Berlau wurde durch die Bekanntschaft mit Brecht dazu angeregt, sein Stück „Die Mutter“ für ihr Arbeitertheater zu übersetzen. Otto Gelsted half ihr bei der Übertragung der Lieder und Songs. Doch dabei erwies sich, wie wenig er es verstand, die karge, schlichte Diktion Brechts zu treffen. Bei ihm geriet alles zu prätentiös „lyrisch“. Da kam Helene Weigel zu Hilfe, die, obwohl sie damals das Dänische noch nicht beherrschte, Gelsted verständlich machte, worauf es ankam. „Von meinen Arbeitern sprach nur Dagmar Andreasen, die Darstellerin der Mutter, deutsch. Brecht mußte sich bei den Proben mit der gestischen Sprache helfen. Die Arbeiter haben ihn aber sehr gut verstanden, und es wurde eine wirklich schöne Aufführung. Wir spielten nicht in richtigen Theatern, sondern in Betrieben. Und wir spielten auch nicht immer das ganze Stück, sondern oft nur einzelne Szenen, zum Beispiel die Szenen ‚Erster Mai‘ und ‚Kupfersammelstelle‘.“[77]

Im dänischen Exil nahm Brecht die Arbeit an den „Rundköpfen und den Spitzköpfen“ wieder auf. Nach der brutalen Verfolgungswelle, die mit dem Reichstagsbrand in Deutschland einsetzte, sah er die Hauptgestalt seines Stükkes völlig neu. Bis auf die eingreifenden Veränderungen am Schluß behielt er den äußeren Verlauf der Fabel im großen und ganzen bei, nahm der Figur des Angelo Iberin aber die Züge subjektiver Ehrlichkeit, idealistischen Wollens und ihre tragische Note und ließ dafür die des skrupellosen Demagogen und brutalen Herrschers deutlicher hervortreten: Angelo Iberin als der vor nichts zurückschrekkende politische Hasardeur. Der entscheidende Eingriff betraf den Schluß: Angelo widersetzt sich nicht mehr den Forderungen der Pachtherren, sondern schwenkt zynisch auf ihre Linie ein, ohne daß er dazu besonders genötigt würde. Eine solche Haltung charakterisierte weit besser die bedenkenlose, zynische Wahl der Mittel, mit der die Faschisten ihre Machtpolitik durchsetzten. Trotzdem blieb in der Gestaltung des Angelo Iberin manches ungelöst. Gerade jene Seiten und charakteristischen Züge, die durch Hitlers schrankenlose Gewaltpolitik und seinen blutigen Terror in so erschreckendem Ausmaß hervortraten, vermochte Brecht mit dieser Fabel nicht mehr zu erfassen.

Stärker stellte Brecht auch den Widerstand der Arbeiterklasse gegen den Faschismus heraus, indem er Kampf und Heldentum der Sichel-Leute zu einer wichtigen Komponente des Stückes machte. Im Rahmen der Möglichkeiten, die ihm die Fabel bot, gestaltete er am Beispiel des Bauern Callas die Schlußfolgerung: Es gibt keine individuelle Lösung. Brecht sah in Callas den ausgebeuteten Menschen, der noch nichts von der Kraft seiner Klasse weiß und daher den Kampf vermeiden möchte. Dennoch ist Callas' Verhalten ganz anders als das der Kleinbürger; er bleibt gegenüber den Phrasen Angelo Iberins stets mißtrauisch, letzten Endes hofft er immer, es möchte bei den allgemeinen Wirren für ihn etwas herausspringen. Sein Weg der langsamen Erkenntnis ist bitter und muß schwer bezahlt werden. In der letzten Szene, als die aufrührerischen Pächter zum Galgen geführt werden, ruft Callas voller Schmerz und Reue: „Lopez, Lopez, ich wollte, es wäre noch einmal der elfte September!“[78]

Die Arbeit ging voran, als sich die Aussicht auf eine Aufführung bot. In Dänemark gab es nur ein einziges experimentelles Theater. Es verstand sich von selbst, daß es sehr bald zu einer Verbindung zwischen Brecht und dieser Bühne kam. Das R. T. (Revolutionäres Theater), im Volksmund auch Röde Teater (Rotes Theater) genannt, schuf sich im Sommer 1935 in dem „Riddersalen“ ein eigenes ständiges Theater. An der Spitze stand der Regisseur Per Knutzon. Nach einem dänischen Stück wollte er Brechts „Die Rundköpfe und die Spitzköpfe“ aufführen. Das sollte noch 1935 geschehen, aber das dänische Eröffnungsstück erwies sich als ein ausgesprochener „Renner“ und blieb lange auf dem Spielplan. Erst am 4. November 1936 kam es zur Premiere von Brechts Stück.

Für die Zeit der Proben siedelte Brecht nach Kopenhagen über und wohnte bei Per Knutzon und Lulu Ziegler, die eine der Hauptrollen spielte. Sie stand damals in der Gunst des Publikums, und Brecht machte den Vorschlag, ihre Popularität für die Aufführung zu nutzen, indem man sie auf den Plakaten groß herausstellte. „Ich sage all das, weil ich mir denken kann“, schrieb er an Knutzon, „daß an einem Theater wie dem Euren, an dem ein so schönes Zusammenarbeiten herrscht, das betonte Herausstellen eines einzelnen besonders schwierig ist, aber Ihr müßt es machen. Wo immer wir in Deutschland Aufführungen veranstalteten, die gegen die Konvention ankämpften, haben wir unbedenklich mit bekannten Namen Reklame gemacht und Schauspieler wie Pallenberg, Carola Neher, Durieux, Wegener usw. groß auf die Plakate gesetzt.“[79] Bei den Proben kam es sehr bald zu Unstimmigkeiten. Um die Aufführung nicht zu gefährden, zog sich Brecht zurück, und Helene Weigel mußte zwischen ihm und dem Regisseur vermitteln. Am 24. Oktober 1936 veröffentlichte Otto Gelsted ein Interview, in dem Brecht sagte: „Es ist ein wunderbares kleines Theater, ... und ich lobe es nicht, weil es mein

Stück spielt. Es ist weit besser als viele intime Theater, die ich in New York und London gesehen habe. Sein technischer und künstlerischer Standard sind sehr hoch. Wenn mein Stück durchfällt, dann sind nicht die Künstler schuld."[80]

Das Theater brachte eine gute Aufführung zustande, die den Beifall des Publikums fand. Die Kritik hingegen schien keineswegs von dem Stück beeindruckt zu sein. Der Kritiker Schyberg, sonst Brecht sehr zugetan, überschrieb seine Rezension: „Unfruchtbarer, sektiererischer Abend im Rittersaal"[81]. Ein anderer meinte: „Bert Brecht zeigt sich in dieser Komödie nicht als Dichter, sondern als Raufbold ... Aber ob Herr Brecht nicht seinen muskulösen Arm wieder etwas *zu* gewaltsam geschwungen hat, so daß seine Faust sich für ihn und Knutzons kleines Theater als blaues Auge erweisen wird?"[82] Der schwerste Angriff wurde in der vielgelesenen Kolumne „Unter uns gesagt" veröffentlicht: „Herrn Brecht aber begreife ich nicht. Er ist nur ein unfruchtbarer und trauriger Sektierer – ein böses, blutunterlaufenes Männlein, das an einer Straßenecke steht und heult: ‚Nieder mit allem!' Da er auch nicht Dramatiker genug ist, ein ordentliches Stück zu schreiben, sondern den puerilen Begriff ‚episches Theater' erfinden muß, um seine fehlenden Fähigkeiten zu verdecken, weiß ich gar nicht, was wir mit ihm sollen."[83] Damit wurde eine regelrechte Kampagne gegen das Stück eröffnet. Man bezeichnete es als „grinsende stupide Blasphemie und gemeine Verhöhnung der katholischen Religion"[84]. Antisemitische Kreise organisierten eine politische Demonstration gegen die Aufführung und ließen ihre Anhänger vor dem Theater gegen den jüdischen Einfluß in Dänemark protestieren. Diese Kampagne bewies, daß es sich keineswegs so verhielt, wie einige fortschrittliche Leute meinten, das Stück werde hier – selbst wenn es ausgezeichnet sei – auf kein Interesse stoßen, weil das Problem „Rasse" in Dänemark beim allgemeinen Publikum überhaupt nicht existiere.

Die Kopenhagener Aufführung veranlaßte Brecht, „eine Menge" zu verbessern. Er wollte, daß das Stück in den Dramenband aufgenommen wurde, den die Verlagsgenossenschaft ausländischer Arbeiter in Moskau in deutscher Sprache vorbereitete. An Otto Bork von der Verlagsgenossenschaft schrieb er: „Lieber Genosse Bork, ich wäre Ihnen *sehr* dankbar, wenn Sie mir helfen könnten, daß diese neuen ‚Rundköpfe' doch in den Band kommen ... Ich freue mich auf die Ausgabe und möchte natürlich auch für meinen Teil dafür sorgen, daß sie so gut wie möglich wird. Sie wissen ja, die Emigration schreibt mehr oder weniger auf Vorrat. Die Arbeit muß also aus möglichst dauerhaftem Material bestehen."[85]

„Betteln um Demokratie als um ein Almosen“ oder Wie ist der Kampf gegen den Faschismus zu führen?

Nach dem Reichstagsbrand äußerten sich die emigrierten Schriftsteller, Künstler und Politiker über die Vorgänge in Deutschland und prangerten in Manifesten und Entschließungen vor aller Welt den Terror des faschistischen Regimes an. An diese Protestliteratur, die nicht ohne internationalen Widerhall blieb und noch Menschen in Deutschland erreichte, beteiligte sich auch Brecht. Als bekannt wurde, daß der Schauspieler und Kommunist Hans Otto, ehemals gefeierter Held des Preußischen Staatstheaters, von SA-Leuten abgeholt und mißhandelt worden war und sich nichts Genaueres über sein weiteres Schicksal ermitteln ließ, schrieb er einen offenen Brief an den Schauspieler Heinrich George. „Wir müssen uns mit einer Frage an Sie wenden. Können Sie uns sagen, wo Ihr Kollege am Staatlichen Schauspielhaus Hans Otto ist? ... Durch völlige Unterwerfung sollen Sie sich das höchste Lob unserer und früher auch Ihrer Feinde zugezogen haben. Wir können also annehmen, daß Sie ganz unbehelligt und frei herumgehen und nach Ihrem Kollegen Otto sich umsehen können.“[86]

Als Brecht den Brief schrieb, war Hans Otto schon tot. Nachdem ihn die SA-Leute grausam gefoltert hatten, stürzten sie ihn aus dem Fenster, um einen Selbstmord vorzutäuschen. Heinrich Georges Wechsel der Fronten wurde als schlimm, andererseits auch als symptomatisch empfunden. Schlimm deshalb, weil man in ihm bis vor kurzem einen Schauspieler gesehen hatte, der sich wie Hans Otto für den gesellschaftlichen Fortschritt und die sozialen Belange der Schauspieler einsetzte. Er war eine führende Kraft beim Berliner Schauspielerstreik gewesen, und noch kurz vor 1933 hatte er betont, daß er der Kommunistischen Partei nahestehe. Deshalb wurde er auch sofort entlassen, als die braunen Machthaber in das Intendanzbüro am Gendarmenmarkt einzogen. Doch Goebbels wie auch Göring suchten diesen Mann auf ihre Seite zu ziehen. Und das gelang. Brecht meinte, solche Talente wie George brauchten nicht einmal zu lügen. Ihre Art, sich für alles leicht zu begeistern, mache sie benutzbar für viele Zwecke. Ihr Talent reiche nicht aus, sie davon abzuhalten, „auch von dem blutigen Parkett, das Sie jetzt vor sich haben, Beifall entgegenzunehmen“[87].

Als sich herausstellte, daß die Herrschaft des Faschismus nicht von kurzer Dauer sein werde, erwies sich die Protest- und Appelliteratur nicht mehr als ausreichende Kampfform. Das merkte Brecht sehr bald. Im Dezember 1933 schrieb er an Sergej Tretjakow, der bei ihm angefragt hatte, warum er nicht bei Antifa-Aktionen hervortrete: „Die Antwort ist sehr einfach. Die Zeit der glänzenden Aufrufe, Proteste usw. ist bis auf weiteres vorüber. Nötig ist jetzt eine geduldige, zähe, mühsame Arbeit der Aufklärung, auch des Studiums.“[88] Als ein vom Standpunkt des dialektischen Materialismus aus operierender Denker beschäftigte Brecht das Problem, wie eine Kunst, abgeschnitten von ihrer Basis, überhaupt noch wirken könne. Den großen Entwürfen früherer Jahre, die davon ausgingen, die gesamte Art und Weise der Entgegennahme von Kunst zu verändern, waren alle praktischen Voraussetzungen entzogen. Gerade die Schriftsteller und Künstler, die ihre Produktion konsequent auf die umgestaltenden Kräfte in der Wirklichkeit ausgerichtet hatten, sahen die Basis ihrer Bemühungen zerstört.

Wie wenig die emigrierten Schriftsteller gerüstet waren, vom Exil aus ihren antifaschistischen Kampf fortzusetzen, fiel Brecht auf seiner Fluchtreise durch die verschiedenen Länder Europas auf. Viele sahen sich mit einer Lage konfrontiert, die ihnen gar keine Chance zur literarisch-künstlerischen Produktion bot. Mehr als die Frage nach einer sinnvollen literarischen Produktion stand vor ihnen die nach der Möglichkeit des Überlebens. In einem Brief vom 28. Juni 1933 an Johannes R. Becher schilderte Brecht die Lage, wie sie sich ihm darstellte: „Ich habe beinah überall stärkste Entmutigung und Verwirrung angetroffen. Getrennt vom Proletariat, mehr und mehr beschäftigt, ihren nackten Lebensunterhalt zu verdienen, was nur durch Kompromisse in allen entscheidenden Dingen möglich ist, dazu über eine Reihe weit auseinanderliegender Städte verstreut, werden die proletarischen Schriftsteller ihre revolutionäre Produktion nur sehr schwer weiterführen können. Sie planen jetzt schon harmlose Kinderbücher, ‚getarnte' Romane für bürgerliche Verlage, kitschige Filme für bürgerliche Firmen usw. Einige wenige scheinen sich darauf zu verlassen, daß neu zu gründende proletarische Verlage sie finanziell über Wasser halten werden. Die linken bürgerlichen Schriftsteller richten sich im allgemeinen auf *lange* Emigrationszeit ein, sondieren wohl auch noch die Möglichkeiten der Rückkehr und haben für einen Kampf mit dem Faschismus keinen Standpunkt. Man verleiht ihnen keinen solchen, indem man sich ab und zu für irgendwas ihre Namen ausborgt. Dabei gäbe gerade der Umstand, daß sie ihre Standpunktlosigkeit und Wehrlosigkeit jetzt z. T. empfinden, uns bei ihnen eine wirkliche Chance, deren Zeit allerdings bemessen sein dürfte."[89]

Eine solche Beurteilung ging davon aus, daß man sich tief in der Sackgasse befand, die jedoch dazu zwang, den Ausweg zu finden. Einige Schriftsteller, wie Alfred Döblin und Arnold Zweig, suchten die Lage zu meistern, indem sie sich überhaupt von Deutschland verabschiedeten und für sich die jüdische Frage entdeckten. Brecht charakterisierte diese Haltung drastisch: „In Paris entsetzte mich Döblin, indem er einen Judenstaat proklamierte, mit eigener Scholle, von Wallstreet gekauft. In Sorge um ihre Söhne klammern sich jetzt alle (auch Zweig hier) an die Terrainspekulation Zion. So hat Hitler nicht nur die Deutschen, sondern auch die Juden faschisiert."[90]

Um für Kunst und Literatur im antifaschistischen Exil einige Richtpunkte zu setzen, hielt man eine Konferenz für unumgänglich. Diese Überlegung trug Johannes R. Becher, der Gespräche in den verschiedenen Exilzentren geführt hatte, auch an Brecht heran. Brecht begrüßte den Vorschlag und unterstrich in einem Brief die Dringlichkeit einer solchen Konferenz. Auch Kläber und Ottwalt wären dieser Meinung. Wichtig sei vor allem die gründliche Vorbereitung der Konferenz, denn sie müsse Klarheit über die Methoden der zukünftigen Arbeit schaffen. In seiner Korrespondenz mit Becher unterbreitete Brecht Vorschläge, die auf eine andere Verfahrensweise hinausliefen als die, die dann vom Organisationskomitee eingeleitet wurde. Das hinderte Brecht jedoch nicht, nach wie vor im Sinne des geplanten Kongresses zu wirken. Ihm lag weniger an einem Kongreß der politischen Demonstration als an der Organisation langfristiger Zusammenarbeit mit dem Ziel einer politisch-literarischen Produktion, die den Widerstand gegen den Faschismus artikulieren und systematisch durchsetzen sollte. So schlug er die Herausgabe einer Enzyklopädie vor. Den daran beteiligten Schriftstellern obliege dabei die Aufgabe, einzelne Schlagwörter der Faschisten, wie „Gemeinnutz geht vor Eigennutz", aufzugreifen und in ihrer faschistischen Demagogie zu enthüllen. Auf diese Weise könne nicht nur Widerstand gegen den Faschismus, sondern auch neues menschliches Verhalten demonstriert werden. Ferner dachte er an eine internationale Zusammenarbeit in Form einer locker organisierten Akademie, ihr sollten Schriftsteller wie Wells, Shaw, Gide angehören. Becher gegenüber begründete er den Plan so: „Für die wichtigsten Themen müßte man den Leuten natürlich etwas Material zugänglich machen – wenn sie es wollen, oder auch, wenn sie es nicht wollen. Es wäre eine Art Nachschlagewerk der Ansichten der Antifaschisten, wobei die größte Freiheit gewährt werden könnte, wenn nur unser jeweiliger Artikel gut ist. Ein solcher Plan würde besser organisieren als alles Festefeiern usw. Allerdings dürfte man erst vor die Leute hintreten, wenn die Vorarbeiten getan sind, d. h. entweder deutsche, englische, französische Verleger gefunden sind, oder das alles drüben geordnet werden kann."[91]

Vom 21. bis 25. Juni 1935 fand in Paris der Erste Internationale Schriftstellerkongreß zur Verteidigung der Kultur statt. Seine Teilnahme kündigte Brecht Walter Benjamin an: „Ich brauche für mich und Karin je ein nicht zu teures, aber wanzenfreies Zimmer in Ihrem oder Dudows Hotel. ... Wenn Sie Sonntag abend Zeit hätten, könnten Ihre Führertalente Triumphe feiern. Ich bleibe etwas über eine Woche."[92] Zusammen mit Karen Michaelis reiste Brecht am 15. Juni ab. Als der Kongreß am Abend des 21. Juni im Kongreßzentrum der Mutualité eröffnet wurde, strömten mehrere tausend Menschen zur Rue Saint-Victor, um an dem Ereignis teilzuhaben. Der große Saal mit fast 3000 Plätzen war trotz hoher Eintrittspreise ausverkauft. Über Lautsprecher wurden die Reden auch außerhalb des Saals übertragen. Insgesamt nahmen 250 Schriftsteller und Intellektuelle aus 38 Ländern teil. Selbst die bürgerliche Presse bescheinigte dem Kongreß eine ausgezeichnete Organisation, obwohl es kaum technische Mitarbeiter gab. Louis Guilloux, Jean-Richard Bloch, René Lebu, Aragon und Malraux sorgten umsichtig und unauffällig für den Ablauf des Kongresses. Selbst André Gide betätigte sich als Übersetzer. Infolge des nicht in dem Maße erwarteten Andrangs und der Begeisterung wurde der Kongreß für viele zu einem unvergeßlichen Erlebnis. Ein Hauch der Freude, der Erwartung und Hoffnung umgab die Menschen, die hier zusammentrafen. „Auf der Bühne, im Präsidium, wo sich immer etwa zwanzig Schriftsteller befanden", schildert ein Teilnehmer seine

Eindrücke, „waren die Redner schwer zu verstehen, weil sie ins Mikrofon sprachen und ihre Stimmen zu uns als lautes, unverständliches Echo zurückkamen. Aber der hell erleuchtete Saal war gut zu sehen, man konnte Hunderte Männer und Frauen aller Altersstufen beobachten, die aufmerksam, ruhig und wißbegierig die abstraktesten Vorträge verfolgten, die ihre Sympathie schon vorher, instinktiv, dem ausländischen Schriftsteller gaben, dessen Sprache sie nicht verstanden, dessen erregte, brüderliche Stimme ihre Herzen jedoch früher erreichte als die Übersetzung ihr Bewußtsein. ... Hinter den ‚Kulissen', die sich an die Bühne anschlossen, war ein kleiner, überhitzter Saal, wo ich während des Kongresses täglich unvergeßliche Minuten verbrachte. Hier waren immer etwa fünfzig Schriftsteller, Delegierte aus verschiedenen Ländern. Alte Freunde trafen sich wieder, neue Freundschaften wurden geschlossen. Alle waren begierig darauf, ihre Meinung auszutauschen."[93]

Brecht sprach am Nachmittag des dritten Kongreßtages. Seine Rede war kurz, aber sorgfältig durchdacht und auf eine ganz bestimmte Wirkungsabsicht ausgerichtet. So stellte er nur einen Aspekt heraus, den er mit bewundernswerter analytischer Konsequenz auf den Punkt brachte: „Kameraden, denken wir nach über die Wurzel der Übel!" Die Wurzel des Übels sah er in den kapitalistischen Eigentumsverhältnissen. „Viele von uns Schriftstellern, welche die Greuel des Faschismus erfahren und darüber entsetzt sind, haben diese Lehre noch nicht verstanden, haben die Wurzel der Roheit, die sie entsetzt, noch nicht entdeckt. Es besteht immerfort bei ihnen die Gefahr, daß sie die Grausamkeiten des Faschismus als unnötige Grausamkeiten betrachten." Es sei wenig geholfen, wenn man die unvergänglichen Begriffe wie Freiheitsliebe, Würde, Gerechtigkeit hervorhole. Der Faschismus beantworte die Feststellung, daß er roh sei, mit dem fanatischen Lob der Roheit. „Bezichtigt, er verletze die Vernunft, schreitet er wohlgemut zu einer Verurteilung der Vernunft.“[94] Diese Feststellung wurde durch einen kleinen Vorfall illustriert. Während des Kongresses zirkulierte unter den Besuchern eine Broschüre. Unter dem Titel „Deutsch für Deutsche“ war sie als Tarnschrift aufgemacht und für die illegale Verbreitung in Deutschland bestimmt. Sie enthielt den Abdruck eines Briefes des den Nazis ergebenen Dichters Rudolf G. Binding an Romain Rolland. Ein Satz in diesem Brief lautete: „Wir sind deutsch, was brauchen wir edel zu sein.“[95]

Brecht lehnte Einschätzungen wie „barbarisch“ oder „humanistisch“ ab, weil ihnen keine organisierende Kraft innewohne. In Briefen an Freunde machte er sich ausgiebig über die Kongreßparole „Rettung der Kultur“ lustig. Schon als er aus Dänemark abreiste, erklärte er seinen Mitarbeitern, er müsse nach Paris, um die Kultur zu retten. Und an George Grosz schrieb er: „Ich kann Dir jedoch eine wichtige Mitteilung machen: Wir haben soeben die Kultur gerettet. Es hat 4 (vier) Tage in Anspruch genommen, und wir haben beschlossen, lieber alles zu opfern als die Kultur untergehen zu lassen. Nötigen Falles wollen wir 10–20 Millionen Menschen dafür opfern. Gott sei Dank haben sich genügend gefunden, die bereit waren, die Verantwortung dafür zu übernehmen. Übrigens sind wir sowohl kühn als auch vorsichtig vorgegangen. Unser Bruder Henricus Mannus hat seine flammende Rede für das freie Wort, bevor er sie hielt, der Sûreté vorgelegt. Ein kleiner Zwischenfall hat Aufsehen erregt: Bruder Barbussius fraß gegen Schluß Bruder Andreas Gideus bei offener Bühne mit Haut und Haaren auf, welcher Vorgang tragisch ausging, da ein Zuschauer, wie es heißt, aus Langeweile Selbstmord verübte, als er das sah. – Der Faschismus wurde allgemein verurteilt, und zwar wegen seiner *unnötigen* Grausamkeiten.“[96] Karl Korsch teilte er mit, er habe während des Kongresses viel für seinen Tui-Roman buchen können.

Sicht man davon ab, daß Brecht Massenzusammenkünfte von Schriftstellern nicht mochte, vor allem wenn es um Themen wie die „Würde des Denkens" ging, bestand seine Kritik am Kongreß in zwei Punkten. Einmal hätte er sich in der Vorbereitungsphase ein konkretes, auf bestimmte Projekte und Aufgaben orientiertes Programm gewünscht. Ihm war an der Diskussion von Arbeitsplänen, Methoden und Strategien gelegen, weniger an Manifesten und Erklärungen. Zum anderen hielt er die Losung „Verteidigung der Kultur" nicht für geeignet, stabile Kampfbündnisse zu organisieren. Was Brecht als eine viel zu breite und diffuse Bündnisformel betrachtete, erwies sich jedoch als die derzeit gegebene Möglichkeit, Menschen unterschiedlicher weltanschaulicher Standpunkte in einer Kampffront gegen den Faschismus zu vereinen. Vieles von dem, was Brecht wollte, wäre gar nicht durchsetzbar gewesen. Sein Ausgangspunkt, insbesondere sein Drängen auf die Klärung der Wurzel aller Übel, der kapitalistischen Eigentumsverhältnisse, hätte im bürgerlichen Lager kaum große Bündnisbereitschaft hervorgerufen. Daß die Barbarei von den Geschäften komme, die ohne sie nicht mehr gemacht werden konnten, entsprach einer Einsicht, die Brecht nicht einmal in seinem engeren Freundeskreis voraussetzen konnte, weder bei Feuchtwanger noch bei Karen Michaelis, ja nicht einmal mehr bei George Grosz, dem er so vertraulich schrieb, als teile dieser seinen Standpunkt. Man mußte sich zu einer breiten Öffnung entschließen. Und darin bestand ja auch das Verdienst des Kongresses.

Doch Brechts Einwände betrafen mehr die Art und Weise der Durchführung des Kongresses, nicht den Zusammenschluß aller Kräfte. Für das Volksfrontbündnis trat er mit seiner ganzen Person ein. Wo immer es in Gefahr zu geraten drohte, appellierte er an die Einsicht aller Antifaschisten und fand sich selbst zu weitgehenden Zugeständnissen bereit. Als unannehmbar betrachtete er jedoch den

Versuch, den Bündnisgedanken als Organisationsfrage auf die Probleme der künstlerischen Methode und den Kunstinhalt zu übertragen. Eine gesellschaftlich aufhellende Schreibweise mußte zwangsläufig den Punkt berühren, der die Gesellschaftsumwälzungen betraf. Volksfrontpolitik bedeutete Einigung in der vordringlichsten Aufgabe, die darin bestand, die Hitlerdiktatur zu beseitigen. Nicht aber konnte Volksfrontpolitik in der Literatur bedeuten, die revolutionären Ziele zu leugnen, die gesellschaftliche Ursachen benennende Methode aufzugeben.

Als konsequenter Verfechter des Volksfrontgedankens betrachtete Brecht den Pariser Kongreß als einen politischen Erfolg und als ein Ereignis, auf dem aufgebaut werden müsse. An Johannes R. Becher schrieb er im Juli 1935: „Ich halte den Kongreß im ganzen für gelungen, in Anbetracht der geringen Mittel und der kurzen Vorbereitungszeit sogar für hervorragend gelungen, meine aber, daß nun gearbeitet werden muß, damit man ihn voll ausschöpft."[97] Wichtig erschien ihm vor allem, daß die auf dem Kongreß zustande gekommene Vereinigung ein Sprachrohr erhielt und als literarisch-politische Gesellschaft zu funktionieren anfing. Mit den traditionellen Formen wie Unterschriftensammlungen und einer Zeitschrift sei wenig getan. Nicht so sehr auf die Kundgebung wollte er alles hingelenkt wissen als mehr auf die Selbstverständigung der Schriftsteller. Sie gelte es einzuleiten, betonte er gegenüber Becher. „Der Kongreß ist da immerhin ein Anfang. Aber eben nur ein Anfang. Wenn wir eine Folge von in den Hauptsprachen erscheinenden Publikationen bedeutender Schriftsteller anzeigen könnten, wären wir tatsächlich sehr weit. Die Publikationen können klein sein, man muß überhaupt zu hochqualifizierten *kleinen* Dosen übergehen."[98]

Die von Brecht erstrebte Planmäßigkeit und Kooperation in der literarischen Produktion kam nicht zustande. Lediglich ein Zeitschriftenprojekt, das Brecht für „weniger wirksam“ hielt, wurde realisiert. In Moskau erschien von 1936 bis 1939 die deutschsprachige Monatsschrift „Das Wort“. Zum Redaktionsgremium gehörten Lion Feuchtwanger, Willi Bredel und Bertolt Brecht. Trotz der großen Entfernung vom Erscheinungsort, bei der man eher „was hineinbringen als heraushalten“ könne, suchte er Einfluß auf die Redaktionsarbeit zu nehmen, was ihm aber nur sporadisch und in Einzelfällen gelang. Daß Bernard von Brentanos neuer Roman „Theodor Chindler“ im „Wort“ eine so „unglückliche Besprechung“ erfuhr, bedauerte er. Doch Brecht bekam das Eröffnungsheft erst auf seiner Reise nach London in einem Buchladen in die Hand. Im Rahmen ihrer antifaschistischen Position strebte die Zeitschrift ein breites Spektrum ihrer Veröffentlichungen an. Diese Linie unterstützte Brecht. Doch gelegentlich hinderte ihn daran sein geradezu biblischer Haß auf einige Literaturvertreter. So ärgerte es ihn, daß man in Heft 3 des ersten Jahrgangs einen Operntext „der Sau Kerr“[99] gebracht hatte.

Wenn sich auch viele der Brechtschen Pläne nicht erfüllten, die von ihm angestrebte Selbstverständigung der Schriftsteller bildete sich dennoch heraus. In den verschiedenen Exilzentren formierten sich einzelne Kollektive und entwickelten ein ästhetisch-strategisches Selbstverständnis, das, politisch und künstlerisch breit gefächert, auf einen Punkt orientierte: Widerstand gegen den Faschismus. Mehr spontan, von den operativen Erfordernissen geprägt, entwickelte sich eine Ästhetik des Widerstands. Brecht trug zu ihrer Grundlegung vor allem durch den Traktat „Fünf Schwierigkeiten beim Schreiben der Wahrheit“ bei. Er ist Teil der in Vorbereitung des Pariser Kongresses erarbeiteten Vorschläge. Hier entwickelte er eine strategische Konzeption, wie unter den gegenwärtigen Bedingungen überhaupt noch operativ gearbeitet werden könne. Aufschlußreich ist, daß er seine Gedanken methodisch in der gleichen Weise entwickelte, wie vor 1933 seine experimentellen Kunstentwürfe, den Vorgang der Konsumtion ebenso berücksichtigend wie den der Produktion. So kam es ihm jetzt nicht nur darauf an, die Wahrheit zu finden und handhabbar zu machen, sondern vor allem darauf, „jene auszuwählen, in deren Händen sie wirksam wird". Was Brecht hier entwickelte, waren keineswegs nur Winke für eine Literatur, die illegal erscheinen mußte. Beschrieben wurden die Strategie und das Operationsfeld einer auf den gesellschaftlichen Kausalnexus orientierten Kunst, die ihre Basis verloren hatte. Im Unterschied zur revolutionären Kunst der Weimarer Republik ging es nicht mehr vorrangig um die praktische Bewältigung einer Ästhetik, die neue Rezeptionsgewohnheiten zu installieren suchte, sondern um die List, den neuen Gedanken wachzuhalten, ihn innerhalb der bestehenden Unterdrückung überhaupt zu artikulieren. Seine Gedanken zusammenfassend, formulierte Brecht: „Und alle diese fünf Schwierigkeiten müssen wir zu ein und derselben Zeit lösen, denn wir können die Wahrheit über barbarische Zustände nicht erforschen, ohne an die zu denken, welche darunter leiden, und während wir, immerfort jede Anwandlung von Feigheit abschüttelnd, die wahren Zusammenhänge im Hinblick auf die suchen, die bereit sind, ihre Kenntnis zu benützen, müssen wir auch noch daran denken, ihnen die Wahrheit so zu reichen, daß sie eine Waffe in ihren Händen sein kann, und zugleich so listig, daß diese Überreichung nicht vom Feind entdeckt und verhindert werden kann. So viel wird verlangt, wenn verlangt wird, der Schriftsteller soll die Wahrheit schreiben."[100]

Mit diesen methodischen Grundlagen einer Ästhetik des Widerstands versuchte Brecht im Exil der revolutionären Kunst eine neue strategische Orientierung zu geben. Damit begann der Umbau seiner Methode, seiner künstlerischen Produktion. Der Traktat war ein erster Schritt, sich der neuen Situation mit aller Konsequenz zu stellen. Der Text erschien in der antifaschistischen Zeitschrift „Unsere Zeit", herausgegeben vom Schutzverband Deutscher Schriftsteller in Paris. In Deutschland kursierte er unter dem Tarntitel „Praktischer Wegweiser für Erste Hilfe".

Während sich Brecht stets voll Hochachtung gegenüber dem inneren Widerstand äußerte, hielt er nicht viel von der Kampffähigkeit der Emigration. Von den Emigrationskämpfern, schrieb er an Brentano, erfahre man so gut wie nichts, aber es sei eben das „Nichts", von dem man so wenig erfahre. Ein solches Urteil bezog sich auf die ersten Jahre, als er in den verschiedenen Ländern mehr Verwirrung als Organisation angetroffen hatte. Sein Einblick beschränkte sich zwar im wesentlichen auf das Gebiet von Kunst und Literatur in der Emigration, während er über den illegal arbeitenden Parteiapparat nur wenig Informationen besaß. Becher machte er auf die „verdammte Atmosphäre von Mißtrauen und Ungründlichkeit" aufmerksam, die sich immer wieder breitmache. Ihn forderte er auf: „Du mußt auch da etwas dagegen tun. Im ganzen beurteile ich die Möglichkeiten von sinnvoller Aktivität durchaus optimistisch. Auch aus D[eutschland] höre ich von allerhand Gästen Gutes, und auch Kopenhagen ist interessant und könnte allerhand beisteuern."[101]

Gleich in den ersten Jahren ging es innerhalb des Selbstverständigungsprozesses der Emigranten darum, welche Haltung zur Demokratie eingenommen werden sollte. Die Gespräche entstanden spontan, noch ehe sie in eine umfassende, allgemeine politische Diskussion mündeten. Für die Ästhetik des Widerstands bildete die Verständigung über Demokratie eine ganz wesentliche Prämisse. Vor 1933 hatte sich von den marxistischen Theoretikern Georg Lukács mit dieser Frage beschäftigt und gefordert, in den eigenen Reihen endlich mit der Gleichgültigkeit gegenüber der Demokratie Schluß zu machen. Er schlug eine Strategie vor, nach der die vollkommene Verwirklichung der bürgerlichen Demokratie „im strengen Sinne des Wortes ein Schlachtfeld, ein Feld des alles entscheidenden Kampfes zwischen Bourgeoisie und Proletariat"[102] werden müsse. Lukács' Thesen von 1930 verfielen der Ablehnung, obwohl sie wichtige Gesichtspunkte der Volksfrontpolitik vorwegnahmen. Selbst die Anhänger seiner Literaturpolitik im „Bund" teilten seine Demokratieauffassung nicht. Durch das Versagen der bürgerlichen Demokratie vor den Faschisten sahen sich die Marxisten in ihrer Geringschätzung der bürgerlichen Demokratie nur bestärkt. Doch die Niederlage brachte es mit sich, daß die Kämpfer über die bisherige politische Strategie nachdachten. Der Selbstverständigungsprozeß unter den revolutionären Schriftstellern führte zu neuen Überlegungen, zur Korrektur früherer Auffassungen, aber auch zur Abkehr von der Arbeiterbewegung.

Zu einem Diskurs über die Demokratie geriet der Briefwechsel, den Brecht 1933 bis 1935 mit Bernard von Brentano führte. Brentano gehörte zu denen, die durch die Niederlage in die Krise gerieten, aus der sie nicht herausfanden. Brecht sagte später im Hinblick auf ein solches Verhalten, daß sich kein Reaktionär unerbittlicher, grausamer verhalte als der gescheiterte Neuerer. „Der Anstrengung folgt die Erschöpfung, der vielleicht übertriebenen Hoffnung die vielleicht übertriebene Hoffnungslosigkeit. Die nicht in Stumpfheit und Teilnahmslosigkeit zurückfallen, fallen in Schlimmeres; die die Aktivität für ihre Ideale nicht eingebüßt haben, verwenden sie nun gegen dieselben!"[103]

Der Diskurs begann damit, daß Brentano die Frage stellte, ob die Partei von den richtigen Leuten geführt werde. „In D[eutschland] ging ich in den Verein und sah auch wie schlecht die Fahne war, wie dumm die Artikel, die für Teddy geschrieben wurden, aber ich glaubte halt wie alle anderen an die Sache, an das Prol. usw. Nun aber kommt eine Niederlage nach der anderen. Ich beobachte das hiesige und sehe, daß alle Fehler mit einer unheimlichen Präzision wiederholt werden. Und da frage ich eben: sollte es wirklich gleichgültig sein, von was für Leuten eine politische Partei geführt wird? Sollte es egal sein, wenn die Artikel miserabel sind? Oder sollte vielleicht doch jene ‚Qualität' und die Quantität der Niederlagen in einem Verhältnis stehen?"[104] Brecht erklärte das alles unumwunden für eine Nebenfrage. Er wolle nicht die schwache Besetzung wichtiger Posten verteidigen, aber er wisse kein Vorkommnis, wo dadurch eine revolutionäre Aktion zugunsten einer konterrevolutionären gelähmt worden sei. In solchen Fragen, meinte Brecht, dürfe man niemals vom rein Politischen ausgehen. Man müsse sich auf die grundlegenden Prozesse orientieren und sich nicht von jeder oberflächlichen Problemstellung, von offenkundigen Fehlern und phrasenhaften Losungen entmutigen lassen. Wichtigster Vorgang und alles entscheidendes Kriterium sei für ihn, daß in der Sowjetunion das Proletariat seine Industrie aufbaue. „In was für einer Verlassenheit, welchem Haß, wieviel Gegnern gegenüber baut das industrielle Proletariat seine Industrie auf! Es erwartet sich *alles* davon. Diese Umwälzung in der Produktion soll erst alles regeln, die Verteilung der Produkte, die Verhältnisse der Menschen zueinander, die Aufrichtung der privaten Freiheit."[105] Immer wieder betonte Brecht, daß sich das Proletariat *alles* von der Entwicklung der Produktivkräfte erhoffe. Und darauf komme wirklich *alles* an. Kein Brief, in dem er nicht das Wort „alles" unterstrich.

Brentano fragte er, was denn die anderen Kräfte, die eine gesellschaftliche Wendung herbeizuführen sich bemühten, dieser gewaltigen Anstrengung entgegenzustellen hätten. Die Sozialdemokratische Partei schreie jetzt nach konsequenter Demokratie, man müsse das 1918 Versäumte nachholen, es gelte die Demokratie zu untermauern. Für Brecht besaß das alles keine Perspektive. Kurt Kläber gegenüber meinte er ironisch: „Sie sind, um wieder ein bißchen Demokratie alten Stils zu bekommen, jetzt schon zu allerhand Konzessionen bereit. Sie wollen zum Beispiel sogar die Bergwerke sozialisieren. Das soll durch eine *starke* Regierung geschehen, die gewählt werden soll. Die Stimmzettel werden wohl auf revolutionäre Weise, nämlich mit Gewalt, abgegeben. In die Wirtschaft zieht Planmäßigkeit ein, und dann blühen Künste und Wissenschaften auf. Das Programm ist verlockend, besonders für ältere Herrn. Es soll aber noch auf Schwierigkeiten stoßen. Ich glaube, die Pfarrer sind dagegen."[106] Auch die kommunistisch oppositionellen Richtungen hätten wenig revolutionär gewirkt, wenn sie durchgekommen wären, machte er Brentano klar; wo sie aber nicht durchgekommen seien, wirkten sie konterrevolutionär.

Ende 1933 kritisierte Brentano die Kommunistische Partei noch von links, bezichtigte sie, daß sie im Grunde stets ein linker Flügel der SPD gewesen sei, nicht Bolschewiken, sondern „eben unzufriedene Sozialdemokraten, Hyperreformisten". Jetzt aber, warf Brentano ein, „verbündet man sich mit Lords und ich weiß nicht was, um einen Mann zu retten – eine Sache, die Lenin unbegreiflich gewesen wäre, aber man kämpft um einen Mann, und nicht gegen den Nationalsozialismus. Ich habe nachgesehen, wie sich Lenin im Prozeß gegen die bolschewistischen Dumaabgeordneten benahm. Er hat sich um diese Sache überhaupt nicht gekümmert."[107] Daß es gelungen war, eine breite Front sehr unterschiedlich gesinnter Menschen zu gewinnen, um Dimitroff im Reichstagsbrandprozeß freizukämpfen, darin sah Brentano nur eine Aktion, die einem einzelnen galt.

Am heftigsten widersprach Brentano Brecht in Fragen der Demokratie und der proletarischen Diktatur. Er baute seine Argumentation sehr umständlich auf und verband das Demokratieproblem wieder mit der Führungsfrage. Indem er von der „Diktatur der Clique" sprach, suchte er nach Argumenten, um sich von der Partei abzustoßen. Gleichzeitig aber wollte er gegenüber Brecht recht behalten, als er schrieb: „Ihren Formulierungen über Diktatur stimme ich nicht ganz zu. Dieses Wort ist gegenwärtig völlig sinnleer und muß neu hergestellt werden. Für die Diktatur der Klasse bin ich auch, aber nicht für die der Clique. Daß gegenwärtig die von Gott und der Welt verratenen und verlassenen Arbeiter nach Diktatur rufen, um es den gegenwärtigen Herren mit gleicher Münze heimzuzahlen, ist sehr verständlich, aber ob es politisch ist, bezweifele ich sehr. ‚Die Demokratie, schrieb der alte Illitsch 1916, wird erst dann verschwinden können, wenn der siegreiche Sozialismus dem vollständigen Kommunismus weichen wird!' ... Um aber noch einmal auf die Frage Diktatur zurückzukommen: ich habe sehr lange über diesen Punkt nachgedacht, und in einem Artikel, den ich für ein italienisches Blatt geschrieben habe, bin ich zu folgendem Ergebnis gekommen: D ist ein politischer Begriff, der erst *nach* der Machtergreifung respektive im Augenblick dieser Lage sinnvoll wird. Bis Ende September 17 werden Sie in keinem einzigen seiner zahllosen Artikel, Broschüren usw. das Wort D finden; immer spricht er ausschließlich von Demokratie und schreibt in einem fort, der Fehler sei, daß es zu wenig Demokratie gäbe. Erst als er die Macht nahe sieht und gleichzeitig erkennt, daß es mit der Rätedemokratie und ihrem Gerede nicht gehen wird, weil die Interessen der darin vertretenen Klassen und Schichten zu sehr einander widersprechende sind – schreibt er seine Schrift und tritt – auf jene bekannte etwas sonderbare Sammlung von Zitaten aus Marx und Engels gestützt für die Diktatur ein."[108]

Sowenig Brentano Lenin richtig interpretierte und sosehr bei ihm alles darauf abzielte, sich von der Partei abzugrenzen, eine überzeugende Antwort konnte Brecht auf die Demokratiefrage nicht geben. Ihr gegenüber nahm er jene Gleichgültigkeit ein, die Georg Lukács schon 1930 als politisch falsch, ja schädlich bezeichnet hatte. Da für Brecht als Kriterium nur die Anstrengung des Weltproletariats zählte, sozialistische Produktionsverhältnisse zu schaffen, ganz gleich wie, berührte ihn das Demokratieproblem nicht weiter. Zur Losung der Demokratie sollte man nach seiner Meinung nur dann greifen, wenn die Gesellschaft dadurch schneller zur sozialistischen Gesellschaftsumwälzung komme. Die Demokratie betrachtete er in Hinsicht auf vollkommenere Formen menschlichen Zusammenlebens als eine rein taktische Frage. „... man strebt sie an, wenn man sich davon eine Einleitung der Umwälzung der materiellen Produktion erwarten kann; also die Demokratie wäre dann der ‚Hebel'. Ich glaube, daß diese Betrachtung einige Folgen zeitigen könnte. Die Demokratie verliert so, als Vorstellung, ihr Zielmäßiges und wird zu einer formalen Angelegenheit, die sie ja auch ist."[109] Als mobilisierende gesellschaftliche Zielvorstellung, die sein theoretisches Denken und seine Poesie stimulierte, vermochte Brecht die Demokratie nicht mehr zu betrachten. Sie hatte im Verlauf der Geschichte zu viele gesellschaftliche Erwartungen enttäuscht. Für ihn hatte sie sich verbraucht.

Doch schon in den ersten Jahren der Emigration kamen ihm Zweifel, ob seine Argumentation die wirkliche Bewegung der Dinge erfaßte. Zwar sah er weiterhin in dem, was in der Produktionssphäre vor sich ging, das Hauptkriterium. Aber auch er suchte nach Vermittlungsgliedern, um nicht alles von den erhofften Veränderungen in der Produktion ableiten zu müssen. Denn mit dem Hinweis auf die endgültige Lösung ließen sich die gegenwärtigen politischen Vorgänge zuwenig beeinflussen. Vieles war im Hochgefühl der Umwälzung, der man sich so nahe geglaubt hatte, zu früh verlacht worden. Aber mußte die Niederlage der revolutionären Kräfte auch dazu führen, daß man sich bei der bürgerlichen Demokratie unterhakte? Diese Haltung schien ihm schäbig, verachtungswürdig. In der Geschichte der Menschen war der Demokratie als gesellschaftlicher Lebensform viel Zeit eingeräumt worden: sie hatte Illusionen erzeugt, aber keine Hoffnungen erfüllt. Aber was war jetzt zu tun? In einem Brief an Ernst Bloch, den er nicht zu Ende schrieb, kamen diese Bedenken erstmals zum Ausdruck: „Wir haben die Güte verlacht, die Humanität durch den Kakao gezogen. Das war *vor* der Niederlage. Jetzt stoßen wir ein Geheul aus und betteln um Demokratie als um ein Almosen.“[110]

Mit dem Demokratiediskurs hörte der kameradschaftliche Gedankenaustausch mit Brentano auf, obwohl Brecht noch bis 1937 Briefe mit ihm wechselte. Trotz der sich immer deutlicher abzeichnenden Meinungsunterschiede bewahrte er ihm gegenüber eine freundliche Haltung. Es war nicht Brechts Art, mit Leuten zu brechen, wenn sich die Ansichten nicht mehr in Übereinstimmung bringen ließen. Noch einmal, 1937, beschwor er ihn, sich nicht von der Arbeiterbewegung, von der Partei zu trennen. Doch Brentano ging so weit, daß er 1940 an das Auswärtige Amt in Berlin ein Gesuch um Rückkehr nach Deutschland richtete, in dem er darlegte, daß er seine „früheren innenpolitischen Ansichten völlig umgestoßen“[111] habe.

Warten auf Gäste, Lust zu reisen

Das Jahr 1935 gestaltete sich für Brecht zu einem ausgesprochenen Reisejahr. Im März fuhr er nach Moskau, im Juni nach Paris zum Schriftstellerkongreß, und von Oktober bis Dezember hielt er sich in den Vereinigten Staaten auf. Veranlaßt wurden die Reisen fast immer durch einen bestimmten Auftrag, eine konkrete Arbeit. Zudem boten sie die Möglichkeit, alte Freunde wiederzusehen, neue Verbindungen zu knüpfen, Auskünfte über die Verhältnisse in Deutschland und über die Strategie des antifaschistischen Kampfes einzuholen.

Auf Einladung der Internationalen Vereinigung Revolutionärer Theater fuhr Brecht ein zweites Mal nach Moskau. Von sowjetischer Seite empfing Tretjakow den Gast. Bei ihm zu Hause kam es zu mancher Begegnung mit alten und neuen Freunden. Die Stadt machte auf ihn einen freundlichen Eindruck. Besonders erstaunt zeigte er sich von den Fortschritten gegenüber 1932, als er zum erstenmal Moskau besucht hatte. Mehr als an den Sehenswürdigkeiten Moskaus lag ihm daran, mit seinen Freunden ins Gespräch zu kommen, mit Piscator, Reich, Ottwalt, Carola Neher. Von Ottwalt, der Brecht 1933 bei Karen Michaelis auf Thurø besucht hatte, muß er den Eindruck eines überaus aktiven, politisch engagierten und in viele Dinge verwickelten Menschen gehabt haben: wie früher ein „Dampf in allen Gassen", aber, so fügte Brecht hinzu, „verliert viel und hat nichts"[112]. Er freute sich auf ein Wiedersehen mit Carola Neher, die ihn als Frau und Schauspielerin in gleicher Weise bezaubert, die ihm in Berlin so manche Szene gemacht hatte, und das nicht nur im Theater. Jetzt charakterisierte er sie als „ziemlich dick" und „recht nervös". Bedenklich oder unerklärlich erschien ihm jedoch, daß diese hervorragende Schauspielerin hier keine angemessene Beschäftigung fand. Über einen literarischen Abend zu Ehren Brechts, der in einem nicht einmal hundert Personen fassenden Klubraum stattfand und mehr ein Gruß der deutschen Emigranten war, berichtete Bernhard Reich: „Das Programm bot Gedichte und Ausschnitte aus Theaterstükken. In Erinnerung blieben mir: die Moritat von Mackie Messer, von Gustav v. Wangenheim inszeniert – ein Leierkastenmann und eine kleine Gruppe von Straßensängern; ferner Hanne Rodenberg, die sehr zart und verhalten einige Lieder aus der ‚Mutter' vortrug, und die unvergleichliche Carola Neher …"[113]

Wenn Brecht bei seinen Reisen auch nie darauf aus war, von führenden Persönlichkeiten empfangen zu werden, hätte er doch gern Gespräche mit Politikern gehabt. Zu solchen Begegnungen aber kam es in Moskau nur am Rande. Ganz unerwartet lud ihn der emigrierte ungarische Revolutionär Béla Kun ein. Über diesen Besuch erzählt Bernhard Reich: „Die Weigel [hier dürfte es sich um einen Erinnerungsfehler Reichs handeln – W. M.], Brecht, Tretjakow, Piscator, Asja Lazis und ich wurden mit patriarchalisch-rührender Herzlichkeit begrüßt. Kun, der wahrscheinlich von jemand erfahren hatte, daß Brecht ganz herrlich seine Balladen vorzutragen verstand, bat ihn, doch einige, zumindest den ‚Toten Soldaten', zu singen. Zu meiner Verwunderung ‚zierte' sich Brecht: Er habe schon eine Ewigkeit nicht mehr gesungen, er habe es verlernt; übrigens könne er ohne Gitarre nicht singen. Die Gitarre wurde beschafft. Brecht zögerte noch immer … Da warfen wir – die Lazis, Piscator und ich – uns in die Schlacht und brachen Berts Widerstand. Er nahm die Gitarre und sang die ‚Legende vom toten Soldaten'. Brecht hatte wirklich viel verlernt. Sein Vortrag war ein wenig gezwungen; er zündete nicht. Die Zuhörer applaudierten und sagten ihm freundliche Worte."[114] Vermittelt durch Reichs Frau, Asja Lacis, und Johannes R. Becher kam es auch zu einem Gespräch mit dem

Präsidialmitglied des Vollzugskomitees der Komintern, Wilis Knorin. „Knorin stammte aus der alten bolschewistischen Garde, die vor der Oktoberrevolution in der Illegalität gewirkt hatte. Als Mitglied des ZK hatte er sehr verantwortliche Parteiaufträge durchgeführt. Er war kompetent für internationale Fragen ...“[115] In jenen Jahren standen die Probleme der Volksfrontpolitik im Mittelpunkt der internationalen Bemühungen aller Kommunisten, und um sie wird es in der Unterhaltung zwischen Brecht und Knorin vor allem gegangen sein.

Brecht, der seine wichtigsten Eindrücke und Begegnungen stets Helene Weigel mitteilte, berichtete von keiner Begegnung mit Becher. Nach Reichs Aussage traf er aber mit ihm zusammen. Merkwürdig ist das insofern, als Brechts Besuch in Moskau zirka zwei Monate vor dem Pariser Schriftstellerkongreß stattfand, über dessen Organisation und Vorbereitung es zwischen beiden einen ausführlichen Briefwechsel gegeben hatte. Keinem hat Brecht längere Briefe geschrieben als Becher, und das sicherlich nicht aus besonderer Zuneigung, sondern aus politischer Dringlichkeit. So wäre es naheliegend gewesen, den Besuch zu weiteren Gesprächen und direkten Absprachen zu nutzen. Dazu scheint es nicht gekommen zu sein.

In Moskau erlebte Brecht die Eröffnung der Metro und den 1. Mai. Die Fertigstellung der Metro begrüßte er in dem Gedicht „Inbesitznahme der großen Metro durch die Moskauer Arbeiterschaft am 27. April 1935“ – für Brecht ein gedichtwürdiges Ereignis, weil Bauherren und Bauleute dieselben waren: die, die die Bahn bauten, nahmen sie am Tage der Eröffnung in Besitz. Über die reiche, ja verschwenderische architektonische Ausgestaltung der Metro wurde noch nach Jahrzehnten viel geschrieben. Und zwar im Stil der Bewunderung wie der Verhöhnung; nicht selten wurde sie als eine Orgie des Kitsches dargestellt. Wenn Brecht in seinem Gedicht von diesem „wunderbaren Bau“ spricht, ist zwar von dem wertvollen Material, kaum aber von der „Schönheit" der Gestaltung die Rede. Für ihn stand der veränderte Charakter der Arbeit, der sich in diesem Bau manifestierte, im Mittelpunkt. Die Architektur, die sicher nicht seinen Vorstellungen entsprach, wurde zu einer sekundären Frage. Soziologisch fand er es eher verständlich, daß ein Volk, das unter solchen Opfern und Entbehrungen seine inneren und äußeren Feinde niedergezwungen hatte, sich in seinen ersten öffentlichen Bauten großzügig geben wollte.

Wo wäre dies je vorgekommen, daß die Frucht der
    Arbeit
Denen zufiel, die da gearbeitet hatten? Wo jemals
Wurden die nicht vertrieben aus dem Bau
Die ihn errichtet hatten?
Als wir sie fahren sahen in ihren Wagen
Den Werken ihrer Hände, wußten wir:
Dies ist das große Bild, das die Klassiker einstmals
Erschüttert voraussahen.[116]

Moskau setzte Brecht durch das Tempo der Veränderungen in Erstaunen. In einem Interview mit der in Moskau erscheinenden „Deutschen Zentral-Zeitung" sagte er, daß die Stadt ihr Gesicht selbst in den wenigen Wochen, die er hier weile, verändert habe. Diesen Eindruck, den das ganze Land auf ihn machte, brachte er auch in dem Gedicht „Schnelligkeit des sozialistischen Aufbaus" zum Ausdruck, das er in die Svendborger Sammlung aufnahm:

Ein Mann, der im Jahre 1930 aus Nikolajewsk am Amur
kam
Sagte, in Moskau befragt, wie es dort oben jetzt sei:
Wie soll ich das wissen? Meine Reise
Dauerte sechs Wochen, und in sechs Wochen
Ändert sich dort alles.[117]

Auf Grund einer Grippeerkrankung kam Brecht wenig ins Theater. Dennoch bescherte ihm die Stadt ein nachhaltiges Erlebnis: das Gastspiel des berühmten chinesischen Schauspielers Mei Lan-fang. Tretjakow, der auch als Fernostexperte galt, hatte das Unternehmen in die Wege geleitet und managte die UdSSR-Reise Mei Lan-fangs. Brecht fand das Spiel des Chinesen „herrlich"; es machte auf ihn einen so tiefen Eindruck, daß er sich noch Jahre später beim Beschreiben epischer Elemente der Schauspielkunst immer wieder auf dessen szenische Demonstration bezog. In Moskau traf er auch mit dem Regisseur Nikolai Ochlopkow zusammen, der das Realistische Theater leitete und interessante Experimente machte, um das alte Guckkastentheater aufzusprengen. Asja Lacis und Reich suchten ihn für eine Inszenierung der „Heiligen Johanna der Schlachthöfe" zu gewinnen. Ochlopkow zeigte sich nicht abgeneigt, aber aus dem Plan wurde nichts.

Brecht sondierte das deutsche Theater in der UdSSR sorgfältig, unter anderem weil er hoffte, es böte sich eine Rolle für die Weigel. Ihr gegenüber, deren Talent brachlag, fühlte er sich in der Schuld. In Moskau nun hörte Brecht von dem Plan, einen Film über Dimitroff mit deutschen Schauspielern in deutscher Sprache zu drehen. Sofort schrieb er der Weigel, daß er sich zur Zeit in einem „wilden Kampf um eine Filmrolle" für sie befände. „Die Rolle soll besonders schön sein. Vielleicht willst Du's nicht machen, aber ich will, daß sie Dir angeboten wird. Dann müßtest Du gleich herkommen."[118] Ursprünglich sollte Joris Ivens Regie führen. Brecht fügte dieser Mitteilung hinzu: „Manuskript leider Wangenheim". Wangenheim übernahm dann auch die Regie. Obwohl er für diesen Film viele bedeutende Schauspieler verpflichtete – Alexander Granach, Ernst Busch, Heinrich Greif, Lotte Loebinger, Herman Greid, Hans Klering, aus der Schweiz Robert Trösch und den Bühnenbildner Teo Otto –, die

Weigel holte er nicht. Zwischen Brecht und Wangenheim kam es zu keiner Verständigung, die gegenseitigen Vorurteile stauten sich auf. Über Wangenheim heißt es in einem Brief an Helene Weigel: „Er benimmt sich saumäßig und unvergeßlich."[119]

Doch Brecht war nicht nur an einer Rolle für die Weigel interessiert, er verfolgte sehr aufmerksam, welche Chancen das deutsche Theater in der UdSSR hatte. In Moskau fand er die Lage nicht günstig. „Mit deutschem Theater steht es faul. Wenige Schauspieler, nur schlechte, außer der Neher, die aber nicht besonders geschätzt wird."[120] Die in Moskau lebenden deutschen Antifaschisten hofften in der Stadt Engels, wo viele Wolgadeutsche lebten, ein deutsches Theater eröffnen zu können. Der emigrierte Schauspieler Curt Trepte hatte deswegen bereits an Helene Weigel geschrieben. Im Herbst 1935 sollte das Projekt in Angriff genommen werden. Brecht versprach sich von dem Vorhaben mehr, als es Piscator in die Hand nahm. Dieser wollte ein Ensemble aufbauen, an das die bedeutendsten emigrierten deutschen Schauspieler verpflichtet werden sollten. Er dachte daran, in Engels ein antifaschistisches Vorbildtheater, ein „antifaschistisches Weimar" zu errichten. Über dieses Projekt hielt er Brecht auch nach dessen Abreise auf dem laufenden. Helene Weigel teilte er im Juli 1936 mit: „Die Sache mit Engels macht sich. Brecht schrieb damals, Du wolltest Dir die Wolga ansehen, um Euren Daueraufenthalt dort nachzuprüfen. Es ist also Zeit, sich zur Reise fertigzumachen."[121] Und Brecht schrieb über die Angelegenheit: „Grete erzählt mir von dem Engels-Plan. Den Gedanken, ein großes Experimentaltheater zu machen, in dem wir unsere theatralischen Untersuchungen wieder aufnehmen und weiterführen können, finde ich großartig. Ich habe in New York gesehen, mit welcher Gier eine ganze Menge Menschen alles über die neue Technik aufnehmen. Diese

Leute merken immer deutlicher, daß sie mit den alten Mitteln und dem kümmerlichen ideologischen Rüstzeug, das sie haben, die neuen Aufgaben nicht mehr lösen können."[122]

Piscator wollte den in Deutschland erreichten künstlerischen und organisatorischen Standard nicht nur erhalten, sondern möglichst weiterentwickeln. Damit aber geriet er in Gegensatz zu den Aufgaben eines Akademischen Staatstheaters in Engels. Exiltheater und Theater des Landes konnten – zumal in der zugespitzten Ausprägung, die Piscator vorschwebte – nicht die gleiche Funktion haben. Das Engels-Projekt wurde nicht verwirklicht. Aber damals, im Mai 1935, war man noch voller Hoffnung.

Anfang Mai fuhr Brecht über Leningrad, wo er sich einige Tage aufhielt, zurück auf die grüne Insel. Seine Reise bedenkend, schrieb er an Michail Kolzow: „Meine UdSSR-Fahrt war eine große Erfrischung in jeder Hinsicht, ich merke es bei der Arbeit."[123]

Noch im gleichen Jahr reiste Brecht in die Vereinigten Staaten. Das Unternehmen, zu dem er am 7. Oktober 1935 von Kopenhagen aus aufbrach, verlief äußerst unglücklich. Die amerikanische Theatre Union hatte sich vorgenommen, sein Stück „Die Mutter" zu spielen. Dieses Theater verstand sich als ein „mit den Massen verbundenes Arbeitertheater"[124], das mit Berufsschauspielern arbeitete, die jedoch meist für jedes Stück neu gewonnen werden mußten. Sein Repertoire basierte auf Stücken, die die Interessen der Arbeiterklasse zum Ausdruck brachten. Nachdem man 1934 Friedrich Wolfs „Matrosen von Cattaro" aufgeführt hatte, wagte man sich nunmehr an Brecht. In New York wußte man allerdings kaum etwas Genaueres über die Methode des epischen Theaters, die Brecht verfocht. Und dieser wiederum stellte sich unter amerikanischem Arbeitertheater etwas vor, das er aus seinen Erfahrungen in Deutschland vor 1933 zu kennen glaubte. Folglich sah er hier eine Gelegenheit, wieder einmal praktisch zu arbeiten. So war es, als er das Schiff bestieg, weniger Neugier auf den amerikanischen Kontinent als Lust auf die Theaterarbeit, die ihn zu der weiten Reise bewog.

Noch in Skovsbostrand hatte er die amerikanische Übersetzung der „Mutter" durch den Dramatiker Paul Peters erhalten. Dieser hatte das Stück nicht nur übersetzt, sondern auch für die Bühne naturalistisch eingerichtet, um es der amerikanischen Theatersituation anzupassen. Stückstruktur und poetische Eigenart waren preisgegeben. Dennoch argumentierte Brecht in seinem Brief an Peters sehr ruhig und sachlich. Den Standpunkt, der amerikanische Arbeiter könne auf eine naturalistische Form nicht verzichten, wollte er nicht gelten lassen. „Aber ich glaube eben, daß es – wie in Berlin so auch in New York – nur an der Art der Aufführung liegt, ob man ein nichtnaturalistisches Stück von der Art der ‚Mutter' vor Arbeitern aufführen kann oder nicht. Auch in Berlin war dies ein Wagnis, und in Berlin gelang es. Es täte mir leid, wenn Sie gegen mich verstimmt wären, aber ich muß zu meiner Arbeit stehen."[125] Ohne Paul Peters zu verärgern, verhielt sich Brecht konsequent. Er wollte lieber auf die Aufführung verzichten, als sich für das Stück einen anderen Stil aufdrängen zu lassen. Sogleich bot er sich an, die Regie zu übernehmen, wenn man ihm die Reisekosten erstattete. Nur fürchtete er, daß es gar nicht das Geld war, weshalb man in New York zögerte, sondern daß man dem neuen Stil nicht vertraute. „Die alte naturalistische Spielerei hängt mir ganz einfach zum Halse heraus. Das paßt für Petroleumfunzeln, aber nicht für elektrisches Licht. Mir kommt es vor, als wären in der Adaption vor ein Auto wieder Pferde gespannt worden, weil der Anlaßschlüssel nicht gefunden werden konnte. Kurz: ich will das nicht machen."[126]

Als Brecht versicherte, die nötigen Änderungen wären an Ort und Stelle schnell gemacht und schließlich sei es noch immer gelungen, wenn auch nicht leicht, die Schauspieler an diesen nichtnaturalistischen Stil zu gewöhnen, lud man ihn nach New York ein. Hier traf er mit Hanns Eisler zusammen, der an der New School for Social Research Vorträge hielt. Beide machten sich sogleich an die Arbeit. Im Theater hatten die Proben noch nicht begonnen, als Brecht und Eisler unverzüglich darangingen, sich, wie sie meinten, in ihre eigene Sache zu mischen. In der amerikanischen Adaption hatte die Figur des Pawel im Mittelpunkt gestanden. Dadurch erzählte die Fabel einen Mutter-Sohn-Konflikt, während es Brecht darauf ankam, dem Zuschauer zu zeigen, wie sich Sohn und Mutter im Kampf um die „dritte Sache" finden. Doch um das zu bewerkstelligen, war, wie Brecht an Helene Weigel schrieb, eine „ganz hübsche kleine Diktatur"[127] nötig. Zunächst aber schien sich alles zu arrangieren. Noch fand Brecht alles recht gut, die Leute nett. Die Hauptrolle wurde umbesetzt. Dennoch gab sich Brecht keiner Täuschung hin, daß man auch nur annähernd das Berliner Format erreichen werde. Helene Weigel empfahl er in einem Brief: *„Du solltest doch Englisch lernen."*[128]

Doch bald begannen die Kräche. Der Pianist wurde gegen Brecht tätlich, als ihm Autor und Komponist Vorschläge unterbreiteten, die dieser als Zumutung empfand. Brecht drohte, er werde sich die nötigen Schritte vorbehalten, um seine Auffassung durchzusetzen. An das Ensemble richtete er einen Brief, der einer Ansprache gleichkam: „Werte Genossen, zuerst muß ich Euch mein Erstaunen ausdrücken über die legere Art, in der Ihr eine Beleidigung, die mir in Eurem Theater widerfuhr, behandelt. Selbstverständlich muß ich mir vorbehalten, gegen dilettantische Entstellungen einer Arbeit, die unter meinem Namen öffentlich herausgebracht werden soll, in der schärfsten Weise protestieren zu können. Qualität ist bei einem politischen Kunstwerk so wichtig, daß jedes Detail die wachste Aufmerksamkeit erfordert. Meine Meinung, daß Euer Pianist aus der außerordentlichen Musik Eislers zum Beispiel einen ‚Dreck' macht, ist unverändert und wird, wie wir heute gehört haben, auch von Eisler voll und ganz geteilt."[129] Der Brief bewirkte nichts. Schließlich versicherte sich Brecht des Beistands von V. J. Jerome, der in der amerikanischen KP für die Kulturarbeit verantwortlich war, um wenigstens einiges durchzusetzen. Immer wieder boten Brecht und Eisler in Briefen an die Theatre Union ihre Hilfe an, um eine qualifizierte Aufführung zu ermöglichen. Dabei schwankte allerdings der Ton ständig zwischen kameradschaftlichem Ratschlag und handfester Drohung, das Theater werde die Verantwortung für einen „großen künstlerischen und politischen Skandal" zu tragen haben.

Die Aufführung der „Mutter" wurde bei Presse und Publikum ein eklatanter Mißerfolg. Von Brechts Bestreben, eine ganz andere Art von Theater zu etablieren, vermittelte sie keinen Eindruck. Die Inszenierung blieb ohne Wirkung auf die weitere Entwicklung des progressiven Theaters in den USA. Brecht fand sein Stück „sehr verhunzt", und zwar durch „dumme Verstümmelungen", „politische Ahnungslosigkeit", durch „Rückständigkeit aller Art". In einem Brief an Piscator bekannte er jedoch, daß sich die Kommunistische Partei im Streit mit der Theatre Union ganz auf seine Seite gestellt habe, jedoch nicht in der Lage gewesen sei, sich durchzusetzen. Die sogenannten linken Theater waren seines Erachtens von kleinen Cliquen beherrscht, die in der übelsten Producer-Manier des Broadway operierten, nur ohne Fachkenntnisse.

Der Mißerfolg ließ sich damit nicht erklären. Sowenig eine naturalistische Inszenierung der „Mutter" als ein Erfolg hätte betrachtet werden können, so wenig hätte eine antinaturalistische Regie die Aufführung gerettet. Struktur, Methode und Aufführungsstil dieses Stückes basierten auf einem politischen und ästhetischen Standard, der aufs engste mit dem politischen und organisatorischen Niveau der revolutionären deutschen Arbeiterbewegung zu Beginn der dreißiger Jahre verbunden war. Das fortschrittliche, mit der Arbeiterklasse sympathisierende amerikanische Berufstheater formierte sich aus ganz anderen künstlerischen und politischen Voraussetzungen. Für das New-Yorker Theater gab es gar keine Möglichkeit, an die deutschen materialästhetischen Erfahrungen anzuknüpfen. Hätte man Brecht am Regietisch gewähren lassen, seine Auffassungen wären Schauspielern und Publikum ganz absurd und völlig abseitig vorgekommen. Auch er hätte diese Hürde nicht genommen. Wenn Brecht argumentierte, der Standpunkt, das New-Yorker Theaterpublikum sei anders als das Berliner, wäre ein „furchtbarer Gemeinplatz“, übersah er die gesellschaftlichen Bedingungen, aus denen sein episches Theater hervorgegangen war. Die Theaterleute der Union wiederum hielten Brecht und Eisler für kleinliche Rechthaber, für deutsche Spinner, die darauf pochten, daß alles so gemacht werde, wie sie es wünschten. Auch das Neue in der Musik Hanns Eislers verstand man nicht. In seinem Auftreten sahen sie nur eine sklavische Abhängigkeit von Brecht. Sie meinten, Eisler schimpfe, weil auch Brecht schimpfe. Überhaupt kamen ihnen die beiden höchst komisch vor, wie eine deutsche Variante von Pat und Patachon, nur weniger liebenswürdig: Leute mit einem Spleen, auf dem sie auch noch hartnäckig und nicht gerade vornehm bestanden.

Nachdem diese Theaterarbeit und der mit ihr verbundene Streit vorbei waren, fand Brecht den Aufenthalt in New York langweilig. Das Land interessierte ihn keineswegs mehr so wie in den zwanziger Jahren, als er es nur aus der Literatur kannte. Jetzt, wo er sich in der Riesenstadt New York befand, ging er aus Langeweile jeden Tag für 15 Cent ins Kino oder spielte mit Eisler Schach. „Man kann hier nur sehr schwer arbeiten, und es ist langweiliger als in Skovsbostrand.“[130] Daß er Weihnachten hier verbringen mußte, verdroß ihn noch mehr. „Weihnachten war scheußlich. Ich war mit Eisler bei Leuten, die keine Kinder hatten, und dann sang jemand schottische Balladen ohne Ende. Ich hätte Dich gern zu Bett gebracht, Helli, wie jedes Jahr.“[131] Er wollte am 29. Dezember 1935 von New York abreisen. Aber irgend etwas muß ihn veranlaßt haben, noch in der verhaßten Stadt zu bleiben. Er ließ seinen Paß verlängern und fuhr fünf Wochen später.

Auf Reisen verzichtete Brecht auch in den darauffolgenden Jahren nicht. Im Deutschland der Weimarer Republik wäre es ihm nicht eingefallen, öfter nach Paris oder London zu reisen. Das tat er jetzt, wenn sich in der einen oder der anderen Stadt eine Aufgabe für ihn bot. Bereits 1934 war er in London gewesen, weil hier eine Verdienstmöglichkeit in Aussicht stand. In den dreißiger Jahren erlebte der englische Film einen großen Aufschwung. Um den einflußreichen Produzenten Alexander Korda scharten sich viele deutsche Emigranten, die über ihn ins Geschäft einzusteigen hofften. Zu ihnen gehörte Leo Lania, der seit 1933 in London lebte und Brecht von der Piscator-Bühne her kannte. Ihm schlug er einen Filmstoff über den Arzt Semmelweis vor, den Retter der Mütter von dem Kindbettfieber. Zusammen mit Lania entstand eine Filmstory ziemlich konventionellen Zuschnitts. Ausgehend von den tatsächlichen Vorgängen, die etwas von einem Kriminalroman haben, denn sie zeigen, wie die Ärzte selber zu Mördern der Mütter werden, legten sie den Film als biographischen Querschnitt an. Eine Episode darin sollte folgendermaßen ablaufen: „‚Macbeth‘-Aufführung im Burgtheater. Die große Szene. Während des Klatschens hält S. inne – er ist der Mörder. Das

Händewaschen."[132] Sehr intensiv scheint die Arbeit an dem Filmstoff nicht gewesen zu sein, denn die hinterlassenen Notizen verraten kaum Brechts stoffordnenden Einfluß. Es kam den beiden wohl zuerst einmal darauf an, eine interessante Story zu verkaufen, und dann wollten sie mit ihren inhaltlichen und formalen Interessen herausrücken. Aber Lania gelang es nicht, den Filmstoff an den Mann zu bringen. Aus dem großen Geschäft wurde nichts.

In London besaß Brecht Freunde. Da war Karl Korsch, mit dem er im gleichen Hotel wohnte. Er machte die Bekanntschaft mit Leonhard Frank. Und schließlich bot London die Gelegenheit, mit dem von ihm so geschätzten Schauspieler Fritz Kortner zusammenzutreffen. Freunde brauchte Brecht in dieser Stadt schon deshalb, weil er kaum Englisch konnte. Kortner sagte von ihm, er habe „in einer kindlichen, fast graziös zu nennenden Weise ein paar chinesisch klingende Worte englisch"[133] gesprochen. Das Theater, das sie beide mehr interessierte als der Film, fanden sie in England in einem beklagenswerten Zustand. Brecht charakterisierte es in einer kurzen Mitteilung an Helene Weigel als „vorsintflutlich". Im Unterschied zu einigen anderen emigrierten deutschen Schauspielern, die ihre Karriere auf der englischen Bühne fortsetzten, kam Kortner hier nicht an. Und das lag keineswegs nur an der Sprachkenntnis, die er sich nur schwer aneignete. Die expressive Darstellungskunst Kortners empfand man hier als übertrieben, „unnatürlich". Auf den Londoner Bühnen hatte man es, wie sich Kortner ausdrückte, „zu einer charmanten Virtuosität der Ausdrucksunverbindlichkeit gebracht"[134]. Da in England das Unterspielen schon im Leben begann, schätzte man ein „Plauschtheater".

Brecht muß dieses Theater so entsetzlich gefunden haben, daß ihm in dieser Stadt gar nicht der Wunsch kam, hier seine Stücke aufgeführt zu sehen. Aber auch vieles andere stieß ihm in England bitter auf, obwohl er das

Land nicht vom Standpunkt des deutschen Patrioten betrachtete. An Margot von Brentano schrieb er: „London ist ein böses und zähes Städtchen. Die Eingeborenen hier gehören zu den heimtückischsten Europas. Es gibt eine hohe Kultur der Korruption, die dem Reisenden kaum zugänglich ist.“[135] Besonders entrüstete er sich darüber, daß sich die englischen Arbeitslosen nicht entblödeten, im Königshaus dem Prinzen anläßlich seiner Heirat ein Geschenk zu überreichen. London lernte Brecht von verschiedenen Seiten kennen. Er ließ sich von einem befreundeten Arzt durch die Slums führen, und er machte die Bekanntschaft der Prinzessin Bibesco. Diese Frau, eine Verehrerin des Dichters, vereinbarte mit ihm ein Plauderstündchen im Hotel Savoy. Doch in der Kleidung, in der Brecht auszugehen pflegte, kam er am Portier nicht vorbei. Auch der Versuch, an einem anderen Eingang in das Hotel zu gelangen, scheiterte. Er erreichte die Prinzessin nicht. Tags darauf schilderte er in einem elegant ironisch formulierten Brief die Umstände, die ihn gehindert hätten, die Vereinbarung einzuhalten: „Am Eingang zur Halle stand ein Herr im Range eines Ministers, der mich in einer der Sprachen, die man hier für Englisch hält, auszufragen begann. Leider erkannte er mich nicht als einen Mann von hohem Geistesflug, einen wirklichen Sozialisten usw., sondern ließ sich durch mein Äußeres verleiten, mich für ein entweder gefährliches oder doch wenigstens die Atmosphäre des Savoys trübendes Subjekt zu halten. Ich war überzeugt, hätte ich ihm Ihren Namen genannt, so hätte er sofort die Polizei gerufen und man hätte festgestellt, was ich gegen Sie im Schilde führe. … Es war mir klar: Ohne eine Hilfstruppe von mindestens 50 schwerbewaffneten Leuten von den Docks konnte ich nicht hoffen, Sie aus diesem Gebäude herausholen zu können. Ich ging betrübt weg, da ich Sie sehr gerne gesprochen hätte.“[136]

Während seines Aufenthalts in London von April bis August 1936 suchte er nach Möglichkeiten, ins Filmgeschäft einzusteigen. Diesmal war ihm Kortner behilflich. Ihm bot sich Gelegenheit, am Libretto des Richard-Tauber-Films „Bajazzo" mitzuarbeiten. Das Angebot hatte man Kortner gemacht, doch der war so kameradschaftlich, dabei auch an seine Freunde zu denken. Er überredete den Produzenten, Hanns Eisler und Bertolt Brecht als Berater hinzuzuziehen. Kortner glaubte Brecht in einer besonders mißlichen finanziellen Lage. Der Einladung, sich an der Herstellung von „einigen Pfund Abendunterhaltung" zu beteiligen, kam Brecht ohne Zögern nach. Mitten im Hochsommer reiste er von dem meereskühlen Skovsbostrand nach dem heißen London. Aber während Hanns Eisler den gutbezahlten Job nutzte, um sich mit seiner eigenen Musik, nämlich der „Deutschen Sinfonie", statt mit Leoncavallos „Bajazzo" zu beschäftigen, kümmerte sich Brecht zum Entsetzen seiner Freunde tatsächlich um den Film. Von sich selbst sagte Hanns Eisler: „Nun, ich habe mit Vergnügen diesen fetten Vertrag unterschrieben, der mir völlige Zeit ließ zu komponieren. Ich hatte überhaupt nichts zu tun. Es war ein paradiesesähnlicher Zustand. Ich bekam sehr viel Geld, auch Wochen expensen – es war fabelhaft."[137] Im Unterschied dazu machte sich Brecht Gedanken über den Film, „und das war sein Verderben", bemerkte Eisler dazu. „Das heißt, unter seinen Händen nahm das ‚Bajazzo'-Skript die merkwürdigsten Formen an. Große dichterische Schönheiten tauchten auf, die unerträglich waren für die Produzenten, vor allem für Tauber. Was soll das? Es tauchten interessante Dialoge auf. Na, ganz unerträglich. Also, kurz und gut, es kam so weit, daß die Leute sagten: ‚Das geht jetzt zu weit, Herr Brecht. Nach dem letzten Entwurf … Hier ist das Restgeld, auf Wiedersehen Herr, kommen Sie gar nimmer her.'"[138] Brecht fand es empörend, daß man sich nicht einmal bereit fand, seine Vorschläge anzuhören. Entsprechend seiner Auffassung, dem kapitalistischen Kunstapparat immer gleich als Mannschaft entgegenzutreten, forderte er Eisler und Kortner auf, gleichfalls aus dem Job auszusteigen. Das aber wollten die beiden ganz und gar nicht. Er ging nicht ohne Verstimmung von seinen Freunden aus London weg.

Zu den ganz wenigen privaten Besuchen, die Brecht trotz ausgedehnter Reisen unternahm, gehörten die bei seinem Freund Lion Feuchtwanger in Sanary-sur-mer an der französischen Mittelmeerküste unweit von Toulon. Hierher kam Brecht 1933 und 1937. In diesem kleinen Fischerdorf in der Provence konnte man zwischen 1933 und 1939 so viele berühmte deutsche Schriftsteller sehen wie früher nur in Berlin oder München. Hier oder in der Nähe hatten sich neben Feuchtwanger René Schickele, Arnold Zweig, Meier-Graefe, Franz Werfel, Franz Hessel angesiedelt. Thomas Mann, Heinrich Mann, Friedrich Wolf, Ernst Toller und eben auch Brecht kamen des öfteren zu Besuch. Auch die in Paris wohnenden deutschen Schriftsteller zogen in den Wochen und Monaten, in denen die Verlage und Redaktionen keine Beschäftigung boten, gern hierher, wo das Leben viel billiger war als in Paris. Man befand sich ganz unter sich, so daß Ludwig Marcuse von Sanary-sur-mer als der „Hauptstadt der deutschen Literatur“ sprach.

Feuchtwanger hatte mit dem Spürsinn des guten Geschmacks in dem Ort ein wunderschönes Haus erworben. Obwohl die Faschisten sein Berliner Heim verwüstet und dann beschlagnahmt hatten, verfügte er wieder über eine große Bibliothek. Im Unterschied zu Brecht fühlte er sich auch in der Fremde zu Hause. Für ihn gab es ein Einverständnis mit der neuen Ortschaft, das Brecht in keinem Land des Exils je empfand. „Wenn ich etwa“, erzählt Feuchtwanger, „von Paris mit dem Nachtzug zurückkommend, des Morgens das blaue Ufer wiedersah, die Berge, das Meer, die Pinien und Ölbäume, wie sie die Hänge hinaufkletterten, wenn ich die aufgeschlossene Behaglichkeit der Mittelmeermenschen wieder um mich fühlte, dann atmete ich tief auf und freute mich, daß ich mir diesen Himmel gewählt hatte, unter ihm zu leben. Und wenn ich dann den kleinen Hügel hinauffuhr zu meinem weißen, besonnten Haus, wenn ich meinen Garten wieder sah in seiner tiefen Ruhe und mein großes, helles Arbeitszimmer und das Meer davor und den launischen Umriß seiner Küste und seiner Inseln und die endlose Weite dahinter, und wenn ich meine lieben Bücher wieder hatte, dann spürte ich mit all meinem Wesen: hier gehörst du hin, das ist deine Welt. Oder wenn ich etwa den Tag über gut gearbeitet hatte und mich nun in der Stille meines abendlichen Gartens erging, in welcher nichts war als das Auf und Ab des Meeres und vielleicht ein kleiner Vogelschrei, dann war ich ausgefüllt von Einverstandensein, von Glück."[139]

Im Februar 1937 war Feuchtwanger von einem Aufenthalt aus Moskau zurückgekommen. Er hatte dort nicht nur mit vielen deutschen Emigranten, Freunden von früher, und sowjetischen Schriftstellern gesprochen, ihn hatte Stalin zu einem Gespräch empfangen, bei dem nur der Chefredakteur der „Prawda" Tal als Dolmetscher zugegen war. Ferner gab es für ihn die Möglichkeit, den Gerichtsverhandlungen gegen die Parteiopposition, so gegen Karl Radek, beizuwohnen, den Feuchtwanger persönlich kannte. Die Moskauer Eindrücke werden vor allem Gegenstand der Gespräche gewesen sein. Brecht wäre gern zusammen mit Feuchtwanger nach Moskau gereist, zumal sie beide zum Redaktionsgremium der Zeitschrift „Das Wort" gehörten. Daß Feuchtwanger mit Stalin hatte sprechen können, wird Brecht veranlaßt haben, mehr über das Gespräch und des Freundes Eindruck von Stalin zu erfahren. Die Unterredung war ja, wie aus dem späteren Bericht Marta Feuchtwangers hervorgeht,[140] nicht ganz so glatt verlaufen, wie es nach den ersten Informationen schien. Allein schon, daß es zu einem solchen Gespräch gekommen war, betrachtete Brecht als einen wichtigen Vorgang, der weiter ausgebaut und genutzt werden müsse. Er veranlaßte den Freund denn auch, sich für Schriftsteller und Künstler, die politisch verdächtigt, angeklagt und eingesperrt worden waren, direkt bei Stalin zu verwenden. Überhaupt hielt er eine persönliche Verbindung zwischen Schriftstellern und führenden Politikern für sehr erstrebenswert. Feuchtwangers Buch „Moskau 1937. Ein Reisebericht für meine Freunde" bezeichnete Brecht als „das Beste, was von seiten der europäischen Literatur bisher in dieser Sache erschienen ist"[141].

In ihren Gesprächen tauschten sie sich über gegenwärtige und geplante Arbeiten aus, gaben einander Winke und Hinweise. Gerade in den ersten Jahren des Exils, als sie getrennt voneinander in verschiedenen Ländern lebten, besaß jeder einen guten Einblick in die literarische Produktion des anderen. In einem Brief schrieb Brecht, Feuchtwanger möge seinen Josephus nicht allzu sehr dem Emigranten Schwarzkopf in Paris annähern, der gern dem französischen Generalstab den Weg nach Berlin gezeigt hätte, um sich dann als Held feiern zu lassen. Feuchtwangers „Nero" las er mit großem Vergnügen, am liebsten wäre es ihm gewesen, wenn Feuchtwanger nur Satiren geschrieben hätte. Als Brecht in Sanary-sur-mer weilte, arbeitete Feuchtwanger an seinem Roman „Exil". Was Brecht über Feuchtwangers Bücher sagte, war durchaus ehrlich gemeint, wenn er auch mehr den Materialwert, den stets verblüffenden Bezug von Geschichte und Gegenwart, die von Feuchtwanger freigelegte Figurensicht schätzte, dagegen aber nichts von der ganzen Machart der Romane hielt. Dem Freund konnte es nicht verborgen bleiben, daß Brecht seiner Schreibweise polemisch gegenüberstand. Wenn ihn dieser auch nie direkt attackierte, gab es doch keinen Zweifel daran, daß Brechts Ablehnung der aristotelischen Technik auch sein Werk mit einbezog. So ehrlich die gegenseitige Wertschätzung war, so gern sich Brecht immer wieder in die Lehre Feuchtwangers begab, Spannungen und Differenzen konnten dabei nicht ausbleiben. Sie traten bereits sehr früh, zu Beginn ihrer Freundschaft, auf. Damals hatte der mit dem Hause Feuchtwanger befreundete Kritiker Joachim Friedenthal die heikle Sache zur Sprache gebracht. Er gab Feuchtwanger zu verstehen, daß Brecht in vertrauter Runde erzähle, er halte nichts von Feuchtwangers Werk. Feuchtwanger konnte das zunächst nicht glauben und hielt es für ein Mißverständnis. Da ihn eine solche Haltung von seiten eines Freundes kränkte, stellte er Brecht zur Rede.[142] Die gegenseitige Sympathie aber war viel zu groß, als daß es dadurch zum Bruch gekommen wäre. Zwar kam in den literarischen Kreisen, in denen Feuchtwanger verkehrte, die Sache immer wieder einmal zur Sprache. Als sich jedoch herausstellte, daß sich die beiden nicht beeinflussen, nicht auseinanderbringen ließen, verebbte das Gerede. Nachdem diese Differenz geklärt war, wurde ihr Umgangston freier. Sie konnten sich schonungslos die Meinung sagen, ohne daß Verstimmung aufkam. Solche Auseinandersetzungen vollzogen sich gelegentlich in einem Ton, der ebenso grobschlächtig wie freundschaftlich war.

In einem allerdings hielt sich Brecht für berechtigt, Feuchtwanger zu belehren, und zwar in puncto Marxismus. Feuchtwangers Sympathie für Marxismus und Sozialismus genügte ihm nicht. Die Urteile, die der Freund in Sachen Marxismus abgab, waren zwar alle gut gemeint und einige auch richtig, für Brecht aber noch viel zu sehr vom bürgerlichen Denken geprägt. Was den Marxismus anbetraf, hielt er Feuchtwanger nicht für eine Autorität.

Als dieser Julius Hays Drama „Haben" als ein marxistisches Stück par excellence bezeichnete, wurde Brecht wütend. Mit Hay verstand er sich ohnehin nicht, und daß ihn Feuchtwanger lobte, betrachtete er als Taktlosigkeit. Brecht empfand es als ausgemachten Blödsinn, daß Feuchtwanger das Wesen des Kapitalismus in der von Hay gestalteten „dörflichen Giftmischerin" treffend verkörpert sah. In einem Brief nahm er den Freund gründlich ins Gebet. Am Schluß seines Vorwurfs bemerkte er etwas resigniert: „Und wie oft haben Ihre Frau und ich Ihnen auseinandergesetzt, daß das Goethesche ‚Am Gelde hängt, zum Gelde drängt doch alles' noch nicht reiner Marxismus ist! Ich sage das nicht ohne leisen Vorwurf."[143]

In Sanary-sur-mer lernte Brecht auch Arnold Zweig kennen. Zwischen den so wesensverschiedenen Autoren kam es zu langen Gesprächen, die auf beide nicht ohne Wirkung blieben. Brecht, der in den zwanziger Jahren seinen Eindruck von Zweigs Roman „Der Streit um den Sergeanten Grischa" in dem harten Satz zusammengefaßt hatte: „Das Buch ist ... abzulehnen"[144], las im Exil mit großem Interesse „Erziehung vor Verdun" und lobte in einem Brief, wie es Zweig verstanden habe, den Klassenkampf in den Schützengräben darzustellen. Wiederholt lud er ihn ein, auf die „grünen Inseln" zu kommen. Für Zweig blieb Brecht zeitlebens ein Schriftstellerkollege, den er über alle Maßen bewunderte.

Auf Grund seiner Reisen verbrachte Brecht die ersten Exiljahre keineswegs so abgeschieden, wie es bei flüchtiger Betrachtung den Anschein hat. Die meisten Reisen ermöglichten ihm, mit vielen Freunden in Kontakt zu bleiben, sich auszutauschen, Informationen zu sammeln. Er betrachtete seine Reisen deshalb auch als Notwendigkeit, nicht als Vergnügen. Immer wieder kehrte er gern zurück nach „Dänisch-Sibirien", wie er sein Exil auf der Insel Fünen nannte. Noch lieber als selber reisen hatte er es, wenn man zu ihm reiste. Wenn seine ganz auf Arbeit ausgerichtete Existenz nach einer Entlastung, einem Ausgleich verlangte, so in dem dauernden Wunsch, abends Gäste zu haben, sich unterhalten zu können, obwohl auch diese Form der Geselligkeit bei Brecht nur eine Fortführung der Arbeit auf anderer Ebene und mit anderen Mitteln war. In völliger Abgeschiedenheit und Stille konnte er nicht schreiben. Er vermochte sich nicht in die Natur, in eine Landschaft zu versenken. Gegenüber der Natur verhielt er sich zwar nicht gerade gleichgültig, aber auf die Dauer wußte er mit ihr nichts anzufangen. Auf sie verwies er gern in Briefen, wenn er jemand locken wollte, ihn zu besuchen. Doch Skovsbostrand lag nicht an den Reiserouten der Leute, die Brecht gern bei sich gehabt hätte. Deshalb wurde der kleine Ort auf Fünen auch nicht zu einem Treffpunkt, sosehr sich Brecht und die Weigel darum bemühten. Nach Skovsbostrand kamen der Vater und der Bruder Walter, der seit 1931 an der Technischen Hochschule in Darmstadt lehrte. Obwohl beide die politischen Ansichten Bertolts nicht teilten, blieb ihr gegenseitiges Verhältnis während der Zeit des Faschismus ungetrübt. Es kamen die Augsburger Jugendfreunde Rudolf Hartmann und Georg Pfanzelt. Ein Foto von 1934 zeigt die Freundesrunde in heiterer Gelöstheit, als ob der Faschismus in die persönlichen Beziehungen der Menschen nicht eindringen könne.

Zu den Gästen, die in Skovsbostrand dringend erwartet wurden, gehörte Hanns Eisler. Mit ihm wollte Brecht weiter an den „Rundköpfen und den Spitzköpfen“ und an dem neuen Lehrstück „Die Horatier und die Kuriatier“ arbeiten. Aber Eisler, der ständig unterwegs war, fand keine Zeit zu einem längeren Aufenthalt, was beider Freundschaft belastete. Nichts konnte Brecht mehr verletzen als Ausflüchte gegenüber seinen Einladungen zur Mitarbeit. Eisler wiederum, der stets auf die gemeinsame Arbeit mit

Brecht Wert legte, ärgerte der fordernde Ton, den Brecht anschlug. Er fand nicht zu Unrecht, daß auch anderer Leute Termine respektiert werden müßten.

Brecht wollte die Schlußredaktion seines Lehrstücks „Die Horatier und die Kuriatier“ gemeinsam mit Eisler machen und sich mit ihm über die musikalische Form verständigen. Eisler kam im Mai 1935 gerade von einer amerikanischen Vortrags- und Konzertreise zurück, fuhr nach Straßburg zur I. Arbeitermusikolympiade. Unmittelbar danach erwartete man ihn zum Musikfest in Reichenberg. Im Oktober sollte er zur Vorlesungstätigkeit nach New York abreisen, vorher war noch eine Reise nach Moskau vorgesehen. Und nun verlangte Brecht, er möge noch vor seiner Amerikareise nach Skovsbostrand kommen. So angefüllt der Eislersche Terminkalender auch war, Brecht ermittelte die wenigen freien Tage und erklärte: „Wenn Du den Dampfer in Dünkirchen am 17. September benutztest, wärst Du am 18. abends hier, und wir hätten die Tage bis zum 25. für uns.“[145] Außerdem rechnete er ihm vor, daß ihm die Reise über Kopenhagen statt über London billiger käme. Diese Unerbittlichkeit wiederum war Eisler zuviel, und er erklärte grob, so wichtig sei das Lehrstück nun auch nicht. Auf die Schlußredaktion könne man eigentlich verzichten. Eisler reiste dann im August doch noch über Leningrad nach Skovsbostrand. Zur gemeinsamen Arbeit kam es jedoch nicht, da Eisler nach Prag abberufen wurde. Nun war der Krach perfekt. Es kam zu einem bösen Wortwechsel. Sie schieden im Streit. Eisler: „Ich wurde sehr ärgerlich und verließ das Haus in großem Zorne. Und am Abend fuhr ich dann nach Prag. Und da wurde noch eine Unterhändlerin geschickt, unsere prachtvolle Genossin Grete Steffin. Aber ich habe mich nicht zu Verhandlungen herbeigelassen, weil – wie sagt man in Berlin? –: Es platzte mir der Kragen. Ich hatte in Prag sehr viel zu tun.“[146] Da sich beide im Streit kolossal steigern konnten, dürfte es der Auseinandersetzung an äußerer Dramatik nicht gefehlt haben.

Einige Tage später sah Brecht die Dinge schon wieder etwas anders. In einem Brief an Eisler faßte er die Streitpunkte ruhig und sachlich zusammen. Die Diktion, in der das geschah, verbarg aber nicht, daß er seine Arbeit als politischen Auftrag verstand, über dessen Vorrang es überhaupt keinen Zweifel geben könne. „Bei den außerordentlichen Schwierigkeiten der Emigration kann eine politisch-künstlerische Produktion eben nur unter dem Einsatz aller Kräfte fortgeführt werden. Auch bei einer Zusage, wie ich sie von Dir verlangte, wäre eine Beendigung der Arbeit an dem Lehrstück bei den objektiven Schwierigkeiten nicht sichergestellt gewesen, aber ohne sie war eine Fortführung der Arbeit durch mich ganz unsinnig. Deine Behauptung, Du seiest eigentlich für den Text und ich sei eigentlich für die musikalische Form gar nicht notwendig, wirst Du kaum aufrechterhalten wollen. Du kannst mir natürlich vorwerfen, ich hätte Dir zuviel zugemutet. Aber bei der Wichtigkeit jedes kleinsten Stückes politisch-künstlerischer Produktion scheinen mir solche Zumutungen, von wem aus sie immer ergehen, richtig. Du hättest auch keinesfalls noch die letzten Tage vor Deiner Abreise nach Prag nur einer Verstimmung wegen, die Du über meine Zumutung verspürtest, Dich von der Arbeit fernhalten dürfen, die ich sofort weiterführte."[147] Mit wem Brecht wirklich befreundet war, den pflegte er zu überfordern. Die Anstrengungen der Sommermonate hatten Eisler physisch erschöpft, er fühlte sich einfach nicht mehr in der Lage, Brechts Anforderungen nachzukommen. Aus Skovsbostrand erhielt Eisler dann zwei Gedichte. Ein Zeichen dafür, daß der Streit vergessen war.

In diesem Sommer 1935, als er gern Eisler bei sich gehabt hätte, kam George Grosz aus den USA. Von Brecht wiederholt eingeladen, machte er wie ein echter Amerikaner seinen Europatrip. Dänemark fand er ein „ewig gut geharktes und sauberes Land ... sogar die Ostsee [ist] sozusagen gut geharkt – und die Wellen sind von gezügelter Zurückhaltung“[148]. Grosz und Brecht verstanden sich am besten in der ironisierenden, satirisch oder auch zynisch zugespitzten Diktion, mit der beide meisterlich umzugehen wußten. Während Grosz damit im Exil seine neue Weltsicht und sein Selbstbewußtsein auszubauen suchte, diente sie Brecht mehr dazu, die Spanne zwischen dem gegenwärtig Notwendigen und dem Wünschenswerten anzudeuten. Mit Grosz verstand sich Brecht nicht nur persönlich ausgezeichnet, er zählte ihn auch zu den materialästhetischen Bundesgenossen in den anderen Kunstgattungen.

Bevor Grosz in Skovsbostrand eintraf, wurde Brecht von Eisler über die merkwürdige Verwandlung des Freundes instruiert. Eisler charakterisierte ihn als einen, der in Amerika den Kapitalismus als höchst bequeme Lebensform entdeckt habe, der einfach umgefallen sei. „Da er im Sommer in Dänemark sein wird, mußt Du versuchen, ihn von seinen Blödheiten zu kurieren. Er hat keine *faktischen* Differenzen mit uns, wie etwa die Trotzkisten, sondern *‚weltanschauliche‘*, dieser Plattkopf!!! Schade um ihn; vielleicht kann man das reparieren. Ironisiere ihn, denn er ist enorm stolz darauf, daß er ein ‚Ketzer‘ ist. Führe den Beweis, daß solche ‚Ketzerei‘ einfache Unwissenheit und Spießbürgerei ist, dann kannst Du ihn beeinflussen. Das ist sehr notwendig. Nimm alle seine Schilderungen von Amerika mit großem Mißtrauen auf.“[149] Völlig überrascht von der veränderten Haltung seines Freundes dürfte Brecht nicht gewesen sein. Ein Brief von Grosz hatte bereits angedeutet, daß er sich in der amerikanischen Lebensform mit Wohlgefallen zu tummeln schien: „Du bist ja kein Pariser Plüschsofafritze, sieh' mal Bertie: three minutes a meal, purely American (drei Minuten eine Mahlzeit, ganz amerikanisch), das steht hierzulande an vielen Restaurants – also für Dich fränkischen Puritaner und Moralisten anheimelnd ... Ja, um beim Wolkenkratzer zu bleiben: bin ein reiner business man geworden – aber in Bayside bin ich Privatmann. ... No, Bertie – nach dem lausigen beschissenen Europa zieht's mich nicht; aber trotzdem nett, Deine Einladung: okay, nächstes Jahr komme ich mit vorbei, aber einen Ford bringe ich selbst mit (kosten ja hier nichts), selbst die Unterdrückten der Burrschuhassie fahren hier ihre Fords, woraus Du lernst, daß Unterdrücktsein nichts mit schnellem Fortbewegen zu tun hat."[150]

Eisler war empört, während Brecht gelassen blieb und den kameradschaftlich vertrauensvollen Ton gegenüber Grosz beibehielt. Er nahm zur Kenntnis, daß der rasche Verfall politischer und künstlerischer Haltungen auch Freunde betraf, die man gut zu kennen glaubte. Doch Brecht nahm an Grosz nicht nur den Verlust früherer Einsicht wahr, sondern auch Haltungen, mit denen er sympathisierte. Auch ihm war das Geflenne der Emigranten über den Untergang der Kultur zuwider. Aus den Protesten gegen die faschistische Unkultur lasen beide die geradezu idealistisch anmutende Hoffnung heraus, der Hitlerfaschismus werde aus Mangel an Kultur zusammenbrechen. Aber während Brecht daraus die Schlußfolgerung zog, die ästhetischen Überlegungen mit tiefgreifenderen, nämlich über die Kunst hinausgreifenden Gründen zu versehen, löste sich Grosz in zynischer Selbstbespiegelung von der früheren revolutionären Kunstauffassung. In Briefen an Wieland Herzfelde brachte er unumwunden zum Ausdruck, daß er keinen Sinn mehr in seiner Kunst sehe. Er lehnte es entschieden ab, „vom sichern Auslande aus Propaganda gegen Deutschland" zu treiben, und verbot Herzfelde, weitere Arbeiten von ihm zu veröffentlichen. Er male und zeichne zwar auch jetzt noch Bilder gegen diesen „Hitlermann", aber doch mehr, um sich von seinem eigenen Pessimismus und seinen schrecklichen Depressionen zu befreien.[151] Als Grosz Brecht in Skovsbostrand aufsuchte, hatte er bereits einen Schlußstrich unter die früheren Jahre gezogen.

Nach seinem Besuch schrieb Grosz in einem Brief von den „netten philosophischen Gesprächen", die er geführt habe, und betonte nachdrücklich, was für ein „strenger Marxist" der Brecht doch noch immer sei. Vor allem muß ihm dieser von seiner Moskaureise erzählt haben, denn Grosz berichtete, Brecht sei von der neuen Untergrundbahn ganz begeistert gewesen. Überhaupt mache er den Eindruck eines „begeisterten Manns". Die Russen könnten sich darüber freuen. Und dann entschlüpfte ihm bei aller Sympathie für seinen alten Freund doch die Verärgerung, als er schrieb, in Moskau hätten Brecht sogar die Paraden gefallen: „Na, ich habe schon als kleiner Hosenkacker Paraden gesehen – bin ja schließlich in einem Offizierskasino groß geworden – und wenn ich an die ‚Independent Line' in New York denke – na schön, Bert stammt eben aus der Provinz. Begeisterung ist immer schön – oh ja! So'n Stechschritt – donnerwetter. Und die herrlichen Uniformen – ‚janz lang sint'se, weeßte'."[152] Als Grosz seinen Europatrip fortsetzte, schieden sie als alte Freunde. Für Grosz blieb Brecht der „nette Kerl", das „ulkige Haus", der „stramme Marxist". Sie trafen sich einige Monate später während Brechts Besuch in New York wieder. Danach wurde der Kontakt lockerer. Der frühere Ton der Übereinstimmung hörte auf, die Briefe wurden seltener. Die großartigen materialästhetischen Elemente in Grosz' Kunst blieben für Brecht weiterhin beispielhaft und verwertbar für seine Kunstvorstellung. Zwischen beiden kam es trotz weitreichender politischer Differenzen zu keinem Bruch.

Ein weiterer Gast in Skovsbostrand war Karl Korsch.

An dem Gespräch mit ihm, dessen verläßliche Zusammenarbeit er außerordentlich schätzte, war Brecht viel gelegen. Korsch hatte im Herbst 1933 Deutschland verlassen und war Ende des Jahres nach Skovsbostrand gekommen. Doch Brecht befand sich zu diesem Zeitpunkt gerade in Paris. Von Korsch hätte er gern Auskunft über die Behandlung einiger historischer Details gehabt, die er in seinem „Dreigroschenroman" verwenden wollte. In solchen Fragen war der kenntnisreiche Korsch ein idealer Berater, zumal er den jeweiligen Wünschen mit beträchtlichem Aufwand nachging und Brecht keineswegs nur mit Wissen bediente, das er gerade parat hatte. So schickte er ihm ein von seinem Freunde Herbert Levi, einem Arzt, verfaßtes „Exposé über relativ beste u. billigste Abtreibungsmittel"[153] aus jener historischen Zeit. Diese Fakten verwendete Brecht dann in dem Kapitel „15 Pfund". Korsch gab so gut wie nie ästhetische Ratschläge, sondern meist Hinweise, die sich auf einen ganz konkreten Vorgang bezogen: wie im Falle eines Mordes polizeilich und gerichtlich verfahren wird, wie sich die Geschworenen in einem bestimmten Fall verhalten würden, wie ein Verfahren vor der Grand Jury vor sich ging usw. usw.

Der zweite Besuch Korschs in Dänemark fiel mit einer für ihn „wichtigen Pflicht revolutionärer Solidarität" zusammen. Sein Freund Langerhans, den Brecht aus dem Korsch-Zirkel in Berlin kannte, war verhaftet worden, weil er in einer hektographierten, illegal verbreiteten Zeitschrift geäußert hatte, Hitler bereite den Krieg vor. Vor Gericht verteidigte er sich mit dem Vorwand, diese Information einer dänischen Zeitschrift entnommen zu haben. Wurde der Nachweis erbracht, konnte man ihm keinen Landesverrat anhängen. Mit Korschs Hilfe druckte eine anarchistische Gruppe in Kopenhagen eine Ausgabe dieser gar nicht existierenden Zeitschrift und spielte sie dem Anwalt von Langerhans in die Hände. Auf Grund dieses fingierten Entlastungsmaterials konnte Langerhans nach den damals noch geltenden Gesetzen nur zu drei Jahren Gefängnis verurteilt werden. Nachdem die Aktion Anfang 1935 gelungen war, hielt sich Korsch mit einigen Unterbrechungen das ganze Jahr über in Skovsbostrand auf. Da Brecht aber in diesem Jahr mehrere große Reisen unternahm, so nach Moskau, Paris, New York, blieb nicht allzu viel Zeit für den Gedankenaustausch. Doch schon im folgenden Jahr kam Korsch wieder nach Skovsbostrand.

Zwischen 1933 und 1939, in der Phase der direkten Zusammenarbeit von Korsch und Brecht, galt Korschs Polemik einer „metaphysisch angenommenen *objektiven* Entwicklung der Verhältnisse" sowie einem vorausgesetzten „gesellschaftlichen Willen". Er ging davon aus, daß dem Marxismus eine Handlungstheorie fehle. Seiner Meinung nach hatte die Arbeiterklasse derzeit weder ein Programm noch überhaupt die theoretische Möglichkeit, zukünftige Aktionen konkret berechnen zu können. Dem abzuhelfen, nahm er die Konstruktion des Sorelschen sozialen Mythos zur Hilfe, um mit diesem theoretischen Verfahren, das er Sorelisierung nannte, das Problem der Prognose wenigstens spekulativ handhabbar zu machen. Brecht griff diese Überlegungen auf und unterbreitete von seinem Lenin-Studium her den Gegenvorschlag, den er „Brechtisierung" nannte. Brecht vermerkte: „Begnüge dich nie mit der Rede von der Notwendigkeit, sondern stelle klar, welche Klasse gerade diese Notwendigkeit festlegt. So bist du dem Apologeten überlegen, denn du beschreibst die gegebene Art von Notwendigkeit gründlicher und vollständiger."[154] Da Korsch in diesen Jahren sich immer polemischer gegenüber der Marxschen Dialektik verhielt, die unbrauchbar sei, den revolutionären Prozeß zu erklären, sah er sich zu solchen Verfahren wie der „Sorelisierung" gezwungen. Es hing vielleicht mit seinem mangelnden Realitätssinn zusammen, daß er sich auch auf dem praktischen Feld stets für höchst unglückliche Prognosen entschied. In der Phase der relativen Stabilisierung propagierte er 1926 die „Alleinherrschaft der auf die breitesten Massen der Werktätigen in Stadt und Land gestützten revolutionären Arbeiterräte". In der Zeit zwischen 1933 und 1939 wehrte er sich hartnäckig gegen die Einsicht seiner Freunde, daß alles auf einen Weltkrieg zusteuere und folglich dessen Abwendung als politisches Tagesprogramm ihrer Arbeit zu betrachten sei. Noch einen Monat vor Kriegsausbruch glaubte er nicht, daß es Krieg geben würde.

In Brechts Zusammenarbeit mit Korsch spielte stets die Dialektik eine dominierende Rolle. Einige Schriften Korschs und die Diskussion in Berlin trugen mit dazu bei, daß Brecht das kritische Wesen der materialistischen Dialektik verstehen lernte, daß ihm klar wurde, das Kritische formiert sich in der Methode selbst und ist nicht vorwiegend eine Sache des Subjekts. In den Exiljahren aber ging Korsch mehr und mehr dazu über, die dialektische Methode selber kritisch zu sehen und als bürgerliches Relikt zu verwerfen. „Es ist doch eine Schande, daß der von der Bourgeoisie überwundene Unsinn eines echt ‚deutschen' Mystikers von vor über 100 Jahren, der im besten Fall *verzerrt* das Ergebnis der großen *bürgerlichen* Revolution von 1789–1830 widerspiegelte, heute noch u. wieder die Aktivität der Arbeiter und ihr klares Denken behindert!"[155] Obwohl Korsch gerade in den Jahren der Zusammenarbeit mit Brecht zu einer solchen Position fand, äußerte er sich diesem gegenüber nie in der Deutlichkeit wie etwa gegenüber seinen Freunden Paul Partos und Paul Mattick. Das ganze Ausmaß seiner Polemik gegen die dialektische Methode dürfte Brecht gar nicht bekannt gewesen sein. Wenn sich Brecht in seinen Briefen an Korsch auf die Dialektik bezog, so stets in dem Bemühen, sie für die Bewältigung der gegenwärtigen Probleme zu nutzen: „Man muß das Handwerkszeug in Ordnung bringen. Die gute alte Dialektik halte ich für noch nicht so überwunden und vorsintflutlich, ich glaube, sie wird den ganzen Kampf der Arbeiterklasse noch zu führen haben."[156]

Brechts Gegenposition wird hier ganz deutlich. Denn in jenen Jahren nutzte er die Dialektik, um die methodische Basis seines epischen Theaters auszubauen. Korsch ließ sich in diesem Punkte gar nicht mit Brecht ein; höchstwahrscheinlich weil er nur zu gut wußte, daß er ihn nicht gegen die Dialektik einnehmen konnte. Seinen Freunden jedenfalls machte er klar, daß er jetzt eine ganz andere Auffassung von der Dialektik vertrete als zum Beispiel Brecht. Noch aus Skovsbostrand teilte er Paul Partos mit: „... daß die Hegelsche Dialektik als eine auch nicht mehr rein bürgerliche, sondern der Bourgeoisie durch den proletarischen Angriff aufgezwungene und von ihr zugleich sabotierte Denkweise dargestellt wurde. Eine solche Auffassung entspricht aber mehr der Grundidee von B. B., derselben, die auch sonst seinen Ansichten, z. B. über den Aufbau des Sozialismus, über die Stellung des Proletariats auch im Kapitalismus und über das Verhältnis zwischen proletarischer und bürgerlicher Revolution zugrunde liegt (und an die man gewisse Anklänge auch schon bei Lenin und vielleicht auch in der Marxschen Revolutionstheorie finden kann)."[157]

In Skovsbostrand schrieb Korsch an seiner Marx-Monographie, die 1938 in London erschien. Brecht zeigte sich nicht nur an der Thematik, sondern auch an der Darstellungsform interessiert. Die ursprüngliche Fassung des Paragraphen 6 entstand in direkter Zusammenarbeit mit ihm. Doch den, wie Korsch es nannte, mit Brechts ausgleichendem „Lob der Dialektik" noch einigermaßen übereinstimmenden Text änderte er später.

Seit seinem Aufenthalt in Skovsbostrand wußte Korsch, daß Brecht bei aller Bereitschaft zur Diskussion und aller

Offenheit für kritische Einwände auch auf philosophischem Gebiet seine eigenen Wege ging. Vielleicht war es auch nie seine Absicht gewesen, Brecht für seine Gedankengänge zu gewinnen, denn im Unterschied zu dem ausführlichen philosophischen Briefwechsel mit Paul Partos und Paul Mattick trug er an Brecht keine philosophischen Fragen heran, sondern beschränkte sich auf persönliche Mitteilungen oder beantwortete konkrete Fragen. Gleich Brecht, der bei aller Freundschaft und Verehrung seinen Lehrer sehr kritisch sah, machte sich auch Korsch ein Bild von dem Freund, das aus seiner Sicht nicht weniger kritisch war. Für ihn, der sich immer entschiedener gegen den Leninismus wandte, blieb Brecht ein typischer Vertreter „des zweiten Aufgebots des Leninismus". Angeregt und herausgefordert durch die Diskussionen in Skovsbostrand, verfaßte Korsch einen Rundbrief, in dem er den Typus dieses „zweiten Aufgebots" charakterisierte. Darunter verstand er Leute, die die von ihm zwischen 1917 und 1927 am gegenwärtigen Rußland und an der Kommunistischen Partei entwickelte Kritik gar nicht mehr verstehen könnten, die sich vielmehr gegenüber dem neuen Rußland aufgeschlossen verhielten und die durch die revolutionäre Bewegung ausgelösten Veränderungen auf pädagogischem Gebiet, in der Justiz, in der Kunst, im Film mit noch immer andauerndem Schwung verfolgten. „Sie haben ein wenig [die]selbe Einstellung zu dem neuen russischen Staat, mit der einst Hegel [de]m neuen preußischen Staat gegenübertrat. ‚Wir sind heute so weit ged[iehen], daß uns nur Ideen und, was aus der Vernunft hervorgegangen ist, gelt[en] kann.' Näher zugesehen ist es der preußische Staat, der der Vernunft entspricht."[158] Für Korsch blieb Brecht der „Hofdichter der russischen Revolution"[159].

Intensiver als in den Jahren der Weimarer Republik gestaltete sich der Kontakt zu Walter Benjamin. Kaum in Skovsbostrand ansässig, lud Brecht Benjamin zu sich ein.

Durch Helene Weigel ließ er ausrechnen, wieviel Benjamin monatlich brauche, um in Dänemark leben zu können. Mit 100 Kronen (60 Reichsmark oder 360 Francs) würde er auskommen. In Paris erhielt Benjamin vom Institut für Sozialforschung eine monatliche Rente von 500 Francs. Doch damit kam er nicht aus. Sein monatliches Existenzminimum in Paris betrug 1000 Francs, die fehlende Hälfte suchte er sich durch Rezensionen zu beschaffen. Wenn ihm das Institut die Rente weiterzahlte, hätte er nach den Berechnungen der Weigel in Skovsbostrand gut leben können. Ob allerdings Benjamin mit Geld so ökonomisch umzugehen verstand wie die Weigel, muß bezweifelt werden. Brecht suchte ihm den Aufenthalt in Dänemark so schmackhaft wie nur möglich zu machen und zerstreute von vornherein die möglichen Bedenken und Einwände des Freundes in Paris: „Außerdem verschafft die Svendborger Bibliothek *jedes* Buch. – Wir haben Radio, Zeitungen, Spielkarten, bald Ihre Bücher, Öfen, kleine Kaffeehäuser, eine ungemein leichte Sprache, und die Welt geht hier *stiller* unter.“[160] Lange wägte Benjamin Vor- und Nachteile ab und konnte sich nicht entschließen: „... noch graut mir vor dem dänischen Winter, dem dortigen Angewiesensein auf einen Menschen, das sehr leicht eine andere Form der Einsamkeit werden kann, einer ganz unbekannten Sprache, die niederdrükkend ist, wenn man für alle alltäglichen Verrichtungen selbst aufzukommen hat.“[161]

Im Juni 1934 traf er dann bei Brecht in Skovsbostrand ein. Durch Vermittlung gelang es ihm, einen großen Teil seiner Berliner Bibliothek nach Dänemark zu schaffen. Als er ankam, lag Brecht im Krankenhaus in Svendborg. Dort besuchte er ihn. Die Gespräche kreisten um den Aufsatz, an dem Benjamin gerade arbeitete: „Der Autor als Produzent“. Vielleicht lag es an Brechts Krankheit oder an Benjamins Zurückhaltung, daß dieser Aufsatz zwischen ihnen nicht so gründlich diskutiert wurde. Verwundert und ein wenig ungehalten zeigte sich Benjamin auch darüber, daß Brecht auf seinen Kafka-Aufsatz, den er ihm gleich zu Beginn seines Aufenthalts gegeben hatte, drei Wochen lang nicht zu sprechen kam. Als er dann doch darauf einging, bemerkte Benjamin eine Aggressivität in der Argumentation, die ihn verwunderte. Benjamin erklärte sich das so: „Sei es, daß Brecht sich hin und wieder durch mich dazu besonders versucht fühlte, sei es, daß solches ihm in letzter Zeit überhaupt näher als früher liegt: das, was er selbst die hetzerische Haltung seines Denkens nennt, macht sich jetzt im Gespräch viel deutlicher bemerkbar als früher. Ja, mir fällt ein besonderes, dieser Haltung entsprungnes Vokabular auf. Zumal den Begriff des ‚Würstchens' handhabt er gern in solchen Absichten. In Dragør las ich ‚Schuld und Sühne' von Dostojewski. Zunächst einmal gab er dieser Lektüre die Hauptschuld an meiner Krankheit. ... Aber er nahm auch sonst auf jede mögliche Weise zu meiner Lektüre Stellung, und da er selbst zur gleichen Zeit im ‚Schweyk' las, so ließ er sich nicht entgehen, den Wert der beiden Autoren zu vergleichen. Dabei konnte Dostojewski sich neben Hašek nicht sehen lassen, wurde vielmehr ohne Umstände zu den ‚Würstchen' gerechnet, und es hätte nicht viel gefehlt, so wäre wohl auch auf seine Werke die Bezeichnung ausgedehnt worden, die Brecht neuerdings für alle Arbeiten in Bereitschaft hält, denen ein aufklärender Charakter fehlt oder von ihm abgesprochen wird. Er nennt sie einen ‚Klump'."[162]

Wenn Brecht in seiner „hetzerischen" Diktion behauptete, mit der „Tiefe" komme man gegenwärtig in der Literatur nicht weiter, Kafkas Bilder seien gut, der Rest aber Geheimniskrämerei, so attackierte er eine Betrachtungsweise, die „Tiefe" an sich zu einem allgemeinen Phänomen stilisierte, bei dem dann alle Bemühungen enden. Er verlangte mehr Anstrengung von der Kunst. Auch muß man die „hetzerische" Diktion Brechts als einen Versuch verstehen, seine eigenen poetischen Überlegungen im Gespräch zu überprüfen. Dazu bedurfte es der Zuspitzung. Benjamin aber fühlte sich zeitweilig gedrängt, Leitbilder aufzugeben, und bemühte sich deshalb, einen eigenen Kunstbereich abzugrenzen, in den Brecht nicht eindringen sollte und konnte.

Im Sommer 1938 kam Benjamin erneut nach Skovsbostrand, wo er sich in einem der kleinen Häuser in der Nähe Brechts einquartierte. Von seinem Schreibtisch am Fenster blickte er über den Sund: „Die Schiffchen, die ihn passieren, stellen denn auch, von der täglichen Schachpause mit Brecht abgesehen, meine einzige Zerstreuung dar. ... Nebenan liegt das Haus von Brecht; da gibt es zwei Kinder, die ich gerne habe; das Radio; das Abendbrot; die freundlichste Aufnahme und nach dem Essen ein oder zwei ausgedehnte Schachpartien. Die Zeitungen kommen hierher mit so großer Verspätung, daß man sich eher das Herz nimmt, sie aufzuschlagen."[163] Die Sommermonate auf der grünen Insel wollte Benjamin für eine seit langem geplante größere Arbeit über Baudelaire nutzen. Brecht saß am Caesar-Roman, feilte an seinen Gedichten für die Malik-Ausgabe und half Margarete Steffin bei der Übersetzung von Nexös „Erinnerungen". In wechselseitiger Anteilnahme an den Projekten und anregenden Gesprächen verlief die Zeit für beide sehr angenehm und fruchtbar. Die Sympathie füreinander wie auch das Gemeinsame in politisch-weltanschaulichen Fragen nahmen der Kritik das Verletzende. Benjamin bewunderte an dem Kunstkenner Brecht das „einfache Denken", auch das gelegentliche „Barbarentum", mit dem sich dieser über vieles hinwegsetzte.

Während er Brechts Versuche auf dem Gebiet des Theaters unterstützte, überzeugte ihn der Caesar-Roman nicht. „BENJAMIN und STERNBERG, sehr hochqualifizierte intellektuelle, haben es nicht verstanden und dringend vorgeschlagen, doch mehr menschliches interesse hineinzubringen, mehr von altem roman!“[164] Brecht seinerseits, der an Benjamin den Sinn für das Sublime schätzte, verhielt sich sehr reserviert, ja konträr zu den Gedankengängen, die dieser aus dem Werk Baudelaires ableitete. Die Notizen, die er zur Selbstverständigung und unter dem Eindruck der Gespräche mit dem Freund festhielt, sind fast in allen Punkten die erklärte Gegenposition zu Benjamin. Daß sie als Resultat einer Auseinandersetzung anzusehen sind, verrät schon der gereizte Ton, die abwehrende, ja abwertende Diktion.

Daß Brecht einen sehr genauen Einblick in die Gedankengänge Benjamins besaß, daß sie sich am Abend über das unterhielten, was dieser am Vormittag geschrieben hatte, geht schon daraus hervor, daß Brecht in seinen Notizen vorzugsweise auf die Stichworte und Leitmotive des Baudelaire-Essays reagierte. Und er reagierte äußerst allergisch, mehr verärgert als sachlich polemisch. Wenn Benjamin nachzeichnete, wie stark Baudelaire dem Blanquismus unmittelbar verpflichtet gewesen sei, daß Blanquis Tat die „Schwester von Baudelaires Traum“ gewesen sei, vermerkte Brecht: „Baudelaire, das ist der Dolchstoß in den Rücken Blanquis. Blanquis Niederlage ist sein Pyrrhussieg.“[165] Jeder Satz der „Notizen“ ist eine mit Galle verfaßte Antithese zu Benjamins Baudelaire-Auffassung. Wenn Benjamin, Baudelaire zitierend, schrieb: „Daß ‚alle Moderne es wirklich wert sei, dereinst Antike zu werden‘ – das ist ihm die Umschreibung der künstlerischen Aufgabe überhaupt“[166], höhnte Brecht: „Die *Moderne*, die eine Antike werden sollte, wurde denn auch nur eine Antiquität, eine Kleinantike. Er [Baudelaire – W. M.] drückt in keiner Weise seine Epoche aus, nicht einmal zehn Jahre. Er wird nicht lange verstanden werden, schon heute sind zu viele Erläuterungen nötig."[167] Wenn Benjamin sich bemühte, Baudelaires heroisches Wollen aufzuspüren, wenn er davon spricht, daß des Dichters Versbau der Plan einer großen Stadt sei, auf dem die Worte das seien, was den Verschwörern die Stellplätze beim Ausbruch der Revolution bedeuten, stellte Brecht lakonisch fest: „Baudelaire ist der Dichter des französischen Kleinbürgertums einer Epoche, wo schon feststand, daß die Bütteldienste, die es der Großbourgeoisie bei der blutigen Unterdrückung der Arbeiterklasse geleistet hatte, nicht belohnt werden würden."[168] Wenn Benjamin tiefsinnig Baudelaire in der Verkleidung des Lumpensammlers erklärte, hatte Brecht dafür nur Verachtung: „Die Armut, das ist bei ihm die des Lumpensammlers; die Verzweiflung die des Parasiten, der Hohn der des Schnorrers."[169] Alles in allem hielt er Baudelaire für einen von Ehrgeiz zerfressenen Zyniker, ein Urteil, das er sicherlich nicht zu jeder Zeit unterschrieben hätte. Es resultierte aus der Kontroverse mit Benjamin, aus der Verärgerung über die Tendenz, die er in dessen Baudelaire-Studien zu erkennen glaubte.

In den Gesprächen, die an den langen Sommerabenden in Skovsbostrand geführt wurden, ging es auch, wie aus den Tagebucheintragungen Benjamins hervorgeht, um die Entwicklung in der Sowjetunion und die literarisch-politische Orientierung, die von den deutschen Emigranten in Moskau ausging. Benjamin notierte am 21. Juli 1938, daß die Publikationen der Lukács, Kurella u. a. Brecht viel zu schaffen machten. Es sei aber sein Standpunkt, ihnen „im theoretischen Bezirk nicht entgegenzutreten". Zu dieser Zeit korrespondierte Brecht mit Alfred Kurella, Fritz Erpenbeck und Willi Bredel. Die Briefe, in der Diktion sehr verschieden, versuchten alle auf die von den Zeitschriften „Das Wort" und „Internationale Literatur" eingeschlagene literarische Strategie Einfluß zu nehmen. Anstelle der Abgrenzung des Realismus vom Modernismus wollte Brecht die Einheit gegenüber dem Faschismus auf dem Gebiet der Kunst und Kultur betont wissen. So schlug er Kurella vor, im „Wort" eine Folge von Monographien bedeutender Emigranten zu veröffentlichen, und nannte Namen wie Einstein, Reinhardt, Hindemith, Eisler, Freud, Piscator, Grosz, Heartfield, Gropius, Schrödinger, Duncker, Jessner, Kortner, Bassermann, Kokoschka, Wolfgang Köhler, Fritz Lang, Klemperer. Die unterschiedlichen Strategien, die hier aufeinandertrafen, wurden natürlich auch in persönlichen Kontroversen ausgetragen. Das Zerwürfnis mit Lukács und Kurella nahm jetzt immer schärfere Formen an. Benjamin wie auch Brecht – soweit man den Aufzeichnungen Benjamins folgt – betrachteten Lukács und Kurella als Kritiker, die neben der literarischen Produktion stehen, die sie nicht begreifen, wohl aber lenken wollen. Benjamin notierte von seinen Gesprächen mit Brecht: „‚Mit diesen Leuten', sagte ich, mit Beziehung auf Lukács, Gabor, Kurella, ‚ist eben kein Staat zu machen.' Brecht: ‚Oder *nur* ein Staat, aber kein Gemeinwesen. Es sind eben Feinde der Produktion. Die Produktion ist ihnen nicht geheuer. Man kann ihr nicht trauen. Sie ist das Unvorhersehbare. Man weiß nie, was bei ihr herauskommt. Und sie selber wollen nicht produzieren. Sie wollen den Apparatschik spielen und die Kontrolle der andern haben. Jede ihrer Kritiken enthält eine Drohung.'"[170]

Benjamins Aufenthaltsgenehmigung für Dänemark lief am 1. November 1938 ab, und er kehrte nach Paris zurück. Für Brecht hörte die Zeit der häufigen Reisen und der Besuche auf. Je bewegter es in der großen Politik zuging, desto stiller wurde es in seinem Hause. Vielleicht auch deshalb setzte 1938 eine neue Form der Kommunikation ein, der Kommunikation mit sich selbst. Er begann ein „Journal" zu führen, das später den Titel „Arbeitsjournal" bekam.

Wie soll man schreiben?

Immer mehr drängte sich die Frage auf, wie in der gegenwärtigen Situation, die kein schnelles Ende des Exils mehr erwarten ließ, die literarische Produktion zu organisieren sei, wie das eigene Werk fortgesetzt werden könne. Um darauf eine Antwort zu finden, mußte vieles ausprobiert und auch die letzte noch verbliebene praktische Möglichkeit erkundet werden. So waren die Jahre zwischen 1934 und 1938 für Brecht eine Art Interimszeit. Zum Theater gab es für den antifaschistischen Dramatiker kaum noch einen Zugang. Auf Vorrat zu schreiben, das schien ihm, dem Experimentier- und Diskussionsfreudigen, ganz und gar unmöglich. Was dem Theater not tat, konnte nicht am Schreibtisch, sondern nur in der praktischen Arbeit, im Zusammenwirken mit anderen gefunden werden. Wie aber ließ sich der kollektive Ideen- und Erfahrungsaustausch in dieser Zeit aufrechterhalten und für die eigene Arbeit nutzen?

Brecht kam auf die Idee, eine kleine Gesellschaft zu gründen. Im Unterschied zu den Repräsentationsgremien sollte sie nur aus produzierenden Leuten bestehen. Diderot-Gesellschaft wollte er sie nennen. Wie schon in den zwanziger Jahren ging Brecht von dem Gedanken aus, daß man in der Kunst etwas Neues nur mit einer Mannschaft bewirken könne. Die Diderot-Gesellschaft war der Versuch, die materialästhetischen Bemühungen wieder auf eine kollektive Basis zu stellen. Da aber im Exil der gesamte organisatorische Apparat fehlte, vor allem das Zusammenwirken mit den Kulturorganisationen des Proletariats, konnte nicht von dem vor 1933 in Deutschland erreichten Standard und den damals erprobten Aufgaben unmittelbar ausgegangen werden. Die Ziele mußten allgemeiner, das Terrain großräumiger abgesteckt werden. Gemeinsames Anliegen sollte sein, am Ausbau einer neuen antimetaphysischen und sozialen Kunst mitzuwirken. „Die Diderot-Gesellschaft", formulierte Brecht, „setzt sich die Aufgabe, Erfahrungen ihrer Mitglieder systematisch zu sammeln, eine Terminologie zu schaffen, die theatralischen Konzeptionen des Zusammenlebens der Menschen wissenschaftlich zu kontrollieren. ... Zur Begründung der Gesellschaft ist es nur nötig, daß einige experimentell tätige Künstler ihre Bereitschaft erklären, Arbeiten der genannten Art nach Gelegenheit zu liefern. Erwünscht ist auch die Angabe solcher Zeitschriften, in denen solche Arbeiten vermutlich veröffentlicht werden können. Als vorläufige Adresse der Diderot-Gesellschaft kann dienen: Brecht, Svendborg, Dänemark."[171]

Der Plan zu einer solchen Gründung war nicht plötzlich aufgetaucht. Bereits im Sommer 1933 hatte sich Brecht bemüht, in Paris eine „kleine Gesellschaft (zu) starten". Dem Gremium mit der Bezeichnung „Gesellschaft für materialistische Dialektik" hatte er die Aufgabe zugedacht, einen Katalog eingreifender Sätze auszuarbeiten. Ein Jahr später drängte ihn Wieland Herzfelde, eine Mannschaft zu formieren, die sich aus Vertretern der verschiedenen Künste zusammensetzen sollte. Für diese „Union der Zwölf" (UdZ) schlug Herzfelde folgende Namen vor: Brecht, Grosz, Heartfield, Eisler, Piscator, Kisch, Herzfelde, Becher, Weiskopf, Graf, Arnold Zweig. Als zwölfter war ein Bildhauer vorgesehen. Im Unterschied dazu schwebte Brecht für die Diderot-Gesellschaft eine internationale Zusammensetzung vor: aus England Auden, Isherwood, Doone, aus Frankreich Jean Renoir, Moussignac, aus der Tschechoslowakei Burian, aus Deutschland Eisler und Piscator. Später wollte er noch Einladungen an Knutzon in Kopenhagen, Lindberg in Stockholm und Ochlopkow, Eisenstein und Tretjakow in Moskau verschicken.

Der äußere Anlaß, die Gründung zu beschleunigen,

war ein Buch, das Brecht entweder 1936 in London oder auf der Rückreise aus den USA in die Hände bekam, Stanislawskis „My Life in Art". Piscator gestand er, daß er es mit Neid aus der Hand gelegt habe. Brecht erkannte sofort, dieser Mann hatte sein System propagiert und damit erreicht, daß es jetzt in Paris und New York Leute gab, die sich als Stanislawski-Schüler betrachteten. Tatsächlich gewann Stanislawski damals – vor allem in den USA – beträchtlichen Einfluß. Brecht war sensibel genug, das frühzeitig zu bemerken, und er zog daraus seine Schlußfolgerungen. Im Juli 1936 schrieb er an Piscator: „Es ist ja grundfalsch, daß wir für unsere Art, Theater und Film aufzufassen, keine Propaganda machen. Wir müßten Artikel schreiben, vielleicht auch eine Broschüre mit Fotos, das ganze riesige Material muß endlich einmal, indem es in eine bestimmte Form gebracht wird, verwendbar gemacht werden." Im Hinblick auf Stanislawski setzte er bitter hinzu: „Wir sind wirklich weltfremde Träumer."[172] Sieben Monate später rückte er dann mit dem Plan der Diderot-Gesellschaft heraus, den er wiederum zuerst Piscator mitteilte. Die Gesellschaft begann jedoch nie richtig zu arbeiten. Ihre Planung aber ist Teil der mit äußersten Anstrengungen betriebenen Mobilisierung der Theorie des epischen Theaters, die in jenen Jahren einsetzte.

All diese Überlegungen kreisten letztlich darum, wie das eigene Werk in seiner Gesamtheit fortgeführt werden könne. In der Verschiedenartigkeit der einzelnen Teile, die sich jedoch aufeinander bezogen, konstituierte sich das Werk als Ganzes. Und eben das mußte auch unter den Schwierigkeiten des Exils weitergeführt werden. Über diesen Gesamtplan vermerkte Brecht im August 1938: „die GEDICHTE AUS DEM EXIL sind natürlich einseitig. aber es hat keinen sinn, da im kleinen zu mischen. die vielfalt kann nur im ganzen entstehen, durch zusammenbau in sich geschlossener werke. der gesamtplan für die produktion breitet sich allerdings immer mehr aus. und die einzelnen werke haben nur aussicht, wenn sie in einem solchen plan stehen. zu DIE GESCHÄFTE DES HERRN JULIUS CAESAR muß der TUIROMAN treten. zu den dramen die lehrstücke."[173] Um den Gesamtplan seines Werkes verwirklichen zu können, veranschlagte Brecht dreißig Jahre. Es blieben ihm achtzehn.

Im Rahmen seiner Werkstrategie nahm er auch die Arbeit an den Lehrstücken wieder auf. Problematisch war das insofern, weil die praktische Lehrstückarbeit, insbesondere die „Große Pädagogik", eine gut organisierte Arbeiterkulturbewegung auf hohem Niveau voraussetzte. Da sich die revolutionär-proletarische Kunst nicht nur international durchgesetzt hatte, sondern auch im Rahmen einer internationalen Organisation operierte, betrachtete er vorerst die Situation auf diesem Gebiet nicht als hoffnungslos. So lag für das 1934 begonnene Lehrstück „Die Horatier und die Kuriatier" ein Auftrag der Roten Armee vor. Es wird sich dabei sicher mehr um eine Anregung, einen Vorschlag gehandelt haben, unterbreitet bei einem Besuch oder durch sowjetische Freunde. Denn weder die Brechtsche Lehrstückpraxis noch die Lehrstücktheorie hatten Eingang in die sowjetische Kunst und Kultur gefunden. Als er 1934 die Arbeit begann, half ihm vor allem Margarete Steffin. Zu der vorgesehenen intensiven Zusammenarbeit mit Hanns Eisler im Sommer 1935 kam es nicht. Den Stoff für sein 1934 begonnenes Lehrstück „Die Horatier und die Kuriatier" entnahm Brecht dem ersten Buch „Ab urbe condita" des Titus Livius.

Die äußerst sorgfältig gegliederte Handlung des Brechtschen Lehrstücks fordert dazu auf, das Verhalten zweier Heere zu studieren, wie sie ihre Möglichkeiten und den Wechsel der Bedingungen nutzen. Die Kuriatier haben die besseren Waffen. Sie können unter vielen die besten auswählen. Ihr Ziel ist: Kampf um Land, ihnen geht es um die Erzgruben. Die Horatier verteidigen Land und Leben vor den Räubern, aber ihnen stehen nur unzulängliche Waffen zur Verfügung. Für die Aufführung empfahl Brecht Spielelemente des chinesischen Theaters. Der einzelne Mann steht für das ganze Heer. Die Anzahl der Heerteile wird durch kleine Fahnen angedeutet, die, auf einer Holzleiste befestigt, der Spieler auf den Schultern trägt. Wird einem eine Niederlage beigebracht, zieht er die Fahne aus der Leiste und wirft sie fort, so andeutend, daß eine bestimmte Zahl von Fraterien verloren sind. Auch der Naturvorgang des Schneetreibens sollte nur mit wenigen Papierschnitzeln angedeutet werden.

Obwohl Klarheit und Schönheit des Stücks sofort beeindrucken, erschließt es sich dem Kunstgenuß nicht ohne weiteres. Spieler und Zuschauer dürfen sich nicht an die Fabel klammern. Die Behandlung jedes Teils ist ebenso wichtig wie das Ganze. Hält man sich nur an die Fabel, vermittelt das Stück die Lehre, daß, wer siegen will, durchaus viele Schlachten verlieren kann, wenn er nur die letzte gewinnt. Aber das macht den eigentlichen Sinn des Stückes noch nicht aus. Daß im Stück ein Aggressor besiegt wird („Die Räuber kommen!“), ist zwar nicht unwichtig, aber darauf ist das Spiel nicht ausgerichtet. Hier geht es um die theatralische Ausdeutung von Denkoperationen. Vorgeführt wird der Wechsel der Bedingungen, der wiederum einen Wechsel der Mittel erfordert. Die Spieler erkennen im Spiel, daß es keine endgültigen Entscheidungen, keine abgeschlossenen Vorgänge gibt. Im Sieg bereitet sich schon die kommende Niederlage vor, und die gegenwärtige Niederlage kann den Sieg vorbereiten helfen. Die Denkoperation wird zum Spiel der Phantasie, die Dialektik zur Gefühlsreaktion. Walter Benjamin hielt die „Horatier und die Kuriatier“ für das „vollkommenste“ der Brechtschen Lehrstücke. Das Inhaltliche, Stoffliche, Ideologische erhebt sich hier viel weniger als etwa in der „Maßnahme" über den Übungszweck, das Training der Dialektik. Zum anderen sind die Denkoperationen so in Phantasie, in Spiel aufgelöst, daß auch das „Schul"stück immer elementares Theater bleibt. Erstmals gedruckt wurde es 1936 in der in Moskau erscheinenden Zeitschrift „Internationale Literatur".

Von ganz anderer Art ist das Fragment gebliebene kleine Stück „Das wirkliche Leben des Jakob Gehherda oder Träume eines Dutzendmenschen", an dem Brecht höchstwahrscheinlich auch während dieser Interimszeit gearbeitet hat. Zu den Werken der ästhetischen Neuorientierung zählt es jedoch nicht. Wenn es insgesamt noch die Handschrift Brechts erkennen läßt, so ist es eher die der frühen Einakter. Es erinnert an die Jahre, in denen Brecht politische und soziale Fragen noch recht salopp behandelte. Er selbst scheint es nicht so wichtig genommen zu haben, denn in seinen vielfältigen Notierungen, in seinen Briefen und Anmerkungen ist es nirgends erwähnt. Mitgearbeitet hat Margarete Steffin, deren zur gleichen Zeit (1936/37) geschriebenes Kinderstück „Wenn er einen Engel hätte" inhaltliche und formale Elemente des „Gehherda"-Fragments enthält. Die Titelfigur ist ein Kellner in einem heruntergekommenen Gasthaus, in dem das weibliche Personal in heikle Situationen gedrängt wird. Als Gehherda falsches Zeugnis ablegen soll, überkommen ihn seine Träume. Vom Traum in die Wirklichkeit gestellt, zeigt er sich jedoch dem Wirt gefügig. Daß der Traum zum zweiten Leben wird, ist ein Handlungselement vieler Brecht-Stücke. Aber hier wird die Polarität von Traum und Tat nicht als sozialer Konfliktfall genutzt. Vielmehr rehabilitiert der Traum das Versagen in der Wirklichkeit: er gibt Gehherda die Gelegenheit, sich gerade noch erträglich zu finden. Auch ist es Brecht nicht gelungen, die verschiedenen Vorgänge auf einen Konzentrationspunkt hinzulenken. Nichts paßt so recht zusammen, alles strebt auseinander. Fragt man sich, was Brecht bewogen haben mag, an einem solchen Stück zu arbeiten, lassen sich kaum belegbare Gründe anführen. Aber es gibt bei Dramatikern so etwas wie ein Training im Szenischen. Sie bewältigen ihre Phantasie, indem sie versuchen, plötzliche Einfälle in Szenen, in Fabelentwürfen zu „ordnen". Das ist ein Teil ihrer geistigen Disziplinierung, ohne die sie mit ihrer Art des bildhaften Denkens, der Summierung von Vorstellungen gar nicht zurechtkämen.

Im Sommer des Jahres 1936 kam es zu politischen Vorgängen, die Brecht veranlaßten, das Theater wieder stärker operativ zu nutzen. Ein Ereignis schreckte Europa auf und signalisierte die Gefahr, daß sich der Faschismus über Deutschland und Italien hinaus ausdehnte. Als Antwort auf den Wahlsieg der spanischen Linksparteien und das Kampfprogramm der Volksfront vom Februar 1936 putschten fünf Monate später reaktionäre Kräfte unter der Führung des Generals Franco gegen die bürgerlich-demokratische Regierung. Da sich Luftwaffe und Marine regierungstreu verhielten, wäre der Putsch im Keim erstickt worden, hätte Franco nicht die Hilfe Hitlers und Mussolinis gefunden. Deutsche und italienische Transportflugzeuge brachten innerhalb von zwei Wochen 15000 marokkanische Soldaten und Offiziere nach Spanien. Franco begann den bewaffneten Kampf gegen das eigene Volk, gegen die vom Volk gewählte Regierung. Das republikanische Spanien rief um Hilfe. Dolores Ibárruri sprach auf einer großen Massenkundgebung in Paris: „Wir brauchen Waffen, um die Freiheit und den Frieden zu behaupten! Und vergeßt nicht, niemand soll das vergessen! Wenn heute der Widerstand gegen die faschistische Aggression unser Los ist, so wird der Kampf nicht in Spanien aufhören."[174] Doch die französische Regierung unter dem Sozialisten Léon Blum verweigerte nicht nur die Einhaltung früher vereinbarter Waffenlieferungen, Blum schlug in Übereinstimmung mit der konservativen britischen Regierung das scheinheilige Prinzip der „Nichteinmischung" vor. Dieser sogenannte Nichteinmischungsausschuß, der Franco begünstigte, trat am 9. September 1936 erstmals in London zusammen. In Frankreich kam es zu mächtigen Protestkundgebungen, an denen sich die emigrierten deutschen Antifaschisten aktiv beteiligten. Slatan Dudow bat Brecht in einem Brief vom 4. September 1936 um ein Stück für eine kleine Truppe emigrierter Schauspieler und Laien, mit dem die Protestbewegung gegen die „Nichteinmischungspolitik" unterstützt werden könne. „Die spanischen Ereignisse haben ganz Frankreich aufgewühlt. Ungeheuer wichtig ist dabei die Feststellung, daß die Arbeiter wenigstens in Frankreich die Bedeutung der Waffen verstanden haben. Die Verzweiflungskämpfe der fast waffenlosen Bergarbeiter in Badajoz war das Warnungsbeispiel. Sie können schon jetzt auf den Straßen von Paris beobachten, welche gierigen Blicke die Arbeiter auf die Waffen der vorbeimarschierenden Soldaten werfen."[175]

Im März 1937, als die Schlacht bei Guadalajara die Aufmerksamkeit der europäischen Presse auf sich zog, richtete sich Brechts Interesse auf einen anderen Frontabschnitt, auf die Vorgänge um die baskische Hauptstadt Bilbao. Franco suchte sie durch eine Blockade für seine Eroberung reif zu machen. Die erste Fassung des Spanienstückes, die frühestens Anfang Juni 1937 vorlag, nannte Brecht „Generäle über Bilbao". Doch Bilbao fiel am 19. Juni 1937 den Franco-Truppen in die Hände. Brecht verlegte daraufhin den Handlungsort nach Südspanien, in die Provinz Andalusien.

Während er an dem Stück schrieb, trug er eine weitere Geschichte mit sich herum, bei der es ebenfalls um die Blockade von Bilbao ging. In einem Brief an Piscator schlug er dem Freund, mit dem er über eine Schweyk-Verfilmung korrespondierte, plötzlich einen neuen Filmstoff vor. Anlaß dazu gaben Zeitungsmeldungen, aus denen hervorging, daß die aus französischen Häfen kommenden Schiffe mit Lebensmitteln für die spanische Republik aufgehalten würden, so daß ihre Ladung zu verfaulen drohe. Vor allem ein Kapitän, dessen Schiff Kartoffeln geladen hatte, wurde durch seine „urwüchsigen Antworten“ berühmt, die er dem Reporter einer Londoner Abendzeitung gab. Brecht machte daraus die Filmgeschichte vom „Kartoffel-Jones“.

Den Helden seiner Geschichte charakterisierte Brecht so: „Sein Herzenswunsch, den Bilbaoer Kindern Kartoffeln zu bringen, wird um so stärker, je mehr seine Kartoffeln faulen. Zuerst muß er doch gefürchtet haben, er komme überhaupt zu spät, da die Nationalisten die Eroberung Bilbaos ja fortgesetzt für eine Frage von Stunden erklärten. Da war jedoch kein Grund zur Unruhe. Ich nehme an, daß ihn die englische Flotte nicht durchläßt, weil er sonst sehen würde, daß da kein einziges spanisches Schiff schwimmt.“[176] Worin die politische Stoßrichtung der Geschichte liegen sollte, ging aus einer Bemerkung hervor, was er hierbei besonders gern gestaltet hätte: „Schön wären die Gespräche, welche die englischen Behörden mit ihm auf seinem Schiff über Frieden, Nichtinterventionspolitik und Neutralität führen: sie müssen sich dabei unbedingt die Nasen zuhalten, weil die faulen Kartoffeln im Schiffsraum so stinken.“[177] Brecht dachte an einen ohne großen Aufwand herzustellenden Film. Piscator empfahl er das Projekt damit, daß mehr als fünf Schauspieler, ein alter Frachtkahn und ein paar hundert Meter spanischer Wochenschauen nicht gebraucht würden. Aus dem Plan wurde nichts.

Um schnell ein Stück für das operative Theater schreiben zu können, das außerdem mehr aufrütteln als letzte Gründe erhellen sollte, schien Brecht ein Einzelfall, ein Vorgang im Sinne der aristotelischen Dramaturgie, am geeignetsten. Da er sich gern auf Vorbilder stützte, griff er zu J. M. Synges Einakter „Riders to the Sea“. Wie er darauf kam, ob er durch Zufall auf dieses keineswegs sehr bekannte Stück stieß oder ob die Anregung von Margarete Steffin und ihrem dänischen Freundeskreis ausging, läßt sich nicht mehr ermitteln. Brecht übernahm jedoch von dem irischen Dichter nicht mehr als das Motiv, daß eine Mutter ihren Sohn warnt, er möge heute nicht zur See fahren, er werde sonst ertrinken. Es handelte sich hierbei wirklich nur um eine Anregung und nicht um den Rückgriff auf ein anderes Stück. Brecht vermerkte dennoch korrekt, daß das Stück unter Benutzung einer Idee von J. M. Synge entstanden sei.

Slatan Dudow hatte sich von Brecht ein Stück gewünscht, das gegen die Nichteinmischungspolitik Front machte, die letztlich ein Volk seinen Schlächtern überließ. Dem kam Brecht gewissenhaft nach. Seine Heldin zögert lange, die Waffen herauszugeben. Erst als man ihr den Sohn bringt, von den Faschisten beim Fischen erschossen, ändert sie ihre Haltung; nunmehr aber ebenso konsequent, wie sie sich vordem geweigert hatte: „Das sind keine Menschen. Das ist ein Aussatz, und das muß ausgebrannt werden wie ein Aussatz."[178]

Die Carrar ist keine Gegnerin der Gewalt aus weltanschaulicher, religiöser Gesinnung, vielmehr wird von ihr im Dorf erzählt, sie habe einst ihrem Mann zugeredet, gegen die Ausbeuter zu kämpfen. Auch das Bibelwort „Wer zum Schwert greift, wird durch das Schwert umkommen" entspricht nicht eigentlich ihrer Vorstellungswelt. Sie gebraucht es nur, um sich gegen ihren Bruder zu verteidigen, um ihre Kinder aus dem Krieg herauszuhalten. Was sie will, ist sehr einfach: sie will überleben. Sie hat gesehen, die Macht der Generäle ist zu groß. Der Tod ihres Mannes war ihr eine blutige Lehre, nun will sie stillhalten; sie findet, daß das vielleicht die einzige Möglichkeit für kleine Leute ist, schwierige Zeiten zu überstehen. Sie hält zu ihresgleichen, zu den Arbeitern, aber um deren Macht weiß sie nicht. Sie urteilt aus ihren eigenen Erfahrungen, doch die ermutigen sie nicht, sich gegen die Generäle zu stellen. Die sehr unterschiedlichen Einsichten, mit denen diese Frau ringt, hat Brecht mit einem Detail sehr differenziert erfaßt. Die Carrar zerreißt im Zorn, als alle mit ihr streiten, die kleine rote Fahne, aber sie sammelt sogleich die Fetzen wieder ein und verbirgt sie in ihrer Tasche.

Unabhängig von der jeweiligen Technik baute Brecht ganz bestimmte Eigenheiten proletarischer Figuren zu Haltungen aus. Oft sind es nur Details, die aber über die Figur hinaus auf die Brüderlichkeit und Solidarität des kämpfenden Proletariats verweisen. Der Dichter machte die Gefühlswelt einer kämpfenden Klasse sichtbar, die ganz der Wirklichkeit nachempfunden scheint und doch ganz unverwechselbarer Ausdruck Brechtscher Sprachkunst ist. Züge dieser proletarischen Menschlichkeit und Freundlichkeit arbeitete Brecht erstmals mit der Weigel bei den Proben zur „Mutter" heraus. Der hier gefundene Ton ging in die nachfolgenden Werke ein. Fast immer war die Weigel durch ihre Schauspielkunst daran mittelbar oder unmittelbar beteiligt. Ihr Spiel, ihre ganz persönliche Art, Menschlichkeit und Freundlichkeit in schwierigen Situationen auszudrücken, prägte Brechts Diktion, die emotionale Eigenheit seiner Sprache. So nimmt in der „Carrar" die Mutter die Mütze des toten Sohnes an sich, wendet sie hin und her und sagt: „Schuld war die Mütze. ... Sie ist schäbig. So etwas trägt kein Herr."[179]

Als Spanien niedergerungen, aber der Kampf gegen die Faschisten notwendiger denn je geworden war, schrieb Brecht für eine Aufführung in Schweden ein Vorspiel zur „Carrar". Auf diese Weise bekam das Stück einen epischen Rahmen. Das einst so aktuelle Anliegen wurde als etwas Vergangenes vorgeführt, aus dem Lehren gezogen werden müssen. Dieses Vorspiel zeigt die Carrar in einem französischen Konzentrationslager, und ihre Geschichte, das eigentliche Stück, ist die Antwort auf die ironische Frage eines französischen Wachpostens, ob es denn die Sache wert gewesen sei, ins Konzentrationslager zu kommen. Einer dieser Wachposten bemerkt: „vielleicht hat es überhaupt keinen zweck zu kämpfen. die tschechen haben nicht gekämpft, da sind sie natürlich geschlagen worden. aber ihr habt gekämpft. nun, ihr seid auch geschlagen. wozu also kämpfen?“[180] Darauf gibt der Arbeiter Pedro Jaquéras, Teresa Carrars Bruder, der ebenfalls in dem französischen Konzentrationslager gefangengehalten wird, eine Antwort, die eigentlich die beste Zusammenfassung der politischen Idee des Stückes ist. Er sagt zu den französischen Wachposten, die auch Arbeiter sind: „die beste antwort könnte euch die frau dort geben, aber sie versteht eure sprache nicht. sie ist meine schwester. sie lebte mit zwei söhnen in einem kleinen fischerdorf in katalonien, der junge ist derjenige ihrer söhne, der noch lebt. sie stellte ebenfalls die frage: wozu kämpfen? sie fragte das nicht bis zuletzt, aber sehr lange, fast bis zuletzt, und wie sie stellten diese frage WOZU KÄMPFEN? viele ihresgleichen sehr lange, fast bis zuletzt. und daß sie diese frage so lange stellten, das war einer der gründe dafür, daß wir geschlagen wurden, seht ihr. und wenn ihr diese frage einmal stellen werdet wie sie, dann werdet auch ihr geschlagen werden.“[181]

Mit einem kleinen Emigrantenensemble, der „Laterne“, begann Slatan Dudow im September 1937 mit den Proben zu den „Gewehren der Frau Carrar“. Insgesamt standen ihm vierzehn Tage zur Verfügung. Die Hauptrolle übernahm Helene Weigel. Die anderen Rollen besetzte Dudow mit Steffie Spira, Hans Altmann, Werner Florian, Walter Hain, Günter Ruschin, S. Schidloff. Bühnenbildner war der emigrierte Maler Heinz Lohmar. Gern hätte Brecht Ernst Busch dabeigehabt, doch der befand sich in Spanien. Brecht instruierte deshalb Dudow, er möge sich mit Otto Katz, dem früheren Mitarbeiter von Piscator und Münzenberg, in Paris in Verbindung setzen und Ernst Busch „doch noch loseisen". Sollte das nicht gelingen, wäre es gut, wenn man einen Mann wie Gretler vom Zürcher Schauspielhaus gewinnen könnte. Brecht strebte eine Aufführung auf dem künstlerischen und politischen Niveau der revolutionären Schauspieltruppen vor 1933 an. Wie er sich die Arbeit vorstellte, drückte er in einem Brief an Dudow aus: „Den Stil der Aufführung denke ich mir sehr einfach. Die Figuren plastisch vor gekalkten Wänden, die einzelnen Gruppierungen sehr sorgfältig durchkomponiert wie auf Gemälden. Nichts Zappliges, alles ruhig, überlegten Realismus. Die Details mit Humor, das Ganze überhaupt ja nicht zu drükkend. Gute Zäsuren."[182]

Die Premiere wurde ein großer Erfolg. Das Spiel der Weigel ergriff die Zuschauer, die ein politisches Anliegen künstlerisch so gestaltet sahen, daß sie an die großen Theaterabende in Deutschland während der Weimarer Republik erinnert wurden. Sehr eindringlich beschrieb Anna Seghers das Spiel der Weigel: „Jetzt konnte sie spielen, was sie wollte, und das war dasselbe, was wir wollten. Sie hatte sich jetzt ganz in der Hand. Man kann sagen, daß dic Kontur ihrer Darstellung sich vollständig mit der Kontur der Person deckte, die es darzustellen galt. Das ergab dann eine einzige scharfe, unbestechliche Kontur. ... Alles war da – nichts war vertan worden, nichts verlorengegangen von ihrer Begabung und ihren Kenntnissen. Immer noch diese genaue, nur einen einzigen unabwendbaren Schluß zulassende Stimme: ‚Gott hat den Menschen Berufe gegeben, mein Sohn ist Fischer.' Und als der Sohn sagt: ‚Wenn es nach mir ginge', antwortet die Weigel mit ihren fünf einsilbigen Worten wie man ein Nägelchen einschlägt: ‚Es geht nicht nach dir.' ... An diesem Abend in Paris haben wir gemerkt, was ein deutsches Theater bedeuten kann."[183]

Die Aufführung reihte sich in die Aktivitäten für das kämpfende spanische Volk ein, die im Sommer 1937 ihren Höhepunkt erreichten. Im Juli war der Zweite Internationale Schriftstellerkongreß einberufen worden, der erst in Paris stattfinden sollte, dann aber nach Spanien verlegt und vom 15. bis 18. Juli in Paris fortgesetzt wurde. Brecht lud man zu spät zum Kongreß ein, so daß er nicht selber kommen konnte und deshalb nur seine Rede schickte. An Martin Andersen Nexö schrieb er: „... ich bekam erst am *26. Juni* ein Telegramm, ich solle am 30. Juni in Paris sein (spätestens), und das konnte ich ja nicht, Du weißt ja selbst über die schlechte Schiffsverbindung von hier mit Frankreich Bescheid. Es ist wirklich ein Skandal, mich so spät einzuladen."[184] Nach Spanien fuhr seine Mitarbeiterin Ruth Berlau.

Die Pariser „Carrar"-Aufführung blieb nicht ohne Echo. 1938 spielten dänische Arbeiterschauspieler unter der Regie von Ruth Berlau das Stück. In einer Sondervorstellung übernahmen deutsche Emigranten, so auch Helene Weigel, die Rollen ihrer dänischen Kollegen. Zu einer schwedischen Erstaufführung kam es im März 1938 unter der Regie von Herman Greid, einem emigrierten deutschen Schauspieler, den Brecht während seines schwedischen Aufenthalts näher kennenlernte.

Für Brecht war die Aufführung insofern wichtig, als sie ihm Mut machte, weitere Stücke für die Theatertruppen der Emigration zu schreiben. So ging der Plan einer Szenenfolge „Furcht und Elend des Dritten Reiches" auf den Pariser Erfolg zurück. Im November 1937, als die Weigel noch in Paris spielte, schrieb ihr Brecht: „Bis Du kommst, hoffe ich, die paar kleinen Stücke über Deutschland fertig zu haben. Vielleicht können wir sie im Frühjahr in Paris uraufführen? Ich habe große Lust, wieder so etwas zu machen, jetzt nach Paris; am meisten von allem dazu. So kann man besser als irgend sonst die epische Spielweise weiterbilden. Ich bin sehr stolz auf Dich, wie Du siehst."[185] Im Frühjahr 1938 umfaßte die Folge siebenundzwanzig Szenen.

Weit mehr als bei einem Stück, das auf einer Fabel aufbaute, mußte für die kleinen Szenen eine Fülle unterschiedlichen Materials zusammengetragen werden. Brecht brauchte genaue, bis ins Detail gehende Kenntnis über Vorgänge, die er nicht aus eigener Anschauung kannte. Als eifriger Zeitungsleser sammelte er Berichte über das Verhalten von Menschen im dritten Reich. Dabei montierte er gern, klebte die faschistischen Losungen über die realen Vorgänge, so daß die Widersprüche hervortraten. Eine andere Quelle bildeten die Gespräche. Auch ist zu vermuten, daß Brecht in Dänemark die „Deutschland-Berichte" der Sozialdemokratischen Partei in die Hand bekam. Gerade in der Zeit, als die Stückfolge entstand, wurde hier sehr konkret und detailliert über Vorfälle aus verschiedenen Städten des Reiches berichtet. Auch das Prinzip dieser Berichte, immer genau die Stadt anzuführen, in der sich die Ereignisse zutrugen, wandte Brecht in seiner Szenenfolge an. Im Mai und April 1937 gab es in dieser Publikation Meldungen, wonach die Bäcker durch die Nazibehörden genötigt wurden, dem Brotmehl bestimmte Streckmittel beizumischen. „Die Bäckermeister waren über diese Neuregelung nicht erstaunt, weil schon in einer früher abgehaltenen Innungsversammlung davon gesprochen wurde, daß es bald notwendig sein wird, Streckmittel für das knapp werdende Brot- und Weizenmehl zu verwenden. In den letzten zwei Monaten waren die Bäcker gezwungen, Brotmehl zu verarbeiten, das man als besseres Futtermehl ansprechen kann."[186] Des weiteren wurde über Hofbegehungen berichtet, die verhindern sollten, daß die Bauern Getreide an das Vieh verfütterten. Die „Deutschland-Berichte" informierten über die Situation der Kirche im dritten Reich, über die Reaktion der Bevölkerung, als bekannt wurde, daß sich die deutsche Wehrmacht an Francos Krieg gegen das spanische Volk beteiligte. Das alles liest sich wie Material zu den Szenen „Zwei Bäcker", „Der Bauer füttert die Sau", „Bergpredigt", „Arbeitsbeschaffung". Wenn Brecht auch keine Verbindung zum Parteivorstand hatte, so kann es durchaus möglich gewesen sein, daß er durch einzelne SPD-Genossen Einsicht in dieses Material erhielt.

Allein schon dadurch, daß Brecht nicht von Anfang an daran dachte, eine Szenenfolge zu schreiben, kam eine Vielfalt der Formen und technischen Mittel zustande. Keine Szene gleicht der anderen. „Rechtsfindung", „Das Kreidekreuz", „Der Spitzel", „Die jüdische Frau" sind im Grunde Einakter, wobei das Grundmuster für den jeweiligen Zweck umfunktioniert wurde: „Rechtsfindung" und „Der Spitzel" sind bis zur Groteske, zur Farce vorgetrieben, während sich der innere Monolog „Die jüdische Frau" der Mittel des modernen psychologischen Theaters bedient. Noch vielfältiger sind die Formen in den Kurzszenen. Sie reichen vom naturalistisch ausgestalteten Minidrama („Die Bergpredigt") bis zum dialogisierten Witz („Zwei Bäcker"). Einige Szenen gehören vom Inhaltlichen wie vom Formalen her in das Umfeld der Tui- und der Me-ti-Geschichten. Andererseits hat aber Brecht sehr genau darauf geachtet, nicht nur einen Dialog, sondern eine bühnengerechte Form zu finden. Um in einen Vorgang die notwendige Spannung hineinzubringen, bediente er sich eines bewährten Prinzips des aristotelischen Theaters, nämlich eine Geschichte auf den Schlußsatz hin zu erzählen. Alle Vorgänge sind so strukturiert, daß der letzte Satz alles erhellt und auf den Punkt bringt. In „Physiker" unterhalten sich zwei Wissenschaftler voller Bewunderung über die Formel des großen Einstein. Als sie sich beobachtet fühlen, sagt der eine: „Ja, eine echt jüdische Spitzfindigkeit! Was hat das mit Physik zu tun?"[187] Menschen in Angst und Furcht, nicht der Wissenschaft, sondern ihren Machthabern und Brotherren ergeben.

Die Produktionsgeschichte der Szenen zeigt die Souveränität des Dichters im Gebrauch verschiedener Techniken. Aristotelische und epische Elemente wurden genutzt, ohne ihre Unterschiedlichkeit zu verwässern. Selbst da, wo er ganz und gar auf die aristotelische Dramaturgie baute, verlor er die strategischen Ziele des epischen Theaters nicht aus dem Auge. Allein schon durch den Ablauf, den lyrischen Vorspann, durch Datierung und Ortsangaben: Breslau, 1933; Berlin, 1933; Augsburg, 1934; Göttingen, 1935; Berlin, 1938, reihten sich die Szenen in ein episches Grundmodell ein. Die formale Verschiedenheit innerhalb der Folge führte zu einem ständigen Wechsel der Sicht und der Einstellung; dem Zuschauer wird gar keine Zeit gelassen, sich in die Figuren einzuleben. Brecht nannte „Furcht und Elend" eine „gestentafel", ein „gestarium" des dritten Reiches. Vorgeführt wird der Gestus der Hilflosigkeit und der des Widerstands. Die Szenenfolge zeigt die vielfältige Gestik der Hilflosigkeit, von der opportunistischen Geste des Pfarrers in „Bergpredigt" bis zu dem Aufschrei der Frau in „Arbeitsbeschaffung": „Dann macht doch, was hilft!" Die Gestik des Widerstands wird ausgeleuchtet in Verbindung mit dem Wort „Nein". Demgegenüber wird die Gestik der Gewalt kaum variiert. Sie tritt als Institution auf, vorgeführt in einer Heerschau der Naziorganisationen von der SS bis zur Hitlerjugend.

In Brechts Szenenfolge beherrschen Furcht und Angst die Menschen. Der Autor teilte die übertriebenen Hoffnungen einiger politischer Emigrantengruppierungen nicht. So wandte sich zum Beispiel die KPD (Opposition) in einer Flugschrift gegen die Volksfrontbewegung, weil sie der Meinung war, in Deutschland seien „alle Bedingungen reif, ja überreif für die proletarische oder sozialistische Revolution"[188]. Wenn Brecht in der Szenenfolge auch hervorhob, wie sich alle der Gewalt beugen, zu Opportunisten und Speichelleckern werden, wollte er damit keiner pessimistischen Grundstimmung das Wort reden. In einem Brief an Slatan Dudow wehrte er sich gegen einen solchen Vorwurf. Gezeigt werde auch der Widerstand, und zwar in allen Schichten und allen Graden. „Der Bauer *füttert* eben die Sau (scheu über die Schulter blickend); der Physiker *benützt* eben Einstein (laut über die jüdische Physik schimpfend); der Arbeiter wirft die Gasmaske in die Ecke; die Soldaten geben dem Jungen, der *nicht* ‚Heil Hitler' sagt, zwei Schlag Essen; der Patient (in ‚Die Berufskrankheit') *erinnert* den Chirurgen an die Forderungen der Wissenschaft; der Geprügelte *singt* die ‚Internationale'; der Richter findet *nicht* den Rechtsspruch; die von der Winterhilfe beschenkte Frau erbricht den Apfel; der alte Kämpfer *erhängt sich* demonstrativ; der Bäcker verfälscht auch einmal *nicht* das Brot; die Schwester des in Spanien Gefallenen läßt sich *nicht* den Mund zuhalten; und die Partei (am Schluß) *gibt den Kampf nicht auf*. Die Nazis üben nicht nur Gewalt aus, sie *müssen* auch Gewalt ausüben."[189]

Überzeugend ist Brecht gerade deshalb, weil er das Ausmaß der Gewalt nicht verkleinerte, es nicht in guter Absicht für geringer ausgab, als es tatsächlich war, und dennoch den Widerstand als den einzigen Ausweg darstellte. In der Szenenfolge fehlt nicht der mutige Mensch. Allerdings ist es der Mut von Menschen, die um die Mühseligkeit und um den Preis ihres Kampfes wissen. Am deutlichsten kommt das in der Szene „Volksbefragung" zum Ausdruck. Zwei Welten werden in einer denkbar ungleichen Situation ins Bild gebracht. Während frenetischer Jubel aus dem Lautsprecher dringt, mit dem die Massen den in Wien einziehenden „Führer" begrüßen, beugen sich in einer Berliner Arbeiterwohnung einige Illegale über einen Abziehapparat. Sie sind bereit, mit ein paar Handzetteln, die ihnen das Leben kosten können, gegen die vor Begeisterung brüllende Menge anzugehen. Aussichtsloser ist kaum je eine historische Situation gezeigt worden. Obwohl bei diesem Fähnlein der Aufrechten schon der Mut zu sinken droht und die Frage aufkommt, ob dieses Siegesgebrüll nicht doch wie ein Volk klingt, entschließen sie sich, das Flugblatt herauszubringen. Als gefragt wird, was denn darin stehen solle, sagt die Frau: „Am besten nur ein Wort: Nein!“[190] Die wirkliche Lage erkennend, finden sie den Mut, ihren aussichtslos erscheinenden Kampf fortzusetzen.

Dennoch muß man fragen, inwieweit Brechts Bild vom alltäglichen Faschismus in Deutschland stimmig war. Gewiß, Brecht machte sich über die Stärke des Widerstands keine Illusionen und erlag trotzdem keinem Pessimismus. Aber zwischen der Gestaltung des faschistischen Unterdrückungsapparats, den vielfältigen Gesten der Kapitulation und denen des Widerstands stellte sich eine Unschärfe ein. Die Frage, warum in dieser Zeit die Gewalt einen solchen Zulauf hatte, wurde von ihm nicht genügend erhellt. Brecht zeigte, wie Menschen der Gewalt erliegen, schon weniger, wie sie der Demagogie erliegen, warum sie überlaufen. Um dieses Phänomen zu erklären, hat man – vor allem in späteren Jahren – von einem „Irrationalismus der Massen“, von einer „mentalen Attraktivität“ des Faschismus gesprochen. Daß Hitler zum Beispiel den Arbeitern den Kampf gegen das Kapital und andererseits den Kapitalisten den Schutz vor Streiks versprach, hat Brecht mit den verschiedensten Mitteln attackiert. Für ihn war das nur ein Beweis dafür, wie verfahren die Sache der Nazis war, zu welcher schamlosen Demagogie sie greifen *mußten.* Irrationalismus sah er hier nicht. Aber dennoch ließen sich Millionenmassen beschwindeln. Was machte sie so blind, so gefügig?

Wenn Brecht Gestalten aus der Arbeiterklasse darstellte, so entsteht aus deren Haltung und geistiger Physiognomie der Eindruck, das Proletariat sei gegenüber den Machenschaften der Nazis viel zu skeptisch, als daß es sich belügen lasse. Es sei gefesselt, aber noch völlig intakt. Zwar gleiche es dem geschorenen Simson, der seine Kraft verlor, aber es liege seinen Beherrschern nicht gefügig im Schoß, sei vielmehr hellwach und in sich einig. Daß es dem Faschismus gelungen war, nicht nur breite Kreise des Bürgertums, sondern auch Teile der Arbeiterklasse für sich zu gewinnen, wurde ihm erst nach dem Krieg richtig klar. Gerade er, der die Widerstandskraft des einzelnen gegen seine Manipulierbarkeit nicht allzu hoch einschätzte, sah nicht die Einbrüche, die den Faschisten hier gelungen waren. Das mag auch darauf zurückzuführen sein, daß er den gesamten Prozeß allzusehr von den objektiven, den ökonomischen Vorgängen her zu verstehen suchte. Um Einsicht in den tatsächlichen Zustand der Faschisierung seines Volkes zu gewinnen, mußte auch er noch manche Illusion überwinden. Was er auch über den Faschismus schrieb, es war für ihn ein Versuch, in Ursachen einzudringen. Er wollte darüber kein fertiges Bild abliefern.

Zur Uraufführung der Szenenfolge kam es im Mai 1938 in Paris. Wieder war es Slatan Dudow, der die Szenen unter dem Titel „99%" herausbrachte, und zwar mit derselben Truppe, die schon die „Gewehre der Frau Carrar" aufgeführt hatte. Dudow beschränkte sich auf acht Szenen: „Das Kreidekreuz", „Winterhilfe", „Der Spitzel", „Die jüdische Frau", „Zwei Bäcker", „Rechtsfindung", „Der Bauer füttert die Sau" und „Arbeitsbeschaffung". Helene Weigel kam wieder nach Paris und spielte die Rolle der Judith Keith, aber auch die Frau in „Arbeitsbeschaffung" und nach der Premiere noch die Alte Frau in „Winterhilfe". Die Aufführung wurde zu einem Erfolg, auch in politischer Hinsicht. Walter Benjamin schrieb in seiner Kritik: „Diesem neuen Publikum und dieser neuen Situation des Theaters ins Auge blickend, hat Brecht seinerseits eine neue dramatische Form eingesetzt. Er ist ein Spezialist des Von-Vorn-Anfangens."[191] Daß sich der Erfolg auch bei dieser anspruchsvollen Aufführung einstellte, bewog die Truppe zu dem Plan, ein ständiges deutsches Theater in Paris zu gründen. Man dachte dabei an ein Tournee-Ensemble, das auch in anderen Exilzentren ein Publikum finden würde. Doch dieser Plan erwies sich dann doch als nicht durchführbar.

Im Sommer 1938 feilte Brecht an den „Gedichten im Exil", die Wieland Herzfelde als Band 3 und 4 der „Gesammelten Werke" im Prager Malik-Verlag herausbringen wollte. Doch bevor die Bände in die Hand des Lesers kamen, marschierte Hitler in der Tschechoslowakei ein. Wieder zerschlug sich die Chance, ein Publikum zu erreichen. Obwohl daran gewöhnt, daß Verfolgung und Exil den literarischen Ruhm aufzehrten, verwand Brecht diesen Schlag nicht sogleich. Um ihm darüber hinwegzuhelfen, gab Ruth Berlau die Exil-Gedichte auf eigene Kosten heraus. Sie erschienen im Mai 1939 in Kopenhagen unter dem Titel „Svendborger Gedichte", mit der fingierten Angabe „Malik-Verlag London". Zusammengestellt hatte sie Margarete Steffin.

Nach der „Hauspostille" nun die „Svendborger Gedichte". Das forderte zum Vergleich heraus. Brecht sah hier keineswegs nur einen geradlinigen Aufstieg. „diesem werk gegenüber [der „Hauptpostille" – W.M.] bedeuten die späteren SVENDBORGER GEDICHTE ebensogut einen abstieg wie einen aufstieg. vom bürgerlichen standpunkt aus ist eine erstaunliche verarmung eingetreten. ist nicht alles auch einseitiger, weniger ‚organisch', kühler, ‚bewußter' (in dem verpönten sinn)? meine mitkämpfer werden das, hoffe ich, nicht einfach gelten lassen. sie werden die HAUSPOSTILLE dekadenter nennen als die SVENDBORGER GEDICHTE. aber mir scheint es wichtig, daß sie erkennen, was der aufstieg, sofern er zu konstatieren ist, gekostet hat. der kapitalismus hat uns zum kampf gezwungen. er hat unsere umgebung verwüstet. ich gehe nicht mehr ‚im walde vor mich hin', sondern unter polizisten. da ist noch fülle, die fülle der kämpfe. … abstieg und aufstieg sind nicht durch daten im kalender getrennt. diese linien gehen durch personen und werke durch."[192]

Im Unterschied zu dem „O Himmel, strahlender Azur! / Enormer Wind, die Segel bläh!" der „Hauspostille" ist der

Svendborger Himmel grau. Der Dichter hat den Wind nicht im Rücken. An die Stelle der bunten, abenteuerlichen Bildwelt sind Nüchternheit und Kühle getreten. Der Ton der Aufforderung, der Bereitschaft, der Entscheidung ist einer anderen Diktion gewichen. Angesprochen sind Menschen, die sich auf einem langen Marsch befinden, die einen langen Atem benötigen.

Am Anfang der Sammlung steht die „Deutsche Kriegsfibel". Die Drei- und Vierzeiler sind in Form von Mauerinschriften verfaßt:

Wenn die Niedrigen nicht
An das Niedrige denken
Kommen sie nicht hoch.

AUF DER MAUER STAND MIT KREIDE
Sie wollen den Krieg.
Der es geschrieben hat
Ist schon gefallen.[193]

Die Mauerinschrift ist das prägende stilistische Prinzip der Sammlung. Es weist über die Form hinaus auf die schwierigen Zeiten, in denen sich die Verse nicht mehr aus den Ärmeln schütteln lassen. Die Aussagen müssen dauerhaft, haltbar gegenüber dem Wechsel der Zeiten sein. Fast alle Gedichte der „Hauspostille" waren singbar. Mehr als singbar mußten die Verse jetzt zitierbar, merkbar sein. Sie sollen nicht beflügeln, sondern soziale Erfahrung überliefern, die den Dichtern und Philosophen abverlangt werden müssen:

13

Aber rühmen wir nicht nur den Weisen
Dessen Name auf dem Buche prangt!
Denn man muß dem Weisen seine Weisheit
erst entreißen.

Darum sei der Zöllner auch bedankt:
Er hat sie ihm abverlangt.[194]

Die „Chroniken“ basieren auf einem Aufbauprinzip, bei dem sich an die Darlegung des konkreten Vorgangs ein Kommentar anschließt. Das ist jedoch nicht die didaktische Grundstruktur, die Brecht in früheren Jahren anwandte, sondern hier modifizierte er das Formelement der Mauerinschrift. Der Wechsel von dem balladesken, konkreten Vortrag der Begebenheit zur Konklusion geschieht nicht lehrhaft, sondern als Verfestigung einer Aussage mit den lyrischen Mitteln des Gedichts. Der flüchtige, einmalige Vorgang wird in einem abrupten Verfahren in eine dauerhafte Form übersetzt, wird materialisiert, wird sozusagen in Stein gegraben, damit er eine Spur hinterläßt.

Stärker als vor 1933 arbeitete Brecht jetzt auch im Gedicht mit dem Widerspruch. Erst durch den Widerspruch, der Nachdenken provoziert, wird die Voraussetzung geschaffen, daß der Vers seine innere Kraft bekommt, sich nicht im Rhetorischen bläht oder im Wohlklang versinkt. Mit formalen Mitteln allein, dem Aufrauhen des Verses, ist nichts getan. Aus dem Widerspruch im Stoff formiert sich die innere Struktur des Gedichts. Dieses Prinzip liegt den knappen Verszeilen der „Kriegsfibel“ ebenso zugrunde wie den Kinderliedern und den „Deutschen Satiren“. In dem Gedicht „Trost vom Kanzler“ explodiert der Widerspruch im Bild vom Schnitter:

Nach schweren Schicksalsschlägen
Pflegt der Kanzler durch eine große Rede
Seine Anhänger wieder aufzurichten.
Auch der Schnitter, heißt es
Liebt die aufrechten Ähren.

Das Gedicht „An die Nachgeborenen" beschließt die Sammlung. Was es heißt, in finsteren Zeiten zu leben und dennoch der Verpflichtung des Menschseins gerecht zu werden, ist hier mit großer Eindringlichkeit und auch mit Demut zum Ausdruck gebracht. Es ist die Aussage eines Menschen, der dem empfindlichen Zeitgenossen wie dem unempfindlichen Antlitz der Geschichte gegenübersteht. Wie in den anderen Gedichten geht Brecht auch hier von der einzelnen Aussage zur allgemeinen Feststellung über. Am Schluß steht gleich einer Mauerinschrift das kollektive Vermächtnis der Menschen des 20. Jahrhunderts:

... Ach, wir
Die wir den Boden bereiten wollten für Freundlichkeit
Konnten selber nicht freundlich sein.
Ihr aber, wenn es soweit sein wird
Daß der Mensch dem Menschen ein Helfer ist
Gedenkt unsrer
Mit Nachsicht.[195]

Brecht verwandte hier erstmals in einem großen philosophischen Zusammenhang das Motiv der Freundlichkeit. Es wird der von ihm früher so oft gebrauchten Metapher der Kälte gegenübergestellt. Doch das eine Motiv löst das andere nicht ab. Vielmehr schreitet er mit dieser antinomischen Metaphorik die sozialen Zustände und Hoffnungen des 20. Jahrhunderts aus.

In der zweiten Hälfte der dreißiger Jahre beschäftigte sich Brecht auch wieder stärker mit dem Roman, und zwar gleich mit zwei Projekten, dem „Caesar"-Roman und dem „Tui"-Roman. Der erste ist Fragment geblieben, der zweite wurde gar nicht erst richtig begonnen. Dennoch wäre es verfehlt, hier von Nebenarbeiten zu sprechen. Beim „Caesar" lassen das allein schon die 1440 Manuskriptseiten nicht zu, auf die der Gesamtkomplex im Laufe der Zeit anwuchs. Beim Tui-Stoff war sich Brecht bis zuletzt unschlüssig, ob er daraus eine Folge von Geschichten oder einen Roman machen sollte. Aus einer Notierung geht hervor, daß er sogar an ein „Tui-Epos“ dachte.[196] Doch vorerst diente ihm das Material des Tui-Komplexes dazu, einen Begriff zu etablieren. Der Tui – Abkürzung für die Verkehrung von „intellektuell“ zu „Tellekt-Uell-In“ – war der Intellektuelle in dieser Zeit der Märkte und Waren, ein Vermieter des Intellekts. Aus dem Tui-Begriff wie aus dem ganzen Tui-Komplex spricht Brechts Haß auf jenen Intellektuellentypus, der aus dem Denken keine Folgerungen für die Wirklichkeit zieht. Ihn zu bekämpfen, hielt er schon deshalb für dringlich, um anstelle des folgenlosen geistigen Geschwätzes „eingreifendes Denken“ zu ermöglichen.

Die Gestalt des Römers war Brecht von Jugend auf vertraut. Zuerst dachte er an ein Stück und hatte bereits szenische Abläufe ausgearbeitet, als er sich dann doch zu einem satirischen Roman über die „Geschäfte des Herrn Julius Caesar“ entschloß. Im März des Jahres 1938 steckte Brecht bereits so tief in der Arbeit, daß er meinte, sie bald beenden zu können, woran er sehr interessiert war, da er mit einem Vorschuß des Verlegers rechnete. Doch die wissenschaftlichen Vorarbeiten erwiesen sich als verzweigt und zeitraubend. Zu seinen Studienobjekten gehörten Plutarch, Cassius, Dio, Sueton, Sallust, Mommsen, Max Weber. Wieder wandte er sich an seine alten Helfer Feuchtwanger und Korsch. Feuchtwanger bat er, ob er für ihn nicht den Dio Cassius auftreiben könne, jedoch in deutsch, denn sein Latein sei so „rissig“ geworden. Viel Hilfe bekam er von Korsch und Feuchtwanger nicht. Seine Anforderungen waren doch wohl etwas zu weit gespannt. Am liebsten wäre es ihm gewesen, wenn ihm Feuchtwanger die gesamten Auszüge zur Verfügung gestellt hätte, die dieser als Vorarbeit für den „Josephus" gemacht hatte.

Da er sich auf die Geschäfte als Hauptthema eingelassen hatte, benötigte er Details aus dem römischen Alltag und dem Finanzwesen. Denn schließlich wollte er nicht darstellen, daß Caesar neben seiner Staats- und Kriegskunst auch Geschäfte betrieb, sondern daß sich seine Staats- und Kriegskunst aus seinen Geschäften erklärte. Obwohl das von Anfang an seine Idee war, besaß er zunächst keine Vorstellung, worin denn die Geschäfte bestanden. Klar war ihm nur, und das war sicher nicht von der Hand zu weisen, daß es welche gegeben haben mußte. Ihm schwebte vor, den geschäftlichen Aufstieg des Iulius Caesar von dem Catilinarischen Aufstand des Jahres 691 bis zu dessen bevorstehender Wahl zum Konsul zu schildern. Dabei wollte er sich der verschiedenen Mittel des modernen Romans bedienen.

Als Ausgangspunkt diente Brecht das Vorhaben eines jungen römischen Anwalts, zwanzig Jahre nach Caesars Tod eine Biographie zu schreiben. Das Material, das diesem in die Hände gerät, die Auskünfte, die er erhält, bringen sein Vorhaben mehr und mehr in die Krise. Eine Biographie im üblichen Sinne erweist sich als nicht mehr machbar, sie löst sich auf, wie sich das traditionelle Bild des Helden Caesar auflöst, sobald die eigentlichen Beweggründe der Geschichte ins Spiel kommen. Mit Hilfe zweier Ich-Erzähler, des Biographen und des Sekretärs von Caesar, Rarus, wird die Bewunderung für den „großen Mann" beim Leser abgebaut. Dabei sollte die Demontage des individuellen Helden die Sicht freilegen auf die eigentlichen, zum Fortschritt treibenden Kräfte. Ins Blickfeld sollte rücken, was Caesar ermöglicht hatte, das zu werden, was er wurde. Um das zu zeigen, um dieses Überindividuelle ins Literarische zu übersetzen, mußte ein Spielfeld aufgebaut werden, auf dem sich Wirkungen demonstrieren ließen, die eintreten, wenn bestimmte gesellschaftliche Faktoren eine neue Wendung nehmen. Die Geschichte ist in diesem Roman in erster Linie ein Trainingsgelände für dialektisches Denken. Die Dialektik von Historischem und Aktuellem vollzieht sich im Nachbau historischer Konstellationen, die in ihrem Ablauf, ihrer historischen Bewegung getestet werden.

Was Brecht mit dem „Caesar" versuchte, war eine ganz andere Art von Roman – ein Unternehmen, nicht weniger radikal als die Experimente von Joyce, Proust und Kafka. Die Schwierigkeiten, in die er dabei geriet, waren enorm. Denn letztlich ging es nicht nur um Formprobleme. Darüber notierte er am 25. Juli 1938: „das gesellschaftliche system kann nicht dargestellt werden, ohne daß man ein anderes sieht. und ich kann nicht nur vom heute aus schreiben, ich muß sogar für die damalige zeit den andern weg als einen möglichen sehen. eine kalte welt, ein kaltes werk. und doch sehe ich, zwischen dem schreiben und beim schreiben, wie wir heruntergebracht sind menschlich."[197]

Der Streit

Beschäftigt mit einer Vielzahl von Versuchen, geriet Brecht mit antifaschistischen Emigranten in Moskau, vor allem aber mit Georg Lukács in Streit. Es ging dabei um die Frage, wie der Realismus beschaffen sein müsse, mit dem man im antifaschistischen Kampf bestehen könne. Eine solche Frage hielt Brecht für sehr berechtigt, die gegen ihn entfachte Polemik empfand er als aufgezwungen. Zweifelsohne waren das Lob, das man in Moskau und anderswo Julius Hays Stück „Haben" spendete, und der direkte Angriff Hays auf Brecht jenes Moment, das ihn nicht nur in Rage brachte, sondern ihn auch veranlaßte, über seine Situation im internationalen Kontext nachzudenken.

Neben seinen deutschen und sowjetischen Freunden in Moskau sah Brecht dort noch einen Kreis von Emigranten wirken, den er im Gespräch und in seinen Notierungen kurzerhand als „moskauer clique" bezeichnete. Dazu zählte er die ungarischen Marxisten Georg Lukács und Julius Hay und die deutschen Emigranten Alfred Kurella und Gustav von Wangenheim. Becher betrachtete er mehr als Mittelsmann, mit dem man sich über bestimmte Probleme verständigen konnte. Kameradschaftlich vertraute er auf seinen Mitherausgeber vom „Wort", Willi Bredel. Doch der befand sich seit 1937 in Spanien. Als er nach Moskau zurückkehrte, schrieb Brecht ihm, daß er froh sei, ihn wieder in der sowjetischen Metropole zu wissen.

Die ästhetischen Differenzen mit einigen Genossen, die jetzt in Moskau lebten, bestanden schon seit Ende der zwanziger Jahre. Zur Konfrontation kam es jedoch erst durch Julius Hay. Ihn hielt Brecht nicht zu Unrecht für den Stänkerer unter den Moskauer Emigranten. Nun könnte man zwar vermuten, daß der geringe Widerhall, den Brecht mit seinen „Rundköpfen und Spitzköpfen" gefunden hatte, und das allseitige Lob, das Hay mit seinem Stück „Haben" zuteil wurde, bei Brecht eine Art Konkurrenzneid hervorriefen. Solche Überlegungen sollte man allein schon von Brechts Charakter her nie ausschließen. Selbst in den späteren Jahren blickte er nicht ohne Neid auf den Ruhm von Sean O'Casey und Wsewolod Wischnewski. Doch bei Julius Hay lagen die Dinge anders. Er hatte ihn in einer unverfrorenen, geradezu frechen Weise angegriffen und herausgefordert. Zum Anlaß nahm er den Artikel „Zur Methodik der deutschen antifaschistischen Dramatik", den Brechts Freund Bernhard Reich im „Wort", Heft 1/1937, veröffentlicht hatte. Darin vermerkte Reich, daß der Verlust der Bühne bei den antifaschistischen Dramatikern dazu geführt habe, daß nur noch ein „Häuflein Unentwegter" Stücke schreibe. Er analysierte die Stücke „Professor Mamlock" von Friedrich Wolf, „Die Rassen" von Ferdinand Bruckner, „Die Rundköpfe und die Spitzköpfe" von Bertolt Brecht. Aus seiner vergleichenden Betrachtung schlußfolgerte er, man müßte mehr „neutral peripherische Themen" finden, nicht aber „direkt revolutionäre Stoffe zum Ausgangspunkt nehmen", wie das u.a. Julius Hay getan hätte. Die letzte Art führe dazu, daß die scharfe Gespanntheit der Stoffe abgeschwächt würde und mehr das „Menschliche" in den Mittelpunkt rücke, statt auf die Entscheidungskämpfe zu orientieren. Die unklare Argumentation, mit der sich eigentlich niemand so recht einverstanden erklären konnte und die auch nicht Brechts Orientierung wiedergab, rief Julius Hay auf den Plan. In einem Gegenartikel setzte er sich jedoch nicht mit der schiefen Argumentation Reichs auseinander, sondern stürzte sich direkt auf Brecht. Ihm warf er vor, sein Stück „Die Rundköpfe und die Spitzköpfe" treibe „Wasser auf die Mühlen der Faschisten". Er, Hay, halte sich für verpflichtet, jedem Antifaschisten abzuraten, sich für dieses Stück einzusetzen. Als Brecht seinen Einfluß in der Redaktion geltend machte, um das Erscheinen des Artikels zu verhindern, schrieb ihm Hay einen Brief, der einem politischen Ultimatum gleichkam:

„Obwohl ich wegen der Veröffentlichung meines Artikels in verschiedenen Zeitschriften, in verschiedenen Sprachen, nicht in Verlegenheit bin, möchte ich Ihnen doch den freundschaftlichen Vorschlag machen, auf Ihre Stellungsnahme nicht zu beharren und den Abdruck des Artikels in ‚Das Wort' telegrafisch zu veranlassen. Ich mache dieses Angebot im Interesse

1) der Zeitschrift ‚Das Wort', deren geistiges Niveau unter solchen Artikeln wie dem von Reich sehr leidet, wenn kein Gegengewicht kommt und die ihre Nützlichkeit in großem Maße einbüßen wird, wenn sie in den Dienst einer einzigen, die ganze antifaschistische Literaturfront nicht umfassenden literarischen Richtung gestellt wird

2) Ihres eigenen Rufes als Redakteur,

3) der Sache, der wir gemeinsam dienen wollen und der man nur durch weitestgehende Objektivität in den Fragen der antifaschistischen Literatur und durch rücksichtsloses Opfern kleiner persönlicher Augenblicksinteressen dienen kann.

Die Argumente, die Sie in Ihrem Brief anführen, begründen Ihren Schritt nicht. Sie haben ohne weiteres zugelassen, daß Gen. Reich über eine ganze Reihe nicht veröffentlichter Werke Werturteile fällt, Sie schützen sogar diese Urteile vor Widerlegung. ... Kurz, nach meiner Meinung, die von allen Genossen, mit welchen ich bis jetzt über diese Frage sprach, geteilt wird, stehen Ihnen verschiedene Wege offen, sich vor – Ihrer Meinung nach falscher – Kritik zu schützen, nur einer nicht: Ihre Machtstellung als Redakteur zur Unterdrückung der Kritik ausnützen. Und gerade diesen Weg wollen Sie gehen?

Aus all diesen Gründen wiederhole ich mein Angebot

an ‚Das Wort' und reserviere den Artikel so lange, bis auf diesen Brief von Ihnen eine telegrafische Antwort kommen kann.

Eine Abschrift dieses Briefes übersende ich der Redaktion ‚Das Wort'."[198]

Später, in seinen Memoiren, stellte Hay die Dinge so dar, als habe er nur ein vieldiskutiertes Stück geschrieben, sich selber jedoch nicht in den Streit eingemischt. Dabei schürte er ihn und stellte ihn obendrein noch so dar, als sei Brecht der Mann, der seine „Machtstellung" dazu benutze, daß keine andere Richtung als die seine zum Zuge komme. Dabei lag die Sache gerade umgekehrt.

Daß Brecht die Polemik abwürgte, entsprach zwar seiner Haltung, den Zusammenschluß aller Hitlergegner nicht durch einen Streit in Kunstdingen zu belasten oder gar zu gefährden. Dennoch verwundert der Aufwand, den er durch Schreiben an Becher, an Bredel, an Feuchtwanger und andere betrieb, um Hays Angriff abzublocken, zumal er sich seiner Stärke als Polemiker bewußt war und weder die Argumente noch die Frechheiten Hays zu fürchten hatte.

Daß sich Brecht jede Polemik verbat, daß er seinen Freund Feuchtwanger ins Gebet nahm, weil er Hays Stück „Haben", diesen „traurigen schund", als von „Innen her durchtränkt mit Marxismus" ausgegeben hatte, läßt sich darauf zurückführen, daß er in dem allgemeinen Lob für dieses Stück eine Wende in der marxistischen ästhetischen Orientierung spürte. Mit dem Lob für Hay wurde der politischen oder, wie sich Brecht später umfassender ausdrückte, der planetarischen Demonstration in Literatur und Kunst eine Absage erteilt und alles Heil wieder im Einzelfall, im individuellen Vorgang gesucht. Brecht notierte für sich im „Arbeitsjournal": „‚aber da sind menschen aus fleisch und blut.' bekanntlich (?) hat die bühne für fleisch und blut pappe und rote tinte, die dann wie fleisch und blut aussehen.' ‚aber das sind menschen mit ihren widersprüchen.' die dialektik des ausdrucks ‚kraut und rüben'. der kapitalismus ist schlecht in dem stück, weil er die leute geldgierig macht. ... feuchtwanger bestätigt, daß für hay der marxismus ‚nicht nur gedanke geblieben ist, sondern vielmehr sein ganzes wesen, sein gefühl bis tief in die schächte des nicht mehr bewußten erfüllt'. wobei die hauptsache natürlich ist, daß er eben kein gedanke geblieben oder besser gesagt, geworden ist."[199] Die sozialistische Kunst orientierte sich wieder stärker auf die Mittelpunktstellung des Individuums. Doch ohne die von ihm erarbeitete Methode der planetarischen Demonstration sah sich Brecht vom Platz verwiesen. Lieber wollte er auf Vorrat arbeiten, als sich in eine Diskussion verwickeln zu lassen, in der er nichts ausrichten konnte.

Für den eigentlichen Spiritus rector der „moskauer clique" hielt er jedoch Georg Lukács. So falsch seine Vorstellung über Lukács' Position in Moskau war und so wenig er mit dessen vielseitigen Interessen und Arbeitsergebnissen vertraut war, so genau verstand er, daß von diesem Manne die wesentlichen ästhetischen Impulse ausgingen. Brecht sah in Lukács ausschließlich den Theoretiker einer Realismusauffassung, die ihm nicht behagte, den streitbaren Gegner jeder modernen Kunstauffassung.

In den dreißiger Jahren veröffentlichte Lukács in sowjetischen und deutschsprachigen Emigrantenzeitschriften eine Reihe von Arbeiten, in denen er seine theoretischen Vorstellungen zu einer weitgespannten Konzeption ausbaute. Dieser Theorieausbau erfolgte vor allem im Zeichen des politischen Leitbildes der „demokratischen Diktatur" bzw. der „revolutionären Demokratie". Seine gesamte analytische Tätigkeit und kritische Betrachtungsweise ging von den „allgemeinen und dauernden Zügen der Menschheitsentwicklung"[200] aus, von denen er bestimmte ästhetische Gesetzmäßigkeiten ableitete. Aus dieser Sicht führte er seine Polemik gegen „formales Neuerertum" in der Kunst. Alles Spekulative, alles Spontane wies Lukács zurück. Uneingestanden wandte er sich damit auch gegen das Experiment, gegen die konkrete Utopie. Zwar kam nicht zuletzt durch ihn ein nüchterner Zug in die überhitzten Kunstdebatten hinein. Dafür aber besaß er keinerlei Verständnis für das, was Brecht die Tabula-rasa-Situation nannte, die der Künstler brauche, um zu wirklich Neuem vorzustoßen. Große Schritte waren nicht zu machen, wo nichts in Frage gestellt wurde. Um Neues auszuprobieren, mußte manches negiert werden. Für die notwendige, schwierige Aufbereitung neuen Materials zeigte Lukács äußerst wenig Verständnis. Seine Orientierung auf die dauernden, allgemeinen Züge menschlicher Entwicklung drängte die Kunst von der Erschließung neuer poetischer Bezirke ab und hemmte die Aufbereitung neuen Wirklichkeitsmaterials. Die Sehnsucht der Materialästhetiker nach einer „anderen Kunst", nach einer anderen Art des Kunstgenusses war Lukács völlig fremd. Ihm ging es vielmehr darum, die Kunst und die Kunstgesetze, wie sie überliefert waren, vor der brutalen Nivellierung durch die Kunstfeindlichkeit des Kapitalismus zu schützen, zu retten. Wenn Brecht, Majakowski, Eisler und als Theoretiker Benjamin die Gattung und die Gattungseigentümlichkeiten abbauten, redeten sie keiner künstlerischen Nivellierung das Wort. Der durch sie betriebene Abbau der Gattungen war mit dem Ausbau neuer künstlerischer Gesetzmäßigkeiten unmittelbar verbunden, waren ihre Überlegungen doch gleichfalls darauf gerichtet, einem Wirklichkeitsstoff zu seinem adäquaten künstlerischen und politischen Ausdruck zu verhelfen.

Hays Ultimatum an Brecht und der dadurch ausgelöste Briefwechsel waren nur die Ankündigung einer umfassenderen Auseinandersetzung, der Debatte über den Expressionismus, die im „Wort" mit Heft 9 des Jahres 1937 begann. An ihr beteiligten sich fünfzehn Schriftsteller, Literaturtheoretiker und bildende Künstler: neben Georg Lukács u. a. Ernst Bloch, Alfred Kurella, Franz Leschnitzer, Rudolf Leonhard, Klaus Mann, Gustav von Wangenheim, Herwarth Walden, Heinrich Vogeler. Alle Erörterungen drehten sich im Grunde nur um ein Problem: den Realismus. Insofern war der Titel „Es geht um den Realismus", den Lukács für seinen Beitrag wählte, programmatisch.

Fritz Erpenbeck, der in der Redaktion der Zeitschrift arbeitete, forderte Brecht mehrfach auf, sich an der Diskussion zu beteiligen. Aber darauf ging Brecht nicht ein. Er blieb bei seiner Devise, daß sich ein derartiger Streit nicht günstig auf das Klima der Emigration auswirke. Im Unterschied zu der „Machtstellung", die ihm Julius Hay unterstellt hatte, zeigte sich jetzt, daß sein Einfluß nicht einmal ausreichte, um seinen Bedenken gegen die Debatte Gehör zu verschaffen. Bitter beklagte er sich bei Willi Bredel: „Leider gestaltet sich die Mitarbeit am ‚Wort' immer problematischer. Die Zeitschrift scheint immer mehr in eine eigentümliche Front einzuschwenken, in der eine kleine Clique, anscheinend geführt von Lukács und Hay, ein ganz bestimmtes literarisches Formideal aufgestellt, was die Bekämpfung alles dessen bedeutet, was sich diesem, den bürgerlichen Romanciers des vorigen Jahrhunderts abgezogenen Formideal nicht anpaßt. So verwandelt sich der wichtige Kampf gegen den Formalismus selbst in einen Formalismus; d. h., alles wird nach der Form beurteilt (in diesem Fall einer alten). ... Vom ‚Wort' bekomme ich immer nur ein schon ausgesuchtes Material, und meine Einwände werden fast nie berücksichtigt. Ich kann Ihnen versichern, das geht nicht mehr lang so."[201]

Als Mitherausgeber der Zeitschrift empfahl er, die Debatte abzubrechen. Er ließ sich dabei vorwiegend von politischen Gründen leiten. In Aufsätzen und Notierungen, die nicht für die Veröffentlichung bestimmt waren, äußerte er seine Meinung. In dem Aufsatz „Praktisches zur Expressionismusdebatte" heißt es: „Alte Wunden brechen auf, neue werden geschlagen, verjährte Feind- und Freundseligkeiten werden ausgetragen, man schlägt sich und anderen in die Brust. Überzeugt scheint niemand zu werden, außer von seiner eigenen Auffassung. Soweit ist alles in schönster Unordnung, das heißt, die Parteien schließen kein faules Kompromiß, sondern rüsten mit Macht auf. Etwas niedergeschlagen stehen zwei Zuschauer auf der Walstatt, der *Schreiber* und der *Leser.* Der zweite hat die Dinge gelesen und gesehen, über die die Schlacht tobte, der erste hat noch Dinge zu schreiben. Er betrachtet mit eingezogenen Schultern die totale Aufrüstung, er hört, wie die Messer geschliffen werden."[202] Brecht schloß seine Betrachtung, indem er daran erinnerte, daß der Realismus keine Formsache sei: „Geben wir so die Theorie auf? Nein, wir bauen sie auf. ... Wir verhüten einen Formalismus der Kritik. Es geht um den Realismus."[203] Im „Arbeitsjournal" reagierte Brecht noch weit bitterer auf die Debatte. Unter dem 18. August 1938 notierte er: „die realismusdebatte blockiert die produktion, wenn sie so weitergeht."[204] Was ihn besonders gegen Lukács aufbrachte, war dessen Methode, auf den Klassenkampf in der Literatur über vielfältige Vermittlungen hinzuweisen. „die marxschen kategorien werden da von einem kantianer ad absurdum geführt, indem sie nicht widerlegt, sondern angewendet werden. da ist der *klassenkampf*, ein ausgehöhlter, verhurter, ausgeplünderter begriff, ausgebrannt bis zur unkenntlichkeit, aber er ist da und er tritt auf."[205] Verärgert zeigte er sich auch über die politische Geltung, die Lukács für seine Theorien beanspruchte und auch zugebilligt bekam. Für Brecht war Lukács kein Marxist, sondern, wie er im „Arbeitsjournal" gereizt vermerkte, ein „murxist"[206].

Während Lukács die Realisten des 19. Jahrhunderts herausstellte und die Linie von Balzac, Tolstoi zu Thomas Mann zog, ist Brechts Traditionsauffassung wesentlich breiter und vor allem den frühbürgerlichen Schriftstellern wie Shakespeare, Swift, Rabelais, Voltaire, Diderot verpflichtet. Hinzu kam, daß sich Brecht auch von der alten didaktischen chinesischen und lateinischen Dichtung, von außerliterarischen Traditionen und Elementen der Volkskunst angezogen fühlte.

Einen weiteren prinzipiellen Streitpunkt bildete die Dekadenz, zumal Lukács in der von Becher herausgegebenen Zeitschrift „Internationale Literatur" Brecht mit der bürgerlichen Dekadenz in einen Topf geworfen hatte. Brecht empfand das als ein starkes Stück, denn was Marxisten als dekadent bezeichneten, war ihm keineswegs egal. Dekadenz erschien ihm unvereinbar mit einer kämpferischen Literatur, deren Aufgabe er vor allem darin sah, soziale Impulse zu wecken. In diesem Sinne betrachtete er sich als einen konsequenten Gegner jeglicher Dekadenz. Lukács' Dekadenzbestimmung lehnte er jedoch weitgehend ab, weil er sie formal und unhistorisch fand. So wie Lukács auf der einen Seite ganz bestimmte realistische Werke als die „großen Muster" betrachtete, erklärte er auf der anderen Seite ganz bestimmte Werke der spätbürgerlichen Literatur zu Prototypen der Dekadenz. Was er Dichtern wie Joyce, Proust, Kafka, Dos Passos vorwarf, war in erster Linie ihre experimentelle Schreibweise. Brecht hingegen schätzte an diesen Autoren, wovor Lukács nicht eindringlich genug warnen konnte. Ihm ging es darum, bestimmte Techniken der spätbürgerlichen Literatur für die neuen gesellschaftlichen Zwecke zu nutzen. Obwohl mit beträchtlichen Schwierigkeiten verbunden, sei die Lösung bestimmter Techniken von ihrer inhaltlichen Basis möglich. Brecht wußte aus eigener Erfahrung, daß bei der Geburt eines Kunstwerkes gewisse Formelemente meist zugleich mit dem Stoff und manchmal sogar vor dem Stofflichen auftauchen: „Er [der Dichter – W. M.] kann Lust verspüren, etwas ‚Leichtes' zu machen, ein Gedicht mit vierzehn Zeilen, etwas ‚Finsteres' mit schweren Rhythmen, etwas Langgestrecktes, Buntes und so weiter. Er mischt Wörter von besonderem Geschmack, verkuppelt sie arglistig, spielt ihnen mit. Beim Konstruieren spielt er herum, probiert dies und das, führt die Handlung so und anders. Er sucht Abwechslung und Kontraste. Er wäscht die Wörter, sie verstauben leicht. Er weiß nicht immer, nicht jeden Augenblick, wenn er ‚dichtet', daß er immerzu an einem Abbild der Wirklichkeit formt oder an einem ‚Ausdruck' dessen, was die Wirklichkeit außer ihm in ihm bewirkt. ... aber die Gefahren des Verfahrens machen das Verfahren noch nicht zu einem falschen, vermeidbaren. ... Ohne Neuerungen formaler Art einzuführen, kann die Dichtung die neuen Stoffe und neuen Blickpunkte nicht bei den neuen Publikumsschichten einführen. Wir bauen unsere Häuser anders wie die Elisabethaner, und wir bauen unsere Stücke anders."[207]

Dichter wie Joyce, Proust und Kafka schätzte Brecht in erster Linie wegen ihrer technischen Kultur. In ihrer philosophischen Haltung interessierten sie ihn kaum. Von ihrem umfangreichen Werk kannte er nur ganz wenig. Er verstand es, in Büchern zu „blättern", um sich ihre literarische Machart, ihre Technik bewußt zu machen. Wie wenig er zu bewegen war, den umfangreichen Roman von Joyce oder gar das große Romanwerk von Proust zu lesen, darüber klagte Hanns Eisler: „Selbst auf mein dringendes Bitten hat er nicht Proust gelesen, sondern ließ sichs referieren. In ‚Ulysses' von Joyce hat er hineingeschaut – wegen der Technik."[208] Wenn Brecht Joyce, Proust und Kafka gegenüber Lukács verteidigte, so war damit keineswegs deren gesamtästhetische Position oder gar die Weltanschauung gemeint. Was er mit den Namen dieser Dichter verteidigte, war das künstlerische Experiment. Es ging Brecht um die Bewahrung und Entwicklung des technischen Standards und der Kunstmittel. Von diesem Gedanken ausgehend, formulierte er: „Jede Epoche muß wenigstens soviel historischen Sinn aufbringen, daß sie auf weitere Entwicklung gefaßt ist und Werke, die rein technische Merkmale der Kunstfertigkeit aufweisen, aufhebt."[209]

Der Streit zog sich von 1937 bis zum Jahre 1939 hin. Drei Phasen lassen sich dabei erkennen. Er begann mit Hays Ultimatum an Brecht; in der zweiten Phase wurde er durch die Expressionismusdebatte der Zeitschrift „Das Wort" bestimmt, an der sich Brecht selbst nicht beteiligte; die dritte Phase, die wichtigste, bestand eigentlich darin, daß sich Brecht mit Lukács' ästhetischen Schriften in verschiedenen Arbeiten und Notierungen auseinandersetzte, ohne diese jedoch zu veröffentlichen. Das ganze Ausmaß der Kontroverse wurde erst nach seinem Tode bekannt.

Die Debatte offenbarte zwei unterschiedliche strategische Orientierungen auf dem Gebiet der marxistischen Ästhetik. Daß Brecht und Lukács die äußeren Pole jenes Spannungsfeldes darstellten, auf dem sich die marxistische Ästhetik entwickelte, wurde erst in der zweiten Hälfte des Jahrhunderts erkannt. Ende der dreißiger Jahre wurden die Kämpfe noch in der Weise ausgefochten, daß jede Seite von der anderen behauptete, was dort vorgetragen werde, sei kein Marxismus. Für Lukács war Brecht „Dekadenz", und für Brecht war Lukács ein „Murxist". Daß jede Seite von sich behauptete, sie allein vertrete den Marxismus richtig, muß weniger als Borniertheit, sondern mehr aus der gespannten Weltlage verstanden werden. Die Anstrengungen, einen Ausweg zu finden, waren so enorm, daß es einfach der Illusion bedurfte, sich auf dem einzig richtigen Weg zu befinden. Wenn Brecht Lukács einen „Murxisten" nannte, so empfindet man das zu Recht als einen Schlagabtausch unter der Gürtellinie.

Aber damals entsprach diese Bezeichnung eben jener Verbitterung, die bei Brecht hochkam, wenn Lukács für die bis zur äußersten Grenze gehenden Versuche, der Kunst Neues abzugewinnen, nur Warnungen und Verwarnungen übrig hatte und statt dessen empfahl, an die großen Traditionen anzuknüpfen. Das hielt Brecht für Defätismus, für Rückzug. Im Grunde sah er in Lukács' ästhetischen Theorien die gleiche Kapitulation vor den Schwierigkeiten wie bei einigen kommunistischen Politikern und Theoretikern, die, nachdem sie erkannten, daß sie mit der Revolution allein blieben, lieber auf die Revolution verzichten wollten.

Lukács' ästhetische und politische Theorie basierte auf der Erkenntnis, daß man mit einer langen Reaktionsperiode rechnen müsse, doch Kapitulation bedeutete sie nicht. Im Gegenteil! Seine Realismusauffassung muß man als ein Verfahren betrachten, Bereitschaft bei den Lesern zu wecken; sie schien ihm am besten geeignet, die Unvereinbarkeit von Menschlichkeit und Kapitalismus zu enthüllen. So zählt Lukács, auch wenn er die moderne sozialistische Literatur nicht begriff, zu den besten marxistischen Köpfen des 20. Jahrhunderts. Vielleicht hätte sich Brecht mit diesem Manne besser verstanden, wenn er nicht über die Literaturtheorie, sondern über dessen Hegel-Studien mit ihm in Berührung gekommen wäre.

Trotz ihrer konträren ästhetischen Positionen vertraten beide die Belange der revolutionären Arbeiterbewegung. Ihr Dualismus stellte weder den einen noch den anderen außerhalb der marxistischen Ästhetik. Mit seinem Literaturbegriff und seinem Funktionsverständnis stand Lukács sicher den Vorstellungen und Vorlieben von Marx, Engels und Lenin über Kunst und Literatur näher als Brecht. Die Klassiker hatten zwar die Kunst nicht außerhalb der Kämpfe gesehen, aber sie vor allem als konkreten Ausdruck großer menschlicher Schicksale geliebt. Der weltrevolutionäre Prozeß jedoch, der sich zu Lebzeiten Brechts vollzog, verstrickte die Kunst ganz unmittelbar in die politischen Kämpfe. Und zwar nicht nur vom Inhaltlichen, Stofflichen her. In der Kunst selbst, in ihrem technischen Arsenal vollzog sich – nicht zuletzt durch das aus dem Stand der Produktivkräfte abgeleitete Element der Montage – ein revolutionärer Prozeß, der dazu führte, daß der Kunst innerhalb der gesellschaftlichen Auseinandersetzung eine neue Funktion zukam. Damit verbunden waren eine technische Mobilisierung, ein Andersmachen und der Versuch, eine andere Art der Entgegennahme von Kunst durchzusetzen. Im Laufe der Zeit wurde jedoch deutlich, daß ein Großteil dieser Ideen dem Utopischen verhaftet blieb. Selbst unter günstigeren Voraussetzungen hätten sie sich nicht verwirklichen lassen. Wenn es auch nicht so aussieht, als ob die Gesetzmäßigkeit der Kunst radikal umgestoßen, ihr Wesen von Grund auf verändert werden könnte, so bedarf es doch des dauernden Vorstoßes, damit Kunst etwas Lebendiges bleibt. Für Lukács führten diese Vorstöße, wie er sich ausdrückte, in die namenlosen Massengräber der Weltliteratur. Doch eben das war der Preis, das Risiko, das der Vorstoß verlangte.

Aber es bleibt doch die neue Zeit

Wenn auch die Kontroversen der Jahre 1937 bis 1939 oft durch sehr persönliche Motive ausgelöst wurden, insgesamt vollzogen sie sich in unmittelbarem Zusammenhang mit weitreichenden politischen Veränderungen, die mit der Person Stalins und seiner Politik verknüpft waren. Obwohl Brecht zunächt eher geneigt schien, das subjektive Engagement von Lukács, Kurella und Hay in literarischen Fragen zu überschätzen, wurde ihm jedoch bald klar, daß sich innerhalb der sozialistischen Kunst eine Umorientierung vollzog, die sich nicht nur auf die ästhetischen Ansichten einiger Leute zurückführen ließ. Seit jeher interessiert an den Veränderungen in der Sowjetunion, nahm Brecht wahr, daß sich nicht nur die großen revolutionären Kunstexperimente erschöpft hatten, sondern daß unter dem von Stalin eingeschlagenen politischen Kurs Genossen aus der politischen und künstlerischen Öffentlichkeit verschwanden, die er zu seinen Freunden zählte. Die politischen Wendungen führten dazu, daß sich die Diskussion im Exil unter den Antifaschisten zuspitzte. So geriet er mit Fritz Sternberg in eine Kontroverse darüber, wie sich das internationale Proletariat in einem neuen Krieg zu verhalten hätte. Brecht sah sich mit Meinungen konfrontiert, die er oft nicht akzeptieren konnte, auf die ihm aber auch eine allzu schnelle Antwort höchst bedenklich erschien.

Daß in der Sowjetunion Genossen nicht mehr erreichbar waren, mit denen er sich seit Jahren über den revolutionären Welt- und Kunstprozeß verständigt hatte, vollzog sich zunächst unmerklich, dann aber erschreckend deutlich. Innerhalb weniger Jahre verschwanden all die Freunde, mit denen er bisher Kontakt gepflegt hatte. Zu Beginn des Jahres 1937 teilte ihm Bernard Brentano mit, daß Ernst Ottwalt verhaftet worden sei. Da er Brentanos Gesinnungswandel kannte, hielt er diese Mitteilung für nicht sehr vertrauenswürdig. Brecht schrieb ihm, daß er davon auch schon gehört habe, aber die Nachricht stamme nur aus bürgerlichen Blättern. „Ich selbst stand mit ihm seit Jahren nicht mehr in Korrespondenz."[210] Beunruhigt zeigte er sich von der Nachricht, daß Carola Neher verhaftet worden sei, deren Mann Beteiligung an einer trotzkistischen Gruppierung vorgeworfen wurde. Um für sie etwas zu tun, wandte sich Brecht mehrmals an Lion Feuchtwanger und suchte ihn zu bewegen, sich in dieser Angelegenheit an das Sekretariat von Stalin zu wenden. Im Mai 1937 fragte er bei dem Freund an: „Könnten Sie etwas für die Neher tun, die in M[oskau] sitzen soll, ich weiß allerdings nicht weswegen, aber ich halte sie nicht gerade für eine den Bestand der Union entscheidend gefährdende Person. Vielleicht ist sie durch irgendeine Frauenaffäre in was hineingeschlittert."[211] Obwohl er sie für eine gute Kommunistin hielt, traute er ihr schon zu, in irgendeinen politischen Skandal verwickelt zu sein. Ihr Temperament wie auch ihre Unbeherrschtheit kannte er nur zu gut. Andererseits konnte er sich nicht vorstellen, daß sie zu irgendwelchen politisch konterrevolutionären Plattformen fähig wäre. Sollte sie sich aber, gab Brecht Feuchtwanger zu verstehen, an „hochverräterischen Umtrieben" beteiligt haben, dann könne man ihr nicht helfen. Brecht neigte 1937 noch zu der Auffassung, daß es sich hier um einen Fehlgriff handle. Nochmals bat er Feuchtwanger, er möge sich wegen der Neher mit einem Telegramm an die Sowjetregierung wenden. Gorki habe sich in ähnlichen Fällen auch so verhalten. „Wenn sie verurteilt wurde, geschah das keinesfalls ohne reichliches Material, aber man hat ja drüben nicht die Auffassung ‚ein Pfund Verbrechen – ein Pfund Strafe', man will lediglich den Sowjetstaat schützen, da kann man Nichtrussen vielleicht ausweisen? Sie ist immer noch ein Wert, eine große Schauspielerin. Wissenschaftler, die sich vergangen hatten (wie Ramsin), hat man mit Recht weiterbeschäftigt, das kann man drüben mit der N. nicht machen, sie spielt nicht russisch. Aber wir können es machen."[212]

Brecht kümmerte sich jedoch nicht nur um Menschen, die ihm persönlich nahestanden. Mit gleicher Intensität wie im Falle der Neher bemühte er sich um die Klärung des Schicksals von Hermann Borchardt. Den nicht mehr jungen und ganz anders veranlagten Schriftsteller hatte Brecht früher eher mit gutmütigem Spott betrachtet. Um ihn hätten, so berichtete Brecht, als er ihn nach der Vertreibung aus Deutschland in Paris traf, alle Wohltätigkeitsvereinigungen einen Bogen gemacht, wegen seines moralischen Anspruchs. Borchardt ging in die Sowjetunion, um sein Wissen der Kulturrevolution zur Verfügung zu stellen, wurde dann aber aus der Sowjetunion ausgewiesen. In einem Rundbrief an seine Freunde setzte sich Brecht für Borchardt ein, dessen Fall er so darstellte: „Wohin er von der UdSSR wollte, wurde ihm natürlich freigestellt. Tollerweise fuhr er nach Deutschland zurück, anscheinend in einem Zustand völliger Verwirrung und nervösen Zusammenbruchs. Seine Frau hatte dort noch ihre Eltern, von denen er anscheinend erwartete, sie würden ihn und seine Familie finanziell unterstützen. Er kam ins Konzentrationslager."[213] Es gelang, Borchardt eine Einladung nach den USA zu verschaffen.

Daß Brecht selbst bei der Verhaftung ihm nahestehender Menschen, die er gut zu kennen glaubte, zunächst davon ausging, die Verurteilung könne durchaus zu Recht erfolgt oder aber ein Irrtum sein, zeigte sich bei der bestürzenden Nachricht von der Erschießung Sergej Tretjakows. Ihn hatte ein Volksgericht als Spion verurteilt. Die Nachricht traf Brecht hart. Zu Tretjakow hatte er von jeher als zu seinem Lehrer aufgeschaut. Daß er ein Spion, ein Feind der neuen Ordnung sein könnte, mußte ihm ganz unglaubhaft erscheinen. Dennoch ging er davon aus, daß in Zeiten, in denen sich alles ändert, auch der Freund zum Feind werden könne. In einem Gedicht, „Ist das Volk unfehlbar?", offenbarte er seine Zweifel:

4

Der Feind geht in Verkleidung.
Er zieht eine Arbeitermütze ins Gesicht. Seine
    Freunde
Kennen ihn als eifrigen Arbeiter. Seine Frau
Zeigt die löchrigen Sohlen
Die er sich im Dienst des Volkes durchlaufen hat.
Und er ist doch ein Feind. War mein Lehrer ein
    solcher?
Gesetzt, er ist unschuldig?[214]

In diesem Gedicht geht Brecht die verschiedenen Situationen durch und versucht, entsprechend der Lage unerbittlich zu sein:

Kanäle und Dämme zum Wohl ganzer Kontinente,
    und die Kanäle
Verschlammen, und die Dämme
Stürzen ein. Der Leiter muß erschossen werden.
...
Was 5000 gebaut haben, kann einer zerstören.
...

Doch jede der sieben Strophen schließt mit der Verszeile „Gesetzt, er ist unschuldig?" Brecht, der körperlich feige war, muß die Situation Tretjakows tief durchlitten haben. Obwohl weniger dem Thema des Todes zugewandt, beschäftigte sich seine Phantasie gerade in der Lyrik mit dem letzten Schritt, der den Menschen zu tun bleibt: „Aber als er zur Wand ging, um erschossen zu werden". Aber erschossen von denen, die für die gleiche Sache kämpften! Er faßte das Entsetzliche in den letzten beiden Verszeilen zusammen:

7
Gesetzt, er ist unschuldig
Wie mag er zum Tod gehn?

All die bitteren Nachrichten, die ihn vom Schicksal seiner Freunde erreichten, versuchte er aus der Härte der Kämpfe zu erklären. Obwohl tief betroffen, wehrte er sich, voreilige Schlüsse zu ziehen. Doch kamen neue Meldungen, die ihn niederdrückten. Im Januar 1939 setzte er Kolzows Namen zu denen, die nicht mehr erreichbar waren. Eher rat- und hilflos als auf den Gang der weiteren Ereignisse vertrauend, schrieb er Maria Osten, der Lebensgefährtin Kolzows: „Liebe Maria, Ihre Zeilen über Kolzow haben mich sehr erschreckt. Ich hatte gar nichts gehört. Jetzt sagt man mir, daß auch in Kopenhagener Zeitungen Gerüchte, er sei verhaftet, wiedergegeben worden sind. Ich hoffe so sehr, daß sich die Gerüchte nicht bestätigen. Bitte teilen Sie mir gleich mit, wenn Sie Genaueres erfahren oder überhaupt etwas. Ich kann mir einfach nicht denken, was er getan haben könnte, ich habe ihn wirklich nur immer unermüdlich für die Sowjetunion arbeiten sehen. Haben Sie irgendeine Ahnung, was ihm zur Last gelegt wird?"[215] Im „Arbeitsjournal" vermerkte er: „auch béla kun ist verhaftet, der einzige, den ich von den politikern gesehen habe." Von Reich und der Lacis erreichten ihn keine Nachrichten mehr. Kolzow nannte er seine letzte Verbindung „mit drüben".[216]

Während ihm die Ereignisse zusetzten, die den engeren Freundeskreis betrafen, gab es in der Emigration eine erbitterte Diskussion über die politischen Prozesse in Moskau. Daß Sinowjew, Kamenew, Radek, also die ehemaligen Mitarbeiter Lenins, vor Gericht gestellt und zum Tode verurteilt wurden, führte zu einer Auseinandersetzung, die zeitweise alle Bemühungen um eine antifaschistische Volksfront lahmzulegen drohte. Die alten antisowjetischen Hetzer trumpften wieder auf. Aber auch viele, die bisher mit Sympathie auf die Sowjetunion und die von dort kommenden Neuerungen geblickt hatten, wandelten sich zu erbitterten Gegnern. Jahrelange Kampfgefährten gingen auseinander. Die bisher gemeinsam gefochten hatten, standen sich jetzt gegenüber. Feuchtwanger beschrieb die Atmosphäre in seinem Reisebericht „Moskau 1937": „Eine ganze Reihe von Männern, die vorher Freunde der Sowjet-Union gewesen waren, sind durch diese Prozesse zu ihren Gegnern geworden. Einige, die in der Gesellschaftsordnung der Union das Ideal des sozialistischen Humanismus gesehen hatten, waren nach diesem Prozeß wie vor den Kopf geschlagen; für diese Leute hatten die Kugeln, welche die Sinowjew und Kamenew getroffen, nicht nur diese, sondern die ganze neue Welt erschossen."[217]

Als Bucharin 1938 vor Gericht stand, nahm die Auseinandersetzung so heftige Formen an, daß Brecht nach Mitteln und Wegen suchte, um wenigstens innerhalb des Freundeskreises eine Verständigung herbeizuführen. So wollte er sich mit einem Rundschreiben an seine Freunde wenden. In einem für Walter Benjamin bestimmten Vorspann heißt es: „Dies ist meine Meinung, die Prozesse betreffend. Ich teile sie, in meinem isolierten Svendborg sitzend, nur Ihnen mit und wäre Ihnen dankbar, wenn Sie mir mitteilen, ob eine Argumentation dieser Art Ihnen nach Lage der Dinge politisch richtig erscheint oder nicht."[218] Der in verschiedenen Varianten entworfene Text, der die Moskauer Prozesse als notwendig verteidigt, wurde jedoch nicht abgeschickt.

Brechts Freundeskreis war groß, schon deshalb war die Idee mit dem Rundschreiben nicht so abwegig, wenn auch äußerst schwierig. Denn allein schon bei so alten Freunden wie Karl Korsch und George Grosz hätte er in dieser Sache nichts ausgerichtet. Andere wiederum, so Feuchtwanger, Bloch und Heinrich Mann, fühlten sich wie er zu einer Stellungnahme veranlaßt. Sie wandten sich jedoch an die Öffentlichkeit. Wie Brecht, so verteidigten auch sie die Prozesse in Moskau. Zwischen ihnen und Brecht gab es viele Gemeinsamkeiten, insbesondere was die Gründe betraf, die sie zur Wortmeldung veranlaßten, aber auch aufschlußreiche Unterschiede, aufschlußreich vor allem im Hinblick auf die allgemeine Situation, in der sich damals die fortschrittlichen Intellektuellen befanden.

Ob nun Brecht, Feuchtwanger, Bloch oder Heinrich Mann, sie alle trieb die Sorge, daß die Prozesse die Front gegen den Hitlerfaschismus zu einer Zeit aufreißen konnten, in der der Krieg kurz bevorstand. Deshalb richteten sie ihre Erklärungen in erster Linie an die antifaschistischen Emigranten. Mit ihnen wollten sie im Gespräch bleiben; mit ihnen wollten sie sich über die Prozesse verständigen. Entsprechend ihrer politischen und literarischen Position gingen sie sehr unterschiedlich an das Phänomen heran. Ernst Bloch verteidigte die Prozesse, indem er auf die verhängnisvolle Tradition deutscher Literatur- und Geistesgeschichte verwies. Hatte doch die revolutionäre Gewalt von jeher die besten Geister abgeschreckt, Partei für den Fortschritt zu ergreifen: „Wir meinen die Schwankungen deutscher Dichter und Denker im Verlauf der *französischen* Revolution, wir meinen die Zweifel zehn, zwanzig Jahre nach 1789. Wir meinen den Choc, als der Westwind, unweigerlich, auch Blutgeruch mit sich führte.

Gewiß, es bestehen Unterschiede (und zwar nicht zugunsten der heutigen Schwenkung). Die französische Revolution ist nicht die russische, die ‚Schreckenszeit' erst recht nicht die der Prozesse. ... Wieder sind zwanzig Jahre seit einem großen und befreienden Ereignis vergangen. Wieder hat revolutionäre Verteidigung (wenn auch nicht ‚Schrecken') einen Choc außerhalb der Grenzen hervorgerufen. Aber die Einsicht in die Bedrohung der Revolution ist heute leichter erlangbar als in den zwanzig Jahren nach 1789; dies wenigstens könnten unsere Schriftsteller vor den irrenden Großen von damals voraus haben."[219] Daß die Angeklagten mit den Faschisten konspiriert hätten, davon war Bloch überzeugt. „Es ist eine Naivität ohnegleichen, Trotzkis Pläne zu bezweifeln, weil er sie in seinen letzten Büchern nicht jedem freundlichen Käufer expressis verbis dargestellt hat. Und es wäre eine wirkliche Unbegreiflichkeit, wenn Gestapo und Trotzkismus im gemeinsamen Haß sich nicht getroffen hätten, gegebenenfalls auch im Willen, zuguterletzt sich zu betrügen."[220] Den trotzkistischen Haß sah er zu Abenteuern bereit, in deren Ergebnis ihm nicht nur der Kapitalismus, sondern auch der Faschismus in Moskau möglich erschien. Gegenüber einer solchen Gefahr aber konnte es nur einen ganz eindeutigen Standpunkt geben. „Sie [die Angeklagten – W. M.] haben ein großes Spiel gegen die Partei gespielt, sie haben sich mit dem fascistischen Teufel verbündet, um das Spiel zu gewinnen, und haben es verloren. Sie sind politische Verbrecher und Schädlinge großen Ausmaßes geworden und gestehen dies auch ein."[221]

Diese Meinung teilte auch Feuchtwanger, nur war er in seiner Argumentation noch weniger zurückhaltend. Bloch brachte politische Überlegungen vor, die sich zwar in Hinsicht auf die konkreten Personen als falsch erwiesen, als politische Wendungen aber durchaus möglich erschienen. Feuchtwanger dachte dagegen selbst in politischen

Dingen vorwiegend literarisch. „Wenn Alkibiades zu den Persern ging, warum nicht Trotzki zu den Faschisten?"[222] Bei seinem Moskaubesuch hatte er Gelegenheit gehabt, dem Prozeß gegen Pjatakow und Radek beizuwohnen. Während ihm vorher die Geständnisse der Angeklagten mehr als merkwürdig vorgekommen seien, habe ihn der Prozeßverlauf völlig von der Schuld der Angeklagten überzeugt. Was Feuchtwanger so geneigt machte, von der Schuld der Angeklagten zu sprechen, war die psychologische Situation, in der sich, wie er meinte, Trotzki und die von ihm geführte Opposition befänden: „Was er in Wort und Schrift tat, sollte er es nicht auch in Taten tun? Ist es wirklich so ‚undenkbar', daß ihm, dem Manne, der sich allein für den geeigneten Führer der Revolution hielt, kein Mittel zu schlecht war, den ‚falschen Messias' von seinem durch kleine Lügen erschlichenen Sitz zu stürzen? Mir scheint, das ist sehr wohl denkbar."[223] Auch das Auftreten der Angeklagten schilderte er vorwiegend aus einem solchen psychologischen Blickwinkel: „Brüsk etwa schob er [Radek – W. M.] Pjatakow fort vom Mikrophon und stellte sich selber hin, manchmal schlug er mit der Zeitung auf die Barriere, oder er nahm sein Teeglas, warf ein Scheibchen Zitrone hinein, rührte herum, und während er die ungeheuerlichsten Dinge vorbrachte, trank er in kleinen Schlucken. Ganz frei indes von jeder Pose war er, während er sein Schlußwort sprach, in welchem er bekannte, warum er gestanden habe, und es wirkte denn auch dieses Bekenntnis, so ungezwungen er sich gab, und trotz der vollendet schönen Formulierung, als die Offenbarung eines Menschen in großer Not und ergreifend."[224] In dieser feuilletonistischen Art schilderte Feuchtwanger dann auch den Abschluß des Gerichtsverfahrens: „Von den siebzehn Angeklagten bitten zwölf die Richter, ihr Geständnis bei der Urteilsfindung als mildernden Umstand zu berücksichtigen. Sie mußten wohl oder übel alle für diese Bitte ziemlich ähnliche Wendungen gebrauchen, und dies hatte zuletzt eine fast grausige, tragikomische Wirkung. Am Ende nämlich, als die letzten der Angeklagten ihr Schlußwort sprachen, wartete man schon geradezu nervös auf diese Bitte, und als sie dann wirklich kam, und notwendig in der gleichen monotonen Form, konnten die Zuhörer das Lachen kaum mehr unterdrücken."[225]

Heinrich Mann erachtete die Prozesse als notwendig, weil die Sowjetunion im Sinne Zolas „moralisch gerüstet" sein müsse. Ankläger und Angeklagte seien in diesem Prozeß in gleicher Weise daran interessiert gewesen, in den Besitz der „unterirdischen Wahrheit" zu kommen. Den „Schuldigen" fand er wie in einer großen Szene Dostojewskis allein schon durch das „abgründig tiefe Verhör" gereinigt. Auch bei ihm überwog also die Psychologisierung politischer Vorgänge.

Brechts Argumentation unterschied sich insofern nicht von der Feuchtwangers und Blochs, als auch er annahm, daß eine Zusammenarbeit der Angeklagten mit kapitalistischen Generalstäben, wenn auch nur über „Einzelpersonen", durchaus als erwiesen angesehen werden müsse. Er ging davon aus, daß Trotzki wie Bucharin mit ihrem Kurs des Unglaubens an die reale Machbarkeit des Sozialismus unter den nun einmal gegebenen Bedingungen eine politische Clique darstellten, die ausgeschaltet werden müsse, wenn nötig mit allen Mitteln. In einem solchen Falle hielt er es für unzulässig, wenn die Mittelfrage die politische Grundfrage überdeckte. Nach dem XX. Parteitag nahm allerdings die Mittelfrage dann eine ganz andere Dimension an. Nicht einsehbar war zum damaligen Zeitpunkt für ihn die Tatsache, daß die Opposition im Lande bereits gebrochen war, so daß sich die Prozesse allein schon aus diesem Grunde als völlig überflüssig erwiesen. In seinen Notizen für das vorgesehene Rundschreiben ging Brecht von der Existenz einer aktiven Verschwörung aus. Daß es sich bei den Auffassungen von Trotzki und Bucharin um defätistische Vorstellungen handelte, die, auf dem Zweifel an der Möglichkeit des Aufbaus des Sozialismus in einem Lande basierend, von der Annahme ausgingen, man werde in diesem zurückgebliebenen Land das forcierte Tempo des sozialistischen Industrieaufbaus nicht durchhalten können, hielt er aus ihren Schriften für erwiesen. In einer solchen Konzeption aber sah er eine Plattform von Abtrünnigen. „Sie ist durch und durch defaitistisch, es ist, bildlich gesprochen, Selbstmord aus Furcht vor dem Tod."[226] Seiner Meinung nach bildete eine solche Plattform eine existentielle Gefährdung des Kampfes, den das Proletariat unter verzweifelten Anstrengungen austrug, und führe zweifelsohne „in den Sumpf gemeiner Verbrechen". Unwahrscheinlich fand er nur, daß die Angeklagten schon während der Revolution bezahlte Agenten des Kapitals gewesen seien.

Im Buch „Me-ti", in dem die philosophische Reflexion dominiert, während sich das Rundschreiben mit einer für ihn unannehmbaren Argumentation auseinandersetzt, ging Brecht das Thema vorsichtiger, differenzierter an. Falsche, schädliche Konzeptionen und gemeine Verbrechen sind nunmehr zweierlei. Die falsche Konzeption hielt er für erwiesen, die Verbrechen nicht. In dem Kapitel „Die Prozesse des Ni-en" heißt es: „Me-ti tadelte den Ni-en, weil er in seinen Prozessen gegen seine Feinde im Verein vom Volk zuviel Vertrauen verlangte. Er sagte: Wenn man von mir verlangt, daß ich etwas Beweisbares glaube (ohne den Beweis), so ist das, wie wenn man von mir verlangt, daß ich etwas Unbeweisbares glaube. Ich tue es nicht. Ni-en mag dem Volk genützt haben durch die Entfernung seiner Feinde im Verein, er hat es jedoch nicht bewiesen. Durch den beweislosen Prozeß hat er dem Volk geschadet. Er hätte es lehren müssen, Beweise zu verlangen und das besonders von ihm, dem im allgemeinen so Nützlichen."[227]

Für Brecht garantierte Stalin die Fortführung der sozialistischen Revolution, zugleich aber stellt er fest, daß es „noch überall Zwang und keine richtige Volksherrschaft" gebe. Den entscheidenden Fehler, den er Stalin in „Me-ti" vorwirft, formulierte er so: „Daß er die Organisation der Planarbeit zu einer ökonomischen statt zu einer politischen Sache machte, war ein Fehler."[228] So schädlich er alle Konzeptionen von Trotzki bis Bucharin für die Weiterführung der sozialistischen Revolution hielt, so war ihm doch jede Form autoritärer Staatsführung verhaßt. Er hielt nur etwas von kollektiver Weisheit. Und für ihn als marxistischen Revolutionär kam keine Situation in Betracht, in der nicht mit Nutzen für das sozialistische Gemeinwesen von ihr Gebrauch gemacht werden könne. Wurde aber jede Diskussion ausgeschaltet, konnte eine marxistisch-leninistische Politik nicht mehr funktionieren. Mit aller Schärfe kam Brecht nach dem XX. Parteitag auf diese Entwicklung zu sprechen:

> zur züchtung winterfesten weizens
> zieht man viele forscher heran
> soll der aufbau des sozialismus
> von ein paar leuten im dunkel zusammengepfuscht
> werden?[229]

Dasselbe Problem erörterte Georg Lukács 1962 in seinem Brief an Alberto Carocci von einer anderen Seite her. Auch er war der Ansicht, daß es sich bei den Auffassungen von Trotzki und Bucharin um schädliche Konzeptionen handelte und Stalin die sozialistische Revolution verteidigte, wenn er sich gegen sie wandte. Er warf aber Stalin vor, daß er im Gegensatz zu Lenin keinen Unterschied mehr zwischen Theorie, Strategie und Taktik gemacht, daß er vor allem das für Lenin so wichtige Moment des taktischen Rückzugs völlig ignoriert hätte. Bestimmte Notwendigkeiten des taktischen Rückzugs seien von Stalin stets als Rechtfertigung aller seiner Maßnahmen hingestellt und als unmittelbar notwendige Folgen der marxistisch-leninistischen Theorie ausgegeben worden. Entsprechend seinem Autoritätsanspruch sei es dann immer darauf hinausgelaufen, die Theorie umzumodeln. Lukács zog daraus die politische Schlußfolgerung, daß die Marxisten mit der Geringschätzung der praktischen Demokratie Schluß machen müßten.[230]

Die unterschiedlichen Wertungen in dem Entwurf eines Rundschreibens und in den Tagebuchnotizen weisen darauf hin, daß Brecht über die Prozesse wie über das Phänomen Stalin insgesamt keine feststehende Meinung hatte und sich dazu auch bis zu der enthüllenden Rede Chruschtschows auf dem XX. Parteitag der KPdSU nicht durchringen konnte. Wenn er auch viele Irrtümer mit seinen fortschrittlichen Zeitgenossen teilte, so war er doch um einen historisierenden Standpunkt bemüht und willens, sich nicht durch die äußeren Formen des Personenkults in eine antisowjetische Haltung hineinmanövrieren zu lassen. So verteidigte er Stalin gegen die bürgerliche und linksoppositionelle Kritik, ohne sich aber auf die Position der direkten Apologie zu begeben. Insofern kam es bei ihm nach dem XX. Parteitag auch nicht zu einem solchen abrupten Bruch wie bei vielen marxistischen Denkern, die sich durch die enthüllenden Berichte veranlaßt sahen, ihre Haltung grundlegend zu überprüfen.

Dennoch erschütterten die Berichte auch ihn. Seine Formulierungen verschärften sich ungemein. So sprach er jetzt von Stalin als dem „verdienten Mörder des Volkes“[231]. Die unverdienten Leiden und der Tod von Tausenden der Partei und dem Kommunismus treu ergebenen Genossen ließen nicht mehr die Argumentation zu, der sich

Brecht früher bedient hatte: daß stets genau untersucht worden sei, daß in bestimmten Situationen eben mit unerbittlicher Härte, notfalls mit Terror vorgegangen werden müsse. Nach dem XX. Parteitag zeigte sich, daß bei den Verhaftungen der vielen gar nicht untersucht worden war, sondern daß es sich hier einfach um Repressalien handelte. Nicht um Irrtum, sondern um ganz bewußte Verurteilung und Vernichtung.

Fortan behandelte Brecht die Probleme in einer anderen Diktion. So heißt es in einem Gedicht von 1956:

die anbeter sehen sich um:
was war falsch? der gott?
oder das beten?
aber die maschinen?
aber die siegestrophäen?
aber das kind ohne brot?
aber der blutenden genossen
ungehörter angstschrei?
der alles befohlen hat
hat nicht alles gemacht.
versprochen worden sind äpfel
ausgeblieben ist brot.[232]

Wenn sich auch die Diktion außerordentlich verschärfte, die größeren Einsichten in die historischen Vorgänge und Ursachen der Stalinschen Innenpolitik sind nicht in den Texten der fünfziger, sondern der dreißiger Jahre, also aus der Zeit der unmittelbaren Auseinandersetzung, zu finden.

Um seine Gedanken über Stalin, über den Aufbau des Sozialismus in einem Land, über Trotzkis Theorien, über das Verhalten der Intellektuellen zur großen Ordnung, zur großen Produktion darzulegen, suchte Brecht nach einer Form, der mehr Gewicht als der spontanen Notiz und Tagebucheintragung zukam, die ihm vielmehr eine der Wichtigkeit der Dinge angemessene Strenge, Dichte und Tiefe der Überlegungen abnötigte. Vorbildlich in dieser Hinsicht erschien ihm die Art und Weise, wie die alten Chinesen ihre Einsicht in den Lauf der Welt abzufassen pflegten. Bereits in den frühen dreißiger Jahren war Brecht durch die rührige Arbeit einer sinologischen Gesellschaft auf den Me-ti gestoßen. Dieser chinesische Philosoph aus der Zeit 480 bis 400 v. u. Z., der bisher selbst in Fachkreisen weitgehend unbekannt war, regte Brecht an, sich einmal dieses fernöstlichen Musters zu bedienen. Er färbte die neuen Gedanken in die alte Vorlage ein, so daß eine äußerst reizvolle Verbindung zwischen der alten Form, die Wahrheit zu sagen, und den neuen Einsichten zustande kam. Die verschiedenen Textschichten, die miteinander korrespondieren, tragen dazu bei, den Lesenden, den Aufnehmenden nachdenklich zu machen.

„Me-ti. Buch der Wendungen“ entstand als Reflexion über die philosophischen und politischen Gespräche, die Brecht in jenen Jahren mit Gleichgesinnten und Andersdenkenden führte. Der Gesprächsgestus, in dem sich der Denkvorgang materialisiert, gab ihm die Möglichkeit, bestimmte Betrachtungsweisen zu demonstrieren, so daß auch die Ursachen und Folgen dieser Ansichten sichtbar wurden. Die Meinungen, die ihn erreichten, mußten durchdacht und geprüft werden. Dabei war zu unterscheiden zwischen jenen Aussagen, die auf Kenntnis der Dinge beruhten, und solchen, bei denen es sich nur um Meinungen über Meinungen handelte. Vor allem aber galt es zu untersuchen, welche Interessen sich in den Auslegungen artikulierten. In den Gesprächen mit den Intellektuellen, den „Kopfarbeitern“, interessierten ihn nicht nur die Argumente, sondern mehr noch die Denkweise, mit der sie operierten. Wenn im „Me-ti“ über Stalin (Ni-en) gesprochen wird, spielt sich das auf mehreren Ebenen ab:

die realen Vorgänge führen zu Meinungen, die Meinungen wiederum bilden den Gegenstand der Untersuchung. Brecht legte nicht einfach seine Ansicht dar, vielmehr versuchte er, aus der Konfrontation der verschiedenen Ebenen eine Haltung abzuleiten, die den politischen Vorgängen gegenüber eingenommen werden konnte. In ihrer letzten Konsequenz ist sie nicht so sehr das Resultat der Erkenntnis als mehr Anleitung zum Denken, ein dialektischer Impuls, der zur Erkenntnis verhelfen soll.

Der Kult um die Person Stalins war bereits in den dreißiger Jahren häufiger Gesprächsstoff unter den Intellektuellen. Und man wollte natürlich Brechts Ansicht wissen, schließlich galt er als der entschiedene Verfechter einer kollektiven Denk- und Handlungsweise, und er war es gewesen, der die „Mittelpunktstellung" des Individuums am heftigsten attackiert hatte. Deshalb erhofften sich von ihm viele Intellektuelle in der Kultfrage kritischen Beistand. Doch von allen mit Stalin im Zusammenhang stehenden Fragen interessierte ihn diese am wenigsten. Eben weil er den Kurssturz der Person in den zwanziger Jahren mit Macht betrieben hatte, schien es ihm vom Standpunkt der marxistischen Philosophie aus ganz und gar unhaltbar, von diesem Punkt her tiefere Einsicht in die Vorgänge zu gewinnen. Wie Brecht einem Menschen nachsagte, daß er den Nationalismus noch nicht überwunden habe, wenn er auf eine nationalistische Provokation nationalistisch reagiere, so glaubte er den noch keinen Schritt weiter, der die Kritik am Personenkult mit der Untersuchung der Person begann. Daß ihn jedoch die Person Stalins, dessen Bildung, psychische Beweggründe usw., kaum interessierte, ist sicherlich kein Vorteil, eher eine Einseitigkeit. Aber damals gab es dazu wenig zuverlässige Quellen.

Im „Me-ti" legte Brecht seine Meinung zur Kultfrage so dar: „Die Verehrung des Ni-en nahm oft solche Formen an, daß sie einer Entehrung der Verehrenden gleichkam. Me-ti kümmerte sich nicht besonders darum. Er sagte: Ni-en baut die große Produktion auf. Das ist ein höchst wagemutiges Werk, da solches noch niemals wo versucht wurde. Es verlangt großen Kredit von der Seite des Volkes. Ni-en weiß sich ihn zu verschaffen. Wodurch sonst als durch die Produktion sollen die Leute klüger und selbstbewußter werden? Etwa nur durch Belehrung?“[233] Hier wird Brechts Haltung, besser noch, seine Methode deutlich. Zunächst einmal lenkte er von der Frage des Personenkults weg auf die gesellschaftlichen Prozesse und geschichtsbildenden Faktoren. Der Aufbau der sozialistischen Produktion war für ihn das entscheidende Kriterium. Alles andere zählte er zum Ideologischen und war ihm erst in zweiter Linie wichtig.

Brechts dialektische Betrachtungsweise läßt sich am besten nachvollziehen, vergleicht man die Darlegung über die Verehrung des Ni-en mit dem Kapitel „Die Widersprüche in Su“. Hier legt er dar, daß oft die segensreichsten Einrichtungen von Schurken geschaffen werden, während nicht wenige tugendhafte Leute dem Fortschritt im Wege stehen. Das Nützliche werde nicht immer mit den besten Motiven betrieben, der Fortschritt werde auch mit schmutzigen, blutigen Händen in Gang gesetzt, und die neue Zeit sehe gelegentlich aus wie eine „alte Vettel“, aber es bleibe doch die neue Zeit. Dabei verlor Brecht nicht aus dem Auge, daß man die widerlichen Formen der Verehrung von Führern nicht hinnehmen dürfe, daß gerade die tiefere historische Erkenntnis des Phänomens genutzt werden müsse, um seine Beseitigung zu betreiben.

Daß er nach dem XX. Parteitag nicht mehr die souverän gelassene philosophische Haltung hinsichtlich der Person Stalins aufbrachte, ist nur zu verständlich. Er teilte die Verbitterung und Enttäuschung von Millionen Marxisten über die Schädigung, die durch Stalins Politik eingetreten war. Aber das änderte nichts an der Beantwortung der Frage, die er nach wie vor als die entscheidende betrachtete. Für ihn hatte Stalin allen Widerständen und skeptischen Überlegungen in den eigenen Reihen zum Trotz den Aufbau einer sozialistischen Industrie, einer sozialistischen ökonomischen Basis durchgesetzt. Dieses Argument wurde von ihm immer wieder vorgebracht, sei es im Briefwechsel mit Freunden, im Gespräch mit Gleichgesinnten oder Andersdenkenden, im „Me-ti“ oder im „Arbeitsjournal“.

Bereits gegenüber Brentano hatte er zu bedenken gegeben, daß es sich bei dem Aufbau des Sozialismus doch um einen verwickelten Prozeß handele. Von außen betrachtet, sehe es zwar so aus, als ob alles unter dem Vollzug von Befehlen vor sich gehe. Die sozialistische Industrie werde unter furchtbaren Widersprüchen aufgebaut. Das russische Proletariat ringe mit Raubstaaten ringsum, es müsse Brot herbeischaffen, den Feldbau umwälzen, Gewalt anwenden, dann wieder nachgeben, hier alten Lastern schmeicheln, dort neue Tugenden produzieren, es müsse gegen sich selber ein gleitendes System des Zwangs etablieren, um zu bestehen, aber es erhoffe sich alles von der Entwicklung der Produktivkräfte. Als schwach empfand er andererseits auch die Argumentation, alles, was in der Sowjetunion vor sich gehe, einfach zu loben, sogar die Fehler, die unausbleiblich waren. Das Proletariat zahle für den Aufbau des Sozialismus einen furchtbaren Preis. So sehe die reale Lage aus, dagegen sei etwas „trostlos Utopisches um die ganzen Abtrünnigen herum“.

Brecht ging davon aus, daß in der Sowjetunion „beträchtliche sozialistische Elemente materieller Art“ vorhanden seien, die auch Erleichterungen für die Menschen gebracht hätten, andere von der Befreiung der Produktivkräfte erhoffte Entwicklungen jedoch ausgeblieben wären. Der Schritt sei eben noch nicht groß genug gewesen. In dieser Hinsicht waren seine Erwartungen allerdings hoch gespannt. Gerade dort, wo er in seiner Fragestellung konsequent materialistisch verfuhr, stellte sich bei ihm etwas Utopisches ein, insofern er vom Aufbau einer sozialistischen Basis sehr direkt auf die Befreiung menschlicher Produktivität schloß. In den vierziger Jahren versuchte er immer stärker, die sozialistische Produktion als die „große Produktion" zu definieren, die die Befreiung von allen Fesseln bringen müsse. Die Produkte dieser „großen Produktion" sollten dann ebenso Bewässerungsanlagen wie Charaktere sein. Die Auseinandersetzung darüber, was Sozialismus sei und was nicht, beschäftigte ihn so intensiv, daß er seine Argumentation in verschiedenen Formen und in mehreren Arbeiten und Notierungen zum Ausdruck brachte. Im „Me-ti" stellte er die Sachlage so dar: „Die Fortschrittlichen der ganzen Welt sind in zwei Lager gespalten. Die einen meinen, in Su herrsche die *Große Ordnung*, die andern, sie herrsche dort nicht. Beides ist falsch und richtig. Einige Hauptelemente der *Großen Ordnung* sind angelegt und werden entwickelt. Der Besitz der einzelnen an Arbeitsmitteln ist abgeschafft, und indem auch die Erde als ein solches Arbeitsmittel betrachtet wird und der Einzelbesitz an Erde abgeschafft ist, verschwindet der Gegensatz von Stadt und Land, denn auch die Erde kann jetzt auf große planmäßige Art bebaut werden. Aber das neue System, das fortschrittlichste der Weltgeschichte, arbeitet noch sehr schlecht und wenig organisch und braucht soviel Anstrengung und Gewaltanwendung, daß die Freiheiten der einzelnen sehr gering sind. Da es von geringen Einheiten von Menschen erzwungen wird, gibt es überall Zwang und keine richtige Volksherrschaft. Die Meinungsfreiheit, Koalitionsunfreiheit, Lippendienerei, die Gewalttaten der Magistrate beweisen, daß noch lange nicht alle Grundelemente der *Großen Ordnung* verwirklicht sind und entwickelt werden."[234]

Die Fehler Stalins hat Brecht an keiner Stelle, auch nicht in sehr persönlich gehaltenen Briefen, härter kritisiert als im „Me-ti". An seiner Grundeinstellung festhaltend, ging er davon aus, daß es unter Stalin in der Sowjetunion zum Aufbau und zum Verfall gekommen sei. Im „Me-ti" sprach er von der Selbstherrschaft des Ni-en. Mit seiner Argumentationsweise, zuerst von der Tatsache des sozialistischen Aufbaus auszugehen, kam er jedoch zusehends in Schwierigkeiten, denn auch Stalin benutzte sie auf seine Weise. „In Su wurde alle Weisheit auf den Aufbau verwiesen und aus der Politik verjagt."[235] Das politische Klima verschlechterte sich in einem Maße, daß sich außerhalb der Sowjetunion jeder, wie Brecht schreibt, der Bestochenheit verdächtig machte, der Stalins Verdienst lobte, in der Sowjetunion aber jeder des Verrats beschuldigt wurde, der Fehler zur Sprache brachte. Aber in einem nicht zu Ende geschriebenen Brief an Karl Korsch vom Februar/März 1939 distanzierte er sich entschieden von der Art, wie Korsch die Sowjetunion kritisierte. Wieder betonte er: „Das Regime, der Staatsapparat, die Partei, wenn Sie wollen, ihre Spitze, entwickelt die Produktivkräfte."[236] Die Haltung, die Marxisten außerhalb der Sowjetunion zur Stalinschen Politik einnehmen könnten, so vermerkt er im „Arbeitsjournal", sei vergleichbar mit der von Marx gegenüber der deutschen Sozialdemokratie: „positiv kritisch".

Da für Brecht die vieldiskutierte Frage nach mehr Freiheit für den einzelnen ein Problem der Produktion war, gehörte er nicht zu denen, die, wie Georg Lukács, mehr Beachtung der Demokratie verlangten, die forderten, daß mit der Geringschätzung der Demokratie Schluß gemacht werde. Daß im Kampf gegen den Faschismus vielerorts wieder die Demokratie beschworen wurde, billigte Brecht zwar als Plattform des Kampfes, aber er sah nach der Niederlage der revolutionären Kräfte bei einigen Intellektuellen auch ein Unterkriechen unter die bürgerliche Demokratie. Demokratie als Prinzip der Hoffnung empfand er als eine viel zu schmähliche politische Position, um für sie Verständnis aufzubringen. So meinte er in seinem „Caesar"-Roman, in der Demokratie habe jeder ausgespielt, der sich als Demokrat aufspiele. Über sie verfüge nur, wer auch über Geld verfüge. Insofern betrachtete er sie als eine Spielart des Staates zur Gewaltanwendung einer Klasse gegen eine andere. Brecht hielt auch philosophisch das gesamte Demokratieverständnis für derart heruntergewirtschaftet und geistig ausgepumpt, daß er keine Mühe darauf verwandte, hier neue Impulse zu finden. Bereits in den ersten Exiljahren machte er Brentano klar, daß es sich bei der Demokratie nur um eine taktische Frage handeln könne. Zwar hielt er es für sinnlos, sich pauschal gegen sie zu wenden, denn sie könne für sehr verschiedene Zwecke gebraucht werden. Im „Me-ti" legte er seine Meinung Lenin (Mi-en-leh) in den Mund: „Das Einführen der Demokratie kann zur Einführung der Diktatur führen. Das Einführen der Diktatur kann zur Demokratie führen."[237] Für ihn war sie weitgehend eine formale Kategorie. Bei diesem Standpunkt blieb er. Selbst in den fünfziger Jahren, als er in dem zunehmenden Bürokratismus ein ernstes Hindernis für die sozialistische Entwicklung erkannte, dachte er nicht daran, in der Demokratie eine Lösung zu sehen. Das hinderte ihn wiederum nicht, sich gelegentlich ihrer Nützlichkeit zu erinnern. Er geriet hier in ein ähnliches Dilemma wie mit seiner Forderung nach politischer Kunst. Als die Ideologisierung die Kunst immer mehr zum Leitartikel machte, meinte er, jetzt sei sogar er geneigt, nach l'art pour l'art zu rufen.

Demokratie erschien ihm nützlich für die bürgerliche Gesellschaft, für das kapitalistische System. Mit ihr ließ sich das Eigentum an den Produktionsmitteln besser verteidigen als mit der Diktatur. Selbst in dem Unterschied zwischen bürgerlicher und sozialistischer Demokratie sah er nicht das geeignete Instrumentarium, um die neuen Formen menschlichen Zusammenlebens zu definieren. Zunächst muß man einmal davon ausgehen, daß Brecht zu jenen gehörte, die, wie Lukács in den Blum-Thesen formulierte, durch das Versagen der Sozialdemokratie eine polemische Haltung zur Demokratie bezogen. Wenn er zum Beispiel in der Emigration die Meinung einiger SAP-Genossen entschieden zurückwies, in Stalin das entscheidende Hindernis für eine deutsche Revolution zu sehen, so auch deshalb, weil er mit dieser Argumentation eine Wiederholung der Situation von 1918 vermutete. Nicht in Stalin, sondern in dem Demokratieverständnis der Sozialdemokratie sah er das entscheidende Hindernis für die deutsche Revolution. Man kann Brecht zwar Gleichgültigkeit gegenüber dem Demokratiebegriff vorwerfen, jedoch nicht gegenüber dem inhaltlichen Vorgang, den dieser Begriff absteckte. Zu dieser Frage entwickelte er sehr originelle Gedanken. Wenn er auch keine Organisationsformen und -mechanismen zur Diskussion stellte – das betrachtete er nicht als seine Sache –, so zeigten seine Überlegungen doch, daß er in der gesamten Problematik eher voraus war, nicht aber hinterherhinkte.

Brecht stellte sich in der Demokratiefrage zunächst auf den Standpunkt Lenins, für den die Demokratie vor allem eine „politische Kategorie“ war. Wenn Lenin Bucharins „Produktionsdemokratie“ kritisierte, indem er darlegte, daß Produktion immer notwendig sei, Demokratie jedoch nicht, so war das ganz die Denkweise, der sich Brecht bediente. Doch während Lenin den unterschiedlichen Charakter der Demokratie in den verschiedenen Phasen der Revolution herausarbeitete, machte Brecht die Demokratie kurzerhand zu einer taktischen Frage. Er ging auch nicht dem Problem nach, das Rosa Luxemburg in ihrer Schrift „Zur russischen Revolution" in der Auseinandersetzung mit Lenin über die Rolle der Demokratie in revolutionären Situationen aufgeworfen hatte, indem sie zwischen dem sozialen Kern und der politischen Form der Demokratie unterschied und vorschlug, den Kern mit sozialen Inhalten aufzuladen. Brecht versuchte, zwischen Lenin und Rosa Luxemburg eigene Überlegungen zu placieren, die ihn ein Leben lang beschäftigten. Ausgehend von der marxistischen Einsicht, daß keine Form endgültig sei, betrachtete er die Demokratie nicht als etwas, das unbedingt weiterentwickelt werden müsse. Warum sollte er, der in der Ästhetik so viele als „ewig" bezeichnete Kategorien verworfen hatte, mit der Demokratie anders verfahren?

Brechts Hoffnung richtete sich auf die Dialektik als das große menschliche Vermögen, das durch die sozialistische Umwälzung eine ganz andere Dimension gewinnen werde. Dialektik als das Auffinden der Widersprüche in den Dingen selbst betrachtete er als eines der eigensüchtigsten Bedürfnisse des Menschen, als eine geradezu naturhafte Veranlagung. Die Revolution erschien ihm auch deshalb so wichtig, weil durch sie der Mensch seine eigentlichen, ihm innewohnenden Vermögen entdecke. So hielt er es für möglich, daß die sozialistische Gesellschaft durch das Studium der Dialektik zu einer dialektischen Denkkultur gelangen könne, mit der eine ganz neue Qualität menschlichen Zusammenlebens eingeleitet werde. Die Konsequenz dieser Auffassung bestehe eben darin, daß die Menschen es als die natürlichste Sache empfinden, sich in ihrer Lage zurechtzufinden und zu behaupten, indem sie die Widersprüche, in die sie verstrickt sind, öffentlich erörtern und alle gesellschaftlichen Institutionen von der Wissenschaft bis zum Theater in diese Untersuchung einbeziehen. Eine solche Denkkultur als ein ganz elementares, selbstsüchtiges Verlangen der Menschen vorausgesetzt, erübrige die Formen und Mechanismen der Demokratie. Wenn dergleichen noch nötig sein sollten, um das Zusammenleben der Menschen besser zu regeln, so müßten es neue sein. Eine materialistisch-dialektische Denkkultur war für Brecht nicht anders als öffentlich und kollektiv vorstellbar. Denn jeder Versuch, Widersprüche zu verschleiern, zu verwischen, würde philosophisch zum Idealismus und politisch zur Verletzung der Kollektivität in der Leitung eines Gemeinwesens führen.

Obwohl Brecht hier in die Gefahr des Utopismus geriet, weil er sich zuviel allein von der Umwälzung der Produktionsverhältnisse erhoffte, oder aber vielleicht auch nur, weil Umwälzung und Entwicklung noch nicht weit genug vorangekommen waren, verfuhr er dennoch selbst hier nicht idealistisch. Die dialektische Denkkultur wollte er aus der Wirklichkeit abgeleitet wissen, nicht aus der Geistesgeschichte. Er stellte sich das nicht so vor, daß über eine Kulturrevolution ein Zustand erreicht werde, der es der übergroßen Zahl der Mitglieder einer Gesellschaft erlauben würde, sich einem sublimen Studium der Dialektik zu widmen. Von der Revolution erhoffte er sich ja gerade, daß durch sie die Dialektik vom Lehrsatz zur Gefühlssache werde. Über die materialistische Grundlage der neuen dialektischen Denkkultur notierte er in sein „Arbeitsjournal": „das dialektische denken entspricht einer differenzierten gesellschaft mit starken produktivkräften, die sich in katastrophaler form, unter kriegen und revolutionen, schnell entwickeln. der verschärfte klassenkampf, die konkurrenzgesetzlichkeit, die freiheit der ausbeutung, die akkumulation des elends durch die akkumulation des kapitals, all das macht, daß die dialektik immer mehr die einzige möglichkeit wird, sich zu orientieren. solche phänomene gesellschaftlicher art wie die zunehmende isolierung der gesellschaftlichen einzelfunktionen bei zunehmender relationierung dieser funktionen, die zunehmende korrespondenz der glieder unter sich bei zunehmenden friktionen, derlei lehrt dialektisch zu denken. ... – es ist hohe zeit, daß die dialektik aus der wirklichkeit abgeleitet wird, anstatt daß man sie aus der geistesgeschichte ableitet und aus der wirklichkeit nur beispiele für die gesetze auswählt."[238] In diesem Zusammenhang kam er ganz zwangsläufig auf die Demokratie zu sprechen. Er schlug vor, eine formale Demokratie anzustreben, von der man aber schon vorher wisse, sie werde nur bestimmte Zwecke zu erfüllen haben. Erst die Diktatur des Proletariats könne als eine nichtformale Demokratie aufgefaßt werden, nur so habe die Menschheit eine Chance, zu verträglicheren Formen des Zusammenlebens zu gelangen.

Brecht hat dann in den fünfziger Jahren noch einmal einen erneuten Anlauf genommen, um diese Gedanken weiterzuentwickeln. Die negativen Erfahrungen der Stalinära spielten dabei eine wichtige Rolle. Er blieb auf dem eingeschlagenen Weg. Daß die Befreiung der Produktivkräfte, die Umwälzung der Produktionsverhältnisse nicht alle Erwartung erfüllte, hielt ihn nicht ab, gerade diesen Gesichtspunkt im Auge zu behalten. Daß es unter Stalin zu keiner Entwicklung der dialektischen Denkkultur gekommen war, sondern zum Niedergang des von Lenin neu inspirierten dialektischen Denkens überhaupt, veranlaßte ihn erst recht, diese Gedanken weiter zu verfolgen. Die Widersprüche, die dialektisches Denken zu erfassen vermochte, waren seine Hoffnung.

Aufstieg und Abstieg in einem Werk

1938, in dem Jahr, als sich Europa mit Riesenschritten dem Krieg näherte, korrespondierte und reflektierte Brecht vorwiegend über ästhetische Fragen, über Realismus und Dekadenz, über Sinnlichkeit und Geist, über das Erotische in der Literatur, über Aufstieg und Abstieg im eigenen Werk. Doch man täusche sich nicht. Brecht verfolgte mehr denn je das Weltgeschehen. Die Nachrichten, die ihn erreichten, veranlaßten ihn zu Schlußfolgerungen im Hinblick auf seine poetische Produktion. Das geschah jedoch in einer anderen Weise als früher. Er merkte sehr deutlich, daß der Radius des Eingreifens immer schmaler wurde. Hinzu kam, daß die Verständigungsmöglichkeiten auch unter Freunden weiter schwanden. Allerorten herrschte Verwirrung. Die Prozesse in Moskau gegen die alte Garde Lenins, gegen die Generäle der Roten Armee trieben viele von der Sache der Revolution weg. Bucharins Hinrichtung und sein für viele unerklärliches „Geständnis" verstärkten die Vorbehalte gegenüber der Sowjetunion. Der Schriftsteller André Breton und der Maler Diego Rivera veröffentlichten zusammen mit Leo Trotzki im Juli 1938 ein Manifest mit dem Titel „Für eine unabhängige revolutionäre Kunst". Darin erklärten sie, daß sich ein tiefer Dämmer über die ganze Welt gelegt habe, der jede Art von geistigen Werten verschlinge. Sie forderten für die intellektuelle Tätigkeit ein anarchistisches Regime individueller Freiheit. Die Funktion dieses Manifestes bestand in der Abgrenzung von den mit der Sowjetunion weiterhin verbundenen Künstlern. Trotzki hielt entgegen der von den Kommunisten vertretenen Volksfrontpolitik jedes Programm zur Verteidigung der Demokratie in den entwickelten Ländern für reaktionär. Als Alternative forderte er die Durchsetzung der Revolution durch eine „wirkliche revolutionäre Avantgarde von einigen tausend Menschen", die bereit und entschlossen seien, „bis ans Ende zu gehen".

1938 beschleunigte Hitler innerhalb seiner abenteuerlichen Politik die Dynamik der politischen Ereignisse. Im Februar kam der österreichische Bundeskanzler Kurt von Schuschnigg nach Berchtesgaden. Ihm erklärte Hitler, daß seine Geduld erschöpft sei. Vielleicht sei er über Nacht einmal in Wien, wie der Frühlingssturm. Einen Monat später war er in Wien. Seine Truppen besetzten Österreich. Im fernen Skovsbostrand sorgte man sich um das Schicksal der Eltern von Helene Weigel. Das politische Klima hatte sich nach der Besetzung Österreichs noch nicht wieder beruhigt, da zeichnete sich im Sommer bereits die Tragödie der Tschechoslowakei ab. In den kritischen Septembertagen kam der englische Premier Chamberlain nach Berchtesgaden. Die fortschrittliche Welt blickte nach Prag. Würde die Tschechoslowakei Hitlers Drohung widerstehen? Die westlichen Demokratien, England, vor allem aber Frankreich, hatten ihr gegenüber Bündnisverpflichtungen. Die UdSSR erklärte, sie werde der Tschechoslowakei, wenn diese darum ersuche, beistehen, auch wenn Frankreich nicht zu seinem Bündnisversprechen stehen sollte. Brecht schickte ein Telegramm an den tschechoslowakischen Staatspräsidenten Eduard Beneš: „kämpfen sie und die schwankenden werden mitkämpfen."[239] Am 29. September kam es zu dem Treffen zwischen Chamberlain, Daladier, Mussolini und Hitler in München. Man kam nicht, um zu verhandeln, sondern um zu protokollieren, worin man sich einig wußte. Die Tschechoslowakei wurde geopfert. Am 1. Oktober marschierten die deutschen Truppen ins Sudetenland ein.

Am 23. November 1938 trug Brecht in sein „Arbeitsjournal" ein: „DAS LEBEN DES GALILEI abgeschlossen. brauchte dazu drei wochen."[240] In diesem Stück gestaltete er die

Geschichte eines Mannes, der für ein neues Zeitalter kämpft, der aber an einem entscheidenden Punkt seines Lebens versäumt, für die Vernunft, für den Fortschritt einzutreten. Ausgehend von den Erfahrungen der illegalen Arbeit gegen den Hitlerfaschismus, zeigte Brecht, welchen Belastungsproben ein Mensch in schwierigen Zeiten ausgesetzt ist. Was Galilei will, ist nicht immer mit Geradlinigkeit, nicht auf dem ersten besten Wege durchzusetzen. Um für die Vernunft einzutreten, ist List, ist Taktik nötig. Er muß genau abwägen, wie weit er gehen kann. Brecht läßt ihn den schmalen Pfad zwischen Taktik und Kapitulation durchschreiten. Die List, die er gebrauchen muß, die Taktik, ohne die es nicht geht, entstellt auch die geistige Physiognomie des Forschers, des Kämpfers. Von seinen Schülern wegen seines listigen Verhaltens gelobt, bekennt er den Schaden, gesteht er die geistige und psychische Beschädigung. Angeschlagen, erliegt er im Kampf. Dieser Mann kommt nicht über die Hürde, die die Zeit ihm stellte. In der konsequenten Verfolgung seiner Ziele erreicht er nicht unangefochten die Schwelle der neuen Zeit.

Bevor Brecht daranging, den Galilei-Stoff in einem großen Schauspiel zu gestalten, schwankte er zwischen Film und Lehrstück. Aus dem Stoff einen Film zu machen war sicher als Einstieg ins amerikanische Filmgeschäft gedacht. Die erwogene Aufbereitung als Lehrstück wies auf den Versuch, das Experimentierfeld nicht gänzlich zu räumen. Daß es dann doch ein historisches Drama wurde, geschah von den äußeren Faktoren her mehr zufällig, insgesamt aber trug es den veränderten Bedingungen Rechnung. In den ersten Entwürfen und Szenenskizzen des Stückes dachte Brecht an eine Galilei-Gestalt, wie sie die Volkslegende geformt hatte, einen Mann, der abschwört und dabei sagt: Und sie bewegt sich doch. Was den Dichter 1934 in dem Essay „Fünf Schwierigkeiten beim Schreiben der Wahrheit“ beschäftigt hatte, wollte er jetzt in Haltung und Wendungen einer großen Figur zeigen. Wie Konfutse, Thomas More, Voltaire und Lenin, so sollte auch Galilei einer sein, der den Mut hat, die Wahrheit zu schreiben, „obwohl sie allenthalben unterdrückt wird“, der die Klugheit besitzt, die Wahrheit zu erkennen, „obwohl sie allenthalben verhüllt wird“, und der List gebrauchen muß, um jene auszuwählen, „in deren Händen sie wirksam wird“. Für einen Szenenentwurf notierte Brecht: „schwierigkeit, die wahrheit zu finden – der triumph. die schwierigkeiten der gebirge sind überwunden, es beginnt die schwierigkeit der ebenen.“[241] So beabsichtigte er, den Galilei als einen Menschen darzustellen, der sich durch die Fangstricke der Mächtigen hindurchschlägt. Dabei sollten gleichzeitig auch die Mittel der herrschenden Klasse bloßgestellt werden, mit denen sie von alters her arbeitet. Im Nachlaß Brechts befindet sich dazu die kurze Notiz: „*die gespräche*: bestechung durch schmeichelei – bestechung durch geld – bestechung durch ächtung.“[242]

In den ersten Entwürfen ist Galilei als Volksanführer und Widersacher der herrschenden Klasse angelegt. Dieser Mann benutzt die Wissenschaft als Waffe gegen die Unterdrücker des Volkes. Sein Gegenspieler, die Kirche, steht immer stellvertretend für die herrschende Ausbeuterklasse. Brecht lag vor allem daran, die Kirche als herrschende Macht zu charakterisieren, die Mittel zu kennzeichnen, mit denen sie die Massen niederhält. So zeichnete er die höheren Geistlichen vorwiegend als das, was sie in erster Linie waren, als Politiker. Brecht rechtfertigte seine Darstellung, als er im Nachwort schrieb: „Es entspricht der historischen Wahrheit, wenn der Galilei des Stückes sich niemals direkt gegen die Kirche wendet. Es gibt keinen Satz Galileis in dieser Richtung. Hätte es einen gegeben, so hätte eine so gründliche Untersuchungskommission wie die Inquisition ihn zweifellos zu

Tage gefördert."[243] Auf diese Weise konnte er auch die Parallele zur Gegenwart deutlich machen. Wie sehr gerade das seine Absicht war, ist aus einem Entwurf für die erste Szene zu entnehmen: „stückbeginn: drei kardinäle sprechen über die entdeckungen des galilei und daß man etwas dagegen tun muß. nicht sehr anders, als die executives eines chemietrusts über einen ihre monopole gefährdenden forscher sprechen würden."[244]

Die geistige Spannweite des Stückes ist ganz aus der politischen Situation bezogen, in die Brecht den fortschrittsfreudigen Menschen Ende der dreißiger Jahre gestellt sah. Menschen, die sich an der Schwelle einer neuen Epoche wähnten, sahen sich plötzlich in finstere Zeiten zurückversetzt. Die ungeahnten Möglichkeiten, die sie vor sich glaubten, waren zerronnen. An die Stelle der Lust auf Veränderungen ist völlige Erstarrung getreten. Es ist das Schicksal jener Generation, die sich zu Beginn der dreißiger Jahre vor einer entscheidenden Wende geglaubt, die auf die deutsche Räterepublik gehofft hatte und nun der faschistischen Diktatur gegenüberstand. „Geliebt wird das Anfangsgefühl, die Pioniersituation, begeisternd wirkt die Haltung des Beginners"[245], schrieb Brecht. Wie aber verläuft das Leben, wenn man sich in seinen Hoffnungen betrogen sieht? Wenn in die neue Zeit die Finsternis einbricht? Bleibt es da noch immer die neue Zeit? Und wie verhält sich ein Mensch, der mit der neuen Zeit antrat, aber sein Ziel nicht erreichte? Was geht in dem Enttäuschten, in dem Verbitterten, in dem Gebrochenen vor, erinnert er sich des Triumphgefühls von einst? „Furchtbar die Enttäuschung, wenn die Menschen erkennen oder zu erkennen glauben, daß sie einer Illusion zum Opfer gefallen sind, daß das Alte stärker ist als das Neue, daß die ‚Tatsachen' gegen sie und nicht für sie sind, daß ihre Zeit, die neue, noch nicht gekommen ist. Es ist dann nicht nur so schlecht wie vorher, sondern viel schlechter; denn sie haben allerhand geopfert für ihre Pläne, was ihnen jetzt fehlt, sie haben sich vorgewagt und werden jetzt überfallen, das Alte rächt sich an ihnen. Der Forscher oder Entdecker, ein unbekannter, aber auch unverfolgter Mann, bevor er seine Entdeckung veröffentlicht hat, ist nun, wo sie widerlegt oder diffamiert ist, ein Schwindler und Scharlatan, ach, allzusehr bekannt, der Unterdrückte und Ausgebeutete nun, nachdem sein Aufstand niedergeschlagen wurde, ein Aufrührer, der besonderer Unterdrückung und Bestrafung unterzogen wird. Der Anstrengung folgt die Erschöpfung, der vielleicht übertriebenen Hoffnung die vielleicht übertriebene Hoffnungslosigkeit. Die nicht in Stumpfheit und Teilnahmslosigkeit zurückfallen, fallen in Schlimmeres; die die Aktivität für ihre Ideale nicht eingebüßt haben, verwenden sie nun gegen dieselben! Kein Reaktionär ist unerbittlicher als der gescheiterte Neuerer, kein Elefant ein grausamerer Feind der wilden Elefanten als der gezähmte Elefant. Und doch mögen diese Enttäuschten immer noch in einer neuen Zeit, Zeit des großen Umsturzes, leben. Sie wissen nur nichts von neuen Zeiten."[246]

Galilei beginnt seinen Kampf mit dem Triumphgefühl der neuen Zeit. Aber er muß erleben, daß der Gegner noch stark, die alten, verdammenswerten Zustände noch stabil, die verschlissenen Ideale noch brauchbar sind. Doch dieser Galilei bleibt der Kämpfer für die neue Zeit. Er macht seine bitteren Erfahrungen, aber er fällt nicht zurück. Am Ende des Stückes ist er nicht der Verräter, sondern der Mann aus dem Dickicht der Kämpfe. Angeschlagen, aber nicht zerbrochen, erreicht er die neue Zeit. Die Hoffnung ist von Schmerz und Enttäuschung überlagert, aber die Hoffnung bleibt.

Der ästhetische Genuß, den das Stück bereitet, besteht auch darin, daß das ohne größere dichterische Freiheit dargestellte historische Geschehen von einer parabolischen Schicht überlagert wird. Alles ist streng historisch und doch zugleich gegenwärtig. Wenn Brechts Galilei von der Vernunft spricht, bleiben seine Gedanken in der geistigen Dimension jener Zeit. Um Galileis Vernunftbegriff im Dialog konkret vorzuführen, benutzte Brecht Kategorien und Gedankengänge der französischen Aufklärung. Auf diese Weise löste er bereits das Motiv der Vernunft vorsichtig aus der historischen Vorlage heraus, um es im parabolischen Sinne verwendbar zu machen. Den Bezug auf die eingreifende Denkmethode des Marxismus stellte Brecht nicht durch Anachronismen her, sondern durch die eigenartige Intensität des Dialogs, der Sprache. Die Verteidigung der Vernunft wird zu einem großen Hymnus auf die Wissensfreude und Entdeckerlust des Menschen. So vor allem in dem Gespräch Galileis mit dem kleinen Mönch. Er, der kam, um der Wissenschaft zu entsagen und seinen Seelenfrieden mit der Kirche zu machen, sitzt, Raum und Zeit vergessend, über Galileis neuer Schrift. Ihn betrachtend sagt Galilei: „Ein Apfel vom Baum der Erkenntnis! Er stopft ihn schon hinein. Er ist ewig verdammt, aber er muß ihn hineinstopfen, ein unglücklicher Fresser. Ich denke manchmal, ich ließe mich zehn Klafter unter der Erde in einen Kerker einsperren, zu dem kein Licht mehr dringt, wenn ich dafür erführe, was das ist: Licht. Und das Schlimmste: was ich weiß, muß ich weitersagen. Wie ein Liebender, wie ein Betrunkener, wie ein Verräter. Es ist ganz und gar ein Laster und führt ins Unglück. Wie lang kann ich es in den Ofen hineinschreien, das ist die einzige Frage."[247] Die Intensität der Sprache, unterstützt durch die Struktur des Textes, vermittelt eine Botschaft, die über das Historische hinausgreift. Brecht artikulierte hier das Lebensgefühl jener, die als Beginner antraten und erleben mußten, wie weit sie noch von dem entfernt waren, was sie als ihre Aufgabe empfanden.

Nicht nur um die Einfühlung des Zuschauers zu hemmen, sondern auch, um der geistigen Physiognomie des Galilei eine größere Dimension zu geben, bediente sich Brecht am Schluß des Stückes eines „Kunstgriffes". Galilei wird in Distanz zu sich selbst gerückt. Gemeint ist die große Unterredungsszene Galileis mit seinem Schüler, in der er seinen eigenen Fall analysiert und sich fern aller Selbsttäuschung und Selbstentschuldigung sozusagen aus der Sicht der Geschichte beurteilt. Nach dem Widerruf wird Galilei, der Gefangene der Inquisition, von seinem Lieblingsschüler Andrea aufgesucht. Ihrer Unterredung geht die mit dem Hafner voraus. Sie zeigt, daß Galilei geheime Verbindung mit dem freieren Ausland unterhält, um seine Werke hinauszuschmuggeln. Doch der Hafner bringt Galilei ein Buch zurück, das über die Grenze zu schaffen ihm nicht gelungen ist. Wie der gefangene, halbblinde Galilei das Buch vor den Spitzeln der Inquisition versteckt, darin wird er von Brecht als ein politischer Kämpfer, ein Illegaler charakterisiert, der zweifelsohne die Sympathie des Zuschauers genießt. Andrea kommt im Wissen um diese Haltung zu seinem Lehrer, bevor er sich ins Ausland begibt. Obwohl er weiß, daß er mit ihm nicht offen sprechen kann, da die Spitzel der Inquisition auch im Hause sind, sucht er dennoch nach einer Verständigung mit Galilei. Er möchte ihm zu verstehen geben, daß er die Haltung bewundert, zu widerrufen um des Werkes willen, an dem weitergearbeitet werden muß. Andrea sieht in Galileis Widerruf nur Plan, List, Taktik. Die Rechtfertigung, die er sich zurechtgelegt hat, um sich den Glauben an seinen Lehrer zu erhalten, besteht darin: Wenn die Wissenschaft Werke haben will, die nur ein bestimmter Mann schreiben kann, dann muß das Leben dieses Mannes um jeden Preis erhalten werden, eben um des Werkes willen. Doch diese Meinung zerstört Galilei mit seiner schonungslosen Selbstanalyse. Sie schockt Andrea, und darin besteht der „Kunstgriff", ebensosehr wie den Zuschauer. „Kurz nach meinem Prozeß", wirft Galilei ein, „haben mich einige Leute, die mich von früher kannten, mit einer gewissen Nachsicht behandelt, indem sie mir allerlei hochgesinnte Absichten unterschoben. Ich habe das abgelehnt. Ich sah darin lediglich vermindertes Urteilsvermögen, hervorgerufen dadurch, daß sie mich physisch stark verändert fanden. Nach sorgfältiger Erwägung aller Umstände, der entschuldigenden wie der anderen, kann man nicht der Meinung sein, daß jemand aus irgendeinem andern Grunde zu einem solchen Gehorsam finden könnte, als aus einer zu großen Furcht vor dem Tode. (Pause) Damit leugne ich nicht (zu Virginia) die tiefe Reue, die ich als Sohn der Kirche verspüre, als die Oberen mich durch die gewichtigsten aller Argumente von meinem Irrweg überzeugten. Nicht weniger als die Bedrohung mit dem Tode ist für gewöhnlich nötig, einen Menschen von dem abzubringen, zu was ihn sein Verstand gebracht hat, diese gefährlichste aller Gaben des Allmächtigen. Ich begriff übrigens durchaus, daß nur noch die Hölle auf mich wartete, die ja, wie der Dichter berichtet, von jenem Volk bewohnt wird, das die Gabe des Intellektes verspielt hat und das also Hoffnung ist."[248]

Andrea wie der Zuschauer sind nunmehr genötigt, Galileis Verhalten einer neuen Wertung zu unterziehen. Andrea sucht einzuwenden, daß er doch nicht allein aus Todesfurcht widerrufen haben könne, schließlich sei er, Galilei, einiger Notierungen wegen während der Pestzeit in der Stadt geblieben, den Tod habe er da nicht gefürchtet. Doch Galilei weist dieses Argument zurück, die Pest sei so tödlich nicht. Im weiteren Verlauf der Unterredung macht Galilei seinem ehemaligen Schüler klar, daß er nach dem, was er getan habe, nicht mehr in den Reihen der wissenschaftlichen Welt geduldet werden könne. Wer wie er versäumt habe, für die Vernunft einzutreten, müsse mit Schande davongejagt werden. Einen Mann wie ihn könne die Wissenschaft nicht mehr dulden. Man müsse die Hand abhauen, die der Menschheit an die Gurgel greift. Galilei gibt so zu verstehen, wie hoch der Preis ist, den er zu zahlen hat. Der Fortschritt ist mit Verlusten erkauft, und die trägt nicht irgendwie die Geschichte, sondern die, die den Fortschritt ermöglichen. Doch selbst in seiner Lage, ausgestoßen aus der Wissenschaft, könne er nicht davon ablassen weiterzuforschen. Bei dem Versuch, die absolute Richtigkeit der kirchlichen Meinung mit unumstößlichen Beweisen zu versehen, sei er wieder ins Forschen gekommen und habe ein Buch geschrieben. Er macht seinen Schüler direkt darauf aufmerksam, daß man ihm dieses Buch entwenden möge, damit es nicht von der Kirche an einem sicheren Ort verwahrt werde als Beispiel für die Torheit des Menschen. Andrea nimmt das Buch an sich, um es über die Grenze zu bringen. Er begreift nunmehr etwas von der Dialektik des Fortschritts, wenn er sagt: „Ich sehe, es ist, als ob ein Turm einstürzte, von ungeheurer Höhe und für unerschütterlich gehalten. Der Lärm des Einsturzes war weit lauter als das Lärmen der Bauleute und der Maschinen, während der ganzen Zeit seines Aufbaus und die Staubsäule, die sein Einsturz erzeugte, höher als er selber gewesen war. Aber möglicherweise zeigt es sich, wenn sich der Staub verzieht, daß die zwölf oberen Stockwerke gefallen sind, aber die dreißig unteren noch stehen. Der Bau könnte dann weitergeführt werden. Ist es das, was Sie meinen? Dafür spräche, daß ja die Unstimmigkeiten in unserer Wissenschaft alle noch vorhanden sind und sie wurden gesichtet. Die Schwierigkeit scheint gewachsen, aber die Notwendigkeit ist ebenfalls größer geworden. Ich bin froh, daß ich hergekommen bin.“[249] Er will Galilei die Hand geben, aber dieser nimmt sie nicht.

Der „Kunstgriff“, die unbarmherzige Analyse, mit der

sich Galilei über alle Betrachter seines Falles erhebt, wurde unter anderem auch durch die Verteidigungsrede Bucharins während seines Prozesses in Moskau angeregt. Der Prozeß fand ein halbes Jahr vor der Niederschrift des Stückes statt, und Brecht muß sich damals schon inmitten der Vorarbeiten befunden haben. Eine Mitarbeiterin Brechts notierte: „Nach Brechts Ansicht ist mit der Darstellung des Galilei gelöst die Darstellung z. B. der großen Sowjet-Prozesse. Es ist technisch gelöst. Die Selbstanalyse Bucharins, wo er im Augenblick der Analyse so hoch über sich selbst steigt, wie sonst keiner im Gerichtssaal."[250] In der Tat weisen einige Passagen der Verteidigungsrede Bucharins bis in die rhetorischen Wendungen hinein Ähnlichkeiten mit der Schlußszene des „Galilei" auf. Mit diesen tragischen Vorgängen hat sich Brecht eingehend beschäftigt. Die veröffentlichten Protokolle aller drei großen Prozesse befanden sich in seinem Besitz. In dem Material des Bucharin-Prozesses gibt es viele Unterstreichungen von seiner Hand. In dem „Prozeß der Einundzwanzig" wurde Bucharin angeklagt. Er bekannte sich schuldig der „Totalsumme der Verbrechen", ohne jedoch auf die Richtigkeit des Belastungsmaterials im einzelnen einzugehen. Er nahm die Anklage hin, bezeichnete sich als einen Menschen, der schuldig geworden sei, der der Opposition nicht widerstanden habe, hielt aber seine eigene Theorie weitgehend aus der Beschuldigung heraus. Vor allem hob er den Niedergang seiner Person von dem Aufstieg der sowjetischen Gesellschaft, der ja wirtschaftlich stattfand, mit aller Deutlichkeit ab. Aus seinem Schlußwort läßt sich tatsächlich eine Technik der kalten Selbstanalyse ableiten. Bei Bucharin liest sich das so: „Ich sitze schon mehr als ein Jahr im Gefängnis und weiß deswegen nicht, was in der Welt vorgeht, aber aus den zufälligen Bruchstücken der Wirklichkeit, die manchmal bis zu mir gelangen, sehe, fühle und verstehe ich, daß die Interessen, die wir so verbrecherisch verraten haben, in eine neue Phase ihrer gigantischen Entwicklung eintreten, jetzt bereits in die internationale Arena hinaustreten, als größter Machtfaktor der internationalen proletarischen Phase." Und an anderer Stelle: „Mir scheint, daß, wenn bezüglich der in der UdSSR vor sich gehenden Prozesse in einem Teil der westeuropäischen und amerikanischen Intelligenz verschiedene Zweifel und Schwankungen beginnen, diese in erster Linie deswegen auftreten, weil dieses Publikum nicht jenen grundlegenden Unterschied versteht, daß in unserem Lande der Gegner, der Feind, gleichzeitig dieses doppelte Bewußtsein hat. Und mir scheint es, daß man dies in erster Linie verstehen muß."[251] Bucharin besaß die Geisteskraft, seinen Fall von den objektiven Interessen der sowjetischen Gesellschaft abzuheben, sich selbst und sein Schicksal als die Unkosten dieses gesellschaftlichen Aufstiegs der UdSSR zu betrachten, wobei er so weit ging, sich als „Verbrecher" zu beschuldigen. Die Frage des Ausgeschlossenseins von der Wissenschaft, hier vor allem von der Politik, bekam in der Selbstanalyse Bucharins noch eine schärfere Wendung: „Im Gefängnis habe ich mein ganzes bisheriges Leben umgewertet, denn wenn man sich fragt: ‚Wenn du jetzt sterben mußt, wofür stirbst du dann?' – dann erscheint plötzlich vor dem inneren Auge mit erschreckender Deutlichkeit eine vollkommen schwarze Leere. Es gibt nichts, wofür man sterben kann, wenn man sterben wollte, ohne zu bereuen. Andererseits nimmt alles Positive, das in der Sowjetunion leuchtet, im menschlichen Geist neue Dimensionen an. Das hat mich schließlich vollkommen entwaffnet und mich dazu gebracht, das Knie vor der Partei und dem Lande zu beugen. Und wenn man sich fragt: ‚Gut und schön, angenommen du mußt nicht sterben, angenommen du bleibst durch irgendein Wunder am Leben – wofür lebst du dann? Als Feind des Volkes von allen isoliert, in einer unmenschlichen Situation, getrennt von allem, was dem Leben einen Sinn gibt' ... und wiederum gibt es nur die eine Antwort. In solchen Augenblicken, Bürger Richter, fällt alles Persönliche hinweg, die ganze Verkrustung von persönlichem Groll und Stolz und vieles andere noch, alles fällt hinweg und verschwindet."[252]

Daß einmal die Literaturwissenschaft das „Galilei"-Stück als seine bedeutendste Leistung, als ein klassisches Werk der neueren Literaturgeschichte herausstellen würde, wäre Brecht damals sicher nicht in den Sinn gekommen, obwohl auch er es schon wegen der Titelrolle, die einen großen Schauspieler verlangte, und der weltanschaulichen Problematik als ein Mittelpunktwerk betrachtete. Von der Entwicklung der epischen Technik her gesehen, hielt er es von Anfang an für einen Rückschritt. Drei Monate nach Abschluß der Arbeit äußerte er sich darüber sehr deutlich im „Arbeitsjournal": „LEBEN DES GALILEI ist technisch ein großer rückschritt, wie FRAU CARRARS GEWEHRE allzu opportunistisch. man müßte das stück vollständig neu schreiben, wenn man diese ‚brise, die von neuen küsten kommt', diese rosige morgenröte der wissenschaft, haben will. alles mehr direkt, ohne die interieurs, die ‚atmosphäre', die einfühlung. und alles auf planetarische demonstrationen gestellt. die einteilung könnte bleiben, die charakteristik des galilei ebenfalls. aber die arbeit, eine lustige arbeit, könnte nur in einem praktikum gemacht werden, im kontakt mit einer bühne. es wäre zuerst das FATZERfragment und das BROTLADENfragment zu studieren. diese beiden fragmente sind der höchste standard technisch."[253] Indem sich Brecht bewußt war, neue technische Mittel nur in einem ganz bestimmten Maße anzuwenden, die Methode eingeschränkt zu handhaben, gewann er zugleich neue Einsichten in die Reichweite und die spezifischen Verwendungsmöglichkeiten methodischer Elemente. Der Methodenausbau trat aus seiner nur phasenhaften Entwicklung heraus. Die einzelnen Elemente hoben sich jetzt in ihrer Verfugbarkeit für bestimmte Zwecke deutlicher ab. Brecht selbst wurde klarer, was mit den einzelnen Mitteln geleistet werden konnte und was nicht. Insofern vollzog sich auch ein Aufstieg im Technischen. Das Stück wies Brecht als einen souveränen Techniker aus, der sich nicht nur in der epischen Schreibweise auskannte, sondern der verschiedene Techniken, die aristotelische wie die nichtaristotelische, in ihrer spezifischen Brauchbarkeit einzusetzen wußte. Man bewegte sich in der Methode nicht mehr wie in einem Gefühlszustand, sondern verfügte nunmehr über den technischen Ablauf der Vorgänge, über eine „Apparatur", deren Wirkungsmechanismus kalkulierbar war. Daß es trotzdem noch eine beträchtliche „Unschärferelation" gab, sollte sich erst später herausstellen.

1939 sah sich Brecht durch ein Ereignis veranlaßt, in die Selbstanklage des Galilei noch einen Passus einzufügen. Die Einfügung selbst war nicht bedeutend, wohl aber der Anlaß. In Berlin war es den Physikern Otto Hahn und Fritz Straßmann gelungen, die Kernspaltung experimentell nachzuweisen. Von der sensationellen Entdeckung erfuhr die Welt zuerst aus dem Heft 1 der Zeitschrift „Die Naturwissenschaften", das am 6. Januar 1939 erschien. Es handelte sich um einen Aufsatz auf der Titelseite mit der Überschrift „Über den Nachweis und das Verhalten der bei der Bestrahlung des Urans mittels Neutronen entstehenden Erdalkalimetalle". Doch so sensationell wirkte der Artikel damals durchaus nicht, nicht einmal auf die Fachwelt. In ihm kam das Wort „Kernspaltung" oder „Atomzertrümmerung" überhaupt nicht vor. Die weltweite Aufmerksamkeit setzte erst nach der 5. Washingtoner Konferenz über theoretische Physik Ende Januar 1939 ein, als sich die amerikanische Presse dieses Themas bemächtigte. Die Informationen Niels Bohrs ermöglichten es einigen amerikanischen Universitäten, den Hahnschen Versuch nachzuvollziehen. Daß sich Brecht vor diesem Zeitpunkt durch Gespräche mit Physikern der Tragweite dieser Entdeckung bewußt gewesen sei, ist ganz und gar unwahrscheinlich. Alle Unterredungen, die Brecht vor dieser Zeit mit Naturwissenschaftlern führte, drehten sich um allgemeine Probleme der klassischen und modernen Physik, insbesondere aber um Galileis Haltung und Leistung. So führte er zu Beginn des Jahres 1938 ein Gespräch mit Dr. Møller, einem Assistenten von Niels Bohr. Dabei ging es, wie sich Møller erinnerte, vorwiegend um die Wertung von Galileis „Discorsi".[254]

Was Brecht zu der Einfügung in das fertige Stück veranlaßte, war ein Rundtischgespräch im dänischen Rundfunk, das am 27. Februar 1939 gesendet wurde und an dem die Assistenten des Bohrschen Universitätsinstituts Otto Robert Frisch, Jacobsen, Bjerge und Møller teilnahmen. Geleitet wurde das Gespräch von Dr. Paul Bergsøe. Hier erfuhr Brecht höchstwahrscheinlich zum erstenmal von der Entdeckung Hahns und Straßmanns. In diesem Rundtischgespräch sagte Bergsøe auch, was Brecht später anführte, daß es ihn beruhige, wenn die Menschen noch nicht in der Lage seien, die neue Entdeckung praktisch zu nutzen, denn für ein solches Naturgeschenk seien sie noch längst nicht reif. Die Entdeckung bedeute jetzt vielmehr ein unberechenbares Unglück für alle. Diesen Gedanken kommentierte Brecht in einem Artikel mit dem Satz: „Es war klar, daß er sofort nur an die Kriegsindustrie gedacht hatte."[255] Wie sich später herausstellte, hatte Bergsøe nicht daran gedacht, aber eben Brecht. In das Stück fügte Brecht folgende Sätze ein: „Während an einigen Orten die größten Entdeckungen gemacht werden, welche die Glücksgüter der Menschen unermeßlich vermehren müssen, liegen sehr große Teile der Welt ganz in Dunkel. Die Finsternis hat dort sogar noch zugenommen. Nimm dich in acht, wenn du durch Deutschland fährst und die Wahrheit unter dem Rock trägst."[256]

Am 27. März 1939 notierte Margarete Steffin, wer ein Manuskript des „Galilei" bekommen sollte. An erster Stelle der Adressaten in den USA stand Albert Einstein. Dann war an Ferdinand Reyher gedacht, dem Brecht den „Galilei" als Filmstoff versprochen hatte. Weitere Exemplare gingen an Karl Korsch, Fritz Kortner, Erwin Piscator, Alexander Granach, Elisabeth Hauptmann, Mordecai Gorelik. Ende 1939 erhielten es Hanns Eisler und Peter Lorre. In Frankreich ging das Stück an Ernst Josef Aufricht, Pierre Abraham, Lion Feuchtwanger, Slatan Dudow, Martin Domke, Walter Benjamin; in der Schweiz an den Schauspieler Heinrich Gretler vom Zürcher Schauspielhaus und an Gustav Hartung, der vorwiegend in Basel inszenierte. Obwohl Brecht bei der Arbeit am Galilei den dänischen Schauspieler Poul Reumert vor Augen hatte und bereits im Februar 1939 eine dänische Übersetzung durch den mit Brecht befreundeten Fredrik Martner vorlag, war das Stück nicht für eine Aufführung in Kopenhagen bestimmt. Vielmehr sah er in ihm nunmehr eine Art Startkapital für den Neuanfang in einem anderen Land.

Seit dem bedrohlichen Anwachsen der Kriegsgefahr bemühte sich Brecht, aus Dänemark wegzukommen. Bitter notierte er am 15. März 1939 im „Arbeitsjournal": „das *reich* vergrößert sich. der anstreicher sitzt im hradschin."[257] Zu dieser Zeit erhielt er von dem Schriftsteller Henry Peter Matthis das Angebot, im Rahmen des schwedischen Reichsverbands der Amateurtheater Vorträge über „Volkstheater, Laientheater und experimentelles Theater" zu halten. Der schwedische Politiker Georg Branting unterstützte diese Initiative, so daß die Visaangelegenheiten relativ schnell geklärt werden konnten. Dennoch gab es genug Schwierigkeiten. Die Schweden verlangten als Einreisebedingung ein halbjähriges Aufenthaltsvisum für Dänemark, um so Gelegenheit zu haben, unliebsame Emigranten zurückzuschicken. Doch Dänemark stellte grundsätzlich nur Aufenthaltsgenehmigungen für drei Monate aus. Auf diese Weise hatte Schweden die Einreise zu einer Ausnahmebedingung gemacht. Hier nun schaltete sich Ruth Berlau ein. „Ich ging zum Staatsminister. Er sagte: ‚Es ist eine Ehre für Dänemark, einen Gorki zu Gast zu haben, aber eine Aufenthaltserlaubnis für sechs Monate können wir ihm trotzdem nicht geben.' Ich hatte mir von meinen reichen Freundinnen Ringe und anderen Schmuck und einen Blaufuchs ausgeliehen, aber erst mein Lächeln konnte den Minister umstimmen. Beim Abschied sagte er: ‚Das nächste Mal habe ich nur nachts für Sie Zeit!' Brecht hat das sehr amüsiert."[258] Noch schwieriger gestaltete sich die Übersiedlung für Margarete Steffin. Sie mußte erst einmal Dänin werden. Dazu war wiederum nötig, daß sich ein Mann für eine Scheinehe zur Verfügung stellte. Doch auch das konnte gelöst werden.

Für Brecht kamen die Visa gerade zur rechten Zeit. Man sprach von deutschen Truppenzusammenziehungen an der dänischen Grenze. Die Zeitungen brachten zwar ein Dementi aus Berlin, aber wen beruhigte das schon. Seine geradezu körperliche Angst vor dem Krieg machte Brecht besonders sensibel. An Matthis schrieb er: „Bitte entschuldigen Sie meinen Anruf am Samstag, ich bin sicher, Sie haben eine Vorstellung von der Peinlichkeit, auf einem dieser Inselchen zu sitzen im Augenblick, wo die Schlächterei anzufangen scheint. Schließlich ist in diesem Jahr jede Woche ohne Weltkrieg für die Menschheit ein bloßer unbegreiflicher Glückstreffer."[259]

Am 22. April 1939, einem Sonnabend, verabschiedete sich Brecht von Haus und Freunden. Die Mütze auf dem Kopf und eine kleine Tasche mit dem Allernotwendigsten in der Hand, sah er sich noch einmal im Garten um. Die Bäume und Sträucher zeigten ihr erstes Grün. Es war ein zeitiges Frühjahr. Brecht lüftete die Mütze und sagte zu den Zurückbleibenden: „Auf Wiedersehen – und vielen dank."[260] Dann fuhr er mit Ruth Berlau im Auto davon. Helene Weigel, Margarete Steffin und die Kinder verließen acht Tage später Skovsbostrand.

Fluchtstation vor dem Kriege: Schweden

Durch Vermittlung der Schauspielerin Naima Wifstrand wurde Brecht mit der Bildhauerin Ninnan Santesson bekannt, die ihm ihr kleines Haus auf der Insel Lidingö als Domizil anbot. Margarete Steffin hat die Insel als weit auseinander liegende Stadt beschrieben, wo die Häuser in kleinen Wäldern versteckt seien. „das ganze quartier ist ein großer, lichter tannenwald. brechts haus ist wunderbar schön und sehr billig."[261] Auch Brecht selbst zeigte sich sehr befriedigt. „das haus ist ideal. es liegt auf lidingö, von zwei seiten geht tannenwald heran."[262] Das geräumige Holzhaus bot außer den fünf Zimmern einen großen Atelierraum, den Brecht als Arbeitszimmer nutzte. In dem sieben Meter langen und fünf Meter breiten Raum, wo mehrere Tische aufgestellt werden konnten, führte eine Treppe zu einer Empore, die er sich als Schlafzimmer einrichtete. Wie selbstverständlich Brecht von der neuen Umgebung Besitz ergriff, zeigte sich schon darin, daß er ohne Unterbrechung seine alten Gewohnheiten fortsetzte, so daß sich der Tagesablauf auf Lidingö schon bald nicht mehr von dem in Skovsbostrand unterschied.

Die Weigel dachte auch hier immer zuerst an die Familie, an das Haus, an den Mittagstisch und kaum an ihre Karriere als Schauspielerin. In einem neuen Lande gab es immer zuerst auch neue Schwierigkeiten. Die Kinder mußten wieder eine neue Sprache lernen, sich in eine neue Schule eingewöhnen. Mit den Sprachschwierigkeiten wurden sie jedoch schneller fertig als die Eltern. Stefan besorgte sich in den Sommermonaten eine Arbeit. Er ging auf den Golfplatz den Spielern die Schläger tragen. Am ersten Nachmittag brachte er zum Erstaunen der Familie 7.50 Kronen nach Hause. Helene Weigel richtete das Haus ein, sorgte dafür, daß alles wieder nach einem bestimmten

Rhythmus ablief, den Brecht für nötig hielt, um seiner Arbeit nachgehen zu können. Sie kochte, selbst zur Verwunderung der Steffin, zweimal am Tage warmes Essen für sechs Personen. Für den Haushalt hatte sie eine Hilfe für zwei Stunden am Tag.

Margarete Steffin fiel die Umstellung auf andere Menschen und eine neue Sprache weit schwerer. In Dänemark hatte sie sich wohler gefühlt. Die Sprache dieses Landes erlernte sie im Laufe der Zeit. Dort besaß sie Freunde. Jetzt mußte sie wieder von vorn anfangen. Nie habe sie sich so unbehaglich gefühlt wie jetzt, klagte sie ihrem dänischen Freund Knud Rasmussen. Auch meinte sie, Schwedisch sei nicht so leicht zu verstehen, zumal ihre Schwerhörigkeit ein ernsthaftes Hindernis darstellte. Während Brecht es überhaupt nicht störte, ob er die Sprache des Landes verstand oder nicht, machte sich Margarete Steffin sofort daran, Schwedisch zu lernen. Doch sie kam damit nicht so schnell voran, weil Brecht sie mit Arbeiten überhäufte. Wiederholt teilte sie Knud Rasmussen mit, daß ihr keine Zeit bliebe, weder für ihr Stück noch für die Übersetzungen. Auch an einen Ferienaufenthalt in Dänemark sei nicht zu denken. Andererseits machte ihr gerade diese Produktivität viel Freude. „man kommt sich plötzlich so nützlich vor, was so viel für sich hat, nicht."[263]

Doch bald fiel ein Schatten auf die Zusammenarbeit. Unter dem 27./30. August 1939 notierte sie in ihr Tagebuch: „Nun wird es schlimm. Sie kommt wieder zurück."[264] Sich wieder daran gewöhnen zu müssen, daß Ruth Berlau im Hause und um Brecht war, fand Margarete Steffin unerträglich. Die Steffin, wie früher auch Elisabeth Hauptmann, verhielt sich im Kreis der anderen unauffällig. Ihre Liebe zu Brecht blieb Außenstehenden verborgen. Wenn Brecht Besuch hatte, wenn er sich mit Gästen unterhielt, saß sie im Hintergrund und schrieb, sofern es um wichtige Probleme ging, die Gespräche mit. Nicht so Ruth

Berlau. Wenn sie in die Tür trat, sorgte sie mit ihrem ganzen Auftreten dafür, daß keiner sie übersah. Waren mehrere Leute bei Brecht, dann gab es zwischen den beiden immer das verliebte Zusammenspiel mit den Augen. Die Weigel wie die Steffin konnten gar nicht anders, sie mußten das allesbeanspruchende Wesen dieser Frau als unverschämt empfinden. Die auftretenden Spannungen führten dazu, daß Helene Weigel bei all ihrem ausgeprägten Familiensinn, der sie persönliche Probleme nicht an andere herantragen ließ, Margarete Steffin zu verstehen gab, sie sollten gegenüber der Berlau zusammenhalten. Dabei hatte sie sicher gehofft, daß sich durch den Wechsel des Landes die Bindung Brechts an Ruth Berlau lockern werde. Doch nun zeigte sich, daß das nicht der Fall war.

Mit den gesellschaftlichen Verhältnissen des neuen Exillandes suchte sich Brecht nicht weiter als unbedingt notwendig bekannt zu machen. Hier wollte er ja nicht bleiben. Margarete Steffin meinte, daß Brecht in Schweden mehr Aufmerksamkeit entgegengebracht worden sei als in Dänemark. Gegenüber dem Dänen Knud Rasmussen wies sie darauf hin, daß eine sozialdemokratische Zeitung ohne großes Zutun von Freunden Brechts Gedicht „Gedanken über die Dauer des Exils“ abgedruckt habe. Eine solche Beobachtung mag mehr zufällig und von den Eindrücken der ersten Wochen bestimmt gewesen sein, als man den Neuankömmling mit Neugier betrachtete. Als Schriftsteller besaß er hier eigentlich weit weniger Möglichkeiten, eine Öffentlichkeit zu erreichen. Doch das lag nicht nur an dem strenger gehandhabten Arbeitsverbot. Die faschistische Bedrohung hatte zugenommen, und die skandinavischen Länder zeigten sich nicht gewillt, wegen eines emigrierten Dichters ein Risiko einzugehen und etwa den Einspruch der deutschen Regierung herauszufordern. Wenn Margarete Steffin die allgemeine Stimmung in Schweden als „deutschfeindlicher“, das heißt ablehnender gegenüber dem Hitlerfaschismus, empfand als in Dänemark, so beruhte das auf persönlichen Erfahrungen, auf ihrem Umgang mit Menschen. Brecht besaß jedoch kaum solche Kontakte. Mit seinen unmittelbaren Nachbarn, den Bewohnern von Lidingö, traf er kaum zusammen; wie sie sich verhielten, wie sie dachten, wurde ihm mehr referiert, als daß er selbst davon Kenntnis nahm.

Für den Sommer 1939 war Stockholm zum Tagungsort des XVII. Internationalen PEN-Kongresses auserkoren. Obwohl sich Brecht nicht erinnern konnte, ob er dem PEN als Mitglied angehörte, war er bereit, an dem Kongreß teilzunehmen, weil hier die antifaschistischen Schriftsteller ein Forum besaßen. Er fragte deshalb bei Rudolf Olden an, ob er sich für den Kongreß anmelden könne. Allerdings wollte er nur an den Arbeitssitzungen, nicht aber an dem Essen und an dem Empfang beim König teilnehmen. Für diesen Anlaß war Frack oder ähnliche festliche Kleidung erwünscht. Amüsiert vermerkte Margarete Steffin: „können Sie sich brecht darin vorstellen? ich meine, es würde ihm gut stehen. aber er hat keinen, dieser unglückliche, aber das ist grad, was die meisten leut freut, nicht?“[265] Doch Sorgen dieser Art waren verfrüht. Der Kongreß wurde kurz vor Kriegsausbruch auf unbestimmte Zeit verschoben. Thomas Mann allerdings befand sich schon in Stockholm. Auch seine Rede für den Kongreß war bereits im Druck. Sie erschien dann bei Bermann-Fischer, Stockholm, unter dem Titel „Das Problem der Freiheit“. Stockholm gab für Thomas Mann einen Empfang im Stadthaus. Zu einer persönlichen Begegnung, zu einer Aussprache, wie sie Brecht 1933 in der Schweiz mit Thomas Mann gesucht hatte, kam es nicht. Die Spannung zwischen ihnen schien wieder zugenommen zu haben. Margarete Steffin vermerkte in einem Brief, daß man diesen sehr geehrten Gast grad wieder ebenso überschätze wie einst André Gide.

Während der Übersiedlung von Dänemark nach Schweden nahm Brecht ein neues Stück in Angriff. Da er auch auf gepackten Koffern schrieb, anders gesagt, da er es sich zur Pflicht gemacht hatte, selbst in angespannten Situationen sein Schreibpensum zu erledigen, wurde die Produktion durch den Wechsel des Aufenthaltsortes nicht unterbrochen. Begonnen hatte er die Arbeit am 15. März 1939 in Dänemark. Wieder griff er in den schier unerschöpflichen Ideenfundus der zwanziger Jahre. Doch wie er die alte Idee entwickelte, wie er das Stück aufbaute, wies auf den technischen und methodischen Standard hin, den er sich inzwischen erarbeitet hatte. Bereits 1927 hatte er in „Fanny Kress oder Der Huren einziger Freund" folgende Fabel entworfen: Fanny verkleidet sich als Mann, um ihren Kolleginnen zu helfen, dabei aber erfährt sie, wie jede die andere um des Mannes willen verrät. 1930 entstand dann der Entwurf zu „Die Ware Liebe", in dem schon die Grundidee des späteren Stückes „Der gute Mensch von Sezuan" vorgezeichnet ist: „Eine junge Prostituierte sieht, daß sie nicht zugleich Ware und Verkäufer sein kann. Durch ein günstiges Geschick bekommt sie eine kleine Geldsumme in die Hand. Damit eröffnet sie einen Zigarrenladen, in dem sie in Männerkleidern den Zigarrenhändler spielt, während sie ihren Beruf als Prostituierte fortsetzt."[266] Die Skizzen für den Szenenablauf lassen erkennen, daß Brecht an der einmal gefundenen Fabel weitgehend festhielt, daß er aber unaufhörlich an der Arithmetik der einzelnen Szenen arbeitete.

Die zentrale Idee des Stückes, die seinen philosophischen wie theatralischen Reiz ausmacht, besteht in der Doppelrolle, in der Aufspaltung der Figur in einen guten (Shen Te) und in einen rücksichtslosen Menschen (Shui Ta). Auf diese Weise erfaßte Brecht eine menschliche Grundsituation der antagonistischen Gesellschaft. Doch entwickelte er die Fabel nicht aus einer Sentenz oder Maxime, sondern setzte die Handlung von der Figur her in Bewegung. Die Vorgänge führen keine These vor, sondern elementare Lebenstatsachen. Er nahm der Parabelform auf diese Weise ihre aufdringliche Didaktik, ihre geradlinige Beweisführung, nutzte aber die Möglichkeit, die sie bot, um planetarische Demonstration vorzuführen, gesellschaftliches Verhalten in großen Modellsituationen zu zeigen. Keiner hat die spröden Seiten dieser Form schärfer benannt als Brecht selber. Aber gerade die Schwierigkeiten forderten ihn heraus. Er verglich die Parabelfabel mit einer dünnen Stahlkonstruktion, bei der man nicht durch Masse verdeutlichen kann. Im „Arbeitsjournal" vermerkte er, daß sich bei einer solchen Arbeit jeder Rechenfehler rächt. Andererseits suchte er den „dramatischen taylorismus" zu vermeiden. Eine Parabel sollte nicht den Eindruck einer Milchmädchenrechnung machen. Deshalb seine ständige Sorge: „wie kann die parabel luxus bekommen?"[267] Was die Fabel an Leichtigkeit gewann, nahmen die Figuren an Gewicht, d. h. an Charakter zu. Während der Arbeit setzte er sich zum Ziel: „das mädchen muß eine große, kräftige person sein. ... mußte ein mensch sein, damit sie ein guter mensch sein konnte. sie ist also nicht stereotyp gut ..."[268] Was sich in seiner Poesie seit Ende der zwanziger Jahre verändert hatte, kam vorwiegend im Figurenaufbau der Shen Te zum Ausdruck. Durch die veränderte Sicht auf den Menschen gelang ihm auch eine ganz neue Prägung, eine neue Qualität der Parabel.

Vor allem über die Figur der Shen Te gelang es Brecht, die modellhafte Demonstration der Parabel mit der lebendigen Charaktergestaltung des Dramas zu verbinden. Die verschiedenen Mittel, das Tragische wie das Komische, das Didaktische wie das Artistische, prägen das Stück, ohne daß die innere Geschlossenheit preisgegeben wäre. Über den Konflikt der Titelfigur wird die existentielle Frage des Menschen in der Klassengesellschaft gestellt: „Gut zu sein und doch zu leben." Dadurch gelingt es Brecht, eine Figur mit ebensoviel Gefühl wie Gedankenreichtum vorzuführen. Die Spannung, die durch den ständigen Wechsel zwischen Figur und Situation hergestellt wird, gestattet dem Zuschauer Einblicke in Zusammenhänge über die Figur hinaus, ohne diese in ihrer kreatürlichen Gebundenheit und Hilflosigkeit preiszugeben. Es ist eine Gestalt aus Zärtlichkeit und Zorn, aus Willenskraft und Erschöpfung. Sie, die duldet und aufbegehrt, will sich in ihrer naiven Einsicht den Göttern verständlich machen, daß sie schon gut sein möchte, es aber nicht kann; daß sie ihr doch zeigen mögen, wie man es in dieser Welt schafft, zu leben und dennoch gut zu sein. Wie dem guten Menschen zu einem guten Ende zu verhelfen sei, bleibt im Dialog der Figuren offen, aber die szenischen Aktionen verweisen auf die Felder, wo dem Menschen der Eingriff, die Veränderung seiner Lage möglich ist. Deshalb heißt es am Schluß des Epilogs: „Verehrtes Publikum, los, such dir selbst den Schluß: / Es muß ein guter da sein, muß, muß, muß!"[269]

Obwohl Brecht das Stück viele Male mit Margarete Steffin durchging und unablässig daran feilte, auch immer wieder Eingriffe in die Szenentechnik vornahm, kam er in Schweden zu keinem Ende. Am 29. Juni 1940 klagte er: „ich begann das stück in berlin, arbeitete daran in dänemark und in schweden. es machte mir mehr mühe als je ein anderes stück vorher. ich trenne mich ganz besonders schwer von der arbeit. es ist ein stück, das ganz fertig sein müßte, und das ist es nicht."[270] Die Korrekturen kosteten ihn ebenso viele Wochen, wie er Tage für die Niederschrift der Szenen gebraucht hatte.

Daß sich Brecht mit dem „Guten Menschen" wieder stärker dem praktischen Ausbau seines epischen Theaters, seiner nichtaristotelischen Methode zuwandte und insofern nicht für unmittelbare Zwecke, sondern „auf Vorrat", für ein „Theater der Zukunft", schrieb, bedeutete nicht den

Verzicht auf operatives Theater. Kurz vor Ausbruch des Krieges schrieb er die zwei Einakter „Dansen“ und „Was kostet das Eisen?“, die für Laienspieler gedacht waren und die Form des Agitprop-Stücks bevorzugten, wie sie in den letzten Jahren der Weimarer Republik entwickelt worden war. Für Lehrstückexperimente bestand einfach keine Voraussetzung, sie brauchten Zeit, lange Entwicklungen, vor allem aber praktische Schulung der Laienspieler und ihr theoretisch-philosophisches Einverständnis. Jetzt aber ging es Brecht darum, auf die zunehmende politische Bedrohung der neutralen Länder durch Hitler hinzuweisen.

Da sich das eine Stück auf dänische, das andere auf schwedische Gegebenheiten bezieht, nahm man an, die Chronologie der Stücke entspräche der Reihenfolge von Brechts Exilstationen. Demnach wäre „Dansen“ der dänischen Emigration zuzuordnen. Dem widerspricht aber, daß Dansen (der Däne) mit dem Fremden einen Freundschaftsvertrag abschließt. Damit war ohne Zweifel der deutsch-dänische Nichtangriffspakt gemeint, der jedoch erst am 31. Mai 1939 zustande kam, als Brecht schon in Schweden war. An der Entstehung der beiden Stücke hat Ruth Berlau einen beträchtlichen Anteil. Sie befand sich damals noch in Dänemark und reiste entweder mit dem Motorrad, der Bahn oder dem Flugzeug, wie sie gerade Geld besaß, zwischen Kopenhagen und Stockholm hin und her, so daß sie immer Kontakt zu Brecht hatte. Von ihr kam vielleicht auch die Idee, solche kleinen Stücke zu schreiben, die sich mit dem Neutralitätsproblem befaßten. Denn sie stand ständig in Verbindung zu sozialdemokratischen Arbeitertheatern und anderen Laienspielern. Ursprünglich muß das Stück für eine dänische Truppe bestimmt gewesen sein. In ihren Erinnerungen behauptet Ruth Berlau allerdings, „Was kostet das Eisen?“ habe sie zusammen mit Mitgliedern ihrer Truppe geschrieben. Brecht habe ihnen dabei nur geholfen. Das muß jedoch bezweifelt werden, denn Brechts

Handschrift ist unverkennbar. Wahrscheinlich hat sie eine Menge Material eingebracht, das Brecht dann verarbeitete.

Gemeinsam ist beiden Stücken die Warnung der neutralen Länder vor ihrem gewalttätigen, eroberungssüchtigen Nachbarn, dem faschistischen Deutschland. Den Kopf in den Sand zu stecken könnte tödlich sein. Der Schweinehändler Dansen, der sieht, wie der räuberische Nachbar den Tabakladen des Herrn Österreicher und den Schuhladen der Frau Tschek „übernimmt", betrachtet den Räuber erst einmal als Kunden für seine Schweine und schließt mit ihm einen Vertrag. Den Geschäftsfreund Svendson beruhigt er, daß dessen Eisenlager durch den Vertrag nur noch sicherer geworden sei. Als der Fremde zu den Eisenlagern will, schultert Dansen seinen Vertrag wie ein Gewehr. Der räuberische Kunde zerfetzt den Vertrag und nimmt den Schlüssel zum Eisenlager. Dansen muß jetzt die Schweine kostenlos liefern. In „Was kostet das Eisen?" bedient der Eisenhändler Svendson einen furchterregenden Kunden, der viel Eisen braucht. Obwohl die Untaten dieses Kunden bekannt sind, will sich Svendson aus allem heraushalten. Einem Verein gegen Verbrechen beizutreten, wie von Herrn Britt und Frau Gall vorgeschlagen wird, lehnt er entschieden ab. Als der Krieg ausbricht, holt sich der Kunde das Eisen kostenlos mit der Maschinenpistole. Vorher hatte sich Herr Svendson noch überlegt, ob er nicht seine Preise erhöhen sollte.

Die Einakter waren von Brecht als Clownspiele gedacht, ausgeführt in einem Knockaboutstil. Das Politische sollte durchaus grob ins Bild gesetzt werden, aber mit Spaß – eine Chaplinade. Das Clowneske diente der Verdeutlichung: Hitlers Eroberungspolitik war nun einmal keine subtile Angelegenheit. Deshalb forderte Brecht für die Aufführung Pappmachéköpfe, riesige Zigarren, übertrieben große Schuhe. Zum Schluß sollten sich bei dem Darsteller, für das Publikum sichtbar, die Haare sträuben. Um den

Grad der Überhöhung kräftig herauszuarbeiten, sammelte Brecht die Hitler-Karikaturen des emigrierten deutschen Grafikers Clément Moreau, die regelmäßig in großen argentinischen Tageszeitungen erschienen, und fügte sie dem Manuskript „Was kostet das Eisen?" als Bildteil an. Das Stück wurde im August 1939 in schwedischer Sprache vom Amatörteaterns Riksförbund in einer Stockholmer Volkshochschule uraufgeführt. Der Autor, so stand zu lesen, sei John Kent: Als Emigrant besaß Brecht in Schweden keine Arbeitsbewilligung.

Am 1. September 1939, 4.45 Uhr, brachen die deutschen Armeen in Polen ein. Das lange schon Gefürchtete war eingetreten. Ohne Erschrecken und philosophische Prophetie notierte Brecht an diesem Tage in sein „Arbeitsjournal": „früh 8 uhr 45. deutschland warnt alle neutralen, das polnische staatsgebiet zu überfliegen. hitler an die wehrmacht. dazwischen die melancholische marschmusik, mit der die deutschen militaristen ihre schlächtereien einleiten. ... hitlers rede im radio auffallend unsicher (‚ich bin entschlossen, entschlossen zu sein'). stärkster beifall, als er davon spricht, daß verräter nichts zu erwarten haben als den tod. das ist die clique, der gang, der fremdkörper, der den krieg beginnt ohne gott und mit brotkarte. ein blanquismus auf nationaler basis."[271]

Daß England und Frankreich Polen nicht aktiv unterstützen würden, hatte Brecht vorausgesehen. Seine weiteren Vorstellungen über den Verlauf des Krieges bestätigten sich jedoch nicht. Er war nämlich „ziemlich überzeugt" vom englischen Rückzug in letzter Minute. Nach der Niederwerfung Polens nahm er an, daß England und Frankreich einen Kapitulationsfrieden mit Deutschland schließen würden. Zwar verliefen die Dinge nicht so, doch der „merkwürdige Krieg", den England und Frankreich führten, ließ seine Auffassung nicht unbegründet erscheinen. Suchten die beiden Westmächte noch immer nach einer

Möglichkeit, sich mit Hitler zu arrangieren? Diese Phase, die unter der Bezeichnung „drôle de guerre" in die Geschichte einging, rief die Empörung der aktiven Antifaschisten in ganz Europa hervor. Georg Kaiser äußerte sich im Schweizer Exil ebenso sarkastisch wie Brecht im schwedischen. Daß der Westen nicht kämpfte, deutete Brecht als Bereitschaft zu Verhandlungen mit Deutschland. „hitler erobert genug, um *zurück*gehen zu können auf seine forderungen."[272] Nicht ohne Hohn verfolgte Brecht die zaghaften Schritte der Franzosen und Engländer, mit dem Feind in „Berührung" zu kommen. Hätte er gewußt, daß man damals im englischen Kabinett einen Vorschlag, Polen durch ein Bombardement des Schwarzwaldes mit Brandbomben zu helfen, mit der Bemerkung abtat, das könne man nicht tun, denn es handle sich hier doch um Privateigentum, wäre sein Sarkasmus noch heftiger gewesen.

In die Woche vor Kriegsausbruch war noch ein Ereignis gefallen, das die Emigration auf das heftigste erschütterte: der Abschluß des Nichtangriffspaktes zwischen Hitlerdeutschland und der Sowjetunion. Bei Brecht löste es nicht den Schock aus wie bei vielen seinesgleichen, die seit Jahren unter Opfern und Entbehrungen gegen Hitler kämpften. Weit mehr betroffen zeigte er sich von der Ratlosigkeit, die es in den eigenen Reihen hinterließ. Die Sowjetunion hatte in den vorangegangenen Jahren unaufhörlich versucht, in Europa ein System kollektiver Sicherheit zu schaffen. Doch fand sie weder bei der englischen und französischen noch bei der polnischen Regierung Gehör. Vielmehr mußte sie feststellen, daß man sich mit Hitler zu verständigen suchte um den Preis, den Aggressionsdrang der Faschisten auf die Sowjetunion zu lenken. Auch Polen, von Deutschland massiv bedroht, lehnte ein Bündnis ab. Das verstärkt einsetzende diplomatische Tauziehen diente ganz unverhohlen der Absicht, eine Gruppierung unter Ausschluß der Sowjetunion herbeizuführen. Um sich vor den

Folgen eines solchen Manövers zu schützen, schloß die Sowjetunion mit Deutschland einen Nichtangriffspakt. Dieses Bündnis mit dem Todfeind wurde nicht zuletzt von den aktiven Kräften der Emigration als geradezu niederschmetternd empfunden. Was bisher für viele ganz und gar unvorstellbar gewesen, war nun eingetreten. Stagnation und Ratlosigkeit lähmten den antifaschistischen Kampf. Wie schon bei den Prozessen gegen die sowjetische Parteiopposition rückte die Emigration politisch wieder ein Stück auseinander.

Wie oft in solchen Situationen, die durch große Widersprüche gekennzeichnet waren, orientierte sich Brecht ziemlich schnell. Durch den Pakt wurde für ihn – im Unterschied zur Empfindung vieler anderer Emigranten – die Luft zunächst einmal klarer. Ihm erschien es durchaus richtig, daß sich die Sowjetunion aus einem Krieg der imperialistischen Staaten heraushalten wollte. 1939 sah er die Lage so: Ein aggressiver Kapitalismus stand einem defensiven Kapitalismus gegenüber. Der eine wollte Eroberungen machen, der andere seine Eroberungen verteidigen. Eine Teilnahme der UdSSR am Krieg war für Brecht nur an der Seite der Westmächte denkbar. Doch eine solche Entscheidung hielt er mehr für „staatliche Machtpolitik". Da er die Dauer des Vertrags nicht abschätzen konnte, baute er aus der Sicht der internationalen Arbeiterbewegung folgenden Widerspruch auf: „ich glaube nicht, daß mehr gesagt werden kann, als daß die union sich eben rettete, um den preis, das weltproletariat ohne losungen, hoffnungen und beistand zu lassen."[273]

Den von Lenin oft angewandten Begriff des taktischen Rückzugs, von Brecht bewundert und oft beschrieben, fand er bei Stalin nicht im Leninschen Sinne angewandt. Die aus der Not diktierten Maßnahmen wurden nicht aus der konkreten Analyse von Strategie und Taktik erklärt, sondern als die direkte, logische und notwendige Folge der marxistischen Theorie hingestellt. Die Kategorie der Vermittlung fiel bei Stalin einfach weg, selbst wenn dadurch Ursache und Folge in sehr vereinfachte, ja simple Zusammenhänge rückten oder die Theorie geändert werden mußte. Eine solche, von Lenin, ja selbst von seiner eigenen früheren Verteidigung des Leninismus abweichende Handhabung des Marxismus mußte sich verheerend auf die Theorie und ihre Propagierung auswirken.

Dieser Widerspruch verschärfte sich noch, als die Sowjetunion in Polen einmarschierte. Dabei verlor Brecht keinen Augenblick aus dem Auge, daß dadurch Hitler einige Kriegsziele verbaut wurden, daß Stalin auf diese Weise nicht nur sein Land vor der ja nicht aufgekündigten Aggressivität der Faschisten schützte, sondern es auch gelang, den Balkan vorläufig neutral zu halten. Dennoch schien ihm ein Abgleiten in nationalistische Positionen unvermeidbar. Bei Abschluß des Vertrages hatte Stalin gegenüber Außenminister Ribbentrop erklärt, die UdSSR nehme den Pakt sehr ernst; er könne versichern, daß die Sowjetunion ihren Partner nicht betrügen werde. Daß das nicht eine diplomatische Floskel war, zeigte sich sehr bald. Der Vertrag wirkte sich auch im Ideologischen aus. Es kam zu einem Abbau an antifaschistischer Aktivität gegenüber Deutschland. Brecht notierte in sein „Arbeitsjournal“: „da ist … die aneignung der faschistischen heuchlereien von ‚blutsverwandtschaft‘, befreiung der ‚brüder‘ (slawischer abstammung), der ganzen nationalistischen terminologie. das wird zu den deutschen faschisten hingesprochen, aber zugleich zu den sowjettruppen.“[274]

In erstaunlich kurzer Zeit entstanden zwei Stücke, die ganz dem Antikriegsgedanken verpflichtet sind: „Mutter Courage und ihre Kinder“ und „Das Verhör des Lukullus“. Am 27. September 1939, an dem Tage, da Warschau kapitulierte und 120 000 polnische Soldaten in die Gefangenschaft gingen, begann Brecht die Arbeit an „Mutter Courage“, einer „Chronik aus dem Dreißigjährigen Krieg“. Fertiggestellt wurde das Stück zwischen dem 29. Oktober und dem 3. November. Wie der „Galilei“, so entstand auch dieses Werk, das den Weltruhm Brechts mitbegründete, in wenigen Wochen. Die Anregung dazu kam von der schwedischen Schauspielerin Naima Wifstrand, die Brecht im Sommer 1939 die Geschichte der Marketenderin Lotto Svärd aus „Fähnrich Stahls Erzählung“ von Johan Ludvig Runeberg vorgelesen hatte. Das wird ihn wiederum angeregt haben, sich mit der Grimmelshausen-Figur aus dem 7. Buch des „Simplicissimus“ zu beschäftigen.

Doch die Ausgangsposition für die Fabel konnte er weder von Grimmelshausen noch von Runeberg übernehmen. Wie sich die Courage zum Krieg verhält, war entscheidend für die Darstellung des Krieges überhaupt. Wenn nur gezeigt wurde, wie sich die Courage im Krieg über Wasser zu halten versucht, konnte leicht der Eindruck entstehen, daß der Krieg das Schicksal, das Kreuz sei, das die Menschen tragen müssen. Eine gewisse Freiwilligkeit für den langen Weg in den Krieg durfte bei dieser Figur nie ganz verschwinden. Sie überlegt, wie sie ihre Familie im Krieg erhalten kann, doch das, glaubt sie, kann sie nur, wenn sie am Krieg verdient. So zeigte Brecht die Geschäftsfrau Anna Fierling, bekannt unter dem Namen Courage, in einem merkwürdigen Widerspruch zwischen ihrer couragierten Lebensweise und der von ihr vertretenen Lebensmaxime, daß der Mensch „nix machen kann“, daß er keine Wahl habe. Sie wendet tausend Listen an, nimmt alle Plagen und Mühen auf sich, schlägt selbst die seltenen Glücksfälle aus, die sich ihr bieten, um ihre Kinder durchzubringen, aber sie sieht nirgends eine Wahl. Für sie hat der Mensch keine Entscheidungsmöglichkeit. Ihre Energie, ihre Klugheit, ihre Willenskraft verströmen in der „kleinen Welt“ ihrer Familie, in dem Kreis, der an ihren Planwagen gebunden ist. So auf das Leben eingerichtet, verliert sie ein Kind nach dem anderen, sie aber zieht weiter durch den Krieg, die eigene menschliche Produktivität vernichtend.

Obwohl Brecht die Courage als gerissene Händlerin zeigt, die vor keinem noch so schäbigen oder raffinierten Trick zurückschreckt, wenn es ums Geschäft geht, gibt er ihr Größe. Ihr Mut, ihre Risikobereitschaft, ihre Aufopferungsfähigkeit für ihre Kinder stehen in einem merkwürdigen Gegensatz zu ihren Händlereigenschaften. Sie ist nicht egoistisch, habgierig, kaltherzig, das alles kann sie allerdings auch sein. Ihre Härte erklärt sich aus dem Bemühen, ihre „kleine Welt" zu verteidigen, zu beschützen. Diese Selbstaufopferung kommt zum Ausdruck, wenn sie sagt: „Auf was ich aus bin, ist, mich und meine Kinder durchbringen mit meinem Wagen. Ich betrachte ihn nicht als mein, und ich hab auch jetzt keinen Kopf für Privatgeschichten."[275]

Natürlich liegt in der Haltung der Courage auch ein Stück Opportunismus. Aber es ist nicht der Opportunismus, der aus Schwäche, fehlendem Mut und mangelnder Risikobereitschaft entsteht. Die Courage unterliegt vielmehr dem Opportunismus der Klugen, jener Leute, die sehr wohl wissen, wie schmal ihre Chance ist, und sich deshalb nur auf kleine Lösungen, auf die „kleine Welt" beschränken und so nicht in die Lage kommen, ihre ganze menschliche Produktivität freizusetzen.

Von ganz anderer Spielart ist der Opportunismus des Kochs und des Feldpredigers. Der Koch macht menschliche Anständigkeit von den Verhältnissen abhängig. Er hat gelernt, daß man sich nach der Decke strecken muß. Er weiß aber auch, daß ein solches Lebenstraining keine Befriedigung gewährt, sondern immer nur wieder in Enttäuschungen führt. Von dieser Seite her ist er in vielem der Courage ähnlich. Aber jene Szene, in der sich ihre Wege trennen, zeigt auch den Unterschied in ihren Haltungen. Der Koch will wohl die Courage, nicht aber die stumme

Kattrin mit nach Ütrecht nehmen, denn das Wirtshaus, das auf ihn wartet, sei zu klein. Die Courage aber geht nicht ohne Kattrin, lieber spannt sie sich selber vor den Wagen. Die Szene offenbart, wie wenig die sogenannte „Lebensklugheit“ die kleinen Leute zusammenbringt. Ganz unverhohlen kommt der Opportunismus bei dem Feldprediger zum Ausdruck. Er ist der Mann, den das Anfeuern der Soldaten im Namen des Glaubens unempfindlich gemacht hat. Die Übereinstimmung von Wort und Haltung nimmt er seit langem nicht mehr so wichtig. Seine Haltung hat jene entwaffnende Zweideutigkeit, die niemals die ideologischen Hüllen preisgibt, die aber zugleich zu verstehen gibt, daß man an diesen Hüllen mehr hängt, als daß man willens sei, sie durch eigenes Tun zu bekräftigen.

Man hat den konsequent epischen Aufbau des Stückes später so gedeutet, daß die Spieler-Gegenspieler-Konstellation, Kennzeichen aller aristotelischen Dramatik, außer Kraft gesetzt sei. Das wurde einerseits als Eigenheit einer neuen dramatischen Struktur vermerkt, noch mehr aber als eigentliche Schwachstelle gerügt. Gibt es hier tatsächlich keinen Gegenspieler? Brecht hat in das Figurenensemble eine wunderbare Gestalt eingefügt: die stumme Kattrin. Vom Grundgestus der Figur her ist sie die eigentliche Gegenspielerin der Courage. Das Anderssein der Kattrin ist allerdings keine bewußte, intellektuelle Alternative. Ihre physische Beschädigung hat sie sensibler gemacht, auch radikaler im Einsatz ihres Lebens, in der Wahl ihrer Möglichkeiten. Sie riskiert vor Halle ihr Leben nicht nur, weil die Mutter in der Stadt ist. So, wie sie sich verhält, stellt sie sich, wenn auch unbewußt, gegen die Lebensmaxime „Wir können nix machen!“, die die Courage vertritt. Sie handelt entsprechend ihrer menschlichen Einsicht. Gerade sie, die ihre Vorstellung vom Leben nicht artikulieren kann – und zwar nicht nur, weil sie stumm ist –, realisiert als einzige ihre Menschlichkeit im praktischen Leben. Sie setzt ihre

Persönlichkeit frei. Sie lebt ihr Leben, freilich um den Preis, daß es ein kurzes ist. Die Lebensklugheit der Courage konnte nur schlechtes Leben gewährleisten. Lebensklugheit (Courage) und engagiertes Leben (Kattrin) stehen sich hier gegenüber und formieren sich, dramaturgisch gesehen, zur Spieler-Gegenspieler-Konstellation.

Dieses Stück reihte Brecht als 20. Versuch in seine nichtaristotelische Dramatik ein. Die epische Bauart betrifft jedoch keineswegs nur die Verwendung des Chronikstils. Weit mehr ergibt sie sich aus dem Verhältnis von Figurenanlage und Zuschauerhaltung und den daraus abgeleiteten Folgerungen für den dramaturgischen Aufbau. Erst aus dieser Sicht bekommt die Form der Chronik ihren epischen Stellenwert. Dramaturgisch läuft letztlich alles auf den Punkt hinaus, daß dem Zuschauer eine Courage vorgeführt wird, die nach dem Grundsatz lebt, der Mensch habe keine Wahl. Er aber, der Zuschauer, durch das gesamte dramaturgische Rüstzeug in seinem dialektischen Verständnis gefordert, vermag zu erkennen, daß es historisch gesehen für den Menschen doch eine Wahl gibt. Das Sichschicken der Courage in die Bedingungen des Lebens soll der Zuschauer als dialektischen, provokativen Impuls für ein eingreifendes Denken empfinden, als Aufforderung, Lebenszeit nicht durch falsche Maximen und Selbstbeschneidungen zu vergeuden. Brecht baute hier einen Lerneffekt, den Dialektikgewinn, den er in seinen Lehrstücken durch das Zusammenfallen von Spieler und Zuschauer angestrebt hatte, direkt in die Zuschauhaltung ein. Das, was früher nur über die Verwandlung des Zuschauers in den Spieler möglich schien, bezweckte er jetzt über den weiteren Ausbau der nichtaristotelischen Dramaturgie.

Zu ihr gehören bei Brecht auch die Lieder und Songs. Aufschlußreich ist, daß sich bestimmte Lieder bzw. Liedelemente durch mehrere Stücke ziehen. Zum Beispiel benutzte er frühere Lieder, um in die Liedeigenart des neuen

Stückes hineinzukommen. So weist das „Bettellied der großen Geister" aus „Mutter Courage" deutliche inhaltliche und formale Analogien zum „Salomon-Song" aus der „Dreigroschenoper" auf. Der Einstieg in das Neue erfolgte vom bereits Erprobten her. So verhielt es sich in der schwedischen Fassung, der Urfassung, auch mit dem Lied, das er später „Lied vom Fraternisieren" nannte. Ursprünglich war es nicht mehr als eine Umdichtung des „Lieds vom Surabaya-Johnny" aus „Happy End", der Brecht den Titel „Das Lied vom Pfeif- und Trommel-Henny" gab. Später aber nahm er sich den Text noch einmal vor. In der neuen Fassung bekam das Lied dann eine ganz andere dichterische Qualität, eine lyrische Zartheit, die sich wesentlich von der robusten ersten Fassung unterschied. Hier zum Vergleich die jeweils erste Strophe der beiden Lieder:

Das Lied vom Pfeif- und Trommel-Henny

Ich war jung, Gott, erst 16 Jahre
Du kamest von Utrecht herauf
Und sagtest, ich solle mit dir gehn
Du kämest für alles auf.
Ich fragte nach deiner Stellung
Du sagtest, so wahr ich hier steh
Du hättest zu tun mit dem Tulpenmarkt
Und nichts zu tun mit der Armee.

Lied vom Fraternisieren

Ich war erst siebzehn Jahre
Da kam der Feind ins Land.
Er legte beiseit den Säbel
Und gab mir freundlich seine Hand.

Und nach der Maiandacht
Da kam die Maiennacht
Das Regiment stand im Geviert
Dann wurd getrommelt, wie's der Brauch
Dann nahm der Feind uns hintern Strauch
Und hat fraternisiert.[276]

Wenn Brecht ein Stück fertig hatte, so schickte er es an Freunde, von denen er wußte, daß sie sich dafür einsetzen würden, wo immer sie eine Chance für eine Aufführung sahen. Für „Mutter Courage" wird derselbe Personenschlüssel gegolten haben wie für „Galileo Galilei". So kam das Stück auch in die Schweiz, wo noch am ehesten eine Aufführung denkbar schien. Denn es stellte sich bald heraus, daß keine einzige skandinavische Bühne eine Inszenierung wagte. In der Schweiz wurde es reichlich ein Jahr später, am 19. April 1941, am Zürcher Schauspielhaus uraufgeführt. Regie führte Leopold Lindtberg. Sein Grundarrangement, der rollende Planwagen der Courage, sowie viele szenische Lösungen wurden zum festen Bestandteil aller späteren Aufführungen.

Daß es sich hier um ein herausragendes Ereignis handelte, begriff die Schweizer Theaterkritik durchaus. Sie zeigte zwar wenig Verständnis für die epische Eigenart Brechts, lobte aber uneingeschränkt dessen Gestaltungskraft. Besonders die Titelfigur wurde schon damals als eine große, bleibende Gestalt des Welttheaters empfunden. „Diese Frau, Sinnbild des verwüsteten Europa, eine Bühnengestalt von wahrhaft shakespearescher Größe, hat Brecht, ein neuer geläuterter Brecht, zum Mittelpunkt einer fesselnden Bildchronik gemacht. Die Schwäche des epischen Theaters, die Gefahr, ins Endlose zu geraten, die im vorliegenden Fall durch das Fehlen eines faßbaren, dem Format der Courage entsprechenden Gegenspielers als ein

Versinken in die Monotonie des Kriegszustandes drohte, hat das bühnendramatische Talent dieses Dichters in hohem Maße zu bannen gewußt."[277] Die tieferliegende gesellschaftliche Problematik wurde jedoch von der Kritik völlig mißverstanden, am meisten von Bernhard Diebold, der Brecht, bei aller sonstigen Wertschätzung, einen pessimistischen Determinismus und bösartigen Sarkasmus vorwarf: „... keine Wahl gehabt! Ja, das haben sie alle nicht in Brechts zoologischer Menschenwelt, wo nicht einmal eine fiktive Freiheit des Willens gilt. Man *muß* hier immer – das Gute und das Schlechte – man *will* es nie. Man ist unfrei wie ein armes Tier ... Und der Dichter Bertolt Brecht folgt ihr in wahlverwandter Unfreiheit des Willens auf den Karrenspuren, und folgert aus der Vagabunden-Ethik stillschweigend eine Weltanschauung für uns alle ..."[278]

Die Aufführung war ein Triumph für Therese Giehse. Die Mutter Courage wurde zur Rolle ihres Lebens. Bernhard Diebold charakterisierte die Leistung der Giehse, indem er den Unterschied zu Brechts künstlerischer Absicht betonte: „Aber Therese Giehse stand mit ihrem großen Mutterherzen jenseits aller historischen Ansprüche schlechthin im Ewigen. Mochte sie noch so respektswidrige Dinge gegen das ‚Höhere' maulen und ihre Geschäftstüchtigkeit spielen lassen – sie wurde doch nie zur ‚Hyäne des Schlachtfelds'; und die von den rauhen Umständen geforderte Rauheit der Marketenderin trat fast zu stark zurück hinter der Strahlung ihres Gefühls und ihres ergreifenden Schmerzes, wenn sie die Kinder, eines nach dem anderen, verlieren muß."[279] Solche Kritiken mögen wohl zu der Anekdote Anlaß gegeben haben, nach der Lindtberg am Tage der Uraufführung Brecht telegraphiert habe, wie erschüttert das Publikum gewesen sei. Darauf sei ein Telegramm von Brecht eingegangen: „Stück sofort absetzen."

Am 3. November 1939 hatte Brecht die „Courage" beendet. Zwei Tage später schon arbeitete er an einem neuen

Stück. Margarete Steffin trug in ihr Notizbuch ein: „5. November bis 11. Nov. b. hörspiel lucullus gemacht."[280] Bereits zu Beginn des Jahres hatte er sich mit der Gestalt des römischen Feldherren Lukullus beschäftigt. In einer kleinen Geschichte erzählte Brecht, wie der alternde Feldherr den Dichter Lukrez empfängt. Als die beiden zusammensitzen, erinnert sich Lukullus eines Traums: Während einer Ansprache an seine Soldaten vor der Schlacht bemerkt er, daß der vor ihnen befindliche Fluß den Damm zu unterspülen droht und die halbhohen Kornfelder gefährdet. Noch während er spricht, laufen immer mehr Soldaten weg, mit ihren Schwertern den Damm zu befestigen. Zuletzt rennt er selbst hin, und die Soldaten drücken ihm einen Spaten in die Hand. Lukrez findet den Traum schön. Lukullus erscheint er als Beweis großer Schwäche; denn er folgert daraus, daß Autorität doch etwas sehr Unsicheres sei. Über solche Gedanken kommt das Gespräch auf den Ruhm. „Was denn", so fragt Lukullus den Lukrez, „könnte mein Ruhm sein? Die Eroberung Asiens? Die Zubereitung köstlicher Speisen?" Da weist Lukrez mit ausgestrecktem Finger auf einen Kirschbaum, der weiße Blüten trägt. „‚Vielleicht ist es der?' sagt der Dichter eifrig. ‚Der Kirschbaum! Freilich, man wird sich wohl kaum da Ihres Namens erinnern. Aber das tut nichts. Asien wird wieder verlorengehn. Und ihre Gerichte wird man bald kaum noch kochen können, denn da wird Armut sein. Aber der Kirschbaum: einige werden es vielleicht doch noch wissen, daß Sie ihn gebracht haben. Und wenn nicht, wenn alle Trophäen aller Eroberer zu Staub zerfallen sein werden, wird diese schönste Ihrer Trophäen im Frühjahr als die eines unbekannten Eroberers noch immer im Wind auf den Hügeln flattern, Lukullus!'"[281]

Mehr noch als zu Beginn des Jahres 1939 hielt Brecht es jetzt für nötig, den Kriegsruhm in Frage zu stellen. Denn nach dem sogenannten „Blitzkrieg" gegen Polen hallte das Ruhmesgebrüll der Faschisten durch ganz Europa. Selbst dic Zcitungen der Neutralen zollten in ihren Spalten diesem Ruhm Tribut. In jenen Tagen, als Brecht das Hörspiel gegen den Kriegsruhm fertigstellte, erklärte Hitler vor seinen Oberbefehlshabern: „Als letzten Faktor muß ich in aller Bescheidenheit meine eigene Person nennen: unersetzbar. Weder eine militärische noch eine zivile Persönlichkeit könnte mich ersetzen ... Ich bin überzeugt von der Kraft meines Gehirns und von meiner Entschlußkraft. Kriege werden immer beendigt nur durch Vernichtung des Gegners. ... Das Schicksal des Reiches hängt nur von mir ab. Ich werde danach handeln."[282]

Obwohl sich die Lukullus-Erzählung durchaus für die Hörspielform eignete, formierte Brecht den Stoff völlig neu. An das Hörspiel ging er als Dramatiker heran. Die Dialogmöglichkeiten der Erzählung ersetzte er durch Situationen, durch Spielangebote. Dargestellt wurde die Geschichte, wie Rom Lukullus zu Grabe trägt, wie er in das Totenreich aufgenommen wird, wo er sich dem Totengericht stellen muß. Im Unterschied zu antiken Darstellungen sitzen bei Brecht vorwiegend kleine Leute zu Gericht: Bäkker, Lehrer, Fischweib, Bauer. Nur die Kurtisane war einst Königin gewesen, bevor die Soldaten des Lukullus sie besiegten. Herrisch tritt Lukullus in das Totenreich ein. Nicht gewohnt zu warten, steht er neben der Tür, „unbeweglich, den Helm unter dem Arm / Sein eigenes Standbild"[283]. Doch ihm wird bald klar, daß hier andere Maßstäbe gelten. Man ruft ihn „Lakalles", in der verachteten Sprache der Vorstädte. Aufgefordert, einen Fürsprecher zu benennen, verweist er ohne Bedenken auf den großen Alexander von Makedemon. Als nach Alexander von Makedemon gerufen wird, stellt sich heraus: Er ist nicht da. Die neuen Erfahrungen des Lukullus sind bitter. Alle seine Hinweise auf die besiegten Feinde, die 53 eroberten Städte, das Gold, das er für Rom holte, machen seine Lage nur noch schlimmer. Als er einwendet, daß das Gericht nichts vom Krieg verstehe, belehrt ihn das Fischweib, daß sie den Krieg sehr wohl verstehe, verstehe wie alle, die für die Spesen aufkommen. So sieht sich der Sprecher des Totengerichts genötigt, Lukullus aufzufordern, sich seiner Schwächen zu erinnern, wenn schon seine Tugenden wenig nützlich waren. Zuletzt spricht für ihn nur der Kirschbaum, den er aus Asien mitbrachte. Zum ersten Male ist das Gericht geneigt, Lukullus etwas Nützliches zuzusprechen.

Ihr Freunde, dies von allem, was erobert
Durch blutigen Krieg verhaßten Angedenkens
Nenn ich das Beste. Denn dies Stämmchen lebt.
Ein neues, freundliches, gesellt es sich
Dem Weinstock und dem fleißigen Beerenstrauch
Und wachsend mit den wachsenden Geschlechtern
Trägt's Frucht für sie. Und ich beglückwünsch dich
Der's uns gebracht. Wenn alle Siegesbeute
Der beiden Asien längst schon vermodert ist
Wird jedes Jahr aufs neue den Lebenden
Dann diese kleinste deiner Trophäen noch
Im Frühling mit den blütenweißen
Zweigen im Wind von den Hügeln flattern.[284]

Doch schließt das Hörspiel nicht so versöhnlich wie die Erzählung. Das Totengericht befindet, daß eine solche Eroberung ein einziger hätte machen können, nicht aber 80000 nötig gewesen seien. Das Urteil lautet: Ins Nichts mit ihm.

Der Text dieses kleinen Werkes ist poetisch überaus reizvoll, weil sich in ihm Unerbittlichkeit und Zartgefühl verbinden. Was Brecht anklagt, sind weniger die Kriegsgreuel der Feldzüge des Lukullus als die durch den Krieg zerstörten Lebensmöglichkeiten der einfachen Leute, die ausgelöschten Lebensläufe. Verurteilt wird nicht mit der Wucht und der Wut der Satire, sondern eher mit Trauer und Scham. Die Unerbittlichkeit des Totengerichts rührt aus der Erkenntnis, daß all das Leid der bisherigen Kriege noch keine Einsicht gebracht hat. Lukullus wird an keiner Stelle des Stückes zur Karikatur. Er steht vor dem Totengericht wie ein trotziger Junge, der nichts begreift, der geradezu gekränkt ist, daß er nicht nützlich gewesen sein soll, er, der doch alles für Rom tat.

Als Brecht das Stück fertig hatte, brachte er es an keiner skandinavischen Rundfunkstation unter. Man wagte am Kriegsruhm Hitlers und seiner faschistischen Armeen keinen Einspruch, nicht einmal in verfremdeter Form. Der emigrierte Schauspieler Herman Greid machte schließlich den Versuch, das Stück mit seiner kleinen Truppe als Schattenspiel mit gesprochenem Text aufzuführen. Am 12. Mai 1940 kam es dann doch zur Ursendung. Das Schweizer Radio Beromünster (Studio Bern) nahm sich des Werkes an. Wieviel Mut zu dieser Sendung gehörte – Regie Ernst Bringolf –, geht schon daraus hervor, daß die wenigen Schweizer Kritiken das eigentliche aktuelle Anliegen des Stückes nur im Untertext anzudeuten wagten. Die Schweiz, die in ihrer Flüchtlingspolitik wesentlich drastischer verfuhr als andere Länder, riskierte jedoch hinsichtlich der Aufführung von Werken antifaschistischer deutscher Autoren weit mehr als das neutrale Schweden.

Im Kriegsjahr 1939 wandte sich Brecht auch wieder stärker der Prosa zu. Jedoch nicht dem „Caesar"-Roman, der noch immer unfertig dalag. Margarete Steffin vermerkte mit großer Enttäuschung, daß Brecht dauernd am „Guten Menschen von Sezuan" ändere und die Arbeit am Romanmanuskript, an dem ihr viel lag, immer wieder aufschiebe. Brecht schrieb eine Reihe kleiner Erzählungen, neben der schon erwähnten über Lukullus die Geschichten „Der Mantel des Ketzers" und „Der verwundete Sokrates". Zwei Werke, die zu seinen wichtigsten Prosaarbeiten zählen.

Die Veränderung in der Schreibweise, die sich gegen Ende der dreißiger Jahre im dramatischen Werk abzeichnete, machte sich auch in der Prosa bemerkbar. Die Wandlung wird deutlich, erinnert man sich Brechts Bemerkung aus den zwanziger Jahren, daß Geschichten, die man verstehe, schlecht erzählt seien. Die neuen aber sind ganz auf Klarheit und Schlichtheit gestellt. Sparsam, ja geizig in der Verwendung von Attributen, richtet der Dichter allen Kunstsinn auf das präzise Erfassen des Vorgangs. Alles ist so erzählt, als sei es eben nur aus dieser Entfernung und in dieser Perspektive darstellbar. Mit ihrer leisen, aber eindringlichen Erzählweise wenden sich die Geschichten an Menschen, die zuzuhören verstehen.

Von dieser Art ist die Geschichte „Der Mantel des Ketzers". Im Gesamtwerk Brechts ist der Mantel ein wesentliches Motiv, das mit dem der „Kälte" und der „Freundlichkeit" verknüpft ist. Der Mantel bietet Schutz vor Kälte, wer keinen besitzt, ist der Kälte ausgeliefert. Jemandem zu einem Mantel zu verhelfen ist ein Akt der Freundlichkeit. Im Gewahrsam der Inquisition, während des Prozesses, der mit dem Todesurteil endet, wird Giordano Bruno von der Frau seines Schneiders bedrängt, doch seinen Mantel zu bezahlen, der ihm geliefert worden sei. Die ganze Aufmerksamkeit des Erzählers ist darauf gerichtet, wie Giordano Bruno versucht, dieser Forderung gerecht zu werden, wie er, der nichts mehr hat, alles aufbietet, damit die Frau zu ihrem Geld kommt. Ein Großteil der Wirkung besteht darin, daß der Leser immer wieder dazu neigt, sich über die auf Bezahlung drängende Frau zu empören, die in einem Moment Geld von einem Manne verlangt, als dessen Leben auf dem Spiel steht. Aber von dieser Empörung bringt der Erzähler den Leser immer wieder ab, indem er darauf verweist, daß es für diese Frau eben nicht nur um die „paar Skudi" geht. Über diesen

Kunstgriff kommt die Haltung des Nolaners groß zum Ausdruck.

In der gleichen schlichten Erzählweise, aber mit sorgfältig placierten ironischen Wendungen, die sprachliche Glanzpunkte sind, ist die Geschichte vom „Verwundeten Sokrates" gehalten. In der Schlacht bei Delion flieht Sokrates vor dem Feind. Dabei tritt er sich einen Dorn in den Fuß. Er, der nicht mehr laufen kann, ohne daß ihn der Stachel schmerzt, ist nunmehr gezwungen, sich dem Feind zu stellen. Er brüllt, als gelte es, seine Abteilungen in den Kampf zu führen. Auf das Gebrüll hin wenden sich die Perser zur Flucht. Heimgekehrt nach Athen, erreicht Sokrates die Nachricht, daß ihm im Areopag der Lorbeerkranz aufgesetzt werden soll. Sokrates weigert sich. Als schließlich Alkibiades kommt, ist er nicht mehr bereit, weiter der Wahrheit auszuweichen. Er erzählt alles, so nicht nur den Ruhm ausschlagend, sondern auch das Gelächter auf sich nehmend, aber dadurch mehr Mut beweisend, als er je in der Schlacht hätte aufbringen können.

Der Krieg veränderte auch das häusliche Klima. Die geselligen Abende in Skovsbostrand schienen für immer dahin. Nicht nur das Reisen wurde beschwerlich und später ganz unmöglich, auch Nachrichten von Freunden kamen seltener. Helene Weigel, die immer dafür gesorgt hatte, daß Brecht nie für längere Zeit ohne Besucher blieb, sah sich außerstande, Gäste heranzuschaffen, mit denen sich Brecht unterhalten konnte. Zwar war Lidingö von Stockholm aus mit dem Bus zu erreichen, doch lag es weit draußen. Man mußte über eine Brücke und jedesmal 65 Öre Wegzoll zahlen. Margarete Steffin fand das viel. Verbindung gab es zu Naima Wifstrand, an deren Schauspielschule Helene Weigel Unterricht gab. Diese Arbeit interessierte auch Brecht. Auf Lidingö gab es keinen Kreis, der sich um Brecht sammelte, wie in Skovsbostrand. Die großen Erwartungen, die die Steffin in die schwedische Öffentlichkeit gesetzt hatte, erfüllten sich nicht. Sie verhielt sich gegenüber Brecht nicht weniger zurückhaltend als die dänische.

Sich unterhalten zu können, empfand Brecht gerade nach Kriegsausbruch um so dringlicher. Die politischen Probleme hatten sich zugespitzt, und die eigentlichen Ursachen ließen sich schwerer als je ergründen. So spielten Radio und Zeitungen im Hause Brechts jetzt eine noch größere Rolle als bisher. Man erinnert sich dabei einer Äußerung von Walter Benjamin: „Ich bin verurteilt, jede Zeitung wie eine an mich ergangene Zustellung zu lesen und aus jeder Radiosendung die Stimmung des Unglücksboten herauszuhören.“[285]

Eine Möglichkeit zur Diskussion bot sich, als im November 1939 mehrere Spanienkämpfer, darunter Mitglieder der SAP, Brecht besuchten. Er machte daraus sogleich eine Art Seminar, Margarete Steffin mußte jedes Wort protokollieren.[286] Der Maler Hans Tombrock hat die Diskussionsrunde in einer Kohlezeichnung festgehalten. Auf der Rückseite der Zeichnung sind die Namen der Gesprächsteilnehmer vermerkt: außer Brecht und Tombrock Paul Verner, Herbert Warnke, Anton Plenikowski, Siggi Neumann, Lotte Bischoff und Ninnan Santesson. Bei dem Gespräch ging es vorwiegend um die Lehren, die aus der Niederlage in Spanien zu ziehen waren. Und natürlich drehte sich die Diskussion, wenige Monate nach Abschluß des Nichtangriffspaktes zwischen Hitlerdeutschland und der UdSSR, um die Rolle Stalins. Dem „Arbeitsjournal“ ist zu entnehmen, daß Brecht die Hoffnungen und die Ängste einiger SAP-Mitglieder nicht teilte. Sie setzten auf die Labourpolitik und die französische Sozialdemokratie Blums und fürchteten Stalin. Sehr interessiert zeigte er sich an den damaligen Vorgängen innerhalb des revolutionären Lagers in Spanien. Welche Vorstellungen über eine neue Gesellschaft bestanden, was sich dabei als hemmend und undurchführbar erwies, worauf aber große Massen setzten, das betrachtete Brecht nicht nur als wichtig für seine eigene Meinungsbildung, das diente ihm als Arbeitsmaterial.

Engeren Kontakt hatte Brecht außer zu Tombrock zu dem Schauspieler Herman Greid, der damals in Lidingö in der unmittelbaren Nähe Brechts lebte. Durch seine Frau, die aus einer jüdischen Bankiersfamilie stammte, zählte er zu den vermögenden Leuten der Emigration. An Herman Greid dürfte Brecht mehr der Schauspieler interessiert haben und natürlich die Lebenserfahrungen dieses Mannes. Weit weniger dafür dessen philosophische Ansichten. Denn auch damals, als sich Greid noch mit dem Marxismus verbunden fühlte, war seine Art, in den Marxismus einzudringen, grundverschieden von der Brechts. Insofern ist er eine ebenso wichtige Kontrastfigur wie Karl Korsch. In beiden Fällen handelte es sich um Gesprächspartner, die durch ihre Gegensätzlichkeit auf Brecht wirkten.

In den zwanziger Jahren am Berliner Schloßparktheater und am Düsseldorfer Schauspielhaus tätig, zählte Greid zu jenen Schauspielern, die sich in der Weimarer Republik bereits einen Namen gemacht hatten, wie Wolfgang Heinz, Wolfgang Langhoff, Leonard Steckel. Aber er gehörte noch nicht zu den Großen. Hingezogen zur revolutionären Arbeiterklasse und ihren kulturpolitischen Aktionen, leitete er von 1929 bis 1931 das Arbeitertheater „Truppe des Westens". 1933 emigrierte er nach Schweden. Die „kühle Korrektheit" und „bestimmte Abgeschlossenheit" der Schweden behagte ihm jedoch nicht. 1935 ging er in die Sowjetunion, um beim Aufbau eines antifaschistischen deutschen Theaters mitzuhelfen. Rückblickend schrieb er: „Persönlich befand ich mich niemals in den Reihen dieser ‚Träumer' [die sich aus Propagandaschriften ein Bild über das neue Rußland machten – W. M.]. Dazu las ich zuviel und auch genügend *zwischen* den Zeilen. Außerdem suchte und fand ich gute Kontakte mit Augenzeugen, die das Land nach der Revolution gründlich bereist und selbst im Aufbauprozeß mitgeholfen hatten. Ihre realistischen, aber positiven Schilderungen, es handelte sich um Freunde dieses Aufbaus und neuen Versuchs, bereiteten mich gut vor. In meine intensive Bereitschaft, den Sprung hinüber in jenes trotz allem denn doch unbekannte Land zu tun, mengte sich darum allerlei, auch eine gute Portion Angst."[287] In Moskau angekommen, übernahm er eine kleine Rolle in dem Dimitroff-Film, den Gustav von Wangenheim drehte. Sein eigentliches Engagement führte ihn nach Dnepropetrowsk an das neugegründete Deutsche Theater. Die „Geburtswehen" dieses Theaterexperiments erlebte er mit, und er war auch in die Pläne Piscators eingeweiht, als dieser in der Autonomen Sozialistischen Sowjetrepublik der Wolgadeutschen ein antifaschistisches Weimar errichten wollte. Mit solchen Erlebnissen ausgestattet, galt er bei Brecht etwas, denn schließlich hatte dieser selbst einmal erwogen, dort mitzumachen. Wie ernst es ihm damit auch immer gewesen sein mochte, zumindest hatte man sich gefragt, ob an einem solchen Theater unter der Leitung Piscators nicht ein Platz für Helene Weigel sei. Kein Wunder also, daß an den langen schwedischen Abenden Brecht alles über diese Vorgänge wissen wollte.

Zu einer ersten Verbindung war es bereits vor Brechts Übersiedlung nach Schweden gekommen. „Das Ganze", erzählt Greid, „begann damit, daß die Advokatin Anna Branting, Hjalmar Brantings charmante Tochter, eine treue Freundin meiner lieben Frau und ihrer Familie und auch mir freundschaftlich zugetan, mich eines Tages anrief und mich fragte, ob ich gewillt wäre, Brechts ‚Frau Carrars Gewehre' im Rahmen der Spanienhilfe zu inszenieren. Ich akzeptierte mit Freude. Wir trafen uns dann mit Naima Wifstrand und ihren unzertrennlichen Freundinnen Siri Derkert und Ninnan Santesson in Annas Heim, lasen gemeinsam Brechts Stück, und alle wollten, daß ich selbst die männliche Hauptrolle übernehmen sollte, was nur möglich wurde und glückte dank der sprachlichen Hilfe meiner Frau."[288] Bei seinen häufigen Besuchen hat Greid seinen „stillen höflich-aufmerksamen" Gastgeber so gesehen: „Aber im Hintergrund, in der *Tiefe* seines Wesens gab es unterdrückte, nur mühsam beherrschte, ja gleichsam ärgerlich verneinte Elemente, die wann und wann und immer ganz plötzlich mit Krach, Donner und Schwefel ausbrechen konnten, um dann aber – wenigstens habe ich das nie anders erlebt –, schnell von ihm ‚am Kragen' erfaßt und unterdrückt, zu verschwinden, als ob sie nie sich geäußert hätten."[289]

Mehr als um Fragen der Ethik, die Brecht im „Arbeitsjournal" vermerkte, wird es bei den Gesprächen um die Situation in der Sowjetunion, um das Schicksal der Theaterexperimente und das einiger Schauspieler gegangen sein. Was Greid Brecht erzählt haben wird, läßt sich, auch wenn kein Protokoll geführt wurde, ziemlich leicht rekonstruieren, denn Greid hat seine Eindrücke in der Sowjetunion schriftlich festgehalten. Das bis heute unveröffentlichte Manuskript entstand zwar zu einem Zeitpunkt, als er sich schon vom Marxismus losgesagt hatte. Doch selbst hier spricht er noch mit großer Achtung, mit Respekt von den Anstrengungen, die gemacht wurden, um an der Wolga deutsches Theater zu spielen. Die Schwierigkeiten beschrieb er aus der Sicht derer, die sich mühten, sie zu überwinden. Natürlich ging er auch auf die Intrigen und Schwächen der deutschen Emigranten ein. In diesem Punkte fand er Brecht jedoch nicht unvorbereitet. Von Greid existieren einige ungedruckte Manuskripte, die von seiner gefühlsmäßigen, ethischen Haltung zu Fragen der weltgeschichtlichen Entwicklung zeugen. Brecht sprach ihm ein „naives interesse an der spekulation" zu, fand aber seine Denkweise „äußerst dilettantisch".[290] Ruth Berlau erinnerte sich, daß er in die Manuskripte, die Greid mitbrachte, zwar hineingeschaut, sie aber schwerlich gelesen habe. Natürlich wollte sich Greid gern mit jemandem austauschen, der eine Autorität darstellte. Brecht wiederum, der Gäste für seine Abende brauchte, kamen diese Gespräche insofern gelegen, als er zu diesem Zeitpunkt wieder am „Me-ti" mit seinen philosophischen Fragestellungen schrieb. Im „Arbeitsjournal" notierte er, daß Greid einen Traktat über „Marxistische Ethik" verfaßt habe.[291] Gemeint war vermutlich dessen bis heute unveröffentlichtes, im Juni 1937 abgeschlossenes Buch „Optimismus", das sein ethisches Credo enthält.

Was Greid schrieb, drehte sich stets darum, daß die ökonomische Lehre des Marxismus, die doch dem „edelsten denken und fühlen" entsprungen sei, auch durch eine solche „edelste" Philosophie ergänzt werden müsse: nämlich durch eine Ethik. Allein schon hier setzte die Kritik Brechts ein, der, wie Lenin, eine gesonderte Ethik im Marxismus-Leninismus entbehrlich fand. „Me-ti sagte: Unter sittlichem Verhalten kann ich nur ein produktives Verhalten verstehen. Die Produktionsverhältnisse sind die Quellen aller Sittlichkeit und Unsittlichkeit. Me-ti sagte: Ka-meh und Mi-en-leh stellten keine Sittenlehre auf."[292] Eine solche Position beschreibt schon den Gegensatz zur Denkweise Greids. Doch Brecht begegnete ihm nicht polemisch. Wie stets, wenn er sich überlegen fühlte und vom Partner nichts lernen konnte, trat er als Lehrer auf. Im „Arbeitsjournal" heißt es lapidar: „ich gehe gelegentlich einiges mit ihm durch."[293] Dabei suchte er Greid von den „soll-und-darf-sätzen" wegzubringen und dahin zu lenken, ein bestimmtes menschliches Verhalten aus dem Stand der Produktivkräfte und der Produktionsverhältnisse abzuleiten. Von seinem Besucher sagte er: „er ist noch ganz mit dem problem beschäftigt, wie die menschen sich ändern müßten, um die welt zu ändern, damit sie sich ändern können. er sieht beim proletariat allerhand ethisches und ethoides spuken, er hört sie sich beschweren über die unmenschlichkeit ihrer ausbeuter, über ihre eigene tierische existenz, er sieht, wie sich bei ihnen vorstellungen vollkommenerer welten bilden, und er beobachtet, wie sie sich zu ihrem kampf erziehen usw."[294]

Ein Mann ganz anderer Art war der Maler Hans Tombrock. Mit vierzehn Jahren Pferdejunge auf der Zeche, dann Schiffsjunge auf einem Dampfer der New-York-Linie, später Kriegsfreiwilliger, Barrikadenkämpfer, auf der Landstraße, im Gefängnis. „Malervagabund unterwegs" stand auf seiner Visitenkarte. Als Gregor Gog 1927 die Internationale Bruderschaft der Vagabunden gründete, war er mit dabei. Durch Gog wurde er auch als Vagabundenmaler bekannt. „Meine Bilder", so Hans Tombrock selbst, „die ich kurz vorher für buchstäblich ein Butterbrot, für einen Teller Suppe, für 30 Pfennig zu einem Nachtlager in einer Herberge verkitscht hatte, wurden jetzt mit hunderten von Mark bezahlt. Einige Museen kauften Bilder von mir."[295] Der marxistische Kunstkritiker Alfred Durus nannte ihn einen „Meister und Stümper zugleich". Mit keinem Maler hat sich Brecht mehr beschäftigt als mit ihm. Man hat daraus geschlußfolgert, daß es ihm an einem wirklichen Verständnis für die moderne bildende Kunst fehlte. Das mag trotz seines so sicheren Gefühls für Farbe, für Nuancen im Bühnenbild durchaus der Fall gewesen sein. Doch das Verhältnis zu Tombrock ist nicht aus Brechts Vorliebe für dessen Kunst zu erklären, sondern beruht auf anderen Motiven.

Brecht lernte Tombrock im Juli 1939 auf einer antifaschistischen Diskussionsveranstaltung in Stockholm kennen. Danach kam es zu häufigen Begegnungen. Brecht sah sowohl die Schwächen wie das Talent dieses Mannes.

Eben weil er in seiner Malerei ganz unfertig, ungefestigt und ohne Einflüsse war, erwachte in Brecht der Lehrer. Es war eine seiner sympathischsten Eigenschaften, daß er überall den Impuls verspürte, den Menschen zur bestmöglichen Entfaltung ihrer Talente zu verhelfen. Da er zeitlebens neugierig war, wie sich Kunst verkaufte, amüsierte es ihn, mit welcher Ausdauer und Hartnäckigkeit Tombrock seine Bilder den neugegründeten schwedischen Volkshäusern anpries. In einem Gespräch entwickelte Brecht folgende Idee: „Auf eine Holztafel wird ein Bild gemalt, auf eine zweite Tafel ein Gedicht aufgeschrieben. Die beiden Tafeln können nebeneinander aufgehängt werden oder einander gegenüber, und der Beschauer wendet sich vom Gedicht zum Bild und vom Bild zum Gedicht. Das kann in jedem öffentlichen Gebäude, jeder Bibliothek, Schule, Klinik usw. geschehen, besonders aber in den Volkshäusern. Der Gedanke, solche Tafelwerke zu schaffen, die aus Lyrik und Malerei bestehen, kann für gut oder schlecht gehalten werden, aber er scheint auf den ersten Blick jedenfalls nicht besonders schwer ausführbar. Merkwürdigerweise bietet er aber für die Ausführenden, den Maler und den Lyriker, eine ganze Menge von Schwierigkeiten."[296]

Eine der Tafeln, die Tombrock zu Brechts Gedicht „Lob des Lernens" gemacht hat, hängt heute im Folkets Hus in Gävle bei Uppsala. Um Kontinuität und Komplexität in die Arbeiten dieses Laienmalers zu bringen, um ihm ein wirkliches „Œuvre" abzuverlangen, regte ihn Brecht zu einem Zyklus von Bildern zu „Furcht und Elend des dritten Reiches" und zum „Galilei" an. Tombrock machte sich auch an die Arbeit, obwohl er damit überfordert war.

Wenn sich Brecht mit Tombrock über Malerei unterhielt oder ihm brieflich Ratschläge erteilte, dann nicht in Form allgemeiner Hinweise, sozusagen aus der Sicht des Dichters.

Der Anreger war zugleich ein konkret Anweisender. Wenn Tombrock für die Gestaltung des „Lesenden Arbeiters" Leinwand zu teuer wäre, solle er ein Brett nehmen und mit Messer und Tusche arbeiten. Der darzustellende Arbeiter müßte ein grober Kerl sein, sowohl mächtig als auch drohend. „Für die Volkshäuser ist es von großer Wichtigkeit, daß das Volk an seine Kraft erinnert wird. Gerade wo sich die Gemütlichkeit austobt, müssen einige große Signa der Ungemütlichkeit aufgerichtet werden. Der Proletarier muß als Politiker, Konstrukteur, Kämpfer gezeigt werden, so daß sein Anspruch auf Herrschaft ersichtlich begründet ist."[297] Der Hinweis war auch deshalb nicht unbegründet, weil die Gestalten auf Tombrocks Bildern oft wie Geschüttelte aussahen, als durchliefe sie ein Zittern. Da sich Brecht auch hier wieder als Lehrer betrachtete, fand er es ganz selbstverständlich, daß er entschied, wann Tombrock in seinen Bildern zur Farbe überging. „Und das Farbproblem ist jetzt dran und muß gelöst werden."[298] Als ihm einmal auffiel, welche interessante Perspektive sich einem Maler vom Flugzeug aus darbietet, teilte er das seinem Freund umgehend mit. Er hielt ihn an, Luftbilder zu sammeln, die ja jetzt des öfteren in Zeitungen zu finden seien. Besser wäre allerdings, wenn Tombrock einfach zur Verkehrsfluggesellschaft ginge und dort klar machte, daß er einen Flug für seine Malerei brauche. Eventuell könne er dafür ja ein kleines Bild anbieten.

Am amüsantesten aber ist, wie er Tombrock verständlich zu machen versuchte, daß er sich selbst historisieren müsse. Er verlangte von ihm, sich als Künstler wie Napoleon zu verhalten. „Ich meine, wenn in den Zeitungen eines bestimmten Tages steht, daß die Chinesen Sezuan gestürmt haben, mußt Du Dich eben fragen: Was machte an diesem Tag Tombrock?"[299] Als Brecht Schweden verließ, vergaß er seinen Malerfreund nicht. Von Finnland aus blieb er mit ihm brieflich in Kontakt.

„Wir hätten gut in ein perikleisches Zeitalter hineingepaßt"
Aufriß einer Theorie und Methode

Als sich Brecht mit dem Quellenmaterial zum „Galilei" beschäftigte, kamen ihm erstmals die „Discorsi. Unterredungen und mathematische Demonstrationen über zwei neue Wissenszweige, die Mechanik und die Fallgesetze betreffend" in die Hände. Die Anlage der Darstellung gefiel ihm so, daß er sich vornahm, diese Form einmal für eigene Zwecke zu nutzen. Eine Fülle von Erfahrungen, nicht zuletzt durch den Umgang mit verschiedenen Stücktypen, galt es in einer weitgreifenden, übersichtlichen Darstellung zusammenzufassen. Anfang 1939 machte er sich an den „Messingkauf". In Dänemark begonnen, ging es mit der Arbeit in Schweden gut voran. Helene Weigels Lehrtätigkeit an der Theaterschule von Naima Wifstrand regte ihn an, Übungstexte für Schauspieler zu schreiben. Die Verwendbarkeit der Texte machte ihm Lust, die Arbeit fortzusetzen. Sie blieb aber Fragment. Als Fragment ist der „Messingkauf" jedoch nur insofern anzusehen, als Brecht nicht mehr dazu kam, seine theoretischen und methodischen Einsichten in der gewählten Dialogform darzulegen. In diesem Sinne ist das Manuskript, wie Brecht 1943 im „Arbeitsjournal" vermerkte, „in unordnung". Der Umbau seiner Methode des nichtaristotelischen Theaters, der im „Messingkauf" dargestellt werden sollte, war Ende der dreißiger Jahre im wesentlichen abgeschlossen. In den Texten zum „Messingkauf" erhielt Brechts Entwurf eines neuen Theaters seine umfassende Fixierung. Alle anderen Schriften sind mehr oder weniger nur Zusammenfassungen bzw. Darstellungen von Einzelproblemen. Daran ändert auch die Tatsache nichts, daß Brecht später bestimmte Gesichtspunkte weiterentwickelte und auch Kategorien einführte, die im „Messingkauf" kaum eine Rolle spielen. Die Theorie war zu jenem Zeitpunkt ausgereift, der Methodenzusammenhang hergestellt. So ist diese Schrift nicht nur das bedeutendste Werk des Theatertheoretikers und -praktikers Brecht, sie zählt auch zu den bleibenden Theorie-Grundbüchern des 20. Jahrhunderts.

Eine wichtige Vorarbeit für den „Messingkauf" stellte der Vortrag „Über experimentelles Theater" dar, den Brecht im Mai 1939 in Stockholm hielt. Was hier verkündet wurde, dürfte selbst für die, die seine Entwicklung gut kannten, ein Schock gewesen sein. Denn er sprach nicht nur über Experimente und was sie erbracht hatten, sondern weit mehr darüber, was sie das Theater gekostet hatten. Wenn auch die Experimente aus dem Gefühl der Krise unternommen worden seien, so hätten sie doch in eine noch größere Krise des Theaters geführt. Diese Erkenntnis veranlaßte ihn dann auch, einige Korrekturen in seiner Theaterarbeit vorzunehmen.

In den anderthalb Jahrzehnten nach dem ersten Weltkrieg hätten die einen versucht, die Amüsierkraft des Theaters zu erhöhen, was zur Steigerung der Illusionstechnik führte und den Verfall des Theaters beschleunigte, während die anderen durch die Erhöhung des Lehrwerts zum Verfall des künstlerischen Geschmacks beigetragen hätten. Das Ergebnis sei die Zerstörung der Fabel und der Menschengestaltung gewesen. „Dies war die Krise: die Experimente eines halben Jahrhunderts, veranstaltet in beinahe allen Kulturländern, hatten dem Theater ganz neue Stoffgebiete und Problemkreise erobert und es zu einem Faktor von eminenter sozialer Bedeutung gemacht. Aber sie hatten das Theater in eine Lage gebracht, wo ein weiterer Ausbau des erkenntnismäßigen, sozialen (politischen) Erlebnisses das künstlerische Erlebnis ruinieren mußte. Andererseits kam das künstlerische Erlebnis immer weniger zustande ohne den weiteren Ausbau des erkenntnismäßigen. Es war ein technischer Apparat und ein Darstellungsstil ausgebaut worden, der eher Illusionen als Erfahrungen, eher Räusche als Erhebungen, eher Täuschung als Aufklärung erzeugen konnte."[300]

Die Krise sah Brecht darin, daß die beiden Grundelemente des Theaters, Belehrung und Unterhaltung, nicht mehr aufeinander bezogen waren, sondern als starre Gegensätze erschienen. Ab Mitte der dreißiger Jahre stellte er alle Experimente ein, die nur den Lehrwert erhöhten, die Unterhaltung aber vernachlässigten. Die Dialektik von Belehrung und Unterhaltung war für Brecht natürlich nicht einfach eine Erkenntnisfrage, sondern abhängig vom Zustand der Gesellschaft. „Das Vergnügen am Lernen ist abhängig von der Klassenlage. Der Kunstgenuß ist abhängig von der politischen Haltung, so daß diese provoziert wird und eingenommen werden kann. ... Es ist eine ganz bestimmte neue Art des Lernens, die sich nicht mehr mit einer bestimmten alten Art des Sichunterhaltens verträgt."[301] Bei der Formierung der Theorie durfte deshalb keinen Augenblick aus dem Auge verloren werden, daß alle neu fixierten Vorgänge zwischen Autor/Bühne und Publikum vom Gesellschaftlichen herkamen, von der Erkenntnis der Veränderungsmöglichkeit, eben weil sie einen Vorgriff darstellten. Im Vortrag sprach Brecht auch deutlich aus, was ihm vorschwebte. Er wünschte sich, daß die Kunst imstande sei, ein praktikables Weltbild zu geben.

Seinen Stockholmer Vortrag schloß Brecht mit einer Frage, die zugleich als Motto des „Messingkaufs" hätte dienen können: „Wie kann der unfreie, unwissende, freiheits- und wissensdurstige Mensch unseres Jahrhunderts, der gequälte und heroische, mißbrauchte und erfindungsreiche, änderbare und die Welt ändernde Mensch dieses schrecklichen und großen Jahrhunderts sein Theater bekommen, das ihm hilft, sich und die Welt zu meistern?"[302] Um sich dieser Frage zu stellen, erachtete er es zunächst einmal für notwendig, alles Ideologische, alles normativ Befestigte beiseite zu räumen. Darauf weist schon der gewählte Titel hin. Der wesentliche Mann in dem Disput, der Philosoph, vergleicht sich mit einem Messinghändler, der zu einer Musikkapelle kommt. Ihn interessiert nicht die Klangqualität einer Trompete, sondern ausschließlich das Messing: Wieviel Pfund Messing sind es, und was ist der Preis? Das gesamte Theoriearsenal auf seinen Materialwert zu reduzieren bedeutete zunächst nichts anderes, als die Auslegungen abzulösen, um an die Substanz heranzukommen. Es ging ihm nicht darum, der Ideologie ihre historische Legitimation abzusprechen. Mit der Rückführung der ideologischen Hochrechnung auf ihren Nullpunkt sollte der unverlierbare Bestand sichtbar gemacht werden. Nur wenn so verfahren wurde, ließ sich ein Neubau errichten, für den dann auch ältere methodische Elemente genutzt werden konnten.

Die neue Theorie und Methode in Dialogform darzustellen hatte viele Vorteile. Wer etwas radikal Neues vorschlägt, muß immer damit rechnen, daß er auf strikte Ablehnung stößt. Das wußte Brecht nur zu gut. Die Dialogform bot Gelegenheit, die Neinsager einzubeziehen, ihre Argumente zu testen, zu widerlegen. Auch gab eine solche Form dem noch nicht überzeugten Leser das Gefühl, sich mit seinem Urteil dazwischenschalten zu können.

Die Personage des „Messingkaufs" scheint nicht von Anfang an festgestanden zu haben. Vor allem änderte sich die Haltung der Gesprächsteilnehmer. Den Philosophen interessieren getreue Abbilder der Vorgänge unter den Menschen. Das neue Theater will er, weil er solche Abbilder von dem gegenwärtigen nicht bekommt. Seine marxistische Position wird von den Dialogpartnern nicht in Frage gestellt, wohl aber die Konsequenzen, die er daraus für das Theater zieht. Obwohl der Philosoph vielfach Meinungen des „Stückschreibers", des „Augsburgers", vertritt, ist er nicht mit Brecht identisch. Das wirklich Neue wird dem

Theater nicht zufällig von einem Mann außerhalb des Theaters abverlangt, dem Philosophen. Als man ihm zu verstehen gibt, daß man nicht mehr von Theater sprechen könne, befolge man seine Vorschläge, antwortet er: Dann nennen wir es eben „Thaeter“. Der Dramaturg ist ein Mann, der sich mit seinen Kenntnissen dem Philosophen für den Umbau des Theaters zur Verfügung stellt. In den Gesprächen der ersten Nacht lernen wir ihn jedoch eher als einen Verfechter des aristotelischen Theaters kennen. Dem Neuen durchaus zugeneigt, kann er doch aus seiner Haut, seinem traditionellen Fachverständnis, nicht heraus. Die Schauspieler selber verhalten sich skeptisch gegenüber dem Philosophen. Beide wollen Wirkungen: er künstlerische, sie erzieherische. Der Beleuchter vertritt den Anspruch des neuen Publikums.

Selbst auf philosophischer Höhe gibt sich der Dialog leicht, witzig, bei aller logischen Strenge die Abschweifung nicht verschmähend. Die Figuren verlieren nie ihre individuelle Note. Als der Schauspieler dem Philosophen zu verstehen gibt, daß Kunst auch dazu da sei, sich am Busen des Schauspielers auszuweinen, bemerkt der Philosoph, daß ihm der der Schauspielerin lieber sei. Sie debattieren fröhlich, zum Abschluß der Diskussion schlägt einer vor, jetzt rauszugehen und das Wasser abzuschlagen, damit „die Feierlichkeit einen würdigen Abschluß findet im Banalen“.

Die dem Dialog hinzugefügten Übungsstücke wie auch die praktische Art, in der die Künstler die Thesen des Philosophen entgegennehmen, lockern den wissenschaftlichen Disput auf. So werden die neuen Gedanken nicht nur erklärt, sondern zugleich praktisch getestet. Auf diese Weise gelingt es Brecht, seine theoretischen Überlegungen aus den starren antithetischen Formulierungen früherer Jahre herauszuführen. Im Streit der argumentierenden Künstler um Bejahung und Ablehnung erweist sich die Praktikabilität der vorgeschlagenen Neuerungen.

Um verständlich zu machen, welche gegensätzlichen Anschauungen vom Theater sich gegenüberstehen, werden in der zweiten Nacht zwei Typen der Dramatik erläutert, die die etwas vagen Begriffe vom alten und vom neuen Theater ersetzen. Das Theater der Einfühlungs-, Fiktions- und Erlebnisdramatik bezeichnet Brecht als ein Karussell, deshalb K-Typus, das neue Theater der kritischen, realistischen Dramatik als Planetarium, deshalb P-Typus. Im Unterschied zu früher ließ er sich jedoch nicht hinreißen, das Theater vom K-Typus einfach madig zu machen. Vielmehr beschreibt er die Verführungskraft, die noch immer von ihm ausgehe. Es habe einiges zu bieten, denn das Karussell gewähre Abwechslung, lasse eine bunte Welt vorüberziehen und biete außerdem noch die Illusion, daß die Bewegung des Karussells die eigene sei. Er wertete dieses Theater nicht einfach ab, sondern gestand ihm in bestimmten Situationen einen gesellschaftlichen Nutzen zu, auch Vorteile, über die der P-Typus nicht verfüge. „Der K-Typus vermag starke Appetite zu erwecken, es ist jedoch fraglich, ob er die Wege zu ihrer Befriedigung zu weisen vermag. Ist das Ziel nah und gut sichtbar, der Weg glatt, die Kraft ausreichend, dann kann der K-Typus gute Dienste leisten.“[303] Doch die Aktivität, die der K-Typus beim Zuschauer auslöst, hielt Brecht für eine sehr zweifelhafte. Deshalb seine Hinwendung zum P-Typus, der den Zuschauer stärker sich selbst überlasse, ihn aber besser befähige zu handeln. „Ihr sensationeller Schritt, die Einfühlung des Zuschauers weitgehend aufzugeben, hat nur den Zweck, die Welt in ihren Darstellungen dem Menschen auszuliefern, anstatt, wie es die Dramatik vom K-Typus tut, der Welt den Menschen auszuliefern.“[304]

Im Dialog der dritten Nacht skizzierte Brecht die Geschichte seiner Theaterkonzeption. Neues eröffnet er hier nicht. Piscator nennt er wieder als den, der bereits vor ihm episches Theater gemacht habe. Dann fallen die Namen, zu denen er sich schon früher bekannt hatte, Wedekind, Karl Valentin. Neu, wenn auch keine Überraschung ist, daß er Georg Büchner einen bevorzugten Platz unter seinen Lehrmeistern einräumt. „Zwei Dichter und ein Volksclown beeinflußten ihn [den Stückeschreiber – W. M.] am meisten."[305] So eindeutig hatte er das bisher nicht gesagt. Früher standen neben Wedekind Döblin und Kaiser als die Anreger des epischen Theaters. Der Name Georg Büchner tauchte bisher nur einmal im Zusammenhang mit dem befreundeten Dramatiker Emil Burri auf. Nunmehr fühlte sich Brecht doch veranlaßt, die Vorbildreihe etwas zu korrigieren. Schließlich durfte sie nicht so kurzatmig sein.

In der Nachahmung und im Abbild erblickte Brecht die Voraussetzung für alles, was mit dem Theater zu tun hatte. Er meinte damit aber keine photographisch getreue Widerspiegelung der Wirklichkeit. Mit seinem Abbildbegriff polemisierte er sogar äußerst scharf gegen eine solche Auffassung. Andererseits fand er einen Standpunkt, der den Abbildbegriff überhaupt verwarf, ganz indiskutabel. Im Abbild sah er eine Voraussetzung für die Kunst. Um richtige Abbilder zu liefern, mit denen der Zuschauer etwas anfangen könne, entwickelte er eine besondere Technik. Denn in seinem Theater ging es nicht nur darum, die Realität wiederzuerkennen, sie sollte durchschaut werden. Mit dem mechanischen Abbild ließ sich das jedoch nicht erreichen. „Das Abbild, mechanisch abgenommen und vielen Zwecken dienstbar gemacht, muß unbedingt ein sehr ungenaues sein. Sicher sind da Abkürzungen an den aufschlußreichsten Stellen, sicher ist da alles nur oberflächlich gemacht. Diese Abbilder bringen den Forscher für gewöhnlich in dieselbe Verlegenheit wie die ‚genau' abgemalten Blumen. Den Bildern gegenüber helfen die Vergrößerungsgläser so wenig weiter wie alle andern Versuchsinstrumente."[306] Die Kunst sollte nicht nur Spiegel sein, sondern dem richtig aufgenommenen Gegenstand etwas hinzufügen, nämlich Kritik vom Standpunkt der Gesellschaft aus. Sie durfte aber kein subjektiver Zusatz sein, sondern mußte aus der Entwicklung des Gegenstandes selbst gewonnen werden. An allen Erscheinungen und Prozessen war das Widerspruchsvolle herauszuarbeiten. Aus dieser Sicht entwickelte er eine Technik, die die Widersprüchlichkeit zwischen Abbild und Abgebildetem erfaßte, so daß die Dialektik von Ursache und Wirkung sichtbar wurde. Das Abbild war hier nicht etwas Passives. Brecht wandte sich gegen die Methode der „leeren Widerspiegelung", die nur zeigt, was ist, nicht zugleich aber, was sein könnte.

Brechts Anstrengungen zielten darauf, immer bessere Möglichkeiten und Formen des „kommentarischen Elements" ausfindig zu machen: er stellte den Szenen Titel und Inhaltsangaben voran; er führte die „halbhohe, leicht flatternde Gardine" als Vorhang ein; er nutzte den Erzähler wie den Chor; er verwandte den Prolog und den Epilog – alles, um den schnellen Fluß der Handlung zu unterbrechen, um die Illusion zu zerstören, um den „Karusselleffekt" auszuschalten. Aber die wesentliche Entwicklung des epischen Theaters vollzog sich im Übergang von formalen Effekten wie Vorhang, Titel usw. zu einem neuen methodischen Verfahren in der Aushändigung von Kunst an den Zuschauer, zur Technik der Verfremdung. Damit war das Problem gelöst, vor dem Brecht in den zwanziger Jahren gestanden hatte: Wie kann der Kommentar spielbar gemacht werden, wie wird er zum unmittelbaren Element und zur Kunstleistung des Theaters?

In der zweiten Nacht kommt der Verfremdungseffekt (V-Effekt) zur Sprache. In der Analyse der „Straßenszene" führt Brecht aus: „Wir kommen zu einem der eigentümlichen Elemente des epischen Theaters, dem sogenannten V-Effekt *(Verfremdungseffekt)*. Es handelt sich hierbei, kurz gesagt, um eine Technik, mit der darzustellenden Vorgängen zwischen Menschen der Stempel des Auffallenden, des der Erklärung Bedürftigen, nicht Selbstverständlichen, nicht einfach Natürlichen verliehen werden kann. Der Zweck des Effekts ist, dem Zuschauer eine fruchtbare Kritik vom gesellschaftlichen Standpunkt zu ermöglichen."[307] Nichts fand Brecht verhängnisvoller, als sich so zur Wirklichkeit zu verhalten, als kenne man sie schon. Hatte doch bereits Hegel darauf hingewiesen, daß das Bekannte oft deshalb nicht erkannt werde, weil es bekannt sei. Deshalb entwikkelte Brecht eine Technik, die den Dingen das Selbstverständliche, Vertraute, Einleuchtende nahm. Er wollte die Dinge vom Stempel des Bekannten befreien und den Zuschauer in Staunen und Neugier versetzen. Die Verfremdung eines Vorgangs oder einer Figur mit dem Ziel, deren verborgenes Wesen bloßzulegen, war aber nur möglich, wenn die ihnen innewohnenden Widersprüche sowie die Möglichkeiten ihrer dialektischen Aufhebung gezeigt wurden. Der Zuschauer sollte das So-Sein und auch das Nicht-so-Sein eines Vorgangs vor Augen haben, um die Veränderungsmöglichkeit erkennen zu können. Erreicht werden kann das, indem der Autor und das Theater bestimmte Verhaltensweisen einer Figur so anlegen, daß sie die Frage provozieren: Handelt die Figur richtig? Wäre nicht auch eine andere Handlungsweise möglich? Und unter welchen Bedingungen wäre sie möglich? Dabei besteht die Schwierigkeit vor allem darin, die Verfremdung so zu handhaben, daß sie auch den Umschlag in eine neue Qualität, in das Verstehen, ermöglicht. Wollte man die Vorgänge und Figuren nur schlechthin fremd machen, so würde das zu einer sinnlosen Deformation führen. Deshalb erläutert der Dramaturg: „Der V-Effekt bleibt aus, wenn der Schauspieler, ein fremdes Gesicht schneidend, sein eigenes völlig verwischt. Was er tun soll, ist: das Sichüberschneiden der beiden Gesichter zeigen."[308]

Das kritische Verhältnis zu einer Figur, einem Vorgang sollte dadurch zustande kommen, daß die Einfühlung des

Schauspielers in seine Rolle und die des Zuschauers in die Figur verhindert werden. Brecht ging es in erster Linie um diesen „eigentümlichen psychischen Akt" der Einfühlung, den er vor allem durch jenes Verfahren ermöglicht sah, das Aristoteles die Katharsis nannte. Für ihn war das ein mystischer Vorgang, der eine völlig freie, kritische Haltung des Zuschauers nicht zuließ. Dabei polemisierte Brecht mit seiner nichtaristotelischen Konzeption mehr gegen Formen der spätbürgerlichen Dramatik, die die Katharsisfunktion des Aristoteles psychologisch fundierten. Ihr Zweck – ob eingestanden oder nicht – bestand darin, den Zuschauer mit den gesellschaftlichen Widersprüchen auszusöhnen. Aber auch hier sprach Brecht kein allgemeines Verdammungsurteil. Er stellte die gesellschaftliche Wirkung der aristotelischen Dramatik nicht einfach in Frage, sondern wies auf ihre Grenzen hin.

Die Verfremdung gebrauchte Brecht, um Vorgänge und Figuren zu historisieren. Die Historisierung, eine zentrale Kategorie seiner Theaterarbeit, sollte ermöglichen, einen Vorgang als einen einmaligen, vorübergehenden, mit einer bestimmten Epoche verbundenen zu charakterisieren. Am 4. August 1940 notierte er in einer der zahlreichen Dialogvarianten zum „Messingkauf": „Die Stellung des Individuums in der Gesellschaft verliert ihre ‚Naturgegebenheit' und kommt in den Brennpunkt des Interesses. Der V-Effekt ist eine soziale Maßnahme."[309]

Im Laufe der Zeit kam Brecht die Idee, die Gespräche auf einen Höhepunkt zusteuern zu lassen. Eine solche Wendung sollte sich in der vierten Nacht ereignen. Am 25. Februar 1941 notierte er im „Arbeitsjournal": „in der ästhetischen sphäre, die übrigens keineswegs als ‚über' der doktrinären gelegen anzusehen ist, wird die frage des lehrhaften eine absolut ästhetische frage, die sozusagen autark gelöst wird. das utilitaristische verschwindet hier in eigentümlicher weise: es taucht nicht anders auf als etwa in der aussage, nützliches sei schön. die praktikablen abbildungen der realität entsprechen lediglich dem schönheitsgefühl unserer epoche. die ‚träume' der dichter sind lediglich an einen neuen, der praxis anders als früher verbundenen zuschauer adressiert, und sie selber sind menschen dieser epoche. dies ist die dialektische wendung in der *vierten nacht* des MESSINGKAUFS. dort geht der plan des philosophen, die kunst für lehrzwecke zu verwerten, auf in dem plan der künstler, ihr wissen, ihre erfahrung und ihre fragen gesellschaftlicher art in der kunst zu plazieren."[310] Diesen Finalcharakter hat die vierte Nacht dann aber nicht mehr bekommen. Einerseits konnte sich Brecht nicht entschließen, die vielen Bruchstücke des Dialogs nach einem in sich geschlossenen Plan zu ordnen und auszubauen, zum anderen hätte die strengere Form vielleicht auch die Vielfalt der Gedanken, Differenzierungen und praktischen Verdeutlichungen gehemmt.

Die Arbeit am „Messingkauf" kam in der letzten Phase des Schwedenaufenthalts ins Stocken. In Finnland nahm sich Brecht die Arbeit erneut vor und beschäftigte sich sehr intensiv mit den Problemen, die er jetzt in zunehmendem Maße auch in sein „Arbeitsjournal" notierte. Die literarische Form des „Messingkaufs" löste sich immer mehr auf, je klarer die Umrisse seines epischen Theaters hervortraten.

In den Februar- und Märzwochen 1940 zwang Brecht eine Influenza, die Arbeit aus der Hand zu legen. „dergleichen faßt mich wie einen hilflosen, wenn ich ohne größere arbeit bin. dabei kann ich bei temperatur nicht arbeiten."[311] Krank im Bett liegend, vernahm er aus dem Radio und den Zeitungen, wie sich die faschistischen Armeen auf eine Landung in Skandinavien vorbereiteten. Am 7. März war die deutsche Flotte ausgelaufen. Über ihren Kurs konnte es bald keinen Zweifel mehr geben. Am 9. April besetzten die deutschen Truppen Dänemark und Norwegen. „diese motorisierten truppen gingen in norwegen wie ein messer durch käse“[312], notierte Brecht. Die Zuspitzung der Kriegslage, die unmittelbare Nähe der operierenden faschistischen Armee versetzten ihn in Panik. Er fühlte sich in Schweden nicht mehr sicher. Von der befreundeten finnischen Schriftstellerin Hella Wuolijoki erbat er eine Einladung, um auf diese Weise ein finnisches Einreisevisum zu erlangen: „Es müßte freilich bald sein.“[313]

Schlupfloch Finnland

Am 17. April 1940 begab sich Brecht mit seiner Familie von der Stockholmer Skeppsbro auf das Schiff, das nach Turku auslief. Herman Greid begleitete ihn. Bot Finnland mehr Sicherheit als Schweden? Daß sich Finnland freundlich gegenüber Hitlerdeutschland verhielt, daran konnte es keinen Zweifel geben. In diesem Lande existierte eine starke faschistische Bewegung (Lappobewegung), die sich in verschiedene Organisationen wie der Vaterländischen Volksbewegung, der Akademischen Karelien-Gesellschaft, dem Nationalen Schutzkorps etc. formierte. Zwar gelang es dem finnischen Faschismus nicht, einen dem deutschen und italienischen Vorbild entsprechenden Einfluß auf das Volksleben und den Staat auszuüben. Spürbar war er aber doch. Im Herbst 1940 schloß die finnische Regierung mit dem Deutschen Reich einen geheimen Vertrag, den sogenannten Veltjens-Vertrag, der den Deutschen Vorkaufsrecht einräumte. Dafür erhielt Finnland von Deutschland Waffen. Im September 1940 wurde eine Vereinbarung getroffen, die deutschen Wehrmachtsverbänden die „Durchreise" gestattete. Zu dieser Zeit war die Anzahl deutscher Soldaten in Finnland bereits auf Divisionsstärke angewachsen. So verwundert es nicht, daß der schwedische Schriftsteller und Essayist Arnold Ljungdal Brechts finnischen Aufenthalt für gefährlich hielt. Er schloß die Möglichkeit nicht aus, daß man den Dichter nach Deutschland ausliefern könne.

Schlimm sah es auch auf wirtschaftlichem Gebiet aus. Durch den sogenannten finnischen Winterkrieg waren die Handelsbeziehungen, die die Ernährung der Bevölkerung sicherten, gestört. Es herrschte Mangel an allen Waren des täglichen Bedarfs. Als Folge des Krieges kam es zu einer inflationären Entwicklung. Die finnische Staatsbank setzte doppelt soviel Papiergeld in Umlauf. In einer solchen Situation nahm die Aktivität der faschistischen Organisationen zu. Analog zur faschistischen deutschen Lebensraumpropaganda forderte man ein „Groß-Finnland" und die „Befreiung" der verlorenen karelischen Gebiete. Eine solche Politik schürte den Krieg gegen die Sowjetunion.

Aus all diesen Gründen kam für die deutschen Antifaschisten Finnland als Exilland nicht in Frage. Um so mehr verwundert, daß Brecht ausgerechnet hierher floh, er, der ängstlich alles mied, was in Reichweite der deutschen Faschisten lag. Doch gerade seine Angst veranlaßte ihn zu diesem Risiko. In Finnland erblickte er das letzte Schlupfloch, um den Kontinent über die Sowjetunion zu verlassen. Zwar äußerte er einmal, er habe immer solche Länder als Exil gewählt, die nahe an Deutschland lagen, um nach dem Sturz des Faschismus schnell wieder zu Hause zu sein. Das mag in den ersten Jahren tatsächlich der Fall gewesen sein, doch dann überwog der Wunsch, sich möglichst weit von Hitlerdeutschland entfernt aufzuhalten. Seit 1938 betrieb Brecht seine Ausreise nach den USA. Im März 1939 stand er auf der Liste, über die die Einreisequote nach den USA geregelt wurde. Doch dauerte ihm dieses Verfahren zu lange. Durch Piscator, der sich bereits in den Staaten befand, erhielt er eine Einladung zu Vorlesungen an der New School for Social Research. Hier sah Brecht eine Möglichkeit, ein Besuchervisum zu bekommen. Dem Leiter der Schule, Alwin Johnson, schrieb er: „Sie können sich denken, was es bedeutet, in dem durch Kriege verwüsteten Europa eine solche Aussicht, kulturelle Arbeit fortzuführen, geboten zu bekommen."[314]

Doch damit waren die Schwierigkeiten noch nicht erledigt. Natürlich wollte er Margarete Steffin mitnehmen. Dazu fühlte er sich verpflichtet. Aber allein schon wegen ihrer schweren Tbc würde es allerhand Hindernisse geben. Deshalb sollte Piscator bei der New School veranlassen, daß Margarete Steffin als Brechts Mitarbeiterin ein Visum bekomme. Ohne sie, so legte er Piscator dar, würde er Vorlesungen nur mit ungeheurem Zeitverlust zustande bringen, denn nur sie kenne sich in seinen tausend Manuskriptseiten aus.

Als Brecht in Helsinki eintraf, nahm er zunächst Quartier im Hotel „Hospiz", Vuorikatu 17. Wie bei der Ankunft in Schweden, so kamen auch hier die Journalisten, um den durch die „Dreigroschenoper" bekannten Autor zu interviewen. Auf die Frage, woran er gegenwärtig arbeite, nannte er den „Guten Menschen von Sezuan" und den Caesar-Roman. Das konnte man im „Hufvudstabsbladet" und im „Suomen Sosialidemokraatti" lesen. Zu den ersten Gästen gehörte natürlich Hella Wuolijoki, die er erst jetzt persönlich kennenlernte. Mary Pekkala, die Frau eines bekannten Juristen und sozialistischen Politikers, die die Verbindung zwischen Brecht und Hella Wuolijoki hergestellt hatte, half der Familie Brecht, eine kleine Wohnung zu ergattern. Mit der Weigel fuhr sie in einem Lastauto herum, um einige Möbel zu beschaffen. Denn die Brechts waren nur mit ein paar Koffern gekommen, die zu einem gut Teil mit Manuskripten gefüllt waren. Möbel und Bücher hatten sie in Schweden zurückgelassen, letztere bei einem Schlosser, da sie sonst niemand in Verwahrung nehmen wollte. Auf Möbelkauf verstand sich die Weigel von jeher. In Finnland, das noch an den Folgen des Winterkrieges litt, erwies sich die Beschaffung selbst des Notwendigsten als schwierig. Doch fanden sich Leute, die der Familie Brecht das schenkten, was noch fehlte. Die Wohnung in Hinter-Tölö lag in Linnankoskenkatu 20 A 2. Bisher hatte sich für das Wohnungsproblem immer eine großzügige Lösung gefunden, und die Familie war von der unmittelbaren Not der Emigranten verschont geblieben. In Finnland war das zum erstenmal anders. Die Wohnung in Tölö bestand aus einem Zimmer, Brechts Arbeitsraum, einem kleinen Zimmer für die Kinder, Helene Weigel schlief in der Küche. Vor allem die Kinder spürten die drastische Verschlechterung der Lebenssituation. Sie behielten deshalb auch Finnland nicht in allzu guter Erinnerung. Jetzt gab schon die Wohnungssituation zu erkennen, daß sie Menschen auf der Flucht waren.

Kaum hatte Brecht in Finnland Fuß gefaßt, bemühte er sich, Ruth Berlau nachzuholen. Er schrieb an Hella Wuolijoki, ob sie nicht etwas tun könne, um Ruth aus dem besetzten Dänemark herauszuholen. Sie sei gefährdet, denn wenn sich der Naziapparat in Kopenhagen erst einmal eingespielt habe, werde es nicht länger verborgen bleiben, daß sie seine Mitarbeiterin gewesen sei. Mit dieser Befürchtung hatte er durchaus recht. Und man kann annehmen, daß die Dinge so verlaufen wären, hätte sich Ruth Berlau nicht absetzen können. Es spricht für Brecht, daß er sie in einer solchen Situation nicht vergaß und etwas unternahm. Aber bei ihm war mehr im Spiele. Er schrieb ihr einen Brief, in dem er ihr ein Versprechen gab, das sich auf seine Ehe und bei der Lage der Dinge auf die ganze Familie auswirken mußte. Von jetzt ab wolle er ihre Reise immer mitorganisieren. Wenn sie einmal warten müsse, so sei das nicht als Nachlässigkeit auszulegen, sondern ein Anzeichen dafür, daß irgendein Versuch gescheitert sei. „Denn", schrieb Brecht, „von jetzt ab warte ich auf dich, wohin immer ich komme, und ich rechne immer mit dir. Und ich rechne nicht wegen dir auf dein Kommen, sondern wegen mir, Ruth."[315] Daß sich Helene Weigel das nicht mehr gefallen lassen wollte, ist verständlich, zumal sie selbst nur mit außerordentlicher Mühe und Energie in diesen schweren Zeiten das Zusammenleben in der Familie aufrechterhielt. Doch Ruth Berlau kam. Sie mietete sich in Tölö in einer Pension ganz in der Nähe von Brechts Wohnung ein. Sie umsorgte ihn auf ihre Weise, beschaffte Dinge, die es nicht gab oder die knapp waren.

Zu denen, die Brecht öfters zu einem Gang in die Bierstube, zu einem Gespräch abholten, gehörte der Dichter Elmer Diktonius, der „finnische Horaz“, wie ihn Brecht in seinem „Arbeitsjournal“ bezeichnete: „er ist kurzleibig und vierschrötig, wie mit der axt aus einer eichenwurzel gehauen, sein eigenes wandelndes monument. ... er lacht gern und macht gern kleine bösartige, aber humoristische bemerkungen, knapp und gut geformte. im ganzen könnte er ein seekapitän sein.“[316] Mit ihm, der von einer kleinen Staatspension und vom Schreiben von Zeitungsartikeln lebte, scheint Brecht gut ausgekommen zu sein. An dessen Existenzweise machte er sich klar, daß Lyriker in kleinen Ländern nicht von ihren Werken leben können. Der Staat müsse sie unterstützen, indem er sie für die Übersetzung klassischer Werke bezahle. Häufige Unterredungen hatte er auch mit dem Buchhändler und Journalisten Eric Olsoni, dem Inhaber des Nordischen Antiquariats und Mitglied des Verwaltungsrates für das Schwedische Theater in Helsinki. In seiner Buchhandlung vervielfältigte Brecht sein Stück „Der gute Mensch von Sezuan“, um es nach der Schweiz und den USA schicken zu können. Als Olsoni einmal keine Zeit fand, sein Stück zu lesen, nahm er das für ein Zeichen, wie ihn der Krieg als namhaften Autor ausgelöscht habe. Selbst das Neuste verführe niemanden zum Lesen. Vom Krieg in Atem gehalten, schienen die Menschen von Dichtung nicht mehr erreicht zu werden.

Hella Wuolijoki bemühte sich, Brecht mit bekannten finnischen Politikern zusammenzubringen; denn sie wußte, daß er in diesem Land einer schützenden Hand bedurfte. Eine Gelegenheit bot sich auf dem Jubiläumsfest der Elanto-Konsumgesellschaft, zu dem auch die Brechts eingeladen waren. Hier wollte sie Brecht mit Väinö Tanner bekannt machen, den sie gut kannte. Während des Winterfeldzuges hatte sie in seinem Auftrag Verbindung mit der sowjetischen Botschaft in Stockholm aufgenommen, mit Alexandra Kollontai, die sie als ihre Freundin betrachtete, und sondierende Gespräche zur Aufnahme von Friedensverhandlungen geführt. Brecht wußte aber auch, daß Tanner als der Hauptverantwortliche für das Scheitern der finnisch-russischen Verhandlungen galt und so den Ausbruch des Winterfeldzuges herbeigeführt hatte. Und 1940 war von Tanner eigenmächtig ein russisches Friedensangebot zurückgewiesen worden. Einem solchen Mann wollte Brecht nicht die Hand geben. In diesem Falle nicht einmal um den Preis, daß Tanner ihm eventuell einmal nützlich sein könnte. Obwohl ihn später auch Hella Wuolijoki als einen Politiker charakterisierte, der aus seinen Fehlern nichts gelernt habe, muß er doch etwas differenzierter eingeschätzt werden, als es Brecht tat. Aber in bestimmten Angelegenheiten gab es für ihn kein Lavieren. So beschwor er Arnold Ljungdal, der sich gleichfalls auf dem Fest befand, zu verhindern, daß ihm Hella Wuolijoki diesen Tanner zuführe.

Im Juli 1940 trat eine für die ganze Familie wichtige Veränderung ein. Hella Wuolijoki lud Brecht auf ihr Gut Marlebäck (Kausala) ein. Es lag etwa 120 km nördlich von Helsinki im Kirchspiel Itti. „sie gibt uns eine villa zwischen schönen birken. wir sprechen von der stille hier heraußen. aber es ist nicht still; bloß sind die geräusche viel natürlicher, der wind in den bäumen, das rascheln des grases, das gezwitscher und was vom wasser herkommt. das gutshaus, weiß, mit zwei reihen von je acht großen fenstern, ist über 100 jahr alt, im empirestil gebaut. die zimmer sind museumsreif. neben dem gutshaus liegt ein riesiger steinbau für die kühe (etwa 80 stück) mit fütterungsluken von oben, wohin das lastauto mit dem futter fährt, und schöner wasserspülung, alles in eisen und herrlichem holz, der rötlichen fichte des nordens. ... der birkengeruch allein ist berauschend und auch der holzgeruch. unter den birken gibt es reichlich walderdbeeren, und auch das sammeln macht die kinder müd. ich fürchte, daß das kochen für helli schwierig wird, es ist nötig, den ofen zu heizen, und das wasser ist nicht im haus. aber die leute sind sehr freundlich ..."[317]

Wie schon Karen Michaelis in Dänemark, so war Hella Wuolijoki eine Gastgeberin, die Brecht auf sehr persönliche Weise die Eigenart des Landes erschloß. In Estland geboren, studierte sie Geschichte und Literaturwissenschaft an der Universität in Helsinki. 1912 debütierte sie als Schriftstellerin mit einem Schauspiel. Während des Generalstreiks von 1905 stellte sie sich auf die Seite der Roten Garden. Durchreisenden Bolschewiki war sie als Dolmetscherin behilflich. Über ihren Mann, Sulo Wuolijoki, einen der Organisatoren der finnischen sozialdemokratischen Partei, wurde sie mit der revolutionären Literatur vertraut. Sie las Marx, doch der eigentliche Einfluß auf ihr sozialistisches Weltbild ging von Bogdanow und Gorki aus. Im ersten Weltkrieg machte sie als kapitalistische Unternehmerin ihren großen Schnitt. Beteiligt an der Welthandelsfirma Grace&Co., verdiente sie Millionen. Nach dem Krieg kaufte sie das Gut Marlebäck und stieg in den Holzhandel ein. Das hinderte sie jedoch nicht, während des Bürgerkrieges 1918 zu den Roten Garden zu halten. Ihr Heim wurde zu einem Treffpunkt der fortschrittlichen Kräfte. Auf diesen „gefährlichen Salon" reagierte die Reaktion mit Verleumdungen und Drohungen. „Politisch verdächtig als Person war Hella Wuolijoki gewissen bürgerlichen Kreisen ohnehin. Man wußte um ihre guten persönlichen Beziehungen zur Sowjetunion. Jahrelang hatte sie freundschaftlichen Umgang mit dem sowjetischen Botschafter Ivan Maiskij und dessen Familie. Man sprach weiterhin von ‚Hellas Salon' und hatte ein Auge auf ihre ausländischen Gäste, vor allem auf die aus Sowjetrußland."[318] In den dreißiger Jahren fanden ihre Stücke internationale Anerkennung. Im faschistischen Deutschland hatten die „Frauen von Niskavuori" ungewöhnlichen Erfolg. Als man aber dort von ihrer politischen Einstellung erfuhr, war es damit aus. Während des Krieges, als sich Brecht schon in den USA befand, wurde sie vor ein finnisches Kriegsgericht gestellt. Mit nur einer Stimme Mehrheit entschied das Gericht gegen ihre Verurteilung zum Tode. Sie bekam lebenslängliche Haft wegen Spionage. Sie hatte der mit dem Fallschirm abgesprungenen finnischen Widerstandskämpferin Kerttu Nuorteva weitergeholfen. Nach dem Krieg war sie als Intendant des finnischen Rundfunks tätig und griff aktiv in die Politik ihres Landes ein. Ihr ganzes Leben war von großen Widersprüchen geprägt. Mehr einem gefühlsmäßig geprägten Sozialismus anhängend, verzieh sie sich nie, daß sie durch bestimmte Umstände in den „internationalen Welthandel" hineingeraten war. Tatsächlich verhielt sie sich als Unternehmerin ebenso geschickt wie als Revolutionärin. Wenn Brecht einen Puntila darstellte, der sein Personal vom Balkon des Gutshofs aus kommandiert, so steckte darin auch etwas von Hella Wuolijoki.

Nach dem tristen, beengten Stadtleben schien Brecht alles, was ihn umgab, mit gesteigerter Intensität wahrzunehmen. Die karge finnische Landschaft mit ihren durch das Licht schattierten Grundfarben entsprach seinem aller Üppigkeit abholden Schönheitssinn, seinem Wohlgefallen am Einfachen. Brecht und die Familie wohnten in einem Holzhaus, das etwa sechs bis acht Minuten vom Gutshof entfernt an einem von Birken umstandenen See lag. Abends traf man sich meist im Gutshaus, wo Hella Wuolijoki die Gäste mit ihrem urwüchsigen Erzähltalent unterhielt.

Ursprünglich wohnten Margarete Steffin und Ruth Berlau im Gutshaus. Von Ruth Berlaus Verhältnis zu Brecht wußten auf dem Gut bereits alle, nur die Gastgeberin nicht. Als sie schließlich dahinterkam, griff sie souverän in die Situation ein. Sie bestellte Ruth Berlau zu sich. Wie dieses Gespräch unter vier Augen verlief, hat Ruth Berlau in ihren Erinnerungen allerdings nicht festgehalten. Doch die Haltung der Wuolijoki muß eindeutig und bestimmt gewesen sein: Ruth Berlau mußte sofort den Gutshof räumen. Doch was Courage anbelangte, stieß Hella Wuolijoki hier auf eine gleichstarke Persönlichkeit. So leicht ließ sich eine Ruth Berlau nicht von Brechts Seite vertreiben. Kurz entschlossen schlug sie in unmittelbarer Nähe von Brechts Haus ein Zelt auf, in dem sie fortan wohnte und mit Brecht arbeitete. „Ich hatte", erzählt sie, „meine Schreibmaschine bei mir."[319] Die Wuolijoki fand das skandalös und erließ für sie Hausverbot. Als Ruth Berlau dann aber erfuhr, daß Helene Weigel die Überfahrt nach den USA ohne sie betrieb, wurde sie störrisch. Sie fing an zu trinken und erklärte aufsässig, sie denke gar nicht daran, sich „nach Hause" schikken zu lassen. Das ging wieder Brecht zu weit, der „Szenen" haßte. Er beruhigte sie, setzte aber auch durch, daß die Reise für sie „mitorganisiert" wurde.

An einem jener Sommerabende muß die Wuolijoki auch die Geschichte von ihrem Onkel Roope erzählt haben, diesem tollen, faszinierenden Kerl, der im Alkohol den Rausch des Lebens suchte. Von ihm sprach man in ganz Tavastland. Im Suff war er ein ebenso berüchtigter Raufbold wie hinreißender Liebhaber. Wenn er richtig voll war, fing er an, sich mit dem Personal zu verbrüdern und Hundert-Mark-Scheine zu verschenken. In ihrer Erzählung hieß Onkel Roope Punttila. Das unkorrigierte, unbearbeitete Manuskript versah sie mit dem englischen Titel „A Finnish Bacchus". Brecht merkte bald, daß die Geschichten, von Hella Wuolijoki mündlich erzählt, origineller wirkten als die aufgeschriebenen, literarisch gestalteten. Das lag nicht nur daran, daß sie eine phantastische Erzählerin war. Es gab bei ihr einen Widerspruch zwischen ihrem urwüchsigen Erzähltalent und ihrer schriftstellerischen Begabung. Die Schriftstellerin Wuolijoki schnürte das ein, was sie als urwüchsige Erzählerin freisetzte. Ihre literarische Bildung tilgte einen Teil der Originalität. Bei ihr wurde durch Literatur alles eine Nummer kleiner. Die Figur des Puntila muß Brecht erstmals durch die Erzählerin Wuolijoki vor Augen gestanden sein.

In ihren Gesprächen erwähnte Hella Wuolijoki einen Dramenwettbewerb, den der finnische Dramatikerverband im Mai 1939 ausgeschrieben und für den das Unterrichtsministerium die beachtliche Summe von 120000 Fmk zur Verfügung gestellt hatte.[320] Am 27. August 1940 notierte Brecht: „mit h[ella] w[uolijoki] ein volksstück für einen finnischen wettbewerb begonnen. abenteuer eines finnischen gutsbesitzers und seines schofförs. er ist nur menschlich, wenn er betrunken ist, da er dann seine interessen vergißt."[321] Die Arbeit ging rasch vonstatten. Das neue Stück entstand zwischen dem 27. August und dem 19. September 1940.

Außer in der Erzählung hatte Hella Wuolijoki den Puntila-Stoff in einem 1932 geschriebenen Theaterstück, „Die Sägemehlprinzessin", verwendet. Da Brecht das finnisch geschriebene Stück nicht lesen konnte, ließ er die Autorin den Text Margarete Steffin deutsch diktieren. Die Fabel war folgende: Auf dem Gut Kurkela säuft am Vorabend des Geburtstags von Hanna Puntila mit den Freunden des Hauses. Besoffen, wie sie sind, wollen sie Hanna ein Ständchen bringen. Puntila besteht darauf, das Personal mitzunehmen. Die anderen versuchen ihm das auszureden. Da das nicht gelingt, entfernen sie sich. Puntilas Tochter Eeva flirtet inzwischen mit dem Chauffeur Kalle. Als Hanna die beiden ertappt, verhält sie sich entgegen ihren sonstigen Gewohnheiten nachsichtig, da sie bemerkt hatte, daß der Chauffeur „gute Manieren" besitzt. Frühmorgens kehrt Puntila gutgelaunt von seiner nächtlichen Sauffahrt zurück, auf der er sich mit fünf Frauen verlobt hat. Er will sich aufs neue verloben und verschenkt Hundertmarkscheine. Eeva und Kalle setzen ihren Flirt fort. Kalle wird von Puntila gerufen, um die Geschichte mit den fünf Bräuten zu regeln, die sich nicht wegschicken lassen wollen. In seiner Betrunkenheit verspricht Puntila Kalle dafür seine Tochter; außerdem das Sägewerk und die Dampfmühle. Als sich ein Chauffeur nach seinem Herrn, Dr. Vuorinen, erkundigt, wird Eeva klar, daß Kalle kein Chauffeur ist. Mit diesem Wissen ausgestattet, spielt sie die Ablehnende und weist seine Annäherungsversuche zurück. Ihm aber ist inzwischen ein Vergleich mit den fünf Bräuten gelungen. Der Streit löst sich in Wohlgefallen auf. Darüber ist Hanna froh, sie hat jetzt nichts mehr dagegen, Puntila zu heiraten. Als Kalle seinen „Preis" verlangt, erklärt Puntila, er könne doch seine Tochter keinem Chauffeur geben. Kalle verzichtet und entfernt sich. Kurz darauf entsteigt ein Chauffeur in der gleichen Kleidung wie Kalle einer Luxuslimousine und erkundigt sich nach seinem Herrn. Dr. Vuorinen alias Kalle erscheint sogleich und bittet alle, seinen Streich zu entschuldigen. Da er kein Chauffeur sei, dürfe er jetzt wohl seinen „Preis" abholen. Das Stück der Wuolijoki, das den Widerspruch zwischen der originellen Erzählerin und der konventionellen Schriftstellerin offenbart, ist eine Salonkomödie, die sich allein durch die lebendigen Details aus der dramatischen Dutzendware heraushebt. Die Verkleidung des Dr. Vuorinen in einen Chauffeur, ein Motiv aus dem Andersen-Märchen „Der Schweinehirt", schien der Steffin so wenig brauchbar, daß sie in ihrer Übertragung gar nicht darauf einging. In ihrem Skript ist Kalle wirklich Chauffeur.

Während der Arbeit zeigte die Wuolijoki Brecht noch ein Filmmanuskript, das ihm geeigneter erschien als das Theaterstück. Weniger an traditionelle Formen gebunden, konnte sich hier ihr Erzähltalent besser entfalten. Die Fabel begann damit, daß Puntila seit zwei Tagen im Parkrestaurant säuft. Diese Exposition übernahm dann Brecht für sein Stück. Doch auch in der Filmvorlage findet die kitschige Verkleidung des wohlhabenden Bürgers in den Chauffeur statt. Die Bräute nehmen jetzt Puntilas Versprechen nicht ernst. Sie machen sein Spiel aus Spaß mit. Auf diese Weise bekam der Stoff einen komödischen Grundzug, der die Fabel stabilisierte. Die Filmvorlage enthielt auch Puntilas Fahrt auf den Hatelmaberg, eines der vielen interessanten Details, das Brecht zu seinem furiosen Schlußbild nutzte. Überhaupt bot der Filmstoff eine Menge Material, aber Brecht übernahm auch manches aus der Erzählung, so zum Beispiel, wie Puntila völlig besoffen mit seinem Wagen die Chaussee entlangfährt und die Telegraphenmasten verwarnt, sich ihm nicht in den Weg zu stellen, oder wie er sich „gesetzlichen" Schnaps verschafft: „Schau, da ist ja der Doktor selbst. Ich bin der Großbauer Punttila aus Tavastland, und meine dreißig Kühe haben Scharlach. Ich bin auch der größte Raufbold im ganzen Tavastland, und wenn ich gesetzlichen Alkohol will, krieg ich auch welchen."[322] In ihrem Stück hatte Hella Wuolijoki davon nur berichtet, den Vorgang aber nicht dargestellt. Die völlig andere Dramaturgie ermöglichte es Brecht, solche Situationen auch szenisch zu gestalten. Das Filmmanuskript enthielt viele epische Elemente, die ihm mehr entgegenkamen als die Bühnenfassung.

Die wesentliche Veränderung gegenüber dem finnischen Original, die Margarete Steffin vornahm, bestand darin, daß sie dem Dialog eine durchgängig ironische Färbung gab. Doch gerieten dadurch die Figuren nicht überzeugend. Brecht wartete die Übersetzung der beiden Frauen nicht ab, sondern begann unabhängig davon mit der Arbeit. Er spaltete die Figur des Puntila in den betrunken-liebenswürdigen und den nüchtern-brutalen, unerbittlich seine Interessen wahrnehmenden Gutsherrn auf. Dadurch bekam das Stück allein schon von der Titelfigur her eine enorme innere Dynamik. Der nüchterne Puntila verwindet niemals, was er im Suff wegschenkte. Da er um seine Labilität weiß, hält er sich selber, wenn er betrunken ist, für seinen größten Feind. Deshalb benimmt er sich auch besonders rachsüchtig zu denen, die er in seiner Betrunkenheit großzügig behandelte. Wie virtuos Brecht die Gegensätze in Puntila selbst zu handhaben wußte, geht vor allem aus den Szenen hervor, in denen der Gutsherr aus dem einen Zustand in den anderen fällt. Diese Übergänge verdeutlicht Brecht mittels einer Dialoggestaltung, die neben dem epischen Grundzug die Kenntnis aller dramaturgischen Finessen verrät. Zugleich sind diese Dialoge eine köstliche Parodie auf die idealistische Wandlungsdramatik. So beschließt zum Beispiel Puntila in der 11. Szene, allen Schnaps zu vernichten, da er in ihm den Grund sieht, warum er immer wieder im Dreck landet. Während er die Flaschen zerschmeißt, beschimpft er Matti als seinen Verderber, als Verbrecher und niederreißendes Element. Aber zwischendurch nimmt er immer wieder einmal einen Schluck aus der Flasche, und so werden seine Reden langsam versöhnlicher; sich an seine Sauftouren erinnernd, sagt er zu Matti: „Du Kerl natürlich immer dabei, das mußt du zugeben, es waren schöne Zeiten, aber meine Tochter werd ich dir nicht geben, du Saukerl, aber du bist kein Scheißkerl, das geb ich zu.“[323] Und nach einigen weiteren kräftigen Schlukken: „Du und ich, wir sind anders, Matti. Du bist ein Freund und ein Wegweiser auf meinem steilen Pfad. ... Ich erhöh dir's [das Gehalt – W. M.] auf dreihundertfünfzig. Weil ich mit dir besonders zufrieden bin.“[324] Wenn sich Brecht auch davor hütete, seinen Puntila allzu sympathisch darzustellen, gibt es doch Szenen, in denen er nicht nur betrunken, sondern auch trunken ist. So, wenn er die Frühaufsteherinnen vom Tavastland begrüßt, für die sich das Aufstehen erst gelohnt habe, als er, Puntila, gekommen sei: „Her, alle! Her, alle ihr Herdanzünderinnen in der Früh und ihr Rauchmacherinnen, kommt barfuß, das frische Gras kennt eure Schritt und der Puntila hört sie!“[325] In dieser Trunkenheit erinnert die Gestalt an die frühen Brecht-Stücke. In mancher Hinsicht ist Puntila der domestizierte Baal.

Der dramaturgische Trick bei diesem Stück besteht darin, daß sich der gesellschaftliche Gegensatz innerhalb der Puntila-Figur in größerer, radikalerer Übersetzung in der Konstellation Puntila – Matti wiederholt, ohne daß sich die Gegensatzpaare an irgendeiner Stelle des Stückes aufgehoben hätten. Vielmehr befördern sie die Widerspruchsdialektik, die zugleich die Strukturelemente des Werkes prägt. Kommt in dem Gegensatz zwischen dem nüchternen und dem betrunkenen Puntila bereits der Klassenantagonismus zum Ausdruck, den Puntila im Suff zu überspringen sucht, so tritt er im Verhältnis Puntila – Matti ganz real in Erscheinung. Obwohl Brecht Matti als einen lohnabhängigen Arbeiter und Puntila als einen kapitalistischen Unternehmer charakterisierte, vermied er es, die ökonomische Basis und ihren Entfaltungsgrad zu konkretisieren. Das Volksstück, das er anstrebte, benötigte grob umrissene Existenzweisen. Deshalb gestaltete er die Figurenbeziehung zwischen Puntila und Matti als klassisches Herr-Knecht-Verhältnis, das sich in bestimmten Wendungen als das von Lohnarbeit und Kapital zu erkennen gibt.

Bevor Brecht an die Ausarbeitung der einzelnen Szenen ging, experimentierte er mit Sprechmodellen für die Hauptfiguren. Er mußte erst den Puntila-Ton, den Kalle/Matti-Ton, den Richter-Ton haben, um die Figuren aufbauen zu können. Als Vorbild diente ihm Hašeks „Schwejk". Diese Figur drückte sich ja auch in einer merkwürdigen Sprache aus, die weder Dialekt noch Hochdeutsch ist, sondern eine Kunstsprache. Eine solche galt es herauszudestillieren, darin bestand der Zweck der Sprechmodelle. Mit diesem Laborverfahren hatte Brecht schon den Courage-Ton herausbekommen. Er ging so vor, daß er das Hochdeutsch mit süddeutschen Sprachelementen und besonderen syntaktischen Wendungen einfärbte sowie Ausdrucksweisen und Tonfälle des Schwejk direkt einbezog.

Bei dem Puntila probierte er zwei Modelle mit bösem Tonfall: „Ich möcht mich schämen, wenn ich so herumlümmeln würd, und mich fragen, womit ich da meinen Lohn verdien. Aber du hast mir grad die Physiognomie von so einem aus dem Steckbrief, daß ich dir nicht nachts an einer Ecke begegnen möcht, du Bankert. Ich werd dir kein Zeugnis geben." Und: „Kerl, steh nicht herum, faulenz nicht, putz Stiefel, wasch den Wagen ab."[326] Für die Sprechmodelle genügten Brecht zwanzig Zeilen. Stand der Ton fest, verlief die weitere Arbeit sehr glatt.

Durch den Schwejk-Ton bekommt der Dialog eine ironische Färbung. Die Ironie dient Matti dazu, sich von der Denkweise und dem Einverständnis mit seinem Herrn abzugrenzen, ohne ihm direkt zu widersprechen oder es zur offenen ideologischen Konfrontation kommen zu lassen. Beides wäre in dieser direkten Form der Fabel nicht angemessen. Als Puntila zum Beispiel Matti vorwirft, daß er seine im Suff ohne Sinn und Verstand gegebenen Befehle ausgeführt habe, antwortet dieser: „Erlaubens, die Befehle unterscheiden sich nicht so deutlich voneinander, wie Sie's haben möchten. Wenn ich nur die Befehle ausführ, die einen Sinn haben, kündigen Sie mir, weil ich faul bin und überhaupt nichts tu."[327] Dieser Ton wird, wenn auch in vielen Abstufungen, konsequent durchgehalten. Doch wenn Puntila im Suff seine Verbrüderung forciert, zieht das unwillkürlich eine Steigerung des ironischen Matti-Tons nach sich, ohne daß Matti aus seiner Sprechrolle heraustritt. Die Ironisierung führt zur Konfrontation. Besonders deutlich wird das am Schluß des Stückes, wenn Puntila im Bibliothekszimmer mit Matti den Hatelmaberg besteigt und er ihm die Schönheiten des finnischen Landes zeigt. Auf seinen Landbesitz weisend, bricht er in überschwenglichen Jubel aus: „O Tavastland, gesegnetes! Mit seinem Himmel, seinen Seen, seinem Volk und seinen Wäldern! *Zu Matti:* Sag, daß dir das Herz aufgeht, wenn du das siehst! MATTI:

Das Herz geht mir auf, wenn ich Ihre Wälder seh, Herr Puntila!"[328]

Ironie waltet auch in den Landschaftsbeschreibungen. Brecht war selbst überrascht, wieviel Landschaft in das Stück einfloß. „mehr landschaft drin als in irgendeinem meiner stücke, ausgenommen vielleicht BAAL."[329] Die Figuren betrachten nicht nur die Natur, sie alle haben eine ganz bestimmte Erinnerung an sie. Selbst wenn Puntila im Rausch von der finnischen Landschaft schwärmt und dabei unverhohlen zum Ausdruck kommt, daß er an seinen Besitz denkt, so liegt dennoch etwas Echtes, durch Phantasie Legitimiertes darin. Die Ironie hebt das Wohlgefallen nicht auf, stellt das Lob auf die Natur nicht in Frage: sie kappt nur den Überschwang, dämpft und grenzt ein, indem sichtbar wird, wer die Landschaft begrüßt und von welchem Standpunkt aus. So entsteht eine merkwürdige Mischung aus Lyrik und Sachlichkeit, die den poetischen Reiz des Stückes ausmacht. Spürbar wird das zum Beispiel in den Partien des Advokaten auf „die finnische Sommernacht". Brecht nannnte sie selber „eine Art Prosagedicht". Aus den Reden der Figur geht genau hervor, von welcher Position aus sie die finnische Sommernacht betrachtet. In die Beschreibung der Naturidylle schieben sich immer wieder die gesellschaftlichen Zwänge. Doch das zerstört die Naturpoesie nicht. Gerade dadurch, daß der Natur ihre „Reinheit", ihre Schönheit an sich genommen wird, wirkt sie echt und unmittelbar. So ist auch der später geschriebene Prolog ein wunderbares Naturgedicht:

> Wenn sie [die schöne Gegend] aus den Kulissen
> nicht erwächst
> Erfühlt ihr sie vielleicht aus unserm Text:
> Milchkesselklirrn im finnischen Birkendom
> Nachtloser Sommer über mildem Strom
> Rötliche Dörfer, mit den Hähnen wach

Und früher Rauch steigt grau vom Schindeldach.
Dies alles, hoffen wir, ist bei uns da
In unserm Spiel vom Herrn auf Puntila.[330]

Bei Aufführungen hat Brecht immer versucht, die Wirkung dieser Naturpoesie zu drosseln, indem er die Passagen monoton sprechen ließ. Doch weder Ironie noch Spielkommentar überdecken die Intensität der Naturempfindung.

Einen Preis im finnischen Dramenwettbewerb bekam das Stück nicht. Allein in der Gruppe A, zu der der „Puntila" zählte, gingen 137 Dramen ein.[331] Brecht und die Wuolijoki beteiligten sich unter dem Decknamen „Ursus". In der Öffentlichkeit wußte man jedoch, daß Hella Wuolijoki ein Stück eingereicht hatte. Doch nicht sie, die Erfolgsdramatikerin, wurde ausgezeichnet. Den ersten Preis erhielt Maria Jotuni für ihr Stück „Klaus, Herr auf Louhikko", eine psychologische Tragödie nach einem finnischen Balladenmotiv aus dem 15. Jahrhundert. Die Verfasserin wollte zeigen, daß der Mensch untergeht, wenn er sich ganz seinen Leidenschaften hingibt und „in seiner egoistischen Rücksichtslosigkeit die Grenze seiner Möglichkeiten und seiner Fähigkeiten überschreitet". Die Preisbegründung läßt erkennen, daß die Jury vor allem von der „allgemeinmenschlichen" Tragik des Stückes beeindruckt war. Daß der „Puntila" leer ausging, lastete Brecht der Wuolijoki an. „sie hat nicht intrigiert, als ob nicht gerade das gute unbedingt am meisten reklame, intrige und schiebung benötigte!"[332]

Anfang Oktober 1940 mußte Hella Wuolijoki ihr Gut Marlebäck verkaufen. Die Brechts kehrten nach Helsinki zurück und nahmen Wohnung in Repslagaregatan 13, Nr. 5. Hella Wuolijoki bot Margarete Steffin an, zu ihr zu ziehen. Brecht fand die Stadt wenig verändert. Zwar waren die aus dem Winterkrieg stammenden Sandsäcke und Verschalungen an den Fenstern verschwunden, doch die Versorgungslage hatte sich nicht gebessert. Auf dem Gut waren sie von diesen Sorgen verschont geblieben. Jetzt sah er, daß die Menschen vor dem Milchladen Schlange standen. Besucht wurde die Familie wieder häufig von Mary Pekkala, die im Sommer auch nach Marlebäck gekommen war. Auf Vorschlag Olsonis wiederholte Brecht seinen Vortrag „Über experimentelles Theater". Veranstalter war die Studentenbühne, deren Vorstand Olsoni angehörte. Der Eindruck, den die Zuhörer auf Brecht machten, war niederschmetternd: „nette junge leute, anscheinend ganz ohne interessen, weder am studieren noch am theater. ein grauen, zu denken, vor dieser schicht so etwas wie nichtaristotelisches theater etablieren zu wollen. als die autotaxe schon gemeldet war, hatte sich eine zuhörerin zu einer diskussionsfrage aufgerafft. ob ich tendenztheater wolle. ich stieg lieber in die taxe, als auseinanderzusetzen, daß man auf nichtaristotelische art tendenztheater und tendenzloses theater machen kann. der große dramatiker ist hier, wie anscheinend auch in schweden, im augenblick maxwell anderson."[333]

Das Desinteresse an progressiver Kunst, auf das Brecht in Finnland allerorten stieß, deprimierte ihn, obwohl er wußte, daß der Krieg viele Interessen verdrängt und ausgelöscht hatte. Hier in Helsinki fand er wenig Intellektuelle, mit denen er sich unterhalten konnte, die auf seine Probleme eingingen. Durch den Krieg hörte der Besuch der Freunde fast ganz auf. Ein Gedankenaustausch wie noch in Dänemark und Schweden schien ganz unmöglich. Alles blieb dem Zufall überlassen, und selbst der stellte sich nicht allzuoft ein. Gelegentlich ging Brecht ins Theater. So sah er Hella Wuolijokis Stück „Die junge Wirtin von Niskavuori" im Nationaltheater und auch den „Hamlet". Wie hier Theater gemacht wurde, fand er provinziell. Häufiger noch besuchte er das Kino. Als er mit dem finnischen Musiker Simon Parmet zusammentraf, versuchte er ihn dafür zu gewinnen, eine Musik für die „Courage" zu schreiben. Doch der fürchtete sich, ein Weill-Epigone zu werden. Das hielt aber Brecht nicht davon ab, immer wieder auf ihn einzureden, ihm Melodien vorzutrommeln, um ihm so verständlich zu machen, wie er sich die Musik vorstellte. „Er sang die Weise wiederholt für mich, pfiff sie und trommelte sie und begeisterte sich jedesmal mehr an ihrer ungeschlachten Schönheit. So ging es auch mir, zu meiner Schande muß ich es gestehn ..."[334] Schließlich komponierte Parmet 20 Gesangsstücke, die auch noch rechtzeitig nach Zürich abgingen, als man dort das Stück aufführte. Sie fanden aber keine Verwendung.

Mit aller Macht betrieb Brecht die Überfahrt nach Amerika. Da alles unsicher war, versuchte er, mindestens zwei Eisen im Feuer zu haben. Beantragt waren mexikanische und amerikanische Visa. Die mexikanischen trafen Anfang Dezember ein, bezogen sich aber nicht auf die Mitreise von Margarete Steffin. Brecht bemühte sich für sie um ein USA-Besuchervisum, mit dem sie nicht den medizinischen Untersuchungen der Einwandererbehörde unterlag. Seine finnischen Freunde wandten sich mit einem Brief an den amerikanischen Schriftstellerverband. Anfang November übergab die mit Brechts befreundete Frau Kilpi, eine Journalistin und sozialistische Abgeordnete, dem amerikanischen Konsul Schönfeldt ein Empfehlungsschreiben, der sich jedoch ablehnend und unhöflich verhielt. Wirklich geholfen hat anscheinend erst eine persönliche Empfehlung Väinö Tanners, jenes finnischen Politikers, dem Brecht nicht die Hand hatte geben wollen. Auf ihn ist das Gedicht „Ode an einen hohen Würdenträger" gemünzt:

Erhabener Vizekonsul, geruhe
Deiner zitternden Laus
Den beglückenden Stempel zu gewähren!

Hoher Geist
Nach dessen Ebenbild die Götter gemacht sind
Erlaube, daß deine unerforschlichen Gedanken
für eine Sekunde unterbrochen werden!

Viermale
ist es mir gelungen, bis zu dir vorzudringen.
Einige meiner Worte
Ausgedacht in schlaflosen Nächten
Hoffe ich in deine Nähe gelangt.

Ich habe mir zweimal die Haare geschnitten
deinetwegen
Nie
Ging ich zu dir ohne Hut, meine schäbige Mütze
Habe ich vor dir immer versteckt.[335]

Brecht korrespondierte mit vielen Leuten, damit er endlich ausreisen konnte. Piscator bat er, auf Mister Johnson von der New School einzuwirken, damit seine Abreise beschleunigt werde. Auch Hans Tombrock in Stockholm spannte er ein, der sich erkundigen sollte, wann wieder ein schwedisches Schiff von Wladiwostok nach Amerika ginge. Jetzt, nachdem sich der USA-Konsul williger zeigte, befand sich Brecht abermals in der Klemme. Der Konsul erteilte ihm nämlich nur Visa, wenn er eine Bescheinigung vorlegen konnte, daß er Schiffsplätze belegt habe. Hierbei sollte Tombrock helfen. Das Warten auf Pässe nahm kein Ende.

„Warten“ gehörte zu den nervlich belastenden Situationen des Exils. Wer das nicht konnte, schien verloren. Brecht, der es eigentlich gar nicht konnte, ertrug es, indem er sich zur Arbeit zwang. In dieser Zeit des Wartens beschäftigte er sich mit der Geschichte der englischen Literatur. Die Lektüre ließ ihn nicht los. Ihm imponierte vor allem die Aufeinanderfolge von Literaturgeschlechtern. Da waren Kämpfe und Kommunikation, Neuerungen, die zugleich Korrekturen bewirkten. Hier gab es zwischen den Schriftstellern Schlachten und Kriege und einen Riesenhandel mit Einfällen und Reputationen. Welche Möglichkeiten hatten diese Schriftsteller gehabt! Sie konnten ihr Werk hoch ansetzen, mit Ideen und Büchern spekulieren. Was dagegen bot ihm, Brecht, diese „Inzwischenzeit", in der Ideen und Werke leer liefen?

Seine Kenntnisnahme der französischen Literatur beschränkte sich auf die Aufklärungsliteratur, vorwiegend auf Voltaire und Diderot. Brecht war kein systematischer Leser, doch was er las, stimulierte ihn. Darin bestand seine Kunst der Lektüre. Die letzte Journaleintragung in Schweden lautet: „überdenke jetzt eine kleine epische arbeit DIE BEFÜRCHTUNGEN DES HERRN KEUNER, etwas in der art des CANDIDE oder des GULLIVER. herr keuner befürchtet, daß die welt unbewohnbar werden könnte, wenn allzu große verbrechen oder allzu große tugenden erforderlich sind, damit der mensch seinen lebensunterhalt verdienen kann. so flieht herr keuner von einem land zum andern, da überall zuviel von ihm verlangt wird, sei es nun opferwille oder tapferkeit oder klugheit oder freiheitswille oder gerechtigkeitsdurst, sei es grausamkeit, betrug usw. alle diese länder sind unbewohnbar."[336] Und am 1. Oktober 1940, noch auf Marlebäck, trug er ein: „ich las in DIDEROTS JAKOB DER FATALIST, als mir eine neue möglichkeit aufging, den alten ZIFFEL-plan zu verwirklichen. die art, zwiegespräche einzuflechten, hatte mir schon bei KIVI gefallen. dazu habe ich vom PUNTILA noch den ton im ohr. ich schrieb probeweise 2 kleine kapitel und nannte das ganze FLÜCHTLINGSGESPRÄCHE."[337]

Ab 1926 ist Keuner ein ständiger Wegbegleiter Brechts. Dieser Umstand läßt darauf schließen, daß die Figur in eigenen Lebenshaltungen gründet. Dies aber nicht im direkt autobiographischen Sinne. Mehr als die eigene Lebensmaxime ist in den Geschichten Brechts Gesprächshaltung abgebildet. Alle Berichte und Anekdoten über Brecht als Gesprächspartner laufen darauf hinaus, daß er nicht als brillanter Unterhalter auftrat, sondern vielmehr das Gespräch durch eine überraschende Wendung in andere Bahnen lenkte. Er unterschied sich von allgemeiner Rede- und Debattierfreudigkeit durch seine epigrammatische Gesprächskultur. In den Keuner-Geschichten ist eine bestimmte Gesprächshaltung, die des Denkenden, zur literarischen Form verallgemeinert. Dieses Auf-den-Punkt-Bringen versteht sich aus seinem Bemühen, Erkenntnisse zitierbar zu machen. In den Keuner-Geschichten wird das Verhalten von Menschen nicht beschrieben, sondern in einer aufschlußreichen Wendung erfaßt. Diese wiederum muß gestisch sein, d.h. einen Denkprozeß als unmittelbaren Lebensprozeß erfassen, der sich auch in der Bewegung des Körpers abbildet. Nicht im Denkresultat, sondern im Denkanstoß kulminieren die Geschichten. Insofern unterscheiden sie sich von Denksprüchen, Spruchweisheiten und Maximen. Sie nötigen den Leser zum Denken. Daraus resultiert ihre Eigenart und ihre Bauform. „Keuner ist ... die aus gelöster Selbstironie heraus gestaltete Figuration einer von ihm selbst entworfenen Möglichkeit seiner selbst ..., also eines Abbilds nicht dessen, was er war, sondern was er, seiner Vorstellung nach, hätte werden können, gewissermaßen ein besseres Ich Brechts."[338]

Im Unterschied zu Herrn Keuner, der wortkarg ist, dominiert bei Ziffel und Kalle aus den „Flüchtlingsgesprächen" die Lust am Gespräch, an der Gelegenheit, sich einmal auszuquatschen. Beide sind Emigranten, dazu verurteilt, zu warten. Wer aber warten muß, möchte wenigstens reden. Was sich Brecht für die Keuner-Geschichten vorgenommen hatte, führte er in ganz anderer Gestaltung in den „Flüchtlingsgesprächen“ aus. Nach seinem Plan sollte Keuner von einem Land ins andere flüchten, weil in jedem, in dem er sich aufhält, von ihm zuviel verlangt wird, sei es an Tugend, Opfersinn usw. Dieses Thema zieht sich auch durch die Gespräche, die der bürgerliche Physiker Ziffel und der durch das Konzentrationslager gegangene Arbeiter Kalle im Bahnhofsrestaurant von Helsingfors führen.

Der „alte Ziffel-Plan“, den Brecht in seiner „Arbeitsjournal“-Eintragung erwähnte, war die Beschreibung einer Reise um Deutschland. Ziffel unternimmt sie, veranlaßt durch die neue „energische Führung“ seines Landes und auch weil er schon immer seine Studien über menschlichen Fortschritt und Gesittung fortsetzen wollte. Entsprechend seinem literarischen Vorbild, Voltaires „Candide“, sollte er in den verschiedenen Ländern die beste aller Welten nicht finden. Einen Teil dieses Planes führte Brecht in den „Unpolitischen Briefen“ aus, fortgeführt wurde er in den „Aufzeichnungen eines unbedeutenden Mannes in großer Zeit“. Beide Manuskripte dienten ihm bei dem neuen Vorhaben als Materialgrundlage. Im Verlauf der Arbeit entstand aus dem alten Ziffel-Plan aber etwas völlig Neues. Brecht hatte noch den Puntila-Ton im Ohr, das veranlaßte ihn, zwei sprachlich stark individualisierte Figuren auftreten zu lassen. Beide tauschen ihre Ansichten über die politische Lage, über Faschismus, Sozialismus und Kommunismus, über die Verwendung der Hegelschen Philosophie etc. aus. Vor allem aber sind es ihre Erfahrungen in den verschiedenen Exilländern, über die sie immer wieder ins Gespräch kommen. So über die Schweiz, berühmt durch Freiheitsliebe und Käse; über Frankreich und seinen Patriotismus; über Dänemark und die Entwicklung des Humors; über Schweden und das Verhältnis zur Nächstenliebe; über Lappland und die Selbstbeherrschung. „Die Welt“, so erklärt Ziffel seinem

Gesprächspartner, „wird ein Aufenthaltsort für Heroen, wo sollen wir da hin? Eine Zeitlang hats ausgesehn, als ob die Welt bewohnbar werden könnt, ein Aufatmen ist durch die Menschen gegangen. ... Was ist aus dieser hoffnungsvollen Entwicklung geworden? Die Welt ist schon wieder voll von den wahnwitzigsten Forderungen und Zumutungen. Wir brauchen eine Welt, in der man mit einem Minimum an Intelligenz, Mut, Vaterlandsliebe, Ehrgefühl, Gerechtigkeitssinn usw. auskommt, und was haben wir? Ich sage Ihnen, ich habe es satt, tugendhaft zu sein, weil nichts klappt, entsagungsvoll, weil ein unnötiger Mangel herrscht, fleißig wie eine Biene, weil es an Organisation fehlt, tapfer, weil mein Regime mich in Kriege verwickelt. Kalle, Mensch, Freund, ich habe alle Tugenden satt und weigere mich, ein Held zu werden.“[339]

Das war nicht nur die Thematik, die er für die neuen Keuner-Geschichten verwenden wollte, dieser Anspruch, daß ein Zustand erreicht werden müsse, der es den Menschen gestatte, auch ohne große Tugenden auszukommen, der keine Helden mehr erforderlich mache, zieht sich durch viele seiner Werke. Dieser Wunschtraum ist im „Galilei“, in der „Mutter Courage“ ebenso zu finden wie im „Guten Menschen von Sezuan“. Gemeint ist einfach ein Zustand, der den Menschen davon befreit, sein Brot im Schweiße seines Angesichts zu essen; der es ihm ermöglicht, für das Extra zu leben, ohne stets ein Extra für dieses Leben aufbringen zu müssen. Kalle macht Ziffel klar, was zu tun sei, um diesen Zustand zu erreichen: „Was Ihre Gesinnung angeht: Sie haben mir zu verstehen gegeben, daß Sie auf der Suche nach einem Land sind, wo ein solcher Zustand herrscht, daß solche anstrengenden Tugenden wie Vaterlandsliebe, Freiheitsdurst, Güte, Selbstlosigkeit so wenig nötig sind wie ein Scheißen auf die Heimat, Knechtseligkeit, Roheit und Egoismus. Ein solcher Zustand ist der Sozialismus. ... Ich fordere Sie auf, sich zu erheben und mit mir anzustoßen auf den Sozialismus ... Gleichzeitig mach ich Sie darauf aufmerksam, daß für dieses Ziel allerhand nötig sein wird. Nämlich die äußerste Tapferkeit, der tiefste Freiheitsdurst, die größte Selbstlosigkeit und der größte Egoismus."[340] Ziffel antwortet darauf ein wenig resigniert, aber doch bereit, auf dieses Ziel anzustoßen: „Ich habs geahnt."

Im USA-Exil nahm Brecht die Arbeit an den „Flüchtlingsgesprächen" wieder auf, ohne sie jedoch dort zum Abschluß zu bringen. Die Absicht, philosophische Gespräche auf „niederer ebene" zu placieren, habe sich nur mit einem „mangel an eleganz" verwirklichen lassen. Diese Einsicht befremdet, weil es in der deutschen Literatur seit Heine kaum eine Prosa gibt, in der so schwerwiegende philosophische Probleme in einer so leichten, eben eleganten Diktion vorgetragen werden. Doch Brecht schwebte eine andere Art von Eleganz vor als die, die durch Heine in die deutsche Literatur kam. Elegant in Inhalt und Form erschien ihm das, was ihm mit dem „Meti" und den Keuner-Geschichten gelungen war. Das war für ihn der erreichte Standard. Aus dieser Sicht mußten ihm die „Flüchtlingsgespräche" als ein Rückschritt vorkommen.

Gleich am Anfang der „Flüchtlingsgespräche" heißt es: „Der Paß ist der edelste Teil von einem Menschen."[341] Das war ganz aus der eigenen Situation heraus formuliert. Noch immer wartete Brecht auf Visa für die USA. Seine Korrespondenz, seine Unterredungen mit Freunden drehten sich immer mehr um diesen Punkt, wenn auch die eigentliche Lauferei, das Warten vor den Amtsstellen andere für ihn erledigten. Brecht selber ließ sich dadurch nicht von der Arbeit abhalten. Wartend auf Pässe, immer sprungbereit, das Schlupfloch Finnland zu verlassen, wandte er sich einem neuen Werk zu: dem „Aufhaltsamen Aufstieg des Arturo Ui".

Brecht begann diese Arbeit in der Absicht, ein passendes Stück für das amerikanische Theater zu haben – ein geradezu abenteuerlich anmutendes Vorhaben, kannte er doch seit seinem Mißerfolg mit der „Mutter" die dortigen Verhältnisse. Für das neue Stück gab es weder frühere Pläne wie beim „Guten Menschen von Sezuan" noch fremde Vorlagen wie beim „Puntila". Selbst das um 1938 entstandene Prosafragment „Die Geschichte des Giacomo Ui" kann nicht so ohne weiteres als Vorarbeit betrachtet werden. Brecht schilderte hier den Aufstieg eines Kleinbürgers zum „großen Mann". Interessant ist die Erzählperspektive. Die Geschichte dieses Ui wird fünfzig Jahre nach dessen Tod erzählt, wobei die Vorgänge erst wieder freigelegt werden müssen. Schon aus der Erzählweise wird deutlich, wie schwierig es ist, an die eigentlichen Beweggründe heranzukommen.

Was Brecht besonders interessierte, worum viele seiner Pläne kreisten und wozu er auch andere gern anzuregen suchte, war die Geschichte der Hitlerbewegung in ihren verschiedenen Etappen. Sie aufzuzeichnen war eine Gelegenheit, den Widerspruch zwischen Spektakulum und eigentlichem Sein sichtbar zu machen. Reizvoll erschien ihm das auch deshalb, weil sich die Entwicklung der Hitlerbewegung in großen theatralischen Wendungen vollzogen hatte. Hitlers Aufstieg entbehrte nicht der Situationen, die in ihrem Grundarrangement Theater waren, wenn auch von der schlechtesten Sorte. Ein solches Projekt hielt er für immer dringlicher, da nach Hitlers Einmarsch in Paris selbst Leute, die keine Anhänger des Faschismus waren, in ihm den großen Mann sahen. Zu Beginn des Jahres 1941 riet Brecht seinem Freund Hans Tombrock zu großen Tafeln, die wichtige Stationen des dritten Reiches veranschaulichten: „Die Verbesserung der deutschen Rasse durch Adolf Hitler", „Leben und Taten des Anstreichers", „Der dreißigste Juni", „Die Inbrandsetzung des Reichstagsgebäudes". Ausführlich schilderte er Tombrock, wie er das Bild „Der Diktator erschießt eigenhändig seinen ältesten Waffengefährten" malen müsse. „... den dicken Röhm im Nachthemd, beide Arme schauerlich erhoben, den ebenfalls fetten Adolf, die Fratze abgedreht, mit der nicht schießenden Hand einigen Zuschauern, den SS-Leuten, demonstrierend. (‚Ich habe lange zugesehen, aber jetzt greife ich durch.') Ich stelle mir die Bilder möglichst schön gemalt vor, mit ausgesuchten Farben, klar und kühl, wie man kostbare Blumen malt, köstlich. Dem alten Mann (von Neudeck) wird ein Testament entrissen, gut, man muß das Entreißen zeigen, als Entreißen, aber schön und groß gemalt. Und es muß viel derlei auf einer Tafel zu sehen sein! Solche Tafeln *müßten* Aufsehen erregen, auch drüben. Kannst Du nicht so etwas versuchen? In jedem einfachen Menschen steckt ein primitiver Sinn für Historie, da wo sie schauerlich ist ..."[342]

Daß die Hitlervorgänge schön gemalt sein müßten, verstand Brecht als Verfremdung. Für das, was er mit dem „Ui" wollte, brauchte er nicht lange nach einer Verfremdung zu suchen, die Gangsterhistorie bot sich an. Viele Einzelheiten, mit denen Brecht seinen Ui ausstattete, entnahm er dem Leben des Gangsterkönigs Al Capone.[343] Dieser hatte 1925 in Chicago eine weitverzweigte Verbrecherbande übernommen, die er in kurzer Zeit organisatorisch so vervollkommnete, daß er mit ihr den größten Teil des illegalen Alkoholgeschäfts kontrollierte. In ihm präsentierte sich das Verbrechertum auf dem höchsten organisatorischen Standard der kapitalistischen Welt: dem des Trusts. Über Al Capone war bereits 1931 eine Biographie von Fred Pasley erschienen. Vom gleichen Verfasser stammte ein Artikel mit der Überschrift „Gang Wars of

New York" (Bandenkrieg in New York), den sich Brecht bei seinem USA-Besuch 1935 aufhob. Daß er nicht nur diesen Artikel, sondern auch die Capone-Biographie genau gekannt hat, geht aus vielen charakteristischen Details und sprachlichen Wendungen des „Ui" hervor, die ebenfalls in Pasleys Buch zu finden sind, zum Beispiel die Bezeichnung, daß die Geschäfte „fischig" seien. Außerdem wurde Brechts eigene Lektürekenntnis auf diesem Gebiet durch die seines Sohnes aufgefrischt, der sich auf diese Weise auf die Übersiedlung nach den USA vorbereitete. Zu Brechts Quellenstudium gehörten auch die Gangsterfilme, die er sich ansah, wo immer sich eine Gelegenheit bot. So ging er selbst in grimmiger Kälte am 15. Januar 1941 in Helsinki mit Frau Kilpi ins Kino Astoria, um sich den Gangsterfilm „Unsichtbare Ketten" anzusehen.

Arturo Ui, der sich dem Karfioltrust anbietet, die schlechte Geschäftslage auf gewaltsamem Wege zu wenden, indem er mit seiner Bande die Kleinhändler gefügig macht, war von Brecht nicht nur als Hitler-Satire gedacht. Der Aufstieg Hitlers in seinen gesellschaftlichen Ursachen und Zusammenhängen von Monopolkapital, Staat und Nazibewegung ließ sich nicht in der Gangstergeschichte erfassen, zumal Brecht keine Möglichkeit sah, in dieser Geschichte auf die Rolle des Proletariats einzugehen. Durch seine bisherigen Erfahrungen mit der Parabel belehrt, suchte er sein Thema einzugrenzen. Die Fabel sollte die Mythologisierung des Verbrechens entlarven, zu der es nach seiner Meinung immer dann kommt, wenn Verbrechen im großen begangen werden. Was die amerikanische Presse einst mit Capone betrieben hatte, daß sie einem Mörder auf Grund der Vielzahl seiner Verbrechen zur Aura des „großen Mörders" verhalf, betrieben jetzt europäische und amerikanische Zeitungen mit Hitler. Über diese merkwürdige Betrachtungsweise von Verbrechen schrieb Brecht: „Der Lump im kleinen darf nicht, wenn ihm die Herrschenden gestatten, ein Lump im großen zu werden, eine Sonderstellung nicht nur in der Lumperei, sondern auch in unserer Geschichtsbetrachtung einnehmen."[344] Hitler wie Capone waren nicht als „große Verbrecher", sondern als „Verüber großer Verbrechen" darzustellen. Auf diese Weise versuchte Brecht, eine Mythenbildung zu zerstören. Hierin sah er ein wichtiges Anliegen, wurde doch durch eine solche Mythenbildung dem Verbrechertum großen Stils der Nimbus des Unaufhaltsamen verschafft.

Obwohl Brecht für seine Gangsterstory viele Vorgänge der Geschichte der Nazibewegung entnahm, war damit nicht einfach eine Verfremdung der historischen Vorgänge in Deutschland beabsichtigt. Beim Bau der Fabel stellte er oft selbst verblüfft fest, wie ähnlich die Vorgänge in den verschiedenen Bewegungen verliefen. Die Liquidation der Roma-Anhänger in der 12. Szene konnte sich sowohl auf die Röhm-Affäre Hitlers vom 30. Juni 1934 wie auf das St. Valentins Massaker Capones vom 29. Februar 1929 beziehen. Brecht war nicht daran gelegen, die Vorgänge eindeutig zu machen, sofern sie den Zuschauer immer wieder auf die Ereignisse in Deutschland, in der Nazibewegung hinlenkten. Die Vielfalt der Deutungen sollte bewahrt bleiben, je mehr sich die Praktiken in der Gangster-, Nazi- und Trustbewegung glichen; denn die ergaben sich aus der Sache selbst: wie nämlich Geschäfte gemacht und Aufstieg bewerkstelligt wird. In Ui sah Brecht den Typus des kapitalistischen Aufsteigers, dem die Macht zu großen Verbrechen eingeräumt wird und der so der Legende, der Mythologisierung bedarf. Deshalb vermied er es, die Parabel zum Schlüsselstück zu machen, das seinen eigentlichen Sinn erst durch Rückführung aller Figuren und Vorgänge auf ihr Urbild erhält. Bei einer solchen Sicht wäre der Fabel jedes Eigenleben genommen, und der ästhetische Genuß entspräche lediglich dem Analogiedenken des Zuschauers. Andererseits durfte den großen gesellschaftlichen Bezugspunkten wie Gangstermilieu, Nazibewegung und Trustbildung nicht ihre Konkretheit, ihre politische Sinnfälligkeit genommen werden. Über die Fabel war die Balance der Bedeutung zu steuern. „im UI kam es darauf an, einerseits immerfort die historischen vorgänge durchscheinen zu lassen, andrerseits die ‚verhüllung' (die eine enthüllung ist) mit eigenleben auszustatten, dh, sie muß – theoretisch genommen – auch ohne ihre anzüglichkeit wirken. unter anderem wäre eine zu enge verknüpfung der beiden handlungen (*gangster-* und *nazihandlung*), also eine form, bei der die gangsterhandlung nur eine symbolisierung der andern handlung wäre, schon dadurch unerträglich, weil man dann unaufhörlich nach der ‚bedeutung' dieses oder jenes zuges suchen würde, bei jeder figur nach dem urbild forschen würde. das war besonders schwer."[345]

Wie im Inhaltlichen, so verknüpfte Brecht auch im Künstlerischen vielfältige Elemente. Vor allem waren es die künstlerischen Mittel der Travestie, wie er sie Tombrock beschrieben hatte, die er mit denen des großen Historienstils verband, ohne jedoch das Schlanke, Feingliedrige, Überschaubare der Parabel zu gefährden. Zum Einsatz vielfältiger Mittel gehörte auch die Verwendung klassischen Materials. In der 7. Szene zitiert Ui bei seinen Sprechübungen die berühmte Rede des Marcus Antonius nach der Ermordung Cäsars. Die Szene, in der Ui um Betty Dullfeet wirbt, geht auf Shakespeares „König Richard III." zurück, als Richard nach dem Tode König Heinrichs VI. um Lady Anna wirbt. Ebenfalls an Shakespeare orientiert ist die Szene, in der Ui der Geist des ermordeten Roma erscheint. Für die Unterredung Ui – Betty Dullfeet in der 13. Szene diente die Gartenszene aus Goethes „Faust" als Vorbild. Bei der Verbindung von Gangstermilieu und hohem Stil kam es Brecht nicht so sehr auf

Klassikerpolemik an wie in den früheren Stücken. Das klassische Material diente ihm vorwiegend zur Stabilisierung der Fabel und zur Historisierung des Stoffes.

Obwohl sich Brecht bei der Arbeit an diesem Stück nicht wie beim „Puntila" auf eine Vorlage stützen konnte, verlief sie nicht weniger rasch. Er brauchte nicht einmal drei Wochen, und das Stück war fertig, sieht man einmal davon ab, daß Brecht seine Stücke zu keiner Zeit als wirklich „fertig" ansah.

Noch immer wartete Brecht auf Visa für die USA. Beantragt waren sie für Brecht, für die Weigel, für die Kinder Barbara und Stefan, für Margarete Steffin, für Ruth Berlau. Daß alle zusammen fahren sollten, hatte Brecht durchgesetzt. Doch die Bewilligung der Anträge erfolgte einzeln. Zuerst erhielten Helene Weigel und die Kinder Pässe, dann Brecht. Auch Ruth Berlau, der man anfangs Schwierigkeiten wegen ihrer Zugehörigkeit zur Kommunistischen Partei machte, erreichte über den dänischen Konsul in Finnland, daß sie ein Visum bekam. Aber noch immer fehlte das zugesagte Touristenvisum für Margarete Steffin. Dabei wurde die Lage in Finnland von Tag zu Tag bedrohlicher. Die getarnte Truppenkonzentration der deutschen Wehrmacht an der finnisch-russischen Grenze ließ sich nicht mehr übersehen. Selbst im Straßenbild von Helsinki tauchten immer mehr Deutsche auf. Die Freunde rieten jetzt zum raschen Aufbruch. Doch Brecht wollte nicht ohne Margarete Steffin abreisen. In diesem Punkt blieb er sehr standhaft und überwand seine Furcht. Inzwischen packte die Familie. Das besorgte wie immer Helene Weigel. Er kümmerte sich um die Manuskripte. Auf einem Tisch breitete er alles aus, was in die Koffer mußte. Mehr als bei früherem Länderwechsel kam es jetzt darauf an, sorgfältig auszuwählen. Vor allem die Werkmanuskripte in ihren verschiedenen Fassungen mußten alle mit, da durfte kein Blatt fehlen.

Endlich, am 12. Mai 1941, erhielt Margarete Steffin das Visum. Erreicht hatte man es dadurch, daß man angegeben hatte, sie besuche im Auftrag und als Sekretärin von Hella Wuolijoki die USA. Damit war die letzte Hürde genommen. Die finnischen Freunde verabschiedeten sich mit einem Abendessen im Turmrestaurant von Helsinki. „wie wir weggehen ... kommt der restaurantdirektor gestürzt und erzählt, heß sei in schottland gelandet als flüchtling. noch läuten die siegesglocken vom balkanfeldzug, und schon tritt in ein schottisches bauernhaus hinkend ein flüchtling. der drittmächtigste mann des siegerstaats. hitler sagt die vernichtung der insel voraus, sein stellvertreter bringt sich dorthin in sicherheit! sehr epische dramatik, das!“[346]

Am nächsten Tag verließen sie Finnland und fuhren zunächst nach Leningrad. Beim Grenzübergang regelte Margarete Steffin, die als einzige Russisch sprach, alle Formalitäten, um die Manuskripte über die Grenze zu bringen. Der Aufenthalt in Leningrad dauerte nur zwei Tage, dann reisten sie mit dem Expreßzug „Pfeil“ weiter nach Moskau. Dort wurde Brecht von Freunden begrüßt; denn inzwischen hatte sich in der deutschen Emigrantenkolonie herumgesprochen, daß er in die USA übersiedle und in Moskau Station mache. Ein wenig verwundert zeigte man sich schon, als er mit „seinen drei Frauen“ eintraf. Vom sowjetischen Schriftstellerverband begrüßte ihn der stellvertretende Leiter der Auslandskommission Michail J. Apletin, der Brecht schon bei dessen Moskaubesuchen 1932 und 1935 betreut hatte. Auch Maria Osten, die Frau von Kolzow, war da und bemühte sich sehr, daß er alles Nötige schnell erledigen konnte.

Kaum in Moskau angekommen, brach Margarete Steffin zusammen. Aufgerieben von der Furcht, sie könne daran schuld sein, wenn Brecht und die Familie nicht mehr aus Finnland weg kämen, war diese Frau nun mit ihren Kräften am Ende. Ein Lungenflügel arbeitete überhaupt nicht mehr. Man brachte sie in das Moskauer Spezialsanatorium „Hohe Berge“, eine Abteilung des Zentralen Tuberkulose-Instituts. Für Brecht, der die Abreise aus Finnland wegen Margarete so lange hinausgeschoben hatte, war das ein schwerer Schlag. Was sollte man tun? Die Schiffskarten in Wladiwostok boten vielleicht die letzte Möglichkeit, Europa zu verlassen. Brecht entschloß sich, die Reise fortzusetzen. Noch hoffte er, daß Margarete Steffin bald nachkommen könne. Am Tage der Abreise nach Wladiwostok – der Zug ging um 17.00 Uhr – besuchte er sie mittags noch einmal im Sanatorium. „Ich habe ihr ein Kopfkissen mitgebracht, sie sagt: ‚Ich komme nach, nur zwei Dinge können mich abhalten: Lebensgefahr und der Krieg.‘ Sie ist wieder ruhig und lächelt, als ich gehe, ohne Anstrengung. Sie sagt: ‚Du hast mir solche Dinge gesagt, daß ich ganz ruhig bin.‘“[347] Damit sie sich eine neue Schiffskarte besorgen konnte, deponierte er 940 Dollar. An Apletin schrieb er: „Ich muß meine vieljährige Mitarbeiterin und Freundin Margarete Steffin schwer erkrankt hier zurücklassen. Nur Ihr warmherziges Versprechen, für sie zu sorgen und, falls sie gesund wird, ihre Weiterreise zu organisieren, gibt mir den Mut, selbst weiterzufahren. Die Genossin Steffin ist mir bei meiner Arbeit unentbehrlich.“[348] Brecht mußte sich von seiner todkranken Mitarbeiterin, von seiner Liebe verabschieden. Um sie über die Trennung hinwegzutrösten und ihr zu verstehen zu geben, daß er bald wieder mit ihr zusammenzuarbeiten hoffte, übergab er ihr einen Teil seiner Manuskripte in Verwahrung. Sie, deren Leben in diesen Arbeiten steckte, wußte nur zu gut, was diese Geste bedeutete. Hier offenbarte sich ein Mann in seinen Grenzen wie in seiner tiefen Zuneigung. Es wurde vereinbart, daß er telegrafisch über den Zustand von Margarete Steffin auf dem laufenden gehalten wurde. Maria Osten kümmerte sich um sie.

Am 30. Mai 1941 bestieg Brecht mit seiner Familie und Ruth Berlau den Transsibirien-Expreß. Am 1. Juni telegraphierte ihm Margarete Steffin: „am 31. mai während der nacht fühle ich mich mittel. am 1. während des tages fühle ich mich schlecht. gruß grete und maria."[349] Am 4. Juni 1941, der Zug befand sich bereits jenseits des Baikalsees, traf ein neues Telegramm ein. Ein kleiner mongolischer Dolmetscher übersetzte es Brecht: „acht uhr morgen grete bekam ihr telegramm und las es ruhig. um 9 uhr morgens starb sie. mit tiefem mitgefühl und gruß, Ihre hand FADEJEW, APLETIN."[350] Und Maria Osten telegrafierte: „grete wünschte nicht zu sterben. dachte nur zu leben. bat um bücher. dachte an Sie, sie hatte den wunsch, bald gesund zu sein und Ihnen nachzufahren. nach der nächsten nacht frühstückte sie ruhig, las gut Ihr telegramm und bat um champagner. bald fühlte sie sich schlecht und zitterte und dachte, es würde besser. in diesem moment kam der arzt. im nächsten moment wiederholte sie drei mal das wort ‚doktor'. starb ruhig. der doktor fand bei der obduktion die beiden lungen im letzten stadium. große kavernen, herz und leber stark vergrößert. der abguß des gesichts wurde für Sie gemacht."[351]

Der Transsibirien-Expreß brauchte zehn Tage von Moskau bis Wladiwostok. Bisher war man Brecht mit großem Verständnis entgegengekommen und zeigte sich bemüht, seine Reise überall zu unterstützen. Der sowjetische Schriftstellerverband sorgte für die Freigabe der noch ausstehenden Honorare und wies die Bank in Wladiwostok an, ihm auch den für Margarete Steffin deponierten Dollarbetrag auszuzahlen. Diese materielle Hilfe war Brecht hoch willkommen, denn seine finanziellen Reserven gingen zu Ende. An eine Flugreise in die USA war aus diesen Gründen nicht zu denken. In Wladiwostok gab es noch einige Tage Aufenthalt. Am 13. Juni bestiegen Brecht, seine Familie und Ruth Berlau das Schiff. Die „Annie

Johnson“ war ein Frachtschiff, das Kokosraspeln geladen hatte. Es verfügte über ein paar Passagierkabinen und entbehrte auch nicht einiger Bequemlichkeiten. Allerdings stellte sich heraus, daß für die Familie Brecht und Ruth Berlau nur eine Kabine zur Verfügung stand. Wie es zu diesem Versehen gekommen war, konnte niemand sagen. Bei dem gespannten Verhältnis zwischen Ruth Berlau und Helene Weigel wäre das für niemanden eine erträgliche, schon gar nicht eine angenehme Überfahrt geworden. Doch Ruth Berlau gelang es, daß ihr von der Schiffsbesatzung eine Kabine zur Verfügung gestellt wurde. Auf der Reise bekamen die Kinder auch noch Ziegenpeter, und Ruth Berlau steckte sich an. In Manila machte das Schiff Zwischenstation, um neue Ladung aufzunehmen. Die Familie ging an Land. „Im Hafen beobachtete Brecht lange die Arbeiter, als sie die Ladung des Schiffes löschten. Es waren schöne Menschen, aber so dünn, wie man sich das gar nicht vorstellen kann. Zwischendurch aßen sie aus einem ganz kleinen grünen Blatt ein winziges bißchen Reis. Brecht war sehr beeindruckt und hat dieses kleine Blatt mit dem bißchen Reis nie vergessen.“[352]

Während der Überfahrt gab sich Brecht fröhlich. Er drängte die Erinnerungen an Margarete Steffin zurück. Vierzig Tage dauerte die Seereise auf der „Annie Johnson“.

Anhang

Anmerkungen

Kurztitelverzeichnis

Arbeitsjournal	Bertolt Brecht, Arbeitsjournal 1938–1955. Hrsg. von Werner Hecht. Mit einem Nachwort von Werner Mittenzwei. Berlin und Weimar 1977.
BBA	Bertolt-Brecht-Archiv der Akademie der Künste der DDR.
Briefe	Bertolt Brecht, Briefe. 1913–1956. Hrsg. und kommentiert von Günter Glaeser. 2 Bände, Berlin und Weimar 1983, Band 1: Texte, Band 2: Anmerkungen.
Gedichte	Bertolt Brecht, Gedichte. 10 Bände, Berlin und Weimar 1961–1978, Band 1–4: Berlin 1961, Band 5–6: Berlin und Weimar 1964, Band 7–9: Berlin und Weimar 1969, Band 10: Berlin und Weimar 1978.
Prosa	Bertolt Brecht, Prosa. 4 Bände, Berlin und Weimar 1973–1975, Band 1–3: 1973, Band 4: 1975.
Schriften zum Theater	Bertolt Brecht, Schriften zum Theater. 7 Bände, Berlin und Weimar 1964.
Schriften zur Literatur und Kunst	Bertolt Brecht, Schriften zur Literatur und Kunst. 2 Bände, Berlin und Weimar 1966.
Schriften zur Politik und Gesellschaft	Bertolt Brecht, Schriften zur Politik und Gesellschaft. 2 Bände, Berlin und Weimar 1968.
Stücke	Bertolt Brecht, Stücke. 14 Bände, Berlin und Weimar 1955–1968, Band 1–4: Berlin 1955, Band 5–8: Berlin 1957, Band 9–10: Berlin 1958, Band 11–12: Berlin 1959, Band 13–14: Berlin und Weimar 1968.
Tagebücher 1920–1922	Bertolt Brecht, Tagebücher 1920–1922. Autobiographische Aufzeichnungen 1920–1954. Hrsg. von Herta Ramthun. Berlin und Weimar 1976.
Texte für Filme	Bertolt Brecht, Texte für Filme. 2 Bände, Berlin und Weimar 1971.

Die Jugend

1 Brecht an Herbert Jhering, [Oktober] 1922; Briefe, S. 80.
2 Walter Brecht, Unser Leben in Augsburg, damals. Erinnerungen. Frankfurt a. M. 1984, S. 151.
3 Werner Frisch/K. W. Obermeier, Brecht in Augsburg. Erinnerungen, Dokumente, Texte, Fotos. Berlin und Weimar 1975, S. 20. – Das Buch ist die erste gründliche und umfassende Darstellung der Jugendzeit Brechts, auf die ich im folgenden mehrfach zurückgreife. Mit Obermeier gab es bereits vor dem Erscheinen von „Brecht in Augsburg" einen regen Gedankenaustausch und eine freundschaftliche Zusammenarbeit.
4 Hundert Jahre G. Haindlsche Papierfabriken. Eine Gedenkschrift. Hrsg. von den G. Haindlschen Papierfabriken. Augsburg 1949, S. 100.
5 Walter Brecht, Unser Leben in Augsburg, damals, S. 193.
6 Frisch/Obermeier, Brecht in Augsburg, S. 17.
7 Walter Brecht, Unser Leben in Augsburg, damals, S. 41 und 44.
8 Hanns Otto Münsterer, Bert Brecht. Erinnerungen aus den Jahren 1917–1922. Mit Photos, Briefen und Faksimiles. Berlin und Weimar 1966, S. 15.
9 Arnolt Bronnen, Tage mit Bertolt Brecht. Geschichte einer unvollendeten Freundschaft. Berlin 1973, S. 72.
10 Stücke, Band 1, S. 12 f. (Bei Durchsicht meiner ersten Stücke).
11 Gedichte, Band 5, S. 88.
12 Walter Brecht, Unser Leben in Augsburg, damals, S. 51 f.
13 Ebenda, S. 62.
14 Ebenda, S. 66.
15 Gespräch mit Prof. Dr. Walter Brecht, 2. Dezember 1981, im BBA.
16 Walter Brecht, Unser Leben in Augsburg, damals, S. 80.
17 Ebenda, S. 83 und 84.
18 Georg Pschierer in: Frisch/Obermeier, Brecht in Augsburg, S. 28.
19 Georg Eberle in: Ebenda, S. 29.
20 Walter Brecht, Unser Leben in Augsburg, damals, S. 105.
21 Georg Pschierer in: Frisch/Obermeier, Brecht in Augsburg, S. 28 f.
22 Ebenda, S. 34.
23 Walter Brecht, Unser Leben in Augsburg, damals, S. 64.
24 Ebenda, S. 222.
25 Frisch/Obermeier, Brecht in Augsburg, S. 24.
26 Ebenda, S. 89.
27 Walter Brecht, Unser Leben in Augsburg, damals, S. 237 f.
28 Frisch/Obermeier, Brecht in Augsburg, S. 104 f.
29 Ebenda, S. 57.

30 Walter Brecht, Unser Leben in Augsburg, damals, S. 218.
31 Zitiert nach: Klaus Schuhmann, Der Lyriker Bertolt Brecht 1913–1933. Berlin 1964, S. 10 f.
32 Vgl. Jan Knopf, Brecht-Handbuch. Lyrik, Prosa, Schriften. Stuttgart 1984.
33 Walter Brecht, Unser Leben in Augsburg, damals, S. 218.
34 Paula Banholzer, So viel wie eine Liebe. Der unbekannte Brecht. Erinnerungen und Gespräche. Hrsg. von Axel Poldner und Willibald Eser. München 1981, S. 128.
35 Ebenda, S. 113. – Vgl. auch: Walter Brecht, Unser Leben in Augsburg, damals, S. 236; Frisch/Obermeier, Brecht in Augsburg, S. 98.
36 Zitiert nach: Otto Müllereisert, Augsburger Anekdoten um Bertolt Brecht. In: Schwäbische Landeszeitung (Augsburg), 26. Januar 1949.
37 Frisch/Obermeier, Brecht in Augsburg, S. 88 und 90.
38 Walter Brecht, Unser Leben in Augsburg, damals, S. 244.
39 Frisch/Obermeier, Brecht in Augsburg, S. 76 und 93 f.
40 Münsterer, Bert Brecht, S. 47.
41 Frisch/Obermeier, Brecht in Augsburg, S. 79 und 80.
42 Gedichte, Band 8, S. 20.
43 Frisch/Obermeier, Brecht in Augsburg, S. 106.
44 Brecht an Caspar Neher, 8. November 1917; Briefe, S. 22.
45 Ebenda.
46 Brecht an Caspar Neher, 18. Dezember 1917; Briefe, S. 25 f. und 26 f.
47 Brecht an Caspar Neher, 30. Dezember 1917; Briefe, S. 28 f.
48 Münsterer, Bert Brecht, S. 17.
49 Banholzer, So viel wie eine Liebe, S. 20.
50 Brecht, Gesammelte Werke. Supplementband 3: Gedichte aus dem Nachlaß 1, Frankfurt a. M. 1982, S. 37 (Oh, die unerhörten Möglichkeiten).
51 Walter Brecht, Unser Leben in Augsburg, damals, S. 261.
52 Banholzer, So viel wie eine Liebe, S. 40.
53 Brecht an Caspar Neher, Anfangs September 1917; Briefe, S. 16.
54 Walter Brecht, Unser Leben in Augsburg, damals, S. 259.
55 Münsterer, Bert Brecht, S. 129.
56 Brecht an Caspar Neher, September 1917; Briefe, S. 20.
57 Brecht an Paula Banholzer, Mai 1918; Briefe, S. 42.
58 Brecht an Caspar Neher, 29. Dezember 1917; Briefe, S. 27 f.
59 Brecht an Caspar Neher, 11. Mai 1918; Briefe, S. 39.
60 Banholzer, So viel wie eine Liebe, S. 35 f.
61 Ebenda, S. 37 f.
62 Brecht an Heinz Hagg, 23. November 1917; Briefe, S. 25.

63 Vgl. Artur Kutscher, Frank Wedekind. Sein Leben und seine Werke. Band 3, München 1931, S. 240.

64 Artur Kutscher, Der Theaterprofessor. Ein Leben für die Wissenschaft vom Theater. München 1960, S. 73.

65 Vgl. Brecht an Hanns Johst, [Januar/Februar 1920]; Briefe, S. 56.

66 Hedda Kuhn: „Johst zeigte sich damals bereit, Brecht in seinem Haus am Starnberger See zu empfangen, auch ich war dazu eingeladen. Aber Brecht wollte mit Johst allein sein. Er sagte mir: ‚Johst ist ein Völkischer, da wird es heiß hergehen, das ist nichts für dich.'" (Frisch/Obermeier, Brecht in Augsburg, S. 119.)

67 Kutscher, Der Theaterprofessor, S. 82.

68 Michael Harro Siegel in: Frisch/Obermeier, Brecht in Augsburg, S. 121. – Über die Datierung von Brechts Seminarreferat zu Johsts „Der Anfang" gibt es in der Erinnerungsliteratur Unstimmigkeiten. Hedda Kuhn datiert das Seminarreferat auf November oder Dezember 1917. Dagegen meint Siegel, Brecht habe das Referat im Wintersemester 1918/19 gehalten (vgl. Frisch/Obermeier, Brecht in Augsburg, S. 120). Vgl. auch: Dieter Schmidt, „Baal" und der junge Brecht. Stuttgart 1966, S. 28.

69 Kutscher, Der Theaterprofessor, S. 73.

70 Brecht an Caspar Neher, Juni 1918; Briefe, S. 44 f.

71 Schriften zum Theater, Band 1, S. 7, 8 und 9 (Frank Wedekind).

72 Brecht an Caspar Neher, Mitte März 1918; Briefe, S. 32.

73 Brecht an Caspar Neher, Ende April 1918; Briefe, S. 36.

74 Vgl. Erich Mühsam, Unpolitische Erinnerungen. Berlin 1961, S. 294.

75 Brecht an Hanns Otto Münsterer, [5. Mai 1918]; Briefe, S. 37.

76 Brecht, Baal. Drei Fassungen. Frankfurt a. M. 1978, S. 72.

77 Gedichte, Band 2, S. 52.

78 Stücke, Band 1, S. 8 (Bei Durchsicht meiner ersten Stücke).

79 Frisch/Obermeier, Brecht in Augsburg, S. 137 f.

80 Carl Zuckmayer, Als wär's ein Stück von mir. Horen der Freundschaft. Frankfurt a. M. 1969, S. 206.

81 Frisch/Obermeier, Brecht in Augsburg, S. 140.

82 Brecht, Gesammelte Werke. Supplementband 3: Gedichte aus dem Nachlaß 1, S. 40.

83 Gedichte, Band 1, S. 136 f.

84 Kurt Tucholsky, Mit 5 PS durch die Literatur. Essays und Rezensionen. Berlin und Weimar 1973, S. 54 und 55.

85 Aufruf des Arbeiter-, Soldaten- und Bauernrates München vom 8. November 1918. In: Münchner Post, 8. November 1918.

86 Ernst Niekisch, Gewagtes Leben. Begegnungen und Begebnisse. Berlin – Köln 1958, S. 40.

87 Brecht an Caspar Neher, 22. Juli 1918; Briefe, S. 49.

88 Schriften zur Politik und Gesellschaft, Band 1, S. 43 f. (Nachdruck verboten!).
89 Kameraden der Menschheit. Dichtung zur Weltrevolution. Hrsg. von Ludwig Rubiner. Leipzig 1971, S. 112.
90 Heinrich Vogeler, Das Wesen des Kommunismus – Der Weltfriede. In: Manifeste Manifeste 1905–1933. Hrsg. von Diether Schmidt. Dresden 1965, S. 152.
91 Carl Einstein, An die Geistigen! In: Die Pleite, Nr. 1/1919, S. 2.
92 Manifest der Novembristen (Entwurf), 1918. In: Manifeste Manifeste 1905–1933, S. 156 f.
93 Dadaistisches Manifest. In: Der Dada (Berlin), Nr. 1/1919.
94 Gedichte, Band 2, S. 40.
95 Gottfried Benn, Die neue literarische Saison. Vortrag im Berliner Rundfunk vom 28. August 1931. In: Die Weltbühne (Berlin), 37/1931, S. 406.
96 Gottfried Benn, Über die Rolle des Schriftstellers. In: Die neue Bücherschau (Berlin), Heft 10/1929, S. 531–538.
97 Frisch/Obermeier, Brecht in Augsburg, S. 149.
98 Brecht an Hanns Otto Münsterer, August 1918; Briefe, S. 53.
99 Brecht an Caspar Neher, 22. Juli 1918; Briefe, S. 48.
100 Banholzer, So viel wie eine Liebe, S. 45.
101 Frisch/Obermeier, Brecht in Augsburg, S. 147 f.
102 Oskar Maria Graf, Gelächter von außen. Aus meinem Leben 1918–1933. München 1966, S. 99.
103 Niekisch, Gewagtes Leben, S. 70.
104 Arthur Rosenberg, Entstehung und Geschichte der Weimarer Republik. Hrsg. von Kurt Kersten. Frankfurt a. M. 1955, S. 489.
105 Wolfgang Zorn, Augsburg. Geschichte einer deutschen Stadt. Augsburg 1955, S. 258 f.
106 Rosa Leviné, Aus der Münchener Rätezeit. Berlin 1925, S. 74–76.
107 Walter Brecht, Unser Leben in Augsburg, damals, S. 323 f.
108 Ebenda, S. 327.
109 Ebenda, S. 328.
110 Ebenda.
111 Frisch/Obermeier, Brecht in Augsburg, S. 170 f.
112 Ebenda, S. 173.
113 Gespräch mit Prof. Dr. Walter Brecht am 2. Dezember 1981 im BBA.
114 Frisch/Obermeier, Brecht in Augsburg, S. 167 f.
115 Walter Brecht, Unser Leben in Augsburg, damals, S. 329.
116 Frisch/Obermeier, Brecht in Augsburg, S. 152.
117 Lion Feuchtwanger, Bertolt Brecht. Dargestellt für Engländer. 1928. In: Erinnerungen an Brecht. Zusammengestellt von Hubert Witt. Leipzig 1964, S. 11 und 12.

118 Schriften zum Theater, Band 1, S.173 (Karl Valentin).
119 Gedichte, Band 1, S.64.
120 Münsterer, Bert Brecht, S.107.

Wie kommt man hinauf

1 Gedichte, Band 2, S.84 (Lied von meiner Mutter).
2 Ebenda.
3 Walter Brecht, Unser Leben in Augsburg, damals. Erinnerungen. Frankfurt a.M. 1984, S.352.
4 Tagebücher 1920–1922, S.184; [Mai 1920].
5 Paula Banholzer, So viel wie eine Liebe. Der unbekannte Brecht. Erinnerungen und Gespräche. Hrsg. von Axel Poldner und Willibald Eser. München 1981, S.52.
6 Tagebücher 1920–1922, S.7; 15.Juni 1920.
7 Ebenda, S.28; 24.August 1920.
8 Ebenda, S.57; 12.September 1920.
9 Ebenda, S.11; 1.Juli 1920.
10 Ebenda.
11 Schriften zum Theater, Band 1, S.37 („Rose Bernd" von Gerhart Hauptmann. Zur Einführung in die Vorstellung des Gewerkschaftsvereins am Montag, 25.Oktober).
12 Ebenda, S.15 (Georg Kaisers „Gas" im Stadttheater).
13 Neue Augsburger Zeitung, 14.Januar 1921 (Leserzuschrift).
14 Schriften zum Theater, Band 1, S. 50 (Erwiderung auf den offenen Brief des Personals des Stadttheaters).
15 Ebenda, S.55 (Hebbels „Judith" im Stadttheater).
16 Tagebücher 1920–1922, S.130; 4.Juni 1921.
17 Carl Zuckmayer, Als wär's ein Stück von mir. Horen der Freundschaft. Frankfurt a.M. 1969, S.325 f.
18 Carlo Mierendorff, Hätte ich das Kino. In: Die Weißen Blätter. Eine Monatszeitschrift, Nr.2/1920, S.92.
19 Arnolt Bronnen, Tage mit Bertolt Brecht. Geschichte einer unvollendeten Freundschaft. Berlin 1973, S.39.
20 Eckart Jahnke, Brecht schuf „Mysterien". In: notate, Heft 1, Februar 1980, S. 4. – Vgl. Wolfgang Gersch, Film bei Brecht. Berlin 1975, S. 19–30.
21 Brecht an Bronnen, [etwa Februar 1923]; Briefe, S.85.
22 Tagebücher 1920–1922, S.134 f.; Juli 1921.
23 Ebenda, S.114; 15.Mai 1921.
24 Brecht an Paula Banholzer, Anfang Dezember 1921; Briefe, S.68 f.

25 Banholzer, So viel wie eine Liebe, S. 68 f.
26 Werner Frisch/K. W. Obermeier, Brecht in Augsburg. Erinnerungen, Dokumente, Texte, Fotos. Berlin und Weimar 1975, S. 159.
27 Tagebücher 1920–1922, S. 51; 7. September 1920.
28 Ebenda, S. 48; 5. September 1920.
29 Ebenda, S. 69; 9. Februar 1921.
30 Marianne Zoff-Brecht-Lingen erzählte Willibald Eser über ihre Zeit mit Bert Brecht. In: Banholzer, So viel wie eine Liebe, S. 157 f.
31 Ebenda, S. 162.
32 Tagebücher 1920–1922, S. 70; 13. Februar 1921.
33 Gedichte, Band 1, S. 53 und 56.
34 Tagebücher 1920–1922, S. 174; 10. Februar 1922. Vgl. auch S. 116; 20. Mai 1921.
35 Ebenda; 10. Februar 1922.
36 Ebenda, S. 119; 21. Mai 1921.
37 Ebenda, S. 72; 25. Februar 1921.
38 Ebenda, S. 90; 21. März 1921.
39 Ebenda, S. 96; 27. März 1921.
40 Ebenda, S. 102; [16.] April 1921.
41 Ebenda, S. 108; 30. April 1921.
42 Ebenda, S. 123; 28. Mai 1921.
43 Ebenda, S. 133; Ende Juni 1921.
44 Ebenda, S. 73; 27. Februar 1921.
45 Ebenda, S. 79; 8. März 1921.
46 Ebenda, S. 82; 10. März 1921.
47 Ebenda, S. 95; 27. März 1921.
48 Ebenda, S. 102; [16.] April 1921.
49 Ebenda, S. 112; 9. Mai 1921.
50 Banholzer, So viel wie eine Liebe, S. 73.
51 Ebenda, S. 83.
52 Ebenda, S. 84.
53 Ebenda, S. 135.
54 Bronnen, Tage mit Bertolt Brecht, S. 55.
55 Kurt Tucholsky, Ein Pyrenäenbuch. Auswahl 1920 bis 1923. Berlin 1969, S. 314 f. und 316.
56 Zuckmayer, Als wär's ein Stück von mir, S. 312 f.
57 Tagebücher 1920–1922, S. 62; 16.–21. September 1920.
58 Gedichte, Band 1, S. 98.
59 Tagebücher 1920–1922, S. 162; 12. November 1921.
60 Walter Kiaulehn, Berlin. Schicksal einer Weltstadt. Berlin–Darmstadt–Wien 1962, S. 461.
61 Tagebücher 1920–1922, S. 165; 25. November 1921.

62 Bronnen, Tage mit Bertolt Brecht, S.12.
63 Julius Bab, Die Chronik des deutschen Dramas. Fünfter Teil: Deutschlands dramatische Produktion 1919–1926. Berlin 1926, S.198 f.
64 Arnolt Bronnen gibt zu Protokoll. Beiträge zur Geschichte des modernen Schriftstellers. Hamburg 1954, S.109.
65 Tagebücher 1920–1922, S.174; 10. Februar 1922.
66 Bronnen, Tage mit Bertolt Brecht, S.16.
67 Ebenda, S.24.
68 Tagebücher 1920–1922, S.166; 3. Dezember 1921.
69 Artur Kutscher, Der Theaterprofessor. Ein Leben für die Wissenschaft vom Theater. München 1960, S.73.
70 Vgl. Tagebücher 1920–1922, S.162; 12. November 1921.
71 Bronnen, Tage mit Bertolt Brecht, S.27 f.
72 Brecht an Herbert Jhering, 22. September 1922; Briefe, S.77.
73 Zuckmayer, Als wär's ein Stück von mir, S.393.
74 Bronnen, Tage mit Bertolt Brecht, S.29.
75 Tagebücher 1920–1922, S.175; 10. Februar 1922.
76 Arnolt Bronnen, Begegnungen mit Schauspielern. Zwanzig Porträts aus dem Nachlaß. Berlin 1977, S.73.
77 Bronnen, Tage mit Bertolt Brecht, S.34.
78 Tagebücher 1920–1922, S.162; 12. November 1921.
79 Ebenda, S.149; 4. Oktober 1921.
80 Bertolt Brecht, Im Dickicht (Erstfassung von 1922). In: Brecht, Im Dikkicht der Städte. Erstfassung und Materialien. Ediert und kommentiert von Gisela Bahr. Frankfurt a.M. 1970, S.105.
81 Ebenda, S.50.
82 Ebenda, S.134.
83 Stücke, Band 1, S.209.
84 Prosa, Band 1, S.32.
85 Ebenda, S.36.
86 Thomas Mann, Gesammelte Werke in zwölf Bänden. Band 11: Altes und Neues, Berlin 1955, S.397.
87 Lion Feuchtwanger, Erfolg. Drei Jahre Geschichte einer Provinz. Band 2, Berlin 1930, S.72.
88 Lion Feuchtwanger, Bertolt Brecht. Dargestellt für Engländer. 1928. In: Erinnerungen an Brecht. Zusammengestellt von Hubert Witt. Leipzig 1964, S.13 und 14.
89 Lion Feuchtwanger, Thomas Wendt. München 1920, S.188 und 235.
90 Feuchtwanger, Erfolg, Band 1, S.60.
91 Marieluise Fleißer, Gesammelte Werke. Hrsg. von Günther Rühle. Frankfurt a.M. 1972, Band 2, S.312.
92 Vgl. Zuckmayer, Als wär's ein Stück von mir, S.378.

93 Brecht an Herbert Jhering, Mitte Oktober 1922; Briefe, S. 80.
94 BBA, Mappe 520, S. 29.
95 Brecht in der Kritik. Rezensionen aller Brecht-Uraufführungen sowie ausgewählter deutsch- und fremdsprachiger Premieren. Eine Dokumentation von Monika Wyss. München 1977, S. 10.
96 Alfred Döblin, Griffe ins Leben. Berliner Theaterberichte 1921–1924. Berlin 1974, S. 139.
97 Erich Engel, Schriften. Über Theater und Film. Berlin 1971, S. 13 f.
98 Zuckmayer, Als wär's ein Stück von mir, S. 387.
99 Engel, Schriften, S. 75.
100 Ebenda, S. 79 und 78.
101 Brecht in der Kritik, S. 22.
102 Ebenda, S. 24.
103 Rudolf Fernau, Als Lied begann's. Lebenstagebuch eines Schauspielers. Frankfurt a. M.–Berlin–Wien 1972, S. 106.
104 Alfred Kerr, Toller und Brecht in Leipzig. In: Kerr, Sätze meines Lebens. Über Reisen, Kunst und Politik. Hrsg. von Helga Bemmann. Berlin 1978, S. 567 und 570.
105 Brecht in der Kritik, S. 38.
106 Brecht an Alexander Granach, [etwa Herbst 1923]; Briefe, S. 94.
107 Marieluise Fleißer, Aus der Augustenstraße. In: Bertolt Brecht, Leben Eduards des Zweiten von England. Vorlage, Texte und Materialien. Frankfurt a. M. 1968, S. 265.
108 Bernhard Reich, Im Wettlauf mit der Zeit. Erinnerungen aus fünf Jahrzehnten deutscher Theatergeschichte. Berlin 1970, S. 255 f. und 259.
109 Brecht in der Kritik, S. 45 (der Kritiker war Hans Braun).
110 Ebenda, S. 48.
111 Reich, Im Wettlauf mit der Zeit, S. 263.
112 Weimarer Republik. Hrsg. vom Kunstamt Kreuzberg, Berlin, und dem Institut für Theaterwissenschaft der Universität Köln. Berlin [West]–Hamburg 1977, S. 277.
113 Konrad Heiden, Geschichte des Nationalsozialismus. Die Karriere einer Idee. Berlin 1932, S. 158.
114 Zuckmayer, Als wär's ein Stück von mir, S. 377.
115 Marianne Zoff-Brecht-Lingen erzählt. In: Banholzer, So viel wie eine Liebe, S. 172.
116 Ebenda, S. 179.
117 Ebenda, S. 188.
118 Ehescheidungssache des Schriftstellers Berthold Brecht; Landgericht III, Abtl. 10, Berlin-Charlottenburg. In: BBA, Nr. 2179, Blatt 13.
119 Ebenda.

120 Ebenda, Blatt 12.
121 Schriften zum Theater, Band 1, S. 145.
122 Tagebücher 1920–1922, S. 8; 18. Juni 1920.
123 Facsimile Querschnitt durch den Querschnitt. Hrsg. von Wilmont Haacke und Alexander von Baeyer. München–Bern–Wien 1968, S. 11.
124 Franz Blei, Bemerkungen zum Theater. In: Der Querschnitt, Berlin, 1/1926, S. 13.
125 Alfred Flechtheim, Gladiatoren. In: Der Querschnitt, 1/1926, S. 48 f.
126 Schriften zum Theater, Band 1, S. 65.
127 Siegfried Kracauer, Der Detektiv-Roman. In: Kracauer, Schriften. Band 1, Frankfurt a. M. 1971, S. 116.
128 Carl Zuckmayer, Drei Jahre. In: Theaterstadt Berlin. Ein Almanach. Hrsg. von Herbert Jhering. Berlin 1948, S. 87 f.; zitiert nach: Martin Esslin, Brecht. Das Paradox des politischen Dichters. Frankfurt a. M.–Bonn 1962, S. 45.
129 Fernau, Als Lied begann's, S. 129 f.
130 Ebenda, S. 129.
131 Ebenda, S. 130.
132 Ebenda, S. 132 f.
133 Ebenda, S. 133.
134 Berliner Tageblatt, 5. Dezember 1924, S. 2, Abendausgabe.
135 Tagebücher 1920–1922, S. 187 f.; um 1923.
136 Brecht an Arnolt Bronnen, 3. Oktober 1922; Briefe, S. 78.
137 Brecht an Helene Weigel, [Ende August/Anfang September 1924]; Briefe, S. 100.
138 Bertolt Brecht. Sein Leben in Bildern und Texten. Hrsg. von Werner Hecht. Berlin und Weimar 1978, S. 61.
139 Reich, Im Wettlauf mit der Zeit, S. 279.
140 Rudolf Leonhard an Ernst Toller, 27. Januar 1926. – Über Gründung und Verlauf der „Gruppe 1925" gibt die Korrespondenz zwischen Rudolf Leonhard und Ernst Toller Auskunft. In protokollartigen Briefen berichtete Rudolf Leonhard, der die Funktion eines Sekretärs ausübte, wie die einzelnen Zusammenkünfte verliefen. Das Material befindet sich in: Akademie der Künste, Berlin [West], Sammlung Ernst Toller.
141 Rudolf Leonhard an Ernst Toller, 22. April 1926.
142 Rudolf Leonhard an Ernst Toller, 23. Januar 1927.
143 Ernst Toller an Rudolf Leonhard, 7. Februar 1927.
144 Gespräch mit Thomas Mann. Was arbeiten Sie? In: Die Literarische Welt, Berlin, 11. Juni 1926, S. 1.
145 Gespräch mit Bertolt Brecht. Was arbeiten Sie? In: Die Literarische Welt, 30. Juli 1926, S. 2.
146 Prosa, Band 1, S. 118.

147 Elisabeth Hauptmann, Julia ohne Romeo. Geschichten, Stücke, Aufsätze, Erinnerungen. Berlin und Weimar 1977, S. 170 (29. April 1926).
148 Gedichte, Band 1, S. 170.
149 Tagebücher 1920–1922, S. 197; um 1930.
150 Ebenda, S. 188; um 1923.
151 Gedichte, Band 1, S. 193 (Über das Mißtrauen des Einzelnen).
152 Ebenda, S. 161, 164, 165, 169, 176 und 195.
153 Ebenda, S. 167.
154 Ebenda, S. 196.
155 Brecht an Helene Weigel, [Ende August/Anfang September 1924]; Briefe, S. 100.
156 Tagebücher 1920–1922, S. 12; 6. Juli 1920.
157 Ebenda, S. 78 f.; 7. März 1921.
158 Ebenda, S. 82; 10. März 1921.
159 Ebenda, S. 119; 21. Mai 1921.
160 BBA, Mappe 150, Blatt 99.
161 Schriften zum Theater, Band 2, S. 90.
162 Ebenda, S. 88 f.
163 Bernard Guillemin, Gespräch mit Bert Brecht. In: Die Literarische Welt, 30. Juli 1926, S. 2.
164 Gedichte, Band 1, S. 167.
165 Bernhard Diebold in: Frankfurter Zeitung, 27. September 1926.

Wem gehört die Welt

1 Vgl. Helfried W. Seliger, Das Amerikabild Bertolt Brechts. Bonn 1974.
2 Ebenda, S. 72.
3 Elisabeth Hauptmann, Julia ohne Romeo. Geschichten, Stücke, Aufsätze, Erinnerungen. Berlin und Weimar 1977, S. 171.
4 Schriften zur Literatur und Kunst, Band 1, S. 51 (Wer meint wen? Oder „Valencia" contra „Tod und Verklärung").
5 Ebenda, S. 63 (Kleiner Rat, Dokumente anzufertigen).
6 Ebenda, S. 47 f.
7 Ebenda, S. 72 f. (Kurzer Bericht über 400 [vierhundert] junge Lyriker).
8 Brecht an Fritz Kortner, Anfang April 1926; Briefe, S. 105.
9 Schriften zum Theater, Band 1, S. 64 (Über das alte und neue Theater).
10 Ebenda, S. 153 f. („Junge Bühne").
11 Brecht an Emil Hesse-Burri, [April 1927]; Briefe, S. 114 f.
12 Richard Weichert, Wohin treiben wir? In: Die Literarische Welt, 1. Oktober 1926, S. 4.

13 Fritz Sternberg, Der Dichter und die Ratio. Erinnerungen an Bertolt Brecht. Göttingen 1963, S.12.

14 Vgl. Joachim Bienert, Alfred Kerr und Herbert Jhering. Ein Beitrag zur Geschichte der neueren Theaterkritik. Diss. B, Berlin 1973.

15 Schriften zum Theater, Band 1, S.158 (Gespräch über Klassiker).

16 Ebenda, S.156.

17 Walter Benjamin/Bernhard Reich, Revue oder Theater. In: Der Querschnitt, Berlin, 12/1925, S.1043.

18 Vgl. Jürgen Schebera, Kurt Weill. Leben und Werk mit Texten und Materialien von und über Kurt Weill. Leipzig 1983, S.74.

19 Über Kurt Weill. Hrsg. mit einem Vorwort von David Drew. Frankfurt a.M. 1975, S.XVI.

20 Der Originaltext des Songspiels existiert nicht. Die Urfassung wurde 1963 von David Drew rekonstruiert. Die Fassung des Berliner Ensembles (1966) ist eine bearbeitete und verkürzte Fassung der Oper für Schauspieler.

21 Programmheft der Deutschen Kammermusik, Baden-Baden, 25. bis 28. Juli, 1927, S.13.

22 Elsa Bauer in: Morgenzeitung und Handelsblatt Baden-Baden, 19. Juli 1927; zitiert nach: Brecht in der Kritik. Rezensionen aller Brecht-Uraufführungen sowie ausgewählter deutsch- und fremdsprachiger Premieren. Eine Dokumentation von Monika Wyss. München 1977, S.71.

23 Ernst Josef Aufricht, Erzähle, damit du dein Recht erweist. München 1969, S.63–65.

24 Werner Hecht, „Die Dreigroschenoper" und ihr Vorbild. In: Hecht, Aufsätze über Brecht. Berlin 1970, S.31.

25 Gottfried Wagner, Weill und Brecht. Das musikalische Zeittheater. Mit einem Vorwort von Lotte Lenya. München 1977, S.143.

26 Ebenda, S.110.

27 Aufricht, Erzähle, damit du dein Recht erweist, S.66.

28 Ebenda, S.69.

29 Zitiert nach: Kurt Fassmann, Brecht. Eine Bildbiographie. München 1958, S.50.

30 Felix Hollaender, Brecht und Weill: Die Dreigroschenoper. In: National-Zeitung, 8-Uhr-Morgenblatt, Berlin, 2. September 1928.

31 -er, Die Dreigroschenoper. In: Die Rote Fahne, Berlin, 4. September 1928.

32 Peter Panter (d.i. Kurt Tucholsky), Bemerkungen. Proteste gegen die Dreigroschenoper. In: Die Weltbühne, 15/1930, S.557 f.

33 Brecht an Elisabeth Hauptmann, [etwa Mitte 1929]; Briefe, S.139 f.

34 Wagner, Weill und Brecht, S.184.

35 Aufricht, Erzähle, damit du dein Recht erweist, S.126.
36 Stücke, Band 3, S.237.
37 Erwin Piscator, Schriften. Band 1: Das Politische Theater, Berlin 1968, S.142.
38 Ebenda.
39 Brecht an Erwin Piscator, [Anfang August 1927]; Briefe, S.119.
40 Erich Mühsam, Kollektivität in der Kunst; zitiert nach: Mitteilungen der Akademie der Künste der DDR, 4/1978, Juli/August, S.15 f.
41 Schriften zum Theater, Band 5, S.149 und 150 (Der Messingkauf).
42 Schriften zum Theater, Band 1, S.206 f. (Primat des Apparates).
43 Erwin-Piscator-Archiv der Akademie der Künste, Berlin [West], Materialien zum 2.Buch, Mappe H th.
44 Marieluise Fleißer, Gesammelte Werke. Hrsg. von Günther Rühle. Band 3, Frankfurt a.M. 1972, S.135.
45 Tagebücher 1920–1922, S.199 f.; 1931.
46 Ebenda, S.204; 1934.
47 Ein lehrreicher Auto-Unfall. In: Uhu. Das neue Monats-Magazin, Berlin, 2/1929, S.65.
48 Vgl. Kurt Palm, Vom Boykott zur Anerkennung. Brecht und Österreich. Wien–München 1983, S.20.
49 Gedichte, Band 8, S.85.
50 Tagebücher 1920–1922, S.203; 1934.
51 Brecht an Ernst Hardt, [Juli 1929]; Briefe, S.141.
52 Theo Lingen, Ich über mich. Interview eines Schauspielers mit sich selbst. Mit einem Vorwort von Friedrich Luft. Velber 1963, S.43.
53 Badische Volkszeitung, Baden-Baden, 30.Juli 1929; zitiert nach: Brecht in der Kritik, S.97.
54 Programmheft Deutsche Kammermusik Baden-Baden 1929.
55 Bert Brecht, Ruhrepos; zitiert nach: Eckhardt Köhn, Das Ruhrepos. Dokumentation eines gescheiterten Projekts. In: Brecht-Jahrbuch 1977. Hrsg. von John Fuegi, Reinhold Grimm und Jost Hermand. Frankfurt a.M. 1977, S.59.
56 Bertolt Brecht, Untergang des Egoisten Fatzer. Fragment. Fassung von Heiner Müller, S.37 und 126; BBA.
57 Deutschland in der Weltwirtschaftskrise in Augenzeugenberichten. Hrsg. von Wilhelm Treue. München 1976, S.63.
58 Gedichte, Band 5, S.77.
59 BBA, Mappe: Die heilige Johanna der Schlachthöfe. Vgl. auch: Bertolt Brecht, Die heilige Johanna der Schlachthöfe. Bühnenfassung, Fragmente, Varianten. Kritisch ediert von Gisela Bahr. Frankfurt a. M. 1971, S. 169.
60 Stücke, Band 4, S.204.

61 Bernhard Reich, Über Brecht. In: Schauspielermaterial zur „Heiligen Johanna der Schlachthöfe", Berliner Ensemble, 19. September 1966, Beilage, S. 1.

62 Stücke, Band 4, S. 206 f.

63 Erwin Piscator an Bertolt Brecht, 18. April 1932. In: Brecht, Die heilige Johanna der Schlachthöfe, S. 223.

64 Die Weltbühne, 28/1930, S. 70.

65 Schriften zum Theater, Band 4, S. 84 (Zu den Lehrstücken).

66 BBA, Mappe 521, S. 96; erstmals abgedruckt in: alternative, Berlin, 78–79/1971, S. 126.

67 Georg Wilhelm Friedrich Hegel, Ästhetik. Hrsg. von Friedrich Bassenge. Berlin 1955, S. 139.

68 Auch in meiner eigenen Forschung habe ich das Stück unterschiedlich bewertet. Über die Korrektur meiner früheren Ansichten vgl.: Werner Mittenzwei, Die Spur der Brechtschen Lehrstücktheorie. Gedanken zur neueren Lehrstück-Interpretation. In: Brechts Modell der Lehrstücke. Zeugnisse, Diskussion, Erfahrungen. Hrsg. von Reiner Steinweg. Frankfurt a. M. 1972, S. 237.

69 Bertolt Brecht, Die Maßnahme. Kritische Ausgabe mit einer Spielanleitung von Reiner Steinweg. Frankfurt a. M. 1972, S. 237.

70 Ebenda, S. 269 f.

71 Vgl. Joachim Kaiser, Brechts „Maßnahme" – und die linke Angst. In: Neue Rundschau, Frankfurt a. M., Heft 1/1973.

72 Brecht, Die Maßnahme, S. 89 f.

73 Ebenda, S. 8.

74 Hanns Eisler, Gespräche mit Hans Bunge. Fragen Sie mehr über Brecht. Übertragen und erläutert von Hans Bunge. Leipzig 1975, S. 142.

75 Brecht, Die Maßnahme, S. 33.

76 Brecht, Untergang des Egoisten Fatzer, S. 126.

77 Brecht, Die Maßnahme, S. 25.

78 Manfred Wekwerth, Schriften. Arbeit mit Brecht. Berlin 1975, S. 78.

79 Stücke, Band 4, S. 308 f.

80 Brecht, Die Maßnahme, S. 465 f.

81 Ebenda, S. 346.

82 Ebenda, S. 368.

83 Institut für Marxismus-Leninismus beim ZK der SED (IML), Berlin, Archiv-Nr. 01/17, Blatt 00049/50; erstmals abgedruckt in: Werner Mittenzwei, Bertolt Brecht. Von der „Maßnahme" zu „Leben des Galilei". Berlin 1962, S. 365 f. und 367.

84 IML, Archiv-Nr. 10/235/691, Blatt 430; abgedruckt in: Mittenzwei, Bertolt Brecht, S. 373.

85 IML, Archiv-Nr. 10/236/692, Blatt 10; abgedruckt in: Mittenzwei, Bertolt Brecht, S. 374.

86 Durus, Eine epochale Leistung Berliner Arbeiterchöre. „Die Maßnahme" im Großen Schauspielhaus. In: Die Rote Fahne, Berlin, 20. Januar 1931 (gesamter Text kursiv); zitiert nach: Brecht in der Kritik, S. 135.

87 Brecht in der Kritik, S. 137 (der Kritiker war D. J. Bach).

88 BBA, Mappe 826, Blatt 27; abgedruckt in: Brecht, Die Maßnahme, S. 202 f.

89 Alfred Kurella, Ein Versuch mit nicht ganz tauglichen Mitteln. In: Literatur der Weltrevolution. Zentralorgan der internationalen Vereinigung revolutionärer Schriftsteller, Moskau, Heft 4/1931, S. 102.

90 Alfred Kurella in einem Gespräch mit dem Autor am Institut für Gesellschaftswissenschaften beim ZK der SED, Berlin.

91 Günther Weisenborn, Programmzettel der „Jungen Volksbühne e. V."; abgedruckt in: Materialien zu Bertolt Brechts „Die Mutter". Zusammengestellt und redigiert von Werner Hecht. Frankfurt a. M. 1969, S. 178.

92 Elisabeth Hauptmann, Julia ohne Romeo, S. 142.

93 Stücke, Band 5, S. 7 f.

94 Ebenda, S. 114.

95 Ebenda, S. 28.

96 P. Brand, Brechts Lehrstück ein großer Erfolg. In: Die Rote Fahne, 19. Januar 1932, Beilage.

97 Sternberg, Der Dichter und die Ratio, S. 25.

98 Helene Weigel, Erinnerungen an die erste Aufführung der „Mutter". In: Materialien zu Bertolt Brechts „Die Mutter", S. 29.

99 Ebenda, S. 33.

100 Ebenda, S. 27.

101 Alfred Polgar, Die Mutter. In: Die Weltbühne, Heft 4/1932, 26. Januar 1932, S. 139.

102 Zitiert in: Nachrichten, Nr. 31, 6. Februar 1932.

103 Der Jungdeutsche, Berlin, 19. Januar 1932.

104 Katholisches Kirchenblatt, 7. Februar 1932.

105 Weigel, Erinnerungen an die erste Aufführung der „Mutter". In: Materialien zu Bertolt Brechts „Die Mutter", S. 30.

106 IML, Archiv-Nr. 10/235/691.

107 Ebenda, Blatt 210, 211.

108 Bertolt Brecht, Tonfilm „Kuhle Wampe oder Wem gehört die Welt?". In: Kuhle Wampe oder Wem gehört die Welt? Filmprotokoll und Materialien. Hrsg. von Wolfgang Gersch und Werner Hecht. Leipzig 1971, S. 97.

109 Zitiert nach: Hermann Herlinghaus, Slatan Dudow – sein Frühwerk. In: Film. Wissenschaftliche Mitteilungen, 4/1962, S. 730.

110 Brecht, Tonfilm „Kuhle Wampe oder Wem gehört die Welt?". In: Kuhle Wampe oder Wem gehört die Welt? Filmprotokolle und Materialien, S. 98 f.
111 Ebenda, S. 157.
112 Ebenda, S. 172.
113 Ebenda, s. 173 und 174.
114 Berliner Börsen-Courier, 31. Mai 1932, Abendausgabe, S. 2.
115 Bernard von Brentano, Der verbotene Film „Kuhle Wampe". In: Die Literarische Welt, 22. April 1932.
116 Brecht in der Kritik, S. 159.
117 Schriften zum Theater, Band 1, S. 274 (Die dialektische Dramatik).
118 Hanns Eisler, Materialien zu einer Dialektik der Musik. Leipzig 1973, S. 64.
119 Schriften zum Theater, Band 1, S. 277 (Die dialektische Dramatik).
120 Schriften zur Literatur und Kunst, Band 2, S. 77 (Hanns Eisler).
121 Hanns Eisler, Musik und Politik. Schriften 1924–1948. Textkritische Ausgabe von Günter Mayer. Leipzig 1973, Band 1, S. 181.
122 Hartmut Fladt/Hanns-Werner Heister/Dietrich Stern, Eislers Massenlieder. In: Das Argument AS 5, Sonderband Hanns Eisler, Berlin 1975, S. 155.
123 Schriften zur Literatur und Kunst, Band 2, S. 77 f. (Hanns Eisler).
124 Hannah Arendt, Walter Benjamin/Bertolt Brecht. Zwei Essays. München 1971, S. 16.
125 Asja Lacis, Revolutionär im Beruf. Berichte über proletarisches Theater, über Meyerhold, Brecht, Benjamin und Piscator. Hrsg. von Hildegard Brenner. München 1971, S. 60 f.
126 Hannah Arendt, Walter Benjamin/Bertolt Brecht, S. 59.
127 Walter Benjamin, Versuche über Brecht. Frankfurt a. M. 1966, S. 9 f.
128 Ebenda, S. 25 f.
129 Walter Benjamin, Lesezeichen. Schriften zur deutschsprachigen Literatur. Hrsg. von Gerhard Seidel. Leipzig 1970, S. 255.
130 Schriften zur Literatur und Kunst, Band 1, S. 114 f.
131 Brecht an Georg Lukács (nicht abgesandt), [Ende 1930/Anfang 1931]; Briefe, S. 146.
132 Zitiert nach: Silvia Schlenstedt, Auf der Suche nach Spuren: Brecht und die MASCH. In: Brecht 83 – Brecht und Marxismus. Protokoll der Brecht-Tage 1983. Berlin 1983, S. 26 und 366; Dietmar Müller, Der Beitrag der MASCH zur Durchsetzung des Marxismus-Leninismus in der deutschen Arbeiterbewegung. Diss. Berlin 1979, S. 81.
133 Brecht an Helene Weigel, [März/April 1933]; Briefe, S. 154.
134 Vgl. Herbert Claas, Die politische Ästhetik Bertolt Brechts vom Baal zum Caesar. Frankfurt a. M. 1977, S. 58.

135 Schriften zur Politik und Gesellschaft, Band 1, S. 247.
136 Ebenda, S. 106 f.
137 Tagebücher 1920–1922, S. 201; 1932.
138 Bernhard Reich, Im Wettlauf mit der Zeit. Erinnerungen aus fünf Jahrzehnten deutscher Theatergeschichte. Berlin 1970, S. 368.
139 Zitiert nach: Ebenda, S. 369.
140 W. I. Lenin, Werke. Band 26, Berlin 1959, S. 411; Marx/Engels, Werke, Band 34, S. 137.
141 Texte für Filme, S. 45.
142 Schriften zur Literatur und Kunst, Band 1, S. 167 und 166.
143 Ebenda, S. 177 und 178.
144 Ebenda, S. 220 f.
145 Schriften zum Theater, Band 2, S. 132 f.
146 Ebenda, S. 133.
147 Programmerklärung zur nationalen und sozialen Befreiung des deutschen Volkes. In: Die Rote Fahne, 24. August 1930.
148 Joachim C. Fest, Hitler. Eine Biographie. Frankfurt a. M.–Berlin 1974, S. 407.
149 Goebbels zu Scheringer; Richard Scheringer, Das große Los unter Soldaten, Bauern und Rebellen. Berlin 1961, S. 276.
150 Max Domarus, Hitler. Reden und Proklamationen 1932–1945. Würzburg 1962, Band 1, S. 73, 87 und 88.
151 Herbert Jhering, Klaus von Bismarck. In: Berliner Börsen-Courier, 13. Januar 1931, Abendausgabe, S. 2.
152 Zitiert nach: Viktor Reimann, Dr. Joseph Goebbels. Wien–München–Zürich 1971, S. 143.
153 Joseph Goebbels, Wetterleuchten. Aufsätze aus der Kampfzeit. Hrsg. von Georg Wilhelm Müller. München 1939, S. 41.
154 Reimann, Dr. Joseph Goebbels, S. 126.
155 Gedichte, Band 3, S. 26.
156 Ebenda, S. 32 und 33.
157 Ebenda, S. 27.
158 Ebenda.
159 Vgl. Klaus Schuhmann, Der Lyriker Bertolt Brecht 1913–1933. Berlin 1964, S. 274.
160 Schriften zur Politik und Gesellschaft, Band 2, S. 57, 60 und 61.
161 Willi Veller an Gregor Strasser, 16. August 1930. In: Albrecht Tyrell, Führer befiehl ... Selbstzeugnisse aus der „Kampfzeit" der NSDAP. Dokumentation und Analyse. Düsseldorf 1969, S. 297 f.
162 BBA, Mappe 03, Blatt 05.
163 Ebenda.
164 Ebenda, Mappe 328, Blatt 88.

165 Die Eintragung wurde von Werner Hecht entdeckt, der sie bisher noch nicht publizierte.
166 BBA, Mappe 328, Blatt 76.
167 Ebenda.
168 „Maß für Maß". Material und Pläne; BBA, Mappe 268, Blatt 81.
169 Ludwig Berger, Die Lust an der Kooperation. In: Theater heute, Velber bei Hannover, 8/1967, S. 27.
170 „Maß für Maß", Material und Pläne; BBA, Mappe 266, Blatt 22.
171 Reimann, Dr. Joseph Goebbels, S. 160.
172 „Maß für Maß"; BBA, Mappe 266, Blatt 74–87.
173 BBA, Mappe 268, Blatt 165.
174 Ebenda, Blatt 164.
175 Versuche, Heft 5–8, S. 348.
176 Rudolf Fernau, Als Lied begann's. Lebenstagebuch eines Schauspielers. Frankfurt a. M.–Berlin–Wien 1972, S. 206.
177 Zitiert nach: Carl Zuckmayer, Als wär's ein Stück von mir. Horen der Freundschaft. Frankfurt a. M. 1969, S. 387.

Exil
Öfter als die Schuhe die Länder wechselnd

1 Carl Zuckmayer, Als wär's ein Stück von mir. Horen der Freundschaft. Frankfurt a. M. 1969, S. 457.
2 Oskar Maria Graf, Gelächter von außen. Aus meinem Leben 1918–1933. München 1966, S. 512.
3 Die Weltbühne, 8/1933, S. 286.
4 Zitiert nach: Joachim C. Fest, Hitler. Eine Biographie. Frankfurt a. M.–Berlin 1974, S. 538.
5 Zitiert nach: Viktor Reimann, Dr. Joseph Goebbels. Wien–München–Zürich 1971, S. 181.
6 Brecht an ?, Anfang Februar 1933; Briefe, S. 151.
7 Vgl. Brechts Lai-tu. Erinnerungen und Notate von Ruth Berlau. Hrsg. und mit einem Nachwort von Hans Bunge. Darmstadt–Neuwied 1985, S. 140 f.
8 Gedichte, Band 5, S. 7.
9 Gedichte, Band 3, S. 198.
10 Helmut Pelzer, Eh' die Nacht ein Ende fand. In: Filmspiegel, Berlin, 8/1959, S. 9.

11 Ein ganzes Menschenleben in lyrischer Form. Peter K. Wehrli sprach mit dem Lyriker, Chansondichter und Satiriker Walter Mehring. In: Die Weltwoche, Zürich, 15. Januar 1975, Nr. 2, S. 27.

12 Rudolf Diels, Lucifer ante portas. ... es spricht der erste Chef der Gestapo ... Stuttgart 1950, S. 194.

13 Der Text ist hier nach der ursprünglichen Fassung „Vier Wiegenlieder für Arbeitermütter" zitiert, wie ihn Georg Knepler wiedergibt.

14 Georg Knepler an Werner Mittenzwei, 9. Oktober 1979.

15 Vgl. Tagebücher 1920–1922, S. 209; 1940. – Vgl. Brecht an Peter Suhrkamp, Oktober 1945; Briefe, S. 487.

16 Bertolt Brecht. Sein Leben in Bildern und Texten. Hrsg. von Werner Hecht. Berlin und Weimar 1978, S. 119.

17 Schriften zur Literatur und Kunst, Band 2, S. 207.

18 Schriften zur Politik und Gesellschaft, Band 2, S. 18.

19 Brecht an Helene Weigel, [März/April 1933]; Briefe, S. 153.

20 Ebenda.

21 Ebenda, S. 154.

22 Brecht an Thomas Mann, Ende März [1933]; Briefe, S. 152.

23 Thomas Mann, Tagebücher 1933–1934. Hrsg. von Peter de Mendelssohn. Frankfurt a. M. 1977, S. 28.

24 Ebenda, S. 61.

25 Brecht an Kurt Kläber, 21. April 1956; BBA, Mappe 709, Blatt 15.

26 Hermann Hesse an Rudolf Jakob Humm, Mitte März 1933. In: Hesse, Ausgewählte Briefe. Frankfurt a. M. 1964, S. 100.

27 Ebenda, S. 101 und 100.

28 Brecht an Margot von Brentano, April [1933]; Briefe, S. 155.

29 Bernard Brentano an Bertolt Brecht, 18. Juli 1933; BBA, Mappe 481, Blatt 39 und 40.

30 Bernard Brentano an Bertolt Brecht, 4. April 1933; BBA, Mappe 481, Blatt 62.

31 Prosa, Band 3, S. 256 f.

32 Brecht an Margot von Brentano, April [1933]; Briefe, S. 155.

33 Archiv des Internationalen Instituts für Sozialgeschichte, Amsterdam; zitiert nach: Babette Gross, Willi Münzenberg. Eine politische Biographie. Stuttgart 1967, S. 254.

34 Claire Goll, Ich verzeihe keinem. Eine literarische Cronique scandaleuse. Berlin 1980, S. 204.

35 Heinrich Mann, Ein Zeitalter wird besichtigt. Berlin und Weimar 1973, S. 372.

36 Ernst Josef Aufricht, Erzähle, damit du dein Recht erweist. München 1969, S. 139.

37 Goll, Ich verzeihe keinem, S. 204 f.

38 Gedichte, Band 3, S.157.
39 Harry Graf Kessler, Tagebücher 1918–1937. Hrsg. von Wolfgang Pfeiffer-Belli. Frankfurt a. M. – Wien – Zürich 1961, S. 722 und 723 f.
40 Aufricht, Erzähle, damit du dein Recht erweist, S.140.
41 Gedichte, Band 3, S. 58 f. (An die Kämpfer in den Konzentrationslagern).
42 Ebenda, S.24 f.
43 Brecht an Helene Weigel, [um 1932]; Briefe, S.149.
44 Brecht an Helene Weigel, [Ende 1932/Anfang 1933]; Briefe, S.150.
45 Margarete Steffin, Kalendereintragungen; BBA, Mappe 2112, Blatt 33 und 34.
46 Gedichte, Band 4, S.144.
47 Harald Engberg, Brecht auf Fünen. Exil in Dänemark 1933–1939. Wuppertal 1974, S.123.
48 Kunst und Literatur im antifaschistischen Exil 1933–1945. Band 5: Exil in der Tschechoslowakei, in Großbritannien, Skandinavien und in Palästina. Leipzig 1980, S.331.
49 Engberg, Brecht auf Fünen, S.98.
50 Brecht an Alfred Döblin, Ende Januar 1934; Briefe, S.191.
51 Margarete Steffin an Crassus, Sommer 1939; BBA, Mappe E 10/18.
52 Brecht an George Grosz, Mai 1934; Briefe, S.197.
53 George Grosz, Ein kleines Ja und ein großes Nein. Sein Leben von ihm selbst erzählt. Hamburg 1955, S.182.
54 Brecht an Helene Weigel, [Oktober/November 1933]; Briefe, S.174.
55 BBA, Mappe 1340, Blatt 77.
56 Hermann Kesten, Lauter Literaten. Porträts. Kritik an Zeitgenossen. Erinnerungen. München–Zürich 1966, S.307.
57 Brecht an Hermann Kesten, [Dezember 1933]; Briefe, S.176.
58 Hermann Kesten an Bertolt Brecht, 15. Dezember 1933. In: Klaus Mann, Briefe und Antworten. Hrsg. von Martin Gregor-Dellin. München 1975, Band 1: 1922–1937, S.364.
59 Hermann Kesten an Fritz Landshoff, 17. Dezember 1933. In: Klaus Mann, Briefe und Antworten, Band 1, S.363.
60 Kunst und Literatur im antifaschistischen Exil 1933–1945. Band 6: Exil in den Niederlanden und Spanien. Leipzig 1981, S.109.
61 Brecht an den Verlag Allert de Lange, 18. August 1934; Briefe, S.208.
62 Prosa, Band 2, S.402.
63 Brecht an Johannes R. Becher, [Anfang 1935]; Briefe, S.220 f.
64 Ebenda, S.221.
65 Engberg, Brecht auf Fünen, S.25.
66 Ebenda, S.41.
67 Arbeitsjournal, S.142; 10. Januar 1941.

68 Zitiert nach: Engberg, Brecht auf Fünen, S.93.
69 Prosa, Band 3, S.268 und 270.
70 Margarete Steffin an Crassus, 23. September 1939; BBA, Mappe E 10/56.
71 Brechts Lai-tu, S.44 und 46.
72 Prosa, Band 4, S.154.
73 Margarete Steffin an Crassus, ohne Datum (evtl. 1938); BBA, Mappe E 10/20.
74 Ebenda, Mappe E 10/28 und 34.
75 Brechts Lai-tu, S.111.
76 Ebenda, S.112 und 113.
77 Ebenda, S.55 f.
78 Stücke, Band 6, S.206.
79 Brecht an Per Knutzon, November 1936; Briefe, S.281.
80 Zitiert nach: Engberg, Brecht auf Fünen, S.148 f.
81 Ebenda, S.152.
82 Ebenda, S.156.
83 Ebenda, S.157.
84 Die Rundköpfe und die Spitzköpfe. Anmerkungen und Kritik. Kopenhagen; BBA, Mappe 265, Blatt 35.
85 Brecht an Otto Bork, Verlagsgenossenschaft ausländischer Arbeiter in der UdSSR, 30. November 1936; Briefe, S.284.
86 Schriften zum Theater, Band 3, S.7.
87 Ebenda, S.8 f.
88 Brecht an Sergej M. Tretjakow, [etwa Dezember 1933]; Briefe, S.178.
89 Brecht an Johannes R. Becher, 28. Juni 1933; Briefe, S.157 f.
90 Brecht an Helene Weigel, [September 1933]; Briefe, S.169.
91 Brecht an Johannes R. Becher, Ende Dezember 1934; Briefe, S.217.
92 Brecht an Walter Benjamin, [13. Juni 1935]; Briefe, S.241.
93 Charles Vildrac, Vpecatlenija o kongresse. In: Literaturnyj kritik, 8/1935, S.53.
94 Schriften zur Literatur und Kunst, Band 1, S.298, 299 und 295.
95 Zitiert nach: Werner Fuld, Walter Benjamin – Zwischen den Stühlen. München–Wien 1979, S.250.
96 Brecht an George Grosz, [etwa Juli 1935]; Briefe, S.245.
97 Brecht an Johannes R. Becher, Juli 1935; Briefe, S.246.
98 Ebenda.
99 Brecht an Bernard von Brentano, März 1937; Briefe, S.304.
100 Schriften zur Literatur und Kunst, Band 1, S.290.
101 Brecht an Johannes R. Becher, [etwa Juli/August 1933]; Briefe, S.167 f.
102 Georg Lukács, Frühschriften II. Geschichte und Klassenbewußtsein. Neuwied und Berlin 1968, S.710 f.
103 Stücke, Band 8, S.192 (Zu „Leben des Galilei“).

104 Bernard von Brentano an Bertolt Brecht, ohne Datum; BBA, Mappe 481, Blatt 26.
105 Brecht an Bernard von Brentano, Januar 1935; Briefe, S. 223 f.
106 Brecht an Kurt Kläber, Januar 1934; Briefe, S. 190.
107 Bernard von Brentano an Bertolt Brecht, 6. Dezember 1933; BBA, Mappe 481, Blatt 44 und 45.
108 Bernard von Brentano an Bertolt Brecht, 3. Januar 1934; BBA, Mappe 481, Blatt 22 und 23.
109 Brecht an Karl Korsch, Januar 1934; Briefe, S. 186.
110 Brecht an Ernst Bloch [fragmentarisch?, um 1935?]; Briefe, S. 244.
111 Bernard von Brentano, Beilage zu einem Schreiben des Generalkonsulats in Zürich an das Auswärtige Amt vom 27. März 1941, Gesuch Brentanos August 1940. In: Peter Stahlberger, Der Zürcher Verleger Emil Oprecht. Zürich 1970, S. 275.
112 Brecht an Helene Weigel, [März/April 1935]; Briefe, S. 235.
113 Bernhard Reich, Im Wettlauf mit der Zeit. Erinnerungen aus fünf Jahrzehnten deutscher Theatergeschichte. Berlin 1970, S. 370.
114 Ebenda.
115 Ebenda, S. 372.
116 Gedichte, Band 4, S. 72.
117 Ebenda, S. 73.
118 Brecht an Helene Weigel, [März/April 1935]; Briefe, S. 235.
119 Brecht an Helene Weigel, [April 1935]; Briefe, S. 236.
120 Brecht an Helene Weigel, [März/April 1935]; Briefe, S. 235.
121 Erwin Piscator an Helene Weigel, 3. Juli 1936; BBA, Mappe 477, Blatt 111.
122 Brecht an Erwin Piscator, [Juli 1936]; Briefe, S. 277.
123 Brecht an Michail Kolzow, [Ende Mai/Anfang Juni 1935]; Briefe, S. 238.
124 Albert Maltz, Problems of the Theatre Union. In: The Daily Worker, 31. Dezember 1935; zitiert nach: Eberhard Brüning, Das amerikanische Drama der dreißiger Jahre. Berlin 1966, S. 24.
125 Brecht an Paul Peters, Ende August 1935; Briefe, S. 251.
126 Brecht an V. J. Jerome, Anfang September 1935; Briefe, S. 253.
127 Brecht an Helene Weigel, [Oktober/November 1935]; Briefe, S. 260.
128 Brecht an Helene Weigel, [Oktober 1935]; Briefe, S. 259. Vgl. auch: Brecht an Helene Weigel, [Oktober/November 1935]; Briefe, S. 260.
129 Brecht an die Theatre Union, 9. November 1935; Briefe, S. 261.
130 Brecht an Helene Weigel, [Ende Dezember 1935/Anfang Januar 1936]; Briefe, S. 269.
131 Ebenda.
132 Texte für Filme, Band 2, S. 52.
133 Fritz Kortner, Aller Tage Abend. München 1969, S. 278.

134 Ebenda, S.274.
135 Brecht an Margot von Brentano, [Dezember 1934]; Briefe, S.216.
136 Brecht an Elisabeth Prinzessin Bibescu, [Ende 1934]; Briefe, S.215 f.
137 Hanns Eisler, Gespräche mit Hans Bunge. Fragen Sie mehr über Brecht. Übertragen und erläutert von Hans Bunge. Leipzig 1975, S.103.
138 Ebenda, S.104.
139 Lion Feuchtwanger, Der Teufel in Frankreich. Erlebnisse. Rudolstadt 1954, S.15.
140 Vgl. Marta Feuchtwanger, Nur eine Frau. Jahre · Tage · Stunden. Berlin und Weimar 1984, S.258.
141 Brecht an Lion Feuchtwanger, August 1937; Briefe, S.316.
142 Vgl. Marta Feuchtwanger, Nur eine Frau, S.141 f.
143 Brecht an Lion Feuchtwanger, [Juni 1937]; Briefe, S.310.
144 Schriften zur Literatur und Kunst, Band 1, S. 69 („Der Streit um den Sergeanten Grischa" von Arnold Zweig).
145 Brecht an Hanns Eisler, 29. August 1935; Briefe, S.250.
146 Eisler, Gespräche mit Hans Bunge, S.89 f.
147 Brecht an Hanns Eisler, 29. August 1935; Briefe, S.250 f.
148 George Grosz an [Ulrich Becher], 27. Juli 1935; Grosz, Briefe 1913–1959. Hrsg. von Herbert Knust. Reinbek bei Hamburg 1979, S.218.
149 Hanns Eisler an Brecht, 9. Mai 1935; Hanns-Eisler-Archiv der Akademie der Künste der DDR; zitiert in: Albrecht Betz, Hanns Eisler. Musik einer Zeit, die sich eben bildet. München 1976, S.127 f.
150 George Grosz an Brecht, 1. Juni 1934; Grosz, Briefe 1913–1959, S.196 f.
151 George Grosz an Wieland Herzfelde, 30. Juni 1934; ebenda, S.199.
152 George Grosz an Erwin Piscator, 23. August 1935; ebenda, S.222.
153 Karl Korsch an Brecht, 17. März 1934; Jahrbuch Arbeiterbewegung, Band 2: Marxistische Revolutionstheorien. Hrsg. von Claudio Pozzoli. Frankfurt a.M. 1974, S.124.
154 Schriften zur Politik und Gesellschaft, Band 1, S. 110 (Brechtisierung: Lenin gibt Anleitung in der Bekämpfung des Redens von der Notwendigkeit).
155 Karl Korsch an Paul Mattick, 27. März 1939; Jahrbuch Arbeiterbewegung, Band 2, S.210.
156 Brecht an Karl Korsch, Januar 1934; Briefe, S.187.
157 Karl Korsch an Paul Partos, 25. November 1935; Jahrbuch Arbeiterbewegung, Band 2, S.158.
158 Karl Korsch, Stellung zu Rußland und zur KP (nur als Beilage zu Privatbriefen an Freunde, bitte nicht vervielfältigen); Jahrbuch Arbeiterbewegung, Band 2, S.146.
159 Karl Korsch an Paul Mattick, 5. Juli 1938; ebenda, S.178.
160 Brecht an Walter Benjamin, 22. Dezember 1933; Briefe, S.179.

161 Fuld, Walter Benjamin – Zwischen den Stühlen, S. 239.
162 Walter Benjamin, Versuche über Brecht. Frankfurt a. M. 1966, S. 127.
163 Zitiert nach: Brecht-Chronik. Daten zu Leben und Werk. Zusammengestellt von Klaus Völker. München 1971, S. 72.
164 Arbeitsjournal, S. 27; 26. Februar 1939.
165 Schriften zur Literatur und Kunst, Band 2, S. 179 (Die Schönheit in den Gedichten des Baudelaire [Notizen]).
166 Walter Benjamin, Das Paris des Second Empire bei Baudelaire. Berlin und Weimar 1971, S. 116.
167 Schriften zur Literatur und Kunst, Band 2, S. 178 (Die Schönheit in den Gedichten des Baudelaire [Notizen]).
168 Ebenda, S. 177.
169 Ebenda.
170 Benjamin, Versuche über Brecht, S. 132.
171 Schriften zum Theater, Band 3, S. 117 und 119 ([Die Diderot-Gesellschaft]).
172 Brecht an Erwin Piscator, [Juli 1936]; Briefe, S. 277.
173 Arbeitsjournal, S. 15; 16. August 1938.
174 Zitiert nach: Die Völker an der Seite der spanischen Republik 1936–1939. Moskau 1975, S. 121.
175 Slatan Dudow an Brecht, 4. September 1936; BBA, Mappe 478, Blatt 44.
176 Brecht an Erwin Piscator, 21. April 1937; Briefe, S. 305.
177 Ebenda.
178 Stücke, Band 7, S. 58.
179 Ebenda.
180 Brecht, Die Gewehre der Frau Carrar; BBA, Mappe 167, Blatt 26.
181 Ebenda, Blatt 27.
182 Brecht an Slatan Dudow, [Juli 1937]; Briefe, S. 312 f.
183 Zitiert nach: Brecht in der Kritik. Rezensionen aller Brecht-Uraufführungen sowie ausgewählter deutsch- und fremdsprachiger Premieren. Eine Dokumentation von Monika Wyss. München 1977, S. 179 und 180.
184 Brecht an Martin Andersen Nexö, 5. Juli 1937; Briefe, S. 310.
185 Brecht an Helene Weigel, Anfang November 1937; Briefe, S. 322 f.
186 Deutschland-Berichte der Sozialdemokratischen Partei Deutschlands (Sopade), 4. Jg., 1937, Frankfurt a. M. 1980 [Nachdruck].
187 Stücke, Band 6, S. 314.
188 Flugschrift der Reichsleitung der KPD(O), Über die Volksfront und die Wiederherstellung der bürgerlichen Demokratie. An die Mitglieder der KPD und SPD! April 1936, S. 4.
189 Brecht an Slatan Dudow, [April 1938]; Briefe, S. 343.
190 Stücke, Band 6, S. 402.
191 Zitiert nach: Brecht in der Kritik, S. 190 f.

192 Arbeitsjournal, S.19; 10. September 1938.
193 Gedichte, Band 4, S.9 und 14 (Bei den Hochgestellten; Auf der Mauer stand mit Kreide).
194 Ebenda, S.54 (Legende von der Entstehung des Buches Taoteking auf dem Wege des Laotse in die Emigration).
195 Ebenda, S.129 und 150 f. (Trost vom Kanzler; An die Nachgeborenen).
196 Vgl. BBA, Mappe 148, Blatt 36.
197 Arbeitsjournal, S.11; 25. Juli 1938.
198 Julius Hay an Brecht, 7. März 1937; BBA, Mappe 1386, Blatt 13 und 14.
199 Arbeitsjournal, S.11 f.; 27. Juli 1938.
200 Georg Lukács, Schriftsteller und Kritiker. In: Probleme des Realismus. Berlin 1955, S.272.
201 Brecht an Willi Bredel, [etwa Juli/August 1938]; Briefe, S.354 f.
202 Schriften zur Literatur und Kunst, Band 2, S.14 (Praktisches zur Expressionismusdebatte).
203 Ebenda, S.20.
204 Arbeitsjournal, S.17; 18. August 1938.
205 Ebenda, S.9; Juli 1938.
206 Ebenda, S.25; Februar 1939.
207 Schriften zur Literatur und Kunst, Band 2, S.329 und 330 (Was ist Formalismus?).
208 Eisler, Gespräche mit Hans Bunge, S.132.
209 Schriften zur Literatur und Kunst, Band 2, S.349 f. [Politisches Bewußtsein und Kunstgenuß].
210 Brecht an Brentano, [Anfang Februar 1937]; Briefe, S.287.
211 Brecht an Lion Feuchtwanger, [Mai 1937]; Briefe, S.309.
212 Brecht an Lion Feuchtwanger, Ende November 1937; Briefe, S.329.
213 Brecht an ?, [etwa März 1937]; Briefe, S.291.
214 Gedichte, Band 5, S.142.
215 Brecht an Maria Osten, [Ende 1938/Anfang 1939]; Briefe, S.362.
216 Arbeitsjournal, S.23; Januar 1939.
217 Lion Feuchtwanger, Moskau 1937. Ein Reisebericht für meine Freunde. Amsterdam 1937, S.118 f.
218 Schriften zur Politik und Gesellschaft, Band 1, S.168 ([Über die Moskauer Prozesse]).
219 Ernst Bloch, Vom Hasard zur Katastrophe. Politische Aufsätze 1934–1939. Frankfurt a.M. 1972, S.281 und 287.
220 Ebenda, S.179.
221 Ebenda, S.358.
222 Feuchtwanger, Moskau 1937, S.121.
223 Ebenda, S.120.
224 Ebenda, S.130.

225 Ebenda, S. 140.
226 Schriften zur Politik und Gesellschaft, Band 1, S. 172 ([Über die Moskauer Prozesse]).
227 Prosa, Band 4, S. 172 f. (Die Prozesse des Ni-en).
228 Ebenda, S. 173 (Selbstherrschaft des Ni-en).
229 Brecht, Stalin-Mappe; BBA, Mappe 95, Blatt 05.
230 Vgl. Georg Lukács an Alberto Carocci, 8. Februar 1962; Lukács, Schriften zur Ideologie und Politik. Ausgewählt und eingeleitet von Peter Ludz. Neuwied – Berlin [West] 1967, S. 61 f.
231 Brecht, Stalin-Mappe; BBA, Mappe 95, Blatt 05.
232 Ebenda, Blatt 06.
233 Prosa, Band 4, S. 161 f. (Die Verehrung des Ni-en).
234 Ebenda, S. 170 (Die Verfassung des Ni-en).
235 Ebenda, S. 174 (Aufbau und Verfall unter Ni-en).
236 Brecht an Karl Korsch, [etwa Februar/März 1939]; Briefe, S. 367.
237 Prosa, Band 4, S. 12 (Über Wendungen).
238 Arbeitsjournal, S. 52 f.; 31. Januar 1940.
239 Brecht an Eduard Beneš (Telegramm), 20. September 1938; BBA, Mappe 2140, Blatt 08.
240 Arbeitsjournal, S. 22; 23. November 1938.
241 BBA, unbenutztes Material, Mappe 426, Blatt 48.
242 Ebenda.
243 Stücke, Band 8, S. 201.
244 Brecht, Leben des Galilei. Notizen – Deutsch; BBA, Mappe 648, Blatt 53.
245 Stücke, Band 8, S. 191.
246 Ebenda, S. 191 f.
247 Brecht, Galileo Galilei. Bühnenmanuskript. Berlin-Zehlendorf o. J., S. 75.
248 Ebenda, S. 116.
249 Ebenda, S. 122 f.
250 BBA, Mappe 2071, Blatt 07–08.
251 Prozeßberichte über die Strafsache des antisowjetischen „Blocks der Rechten und Trotzkisten". Vollständiger stenographischer Bericht. Moskau 1938, S. 834.
252 Ebenda.
253 Arbeitsjournal, S. 26 f.; 25. Februar 1939.
254 Ernst Schumacher, Drama und Geschichte. Bertolt Brechts „Leben des Galilei" und andere Stücke. Berlin 1965, S. 113.
255 Schriften zum Theater, Band 3, S. 101 (Über experimentelles Theater).
256 Brecht, Galileo Galilei, Bühnenmanuskript, S. 123.
257 Arbeitsjournal, S. 29; 15. März 1939.

258 Brechts Lai-tu, S.116.
259 Brecht an Henry Peter Matthis, 11. April 1939; Briefe, S.372.
260 Engberg, Brecht auf Fünen, S.239.
261 Margarete Steffin an Knud Rasmussen, ohne Datum (1939); BBA, Mappe E 9/23.
262 Arbeitsjournal, S.32; 15. Juli 1939.
263 Margarete Steffin an Knud Rasmussen, ohne Datum (1939); BBA, Mappe E 10/28.
264 Margarete Steffin, Kalendereintragung 27./30. August 1939; BBA, Mappe 2112, Blatt 215.
265 Margarete Steffin an Knud Rasmussen, ohne Datum (1939); BBA, Mappe E 10/23.
266 Materialien zu Brechts „Der gute Mensch von Sezuan". Zusammengestellt und redigiert von Werner Hecht. Frankfurt a.M. 1968, S.17.
267 Arbeitsjournal, S.31; Mai 1939, Pfingsten.
268 Ebenda, S.31 und 78; Mai 1939, Pfingsten; 20. Juni 1940.
269 Stücke, Band 8, S.398.
270 Arbeitsjournal, S.80; 29. Juni 1940.
271 Ebenda, S.34; 1. September 1939.
272 Ebenda, S.36; 5. September 1939.
273 Ebenda, S.38; 9. September 1939.
274 Ebenda, S.39; 18. September 1939.
275 Stücke, Band 7, S.153.
276 Herta Ramthun, Das Lied vom Pfeif- und Trommel-Henny. In: notate 1, Brecht-Zentrum der DDR, Berlin, Februar 1979, S.7.
277 Mutter Courage und ihre Kinder. Uraufführung im Schauspielhaus (Zeitungsausschnitt); BBA, Aus der Sammlung Brechts (ohne Quellenangabe).
278 Bernhard Diebold, Mutter Courage und ihre Kinder. Uraufführung der dramatischen Chronik von Bertolt Brecht. In: Die Tat, 22. April 1941; zitiert nach: Brecht in der Kritik, S.208.
279 Ebenda, S.209.
280 Margarete Steffin, Kalendereintragung; BBA, Mappe 2112, Blatt 219.
281 Prosa, Band 1, S.306 (Die Trophäen des Lukullus).
282 Fest, Hitler, Band 2, S.838.
283 Stücke, Band 7, S.222.
284 Ebenda, S.252 f.
285 Rudolf Hartung, Der Mann, der von vielem absah. Die Briefe Walter Benjamins. In: Die Zeit, 14. Februar 1967.
286 Das Material verblieb nach dem Tode von Margarete Steffin in der Sowjetunion. Nach dem Kriege galt es lange Zeit für verschollen. 1978 veröffentlichte der sowjetische Schriftsteller Juri Okljanski ein Buch

über Margarete Steffin in Romanform, in dem auch Originaldokumente aus ihrem Nachlaß wiedergegeben sind. Okljanski hatte als Mitarbeiter des Sowjetischen Schriftstellerverbandes das Material im Archiv des Verbandes gefunden. Ein Teil kam zurück an das BBA. Bis jetzt gibt es aber noch keinen Einblick in den in Moskau befindlichen Gesamtbestand des Nachlasses der Steffin. So bleibt weiter ungeklärt, ob die Protokolle über die Spaniendiskussion vorhanden sind.

287 Herman Greid, Als Fremder drei Jahre – 1933–1936 – in Schweden und in der Sowjetunion. Maschinenmanuskript mit handschriftlichen Eintragungen, unveröffentlicht, S.16.

288 Herman Greid, Der Mensch Brecht, wie ich ihn erlebt habe. Stockholmer Koordinationsstelle zur Erforschung der deutschsprachigen Exil-Literatur. Stockholms Universität, Deutsches Institut, März 1974, Veröffentlichung Nr.10, S.19.

289 Ebenda, S.1.

290 Arbeitsjournal, S.48; 15.Januar 1940.

291 Vgl. ebenda, S.48 f.

292 Prosa, Band 4, S.46 (Verurteilung der Ethiken).

293 Arbeitsjournal, S.48; 15.Januar 1940.

294 Ebenda.

295 Künstler dieser Zeit. Ausstellungskatalog. Hamburg 1948, S.82.

296 Brecht, Lyrik und Malerei für Volkshäuser; erstmals abgedruckt in: notate 10, Oktober 1978, S.6.

297 Brecht an Hans Tombrock, August 1939; Briefe, S.384.

298 Brecht an Hans Tombrock, 4.Mai 1940; Briefe, S.390.

299 Ebenda, S.391.

300 Schriften zum Theater, Band 3, S.98 (Über experimentelles Theater).

301 Ebenda, S.97.

302 Ebenda, S.114.

303 Ebenda, Band 5, S.72 (K-Typus und P-Typus in der Dramatik).

304 Ebenda, S.70.

305 Ebenda, S.150 ([Das Theater des Stückeschreibers]).

306 Ebenda, S.32 f. (Der Naturalismus).

307 Ebenda, S.84 f. (Die Straßenszene).

308 Ebenda, S.166 (Der V-Effekt).

309 Ebenda, S.322 (Dritter Nachtrag zur Theorie des „Messingkaufs").

310 Arbeitsjournal, S.155; 25.Februar 1941.

311 Ebenda, S.54; 19.März 1940.

312 Ebenda, S.59; 6.Mai 1940.

313 Brecht an Hella Wuolijoki, April 1940; Briefe, S.386.

314 Brecht an Alwin S.Johnson, Juni 1940; Briefe, S.394.

315 Brechts Lai-tu, S.126.

316 Arbeitsjournal, S. 82; 30. Juni 1940.
317 Ebenda, S. 86 f.; 5. Juli 1940.
318 Peter Hein, Leben und Werk der Hella Wuolijoki. In: Mitteilungen aus der Deutschen Bibliothek, Helsinki, 9/1975, S. 58.
319 Brechts Lai-tu, S. 131.
320 Ich stütze mich hier auf die Dissertation von Outi Valle, die alle Vorgänge, die mit dem Wettbewerb in Zusammenhang stehen, genau erforscht hat. Auf Outi Valle beziehen sich auch alle Urteile, die nicht übersetzte finnische Manuskripte betreffen: Outi Valle, Das Herr-Knecht-Verhältnis in Brechts „Herr Puntila und sein Knecht Matti" als theatrales und soziales Problem. Unter besonderer Berücksichtigung der Stückvorlage von Hella Wuolijoki. Freie Universität Berlin [West] 1977.
321 Arbeitsjournal, S. 106; 27. August 1940.
322 Hella Wuolijoki, A Finnish Bacchus. In: Brecht-Jahrbuch 1978. Hrsg. von John Fuegi, Reinhold Grimm und Jost Hermand. Frankfurt a. M. 1978, S. 101.
323 Stücke, Band 9, S. 154.
324 Ebenda, S. 157.
325 Ebenda, S. 43.
326 Valle, Das Herr-Knecht-Verhältnis in Brechts „Herr Puntila und sein Knecht Matti" als theatrales und soziales Problem, S. 79.
327 Stücke, Band 9, S. 151.
328 Ebenda, S. 163 f.
329 Arbeitsjournal, S. 112; 19. September 1940.
330 Stücke, Band 9, S. 7 f.
331 Vgl. Valle, Das Herr-Knecht-Verhältnis in Brechts „Herr Puntila und sein Knecht Matti" als theatrales und soziales Problem, S. 14.
332 Arbeitsjournal, S. 148; 26. Januar 1941.
333 Ebenda, S. 129 f.; 18. November 1940.
334 Hans-Peter Neureuter, Zur Brecht-Chronik. April 1940 bis Mai 1941. In: Mitteilungen aus der Deutschen Bibliothek, Helsinki, 7/1973, S. 20 f.
335 Gedichte, Band 6, S. 18.
336 Arbeitsjournal, S. 54; 19. März 1940.
337 Ebenda, S. 118; 1. Oktober 1940.
338 Theo Buck, Brecht und Diderot oder Über Schwierigkeiten der Rationalität in Deutschland. Tübingen 1971, S. 53.
339 Prosa, Band 3, S. 307 f. (XVII. Ziffel erklärt seinen Unwillen gegen alle Tugenden).
340 Ebenda, S. 309 f. (XVIII. Kalles Schlußwort. / Eine ungenaue Bewegung).
341 Ebenda, S. 199.

342 Brecht an Hans Tombrock, [etwa 1940/1941]; Briefe, S. 401 f.
343 Vgl. Helfried W. Seliger, Das Amerikabild Bertolt Brechts. Bonn 1974, S. 207 f.
344 Stücke, Band 9, S. 372 und 373.
345 Arbeitsjournal, S. 157; 1. April 1941.
346 Ebenda, S. 172; 12. Mai 1941.
347 Bertolt Brecht. Sein Leben in Bildern und Texten, S. 187.
348 Brecht an Michail J. Apletin, 30. Mai 1941; Briefe, S. 409.
349 Arbeitsjournal, S. 174; 13. Juli 1941[–21. Juli 1941].
350 Ebenda, S. 175.
351 Ebenda.
352 Brechts Lai-tu, S. 137.

Inhalt

Die Jugend

Wie kommt man hinauf

Wem gehört die Welt

Exil
Öfter als die Schuhe die Länder wechselnd

Anhang